NELLY LEWALD

Die kleine Puppenklinik

Autorin

Nelly Lewald ist das Pseudonym einer erfolgreichen deutschen Kinder- und Jugendbuchautorin. Ihre Romane wurden in zahlreiche Sprachen übersetzt und mit diversen Auszeichnungen prämiert. »Die kleine Puppenklinik« ist ihr Erwachsenendebüt und ihr erster Roman bei Blanvalet.

Nelly Lewald

Die kleine Puppenklinik

Roman

blanvalet

Dieser Roman ist 2020 bei Weltbild erschienen.

Sollte diese Publikation Links auf Webseiten Dritter enthalten, so übernehmen wir für deren Inhalte keine Haftung, da wir uns diese nicht zu eigen machen, sondern lediglich auf deren Stand zum Zeitpunkt der Erstveröffentlichung verweisen.

MIX
Papier aus verantwortungsvollen Quellen
FSC® C014496

Penguin Random House Verlagsgruppe FSC® N001967

1. Auflage

Dieses Werk wurde vermittelt durch die
Michael Meller Literary Agency GmbH, München.
Redaktion: René Stein
Umschlaggestaltung: www.buerosued.de
nach einer Originalvorlage von Weltbild
Umschlagmotiv: www.buersued.de
dn · Herstellung: sam
Satz: Buch-Werkstatt GmbH, Bad Aibling
Druck und Bindung: GGP Media GmbH, Pößneck
Printed in Germany
ISBN 978-3-7341-0907-2

www.blanvalet.de

Für meine Mutter

1

Ein Sommergewitter zog über München auf, aber Lena würde es noch rechtzeitig schaffen und eilte mit langen Schritten an den Auslagen der Boutiquen vorbei. In diesem Viertel war die bayerische Hauptstadt am schönsten. Die barocken Häuserfassaden präsentierten stolz ihre Pracht und lockten im Erdgeschoss mit exklusiven Geschäften. Die Radfahrer bahnten sich ihren morgendlichen Weg durch die Stadt, auf den Straßen ertönte gehetztes Fahrradgeklingel. Die Luft roch nach gespeicherter Sonne und aufgeheiztem Asphalt, es war schon seit Tagen heiß und windstill gewesen. Ein Regen würde allen Münchenern die erhoffte Abkühlung bringen.

Einige junge Männer tauchten aus dem Nichts vor Lena auf und stolperten lachend und feixend vor ihr her, bevor sie in einem neu eröffneten *Planet Coffee* verschwanden. Ein Schwall Kaffeeduft schwappte durch die geöffnete Tür hinaus auf den Bürgersteig. Benommen blieb Lena stehen, und prompt wurde sie von einem eleganten Herrn mit Ledermappe angerempelt. Hatte es heute Morgen jeder eilig? Lena trat gelassen zur Seite und sah fasziniert Richtung Himmel, der aussah, als hätte jemand ein Fass dunkler Tinte verschüttet. Auf einmal kam ihr ein alter Hit in den Sinn, *It's raining men!* von den Weather Girls. Sie musste lächeln.

Der Ohrwurm begleitete sie die gesamte restliche Straße hinab, und unversehens hatte ihr Schritt den Rhythmus des Songs angenommen. Sie schlüpfte genau in dem Moment durch das schmiedeeiserne Tor des Hauseingangs, als der erste Blitz ein grelles Ausrufezeichen in den schwarzen Tintenklecks über ihr setzte.

Der schöne Matteo hatte die Tafel mit dem Gericht des Tages der Trattoria Italiana bereits aufgestellt, das Spaghetti Carbonara zu Mittag anbot.

Zügig durchquerte Lena den Hinterhof, in dem der Charme vergangener Zeiten herrschte. Gütig blickten die Fenster der verlebten Häuser auf sie hinab. Sie schienen sich nicht von der prächtigen Straße dort draußen einschüchtern zu lassen. Der Ohrwurm der Weather Girls verklang, gleich schon würde der Regen einsetzen.

Lena blieb für einen Moment vor der Trattoria stehen. Sie konnte den schönen Matteo durchs Schaufenster sehen: Ein irgendwie verträumt wirkender, leger gekleideter, in jedem Fall aber bildhübscher Mann. Er machte seinem Spitznamen alle Ehre. Lena hob die Hand zu einem Gruß, aber der junge Gastronom polierte konzentriert weiter die Theke. Seinen frühen Zaungast schien er nicht zu bemerken.

Lena ging weiter nach nebenan und machte vor dem Eingang ihrer Puppenklinik Halt. Ein warmes Gefühl durchflutete ihren Körper: Der Laden sah aus, als wäre er aus der Zeit gefallen. Geheimnisvoll schmiegte er sich an die Häuserfassade. An der Backsteinmauer rankten Rosen empor, und Efeu rahmte die Rundbögen über den Fenstern ein. Auf einer verwitterten Holzbank konnte man sich ein wenig ausruhen, und davor stand ein Kaffeehaustischchen. Die Holztür mit dem flaschengrünen Glaseinsatz war immer noch original, nur den glänzenden Türknauf aus Messing hatte Lena neu anfertigen lassen.

Der Wind wurde stärker, und über ihr schlug ein Fenster krachend zu. Das antike Emailleschild über dem Eingang ihres Ladens klapperte fröhlich. *Puppenklinik Riedel & Sohn.* Das Schild hing dort aus rein nostalgischen Gründen, denn Riedel hieß ihre Mutter seit ihrer Heirat nicht mehr. Und die Puppenärztin Lena Precht war zweifelsohne kein Sohn, sondern eine vierunddreißigjährige Tochter. Im Fenster spiegelte sich ihr hübsches Gesicht: blasser Teint, blaugraue Augen, winzige Sommersprossen, die sie jünger wirken ließen, als sie war. Das walnussbraune Haar trug sie offen. Jemand hatte sie einmal *auf natürliche Weise hübsch* genannt, aber dieser Jemand hatte ihr auch erfolgreich das Herz gebrochen …

Abrupt wandte sie sich von ihrem eigenen Spiegelbild ab und widmete sich wieder ganz ihrem Laden. Immer schon hatte Lena ein besonderes Talent für Handarbeit und eine Vorliebe für schöne Dinge gehabt, deshalb hatte sie nach dem Realschulabschluss eine Ausbildung zur Handarbeitslehrerin gemacht. Ohne mit der Wimper zu zucken, hatte sie ihren sicheren Job als Lehrerin an den Nagel gehängt, als ihre Eltern mit Rentenbeginn entschieden hatten, die Puppenklinik zu schließen und ihren Lebensabend auf den Balearen zu genießen. Trotz aller Skepsis ihrer Mutter hatte Lena den Familienbetrieb fortgeführt und bis heute keine Sekunde bereut, sich dafür entschieden zu haben. Auch wenn sie sich inzwischen eingestehen musste: Es war verdammt schwer, in einer globalisierten und digitalisierten Welt eine altmodische Puppenklinik zu leiten.

Lena trat endlich ein. Das Glockenspiel über ihr

klimperte leise. Ein Geruch nach Leim, Modelliermasse und Holzwolle lullte sie ein und vermischte sich mit dem Patschuli-Parfüm ihrer Mitarbeiterin Ekki. Sobald das Gewitter sich ausgetobt hatte, würde sie durchlüften müssen.

Es war gemütlich in dem kleinen Geschäft in dem versteckten Hinterhof, mitten in München, als wäre man in einer Wunderkammer gelandet. Lenas Blick glitt über die Kartons mit Puppenaugen, Nähgarn sowie Füllwatte hinweg und verharrte auf dem Regal mit den vergessenen Schätzen. Schmusetiere und Puppen, die Kunden einst hier abgeliefert und nach der Reparatur vergessen hatten, lagerten dort. Es war ein Sammelsurium der besonderen Art, und der Anblick entlockte Lena ein gerührtes Lächeln: Kasperlefiguren und Teddybären zwängten sich neben Barbiepuppen in den Regalfächern. Überall Stoffarme, Felltatzen und Zipfelmützen, nur das oberste Fach war für jemand Besonderen reserviert. Hier hockten die drei Nothelfer, wie Lena sie liebevoll nannte. Das Dreiergespann hatte bereits zu Zeiten ihrer Eltern über den Laden gewacht, und Lena hatte die fixe Idee, dass sie in Wahrheit den Betrieb am Laufen hielten. Da lümmelte Rudi, ein gemächlicher, runder Plüsch-Elefant, dessen Rüssel die gleiche Farbe wie seine Schlappohren hatte. Neben ihm thronte andächtig Fräulein Wunderlich, eine reizende Käthe-Kruse-Puppe aus den 1960er-Jahren. Und dann gab es da noch Tinky-Winky, eine Spielzeug-Schildkröte aus den USA, die per Knopfdruck ein fröhliches Liedchen quäkte.

Nein, es gab keinen Ort auf dieser Welt, an dem Lena lieber arbeiten würde als hier. Die Puppenklinik, das war ihr Leben, auch wenn alles andere darüber gelegentlich auf der Strecke blieb. Eine Beziehung hatte Lena seit Jahren nicht mehr gehabt, und ihr letzter Freund hatte sie von heute auf morgen verlassen. Früher war sie der Liebe unvoreingenommen und leichtfertig begegnet, hatte Männern blind vertraut. Nach der schmerzhaften Trennung aber hatte sie beschlossen, sich zukünftig genau zu überlegen, wem sie ihr Herz anvertraute. Lieber stürzte sie sich ganz in die Arbeit. Die Puppenklinik gab ihr Sicherheit …

Als wollte das Glockenspiel über der Tür Lenas Gedanken untermalen, setzte es zu einem aufgeregten Morgenkonzert an. Ihre Mitarbeiterin Erika Fischer, oder kurz Ekki, kam in den Laden gerauscht. Mit der morgendlichen Ruhe war es dahin, denn Ekki besaß ein gewisses Talent, Schwung in die Bude zu bringen.

Ihre gelockte hennarote Mähne war vom Wind und vom Regen zerzaust, der mittlerweile niederprasselte. In der Filzjacke hingen Blütenblätter, sie musste wie immer mit ihrem klapprigen Fahrrad durch den Englischen Garten geradelt sein. Voller Entrüstung sah sie Lena an.

»Jetzt ist schon wieder einer gestorben!«

Lena seufzte. »Hör endlich auf, *Game of Thrones* zu gucken«, erwiderte sie. »Es gibt doch genug andere Serien, die du schauen kannst, Ekki.«

Ekki pfefferte ihre feuchte Filzjacke achtlos über den Garderobenständer. Sie hatte bereits zu Zeiten von Lenas Mutter in der Puppenklinik gearbeitet, doch irgendwann war die heute Siebzigjährige dann in Rente gegangen. Als sie jedoch erfahren hatte, dass ihre ehemaligen Arbeitgeber nach Mallorca ausgewandert waren und Lena das Traditionsgeschäft übernommen hatte, war sie kurzerhand zurückgekehrt. Sie war für Lena inzwischen eine

Art Muttersatz, und ohne Ekki würde es die Puppenklinik längst nicht mehr geben.

Mit einem routinierten Griff schnappte sich Ekki einen zerfledderten Teddy und starrte ihn aus ihren schwarz umrandeten Augen nachdenklich an. »Du liebes bisschen, was hat das Leben dir angetan?«, murmelte sie. »Lena, wird wenigstens Jon Schnee überleben?«

»Wer?« Verwirrt sah die Puppenärztin sie an. Dann verstand sie, dass Ekki immer noch von der Fantasy-Serie redete. »Sagen wir so …« Lena öffnete einen Karton und nahm behutsam eine ramponierte Schlummerle-Puppe heraus. Den Klassiker der Marke Schildkröt hatte sie allzu oft in Behandlung, die Schlummerle-Puppen gehörten zu ihren Stammpatienten. Bei diesem Exemplar saß der Kopf lose, war zudem ziemlich gerupft und besaß nur noch ein einsames Büschel gelbblonder Haare.

Sie widmete sich wieder Ekki. »Es ist doch blöd, zu viel zu verraten! Aber interessant, dass es ausgerechnet Jon Schnee ist, der dir gefällt.«

Ekki zuckte mit den Schultern. »Ich mag den Typ einsamer Wolf, zumindest seit ich 1975 eine Romanze mit einem irischen Schäfer hatte.« Sie sah die kaputte Puppe mitleidig an. »Kopf hoch, mein Schatz. Wir kümmern uns um dich. Und deine Haare!«

»Schlummerle bekommt eine wunderbare Perücke«, entschied Lena lächelnd. »Ich habe im Lager genau das richtige Modell für sie. Danach wird sie noch schöner sein als vorher. Haben wir übrigens noch Talkumpuder?«

Ekki nickte und deutete irgendwo hinter sich.

Wegen dem heftigen Regen würde wohl heute Vormittag niemand im Laden erscheinen. Aber kaum hatte Lena sich hinter die Werkbank gesetzt, ging das Glockenspiel erneut, und der schöne Matteo stand tropfnass in der Tür. Sein schwarzes Haar hing ihm wirr ins Gesicht, während der gut gepflegte Dreitagebart perfekt zu seinen azurblauen Augen passte. Lena stieg der Geruch nach frischem Rosmarin in die Nase.

»Ich korrigiere. Typ einsamer Wolf *und* Typ römischer Barbesitzer!«, flüsterte Ekki betont langsam und sah den jungen Gastronom über den Rand ihrer Brille hinweg wohlwollend an. Am liebenswertesten an Matteo war seine Naivität, da er immer noch dachte, dass die zahlreichen weiblichen Gäste wegen seiner Kochkünste in die Trattoria strömten. Aber auch das war Matteo: ein loyaler Nachbar, der sich ständig Sorgen um Lenas Wohlergehen machte. Mehr als einmal hatte er ihr im vergangenen kalten Winter eine heiße Minestrone zur Stärkung vorbeigebracht.

»Was für ein Wolf?«, fragte Matteo irritiert. Er stützte sich auf Lenas Verkaufstisch ab und musterte die beiden Frauen unsicher. Lena und Ekki hockten nebeneinander an der Werkbank, jeweils ein räudiges Spielzeug vor sich in Arbeit. Sie sahen sich verlegen an, bevor Ekki antwortete: »Steht als Nächstes an, ein Spielzeugwolf von Steiff, den wir reparieren müssen.«

»Ist ja auch egal.« Matteo wandte sich an Lena. »Kannst du nächste Woche den Fensterputzer bei mir reinlassen? Er kommt am Freitagvormittag, und ich habe einen Termin im Finanzamt!«

»Fensterputzer? Nobel geht die Welt zugrunde!« Ekki zwinkerte ihm zu. Sie und Lena machten den Hausputz im Laden ganz allein, aber sie hatten auch keine bodentiefen Schaufenster, so wie Matteo.

»Klar doch!« Lena lächelte. Sie beide halfen einander

ständig aus. Matteo und sie waren ein eingespieltes Team, und gegenseitige Unterstützung war im Hinterhof Ehrensache. Durch das Fenster konnte man jetzt Irina sehen, die mit ihrem Baby im Vorderhaus wohnte. Die alleinerziehende Mutter mit der pragmatischen Kurzhaarfrisur rannte durch das Unwetter und rüttelte sichtlich aufgelöst an Matteos Tür. Lena deutete hinüber. »Ich glaube, Irina will was von dir. Sag ihr bitte ganz liebe Grüße!«

Matteo nickte verwirrt, verabschiedete sich und ging hinaus in den Regen.

»Was ist da wohl passiert?«, murmelte Ekki überrascht. »Das wirkt ja, als säße ihr der Teufel persönlich im Nacken.«

»Keine Ahnung. Sie scheint wirklich aufgewühlt zu sein.« Lena beobachtete sorgenvoll, wie Irina ohne Punkt und Komma auf Matteo einredete, bevor beide in der Trattoria verschwanden. Die Aussprache dort drüben dauerte fast zehn Minuten. Irina und Matteo verabschiedeten sich auf der Treppe zur Bar, und Matteo hastete mit gesenktem Kopf zurück in die Puppenklinik. Eine dunkle Vorahnung ergriff Lena, noch ehe Matteo eingetreten war.

Sie erhob sich. »Soll ich dir einen Kaffee …« Aber ehe sie den Satz beenden konnte, unterbrach sie Matteo.

»Irina hat gestern Post von der Hausverwaltung bekommen«, eröffnete er mit bedrückter Stimme.

Ein mulmiges Gefühl breitete sich in Lena aus. Sie wusste augenblicklich, was Matteo meinte. Auf einmal bekam das Gewittert dort draußen prophetische Züge. Es war kein harmloses Sommergewitter mehr, es war ein unheilverkündendes Omen.

»Ein chinesischer Investor hat den gesamten Wohnblock gekauft«, fuhr der schöne Matteo fort. »Sämtliche Wohnungen und uns gleich dazu. Ich sage nur: Arriverdarci!« Er rang spürbar nach Fassung. »Irina ist sicher, dass wir demnächst alle gekündigt werden.«

Ekki ließ den Teddybären sinken und sah Matteo erschrocken an. »Es heißt Arrivederci«, korrigierte sie, als würde das etwas retten. Jeder im Viertel ahnte, dass Matteo nicht wirklich Italiener war. Wahrscheinlich hieß er in Wahrheit nicht mal Matteo.

»Ich dachte, die Erbengemeinschaft wollte die Häuser behalten?«, entfuhr es Lena ungläubig. »Warum wurden wir über den Verkauf nicht informiert? Es kann doch nicht sein, dass die so etwas hinter dem Rücken der Mieter entscheiden!«

Die Eigentümerin des Wohnblocks, die alte Frau Matuschek, war vor ziemlich genau einem Jahr gestorben. Es hatte seither diverse Gerüchte gegeben, was die Erbengemeinschaft mit der in die Jahre gekommenen Immobilie in einer der Münchner Bestlagen vorhatte. Aber bislang war nie etwas geschehen.

Wie es schien, kam nun doch Bewegung in die Sache.

Der schöne Matteo fasste in eine Schüssel mit Kaubonbons, die eigentlich für die Kinder gedacht waren, die nachmittags in der Puppenklinik vorbeischauten. Er wühlte so lange darin herum, bis er die Geschmacksrichtung Kirsche entdeckte. Gedankenverloren schob er sich das Bonbon in den Mund. Ekki räusperte sich und bedachte ihn mit einem strengen Blick, aber der schöne Matteo überging es einfach.

»Das ist doch alles nur Panikmache«, sagte Lena, doch Verunsicherung schwang in ihrer Stimme mit. »Bei mir hat sich auf jeden Fall noch niemand gemeldet. Ihr wisst doch, wie schwarzseherisch Irina gelegentlich ist. Seit dem Tod von Frau Matuschek wartet sie doch stündlich auf die Kündigung ihrer Wohnung.« Lena schob sich nervös eine Haarsträhne hinter das Ohr und zwang sich zu einem zuversichtlichen Lächeln.

Matteo schluckte betreten. »Aber sie hat mir den Brief der Hausverwaltung gezeigt«, sagte er leise. »Dort stand es schwarz auf weiß. Ich habe es mit eigenen Augen gesehen!«

Lena zögerte einen winzigen Moment. »Gut, dann gibt es eben einen Eigentümerwechsel«, stellte sie übertrieben gleichgültig fest. »Kein Grund, deshalb in Hysterie zu verfallen.«

»Du hast absolut recht«, bestätigte ihre Mitarbeiterin. »Wir sollten wieder alle schön an die Arbeit gehen und Ruhe bewahren!« Ekki dachte kurz nach. »Von einem chinesischen Investor muss man sich ja nicht gleich einschüchtern lassen. Klar, die Mieten werden ein bisschen steigen. Aber bestimmt finden die neuen Eigentümer Gefallen an … an …« Sie geriet ins Stocken. »An einer hundert Jahre alten Puppenklinik und einer kleinen Trattoria!« Ekki schwieg. Ihnen war allen klar, dass weder Lenas unzeitgemäße Puppenklinik noch Matteos Ein-Mann-Gastronomie in eine schicke Gegend wie hier passten. In diesem Teil Münchens gab es namhafte Boutiquen international bekannter Marken, mit Franchise-Unternehmen, deren Namen kaufkräftige Kundschaft anlockten, die Gentrifizierung beschleunigten und die Mieten der Wohnungen in schwindelerregende Höhe trieben. Zu Lena kam ein kleiner, übersichtlicher Kundenstamm, der noch Wert auf alte Dinge und Handarbeit legte, und zu Matteo eine wechselnde Schar Studentinnen, die für ihn schwärmten. Denn sein Essen schmeckte grottenschlecht, und in dem Laden wäre genug Platz für ein Starbucks.

»So einfach ist es außerdem gar nicht, Mieter aus ihren Wohnungen zu werfen«, fügte Lena im Brustton der Überzeugung an. »So was kann sich über Jahre ziehen und ist fast immer mit hohen Abfindungen verbunden, zumindest bei den meisten Bewohnern, die hier doch schon seit einer halben Ewigkeit leben und noch uralte Mietverträge haben. Es wird sicher nicht leicht, sie einfach rauszukündigen.« Sie hielt inne: Ihr eigener Mietvertrag endete jeweils am letzten Dezembertag und verlängerte sich automatisch um ein Jahr, was bei der alten Frau Matuschek Jahr für Jahr kommentarlos über die Bühne gegangen war.

»Irina behauptet aber, dass längst Verhandlungen mit Firmen laufen, die hier im Hinterhof Filialen aufmachen wollen«, entgegnete der schöne Matteo resigniert. »Sie hat es von jemandem aus dem dritten Stock gehört. Der wiederum hat wohl mit den neuen Eigentümern geredet ...«

»Das sind doch alles nur Gerüchte!« Lena schüttelte abwehrend den Kopf. Sie hatte nicht die geringste Lust, sich von der Weltuntergangsstimmung ihrer Nachbarn anstecken zu lassen. Am liebsten würde sie sich die Ohren zuhalten. Sie und ihr Laden gehörten hierher! Dann würde sie die Miete zukünftig eben an eine chinesische Investorengruppe überweisen. Na und?

»Ah, Kundschaft wartet.« Matteo sah zu seiner Trattoria hinüber. Zwei junge Frauen standen vor der verschlossenen Tür. Er nickte Lena und Ekki niedergeschlagen zu und verschwand mit hängenden Schultern nach drüben.

»Ich weiß gar nicht, was ich sagen soll«, murmelte Ekki sichtlich vor den Kopf gestoßen. »Hoffentlich ist an dem Gerede nichts dran.«

Lena unterdrückte einen Anflug von Panik. Der Laden war ihr Lebensinhalt, und sie hatte sich nie Gedanken darüber gemacht, was sie ohne den Familienbetrieb anstellen würde.

Womöglich hatte Irina ja falsche Schlüsse gezogen? Vielleicht sollten lediglich weitere Ladenflächen entstehen. Es gab im Hinterhof durchaus noch Platz, und Lena und der schöne Matteo würden sogar von neuer Laufkundschaft profitieren.

Als wollte das Schicksal ihr frech ins Gesicht lachen, trat in diesem Moment der Postbote ein. Er wischte sich den Regen aus dem Gesicht und reichte Lena zwei Briefumschläge. »Einschreiben«, sagte er knapp. »Sie müssen bitte hier unterschreiben.«

Lenas Hand zitterte, während sie zweimal ihre Unterschrift gab. So überzeugt sie eben noch aufgetreten war, sie wusste auf einmal genau, was diese Umschläge bedeuteten. Reglos beobachtete sie, wie der Briefträger nach drüben zu Matteo ging. Nun würden sie doch schneller als befürchtet Gewissheit erhalten.

Sie riss mit einer fahrigen Bewegung das erste Schreiben auf. Es war die offizielle Ankündigung der Erbengemeinschaft: Der Häuserblock gehörte ab sofort tatsächlich einer asiatischen Firma namens Jixiang Wu, und die Bewohner wurden gebeten, die Miete fortan auf ein Konto der Gesellschaft zu überweisen. Das andere Kuvert enthielt eine Kündigung von Jixiang Wu, fristgerecht zum Ende des Jahres. Ungläubig starrte die Puppenärztin das Wort *Kündigung* an. Die Buchstaben verschwammen vor ihren Augen, als sie wie in Trance nach dem Telefon griff. Ihr Herz wummerte wie verrückt, das Blut rauschte in ihren Ohren. Ohne groß nachzudenken, huschten ihre Fingerkuppen über das Display. Sie tippte die Nummer aus dem Briefkopf ein.

»This is Jixiang Wu …«, tönte eine Computerstimme aus ihrem Handy. Auf Englisch wurde sie gebeten, ihr Anliegen zu beschreiben. Sie sollte eine Nummer eingeben, die dem Grund ihres Anrufs entsprach, doch die Rubrik Mietangelegenheiten fehlte in der Aufzählung. Die Warteschleife spielte einen Song von Britney Spears. Die Computerstimme wiederholte das eben Gesagte.

Lena brach der kalte Schweiß aus. Musste sie dieses Gespräch etwa auf Englisch führen? Und was genau sollte sie sagen? Soweit sie die Sache überblickte, war die Faktenlage in ihrem Fall klar. Sie hatte einen jährlich erneuerbaren Mietvertrag, und nun wurde er erstmals nicht mehr verlängert. Es war einfach gewesen, mit der herzensguten Frau Matuschek bei einer Tasse Getreidekaffee über ihren Laden zu reden, aber etwas ganz anderes, mit wildfremden Mitarbeitern eines chinesischen Unternehmens am Telefon über eine Kündigung zu streiten.

Die Musik verklang, und eine echte Person war am anderen Ende. Offenbar war Lena in der Telefonzentrale des Unternehmens gestrandet. Mit fester Stimme schilderte sie ihr Problem. Auf keinen Fall durfte sie jetzt die Nerven verlieren! Die Frau in der Leitung wirkte sonderbar desinteressiert und bot Lena kühl an, sie an die Assistenz der Geschäftsführung weiterzuleiten. Diese jedoch wimmelte sie augenblicklich ab und stellte eine Verbindung zu einem Mitarbeiter der Hausverwaltung her.

Von dort aus wurde Lena an jemanden weitergereicht, der die hochtrabende Bezeichnung »Property Manager« hatte. Dieser Herr wiederum hockte ganz offensichtlich in einem Meeting. Ziemlich unfreundlich erstickte er die Unterhaltung im Keim und bat Lena, es später am Tag noch mal zu versuchen, sodass sie am Ende wieder in der Warteschleife landete.

Britney Spears krähte so hingebungsvoll aus dem Hörer, als wollte sie Lena veralbern.

Sekundenlang starrte die Puppenärztin auf ihr Telefon. Dann legte sie es verstört zur Seite.

Auf einmal spürte sie Ekki hinter sich, die sie wortlos in die Arme nahm. Tröstend drückte sie Lena an sich.

»Lass dir nicht von diesem blöden Schreiben den Tag verderben«, sagte sie. »Wir werden kämpfen. Ich lasse nicht zu, dass irgendjemand dir oder dem Laden Schaden zufügt!«

»Kämpfen?« Ein verzweifeltes Lachen arbeitete sich in Lena empor. »Wie du siehst, gibt es ja noch nicht mal einen richtigen Gegner. Jeder dieser Wichtigtuer hat mich einfach weitergereicht. Und natürlich ist niemand zuständig für meine Sache.«

»Solche Dinge löst man auch nicht am Telefon«, murmelte Ekki. »Du bist doch nicht irgendwer, Lena. Du bist eine erfahrene Puppenärztin mit einem Geschäft, das es seit fast hundert Jahren an dieser Stelle gibt. Es muss möglich sein, sich gegen eine solche Entscheidung zu wehren.«

»Aber wie denn?« Lena blickte sich in ihrem Laden um. Im Geiste sah sie sich bereits Kisten packen. Sie hatte kein Geld, mit dem sie Konkurrenten aus dem Feld schlagen konnte, und ihre Puppenklinik war ein Relikt.

Ein Relikt aus der Vergangenheit, das keinen Investor vom Hocker reißen würde.

»Begreifst du es denn nicht, Ekki? Wir haben im Grunde jetzt schon verloren. Was der Internethandel nicht geschafft hat, schaffen jetzt die Chinesen. Ein Familienbetrieb in der vierten Generation schließt seine Pforten. Mein Großvater hätte die Immobilie damals erwerben sollen, als sich die Gelegenheit dazu bot! Aber ihm war es wichtiger, eine hochmoderne Nähmaschine zu kaufen. Damals konnte er nicht ahnen, dass ein Dach über dem Kopf irgendwann ein Luxusgut sein würde. Sonst hätte er ganz bestimmt anders entschieden.« Verstört machte sich Lena auf einmal bewusst, wie sehr sich das Viertel in den letzten paar Jahren gewandelt hatte. Der kleine Bäcker um die Ecke hatte vergangenen Herbst dichtgemacht, genauso wie der Damenschneider. Beide hatten sich den Standort schlicht nicht mehr leisten können, während beim Schuhmacher am Ende der Straße einfach keine Kundschaft mehr erschienen war. Dort gab es jetzt einen Shop für E-Zigaretten.

Nun kamen Lena doch noch die Tränen. Ja, sie würde später noch mal bei diesem unfreundlichen Fuzzi von Property Manager anrufen. Aber sie wusste jetzt schon, was er ihr sagen würde. Tröstend strich Ekki ihr durch das Haar. »Ach, mein Mäuschen!«, murmelte sie. »Deine Generation ist einfach viel zu verweichlicht. Früher haben wir noch für unsere Ziele gekämpft.« Sie sah zum Regal hinüber und fing Fräulein Wunderlichs wissenden Blick ein. Als wäre die hübsche Puppe bei all ihren Protesten dabei gewesen. »1967 Anti-Schah-Demonstration in Berlin«, listete Ekki auf. »1976 Anti-AKW-Demo in

Brokdorf, 1981 Protestmarsch gegen die Startbahn West in Frankfurt …«

»Ja, ja, ich weiß. 1986 Wackersdorf, 1995 Gorleben und 2010 Stuttgart 21«, ergänzte Lena. Sie hatte Ekkis beeindruckende Protest-Vita mehrfach in chronologischer Reihenfolge gehört. Aber wie sollte ihr das weiterhelfen?

Ekki schien Lenas Gedanken erraten zu haben. »Ich bin doch nicht auf einen Baum im Stuttgarter Schlossgarten geklettert, um mir jetzt meinen Arbeitsplatz wegnehmen zu lassen!« Ekkis heiseres Lachen füllte den Raum. »Die Puppenklinik wird überleben. Lena, wir beide kämpfen dafür!«

Eine bleierne Müdigkeit überkam Lena. »Falls du es vergessen haben solltest, der Protest wegen Stuttgart 21 ist gescheitert, der unterirdische Bahnhof wird einfach gebaut. Und genauso sicher wird aus diesem Laden irgendeine Filiale von Lush oder Vapiano.«

»Hör auf, an so was überhaupt nur zu denken!«, mahnte Ekki. »Kennst du das Sprichwort aus dem Talmud nicht? Achte auf deine Gedanken, denn sie werden Worte«, zitierte sie aus dem Gedächtnis. »Achte auf deine Worte, denn sie werden Handlungen. Achte auf deine Handlungen, denn sie werden Gewohnheiten.« Ekki überlegte kurz. »Achte auf deine Gewohnheiten, denn sie werden dein Charakter. Achte auf deinen Charakter, denn er wird dein Schicksal.«

Lena hatte das Gefühl, ihr Schicksal sei längst besiegelt. Dann aber riss sie sich zusammen. Es war ihr Laden, und lag in ihrer Verantwortung, das Lebenswerk der Familie zu beschützen. Eher würde sie sterben, als sich verjagen zu lassen! Sobald sie zu Hause war, würde sie anfangen, zum Thema Mietrecht zu recherchieren. Und sie würde …

Ihr Handy klingelte. Es war Katja, ihre beste Freundin. Noch während des Abhebens verdrückte Lena sich in die kleine Teeküche, um ungestört reden zu können, und zog die Tür hinter sich zu. Der winzige, gelb gestrichene Raum strahlte dank der Sammlung bunter Tassen eine urige Gemütlichkeit aus. Es war genau die Art von Rückzugsort, den Lena in diesem Augenblick brauchte.

»Es war eine Ka-ta-stro-phe!«, sagte Katja statt einer Begrüßung. »Der Typ war locker dreißig Jahre älter als ich!«

Erst jetzt fiel Lena wieder ein, dass Katja gestern Abend endlich das lang ersehnte Tinder-Date mit dem Archäologen gehabt hatte. Immer wieder hatte der Kerl die Treffen verschoben und Katja mit seinen ständigen Absagen unnötig auf die Folter gespannt. Seit Katja auf Mitte dreißig zuging, bekam sie offenbar Torschlusspanik.

»Die Fotos stammten eindeutig aus dem letzten Jahrhundert!«, behauptete Katja felsenfest. »Und er hat da leider etwas gründlich missverstanden. Ja, ich interessiere mich für Archäologie, aber doch nicht für mumifizierte Männer!«

Trotz ihrer Verzweiflung musste Lena lachen. Katja war einfach eine Nummer für sich. Es war Lena rätselhaft, warum nicht schon längst ein toller Mann die witzige und liebenswürdige Außendienstlerin geschnappt und vor einen Traualtar gezerrt hatte.

»Irgendwas stimmt da doch nicht!«, fuhr Katja in selbstmitleidigem Tonfall fort. »Früher hatten wir Angst, dass ein Typ nach der ersten Nacht Schluss mit uns macht. Heute müssen wir Angst haben, dass er noch vor dem ersten Kuss an Altersschwäche verendet. Warum ist es zu viel verlangt, einen netten Mann in meinem Alter zu finden?«

Ein Gefühl von Verzweiflung überkam Lena. Wenn der Laden weg war, hatte sie gar nichts mehr. Sie hatte alles auf eine Karte gesetzt, und jetzt würde sie alles verlieren.

»Ich habe eben die Kündigung für den Laden erhalten«, brach es endlich aus Lena heraus. Selbst als sie es sagte, kam es ihr absurd vor. Als wollte sie Katja einen Bären aufbinden.

Offenbar kam es auch genau so bei Katja an. Ihre beste Freundin lachte erheitert. »Ja, ja, mach du nur deine Witze mit mir! Gehen wir übrigens nächsten Samstag auf den Flohmarkt?«

»Das war kein Witz«, erwiderte Lena. Sie hatte Mühe, ihre Stimme unter Kontrolle zu halten. »Irgendwelche Chinesen haben den Wohnblock gekauft. Zum Ende des Jahres muss die Puppenklinik schließen.«

Betroffen schwieg Katja, die Lena nun wohl doch Glauben schenkte.

»Der schöne Matteo hat auch eine Kündigung erhalten«, murmelte Lena. »Bestimmt machen sie irgendwelche angesagten Flagship-Stores aus unseren Läden.«

Katja schnaubte. »Dass Matteo von der Bildfläche gefegt wird, ist Evolution!«, behauptete sie. »Schönlinge ohne viel Grips haben auf Dauer keine Chance. Ich meine, hallo? Der Typ spricht noch nicht mal Italienisch.« Sie rang nach Atem. »Aber dass ein solides Unternehmen wie deines schließen muss, das seit hundert Jahren existiert … Das ist wirklich der Hammer!«

»Matteo ist nicht dumm«, nahm Lena ihren Schicksalsgenossen leise in Schutz. »Er ist nur manchmal schwer von Begriff. Das ist alles.«

»Ich sage nur Vitelo *tomato*!« Katja lachte spöttisch. »Ich hoffe, ihr habt ihm inzwischen gesteckt, wie es richtig heißt!«

»Ich weiß gar nicht, was du gegen ihn hast …« Lena merkte, dass die Diskussion über Matteo sie ermüdete. Aber Katja war offenbar noch nicht am Ende ihrer Schmährede angelangt.

»Der Typ ist ein Aufschneider und Blender, merkst du das nicht? Sein einziger Trumpf ist sein gutes Aussehen. Aber es steckt rein gar nichts dahinter.«

»Das ist nicht wahr!«, widersprach Lena beharrlich. »Er ist ein absolut zuverlässiger Nachbar, der mir ständig unter die Arme greift. Aber im Grunde ist es auch völlig egal. Mein Problem ist nicht Matteo, sondern die Investorengruppe.«

»Und was hast du jetzt vor?«, fragte Katja.

»Mich nach meinen Rechten erkundigen und juristische Unterstützung suchen!«, erklärte Lena. »Ekki hat sofort den Chinesen den Kampf angesagt!« Lena seufzte. »Keine Ahnung, was genau ihr so vorschwebt.«

Katja gab ein zufriedenes Brummen von sich. »Aha. War sie in den Achtzigern nicht Hausbesetzerin in Berlin? Es könnte also auf so etwas wie Occupy Hinterhof rauslaufen.«

»Na ja, Ekki war wirklich bei all diesen berühmten Demos dabei. Was Proteste betrifft, hat sie echt viel Erfahrung.«

»Hat Ekki nicht das Peace-Zeichen und die Regenbogenflagge erfunden?«, witzelte Katja mit liebevollem

Unterton. »Und Moment mal! Lag sie in den Sechzigern nicht nackt mit John Lennon auf einem Bett herum, um gegen den Krieg in Vietnam zu demonstrieren?«

»Das war Yoko Ono«, korrigierte Lena. »Aber du kannst dir sicher sein, dass Ekki zeitgleich mit einem Protestplakat irgendwo durch München Pasing marschiert ist, um sich mit den beiden solidarisch zu zeigen.«

Beide mussten lachen. Katja hatte es erfolgreich geschafft, Lena für ein paar Sekunden von ihren Sorgen abzulenken.

»Ich schau so bald als möglich bei euch vorbei!«, versprach Katja zum Abschied. »Heute bin ich allerdings den ganzen Tag unterwegs. Schließ auf keinen Fall vorschnell den Laden.« Katja arbeitete für einen Medizintechnikbetrieb und präsentierte Kunden in München Hilfsmittel aus dem Homecare-Bereich. Wie zahlreiche Urkunden bescheinigten, hatte sie das Talent, jedem alles zu verkaufen. Seit Jahren führte sie das Ranking der erfolgreichsten Außendienstler des Unternehmens an und konnte recht frei über ihre Zeit verfügen.

»Ich denke gar nicht daran! Ich bleibe bis zur letzten Minute!«, beteuerte Lena. Bedrückt legte sie auf. Die Lage war immer noch hoffnungslos. Aber es war schön, Freundinnen wie Ekki und Katja zu haben.

2

Kai Winter, ein hochgewachsener, attraktiver Mann mit ernstem Gesicht und ersten silbernen Strähnen im dunklen Haar, küsste seine kleine Tochter sanft auf die Stirn.

Schlaftrunken öffnete sie die Augen. »Igitt!«, protestierte sie kichernd und zog sich die Decke über den Kopf. Dann schnarchte sie übertrieben laut und stellte sich schlafend.

Kai musste lachen. »Raus aus den Federn, mein Schatz. Celine bringt dich heute zur Schule!«

Emma kämpfte sich augenblicklich unter der Decke hervor. »Aber du wolltest mich doch fahren!«, protestierte sie heftig, und Tränen traten ihr in die Augen. Ihr Mädchengesicht nahm einen verkniffenen Ausdruck an. Emmas langes dunkelblondes Haar stand ungezähmt in alle Richtungen ab. Sie sah aus wie die aufmüpfige kleine Schwester des Struwwelpeters.

Kai nickte bedauernd. »Ich weiß, aber mir ist ein Termin dazwischengekommen. Ich muss heute früher in die Arbeit als sonst.«

»Immer arbeitest du!«, sagte Emma mit kindlichem Vorwurf. »Nie hast du Zeit für mich. Das ist richtig gemein! Du hast mich überhaupt nicht mehr lieb.«

»So was darfst du noch nicht einmal denken!«, protestierte ihr Vater entgeistert. »Ich liebe dich und würde alles für dich tun, Emma!« In einem Punkt jedoch hatte seine kleine Tochter tatsächlich recht. Seit dem Tod seiner Frau stürzte Kai sich fast krankhaft in Arbeit. Ihm war vollkommen klar, dass es eine Flucht aus seiner nicht enden wollenden Traurigkeit war, wie eine Sucht, die verhinderte, sich den Tatsachen endgültig zu stellen. Und ihm war absolut bewusst, dass es langsam an der Zeit war, ein neues Kapitel zu beginnen, und doch: Alles in ihm versuchte exakt das zu verhindern. Obwohl seit Tinas Unfall ganze vier Jahre vergangen waren, hatte er ihren sinnlosen Tod nach wie vor nicht verwunden. Es war ihm ganz recht, dass es in seinem unglücklichen Leben nur noch das Büro und Emma gab. Er hatte keine Hobbys, kaum Freizeit und erst recht keine Freundin. Aber es war ein freiwilliger Entschluss, und Kai hatte sich in seiner vertrauten Traurigkeit eingerichtet.

Natürlich wusste er ganz genau, dass Emma sich sehnlichst eine Familie wünschte: Aber eine neue Partnerin kam ihm nicht in den Sinn. Keine würde Tina jemals ersetzen können. Außerdem hieße ein Neuanfang, aus dem selbst gebastelten Hamsterrad auszusteigen. Er musste unter Leute gehen, sein Schicksal am Schopf packen. Aber dazu fühlte Kai Winter sich einfach nicht in der Lage.

Kais Blick versank deprimiert in der Prinzessin-Lillifee-Bettwäsche seiner Tochter. Ohne dass er es bemerkte, hatte er seine Hände verzweifelt zu Fäusten geballt. Ein betrunkener Autofahrer hatte Tina von jetzt auf gleich aus dem Leben gerissen. Ein betrunkener Autofahrer hatte Emma zur Halbwaise gemacht und Kais Seele verwüstet. Seit dem frühen Tod seiner Frau war jede Lebensfreude in ihm verkümmert. Eine Zeit lang hatte ihm sein Hausarzt Tabletten verschrieben. Hochdosierte Zufriedenheit, die ihm vorgekommen war wie eine Lüge.

Prinzessin Lillifee lächelte ihn gleichgültig an. Für eine Sekunde schloss Kai müde die Augen, vertrieb dann aber seiner Tochter zuliebe die dunklen Gedanken. Emma war damals zu klein gewesen, um sich überhaupt noch an irgendetwas zu erinnern. Sein Schmerz war nicht ihr Schmerz, und sie hatte ein Recht auf eine unbeschwerte Kindheit. Also scheuchte er sie aus dem Bett, indem er sie sich schnappte und kitzelte. Emma kreischte laut auf.

»Ich arbeite so viel, weil irgendjemand all deine tollen Spielsachen bezahlen muss!«, erklärte er, während sich seine Tochter prustend aus seiner Umklammerung befreite. Kai bückte sich, um ein einzelnes schwarzes Puzzleteil vom Boden aufzuheben. Wie ein Beweisstück hielt er es hoch.

»Da ist es ja wieder!«, rief Emma mit einer so tiefen Erleichterung, als würde ihr Lebensglück von dem verlorenen Puzzleteil abhängen. »Das ist nämlich das Auge vom Walfisch! Endlich ist er nicht mehr blind. Walfische sind keine Fische, Papa! Wusstest du das? Und sie sind Vegetarier und essen Gemüse.« Ohne seine Antwort abzuwarten, schnappte sie das wiedergefundene Teil und warf es achtlos auf ihren Nachttisch. Zweifelsohne würde es bald schon wieder verloren gehen.

»Sie essen wohl eher Plankton«, murmelte Kai Winter. Er versuchte wirklich, seiner Tochter jeden Wunsch zu erfüllen. Ihr blau tapeziertes Zimmer quoll über vor Spielzeug: neben einem funkelnden Barbieschloss, einer fabrikneuen Playmobil-Burg und spannenden Lego-Bausätzen bogen sich die Regale nur so vor Büchern, Spielen und Kuscheltieren. An der Wand hing eine gerahmte Illustration von Maurice Sendak, natürlich ein Original. Kai hatte die Zeichnung des weltberühmten Illustrators von *Wilde Kerle* in einem Auktionshaus in London entdeckt und sie für seine geliebte Tochter erstanden.

»Mist! Ich habe meine Hausaufgaben vergessen!« Aus weit aufgerissenen Augen sah seine Tochter ihn an. »Und ich muss noch Spielsachen einpacken!«

Kai unterdrückte einen Anflug von Ärger. Genau für diese Zwecke war Celine schließlich da. Er verstand nicht, warum die französische Au-pair sich nicht ausreichend kümmerte, schließlich zahlte er ihr den doppelten Lohn, der üblich war. Im Prinzip hatte sie bei ihm Narrenfreiheit. War es zu viel verlangt, dass sie darauf achtete, dass Emma gut vorbereitet zur Schule ging? Aber er wollte Emma seinen Unmut nicht spüren lassen.

»Wieso Spielsachen einpacken? Und was hat das mit deinen vergessenen Hausaufgaben zu tun?«, fragte er stattdessen. Er reichte Emma die Kleidung, die Celine am Vorabend für sie bereitgelegt hatte: eine zartlila Jeans, die erschütternd modisch für ein Grundschulkind war. Ein geputztes Paar Sneaker und eine frisch gebügelte Bluse mit einem Einhorn darauf. Wenigstens das hatte die junge Nanny also geschafft. Kai war gestern erst spät aus dem Büro heimgekehrt, da hatte Emma schon seit Stunden geschlafen.

»Wir sollen unser Lieblings-Spielzeug heute mit in die Schule bringen!«, erklärte Emma in dem für sie üblichen aufgeweckten Tonfall. Sie schlüpfte emsig in ihre Klamotten, und Kai lächelte gerührt. Ihre flinken Bewegungen waren typisch für sie, genauso wie die Tatsache, dass sie stets die Bluse falsch zuknöpfte.

»Spielt ihr jetzt etwa in der Schule?«, fragte Kai, scherzhaft empört.

Erheitert schüttelte Emma den Kopf. »Aber Papa! Das ist doch Schule. Wir lernen Englisch.«

»Ach so …« Kai kratzte sich an der Schläfe. Seit diesem Schuljahr unterrichtete die Grundschule seiner Tochter auf spielerische Art und Weise Englisch. Aus seiner Sicht war es eher Unterricht in Kauderwelsch – mit ungewissem Ausgang.

»Ich weiß auch schon, was Teddybär auf Englisch heißt!«, behauptete Emma neunmalklug. »*Teddy Bird* oder so ähnlich.«

»Ich bin beeindruckt!« Ein winziges Lächeln umspielte Kais Mund. Seine Tochter stand fertig angezogen vor ihm. Ein paar Minuten hatte er noch, also knöpfte er ihre Bluse richtig zu. Celine würde ihr später hoffentlich noch eine hübsche Frisur zaubern.

Aus Hundeaugen sah seine Tochter ihn an. »Papa, darf ich die Puppe mit in den Unterricht nehmen?«

Für einen Moment verstand Kai nicht, wovon sie sprach. Emma hatte zahllose Puppen, ihr Kinderzimmer war wie ein Warenlager von Toys »R« Us. Er wusste nicht, welche Puppe sie meinte, aber dann fiel der Groschen. Eine Falte grub sich in seine Stirn. Er hasste es, Emma einen Wunsch ausschlagen zu müssen.

»Du meinst die Puppe in der Vitrine, nicht wahr?«, fragte er zögernd. Mit einem wehmütigen Gesichtsausdruck ging er vor ihr in die Knie. Seine Tochter nickte beglückt. Voller Vorfreude sah sie ihn an. Sie schien sich sicher zu sein, dass er es heute ausnahmsweise erlaubte.

Unbehaglich biss sich Kai auf die Lippe. Warum musste Emma von allen möglichen Wünschen nur diesen einen haben?

»Deine Lehrerin hat doch extra gesagt, dass es euer

liebstes Spielzeug sein soll«, versuchte er sie von der begehrten Puppe abzulenken. »Was ist denn mit Schlappi?«

Schlappi war ein Steiff-Hund, für den Kai etliche Hundert Euro hingeblättert hatte. Er konnte sich nicht erinnern, seine Tochter jemals damit gesehen zu haben.

Emma zog einen Schmollmund. »Ich spiele nicht mit der Puppe aus dem Glasschrank, weil du mich nicht damit spielen lässt!«, motzte sie und klang auf einmal erstaunlich erwachsen. »Wenn du es mir erlauben würdest, wäre sie mein Lieblingsspielzeug. Es ist nämlich die schönste Puppe auf der ganzen Welt!«

Ein tiefes Gefühl von Trauer stieg in Kai auf. Für einen Moment drohte sie ihn zu verschlingen. Seine Stimme klang seltsam gepresst, als er seiner Tochter erklärte, dass sie die Puppe auf keinen Fall mitnehmen durfte.

»Weißt du, Emma, die Puppe ist absolut unbezahlbar für mich. Sie ist der wertvollste Gegenstand, den ich besitze. Wertvoller als mein Computer. Wertvoller sogar als meine teure Uhr!« Er hielt wie zum Beweis sein Handgelenk hoch. Emma hatte keine Ahnung vom Wert teurer Uhren, aber es hatte sie damals beeindruckt, dass er die Armbanduhr mit seiner goldenen Kreditkarte bezahlt hatte. Außerdem hatte der Verkäufer Emma einen winzigen Anhänger in Herzform geschenkt. Sie ahnte also, dass die Uhr ein Vermögen gekostet hatte.

In Emmas Kopf schien es jetzt tatsächlich zu rattern. »Ist die Puppe deshalb immer im Glasschrank eingesperrt?«, bohrte sie nach. »Damit niemand sie klaut, wenn jemand hier einbricht?«

Im Frühjahr war in der Wohnung über ihnen eingebrochen worden, und die Sache beschäftigte Emma wohl immer noch.

Kai nickte, auch wenn das nicht der Grund seiner Vorsichtsmaßnahmen war. Die Puppe war gleich doppelt geschützt. Sie lagerte in einer geschmackvollen Samtschachtel, die wiederum in der abgesperrten Vitrine im Wohnzimmer stand. Die Puppe sollte möglichst nicht mit Sonnenlicht in Berührung kommen. Außerdem ertrug Kai es nicht, das schöne Spielzeug täglich zu sehen. Manchmal, an sentimentalen Abenden, öffnete Kai eine Flasche Rotwein und nahm die Schachtel heraus. Dann saß er da, die Puppe vor sich auf dem Tisch, und die Trauer war so übermächtig, als könnte sie ihn vernichten. Nur Emma zuliebe war Kai überhaupt noch *da*. Ohne seine Tochter hätte er Tinas Tod niemals verkraftet.

Aber Emma war zu jung, um die Abgründe seiner Seele erahnen zu können.

»Genau«, log er also. »Stell dir mal vor, es bricht hier jemand ein und klaut diese Puppe! Ich will einfach nicht, dass sie verloren geht.«

Emma dachte angestrengt nach. Ein schelmisches Lächeln schlich sich in ihr Gesicht. »Wenn ich sie mitnehme, kann niemand sie stehlen!«, erwiderte sie schlagfertig. »Bei mir ist sie also am allerallersichersten.«

»Emma, bitte.« Ihr Vater sah sie eindringlich an. »Es geht nicht. Am Ende verlierst du sie noch auf dem Schulweg. Ich mach dir einen Vorschlag: Das nächste Mal, wenn ihr euer Spielzeug mitbringen sollt, sprechen wir noch mal darüber. Dann bist du ja schon wieder etwas älter. Einverstanden?«

Endlich gab Emma klein bei. »Also gut«, sagte sie wehmutsvoll. »Dann nehme ich doch Schlappi mit. Oder den Suppenkasperl!« Der Suppenkasperl war ein langes, dünnes Wollungetüm. Kais Mutter hatte das Spielzeug für Emma gehäkelt.

»Dann bin ich gespannt, was Suppenkasperl auf Englisch heißt!«, sagte Kai und war froh, das Thema damit beendet zu haben.

»Und am Wochenende übernachte ich bei Oma und Opa!« Emma strahlte ihn an.

Kai war fasziniert von den Gedankensprüngen seiner einzigen Tochter, aber sie hatte natürlich recht. Am Wochenende war Emma bei seinen Eltern zu Besuch. Vielleicht würde er die zwei Tage im Büro verbringen.

Er scheuchte Emma mitsamt dem Suppenkasperl aus ihrem Kinderzimmer hinaus. Celine stand gähnend an den Türrahmen der Küche gelehnt und musterte ihn mit ineinander verschränkten Armen. Das Au-pair-Mädchen trug sportliche Leggins und ein Tanktop, außerdem bogen sich ihre Wimpern vor Tusche. Ihr platinblondes Haar war zu einem frechen Messy Bun hochgesteckt. Als sie Kais Blick auffing, lächelte sie freundlich. Mit einer fließenden Bewegung löste sie sich vom Türrahmen und machte einen Schritt auf ihn zu.

»In diesem Hugo-Boss-Anzug sehen Sie aus wie ein Model aus der Vogue, Monsieur Winter …«, sagte sie mit ihrem französischen Akzent und fasste unverblümt nach seiner Krawatte. »Aber Ihr Krawattenknoten ist … *désastreux*!«

»Was ist ein Model?«, rief Emma aus der Küche. Sie hatte sich an ihren Platz gesetzt und schmierte sich Nutella auf ein Brötchen.

Celine hob amüsiert die Augenbrauen. Während sie Kais Krawattenknoten knüpfte, sah sie ihm unverhohlen direkt in die Augen. »Ein Model ist ein sehr schöner

Mann …«, sagte sie mehr zu sich selbst und hielt die Krawatte einen Moment zu lange zwischen den Fingern fest. Dann ließ sie sie los, zwinkerte ihrem Arbeitgeber zu und verschwand in der Küche.

Eine verlegene Röte schwappte in Kais Gesicht. Es war ihm unangenehm, wie hemmungslos das Au-pair-Mädchen mit ihm flirtete. Celine war jung, hübsch und intelligent, aber er hatte sie eingestellt, damit sie sich um Emma kümmerte.

So funktionierte Anziehung für ihn nicht. Er war kein Orang-Utan, der auf Knopfdruck auf weibliche Reize ansprang, wenn man sie ihm nur plump genug präsentierte. Für einen Moment bekam er keine Luft mehr, eine plötzliche Sehnsucht kesselte ihn ein. Nach wem oder nach was? Er konnte es noch nicht mal benennen. Vermutlich nach jener Art von tiefgreifendem Gefühl, das er niemals wieder empfinden würde. Aber schon hatte er sich wieder gefangen.

Vom ersten Augenblick an hatte Celine ihn umgarnt und bewundert. Vielleicht lag es wirklich daran, dass er optisch der Typ Mann war, auf den sie flog, womöglich aber auch an Dingen ganz oberflächlicher Natur. Er war »eine gute Partie«, wie seine Mutter nicht müde wurde zu beteuern. Und Celine wäre nicht die erste junge Frau auf dieser Welt, die sich in Statussymbole verliebte. So oder so: Sie beide kannten sich überhaupt nicht. Es irritierte ihn also, wie zielsicher sie war. Dabei hatte sie von seinem Innenleben nicht die geringste Ahnung.

»Falls es später wird, rufe ich an …«, verabschiedete er sich betont kühl. Er wollte Celine nicht das Gefühl geben, mit ihrer durchsichtigen Strategie auch noch Erfolg zu haben.

»*Oui, oui!*«, erwiderte sie mit einem spöttischen Lächeln. »Ich freue mich sehr, wenn Sie endlich kommen, Monsieur Winter.«

Hatte sie das doppeldeutig gemeint? Er hatte keine Ahnung, was sie im Deutschunterricht alles so lernte.

Kai schnappte sich verunsichert seine Laptoptasche. Beinahe hätte er das iPhone vergessen.

»Kümmern Sie sich bitte noch um Emmas Frisur?«, bat er zwischen Tür und Angel. »Ich will nicht, dass sie so in die Schule geht.«

»Genau dafür bin ich doch da!«, erwiderte Celine hörbar gekränkt. Kai ging noch einmal zurück, gab seiner Tochter einen Abschiedskuss und verschwand hinaus in den Sommertag. Heute würde es wohl nicht wieder gewittern.

Celine blieb mit Emma in der großzügigen Altbauwohnung zurück. »Beeil dich!«, trieb sie die Kleine mit plötzlicher Ungeduld an. Sie hatte keine Lust, gleich zur Schule rennen zu müssen. Minou aus dem Deutschkurs meldete sich über WhatsApp. Sie wollte Celine mittags in der Trattoria Italiana treffen, und als Lockmittel schickte sie ein Bild von Matteo. Gedankenverloren glitt Celines Zeigefinger darüber.

Kai Winter war unangefochten ihre Nummer eins. Denn er war genau der Typ Mann, den sie suchte: Er sah blendend aus, hatte das nötige Geld auf dem Konto und eine riesige Eigentumswohnung mitten in München. Mehr erwartete Celine von einem Partner nicht. Ihre Mutter hatte reich geheiratet und führte ein sorgloses

Leben, und genau das wollte die junge Frau mit dem lasziven Augenaufschlag auch irgendwann. Sie hatte keine Lust, wie ihre ältere Schwester für ihr Geld ackern zu müssen. Ihre Jugend, ihr gutes Aussehen und ihre Figur waren ihr Kapital. Und sie wusste genau, bei wem sie es anlegen wollte. Ihr Blick fiel auf Emma. Die kleine Göre nahm sie dafür in Kauf, denn der Weg in Kais Herz führte zweifellos über seine Tochter. Aber bislang biss sie bei ihm auf Granit. Kai Winter bot ihr ja noch nicht einmal das informelle Du an.

Celine starrte noch einmal das Foto von Matteo an. Der Betreiber der italienischen Bar sah aus wie ein Filmstar, aber was seinen Hintergrund betraf, hielt er sich leider bedeckt. Und sie hatte keine Lust, am Ende versehentlich bei einem mittellosen Pastakoch zu landen. Trotzdem konnte es nicht schaden, sich bei ihm in Erinnerung zu rufen.

»Was hältst du davon, wenn wir heute nach der Schule in die Puppenklinik gehen?«, fragte sie an Emma gerichtet. Sie wusste, es gab keinen Ort, an dem Emma lieber war.

»Wirklich?« Voller Vorfreude sah das kleine Mädchen sie an. Es war fast eine Woche her, seit Celine sie das letzte Mal in der Puppenklinik abgeliefert hatte. Normalerweise schleifte das Au-pair-Mädchen Emma täglich in irgendein anderes Kaufhaus der Stadt. Sie liebte Shoppingtouren, und München hatte diesbezüglich jede Menge zu bieten. Aber hin und wieder wollte Celine auch mit Minou ins Café, und in der Zeit wartete Emma allzu gern bereitwillig in der Puppenklinik.

»Du kannst den Mesdames dort helfen! Ich weiß doch, wie sehr du diese Lena magst!« Celine setzte ein Lächeln auf. Tatsächlich fingen Emmas Augen an, vor Vorfreude zu leuchten.

Wie gut, dass die Kleine ihr Herz an diese fade Puppenärztin verloren hatte. So hatte Celine den ganzen Nachmittag über Zeit, Matteo schöne Augen zu machen, ohne sich um Emma sorgen zu müssen. Kai Winters Tochter nickte begeistert.

»Jetzt los, hol deine Schultasche!«, mahnte die Französin zum Aufbruch.

Emma stutzte. »Und meine Haare?«

Lachend wuschelte ihr Celine mit der Hand durch den Schopf. »Das geht schon …«, stellte sie achselzuckend fest. Stattdessen stellte sie sich selbst vor den Spiegel. In aller Seelenruhe zog sie sich den Lidstrich nach, wobei sie aus dem Augenwinkel das verwirrte Gesicht der kleinen Emma musterte.

»Aber Papa hat gesagt, du sollst meine Haare machen!«, bockte Kai Winters Tochter auf einen Schlag.

»Früher nannte man das Punk«, spielte Celine die Sache herunter. Über den Spiegel hinweg zwinkerte sie dem Mädchen verschwörerisch zu. »Du bist einfach voll am Nerv der Zeit, kleine Emma.«

»Wir fahren alle Geschütze auf, die uns zur Verfügung stehen. Ich habe gestern die Adresse des Mieterschutzbundes herausgesucht. Außerdem gibt es in meiner Straße eine kleine Anwaltskanzlei. Anfang nächster Woche statte ich denen einen Besuch ab. Ein Beratungsgespräch wird nicht die Welt kosten.« Lena starrte auf ihren Schreibblock, ihre Augen waren verquollen. Sie hatte die halbe Nacht im Internet verbracht und möglichst viel zum Thema Mietrecht gegoogelt. Ihr blasses Gesicht zeugte von fehlendem Schlaf und quälender Angst, die sie seit dem Erhalt der Kündigung nicht mehr abschütteln konnte. Sie schwankte zwischen Kampfeslust und purer Verzweiflung hin und her, aber Ekki nickte zufrieden. Sie beugte sich über Lenas Notizen. Die Lesebrille rutschte ihr auf die Nasenspitze, und sie schob das Gestell geschäftig wieder zurück. Es wirkte, als wäre sie auf einmal Lenas Sekretärin.

»Ich war gestern auch noch aktiv und habe in meinem Demo-Netzwerk herumtelefoniert!«, begann Lenas Mitarbeiterin freudestrahlend zu erzählen. »In Schwabing gibt es einen namhaften Anwalt, der auf Fälle wie unseren spezialisiert ist. Angeblich hat er bislang noch jeden einzelnen Prozess gewonnen. Moment, irgendwo habe ich seine Nummer notiert …« Sie kramte erfolglos in ihrer Jackentasche nach dem verschwundenen Zettel.

Lena horchte auf. Ein winziger Hoffnungskeim kämpfte sich durch die Ruinen ihrer gestorbenen Träume. Vielleicht gab es doch noch Wunder – in den Schlagern sangen sie ja ständig davon.

»Er ist wohl auf Monate hinaus ausgebucht«, fuhr Ekki unbeirrt fort. »Aber wenn wir ihm erzählen, um was es geht, wird er bestimmt eine Ausnahme machen.«

Der winzige Keim welkte.

»Und dann gibt es immer noch die Möglichkeit einer Protesthütte im Hinterhof!« Ekki schien von Lenas Hoffnungslosigkeit nichts zu bemerken, oder aber sie war dagegen immun. Ekkis Optimismus schien unverwüstlich.

»Im Hambacher Forst hat das mit den Baumhäusern schließlich gut funktioniert, und das Wetter ist optimal, um im Freien zu campieren. Ach, hier ist ja die Nummer.« Sie reichte Lena ein zerknittertes Post-it.

Lena starrte ratlos von Ekki zu ihrem unleserlichen Gekritzel hinunter. Ekkis Stichworte auf dem Zettel sahen aus wie ägyptische Hieroglyphen. Sie würde sich keinen namhaften Anwalt leisten können, und was der Mieterschutzbund sagen würde, wusste sie im Grunde bereits jetzt. Sie hatte gestern Nachmittag diesen unsympathischen Property Manager noch mal an die Strippe bekommen, der ihr unmissverständlich klargemacht hatte, dass sie nicht den Hauch einer Chance besäße. Sie war übermüdet und ein wenig gereizt. »Protesthütte im Hinterhof?«, fragte sie skeptisch.

Auch das Telefonat mit ihren Eltern war deprimierend verlaufen, hatten die beiden ihr doch wenig Mut gemacht, diese Schlacht gewinnen zu können. Ihre Mutter hatte sie sanft aber bestimmt aufgefordert, sich mit dem Ende der Puppenklinik abzufinden.

»Nein!«

Verunsichert sah Ekki sie an. »Was meinst du? Ich weiß, der Vorschlag klingt erst mal naiv. Aber …«

Lena schüttelte hastig den Kopf. »Ich meinte nicht deine Ideen«, sagte sie verlegen. »Aber meine Mutter hat mir ohne Zögern empfohlen, zurück in den Schuldienst zu gehen. Dabei war die Klinik doch auch mal ihr Leben!«

Lena erinnerte sich daran, wie sie als Kind mit leuchtenden Augen am Tisch dort drüben gesessen hatte, um ihrer Mutter bei der Arbeit zu helfen. Sie hatte die gemütlichen Nachmittage in der Werkstatt geliebt. Mit einer Engelsgeduld hatte sie ihrer Mama die Schere gereicht, Wollreste auf dem Boden zusammengefegt oder

Knöpfe nach Farbe und Größe geordnet. Es war eine absolute Selbstverständlichkeit für Lena gewesen, die Puppenklinik zu übernehmen, aber nun schien es so, als hinge das Herz ihrer Mutter überhaupt nicht daran. Wie hatte Lena sich nur derart täuschen können? War sie die Einzige, der etwas an dem alten Familienbetrieb lag?

Ekki sah ihre junge Chefin mitfühlend an. Sie wusste, dass das Geschäft für Lenas Mutter oft genug eine Bürde gewesen war, hatte sie doch niemals die Wahl gehabt, ob sie den Familienbetrieb fortführen wollte oder nicht. Für Lenas Großvater mütterlicherseits war es selbstverständlich gewesen, dass seine Tochter das Unternehmen übernahm, während sie selbst es ihrem einzigen Kind freigestellt hatte, etwas ganz anderes aus ihrem Leben zu machen. Tief im Inneren hatte Lenas Mutter sich darüber gefreut, dass ihre Tochter Lehrerin geworden war. Das bot wesentlich mehr Sicherheit als eine ungewisse Zukunft im Einzelhandel.

»Sehen meine Eltern denn nicht, wie sehr mein Herz an diesem Laden hängt?«, fragte Lena verzweifelt. »Ist ihnen nicht klar, wie viel mir meine Arbeit bedeutet? Ich mache das doch auch meiner Mutter zuliebe. Das hier ist schließlich auch *ihr* Familienbetrieb.«

Ekki sah Lena mitfühlend an. »Egal, was du im Leben auch machst. Mach es für dich!«, gab sie der enttäuschten jungen Frau eine Empfehlung. »Und jetzt wirst du für dich und deine Ziele kämpfen. Es gibt noch ein bisschen Spielraum, und den nutzen wir. Das mit der Protesthütte war übrigens ernst gemeint. Und wir sollten die Medien mobilisieren!«

Entmutigt winkte Lena ab. »Welche Medien interessieren sich bitte für eine Puppenklinik?« Resigniert sah sie ihren neuesten Patienten an. Auf der Werkbank lag ein ausgeweideter Teddy. »Vielleicht muss man einfach akzeptieren, dass Puppenkliniken heute nicht mehr funktionieren. Mal ehrlich, wer braucht uns denn im Grunde noch? Spielzeug und Puppen gibt es für ein paar Euro bei Ebay.« Ihr netter Steuerberater hatte sie nach der Geschäftsübernahme damals mitleidig gefragt, ob man denn wirklich davon leben konnte, was genau genommen tatsächlich fast ein Ding der Unmöglichkeit war. Aber man konnte *dafür* leben, und das tat Lena mit jeder Faser ihres Herzens. Für ihren Traum war sie bereit gewesen, zurückzustecken und ein bescheidenes Leben zu führen. Urlaub war inzwischen ein Fremdwort für sie, und das Letzte, das sie sich geleistet hatte, war eine vergriffene Ausgabe der Fachzeitschrift »Dolls and Bears«, die sie für viel Geld bei einem Antiquitätenhändler erworben hatte.

In dem Moment flog die Tür auf, und Selma und Ida hüpften zu ihr in den Laden. Die Schwestern waren die Töchter eines schwedischen Diplomaten, und die Nanny kam sicherlich zweimal die Woche vorbei. Sie saß jetzt mit übereinandergeschlagenen Beinen drüben bei Matteo und nippte an einem Espresso.

»Na, wen haben wir denn da?« Der Anblick der zwei Mädchen mit den frechen Zöpfen und den niedlichen Matrosenkleidchen vertrieb Lenas Verzweiflung. »Ist es ein Notfall oder nur eine Vorsorge-Untersuchung?«

Ekki lächelte gerührt. Sie schnappte sich den Bären mit dem offenen Bauch und verkrümelte sich damit in eine Ecke.

»Bei meiner Puppe ist es ein Notfall!«, behauptete Selma atemlos. »Bei meiner Schwester ist es eine Versorgungs-Versuchung.« Die kleine Ida nickte beteuernd.

»Na, dann lasst mal sehen!« Lena räumte ihren Arbeitsplatz frei. »Vorher ziehe ich mir aber den Mundschutz an. Ich will hier schließlich niemanden mit Teddy-Mumps oder hartnäckiger Barbie-Grippe anstecken.«

Fasziniert beobachteten die zwei Mädchen, wie Lena sich mit ernster Miene den Mundschutz über das Gesicht stülpte. Dann zog sie sich Gummihandschuhe über, auf einen weißen Kittel allerdings verzichtete sie.

Selma kramte aufgelöst eine blonde Puppe mit Schlafaugen aus einem Turnbeutel. Das Spielzeug war tadellos und hatte nicht eine Schramme.

»Was ist passiert?«, fragte Lena behutsam.

Ida legte ihren kleinen Plüsch-Pinguin daneben. Lena kannte den frechen Kerl nur zu gut. Sie hatte ihm erst kürzlich den Schnabel verbunden.

»Fabiana ist aus dem Bett gefallen!«, sagte Selma verzagt. Ihr Blick glitt zu der Schüssel mit den Kaubonbons hinüber. »Von ganz weit oben!«, betonte sie kläglich.

»Aus dem Stockbett?«, fragte Lena erschrocken. Sie besah sich die Puppe von allen Seiten, dann blickte sie sich nachdenklich um. Ein Lächeln huschte ihr über das Gesicht, als sie gefunden hatte, wonach sie suchte.

»Was ist das?«, fragte Selma neugierig, während Lena einen Schrittzähler über die Puppe hielt. Es war ein Werbegeschenk ihrer Krankenkasse gewesen, das sie eigentlich schon längst im Mülleimer hatte entsorgen wollen.

»Das ist mein tragbares Röntgen-Gerät«, behauptete Lena voller Ernst. »Es wird mir Brüche und Prellungen melden.«

Aufgeregt sahen die Schwestern sich an. Betont langsam ließ Lena den Schrittzähler über die völlig intakte

Puppe gleiten. Zu ihrer Freude sonderte das Gerät tatsächlich einen schrillen Piepston ab.

»Und?« Aus großen Augen sah Selma sie an.

»Fabiana hat nur eine kleine Verstauchung. Aber es ist nichts gebrochen!«, sagte Lena erleichtert. »Sicherheitshalber gebe ich dir ein paar Tabletten mit, falls sie nachts nicht schlafen kann. Ist das in Ordnung?«

Eifrig nickte das Mädchen.

Lena nahm eine winzige Papiertüte und befüllte sie mit drei Kaubonbons. Selma lächelte selig.

»Ich glaube, Fipsi hat auch Schmerzen«, schaltete sich Ida mit einem sehnsüchtigen Blick auf die Tüte ein. Sie zeigte unsicher auf ihren Plüsch-Pinguin.

Lächelnd befüllte Lena auch für sie eine Tüte. »Was ist mit Fipsi?«, fragte sie dann.

Ida sah betrübt auf den Boden. »Er kann nicht mehr fliegen«, flüsterte sie. »Dabei möchte er ganz weit weg. Am liebsten zum Nordpol.«

»Zum Südpol!«, korrigierte ihre ältere Schwester.

Lena horchte auf. Es war ein schmaler Grat, wenn Kinder über die Sorgen und Nöte ihrer Spielzeuge sprachen. Manchmal war es wirklich ein Spiel, oft steckte aber auch mehr dahinter.

»Weißt du, Pinguine können gar nicht fliegen«, erklärte Lena der kleinen Ida vorsichtig. »Sie würden es vielleicht gerne. Aber es ist ihnen nicht möglich, und sie brauchen es auch gar nicht, denn sie sind ganz tolle Schwimmer.«

»Dann geht es ihnen wie uns Kindern!« In Idas blauen Augen standen die Tränen.

Lena ging vor dem kleinen Mädchen in die Knie. »Würdest du denn manchmal gerne davonfliegen?«, fragte sie sachte und reichte der kleinen Pinguin-Mutter ein Taschentuch. Umständlich schnäuzte sich Ida.

»Mama und Papa wollen sich vielleicht scheiden lassen«, platzte es aus Ida heraus. »Fipsi findet das richtig blöd. Am liebsten würde er davonfliegen, bis sich niemand mehr streitet.«

Lena sah die beiden Mädchen mitleidig an.

»Mama und Papa sind richtig gemein«, brach es wie ein Vulkan aus Selma heraus. »Sie sind ganz laut und sagen böse Sachen zueinander. Mama hat versprochen, dass wir alle gemeinsam nach Italien fahren, aber Papa will nicht mit, weil er sauer auf Mama ist. Und jetzt fahren wir gar nicht, sondern bleiben zu Hause!« Kindliche Wut blitzte in ihren Augen auf, und eine einsame Träne rann ihr über die gerötete Wange.

Wie gerne hätte Lena die zwei Schwestern ganz eng an sich gedrückt! Hoffentlich würden die Eltern das Kriegsbeil wieder begraben, aber was konnte sie jetzt tun, damit es den aufgewühlten Mädels zumindest kurzzeitig besser ging? Ihr Blick glitt hinunter zu Fipsi.

»Ich erzähle euch beiden jetzt ein Geheimnis«, wisperte Lena. »Pinguine können zwar nicht fliegen, aber sehr gut schwimmen und noch besser tanzen. Wenn niemand zuschaut, tanzen sie ausgelassen zu lauter Musik. Deshalb haben sie einen schwarz-weißen Anzug an, den nennt man Frack. Und deshalb haben sie Disco-Flossen. Sie tanzen, weil sie dabei all ihre Sorgen vergessen!« Feierlich zeigte sie auf Fipsis orange Flossen. »Ihr solltet es genauso machen wie die Pinguine. Tanzt daheim zu schöner Musik. Tanzt mit eurem lieben Fipsi!«

»Wirklich?« Aus weit aufgerissenen Augen sah Ida sie an. Das verweinte Mädchengesicht gab Lena einen Stich.

Am liebsten hätte sie die Kleine eingepackt und mit nach Hause genommen. Es gab kaum eine Familie in ihrem Kundenkreis, in der nicht irgendetwas im Argen lag. Es war wohl ihr Talent, den Kindern ihre geheimsten Sorgen zu entlocken.

Das Gesicht der Nanny erschien am Glaseinsatz in der Tür. Sie winkte den Kindern auffordernd zu, und Selma seufzte genervt und wischte sich über die Augen. Ida ließ rasch die Süßigkeiten in ihrer Tasche verschwinden.

»Fabiana sollte heute Abend früh ins Bett!«, gab Lena den beiden Mädchen noch einen ärztlichen Rat. »Und Fipsi braucht schöne Musik, um zu tanzen!«

Artig nickten die zwei und stoben davon. Gerührt beobachtete Lena, wie sie mit ihrem Kindermädchen Richtung Straße verschwanden.

»An dir ist echt eine Mutter verloren gegangen!«, seufzte Ekki bedauernd. »Oder eine Kinderpsychologin. Du hast einfach einen direkten Draht zu den Kleinen.«

»Deshalb bin ich Puppenärztin geworden.« Schon wieder stieg Trauer in Lena auf. Als die zwei Mädchen da gewesen waren, hatte sie für ein paar Minuten das ganze Drama vergessen können. Aber jetzt, da sie wieder allein mit Ekki war, wurde sie von der Realität brutal eingeholt.

Die Tür ging auf, und Katjas strahlendes Gesicht erhellte den Laden. Ihre hellbraunen Locken hatte sie mit einem schlichten Haargummi gebändigt, und wie immer hatte sie den Mund mit ihrem Lieblingslippenstift von Dior geschminkt. Der Kultlippenstift, dessen markantes Rot nicht zu übersehen war, diente Katja als beständiger Begleiter seit ihrer gemeinsamen Schulzeit. »Rettung naht!«, sagte Katja selbstbewusst. »Wo ist die Petition, die ich unterschreiben kann, Ekki? Ihr seid doch hoffentlich schon tätig geworden? Gebt mir ein Banner, und ich stelle mich noch in dieser Sekunde raus auf die Straße!«

Ekki sah auf. »Eine Petition! Das ist es!« Sie legte das Stofftier, das sie in Arbeit hatte, zur Seite und schnappte sich ihren Block. »Dass ich nicht selbst darauf gekommen bin. Dabei ist es die naheliegendste Lösung.«

Katja wühlte ungeniert in der Schüssel mit Kaubonbons, suchte nach der Geschmacksrichtung Kirsche und wurde fündig. »Ich habe mit dem Archäologen telefoniert. Du weißt schon.« Sie sah Lena vielsagend an und formte lautlos das Wort »Tinder«.

»Ich dachte, er ist mumifiziert und …«

»Ja, ja!«, unterbrach sie Katja und winkte ungeduldig ab. »Zufällig ist er aber auch Experte für Fragen des Denkmalschutzes!«

»Denkmalschutz? Ich glaube, das war mein Stichwort!« Ekki zwängte sich hinter der Werkbank hervor. »Ich habe die 68er in vollem Ausmaß miterlebt«, sagte sie stolz. »Es besteht durchaus die Chance, doch noch als lebendes Denkmal Karriere zu machen!«

Katja grinste. »Du könntest als sogenanntes *bewegliches* Denkmal durchgehen, Ekki«, überlegte sie laut. »Mein Experte hat mir die Unterschiede bereits ziemlich genau erklärt.« Die zwei Frauen lachten erheitert auf.

»Inwiefern kann der Denkmalschutz mir behilflich sein?«, fragte Lena in die ausgelassene Stimmung. Ihre Stimme klang aufgeregt. Vielleicht war das die Lösung, nach der sie schon die ganze Zeit suchte. »Was ist so besonders an diesem Gebäude? Ich meine, wo ist der architektonische Wert?«

»Na ja.« Katja schlenderte zu dem Regal mit den Puppenköpfen hinüber, nahm einen pausbäckigen Porzellan-

Kopf heraus und inspizierte ihn nachdenklich von allen Seiten. »Beim Denkmalschutz geht es nicht nur um das Alter oder das Aussehen von Gebäuden, sondern auch um den historischen Wert!«, erklärte sie und sah achselzuckend zu ihrer besten Freundin hinüber. »Deine Puppenklinik ist fast hundert Jahre alt. Sie könnte für das Stadtviertel von kultureller Bedeutung sein, ohne dass wir es wissen.«

»Wunderbar! Die Puppenklinik ist endlich gerettet!«, sagte Ekki, als wäre damit schon alles entschieden. »Wir *sind* von kultureller Bedeutung. So sehe zumindest ich das.«

Lena nickte nachdenklich. Es rührte sie, dass Ekki und Katja so viel Energie investierten, um ihren Laden zu erhalten. Aber bislang hatte sie noch nicht den Eindruck gehabt, dass wirklich einer der Ratschläge zielführend war. Die Idee mit dem Denkmalschutz schien ihr aber tatsächlich erfolgversprechend zu sein.

»Okay, mal angenommen, ich führe tatsächlich Denkmalschutz für den Laden ins Feld.« Lena griff nach ihrem Schreibblock und blickte erwartungsvoll Katja an. »Was muss ich tun?«

Katja legte den Porzellan-Kopf zurück ins Regal und widmete sich wieder ganz ihrer Freundin. »Na ja, du gibst dem Amt einen Hinweis. Gutachter entscheiden dann, ob der Antrag auf Denkmalschutz gerechtfertigt ist. Das alles braucht natürlich seine Zeit. Und ob der Versuch von Erfolg gekrönt ist, werden wir erst hinterher wissen.«

»Zeit haben wir nicht wirklich«, sagte Lena ernüchtert. Die Müdigkeit legte sich über sie wie eine Glocke. Seit sie die Kündigung erhalten hatte, fühlte sie sich niedergeschlagen und schlapp. Sie musste ihre Kräfte mobilisieren. Es ging um alles oder nichts.

»Gut.« Lena ergänzte das Stichwort Denkmalschutz auf ihrer Liste, und ganz klein schrieb sie *Protesthütte* ans Ende der Seite. Sie war nicht gerade in der Situation, Vorschläge leichtfertig ablehnen zu können, und sie musste nach jedem Strohhalm greifen, der sich ihr bot. »Was haltet ihr von dieser Vorgehensweise?« Sie sah Ekki und Katja bittend an. »Ekki, du lässt dir möglichst schnell einen Termin beim Mieterschutzbund geben. Und Katja, du vertiefst dich bis dahin noch weiter in die Sache mit dem Denkmalschutz. Informiere dich, wo wir das Gutachten beantragen können. Nachdem der Mietvertrag leider eindeutig ist, scheint es aktuell die einzige Chance zu sein, die wir haben.« Sie sah stirnrunzelnd zu dem Regal mit den vielen Aufträgen hinüber. Die Kartons stapelten sich, eigentlich sollte sie längst an der Werkbank sitzen. »Ich rufe in der Zwischenzeit diesen geheimnisvollen Anwalt an«, sagte sie zögernd. »Auch wenn es mir nicht wirklich zielführend scheint und ich solche Telefonate wirklich *hasse*. Mir sind Gespräche unter vier Augen einfach tausendmal lieber. Aber wir sollten keine Zeit verlieren. Jede Minute ist kostbar.«

Interessiert horchte Katja auf. »Wir haben einen geheimnisvollen Anwalt?«, fragte sie merklich begeistert.

Ekki pflückte den Notizzettel vom Tisch und reichte ihn Katja. »Noch nicht, aber mir wurde dieser Jurist in Schwabing empfohlen, der genau zu unserem Problem passt. Der Typ ist auf Immobilienrecht spezialisiert und scheint jeden Gerichtsprozess zu gewinnen.«

»Das ist *unser* Mann!«, entschied Katja, ohne zu zögern. »Kümmere du dich um deine Arbeit, Lena. Ich nehme dir das Gespräch gerne ab. Wir Außendienstlerinnen entfalten erst am Telefon unsere gesamte charismatische Aura, und mein nächster Termin ist erst in eineinhalb Stunden. Ja, ich *liebe* Telefonate mit unbekannten Männern mit eigener Kanzlei! Ich hoffe, der Typ ist geschieden. Ekki, soll das eine Acht oder eine Drei sein? Wie konntest du mit dieser Handschrift jemals einen Schulabschluss bekommen?«

Ekki diktierte Katja seufzend die hastig hingeschleuderte Nummer, dann griff sie nach ihrem eigenen Handy. »Kann ich dich hier im Laden alleine lassen, Lena?«, fragte sie ihre Chefin. »Ich bin ganz deiner Meinung. Wir sollten keine Zeit verlieren, auch wenn es aktuell noch nicht eilt. Ich lasse mir gleich jetzt einen Termin beim Mieterschutzbund geben. Wer weiß!« Sie sah auf die Uhr. »Danach muss ich leider noch zu einer Arbeits-AG. Die Krawallschwestern, bei denen ich im Vorstand bin, planen mit den Omas gegen rechts eine Aktion gegen Rassismus.«

Lena nickte überrumpelt, auf einmal schienen sich die Ereignisse zu überschlagen. Auf einmal kam Bewegung in die Sache.

Genau in dem Moment, als Ekki mit wehenden Fahnen den Laden verließ, schlüpfte Emma durch die Tür. Lena ging das Herz auf, denn das kleine Mädchen war ihre Lieblingskundin.

»Wie siehst du denn aus, Emma?«, fragte sie lächelnd statt einer Begrüßung. Das Haar des Mädchens stand in alle Richtungen ab.

»Das ist Punk!«, behauptete Emma und warf ihren Schulranzen achtlos in die Ecke. »Und das hier ist der

Suppenkasperl. Der war heute in der Schule dabei. Ich hatte nämlich Englisch.«

»Guten Tag!« Lena schüttelte dem langen Elend die Tatze. Dann kramte sie in ihrer Schublade nach einem Haargummi, schnappte sich eine Bürste und zog Emma liebevoll an sich. Mit geübtem Griff kämmte sie ihr das Haar.

»Zopf oder Pferdeschwanz?«, fragte Lena.

»Stopsellocken!«, verlangte Emma, und die Puppenärztin lachte erheitert.

»Zaubern kann ich leider nicht!«, sagte sie. »Aber ich probiere heute mal was Neues!« Sie flocht der anspruchsvollen Kundin eine aufwendige Affenschaukel.

»Weißt du, was Teddybär auf Englisch heißt?«, fragte Emma, während Lena ihr mit geübtem Griff eine anständige Frisur zauberte.

»Nein«, behauptete Lena und lauschte andächtig.

»Teddy Bird! Und Suppenkasperl heißt Superclown.«

Lena runzelte erheitert die Stirn. Offenbar hatte sich das Mädchen die Worte zum Teil falsch eingeprägt.

»Stell sie sofort als Dolmetscherin für deine fremdsprachige Kundschaft ein!«, empfahl Katja mit einem Augenzwinkern. Sie saß hinter der Werkbank und war konzentriert über ihr Handy gebeugt.

»Perfekt frisiert!« Lena gab Emma einen Klaps auf den Rücken. »Jetzt siehst du aus, wie aus dem Ei gepellt!«

Emma nickte zufrieden. Sie drehte sich um und drückte der Puppenärztin überraschend einen feuchten Schmatzer auf die Wange.

Lenas Herz wurde schwer, denn ihr wurde erneut bewusst, dass sie nicht nur den Laden, sondern auch ihre kleinen Kunden verlieren würde. Emma, Selma, Ida und all die anderen, würde sie sie nach dem Aus der Puppenklinik noch sehen? Wo sollten die Kinder zukünftig hin, wenn es etwas gab, das sie bedrückte? Lena hatte einen dicken Kloß im Hals, und sie schenkte Emma ein trauriges Lächeln.

»Willst du mir bei einer sehr kniffligen Operation helfen?«, fragte sie zärtlich. »Ich könnte eine erfahrene Krankenschwester dringend gebrauchen!«

Emma nickte überschwänglich, und Lena ging zum Fach mit den neuesten Aufträgen hinüber. Ein dreißig Jahre altes Monchhichi mit einer abgewetzten Stelle am Arm wartete darauf, verarztet zu werden. Aus großen Kulleraugen sah es sie an und saugte am Daumen wie ein hilfloses Baby.

»Süß!«, entfuhr es Emma begeistert, und sie betrachtete das Kuscheltier voller Ehrfurcht. »Wie heißt der? Der sieht aus wie ein Affe!«

»Es heißt Monchhichi«, erklärte Lena. »Siehst du, das Fell am linken Arm ist an einigen Stellen kahl. Ich zeige dir, wie ich es wieder heile mache.«

Sie legte sich Klebstoff, Schere und Kunstfell zurecht. Auch das rechte Auge des Spielzeugs musste vorsichtig nachgemalt werden.

»Gib unserem Patienten bitte eine Narkose!«, wies Lena ihre Assistentin Emma an. Sie reichte dem Mädchen die Spielzeugspritze, die sie mit größter Vorsicht am Oberarm des Monchhichis ansetzte. »Es tut auch gar nicht weh!«, versprach sie tröstend.

»Es geht um die Kündigung eines alteingesessenen Ladens!«, hörte sie Katja im Hintergrund sagen. Offenbar hatte sie den Anwalt oder dessen Büro am Apparat. »Genau genommen handelt es sich um eine Puppenklinik.

Wir bräuchten zeitnah einen Termin. Es eilt, die Kündigung ist schon zum Ende des Jahres.«

Emma riss die Augen auf. Das Monchhichi war augenblicklich vergessen.

»Muss die Puppenklinik zumachen?«, fragte sie mit sichtlichem Entsetzen in der Stimme. So jung sie auch war, sie hatte die Zusammenhänge sofort begriffen.

Lena schraubte den Klebstoff wieder zu. Sie hatte Emma nicht in ihre Probleme einweihen wollen, aber irgendwann würde das Mädchen es ja doch erfahren. Und besser gewöhnte sie sich jetzt schon daran.

Emma hatte die Spielzeugspritze beiseitegelegt, ihr Gesicht war kalkweiß, ihre Mundwinkel bebten. »Aber warum denn?«, fragte sie ängstlich.

Lena fasste tröstend nach Emmas Hand. »Noch ist es nicht so weit«, gab sie eine vorläufige Entwarnung. »Bis zum Jahresende sind wir noch hier. Aber jemand hat den gesamten Wohnblock gekauft. Und er will keine Puppenklinik im Hinterhof haben.«

»Aber wer kümmert sich denn dann um die kranken Puppen und Kuscheltiere?«, fragte Emma. Entgeistert starrte sie Lena an.

Lena strich ihr sanft über den Kopf. Es tat ihr weh, dass Emma so aufgewühlt war. »Keine Sorge, es gibt ja noch ganz viele andere Puppenärzte in München …« Sie wusste, dass das eine Lüge war. Ihre Tätigkeit gehörte zu den vom Aussterben bedrohten Berufen, schließlich lohnte es sich nicht mehr, Puppen und Teddys zur Reparatur wegzugeben. Ein Neukauf war meist billiger als eine Restauration.

»Willst du denn nicht mehr den armen Puppen und Teddybären helfen?«, fragte Emma traurig.

Die Frage gab Lena einen Stich. »Natürlich will ich das!«, sagte sie mit zum Teil gespielter Erschütterung. »Aber weißt du, der Laden gehört mir nicht. Er gehört anderen Leuten.«

»Aber wem denn?«, fragte Emma mit rührender Unbedarftheit. »Dann ruf ihn doch einfach an und sag ihm, dass du den Laden noch brauchst!«

Lena sah auf das Monchhichi hinab. Wie sollte sie einem Schulkind das Thema Investor erklären? Nein, sie würde jetzt nicht anfangen, von Chinesen zu sprechen.

»Ich kenne diese Leute nicht«, sagte Lena dann trotzdem. »Aber sie haben den ganzen Wohnblock gekauft. Und natürlich wollen sie Geld damit verdienen. Vielleicht gibt es hier dann bald ein tolles Spielzeuggeschäft, oder es eröffnet ein Eiscafé, das wäre doch super!«

»Aber es gibt doch schon Matteos Café!«, widersprach Emma. Innerlich zuckte Lena zusammen, denn auch Matteos Trattoria würde den Eigentümerwechsel nicht überleben.

»Kannst du denn gar nichts machen?«, fragte Emma. Die Puppenklinik schien ihr wirklich viel zu bedeuten.

Katjas Kopf erschien hinter dem riesigen Karton mit Kunstpelz-Resten. »Unser Topanwalt hat im Moment leider keine Zeit. Außerdem hat er einen astronomischen Stundenlohn, den du dir ehrlich gesagt nicht leisten kannst. Aber ich habe am Telefon ausgiebig herumgejammert, und so konnte ich ihn erweichen. Er hat mir die Nummer einer befreundeten Kollegin gegeben.« Katja fischte ein Stück Pelz aus der Kiste und hielt ihn sich prüfend gegen die Haut. Dann warf sie ihn achtlos zurück zu den anderen. »Die Dame ist schon etwas älter und sollte wohl längst in Rente sein«, fuhr sie fort. »Sie hat aber aus persönlichen Beweggründen dem Thema Gentrifizierung den Kampf angesagt. Gut möglich, dass sie dich vertritt. Momentan allerdings liegt sie wegen einer Hüft-OP in einer Klinik.«

Die Puppenärztin wusste nicht, ob sie lachen oder weinen sollte. Merkte Katja überhaupt, dass das alles wie Slapstick klang? Das Team Puppenklinik wurde angeführt von einer hüftlahmen, uralten Juristin, die einen Kampf gegen eine Gruppe chinesischer Heuschrecken ausfechten sollte? »Danke, Katja …« Lena warf ihrer Freundin einen zweifelnden Blick zu, zwang sich dann aber zu einem dankbaren Lächeln. Katja tat eh schon alles, was in ihrer Macht stand. Und es wäre ein wahres Wunder gewesen, hätte dieser teure Topanwalt sich wirklich ihrer Sache angenommen.

»Bleibt die Puppenklinik jetzt doch?«, fragte die kleine Emma zufrieden.

Lena wollte ihr keine falsche Hoffnung machen. »Mal sehen, was die Anwältin sagt, wenn ich sie treffe«, sagte sie, aber ohne allzu viel Zuversicht in der Stimme. »Wenn ich ehrlich bin, glaube ich nicht, dass sie mir helfen kann.« Auf Emmas verzagten Gesichtsausdruck schob sie eilig hinterher: »Aber vielleicht gewinne ich in der Zwischenzeit ja im Lotto«, fantasierte sie vor sich hin. »Gestern Abend habe ich zum ersten Mal in meinem Leben Lotto gespielt! Womöglich knacke ich ja den Jackpot!« Sie hatte diese peinliche Anekdote eigentlich für sich behalten wollen, aber warum sollte sie lügen? Sie griff wortwörtlich nach jedem Rettungsring. Geld machte nicht glücklich, doch es erleichterte einem das Leben erheblich. Aktuell hätte sie rein gar nichts gegen sechs Richtige im Lotto einzuwenden.

»Würdest du dann alle Häuser hier kaufen?«, fragte Emma mit großen Augen.

»Na ja, zumindest würde ich meinen kleinen Laden erwerben!«, tagträumte Lena, auch wenn ihr glasklar war, dass dieser Wunsch wenig Aussicht auf Erfüllung hatte.

Ruckartig sah Emma auf. In ihrem Kopf schien es zu rattern. »Du brauchst einen Schatz!«, entfuhr es ihr. »Du brauchst einen Schatz, so wie im Märchen.«

»Ja, ein Schatz …« Gerührt lächelte Lena ihre Stammkundin an. Wie schön wäre es, wenn das Leben ein Märchen wäre.

Genervt kniete die junge Französin vor der antiken Vitrine. Sie war als Au-pair-Mädchen eingestellt worden, aber doch nicht als Putzfrau! Doch die Reinigungskraft hatte kurzfristig abgesagt, und zum Wochenende wollte Monsieur Winter eine saubere Wohnung. Gut, das zusätzliche Geld war durchaus ein Anreiz. Kai Winter ließ sich nie lumpen und war übertrieben großzügig zu ihr, außerdem hatte er ihr für den kleinen Putzauftrag zwei freie Tage versprochen.

Celine wischte mit dem feuchten Tuch lustlos über die Scheibe. Dann erst fiel ihr ein, dass Emma morgen bei ihren Großeltern war und anschließend dort übernachten wollte. Augenblicklich besserte sich ihre Laune: Das Wochenende über gehörte Kai Winter ganz ihr, achtundvierzig Stunden ohne das nervige Kind. Zeit genug, ihren Chef endlich im Sturm zu erobern.

»Im Krieg und in der Liebe ist alles erlaubt!« Das Sprichwort hatten sie im Deutschunterricht gelernt, und Celine war bereit, um Kai Winters Liebe zu kämpfen.

Sie sah prüfend zu dem ausladenden Designersofa hinüber, das zwar unbequem, aber stylisch war und zumindest ausreichend Platz für zwei Menschen bot. Zwei Menschen, die in leidenschaftlicher Umarmung darauf hinabsanken. Celine lächelte voller Zuversicht. Als ihr Blick auf die Gemälde-Galerie an der Wand gegenüber fiel, rümpfte sie kurz verächtlich die Nase. Diese alten Schinken dort waren ihre Sache nicht, aber der moderne Teppich gefiel ihr. Sie würde morgen Vormittag frische Blumen kaufen, eine Flasche Bordeaux aus dem frei stehenden Weinkühlschrank entnehmen und ein sinnliches Essen für sie beide bereiten. Vielleicht noch ein romantischer Film und Kerzenschein. War am Wochenende nicht sogar Vollmond?

Das Handy vibrierte. Es war Kai Winter.

»Celine, es wird heute doch leider spät. Bringen Sie Emma bitte ins Bett? Kümmern Sie sich darum, dass sie den warmen Schlafanzug trägt? Und lesen Sie ihr noch ein bisschen vor. Am besten ein Märchen.«

»Natürlich werde ich mich um die Kleine kümmern!« Celine zwang sich, fürsorglich zu klingen. »Aber Emma wird trotzdem enttäuscht sein. Sie freut sich schon den ganzen Tag auf Sie!«

»Ja, ich weiß.« Kai Winter klang traurig. »Aber es geht nicht anders. Ich komm hier nicht weg.«

»Die Wohnung habe ich geputzt«, sagte Celine. »Und Emmas Hausaufgaben sind auch erledigt.«

Sie schwiegen einen kurzen Moment. Gleich würde er sie bitten, seine Tochter an den Hörer zu holen.

Aber zu ihrer Überraschung bedankte er sich. »Ich

habe keine Ahnung, was ich zurzeit ohne Ihre Hilfe machen würde, Celine! Danke, ich weiß Ihre Unterstützung wirklich zu schätzen!«

»Schon in Ordnung.« Celine lächelte breit. Sie fühlte sich ihrem Ziel schlagartig näher.

»Was habt ihr beiden Hübschen heute gemacht?«, fragte Kai Winter nach einem kurzen Zögern.

Hatte er sie da gerade *Hübsche* genannt? Celine sah die Zielgerade hell leuchtend vor sich.

»Ich habe Emma von der Schule abgeholt.« Celines französischer Akzent gab jedem Satz eine singende Note. »Danach waren wir ein bisschen spazieren. Die Kleine braucht dringend Bewegung. Ich habe mit ihr den Chinesischen Turm im englischen Garten angeschaut. Und anschließend waren wir auf dem Friedhof.«

Im gleichen Moment bereute Celine den Satz. Es war schwierig genug, Emma ständig verheimlichen zu lassen, was sie in Wirklichkeit so trieben. Aber jetzt würde sie die Kleine bitten müssen, aktiv zu schwindeln.

Aber die Lüge hatte ihren Zweck erfüllt, denn Kai Winter räusperte sich gerührt. Sie konnte ihn sogar durch das Telefon schlucken hören. »Danke dir, Celine …« Seine Stimme brach. »Mir scheint, Emma ist bei dir in guten Händen.«

Touché! In Celine jubilierte es. Sie würde das Wochenende nutzen, um ihn auch von ihren anderen Qualitäten zu überzeugen und ihm zu demonstrieren, dass auch er in ihren Händen gut aufgehoben war. Vielleicht würden sie sich sogar auf dem Teppich dort lieben …

»Holst du mir Emma bitte kurz ans Telefon?« Erst jetzt fiel Celine auf, dass er sie duzte.

Lächelnd erhob sich das Au-pair-Mädchen und ging

in Emmas Kinderzimmer hinüber. Die Kleine hockte auf dem Boden und kämmte mit Trauermiene eine Barbie. Seit sie aus der Puppenklinik zurückgekehrt waren, war Emma sonderbar in sich gekehrt, aber Celine hatte keine große Lust dazu, auch noch Psychologin zu spielen.

Sie klickte am Handy auf Stummschalten. »Dein Papa ist am Telefon, tust du mir bitte einen Gefallen?«

Unglücklich sah Emma auf. Erst jetzt bemerkte Celine auf ihrer Wange eine hauchzarte Spur getrockneter Tränen. Umso besser: Die getrübte Stimmung des Kindes passte perfekt zu ihrer rührseligen Lüge. Auf Emma konnte man sich einfach immer verlassen.

»Dein Papa muss heute länger arbeiten …«, erklärte Celine und blickte sie mit verschwörerischer Miene an. »Ich wollte ihn glücklich machen, deshalb habe ich ihm gesagt, dass wir heute am Grab deiner Mama waren. Enttäusche ihn bitte nicht, wenn er dich fragt. Und du weißt ja, die Puppenklinik ist unser Geheimnis!« Celine ging in die Hocke und legte Emma augenzwinkernd den Zeigefinger auf den Mund, wobei ihr auffiel, dass der Nagellack an ihren Fingernägeln langsam abblätterte. Sie musste dringend mal wieder zur Maniküre!

Emma sah ihr Au-pair-Mädchen misstrauisch an. »Man soll aber nicht lügen!«, sagte sie voller Widerwillen.

»Das nennt man Notlüge!«, erklärte Celine seufzend. »Ich habe es dir doch schon erklärt, meine Kleine!«

Emma zögerte einen Moment. Es stimmte: Die Französin hatte es ihr oft genug eingeimpft. Sie durfte ihrem Papa nur von den Museen sowie vom Schwimmbad und

Ausflügen in den Englischen Garten berichten. Und von erfundenen Besuchen bei ihrer Mama offenbar auch. Alles andere aber war ihr Geheimnis. Shoppingcenter, Cafés und Puppenkliniken gingen ihren Papa einfach nichts an. Er mochte dieses Freizeitprogramm nicht, so hatte die Nanny es ihr wieder und wieder verklickert. Ihr Papa hatte eine *Desperation*, er war nicht mehr in der Lage, Glück zu empfinden. Sobald er also nur einmal von ihren lustigen Ausflügen erfuhr, würde er sie nie wieder gemeinsam losziehen lassen. Emma fiel es nicht gerade leicht, ihren Papa derart an der Nase herumzuführen, aber die Liebe zur Puppenklinik überwog: Emma log aus lauter Angst, die Puppenärztin und ihr verzaubertes Reich niemals wieder besuchen zu dürfen. Sie dachte an die Schildkröte Tinky-Winky, an den Elefanten Rudi und an das hübsche Fräulein Wunderlich. Manchmal erlaubte Lena ihr, mit den dreien zu spielen. Zögernd nickte sie also und gab damit ein zweifelhaftes Versprechen ab.

Sichtbar erleichtert reichte Celine ihr das Handy. »Gutes Mädchen!«, sagte sie lobend und aktivierte das Mikrofon wieder.

»Papa?« Emma atmete einmal tief aus. Es war nur eine kleine Schwindelei. Damit ihr Papa sich nicht unnötig sorgte. Damit er nicht noch trauriger wurde, als er sowieso schon war. Und damit Emma Lena und die Puppenklinik bald schon wieder besuchen durfte.

»Mein Mädchen!« Die Stimme von Kai Winter klang ungewohnt innig. Er wirkte fröhlicher als sonst, und für einen Moment vergaß Emma all ihre Sorgen. Die Sache mit der Kündigung der Puppenklinik hatte sie völlig verstört, seither konnte sie an überhaupt nichts anderes mehr denken.

»Ich muss leider noch im Büro bleiben, Emma. Aber wir sehen uns morgen zum Frühstück.«

»Schon wieder?« Emma klang schrecklich enttäuscht. Sie fühlte sich furchtbar allein, und am liebsten hätte sie ihm von der Puppenklinik erzählt. Aber das ging natürlich nicht. Also schluckte sie all die angestauten Wörter, die ihr aus dem Mund sprudeln wollten, eilig hinunter.

»Du kannst dich doch heimlich rausschleichen und nach Hause kommen, Papa!«, schlug sie ihm stattdessen vor. Sie sehnte sich nach den weit ausgebreiteten Armen ihres kräftigen Vaters. Er konnte sie immer noch durch die Luft wirbeln, wie er es gemacht hatte, als sie noch kleiner gewesen war – das konnten viele andere Väter nun nicht mehr. Er konnte ihr eine Geschichte vorlesen oder mit ihr zusammen spielen. Ihr fiel schon wieder die Puppenärztin ein. Es war schön gewesen, als Lena Emmas Haar gekämmt hatte. Wann immer Celine ihr das Haar machte, ziepte es. Emma konnte die neue Nanny einfach nicht leiden.

Emmas Vater lachte bedrückt. »Ach, Kind. Nein, das geht leider nicht. Weißt du, wir haben hier einen Notfall. Du weißt doch, was ein Notfall ist? Und du weißt auch, dass man bei einem Notfall seine eigenen Wünsche zurückstellen muss. Dann ist das große Ganze wichtig. Ich verspreche, es kommen auch wieder andere Zeiten. Bei mir liegt momentan einfach zu viel auf dem Tisch.«

»Das verstehe ich nicht. Was ist denn das große Ganze?«, fragte Emma und zog eine Schnute, als ob ihr Vater es sehen könnte.

»Das sagt man nur so. Damit ist gemeint, dass man nicht an sich selbst, sondern an andere denkt. Das ist dann das große Ganze. Du weißt doch, dass ich Dinge kann und weiß, die andere nicht wissen. Und ich muss Menschen helfen, die mich ganz dringend brauchen.«

»Aber ich brauche dich doch auch, Papa!« Emma klang trotzig. »Ich weiß auch vieles nicht.«

»Ach, Schatz!« Die Stimme ihres Vaters war auf einmal seltsam belegt. »Ich verspreche dir, ab dem Herbst weniger zu arbeiten …«

»Also gut!« Langsam ergaben all die wirren Informationen in ihrem Kopf eine kindliche Logik. Auf einmal war es für Emma in Ordnung, dass ihr Vater heute bis spät in der Arbeit blieb, denn da hatte offenbar jemand ein Problem, und ihr Papa würde es lösen. Was ihr Vater da genau machte, verstand Emma noch nicht, aber es hatte etwas mit Gesetzen und Rechten und Grafen zu tun, und die *Parigrafen* halfen ihm bei seiner Arbeit (so oder so ähnlich hatte ihr Papa es Emma einmal sehr geduldig erklärt). Manchmal stellte Emma sich Männer mit todernsten Gesichtern und schweren Umhängen vor. So sahen Grafen doch aus, zumindest im Märchen.

»Ich hab dich furchtbar lieb, Kleine! Aber jetzt müssen wir Schluss machen.« Die Stimme ihres Vaters schlängelte sich warm und vertraut in ihr Ohr.

»Ich hab dich auch lieb, Papa!«, sagte Emma aus tiefstem Herzen, aber deshalb wollte sie das Gespräch noch lange nicht beenden. Eine Sache musste sie unbedingt noch loswerden.

»Papi?«

»Ja, mein Mädchen?«

Emma kaute angestrengt auf ihrer Lippe herum. »Was passiert eigentlich, wenn unser Haus verkauft wird und wir müssen aus unserer Wohnung raus? Wo sollen wir denn dann schlafen?«

Ihr Vater am anderen Ende wirkte überrascht. »Aber Emma, wie kommst du denn auf diesen Unsinn? Hast du das in der Schule aufgeschnappt? Oder hast du heimlich ferngesehen?«

Emma sog die Luft ein. »Ich habe Angst, dass wir dann nirgends hin können! Was soll ich denn dann mit meinen ganzen Spielsachen machen? Schlappi braucht Platz zum Herumtoben. Und das Walfisch-Puzzle ist *riesig.*« Ihr Blick glitt suchend zum Nachttischchen hinüber. Als sie erkannte, dass das verlorene Puzzleteil immer noch dort lag, fühlte sie sich erleichtert.

Ihr Vater im Telefon lachte zärtlich. »Mein lieber Schatz, unsere Wohnung gehört mir, deshalb ist deine Angst völlig unbegründet. Niemand wird uns jemals hinauswerfen können. Bist du jetzt wieder beruhigt?«

Mit einem nagenden Gefühl im Bauch dachte Emma an Lena. »Und wenn dir die Wohnung nicht gehören würde?«

An der Schnelligkeit seiner Antwort erkannte sie, dass er zurück an seinen Schreibtisch musste. »Dann würde ich sie eben kaufen, Emma. Mach dir bitte keine Sorgen darum. Und geh bald ins Bett! Celine erzählt dir noch eine Geschichte.«

Sie verabschiedeten sich noch einmal, und Emma legte auf. Celine nickte zufrieden und verschwand im Bad. Emma hatte sich offenbar genau richtig verhalten.

Emma lauschte dem beruhigenden Klang der Dusche. Celine würde die nächsten Minuten beschäftigt sein, da blieb ihr genug Zeit, sich einen Kakao zu machen. Also trippelte Emma barfuß hinaus in den Flur. Im Türrahmen des Wohnzimmers verharrte sie eine Sekunde, dann erst bemerkte sie die offene Vitrinentür. Auf einmal schien ihr alles vollkommen logisch. Es war ein Notfall, aber es gab eine Lösung dafür! Ihr Papa hatte Kollegen und Grafen, denen er in Notfällen helfen musste. Aber die Puppenärztin hatte niemanden – sie war mit ihren Sorgen völlig allein.

Hatte ihr Papa nicht gesagt, dass die Puppe im Glasschrank unsagbar teuer war? Wertvoller als alles andere, das er besaß? Er würde enttäuscht über Emma sein, aber irgendwann würde sie ihm alles erklären.

Lenas Puppenklinik durfte nicht schließen! Lena benötigte Geld, furchtbar viel Geld. Und dort lag der Schatz, den sie so dringend brauchte.

Auf lautlosen Sohlen huschte das kleine Mädchen ins Wohnzimmer und nahm den Samtkarton aus der Vitrine. Mit bebenden Fingern öffnete sie ihn. Ihre Augen flackerten aufgeregt, das Gesicht glänzte fiebrig. Die wunderschöne Puppe sah sie nachdenklich an. Hastig schob Emma die leere Schachtel an ihren üblichen Platz und rannte mit dem Diebesgut schnell zurück in ihr Zimmer. Dann versteckte sie die Puppe in einer Schachtel, einen gebrauchten Versandkarton, den ihr ihr Vater zum Basteln überlassen hatte. Sie würde Celine bitten, morgen nach der Schule noch mal mit ihr zu der Puppenklinik zu gehen. Bevor sie zu Oma und Opa fuhr, würde sie Lena die Puppe überreichen.

Ja, auch Emmas Herz hing an dem schönen Spielzeug. Aber Papa hatte es ja selbst gesagt: Wenn andere in Not waren, musste man helfen. Wichtig war nicht das, was man selber wollte. Wichtiger war das große Ganze.

Celine kam aus dem Bad und ging leise vor sich hin summend ins Wohnzimmer zurück. Emma hörte, wie das Au-pair-Mädchen die Glasvitrine wieder abschloss.

Sie legte den Schlüssel auf den Schrank, schaltete den Fernseher ein und warf sich gähnend aufs Sofa.

Emma holte ihr Nachthemd aus dem Schrank. Sie würde sich wie so oft selbst ins Bett bringen.

Die Klinke wurde zaghaft nach unten gedrückt, und jemand rüttelte kraftlos von draußen an der Tür. Im nächsten Moment erschien das süße Gesicht von Henri am Fenster. Der dunkelhäutige Junge mit den niedlichen Dreadlocks wohnte mit seinen Eltern im ersten Stock. Wann immer er mit dem Babysitter allein war, schaffte der Lausbub es zu entwischen. Im Schlafanzug hopste er dann das Treppenhaus hinab, stahl sich in den Hinterhof und stattete Lena einen Besuch ab. Heute allerdings hatte er die Öffnungszeit um wenige Minuten verpasst, der Laden war seit einer Viertelstunde geschlossen.

Es kam Lena gar nicht in den Sinn, die sehnsüchtigen braunen Kulleraugen am Fenster zu ignorieren.

Sie schloss augenblicklich auf, und Henri spazierte in roten Superman-Hausschuhen zu ihr in den Laden.

Katja sah verdutzt von ihrem Schreibblock auf. Sie hatte den ganzen Nachmittag Informationen zum Thema Denkmalschutz zusammengesucht. »Oh. Endlich ist der bestellte Superheld da«, murmelte sie. »Ich wusste, dass uns die Agentur für diskrete Problemlösung nicht im Stich lässt. Lena, wir sind gerettet!«

Henri versteckte sich kichernd hinter seinem riesigen Plüschtier. Er verstand nicht im Geringsten, wovon Katja da sprach, aber dass es um ihn ging, so viel verstand er dann doch.

»Weiß dein Babysitter, dass du hier bist, Henri?« Lena schob den Plüschelefanten achtsam zur Seite, doch Henris ausweichender Blick war Antwort genug. Der Kleine war eines der fantasievollsten Kinder, das Lena kannte, aber weder Henris Eltern noch seine wechselnden Babysitter kümmerten sich ausreichend um ihn. Ja, sie überschütteten ihn mit zahllosen Geschenken, und immerzu lief dort oben der Fernseher. Aber Henri brauchte vor allem Aufmerksamkeit.

Lena rief im ersten Stock an. Der Babysitter hatte Henris Verschwinden noch gar nicht bemerkt und stammelte eine Ausrede in den Hörer.

»Ich bringe den Ausreißer in zehn Minuten wieder hoch!«, versprach Lena. »Aber ich muss mich erst noch um sein Kuscheltier kümmern.«

Sie legte auf. Schweigend reichte ihr Henri den Elefanten, ein riesiges Ungetüm mit sechs Beinen. Henri hatte ihn Schnellefant getauft und malte sich immerzu Geschichten aus, wie Schnellefant in Lichtgeschwindigkeit durch die Stadt galoppierte. Wie Schnellefant Menschen vor Bösewichten rettete oder kleine Katzen aus Dachrinnen befreite.

»Was fehlt ihm?«, fragte Lena behutsam.

»Schnellefant hat sich die Beine gebrochen.«

Lena runzelte die Stirn. »Wie? Alle sechs?«

Die Dreadlocks standen ihm frech vom Kopf, und er sah wirklich zum Anbeißen aus, doch Henri nickte todernst und fing an, an seinen kleinen Fingern abzuzählen. »Das eine ist beim Eislaufen abgebrochen …«, listete er auf.

»Gebrochen!«, korrigierte Lena gutmütig.

»Gebrochen!«, wiederholte Henri stolz. »Das andere

ist beim Fußballspielen kaputt gegangen. Das dritte Bein beim Kickboxen.« Seine Hände zeigten wieder die Zahl eins an. »Das vierte Bein tut weh, weil er aus dem Bus gesprungen ist. Und das fünfte ist beim Herumtoben auf dem Spielplatz gebrochen.«

Er starrte nachdenklich auf Bein Nummer sechs. Ihm fiel offenbar kein weiterer Verletzungsgrund ein. Ratlos ließ er seine kleine Hand wieder sinken.

»Das sechste Bein ist ein stinknormaler Ermüdungsbruch«, rief Katja aus den hintersten Tiefen des Ladens, und Henri lachte vergnügt. »Ich denke, Schnellefant braucht einfach bequemere Schuhe.«

Fürsorglich legte Lena das riesige Plüschtier auf ihre Werkbank, zog die Schreibtischlampe heran und leuchtete damit auf Schnellefants Beine. Dann ging sie zu der Tüte mit den Stoffresten hinüber. Sorgsam suchte sie sechs unterschiedliche Stoffe heraus und kehrte an ihren OP-Tisch zurück. Mit Engelsgeduld schnitt sie einzelne Streifen heraus und wickelte sie dem Plüschelefanten gekonnt um die Beine. Nun war ein Bein rot, das andere blau, das dritte grün und das vierte gelb. Das fünfte Bein war mit einem schwarz-weiß-gepunkteten Streifen umwickelt und das sechste Bein mit einem Stoff, den Darth Vader zierte.

»Cool, Star Wars!« Überglücklich sah Henri sie an. »Darf Schnellefant morgen schon wieder herumspringen?«, fragte er begeistert. »Und braucht er nicht auch noch Tabletten, damit die Knochen schnell wachsen?« Begehrlich wanderte sein Blick Richtung des Süßigkeiten-Glases.

»Natürlich!« Die Puppenärztin nickte nachdrücklich. »Schnellefant *muss* sogar herumspringen. Du solltest morgen ganz viel mit ihm spielen. Vielleicht hat ja Moritz von gegenüber Zeit? Welche Tablette braucht Schnellefant? Lieber Zitrone oder Orange?«

»Zitrone!«, kam es wie aus der Pistole geschossen. Lena suchte im Glas nach einem Zitronenbonbon. Dann nahm sie Henri mitsamt seinem verarzteten Stofftier auf den Arm, trug die beiden zum Treppenhaus hinüber und überreichte den Jungen einem verpickelten und überforderten Babysitter im ersten Stock, bevor sie beglückt zurück in den Laden ging.

Als sie eintrat, entdeckte sie den schönen Matteo, der gerade dabei war, ihnen ein Glas Rotwein auszuschenken. Offenbar war er während ihrer kurzen Abwesenheit herübergekommen. Unsicher stand Katja vor dem Regal mit den vergessenen Schätzen herum, der Besuch von Matteo schien ihr nicht zu behagen.

Der schöne Matteo hingegen strahlte die zwei Frauen auffordernd an. »Ich wollte euch auf einen kleinen Umtrunk einladen. Salve, ihr beiden!«

Katja öffnete den Mund, schloss ihn aber schnell wieder. »Es heißt Salute«, verbesserte sie dann doch, nahm aber eines der Gläser.

»Danke für diese spontane Einladung!«, sagte Lena.

Die drei stießen miteinander an. Der Wein hinterließ im Mund eine schwere Note und stieg Lena angenehm in den Kopf, ihre Sorgen schienen Schluck für Schluck zu verschwinden.

»Also, was für einen Schlachtplan habt ihr den ganzen Nachmittag über ausgeheckt?«, fragte der schöne Matteo neugierig. »Ich habe mitbekommen, dass Ekki zum Büro des Mieterschutzbundes wollte. Habt ihr sonst noch irgendwas in die Wege geleitet?« Er zog sich mit einer sportlichen Bewegung hoch auf die Theke. Im nächsten Moment saß er dort oben, ließ die Beine lässig baumeln und überblickte die abendliche Szenerie andächtig. Nach Ladenschluss herrschte eine andere Stimmung im Raum, dann machte es oftmals den Anschein, als hätten nicht nur Lena und Ekki, sondern auch all die Stofftiere und Puppen ihr Tagwerk vollbracht und genossen entspannt den Feierabend. Die Abendsonne tauchte alles in ein gemütliches Rot, und der Dielenboden schimmerte golden.

»Wir fahren verschiedene Strategien«, erklärte Lena Matteo. »Ich habe schon gestern versucht, mit den Leuten von Jixiang Wu zu telefonieren. Erst ließen sie mich eine gefühlte halbe Stunde in der Warteschleife schmoren, nur um mich danach unfreundlich abzuwimmeln.« Allein wenn sie an das unerfreuliche Gespräch zurückdachte, wurde ihr schlecht. Sie war über ihren Schatten gesprungen und hatte sich etwas getraut, aber es hatte ihr nichts eingebracht außer ein frustrierendes Gefühl in der Magengrube.

Katja trank einen Schluck. »Wie es aussieht, bleibt uns gar nichts anderes übrig, als juristische Schritte einzuleiten«, stellte sie fest. »Und genau das haben wir auch vor. Nicht wahr, Lena?«

Lena nickte zerknirscht. Sie war nicht auf Krawall gebürstet, zu streiten oder gar zu prozessieren lag nicht in ihrer Natur. Leben und leben lassen war ein Motto, mit dem sie bis zum heutigen Tag erstaunlich gut gefahren war. Aber die Investoren zwangen sie regelrecht dazu, ihre Haltung zu ändern. »Katja hatte die Idee, einen Antrag auf Denkmalschutz zu stellen«, sagte sie und stellte ihr Weinglas zur Seite. Ihr war jetzt schon ein wenig schwindelig, und sie hatte genug. »Die

Chancen stehen wohl eher schlecht. Trotzdem wollen wir es versuchen.«

»Natürlich versuchen wir es!«, empörte sich Katja. »Es wäre ganz klar die eleganteste Lösung. Die Puppenklinik stünde dann einfach unter Denkmalschutz – und Lena gleich mit ihr.« Sie sah ihre Freundin mit liebevollem Spott an. »Du müsstest halt in Kauf nehmen, dich hin und wieder von japanischen Touristen fotografieren zu lassen, meine Süße.« Katja grinste. »Vielleicht kommst du über Umwege als Mangafigur in Tokio ganz groß raus. Egal. Hauptsache der Laden ist endlich gerettet.«

»Der Mieterschutzbund ist Plan Nummer zwei«, übernahm Lena die Auflistung, ohne auf Katjas Kommentar weiter einzugehen. »Vielleicht hat er hilfreiche Tipps oder nützliche Adressen, wie ich mich gegen die Kündigung wehren kann. Ekki wollte das übernehmen. Keine Ahnung, ob sie heute Nachmittag schon erfolgreich war, sie hat sich seither nicht mehr gemeldet.«

»Denkst du darüber nach, dir einen Anwalt zu nehmen?«, bohrte Matteo vorsichtig nach.

Als wäre ihr Stichwort gefallen, ergriff Katja augenblicklich wieder das Wort. »Wir hatten einen super Anwalt am Haken. Er hat es in den letzten Jahren erfolgreich geschafft, etliche Traditionsgeschäfte in München zu retten. Der Typ ist ein absolutes Genie auf seinem Gebiet, dabei auf dem Boden geblieben und sehr sympathisch. Das Problem ist, dass er notorisch überarbeitet ist. Sein restliches Jahr ist so gut wie verplant, und zwar *twenty-for seven*.«

»Hast du ihm klargemacht, dass es ein Notfall ist?«, fragte Matteo. Er nippte an seinem Wein, ließ seinen Blick jedoch nicht von Katja.

Katja verdrehte die Augen. »Hallo, was denkst du denn? Ich habe natürlich sämtliche Register gezogen. Aber er beteuerte am Telefon, dass er zurzeit sein komplettes Privatleben auf Eis gelegt hat, weil er nur noch ackert«, schloss sie und zog eine Grimasse, was eindeutig darauf schließen ließ, wie Katja darüber dachte.

»Zumindest hat er den Kontakt zu einer Kollegin hergestellt«, ergänzte Lena. »Sobald sie aus dem Krankenhaus entlassen wird, lasse ich mir einen Termin bei ihr geben. Das kann allerdings noch ein paar Tage dauern.«

»Eher ein paar Wochen«, murmelte Katja verlegen. »Sie ist 87 Jahre alt. Da zieht sich so ein Genesungsprozess in die Länge, und vielleicht muss sie im Anschluss erst mal auf Reha.«

Ungläubig sah Lena Katja an. »87?«, wiederholte sie stockend. »Als du gesagt hast, sie sei alt, dachte ich eher an Ekkis Alter. Ich soll mich von einer fast Neunzigjährigen vertreten lassen?« Sie spürte, wie ihre Hoffnung schwand.

»Die Frau ist eine *Legende*!«, behauptete Katja zuversichtlich. »Sie hat schon öfter Gentrifizierungsmaßnahmen erfolgreich verhindert. Gut, sie stammt aus einer Epoche, als der Fernseher noch nicht erfunden war und man die Pornoschuppen im Bahnhofsviertel irreführenderweise *Fachgeschäft für Ehehygiene* nannte. Aber lass dich doch nicht gleich von solchen Oberflächlichkeiten wie ihrem Alter abschrecken: Sie war mal Leistungsschwimmerin, hat als erste deutsche Frau den Ärmelkanal durchschwommen. Sie ist nicht alt, sondern hat Power und ist *megaerfahren*. Sie kann trotz ihrer fast neunzig Lebensjahre eine brillante Juristin sein. Alters-Shaming steht dir nicht.«

»Das sagt die Richtige. Darf ich dich daran erinnern, dass …« Lena brach mitten im Satz ab. Sie wollte nicht in Matteos Anwesenheit die Sache mit dem Archäologen ausbreiten, also beließ sie es dabei, ihrer besten Freundin einen ungläubigen Blick zuzuwerfen. Dann wandte sie sich erneut an Matteo.

»Hast du denn schon irgendwas unternommen, Matteo?« Im Grunde saßen sie doch im gleichen Boot. Konnte man nicht eine Sammelklage erwirken?

Matteo winkte gleichgültig ab. »Weißt du, für mich ist das alles nicht so dramatisch«, gab er zu Lenas Überraschung zu. »Um ehrlich zu sein: Ich hatte sowieso vor, den Laden Anfang nächsten Jahres zu schließen und mich beruflich noch mal vollkommen neu zu orientieren. Die Trattoria läuft ziemlich schlecht. Es kommen zwar jeden Tag recht viele Gäste, aber die Bestellungen reichen einfach nicht aus. Und vom Verkauf des Tagesgerichts kann ich langfristig nicht überleben. Insofern … Die Kündigung kommt mir eigentlich ganz gelegen. Sie nimmt mir eine Entscheidung ab, die ich längst hätte fällen müssen.« Gedankenverloren legte er seine Hand auf die wuchtige alte Kasse, die noch aus den Anfangsjahren des Ladens stammte. Lena hatte sich nicht davon trennen können und benutzte sie immer noch. Es machte die Buchhaltung unnötig kompliziert, aber die Beträge, die Lena einnahm, waren ja relativ übersichtlich geblieben. »Ich hatte in den letzten Wochen mehrere Termine in der Arbeitsagentur«, gestand Matteo. »Ich wollte es dir erst sagen, wenn es spruchreif ist, Lena. Mir spuken ein paar spannende Ideen im Kopf herum, was ich zukünftig machen könnte. Nächstes Jahr fängt beruflich für mich also definitiv ein neues Kapitel an. Und ich bin ehrlich gesagt total gespannt, was für neue Türen sich für mich öffnen.«

Lena verspürte einen Anflug von Neid, denn in ihrem Fall sah sie lediglich Türen, die sich für immer schlossen.

Katja sah Matteo mit unverhohlener Arroganz an. Ihr lag offenbar ein fieser Kommentar auf der Zunge, aber ehe sie ihn loswerden konnte, redete Matteo schon weiter.

»Nichtsdestotrotz ist es doch super, dass du dich gegen den Rauswurf wehrst. Du solltest dich nicht einfach davonjagen lassen, Lena. Ich glaube echt, dass du eine Chance hast. Deine Puppenklinik ist beliebt hier im Viertel. Auch wenn die Würfel für meinen Laden längst gefallen sind, schon aus Solidarität werde ich dich bei deinem Kampf unterstützen!«

Matteo erhob sein Glas in Lenas Richtung, dann wandte er sich noch mals an Katja. Er prostete auch ihr lächelnd zu, aber sie ignorierte ihn einfach und trank ihren Wein mit starrem Blick. Matteos azurblaue Augen wanderten von Katjas abweisendem Gesicht zum Regal hinter ihr. Er runzelte die Stirn und grinste auf einmal belustigt. »Diese Schildkröte da oben, die sieht aus wie du!« Er deutete amüsiert auf Tinky-Winky.

Katja verschluckte sich beinahe an ihrem Wein. Sie wurde puterrot im Gesicht, der Vergleich hatte sie sichtlich getroffen.

Matteo wirkte plötzlich verlegen. »Nicht, dass du mich falsch verstehst, Katja, ich finde diese Schildkröte wirklich süß. Sie hat diese großen Augen und …«

»Das Thema Petition steht auch noch im Raum«, pflügte Katja tonlos über Matteos Erklärung, sah dabei aber nicht ihn, sondern Lena an. »Ich kenne mich ehrlich gesagt null damit aus. Aber auch das wäre eine Sache, die man verfolgen könnte. Zumindest bis die Anwältin endlich einsatzbereit ist. Und dann haben wir ja immer noch Ekki.«

»Ekki, unsere Expertin für gewaltfreien Widerstand und Bürgerprotest.« Lena seufzte. Obwohl sie so wenig getrunken hatte, war ihr der Wein doch schon zu Kopf gestiegen.

»Ja, wenn gar nichts mehr geht, werden wir es einfach mit Ekki und ihrer Protesthütte versuchen!«, wiederholte Katja siegesgewiss.

Lena wirkte unentschlossen. »Also das machen wir auf keinen Fall!«, warf sie zweifelnd ein. »Wann haben Demos jemals geholfen?«

Matteo hob langsam die Hand, als wären sie in der Schule. »Was haltet ihr davon, zunächst noch mal mit den neuen Eigentümern zu sprechen?«, fragte er zögernd. »Ich habe ein bisschen recherchiert. Jixiang Wu hat seinen Deutschlandsitz ganz in der Nähe des Olympiaparks. Wir könnten zusammen hinfahren und uns vorstellen, vielleicht sprechen die Leute aus der Chefetage sogar persönlich mit uns. Dann können wir von Angesicht zu Angesicht über die Kündigung diskutieren.«

Er drückte enthusiastisch eine der Tasten der Kasse, die mit einem freudigen Klang aufsprang. Eilig schob er sie wieder zu, während Katja die Augen verdrehte.

Lena seufzte. »Ich glaube einfach nicht, dass man an die Entscheider rankommt«, sagte sie frustriert. »Ich habe, wie gesagt, ja schon telefonisch versucht, jemanden von den Verantwortlichen an die Strippe zu bekommen. Am Ende hat mir dann irgend so ein Property Manager erklärt, dass meine Kündigung keine Chance auf eine Anfechtung hat. Er wirkte ehrlich gesagt nicht bereit, weiter mit mir darüber zu reden.«

»Property Manager …«, wiederholte Katja mit einer frivolen Betonung. »Auf Elite-Partner wimmelt es nur so davon. Ich habe noch nie verstanden, was für ein superwichtiger Beruf tatsächlich dahintersteckt. Ich auf jeden Fall muss dabei immer an Meister Propper denken.« Sie sah versonnen ins Leere. »Aber auf glatzköpfige Männer stehe ich nicht. Außer sie heißen zufällig Dwayne Johnson.«

»Wovon redest du eigentlich?«, unterbrach Lena die Ausführungen ihrer Freundin.

»Na, von dem Schauspieler!«, erklärte Katja in vollem Ernst. »Er trug sogar den Titel *Sexiest Man Alive*, und als Fachfrau kann ich diese ausgezeichnete Wahl nur begrüßen …«

Als sie bemerkte, wie Lena und Matteo sie irritiert anstarrten, räusperte sie sich verlegen. »Okay, ich sehe es ein. All das tut im Moment wohl gar nichts zur Sache.«

Eine kurze, peinliche Stille entstand, doch Matteo beendete das quälende Schweigen. Er griff erneut seinen Vorschlag mit dem Firmenbesuch auf. »Wir müssen ja nicht gleich Sturm bei Jixiang Wu laufen und einen Aufstand machen!«, sagte er drängend. »Aber wir können uns doch zumindest erkundigen, was genau sie mit unserem Wohnblock vorhaben!« Matteo starrte nachdenklich in sein Glas, dann warf er Lena einen aufmunternden Blick zu. »Womöglich ist deine Puppenklinik ja interessant für ihr angedachtes Konzept. Vielleicht ist es genau das, was sie suchen.«

»Ja, wenn Margarete Steiff im Aufsichtsrat sitzt!«, bemerkte Katja ironisch.

»Es war nur ein Vorschlag!«, sagte Matteo beleidigt. »Wir kämpfen aktuell gegen einen Gegner, dessen Absichten wir überhaupt noch nicht kennen. Es kann nicht schaden, sich kundig zu machen.«

»Das ist wirklich ein *bescheuerter* Vorschlag!«, entgegnete Katja gnadenlos. »Wie Lena schon erwähnt hat: Wir haben es hier mit einem riesigen Unternehmen zu tun. Es gibt nicht den einen bösen Chef, dessen Herz wir erweichen können. Wir sind mit zig unterschiedlichen Ansprechpartnern konfrontiert. Offenbar ist keiner wirklich verantwortlich für uns, und letztlich berufen sie sich immer nur auf die Kündigungsklausel.«

»Aber diesen Mietvertrag gibt es seit fast hundert Jahren!«, protestierte Matteo. »Es kann doch nicht sein, dass Lena überhaupt keine Rechte hat.«

»Ja, aber genau darum geht es mir!«, sagte Katja genervt. »Es ist unprofessionell, einfach dorthin zu marschieren und mit waidwundem Blick zu fragen, ob noch etwas zu retten ist. Wir brauchen juristische Beratung und müssen herausfinden, ob diese Kündigung anfechtbar ist. Alles andere ist Zeitverschwendung.«

Lena wurde schwindelig von dem plötzlichen Schlagabtausch, beendete jetzt aber mit einem Räuspern die Debatte. Das ständige Gezanke der beiden strengte sie an. »So ganz unrecht hat Matteo doch nicht«, kam sie ihrem Schicksalsgenossen zu Hilfe. »Es kann doch nicht schaden, sich dort zumindest mal sehen zu lassen. Was haben wir zu verlieren, Katja?«

Katja schüttelte ungläubig den Kopf. »In welcher Märchenwelt lebst du denn, Lena? Das sind international agierende Geschäftsleute. Ohne Termin und Ansprechpartner werden die uns noch nicht mal durch die Schranke auf ihren Parkplatz lassen. Und ganz bestimmt verraten sie uns nicht bei Kaffee und Kuchen ihre Geschäftsstrategie. Was wir zu verlieren haben, fragst du? Zeit und Nerven, das ist die Antwort! Anstatt kopflose Aktionen zu starten, sollten wir ruhig Blut bewahren und unsere Energie in strategisch sinnvolle Rettungsmaßnahmen stecken, die wirklich was bringen. Ein Gutachten vom Denkmalschutz zum Beispiel!«

»Es geht mir doch nur darum, ein wenig Licht ins Dunkel zu bringen!«, sagte Matteo beleidigt. »Ich fahre da morgen auf jeden Fall hin, egal, was ihr sagt. Es ist meine Entscheidung. Es ist mein Abschiedsgeschenk für dich, Lena. Mein Dankeschön für die tollen gemeinsamen Jahre. Ich hoffe nur, dass diese Investoren nicht nur Chinesisch sprechen.« Er lächelte schief.

»An deiner Stelle würde ich hoffen, dass sie nicht *Italienisch* sprechen!«, erwiderte Katja boshaft. Sie leerte ihr Glas in einem Zug und trug es schweigend hinüber zur Spüle.

3

Lena hob schon beim ersten Läuten ab. Katja hatte heute Vormittag beim Amt für Denkmalpflege vorbeigeschaut, und die Puppenärztin wartete schon seit Stunden auf ihren Anruf.

»Hallo, Katja. Was haben die auf dem Amt gesagt? Wo können wir das Gutachten bestellen?« Vor Aufregung überschlug sich ihre Stimme.

»Ich falle mal direkt mit der Tür ins Haus«, sagte Katja merklich kleinlaut. »Das mit dem Denkmalschutz können wir leider vergessen.« Sie klang hoffnungslos. »Schon nach zehn Minuten Gespräch war klar, dass wir keinerlei Chancen haben. Das Gebäude erfüllt keines der gängigen Kriterien, aber vor allem bist du nicht Eigentümerin der Immobilie. Und die Puppenklinik deiner Familie ist als kulturelles Denkmal offenbar unbedeutend.«

»*Meine* Puppenklinik«, korrigierte Lena. Ihre Stimme klang seltsam gepresst. Es fühlte sich so bitter an, allein auf einsamem Posten zu kämpfen. Doch dann wurde ihr bewusst, welch liebe Unterstützung sie hatte. Es war ihren Freundinnen gegenüber nicht fair, derart in Lethargie zu versinken. »*Unsere* Puppenklinik …«, verbesserte sie also mit Blick auf Ekki hinter der Werkbank. Dann erst umriss sie, was Katja ihr da eben eröffnet hatte.

Die altbekannte Angst kehrte mit voller Wucht zurück, und Lena musste sich setzen. Auch Ekki hatte beim Mieterschutzbund gestern wenig erreicht. Man hatte sie direkt wieder weggeschickt, da es sich um ein Gewerbe handelte, was wiederum anderen Mietklauseln als privater Wohnraum unterlag. Der Ansprechpartner für die gewerblichen Mitglieder war zurzeit unterwegs und würde erst nächste Woche wieder erscheinen.

»Nicht panisch werden, Lena!«, sagte Katja in aufmunterndem Tonfall. »Wir haben ja immer noch unsere Anwältin!«

»Eine Anwältin im Alter von Methusalem, die im Krankenhaus liegt und im Moment nichts für uns tun kann!« Lenas Verzweiflung war unüberhörbar.

Katja am anderen Ende schwieg. Sie schien ein paar Sekunden mit sich selbst zu ringen, seufzte dann aber resigniert. »Lena, ich mache das nur, weil du meine beste Freundin bist. Ich sage mein heutiges Tinder-Date ab, um mich mal selbst mit all diesen juristischen Fragen auseinanderzusetzen. Es gibt Gesetzestexte und Paragrafen, da kann man auch mal einen Blick reinwerfen. Es schadet absolut nicht, wenn wir Bescheid wissen. Wir müssen nicht untätig darauf warten, bis diese Anwältin aus dem Krankenhaus oder der Reha entlassen wird. Wir können uns selbst schon mal vorbereiten.«

Lenas Hals wurde trocken. Katjas spontaner Liebesbeweis rührte sie. Ihre Freundin Katja war zynisch, direkt und manchmal biestig, aber die Puppenklinik war ihr wichtiger als irgendwelche Männer.

»Gut. Gib mir Bescheid, wohin du gedenkst, dich mit deinen Gesetzesbüchern zu verziehen«, sagte Lena dankbar. »Ich komme dann nach Ladenschluss vorbei. Es macht bestimmt mehr Spaß, gemeinsam Gesetzestexte zu wälzen.«

»Ich werde mich mit der Lektüre in meine Stammkneipe zurückziehen«, überlegte Katja laut. »Du erkennst mich an einer verspiegelten Sonnenbrille und einer eingeschlafenen Gesichtsmuskulatur. Wenn du mir einen Cocktail bestellst, werde ich schlagartig aus dem Koma erwachen.«

Ein zaghaftes Lächeln schlich sich in Lenas Züge. Wenigstens der Humor war Katja geblieben.

Als die Puppenärztin aufgelegt hatte, sah Ekki sie mit dunkler Vorahnung an. »Hat Katja etwas erreicht?«, fragte sie zaghaft. »Dein Gespräch klang nicht gerade sehr zuversichtlich.«

Lena schüttelte zerknirscht den Kopf. Ihre treue Mitarbeiterin hockte hinter der Werkbank, hatte den Körper einer Stoffpuppe vor sich auf dem Tisch und suchte nach Nähnadeln in einer Schachtel.

»Das mit dem Denkmalschutz können wir offenbar vergessen«, brachte Lena sie auf den neuesten Stand. »Wir scheinen die Kriterien nicht zu erfüllen.«

»Aha?« Ekki schnaubte. »Was wissen die auf dem Amt denn schon? Sind die jeden Tag hier und sehen die begeisterten Kinderaugen? Lena, ich arbeite seit Jahrzehnten in diesem Geschäft. Diese Puppenklinik ist ein Stück München!«

Voller Zuneigung sah Lena sie an. Ekkis liebe Worte waren wie Balsam auf ihre geschundene Seele.

Lena nahm den nächsten Auftragskarton aus dem Regal. In der Schachtel lagen zahllose Scherben, aber am Ende ihrer Reparaturarbeit würde dieser unübersichtliche Haufen als intakte Porzellanpuppe zurück an den

Absender gehen. Irgendwie gaben Lena die Tätigkeit und das Ergebnis Hoffnung.

Ekki bohrte eine Nähnadel in die Stoffpuppe vor sich. »Morgen bin ich ja nicht im Laden«, stellte sie fest. Sie stach eine weitere Nadel in den Stoffkörper vor sich. »Deshalb sage ich es dir heute, Lena: Deine Freundin Katja hat mich da gestern auf eine Idee gebracht. Ich habe eine Petition eingereicht. Zur Rettung unseres Ladens!« Sie steckte eine dritte Nadel in die wehrlose Puppe und sah die Puppenärztin voller Stolz an. »Wenn mein Antrag durchgewunken wird, können wir mit dem Sammeln von Unterschriften beginnen!«

Lena nickte bewegt. Es war überwältigend, wie Ekki versuchte, ihr unter die Arme zu greifen, und doch kam es ihr so vor, als würden sie gegen Windmühlen kämpfen. Glaubte ihre Mitarbeiterin wirklich, dass Unterschriftenlisten etwas bewegten?

»Was machst du da überhaupt, Ekki?«, fragte sie mit Blick auf die Nadeln.

»Ich versuche es mit Voodoo, mein Mäuschen. Man soll alle Möglichkeiten ausschöpfen, und wir wissen nicht, was wirkt.« Ekki zwinkerte schelmisch. »In Wahrheit markiere ich lediglich die schadhaften Stellen.«

Just in dem Moment sah Lena die kleine Emma durch die Einfahrt marschieren. Das französische Au-pair-Mädchen spazierte hinter ihr her, das Gesicht abwesend auf ihr Handydisplay gerichtet. Emma sagte etwas zu ihr, die Französin nickte gelangweilt, und im nächsten Moment stand Emma ohne ihren Begleitschutz bei ihnen im Laden.

Der Anblick des Mädchens vertrieb Lenas Sorgen. Im Augenblick hatte sie die Puppenklinik ja noch, und solange sie noch hier war, wollte sie jeden Moment genießen. Galt es nicht schließlich, im Hier und Jetzt zu leben und nicht ständig über die Zukunft nachzugrübeln? Diese Einstellung wurde Lena auf einmal in ihrer ganzen Tragweite bewusst.

»Emma!« Sie zog das Mädchen schwungvoll an sich. »Dass du mich heute schon wieder besuchst!« Emma war ihr Augenstern, fast schon wie eine Tochter.

Ihre Finger strichen über die rote Schleife in Emmas Haar. »Du hast heute ja richtig ordentliche Haare!«

Das Mädchen nickte. »Weil ich gleich Oma und Opa besuche!«, plauderte sie aus. »Ich bleibe das ganze Wochenende!«

»Oh, da wirst du bestimmt viel Spaß haben!«, freute sich Lena. »Jetzt aber sag, warum bist du hier? Du scheinst etwas auf dem Herzen zu haben!« Die Puppenärztin sah die kleine Besucherin fragend an.

»Ich habe was für dich!«, platzte Emma aufgeregt heraus. Kurz zögerte sie, ihr Mundwinkel zuckte, dann überreichte sie Lena einen gebrauchten Versandkarton. Wollte sie ihr womöglich etwas Selbstgebasteltes schenken? Ein tiefes Gefühl von Liebe ergriff Lena. Ihre Augen wanderten über den Aufkleber mit der Anschrift: »Dr. Kai Winter …«, las sie sich selbst in gedämpftem Ton vor. Die Adresse darunter befand sich ganz in der Nähe.

»Das ist mein Papa!«, fiel ihr Emma mit einer ungeduldigen Geste ins Wort. »Es ist doch nicht der blöde Karton. Sondern das, was drin ist!«

Besorgt drehte Emma sich um. Als sie durch das Fenster Celine in ein angeregtes Gespräch mit Matteo vertieft sah, schien sie erleichtert.

Gespannt öffnete Lena die Schachtel, und verdutzt

blickte sie auf deren Inhalt. In dem abgegriffenen Karton lag eine bezaubernde Puppe. »Meine Güte!«

Emma strahlte.

Behutsam hob Lena das Prachtstück heraus. Das Spielzeug war ein handgefertigtes Einzelstück, irgendein begnadeter Puppenmacher hatte es einmal erschaffen. Glänzendes dunkelblondes Haar umspielte ein fröhliches, verschmitztes Mädchengesicht. Zwei auffällig grüne Augen sahen aufgeweckt in die Landschaft. Die Puppenkleidung war handgenäht, sogar Schühchen aus echtem Leder gehörten dazu.

»Ist das deine Puppe?«, fragte Lena voller Bewunderung. »Irgendwie sieht sie dir sogar ähnlich!« Sie hielt das schöne Exemplar Ekki entgegen. »Schau doch mal, Ekki. Hast du schon mal so eine außergewöhnliche Puppe gesehen?«

Ekki erhob sich und schlug die Hände vor der Brust zusammen. »Dass es so was heutzutage noch gibt! Ist das etwa Celluloid? Ich kann von hier aus schlecht sehen.«

Lena schüttelte den Kopf und betrachtete die Puppe von allen Seiten. »Nein. Es ist ein Stoffkörper. Gliedmaßen und Kopf sind aus Vinyl. Schau mal, wie lebensecht sie wirkt! Ich würde sagen, da hat ein Profi irgendwann in den 1980er-Jahren ganze Arbeit geleistet!«

Emma hörte ihr angespannt zu, ihre Wangen waren purpurrot, fast so rot wie das niedliche Mündchen der Puppe. Lena war nicht klar, warum Emma so aufgeregt war. Weshalb schaute sie außerdem ständig zum Fenster? Es wirkte fast so, als hätte sie etwas ausgeheckt.

»Die Puppe gehört meinem Papa!«, sagte Emma zu Lenas Überraschung. »Aber jetzt gehört sie dir. Du darfst sie verkaufen.«

Die Worte schienen Emma nicht leicht über die Lippen zu kommen. Wehmütig sah sie die Puppe an.

Lena lächelte gerührt. »Aber, Emma! Wieso sollte ich das tun? Die Puppe ist doch viel zu schön, um sie zu verkaufen.« Plötzlich hatte sie einen Verdacht. Brauchte ihre kleine Freundin etwa Geld? War das der Grund, warum sie die Puppe hergebracht hatte?

Lena legte das Spielzeug sorgsam zurück in die Schachtel. »Sag, Emma. Brauchst du Geld? Willst du dir irgendwas kaufen?«

Emma runzelte die Stirn und grübelte. »Es gibt ein Heft mit ganz vielen Pferden! Und Aufkleber sind auch dabei!« Dann erst begriff sie und schüttelte heftig den Kopf. »Nein, das Geld ist doch für dich! Für deinen Laden. Dann musst du nicht im Lotto gewinnen oder ausziehen, sondern kannst das ganze Haus kaufen!«

Als sich Lena an das gestrige Gespräch mit ihr erinnerte, dämmerte ihr so langsam, was Emma im Schilde führte. Unbedarft hatte sie dem kleinen Mädchen ihre Geldsorgen gebeichtet, und Emma hatte offensichtlich nach einer schnellen Lösung gesucht.

Lena wurde derart von Rührung überwältigt, dass sie ihr Gesicht für einen Moment abwenden musste. Wie viel Unterstützung und Zuneigung hatte sie in den letzten Tagen von allen Seiten erfahren! So hatte das Drama um die Kündigung des Ladens doch auch etwas Gutes.

»Emma …« Sie gab sich einen Ruck und sah das Mädchen voll Dankbarkeit an. »Es ist großartig, dass du diese schöne Puppe für mich hergeben wolltest. Aber das geht nicht. Sie gehört deinem Papa! Außerdem brauche ich viel mehr Geld, als ich für dieses schöne Spielzeug bekommen würde. Also nimm diese entzückende Puppe bitte wieder mit und gib sie deinem Papa zurück, er wird sie bestimmt schon vermissen.«

Ein spitzbübischer Zug ploppte in Emmas Mädchengesicht auf. Sie schien sich auf einmal diebisch zu freuen.

»Aber die Puppe ist *wertvoll*!«, sagte sie stolz. »Mein Papa hat gesagt, dass sie das Wertvollste ist, was wir haben. Wertvoller sogar als seine Uhr. Und die hat eine Million Euro gekostet.«

Lena runzelte die Stirn. Sie hatte die schwache Ahnung, dass Emma übertrieb, und ihr war klar, dass Emmas Vater nicht den finanziellen, sondern den emotionalen Wert dieses Spielzeugs meinte. So hübsch und einzigartig die Puppe auch war, sie hatte keinen Sammlerwert und war noch nicht alt genug, um als Antiquität zu gelten. Die Puppenärztin überlegte, wie sie Emma die Sache erklären konnte.

Aber da reichte ihr Emma zu ihrer Überraschung schon das nächste Geschenk: eine Kette mit Herzanhänger aus glänzendem Silber.

»Das darfst du auch verkaufen!«, sagte sie und sah Lena hoffnungsvoll an. »Die hat mir der Uhrenverkäufer von Papa geschenkt. Die ist nämlich richtig echt silbern!«

Lena war sprachlos.

In diesem Moment ging die Türglocke, und das französische Au-pair-Mädchen stand ungeduldig im Eingang.

»Wir müssen jetzt wirklich los, Emma!«, sagte sie barsch. »Deine Oma wartet längst mit dem Kuchen!«

»Ja, ja!« In fiebriger Hektik klappte Emma den Deckel des Versandkartons zu. Celine hatte nichts von der Puppe gesehen. »Tschüss!«, sagte Emma und winkte der Puppenärztin und Ekki aufgeweckt zu, bevor sie nach draußen ins Freie verschwand. Der Karton aber stand immer noch auf dem Tisch. Emma hatte ihn einfach im Laden gelassen.

Lena schloss das Geschäft. Die letzten Sonnenstrahlen des Tages brachen sich in den Scheiben, die Sommerabende im Hinterhof waren voller Magie. Wenn man ganz still war, vernahm man sogar Vogelgezwitscher. Doch, sie würde die Puppenklinik irgendwie retten! Auf einmal glaubte sie fest daran.

Sie zog den Schlüssel aus dem Schloss, besann sich dann aber schlagartig eines Besseren. Sie hatte mit Katja besprochen, mit ihr nach juristischen Schlupflöchern zu fahnden. Für die Strecke zu Katjas Stammkneipe, dem *LUDWIG 2.0*, hatte sie sich Ekkis Fahrrad geborgt, doch Emmas Vater wohnte ganz in der Nähe. Womöglich hatte er das Verschwinden der Puppe bereits bemerkt und war völlig zu Unrecht wütend auf Emma. Lena schloss wieder auf, nahm den Versandkarton vom Tisch und befestigte ihn sorgfältig auf dem Gepäckträger von Ekkis Fahrrad. Kai Winter wohnte nicht einmal zwei Kilometer entfernt von hier, mit dem Fahrrad ein Katzensprung.

Lena schob das Fahrrad vom Hinterhof und tauchte jäh ins pralle Leben. So beschaulich und gemütlich es dort hinten auch war – München rüstete sich laut und bunt für den Freitagabend. Die Puppenärztin stieg auf und reihte sich mit ihrem Rad in die Autoschlange ein. Der abendliche Verkehr verstopfte die Straßen, und an einer großen Kreuzung musste sie Halt machen. Ihr Blick wanderte zu dem neu renovierten Jugendstil-Haus auf der anderen Seite, dessen Fensterscheiben der Wohnungen nur so vor Sauberkeit blitzten. Die Balkone präsentierten ihre geschmackvolle Bepflanzung, und ein Zwiebeltürmchen setzte dem Ganzen die Krone auf. Das Haus war ein wahres Postkartenmotiv, aber außer Lena schien es niemand zu bemerken.

Würde der Wohnblock mit ihrem Laden wohl bald auch in solch verschwenderischer Pracht neu erstrahlen? Wenn sie in einer ruhigen Minute im Hinterhof stand, spürte sie hin und wieder den Glanz und die Schönheit vergangener Zeiten. Womöglich wollte der Investor exakt diesen Glanz wiederbeleben. Eine altmodische Puppenklinik passte da kaum ins Konzept.

Lena sah betrübt nach rechts. Der kleine Zeitungsladen, vor dessen Schaufenster sie auf dem Weg zur Arbeit manchmal stehen blieb, hatte die Auslage gewechselt. Es gab ein neues Pferdemagazin. Ein Aufsteller zeigte ein strahlendes Mädchen in Emmas Alter.

Kurzerhand stieg Lena ab und schob das Rad zurück auf den Gehsteig. Sie lehnte es behutsam am Schaufenster an und eilte rasch in den Zeitungsladen. Sie würde Emma ein kleines Dankeschön für ihre liebe Unterstützung mitbringen, immerhin hatte die Kleine sich so rührend für sie ins Zeug gelegt. Sie würde sich über die Aufmerksamkeit ganz gewiss freuen. Zielstrebig schnappte sich Lena im Vorbeigehen die beworbene Kinderzeitschrift und zählte der betagten Verkäuferin das Geld in die Hand.

Gerade als sie kehrtmachen wollte, hielt die ergraute Dame sie auf. »Sagen Sie, sind Sie nicht die Puppenärztin?«

Verdutzt nickte Lena. Sie kannte die Frau nicht und

hatte hier noch nie eine Zeitung gekauft, aber die Fremde lächelte sichtlich beglückt und sah sie an wie eine alte Bekannte.

»Als ich ein Kind war, ist meine Mutter mindestens einmal die Woche mit mir hinüberspaziert. Der Puppendoktor hat alle meine Schmusetiere behandelt. Wenn man brav war, bekam man eine Brausetüte von ihm. Es war das Höchste für mich, wenn er mich bat, ihm bei der Behandlung seiner Patienten zu helfen!«

Lena hing der alten Frau fasziniert an den Lippen. Die Geschichte entlockte ihr ein melancholisches Lächeln.

»Ich bin aus Sentimentalität kürzlich wieder hinübergelaufen«, fuhr die Verkäuferin nachdenklich fort. »Da sah ich Sie an der Werkbank sitzen. Was habe ich mich gefreut, dass die Puppenklinik immer noch existiert! Die ganze Welt verändert sich. Und doch, manche Sehnsuchtsorte der Kindheit bleiben …«

Ein seliges Gefühl senkte sich auf Lena hinab. Sie wusste auf einmal wieder, warum sie all das machte. Die lebhafte Erinnerung der Frau rührte sie. Es waren Eindrücke wie diese, die sie in den Herzen der Menschen zurücklassen wollte.

»Das war vermutlich mein Opa«, stellte Lena mit belegter Stimme fest. »Ja, auch ich kann mich an seine Brausetüten erinnern.«

Sie reichte der alten Frau zum Abschied die Hand. Dann ging sie beschwingt hinaus in den Abend.

Das Lächeln in ihrem Gesicht verschwand augenblicklich: Ihr Fahrrad war nicht mehr da. Aufgelöst rannte sie zur Straße, um sich in alle Himmelsrichtungen umzusehen. Millionen Autos, Fußgänger und Räder überall, aber nirgends das alte Hollandfahrrad von Ekki. Sie drehte sich geschockt wieder um und stolperte panisch zurück in den Laden.

»Mein Fahrrad ist weg!«, stammelte sie hilflos. »Es stand eben noch da. Direkt vor dem Fenster.«

Die Verkäuferin verließ augenblicklich ihren Kassenbereich. »Wo haben Sie es denn hingestellt?« Der Gesichtsausdruck der alten Frau verriet Mitleid.

Verstört ging Lena erneut mit ihr nach draußen. »Genau da! Damit ich es von drinnen gut sehen kann. Der Pappaufsteller hat mir den Blick verstellt, aber es waren doch höchstens zwei Minuten!« Ungläubig starrte sie zum Schaufenster. Ihre Stimme erstarb.

Ratlos sah die Zeitungsverkäuferin die belebte Straße hinab. Es gab zig Fahrradfahrer überall, und ein paar Meter vor ihnen trottete eine festlich geschmückte Pferdekutsche. Unschlüssig hob sie die Schultern. »Haben Sie es etwa nicht abgesperrt?«, fragte sie dann. »In München werden ständig Räder gestohlen.«

Lena wusste das, all das war ihr klar, und doch konnte sie sich das alles selbst nicht erklären. Normalerweise ging sie achtsam mit geliehenen Sachen um. Sie hatte nur rasch etwas einkaufen wollen.

»War es denn ein teures Rad?«, fragte die Verkäuferin hilflos.

Lena biss sich auf die Lippe. »Es war das Rad meiner Mitarbeiterin, das ich mir ausgeliehen habe. Ehrlich gesagt hängt sie sehr daran, es ist ein altes Hollandfahrrad.«

»Oh je!«, war das Einzige, das der Frau dazu einfiel.

Lenas Gesicht hatte jede Farbe verloren. Es gab da etwas, das noch viel, viel schlimmer war. »Es war ein Karton auf dem Gepäckträger«, flüsterte sie. »Ein Karton mit einer Puppe.«

»Oh je!«, wiederholte die Verkäuferin. »War es ein wertvolles Spielzeug?«

»Unglaublich wertvoll«, bestätigte Lena. »Ein Einzelstück, das nicht mir gehört. Die Puppe kam von einer sehr lieben Kundin.«

»Na, dann sind Sie hoffentlich gut versichert!« Die Verkäuferin berührte Lena zaghaft am Arm. Neue Kundschaft hatte den Laden betreten, und die Frau musste zurück hinter ihre Theke. »An Ihrer Stelle würde ich zur Polizei gehen!«, riet sie zum Abschied.

Tiefe Verzweiflung hatte Lena ergriffen. Ja, sie hatte einen Moment nicht aufgepasst, aber hatte sich denn die ganze Welt gegen sie verschworen?

Wie benommen rannte sie mit ihrer Zeitschrift unter dem Arm die abendliche Straße hinab. Vorbei an den schicken Theaterbesuchern, die vor der Aufführung noch eine Kleinigkeit essen wollten. Vorbei an den Tischen und Stühlen im Freien, um diese Uhrzeit bevölkert von einem gemischten Publikum: Geschäftsleute, die nach getaner Arbeit vor dem Heimweg noch einen letzten Latte Macchiato tranken. Und aufgeputzte Nachtschwärmer, die vor ihrem Aufbruch ins Vergnügen zum Vorglühen ihren Aperol Spritz bestellten. Wie gern hätte sie sich dazugesetzt! Stattdessen hastete sie vorbei an den müden Stadtführern, die mit Touristen-Trauben im Gepäck die letzte Führung für heute machten. Und vorbei an jungen Paaren mit Kinderwagen, die vor dem Zubettgehen noch eine Runde um den Block drehen wollten.

Sie wusste nicht, wie sie Ekki den Verlust ihres Fahrrads beibringen konnte. Noch weniger wusste sie, wie sie Emmas Vater das Verschwinden der Puppe erklären sollte. Sie hatte Emma aus der Patsche helfen wollen und nun genau das Gegenteil davon erreicht: Mitsamt dem Fahrrad war die Puppe geklaut worden und vermutlich für immer verschwunden. Das angeblich Wertvollste, das Emmas Papa besaß, wurde jetzt von irgendeinem Dieb auf dem Gepäckträger eines geklauten Hollandrads durch München gegondelt.

Tränen brannten in Lenas Augen. Sie hatte gedacht, dass es keine Steigerung zu ihren Problemen mehr gab, doch jetzt merkte sie: Eine Zugabe war immer noch möglich.

Sie hielt inne, dann drehte sie kurzentschlossen um und ging zügigen Schritts wieder zurück in die andere Richtung. Sie würde das unangenehme Gespräch gleich jetzt hinter sich bringen. Sie musste Emmas Vater noch heute gestehen, was vorgefallen war. Zwar hatte sie den Mann noch nie gesehen, aber sie war sich sicher: *Dafür* würde er sie ganz bestimmt hassen.

»Nein, ich *hasse* dich doch nicht!« Verwirrt sah Kai Winter zu der jungen Französin hinüber. »Wie kommst du bloß auf diese Idee? Wann habe ich dir dazu Anlass gegeben?«

Völlig grundlos hatte Celine ihm gerade diesen Vorwurf gemacht. Jetzt standen sie nebeneinander an dem ausladenden Panorama-Fenster, das einen tollen Blick auf die Stadt gewährte. Celine trug ein kurzes Kleid und sehr hohe Schuhe, ihr süßliches Parfüm erfüllte schwer den Raum.

»Doch, du bist einfach immer so kalt zu mir. Heißt dein Name auf Französisch nicht *hiver*? Irgendwie passt das!« Celine lächelte traurig.

Der Kommentar bedrückte Kai Winter. Dort unten entließen sich die Münchner lachend selbst in den Abend. Die Menschen strömten aus, um sich und das Leben in Biergärten, Restaurants und Cafés zu feiern. Sie eroberten Theater und Opernhäuser. Sie fanden sich zu romantischen Stelldicheins auf Picknickdecken im Park ein oder schlenderten Hand in Hand durch die Gassen der Altstadt. Wie gerne hätte er sich dort unten eingereiht, aber sein Herz befand sich seit Jahren im Winterschlaf. Lieber vergrub er sich tagtäglich aufs Neue in seine Arbeit. Außer Emma hatte es niemand in all den Jahren geschafft, Kai zurück ins Leben zu locken, und selbst seiner Tochter gelang es nur mit viel Überredungskunst. Er nahm sich viel zu selten Zeit für sie, und viel zu oft schickte er sie zu seinen Eltern.

Kai zwang sich, mit seinen selbstzerstörerischen Gedanken aufzuhören. »Ich habe einfach ein paar schwierige Jahre hinter mir«, machte er den Versuch, es dem Au-pair-Mädchen zu erklären. »Mein Job ist unglaublich anspruchsvoll und fordert mich voll und ganz. Und es ist nicht leicht, daneben noch alleinerziehender Vater zu sein. Trotz der Unterstützung meiner Eltern und trotz toller Kinderbetreuung …« Er warf der jungen Frau einen kurzen Seitenblick zu. »Irgendetwas kommt doch immer dazwischen. Mein Leben besteht nur noch aus Terminen und verrinnender Zeit. Und obwohl ich mein Bestes gebe, ist meine Tochter oft unzufrieden und quengelig. Emma vermisst ganz klar ihre Mama.«

»Emma vermisst *eine* Mama«, korrigierte Celine ihn forsch.

Kai schluckte betreten. Vermutlich hatte die Französin recht, und Emma sehnte sich tatsächlich nach einer

Familie. Ein Vater, der ihr vor dem Zubettgehen am Telefon gute Nacht wünschte, war nicht genug.

»Ich muss mich besser organisieren, um mehr für Emma da zu sein«, gestand Kai sich und dem Kindermädchen ein. »Und ich versuche, in Zukunft nicht immer so abweisend und kühl zu dir zu sein, Celine!« Er warf ihr erneut einen unsicheren Seitenblick zu. »Es ist doch ein Anfang, dass wir uns duzen.«

Er hielt inne und starrte wieder reglos hinaus auf das Treiben. Wie ein lebloses Standbild, weit über der Stadt. Dann sah er auf seine Armbanduhr: Emma würde vermutlich schon schlafen. Er hatte vor einer Stunde mit ihr telefoniert, da hatte sie mit seinen Eltern noch beim Nachtisch gesessen.

»Ich überlege trotzdem, noch mal ins Büro zu fahren«, stellte er fest. »Auf meinem Schreibtisch liegt unglaublich viel Arbeit.«

Celine kaute auf ihrer Unterlippe herum, wie Emma es gelegentlich machte. »Und was ist mit dem Abendessen?«, fragte sie schmollend.

»Von welchem Abendessen sprichst du?« Verwirrt sah Kai das Au-pair-Mädchen an. Hatte sich Celine etwa für ihn so in Schale geworfen? Er war davon ausgegangen, dass sie heute Abend ausgehen würde. Jetzt erst begriff er, dass *er* ihre Verabredung war.

Verunsichert starrte er auf seine Schuhspitzen hinab. Ohne Emma fühlte sich die Gegenwart von Celine sonderbar fremd an.

»Ich habe als Überraschung ein kleines Abendessen gemacht«, rief Celine aus. »Gearbeitet wird also erst wieder morgen!«

Ohne dass er sich groß dagegen wehren konnte, nahm

sie ihm sein Sakko ab und hängte es ordentlich an die Garderobe.

»Es gibt Risotto!«, rief sie ihm auf ihrem Weg Richtung Küche zu. »Du kannst schon mal den Wein aufmachen.«

Erst jetzt fiel Kai der gedeckte Tisch im Esszimmer auf, sogar an eine Kerze hatte Celine gedacht. Das perfekte Candle-Light-Dinner!

Er war hin- und hergerissen, was er von all dem halten sollte. Sie hätte ihn vorher auch fragen können.

Unschlüssig nahm Kai die Rotweinflasche vom Tisch. Der Kerzenschein warf geheimnisvolle Schatten über die Stuckdecke darüber. Zögernd ging er zu Celine in die Küche. Das Au-pair-Mädchen stand am Herd, die Hand wie beiläufig an ihre Taille gelegt. Als er eintrat, schenkte sie ihm ein betörendes Lächeln.

Kai bekam eine Gänsehaut. Jahre schon hatte er nicht mehr in den Armen einer Frau gelegen.

»Nervös?«, fragte Celine und sah ihn träumerisch an.

»Ich suche nur den Korkenzieher«, stammelte Kai.

»Hier ist er!« Sie reichte ihm den gesuchten Gegenstand. Celine stand jetzt ganz dicht vor ihm, nur eine bauchige Weinflasche trennte sie noch. Eine bauchige Weinflasche und Kais spürbares Zögern.

Celines Hände umfassten ihn mit einem Mal forsch, und sie zog ihn sehr sanft, aber bestimmt an sich. Ergeben schloss er die Augen.

Fast verspürte er so etwas wie Erleichterung, als es klingelte und die Situation jäh unterbrochen wurde. Beinahe hätte Celine ihn tatsächlich geküsst. Auf ihrer Stirn erschien eine hässliche Falte.

»Erwartest du jemanden?«, fragte Kai und löste sich heilfroh aus ihrer Umarmung. Schlagartig war er wieder bei Sinn und Verstand: Nein, er wollte doch gar nichts von der jungen Frau. Fast hätte sie ihn mit ihrem Charme um den Finger gewickelt.

»Nein. Du etwa?« Enttäuscht sah die Französin ihn an. »Komm, Monsieur Hiver, wir überhören es einfach.«

Aber Kai Winter dachte gar nicht daran, so froh war er, dass jemand ihn davor bewahrt hatte, einen riesengroßen Fehler zu machen. Mit langen Schritten ging er in den Flur. Der Bildschirm der Überwachungskamera am Eingang zeigte eine Fremde, die eine Zeitschrift an die Brust gedrückt hielt. Waren das etwa Pferde?

»Könnte jemand von den Zeugen Jehovas sein …«, stellte er unschlüssig fest. »Aber seit wann kommen die so spät am Abend?«

Er drückte auf den Sprechknopf. »Hallo?«

»Hallo, ich bin … Ich will …« Die Frau klang aufgelöst. »Ich bin eine gute Bekannte von Emma!«

Fassungslos starrte Kai Winter die Fremde auf dem Monitor an. Seit wann hatten achtjährige Mädchen *Bekannte*? Vielleicht war es eine Lehrerin von ihr, schließlich nannte Emmas Schule das Kauderwelsch auch großspurig Englisch.

Ohne weiter nachzufragen, drückte er auf den Einlassknopf und hörte, wie sich die Schritte das Treppenhaus langsam nach oben näherten. Celines Kopf lugte aus der Küche heraus. Ihr Gesicht hatte einen genervten Zug angenommen. »Wer ist es?«, fragte sie unterkühlt. »Ich hoffe, er bleibt nicht zum Essen.«

»Scheint eine Lehrerin von Emma zu sein …« Kai zuckte ratlos mit den Schultern. »Sie hat sich als ›Bekannte‹ von Emma vorgestellt und bringt irgendein Heft vorbei. Vielleicht hat meine Tochter es in der Schule vergessen.«

Die späte Besucherin hatte den Absatz seiner Etage erreicht, blieb vor Kai stehen und rang nach Atem.

»Wir haben auch einen Aufzug!«, sagte Kai Winter statt einer Begrüßung. Die Frau sah ihn stumm aus geröteten Augen an und hielt immer noch das zerknitterte Pferdeheft in der Hand. Kai bereute nun doch, geöffnet zu haben.

»*Mon dieu* …« Celine war neugierig zur Tür gekommen. Ihre Körperhaltung verriet plötzliche Verunsicherung. »Was wollen Sie denn hier? Kai, das ist Mademoiselle Lisa.«

Kai Winter starrte die Fremde unschlüssig an. Bei näherer Betrachtung wirkte sie doch nicht mehr so verrückt, wie es im ersten Moment den Eindruck erweckt hatte. Es war eine hübsche Frau, vielleicht Mitte dreißig. Sie war schlicht gekleidet, eher praktisch, und verströmte einen durchdringenden Duft nach Holz und Patschuli. Jetzt, da sein Blick auf ihr ruhte, machte sie auf einmal einen sehr vertrauten Eindruck auf ihn. Aber er war sich absolut sicher, dass er ihr noch niemals im Leben begegnet war.

»Mademoiselle *Lena*«, korrigierte die Besucherin zögernd. »Lena Precht.«

Kai fand seine Fassung zurück. »Es tut mir leid, aber ich habe noch nie von Ihnen gehört«, gab er unumwunden zu. »Emma ist heute bei meinen Eltern. Sind Sie eine Lehrerin von ihr? Hat sie heute in der Schule etwas vergessen?« Er starrte auf die zerknitterte Zeitschrift hinunter.

Celine schob Kai Winter entschieden zur Seite. Jetzt war sie es, die Lena gegenüberstand. Mit verhärteter Miene sah die Französin sie an, und während sie sprach, bewegten sich ihre Lippen wie geschliffene Messer. »Sie haben es ja gehört. Emma ist nicht da. Wir besuchen Sie dann nächste Woche, versprochen!«, erklärte sie eisig. »Ich bestelle Emma aber sehr gerne Grüße.« Schon schickte sie sich an, Lena die Tür vor der Nase zuzuknallen. »Das ist nur eine Verkäuferin aus einem Spielzeuggeschäft«, flunkerte sie hemmungslos und sah Kai bedauernd an. »Ich war mit Emma mal dort und habe zugesagt, irgendwann wiederzukommen.«

»Ich bin nicht wegen Emma hier«, sagte Lena. Plötzlich schien wieder Leben in sie zu kommen, ihre Wangen röteten sich, ihr Blick wurde wach. Demonstrativ stellte sie ihren Fuß in die Tür und reichte Kai Winter die Hand. »Wie bereits gesagt, mein Name ist Lena Precht. Mir gehört eine Puppenklinik hier in der Gegend. Ihre Tochter Emma ist bestimmt einmal die Woche bei mir. Es wundert mich, dass sie niemals von mir erzählt hat.«

»Nein, das hat sie nicht«, murmelte Kai Winter ungläubig und zog seine Augenbrauen zusammen. Dann entdeckte er den kleinen Anhänger um Lenas Hals. Es war der Herzanhänger von Emma!

»Hat meine Tochter Ihnen etwa diesen Anhänger geschenkt?«, fragte er sichtlich entgeistert. Ein unangenehmes Gefühl lastete plötzlich auf ihm. Ihm wurde schmerzhaft bewusst, wie wenig er sein eigenes Kind kannte. Seine ständige Abwesenheit hatte die Verbindung zwischen ihm und Emma zu einer puren Behauptung gemacht. Diese Frau war keine Bekannte, sie war Emmas *Freundin*! Was sollte der ganze Zirkus hier? Was versuchte Celine zu verbergen?

»Ja, Ihre Tochter hat mir diesen Anhänger geschenkt!« Lena nickte. Ihre Stimme klang plötzlich wieder deutlich und klar, die anfängliche Unsicherheit war völlig verschwunden. »Deshalb bin ich hierhergekommen. Und wegen einer anderen Angelegenheit auch. Können wir zwei irgendwo in Ruhe reden, Herr Winter?« Sie warf der feindseligen Nanny einen entschuldigenden Blick zu. Das, was sie zu sagen hatte, ging nur Emmas Vater und sie etwas an.

Gestresst deutete Celine auf die Puppenärztin. »Egal, was sie behauptet, es ist nicht die Wahrheit!« Sie war jetzt so aufgebracht, dass sie sich verhedderte. »Ich habe Emma bei ihr abgegeben nur drei oder vier Mal. Alles andere ist eine Lüge!«

Kai Winter öffnete verdutzt den Mund. Dann schloss er ihn wieder.

Lena sah überrascht auf. Dachte Celine tatsächlich, sie wäre ihretwegen gekommen? Dabei hatte die Puppenärztin überhaupt nicht im Sinn, Emmas Au-pair-Mädchen Schwierigkeiten zu machen. Ihr war nicht klar gewesen, dass die Puppenklinik ein Geheimnis bei Emma zu Hause war. Emmas Vater wusste offenbar nicht, dass Celine seine Tochter regelmäßig bei Lena parkte.

Nun hatte sich die junge Frau mit ihren vorlauten Worten selbst entlarvt.

Kai Winter öffnete den Mund erneut und sah sein Kindermädchen bestürzt an. »Celine, wir reden ein anderes Mal über alles. Jetzt aber würde ich gerne mit unserer Besucherin sprechen. Wolltest du nicht ausgehen?« Er deutete auffordernd zur Tür.

Vor Enttäuschung verfärbte sich Celines Gesicht. Sie stapfte wie ein übellauniger Teenager in die Küche und schob den dampfenden Topf wütend vom Herd. Dann schnappte sie sich ihre Handtasche und verschwand ohne Verabschiedung. Emmas Vater und Lena blieben allein zurück, und Winter bat sie in die Wohnung. Er führte sie ins Wohnzimmer und verschwand, um etwas zu trinken zu holen.

Ehrfürchtig besah Lena die Gemälde an der Wand. Ein großes, sachliches Landschaftsbild dominierte das Zimmer, daneben hing wie zum Kontrast eine hauchzarte japanische Tuschezeichnung. Lena trat näher: Sie war auf das Jahr 1850 datiert. Daneben hing das atemberaubende Stillleben einer exotischen Frucht. War das etwa eine Ananas, oder doch eine überreife Jackfruit? Lena machte einen Schritt zurück, um Winters beeindruckende Privatsammlung wieder aus der Distanz zu betrachten, allesamt Kunstwerke, die sicherlich nicht billig gewesen waren. Auf der Kommode entdeckte sie eine filigrane Bronzefigur, die einen Jüngling mit in den Himmel gestreckten Armen zeigte. Daneben stand ein silbern gerahmtes Hochzeitsfoto, auf dem sie eine jüngere Variante von Kai Winter erkannte. Lena hatte das dringende Bedürfnis, näher zu gehen und sich Emmas Mutter genauer anzuschauen. Emma hatte nie wirklich von ihren Eltern erzählt, und es war nicht Lenas Art, ihre kleinen Besucherinnen auszuhorchen. Auf einmal war ihre Neugierde aber geweckt. Sie hatte ganz selbstverständlich geschlussfolgert, dass Emmas Mutter eine beruflich erfolgreiche Karrierefrau war. Warum sonst sollte sie eine Nanny beschäftigen? Zum ersten Mal kam ihr jetzt in den Sinn, dass Emmas Eltern vielleicht geschieden waren, sonst wäre Winters Frau doch ganz bestimmt hier. Der Anblick einer strahlenden Braut mit smaragdgrünen Augen berührte sie: Irgendwann würde Emma aussehen wie ihre Mutter. Jetzt hörte Lena, wie Kai Winter in der Küche herumhantierte. Er musste jeden Moment zurück ins Wohnzimmer kommen, und sie wollte keinen falschen Eindruck erwecken. Also ließ sie das Hochzeitsbild Hochzeitsbild sein und setzte sich unsicher auf das stylische Sofa.

Die ganze Wohnung verströmte eine Aura der Kostspieligkeit. Kai Winters Geschmack war auserlesen, aber es existierte auch eine spürbare Kälte und Einsamkeit. Die Räume wirkten unbewohnt. Als wäre all das nur eine verlassene Bühne mit Requisiten.

Die Polster waren ziemlich unbequem. War das überhaupt ein richtiges Sofa? Oder doch eher Kunst, die man möglichst nicht anfassen sollte? Lena setzte sich kerzengerade auf, sie fühlte sich unwohl. Ihr Blick wanderte über den riesigen Teppich vor ihr auf dem Boden. Er sah aus, als hätte man ihn noch eben in einem angesagten Museum in New York City ausgestellt.

Lena hatte bereits vermutet, dass Emma aus einer gut situierten Familie kam, aber einen Vater in Maßanzug und eine Designerwohnung samt Panoramafenster mit Blick auf die Sehenswürdigkeiten der Stadt hatte sie nicht erwartet.

»Interessieren Sie sich für Teppiche?«, fragte Kai Winter. Er war mit zwei Gläsern zu ihr zurückgekehrt.

Lena schreckte aus ihren Gedanken hoch. Der ausgebleichte Teppich in ihrer Wohnung war von IKEA.

»Na ja … Ich … Ja …«, stammelte Lena. Zum Glück würde Kai Winter ihre bescheidene Bleibe niemals betreten.

»Der Künstler heißt Hossein Rezvani. Er hat geschafft, was niemandem vor ihm gelungen ist: Den klassischen

Perserteppich in die Moderne zu überführen«, erklärte Emmas Vater versiert. »Darf ich Ihnen einen Sherry anbieten, Frau Precht?« Mit einem höflichen Lächeln reichte er ihr ein Glas, dessen Inhalt die Farbe von Bernstein hatte. »Ich hoffe, Sie mögen süßen Alkohol. Dieser Palo Cortado reift zwanzig Jahre. Wie Sie sehen, habe ich ein Faible für alte Dinge und Tradition. Zumindest wenn es um Spirituosen geht. Bei Möbeln liebe ich Ausflüge in die Moderne.« Er lachte verlegen.

»Dann haben wir etwas gemeinsam!« Lena nippte nervös an dem Getränk. Sie musste ihm den Grund ihres Besuchs endlich eröffnen.

»Nun, Herr Winter, weshalb ich einfach so hier hereingeschneit bin …«

Kai Winter unterbrach sie mit einem Räuspern. »Ja, ich habe es schon kapiert. Wie mir erst jetzt klar wird, habe ich bei der Wahl des Au-pair-Mädchens diesmal gründlich danebengegriffen. Mir war nicht bewusst, dass Celine die Betreuung meiner Tochter anderen überlässt. Blieb sie denn wenigstens in der Nähe?«

Lena stellte ihr Glas auf dem eleganten Wohnzimmertisch ab und nickte zustimmend. »Aber ja doch, sie war gleich nebenan bei Matteo.«

Winters Gesicht glich einem Fragezeichen. »Wer ist Matteo?«

»Ein attraktiver Italiener, der nebenan eine Bar betreibt«, witzelte Lena. »Aber Celine ist nie länger als eine Stunde geblieben.«

Das Fragezeichen auf Winters Stirn wich einem verärgerten Ausdruck. Sofort bereute Lena ihren scherzhaften Spruch. Sie hatte tatsächlich kein Interesse daran, die Französin in Schwierigkeiten zu bringen.

»Wie gesagt, danke, dass Sie mir die Augen geöffnet haben«, fuhr Kai Winter kopfschüttelnd fort. »Ohne Sie wäre das Spiel womöglich noch monatelang so weitergegangen!«

Lena starrte bedrückt auf ein Table-Book, das aufgeschlagen auf dem Wohnzimmertisch thronte und eindrückliche Fotos von Weltkulturerbestätten präsentierte. Nein, sie war nicht gekommen, um Celine anzuschwärzen. Sie musste es endlich hinter sich bringen.

»In Wahrheit bin ich aus einem anderen Grund da«, fasste Lena sich ein Herz und löste den Blick von einem Foto des Taj Mahal. Früher hatte sie immer gedacht, das bombastische Gebäude wäre ein Schloss, doch inzwischen wusste sie, dass es eine Grabstätte war. »Es geht um Ihre Puppe aus den Achtzigerjahren, Herr Winter …« Endlich hatte sie es gesagt, nun würde der wirklich unangenehme Teil des Gesprächs beginnen. Lena wünschte sich insgeheim weg. Vielleicht wie Fipsi irgendwohin an den Nordpol, aber sie konnte genauso wenig fliegen wie der Plüsch-Pinguin. Sie war dazu verdammt, in diesem Zimmer zu bleiben. Sie war dazu verdammt, auf diesem unbequemen Sofa in einem sterilen Raum voller lebloser Kunst Winter Rede und Antwort zu stehen. Lena wurde schwindelig, und ihr Herz pochte. Sie fühlte sich wie auf dem Weg zum Schafott.

»Hat meine Tochter Ihnen etwa in den Ohren gelegen, weil ich ihr die Puppe nicht geben will?« Winter zog leicht verärgert die Stirn in Falten. »Es ist doch so, wir wollen immer das, was wir gerade nicht haben können!«, grummelte er, und seine Hand strich unbewusst über den exklusiven Stoff des Designersofas. »Würde ich ihr die Puppe überlassen, hätte sie ganz sicher schon bald kein Interesse mehr daran. Nein, es gibt Gründe, warum ich ihr diese Puppe nicht gebe. Es mag auf Sie streng wirken, aber es gibt sehr wenig Regeln, an die Emma sich halten muss. Die Puppe ist eine davon, und daran ist leider auch nicht zu rütteln.«

Kai Winters Blick glitt angestrengt über die Glasvitrine neben dem Fenster, und er hörte auf, das Sofa zu streicheln.

Lena spürte den holpernden Herzschlag in ihrer Brust. Es war noch schlimmer, als sie es sich ausgemalt hatte.

»Emma hat mir Ihre Puppe gebracht«, eröffnete sie ihm. »Sie dachte, ich hätte finanzielle Probleme.« Die Puppenärztin hatte keine Lust, dem Vater von Emma ihre Geldsorgen auf die Nase zu binden. Also stoppte sie an dieser Stelle mit ihrer Selbstauskunft. »Ihre Tochter glaubte fälschlicherweise, dass die Puppe unglaublich wertvoll ist«, fuhr sie stattdessen fort. »Das ist sie ja vermutlich auch. Aber eher im übertragenen Sinne.«

Entgeistert sah Kai Winter sie an. Er schien ihren Worten keinen Glauben zu schenken.

»Sie bat mich, die Puppe zu verkaufen«, eröffnete Lena ihm mit heiserer Stimme. »Aus dem gleichen Grund hat sie mir auch den Anhänger mitgebracht …« Nervös spielte sie mit dem silbernen Herz an ihrer Kette.

Verdutzt schüttelte Kai Winter den Kopf, dann stand er auf. »Das muss ein Missverständnis sein, denn die Puppe ist hier in dieser Vitrine!« Er tastete in aller Seelenruhe auf dem Schrank nach einem Schlüssel und schien sich seiner Sache sicher zu sein. Endlich wurde er fündig. Sorgsam schloss er die Glastür auf, zog eine rote Samtschachtel heraus und öffnete behutsam den Deckel.

Für einen Moment wich jede Farbe aus seinem Gesicht. Fassungslos starrte er in die leere Verpackung.

»Ich glaube das einfach nicht«, sagte er. »Das kann bitte nicht wahr sein!«

Es traf Lena ins Mark, wie Kai Winter in erstarrter Haltung neben der Vitrine stand und ungläubig in die leere Samtschachtel blickte. Stand er unter Schock, oder war es nur blanke Enttäuschung?

Rasch erhob sich die Puppenärztin. »Aber das wollte ich ja gerade erklären«, beeilte sie sich. »Emma trifft überhaupt keine Schuld. Ich habe sie mit meinem Gejammer erst auf diese Schnapsidee gebracht. Emma ist das zuverlässigste und liebste Mädchen, das man sich vorstellen kann. Sie kann das Ausmaß ihres … ihres Diebstahls gar nicht umreißen.«

Kai Winter kehrte mit leerem Gesichtsausdruck zum Sofa zurück und ließ sich schweigend darauf nieder. Auch Lena nahm zögernd wieder neben ihm Platz.

»Ich hätte niemals damit gerechnet, dass meine Tochter so etwas macht! Ich werde sie dafür zur Rede stellen.« Er wirkte vollkommen vor den Kopf gestoßen. »Das ist mehr als Diebstahl, es ist ein Loyalitätsbruch zwischen mir und ihr. Ich hätte gedacht, Emma blind vertrauen zu können.«

Lena schluckte unbehaglich. »Sie ist doch erst acht Jahre alt«, nahm sie Emma in Schutz. Kai Winter reagierte völlig übertrieben. Warum regte er sich so darüber auf? Es war doch normal, dass Kinder unbedachte Dinge machten. Trotz allem hatte Emma es nicht böse gemeint. Sie hatte Lena nur helfen wollen. »Darf ich fragen«, Lena wusste überhaupt nicht, wie sie den Satz formulieren sollte. »Was für eine Geschichte hat diese Puppe? Stammt sie von einem Puppenmacher, den Sie persönlich kannten?«

Kai Winter sah die Puppenärztin unglücklich an. Es wirkte nicht so, als ob er sie einweihen wollte.

Tröstend griff Lena nach seiner Hand und drückte sie sanft, als wollte sie ihm dadurch Zuversicht spenden. Es war mehr ein Reflex, den sie sich dank ihrer Tätigkeit als Lehrerin und Puppenärztin erworben hatte. Ständig weinten Kinder in ihrer Gegenwart, und es war an ihr, die aufgelösten Kleinen eilig zu trösten.

Jetzt aber war diese intime Geste fehl am Platz. Kai Winter zog seine Hand augenblicklich weg und räusperte sich vernehmlich. Beschämt legte Lena ihre Hände zurück in ihren Schoß. Sie war froh, wenn diese schreckliche Aussprache endlich vorbei war.

»Danke, dass Sie vorbeigekommen sind, um mir den Verbleib der Puppe zu melden«, sagte Kai schließlich förmlich.

»Sie ist ein Erinnerungsstück, das mir sehr, sehr wichtig ist. Mehr ist dazu eigentlich nicht zu sagen.« Er warf einen Blick auf seine Armbanduhr, als hätte er noch einen dringenden Termin zu erledigen. »Ist die Puppe noch in Ihrem Geschäft?« Er griff nach seinem Sherry. »Wenn Sie nichts dagegen haben, würde ich sie gerne heute noch holen. Ich habe kein gutes Gefühl dabei, wenn sie nicht an ihrem Stammplatz ist. Wo ist Ihr Laden denn? Hier in der Nähe?« So verärgert Kai Winter eben noch gewesen war: Nun schlich sich doch ein versöhnliches Lächeln in seine Züge. »Tut mir leid, dass ich eben so aufgebracht war. Sie können ja überhaupt nichts dafür, und ich habe einfach nicht mit so etwas gerechnet. Natürlich erhalten Sie eine Aufwandsentschädigung. Vielleicht darf ich Ihnen ein kleines Geschenk für Ihre Umstände machen?« Er klang auf einmal wie der perfekte Gentleman.

»Gehen Sie gerne in die Oper, Frau Precht? Ich organisiere Karten für Sie und Ihren Partner.« Sein Blick wanderte für eine Sekunde prüfend zu ihrem Ringfinger hinunter. Man merkte ihm an, dass er oft mit Menschen zu tun hatte. Sein Umgangston hatte etwas Routiniertes an sich. Er war geübt im Small Talk und kannte offenbar die Etikette.

Lena hingegen hockte stocksteif da, sie wagte kaum mehr zu atmen. So hatte sie sich zuletzt in der achten Klasse gefühlt, als sie vor ihren Mitschülern stand, um ein Gedicht vorzutragen, das sie nicht auswendig gelernt hatte. Und sie wusste, sobald sie den Mund öffnen würde, konnte sie die Wahrheit nicht mehr verbergen.

»Ich wollte Ihnen die Puppe eben vorbeibringen«, sagte sie tonlos, als spräche eine Computerstimme durch sie. »Auf dem Weg hierher wurde sie mir geklaut. Ihre Puppe ist weg. Weil ich nicht genug aufgepasst habe.«

Nun war es gesagt. Ihr Geständnis vernichtete die eben entstandene Nähe, und vor ihr auf dem Tisch lag – wie ein lauter, vorwurfsvoller Schrei – die leere Schachtel aus der Vitrine.

Kai Winter stand auf. Er wirkte endgültig wie vom Blitz getroffen. Schweigend sah er von der Samtschachtel zur geöffneten Vitrine hinüber. Dann setzte er sich wieder.

»Das ist nicht Ihr Ernst?«, sagte er ungläubig.

Lenas Hände verkrampften sich, jede Faser ihres Körpers war angespannt. Aber sie musste es endlich hinter sich bringen. »Ich bin mit dem Fahrrad hierhergefahren«, begann sie mit ihrer qualvollen Beichte. »Auf dem Weg habe ich eine Werbung für diese Zeitschrift an einem Kiosk entdeckt, und ich hielt an, weil ich sie für Emma kaufen wollte. Während ich im Laden war, hat jemand mein Fahrrad mitsamt der Puppe geklaut. Ich habe es nicht abgesperrt, dabei waren es nur zwei Minuten.«

Nun war es Lena selbst, der unvermittelt Tränen in die Augen stiegen. Die Anspannung war einfach übermächtig geworden. Sie hatte momentan so viele Probleme am Hals, die geklaute Puppe eines unnahbaren Geschäftsmanns war nur die Spitze eines monströsen Eisbergs. Warum nur war Emmas Mutter nicht hier? Es wäre angenehmer, dieses fürchterliche Gespräch in Anwesenheit einer anderen Frau zu führen.

Reglos hockte Kai Winter neben ihr, während Lena eine einsame Träne die Wange hinunterperlte.

»Ich merke, wie wichtig Ihnen diese Puppe ist …«, Lenas leises Schluchzen verschluckte ihre hilflosen Worte. »Aber ich wollte Emma nur etwas Gutes tun, als ich ihr die Zeitschrift gekauft habe. Es ist meine Schuld, dass die Puppe jetzt weg ist. Ich kann es nicht ändern, und um Ihnen das zu beichten, bin ich überhaupt hier …«

Die Puppenärztin wischte sich erschöpft über das Gesicht, und Kai Winter griff mit starrem Blick nach seinem Sherryglas und kippte den Inhalt in einem Zug hinunter.

»Bestimmt hassen Sie mich jetzt«, flüsterte Lena. »Ich verspreche Ihnen, dass ich alles versuchen werde, die Puppe wiederzufinden. Aber Sie können sich vorstellen, dass das unter Umständen schwierig wird.«

»Warum denken sämtliche Frauen eigentlich, dass ich sie hasse?«, fragte Kai Winter genervt. »Aber ich gebe offen zu, ich wünschte, wir wären uns unter anderen Umständen begegnet.« Er erhob sich energisch. »Wir sollten sofort los und die Gegend absuchen!«, entschied er. »Manchmal werden Fahrräder geklaut, um an der nächstbesten Ecke abgestellt zu werden. Wo ist denn dieser Zeitungsladen genau?«

Überrumpelt erhob sich auch Lena. Verlangte Emmas Vater wirklich von ihr, dass sie in einer Millionenstadt nach einem verschwundenen Hollandrad suchte?

»Ich glaube nicht, dass es noch in der Nähe ist«, sagte Lena mit belegter Stimme.

»Davon möchte ich mich gerne mit meinen eigenen Augen überzeugen«, sagte Kai Winter sichtlich gereizt. »Diese Puppe bedeutet mir wirklich viel. Ich muss es Ihnen hoffentlich nicht noch einmal erklären.« Er sah Lena voll Bitterkeit an. Eine schuldbewusste Röte färbte ihr Gesicht. Nein, sie hatte begriffen.

»Also, worauf warten Sie noch?«, trieb er sie an. »Wir sollten keine Wurzeln hier schlagen.«

Perplex folgte Lena ihm in den Flur. Er zog sich in aller Eile sein Sakko an. Dann suchte er nach seinem Portemonnaie und dem Wohnungsschlüssel.

»Haben Sie zufällig ein Foto der Puppe?«, fiel Lena noch ein. Sie wollte unbedingt guten Willen beweisen. »Sollten wir das Rad nicht finden und zur Polizei gehen, kann es nicht schaden, wenn …«

Schon rauschte Kai Winter an ihr vorbei und verschwand in einem Raum, der das Schlafzimmer sein musste. Durch die angelehnte Tür erkannte Lena ein ausladendes Bücherregal, aber sie konnte die einzelnen Titel aus der Ferne nicht wirklich entziffern.

Sie beobachtete, wie Kai Winter hektisch ein Fotoalbum herauszog. Er blätterte suchend darin herum und löste ein Bild von der Seite. Noch während er zurück zu Lena lief, verstaute er es eilig in seiner Sakkotasche.

Im nächsten Moment riss er die Wohnungstür auf.

»Was ist nun? Gehen wir! Wir haben wirklich keine Zeit zu verlieren.«

»Darf es noch etwas zu trinken sein?« Die junge Bedienung mit der Amy-Winehouse-Gedächtnisfrisur schürzte missbilligend die Lippen. Auffordernd sah sie Katja an. Das auffällige Piercing in ihrer Augenbraue wanderte fragend nach oben. Die junge Frau stand direkt unter einem der kitschigen rosa Lüster aus Kristall, was zu einer sonderbaren optischen Täuschung führte: Es wirkte, als hätte sie einen pinken Heiligenschein. Im *LUDWIG 2.0* vereinten sich lila Samtsofas, grellbunte Kerzenleuchter und Bilder voller röhrender Hirsche und Buben in Lederhosen zu einem extravaganten Kitschmix. Ja, gut möglich, dass der bayerische Märchenkönig Ludwig II. dieses Setting gut gefunden hätte. Die Hälfte der Innenausstattung sah auch wirklich so aus, als hätte sie jemand von Schloss Neuschwanstein mitgehen lassen. Katja auf jeden Fall fühlte sich in dieser überbordenden Kulisse pudelwohl. Als sie nicht sofort antwortete, deutete die Bedienung vorwurfsvoll Richtung Tür. Ihr Gesichtsausdruck strahlte Härte aus, da konnte auch der rosa Heiligenschein nichts daran ändern. »Es ist Freitagabend«, sagte sie giftig. »Sie sehen doch, dass eine Menge Leute auf einen freien Tisch warten!«

In der Tat drängten sich im Eingang ganze Cliquen von Menschen. Die Münchner Nachtschwärmer hatten sich für das Wochenende schick gemacht und waren schon jetzt in Feierlaune, und das Einzige, das zur Vollendung ihres Glücks noch fehlte, war ein freier Tisch in der angesagten Cocktailbar. Katja seufzte. Hinter ihrem Stapel juristischer Literatur verschanzt, musste sie zwangsläufig wie ein verschrobener Bücherwurm wirken. Sie trug die bequemen Klamotten, die sie schon den ganzen Tag über getragen hatte, nur der knallrote Dior-Lippenstift war ein Zugeständnis an den Freitagabend. Mit schlechtem Gewissen starrte sie auf ihr leeres Glas. Die Apfelsaftschorle, die sie vor einer Stunde bestellt hatte, war längst ausgetrunken.

Die Bedienung räumte mit einer fahrigen Handbewegung den Tisch ab. »Soll ich Ihnen die Rechnung bringen?«

Katja widerstand der Versuchung, klein beizugeben. Nein, sie würde Lena zuliebe die Stellung wahren! Wer bitte hatte diesen minderjährigen Feldwebel überhaupt eingestellt? Diese herzlose Bedienung musste doch erkennen, dass Katja gerade dabei war, einen Plan zur Rettung der Welt zu entwickeln! Nun, vielleicht nicht gerade zur Rettung der *Welt*, aber zumindest zur Rettung einer kleinen Puppenklinik in München.

»Sie können doch auch zu Hause arbeiten«, murmelte die junge Frau kopfschüttelnd, während sie mit einem Lappen umständlich um die Bücherstapel herumwischte. »Wir sind hier schließlich keine Bibliothek.«

Katja verkniff sich eine schnippische Antwort. Es war vermutlich wirklich ein bisschen provokant, in einer der beliebtesten Bars Münchens an einem Freitagabend einen Platz direkt am Fenster zu besetzen und sich dabei stoisch an einer Apfelsaftschorle festzuklammern und auszusehen wie eben aus dem Bett gefallen! Dabei in aller Seelenruhe zu lesen und all die gut gekleideten Menschen um sich herum frech zu ignorieren. Kein Wunder, dass die Kellnerin schlechte Laune bekam. Aber Katja sah nicht ein, warum sie vom gesellschaftlichen Leben ausgeschlossen werden sollte, nur weil sie notfallmäßig einen Crashkurs in Mieterrecht hinlegen musste.

»Es kommt gleich noch jemand!«, beeilte sie sich deshalb zu sagen. »Ich habe eine Verabredung.«

»Ach wirklich?« Die Bedienung glaubte ihr kein einziges Wort.

Katja angelte pflichtschuldig nach der Getränkekarte und vertiefte sich für einen Augenblick darin. Normalerweise würde sie jetzt mit einem interessanten Tinder-Date hier sitzen und mit ihrer üblichen Fragestunde beginnen. Wo war der Mann aufgewachsen? Wie war das Verhältnis zu seinen Eltern? Woran war seine letzte Beziehung gescheitert? Und wie sah ein perfekter Sonntagmorgen für ihn aus? Sie würde wie gewohnt einen eiskalten Moscow Mule schlürfen und sich nicht darüber beschweren, dass versehentlich eine Gurkenscheibe ins Glas gefallen war. Sie konnte sich noch gut an die Zeiten erinnern, als man ihren Lieblingslongdrink mit einer Zitronenscheibe serviert hatte …

»Was darf ich Ihnen also bringen?«, fragte die Kellnerin patzig.

»Einen frisch gepressten Apfel-Kaki-Möhrensaft mit Ingwer …«, sagte Katja versöhnlich. Es war das teuerste alkoholfreie Getränk, das sie hatten, und trieb das Trinkgeld in die Höhe. Nein, sie hatte sich nichts vorzuwerfen und schlug die Getränkekarte selbstbewusst wieder zu. »Aber bitte mit Strohhalm!«

Die Kellnerin dampfte kopfschüttelnd ab, und Katja widmete sich wieder ihrer Lektüre. Wo blieb Lena eigentlich? Sie hatte doch direkt nach Ladenschluss hierherkommen wollen! Katja verzichtete darauf, ihrer besten Freundin hinterherzutelefonieren. Lena würde ihre Gründe haben, wenn sie später als verabredet ins Ludwig kam. Womöglich hatte ein Kunde sie aufgehalten, und sie hatte es nicht geschafft, auf ihren wohlverdienten Feierabend zu pochen. Lena war einfach zu gut für diese Welt, sie brauchte wahrlich Katjas und Ekkis Unterstützung! Allein würde sie es niemals schaffen, ihren Laden zu retten, so viel stand fest.

Katja rieb sich die müden Augen, dann schlug sie das Kapitel mit der einschläfernden Überschrift »Besonderheiten im Gewerberaummietrecht« auf.

Plötzlich fiel ein langer Schatten auf die Seite, und als Katja aufsah, blickte sie direkt in das überraschte Gesicht des schönen Matteo. Für einen Moment verschlug es ihr tatsächlich die Sprache. Sie öffnete ihren Mund wie ein Fisch auf dem Trocknen. Was machte Matteo ausgerechnet in diesem Lokal? Vermutlich hatte er irgendein Date mit einem seiner zahllosen Groupies. Er trug wie auch sonst eine gut sitzende Jeans, ein schwarzes, eng anliegendes Hemd und weiße Sneaker, womit er im Gegensatz zu Katja rein kleidungstechnisch perfekt zum Ambiente der Bar passte.

»Buona siera!« Matteo sah Katja unsicher an. Er deutete auf den freien Stuhl. »Ist hier noch Platz? Darf ich mich setzen?«

Katja zögerte. Sie hatte überhaupt keine Lust, mit dem schönen Matteo Small Talk zu halten. Auch wenn Lena standhaft das Gegenteil behauptete: In ihren Augen war Matteo ein unterbelichteter Schönling. Schlimmer noch, er war einer dieser jungen, gut aussehenden Aufschneider, die ein grenzenloses Selbstbewusstsein ausstrahlten, das in keiner Relation zu ihren tatsächlichen Leistungen stand. Die Armee liebeskranker junger Frauen, die Matteo anbeteten, als wäre er ein kleiner Gott, machte es auch nicht gerade besser. Es war nicht gut für den Charakter, wenn man immer und überall angehimmelt wurde, folglich sah Katja es als ihre Aufgabe an, das Gleichgewicht wiederherzustellen. Es war gut für Matteos Karma, wenn er hin und wieder einen spürbaren Dämpfer bekam.

»Erstens heißt es *buona sera,* und zweitens sitzt dort Lena«, antwortete sie also unterkühlt und sah den Betreiber der italienischen Trattoria streitlustig an. Mit beißender Stimme fügte sie an: »Hast du eine Verabredung hier? Komisch, ich habe gar nirgends Mädchen mit Zahnspange gesehen!«

In letzter Zeit hockten auffällig häufig Schülerinnen drüben bei Matteo. Im Grunde boten Lenas Puppenklinik und Matteos benachbarte Trattoria die perfekte Symbiose: Kaum waren die Mädchen dem Puppenalter entwachsen, sicherten sie sich einen Platz in seiner Espresso-Bar.

»Was meinst du denn mit Zahnspange?«, fragte Matteo begriffsstutzig. Er sah sich suchend um. »Und wo ist Lena überhaupt?« Matteo verfing sich im Blick der gepiercten Bedienung. Das schlecht gelaunte Amy-Winehouse-Double starrte ihn von der Bar aus an, als wäre er eine Erscheinung. Dann wanderten ihre Augen ungläubig zu Katja hinüber. Katja konnte nicht anders: Sie musste breit grinsen.

»Ach, weißt du was, Matteo?« Mit einem zufriedenen Gesichtsausdruck nickte sie der Kellnerin zu. »Einen Moment kannst du dich gerne zu mir setzen. Lena und ich sind zwar verabredet, aber sie kommt offenbar zu spät.«

Sie sah Matteo fragend an. »Hast du sie zufällig im Laden gesehen?«

Matteo setzte sich Katja gegenüber. »Nein, ich komme nicht von der Arbeit«, sagte er und schob den Bücherstapel behutsam zur Seite. »Ich habe gestern doch angekündigt, dass ich zu den Investoren am Olympiapark will. Da war ich bis eben. Gerade bin ich aus der U-Bahn gestiegen, und da habe ich dich zufällig im Fenster sitzen sehen. Mit deinen Büchern habe ich dich überhaupt nicht erkannt! Ich dachte im ersten Augenblick, da sitzt eine junge Studentin.« Er lachte erheitert. »Aber dann habe ich begriffen, das bist ja nur du!«

»Na danke!« Katja warf Matteo einen verletzten Blick zu. Wenn es als Retourkutsche gemeint war, dann hatte sie gesessen. Okay, sie hatte kein Abitur, und sie war auch nicht mehr in ihren Zwanzigern. Trotzdem war es fies, sich darüber kaputtzulachen, Katja mit einer Studentin verwechselt zu haben.

Matteos Lachen versiegte, und verunsichert strich er sich über seinen Dreitagebart. Er schien krampfhaft zu überlegen. »Ach so!« Erschrocken beugte er sich in ihre Richtung. »Nein, so habe ich das doch gar nicht gemeint! Also, ich habe dich hier einfach nicht erwartet, also an einem Freitagabend allein in einer Cocktail-Bar mit einem Buch in der Hand. Bestimmt liest du viel, oder? Wahrscheinlich Krimis. Meine Mutter hat früher immer Heftromane …« Als er merkte, dass er alles nur noch schlimmer machte, wurde er leiser und brach mitten im Satz ab. Seine azurblauen Augen starrten sie unschuldig an.

»Ich war also bei dieser chinesischen Investoren-Gruppe Jixiang Wu«, wechselte er das Thema und ignorierte Katjas versteinerte Miene. »Die haben im Foyer lauter Katzen. Echt verrückt!«

»Katzen?« Katja zog ihre Augenbrauen nach oben. Es würde sie nicht wundern, wenn Matteo versehentlich im Tierheim gelandet war. Gleich würde er eröffnen, dass es sich bei dem bösen Investor um einen Riesenschnauzer handelte.

»Natürlich keine *echten* Katzen«, klärte Matteo rasch auf, als könne er Katjas Gedanken lesen. »Du weißt schon, diese winkenden Grinsekatzen aus Gold, die Reichtum herbeilocken sollen. Aber nicht so kleine, wie auf der Theke im China-Imbiss, sondern bestimmt eineinhalb Meter groß!« Er breitete beeindruckt seine Arme aus, als wäre er ein kleiner Junge, der das unfassbare Ausmaß des Universums darstellen wollte.

Katja entspannte sich wieder. Matteo bemerkte ja noch nicht einmal, dass er zielsicher von einem Fettnäpfchen ins nächste stolperte. Den Vergleich mit Tinky-Winky, der Schildkröte in Lenas Laden, hatte sie immer noch nicht verdaut. Was kam als Nächstes?

»Ich habe mit dem schwulen Concierge am Empfangstresen gesprochen, der ziemlich auskunftsfreudig war«, fuhr Matteo unbeirrt fort. »Es war ihm zwar nicht möglich, mich zu einem der Manager zu führen, aber wir haben einen Cappuccino zusammen getrunken. Und er plauderte recht freimütig aus dem Nähkästchen.«

Katja nickte verdutzt. Sie hätte Stein und Bein geschworen, dass man in so einem Headquarter bereits am Eingang abgewimmelt wurde. Während Matteo weitererzählte, konnte sie sich allerdings auf einmal recht gut vorstellen, wie ein völlig verzückter Herr am Empfang Matteo bereitwillig geheime Auskünfte erteilte, während im Hintergrund Riesenkatzen das Geld herbeiwinkten. Aber Matteo sah wirklich blendend aus, und es gefiel Katja, dass er sein gutes Aussehen zur Abwechslung mal für etwas Sinnvolles eingesetzt hatte. Schlagartig zeigte sie sich ihm gegenüber versöhnlicher.

»Ihr Saft.« Die Bedienung knallte Katja das Getränk vor die Nase. Mit einem schwärmerischen Ausdruck im Gesicht sah sie Matteo an. »Und was darf ich dir bringen?« Das Piercing in ihrer rechten Augenbraue bebte.

Katja verschränkte die Arme vor der Brust. Warum bitte wurde sie gesiezt, während Matteo …

»Einen Moscow Mule«, bestellte Matteo. »Aber bitte ohne Gurke, dafür mit Zitrone. Katja, darf ich dich auf einen Cocktail einladen? Als kleine Entschuldigung für … Du weißt schon.« Er deutete verlegen auf den Bücherstapel.

Wie ferngesteuert griff Katja nach ihrem Saft und trank, aber das war die reinste Übersprunghandlung! Hatte Matteo da eben *ihren* Longdrink bestellt? Und zwar in der von ihr geliebten Oldfashioned-Variante? Verunsichert stellte sie das Glas zurück auf den Tisch. »Ich wollte eigentlich einen klaren Kopf behalten, um dieses ganze juristische Kauderwelsch zu verstehen …« Sie sah hoffnungslos von Matteo zu den Fachbüchern hinunter.

Matteo zuckte mit den Schultern. »Das Schicksal der Puppenklinik hängt doch ganz bestimmt nicht von einem Cocktail ab! Oder trinkst du auch einen Moscow Mule mit?«

Überrumpelt nickte Katja. Matteo gab die Bestellung auf, und die Bedienung verschwand mit verkniffener Miene.

Sofort schob Matteo seinen Stuhl vertraulich nahe an Katja heran. »Also, um es kurz zu machen: Die Pläne für das Grundstück sind schon ziemlich weit gediehen«, verriet er. »Es gibt bereits genaue Vorstellungen, was aus unserem schönen Hinterhof werden soll.« Sein Gesicht bekam einen deprimierten Ausdruck. »Sie machen eine Art Shoppinginsel mit kleinen Boutiquen und angesagter Gastronomie daraus. Die Zielgruppe ist …« Er kramte gedankenverloren nach seinem Handy. »Moment. Ich habe es mir extra notiert! Also: Zielgruppe ist der urbane, junge, freiheitsliebende und konsumorientierte Individualist.« Er sah erneut Katja an. »Das stand zumindest in einem Strategiepapier, in das ich kurz reinlesen durfte.« Das Handy verschwand wieder in seiner Hosentasche.

»Auf gut Deutsch: Reiche, kinderlose, gelangweilte Großstädter mit zu viel Geld!«, übersetzte Katja. Sie schüttelte ungläubig den Kopf. Sie war immer noch geplättet davon, dass Matteo ernsthaft in den Hauptsitz des Investors hineinspaziert war, um all das für Lena herauszufinden. Gleichzeitig fühlte sie sich vom Ergebnis seiner Recherche ernüchtert.

»Das heißt doch im Grunde, dass die frei werdenden Ladenflächen längst unter der Hand vergeben sind«, schlussfolgerte sie. »Für vegane Superfood-Bistros und überteuerte Concept-Stores. Und was der urbane Großstädter sonst noch braucht, um sein Überleben zu sichern.«

Zu ihrer Verwunderung schüttelte Matteo aber den Kopf. »Nein, zwar dachte ich das im ersten Moment auch, aber noch sind die Würfel nicht endgültig gefallen. Am Dienstag finden die ersten Gespräche statt. Dann können Unternehmen ihre Konzepte für die angebotenen Gewerbeflächen präsentieren.«

Katja schloss das dicke Buch, über dem sie bis eben gesessen hatte. Sie hatte sowieso nur jeden vierten Satz wirklich verstanden. Ihr wurde auf einmal in vollem Ausmaß bewusst, dass sie überhaupt keine Zeit mehr hatten, irgendwelche Rettungsmaßnahmen einzuleiten. Dienstag! Das war in vier Tagen! Sie hatten nicht die Zeit, noch großartig mit einem Anwalt zu sprechen. Sie hatten nicht die Zeit, doch noch ein verstecktes Schlupfloch im Denkmalschutz ausfindig zu machen. Am Dienstag begann der Wettkampf um die begehrten Gewerbeflächen, und es gab bestimmt Unzählige, die ein Stück vom Kuchen abhaben wollten! Lenas Kunden waren keine konsumorientierten Individualisten. Nur noch ein Wunder würde das Aus der Puppenklinik verhindern können.

Matteo und Katja sahen sich schweigend an. Hoffnungslosigkeit lag in ihrem Blick. Diese Schlacht schien schon jetzt verloren.

Katja merkte, dass sich ein Schleier über ihren Blick legte. Sie schluckte die aufsteigenden Tränen eilig hinunter, vor Matteo würde sie ganz bestimmt keine Schwäche zeigen. Und doch: Sie hatte sich so sehr gewünscht, ihrer besten Freundin helfen zu können.

Aber auch Matteo wirkte deutlich geknickt. Er hatte sich mehr von seinem Ausflug zu Jixiang Wu erhofft.

»Lena bedeutet mir wirklich viel«, gab er mit erstaunlichem Ernst in der Stimme zu. »Sie ist die hilfsbereiteste und beste Nachbarin, die man sich nur vorstellen kann. Und ihre Puppenklinik ist einzigartig!« Ihm brach die Stimme. »Es ist nicht fair, dass ihr Lebenswerk einfach so aus dem Münchner Stadtbild weggefegt wird, als hätte es den Laden nicht hundert Jahre an genau dieser Stelle gegeben.«

Katja nickte. Es rührte sie, dass Matteo so aufgewühlt war. Lenas Nachbar war wirklich schrecklich naiv, aber wenigstens war er ein Naivling mit emotionalem Tiefgang.

Die Bedienung kehrte mit einem Tablett zurück und platzierte zwei Longdrinkgläser vor Katja und Matteo.

»Darauf, dass wir bis zum Schluss an Lenas Seite stehen!«, gab Katja einen frustrierten Trinkspruch aus. Matteo lächelte traurig, und sie stießen miteinander an. Im Hintergrund liefen jetzt fetzige Beats, aber Katja war überhaupt nicht zum Tanzen zumute.

»Wie kann man nur auf die Idee kommen, ausgerechnet hier ein Fahrrad abzustellen und es nicht abzuschließen?«, fragte Kai Winter vorwurfsvoll. »Das ist ja wie auf dem Präsentierteller!« Der Zeitungsladen war längst geschlossen, aber auf der Kreuzung war jede Menge los. Es staute sich auf Höhe der Ampel, und als sich ein Mopedfahrer rücksichtslos seinen Weg bahnte, erhob sich ein gellendes Hupkonzert.

Noch einmal schüttelte Emmas Vater ungläubig den Kopf. »Ich will Ihnen nicht zu nahe treten, Frau Precht. Aber das hier ist eine der größten Kreuzungen Münchens, von der unzählige Straßen abgehen, auf denen man mit einem gestohlenen Rad innerhalb weniger Sekunden auf und davon ist. Selbst wenn Sie den Dieb auf frischer Tat ertappt hätten, wäre es ein Leichtes für ihn gewesen, Ihnen in aller Ruhe zu entkommen. Die einzige

Schwierigkeit, das Rad an sich zu bringen, bestand offenbar darin, einfach aufzusteigen und in die Pedale zu treten.« Er seufzte resigniert. »Genau genommen wurde es also gar nicht *gestohlen,* es hat sich einfach jemand draufgesetzt und ist losgeradelt.« Sarkasmus lag in seiner Stimme.

Deprimiert drehte sich Kai Winter um. Er wandte dem Abendverkehr den Rücken zu und starrte jetzt verdrießlich in die Auslage des Zeitungsladens. Immer noch warb dort der fröhliche Pappaufsteller mit dem Mädchen für das Heft. Ob Emmas Vater seiner Tochter das verflixte Pferdeheft jemals geben würde? Damit hatte der Schlamassel im Grunde ja überhaupt erst angefangen …

Lena war nahe daran, in Tränen auszubrechen, aber sie schluckte den dicken Kloß in ihrem Hals tapfer hinunter. Zerknirscht ließ sie ihren Blick über die Kreuzung schweifen. Kai Winter hatte ja recht: Der Fahrraddieb konnte überallhin geflohen sein. Zudem befand sich gleich um die Ecke eine U-Bahn-Station, daneben existierten zahllose Hinterhöfe, Geschäftseingänge und Treppenhäuser. Ja, womöglich hatte einer der Anwohner Ekkis Fahrrad geklaut und es einfach in aller Seelenruhe in seinen Hausflur geschoben. Lena verstand Kai Winters Verärgerung. Auf einmal fiel ihr noch eine Variante ein, wie das Fahrrad verschwunden sein konnte.

»Vielleicht ist ja gar niemand mit dem Rad weggefahren, sondern es wurde in einen Transporter geworfen!«, sagte sie hoffnungslos. Ihre Stimme hatte einen seltsam gepressten Klang angenommen. »Es gibt doch organisierte Fahrraddiebe in der Stadt. Sie fahren herum und suchen nach herrenlos in der Gegend stehenden Rädern.«

Für einen Moment starrte Kai Winter sie schweigend

an. »Also zumindest *das* hätten Sie doch wohl bemerkt!«, sagte er schneidend. Er war offensichtlich müde und abgespannt und wirkte noch dazu unsagbar traurig.

Etwas in Lena verkrampfte sich schmerzhaft. Sie war doch sonst immer so achtsam und fürsorglich, wenn es um die Sachen anderer ging. Ständig wurden ihr in der Puppenklinik Kuscheltiere anvertraut, die für die Kinder einen unbezahlbaren Gegenwert hatten. In all den Jahren war es ihr noch nie passiert, dass ihr etwas, das ihr anvertraut worden war, abhandengekommen war. Sie hatte all die fremden Puppen, Teddys, Barbies und Stofftiere so sorgsam behandelt, als hinge ihr eigenes Leben davon ab. Sie hatte sie gehütet wie einen Schatz. Jeder Patient hatte sein eigenes Fach im Regal. Und ausgerechnet heute war sie zum ersten Mal so aus ihrer Rolle gefallen. Es passte überhaupt nicht zu ihr, derart unaufmerksam zu sein, und es kam ihr vor, als wäre es einer anderen Person passiert. Einer unbedachten, egoistischen und düsteren Doppelgängerin ihrer selbst. Lena atmete angestrengt aus. Ganz bestimmt lag es an der ausweglosen Situation, sie war mit den Gedanken die ganze Zeit bei der vermaledeiten Kündigung.

Kai Winter rieb sich grübelnd über das Kinn. Kommentarlos schnappte er sich sein Handy, tippte energisch darauf rum und steckte es missmutig zurück in die Tasche seines Sakkos. »Na prima, das Fundbüro macht erst wieder am Montag auf«, murmelte er. »Ötztaler Straße. Ist das nicht in Sendling?« Vorwurfsvoll sah er die Verursacherin der Misere an. »Auch nicht gerade um die Ecke«, brummte er miesepetrig.

Lena stand in steifer Körperhaltung daneben. Was erwartete Kai Winter von ihr? Merkte er denn nicht, wie entsetzlich die ganze Angelegenheit auch für sie war? Wenn sie zaubern könnte, wäre das Fahrrad mit der Puppe doch längst wieder zurück! Sie wünschte so sehr, die Zeit um zwei Stunden zurückdrehen zu können. Aber im Moment war sie genauso hilflos wie er, und ihr waren regelrecht beide Hände gebunden. Es brachte also rein gar nichts, dass er den Finger wieder und wieder in die gleiche Wunde legte. Sie war doch kein tollpatschiges, herzloses Ungeheuer, das das Unglück anderer Leute mutwillig in Kauf nahm! Nichts war ihr wichtiger als das Glück und die Zufriedenheit anderer Menschen.

»Herr Winter, ich habe ja schon mehrfach beteuert, wie leid mir all das tut …« Der Knoten in ihrem Hals löste sich, ihre Stimme klang auf einmal wieder laut und verständlich. »Wenn jemand den emotionalen Wert von einer Puppe einordnen kann, dann bin ich es. Ich würde alles dafür geben, Ihre verschwundene Puppe wiederzufinden«, sie rang hörbar nach Atem, »aber manchmal im Leben passieren einfach Dinge, die man nicht in der Hand hat. Es ist nicht alles planbar, und wir haben nicht über alles die Kontrolle. Natürlich wünschen wir uns das und reden es uns erfolgreich ein, aber letztlich sind wir alle Spielbälle des Schicksals. Ich kann Ihnen die Puppe im Moment nicht zurückzaubern. Aber natürlich werde ich alles in meiner Macht Stehende tun, um Ihnen zu helfen!«

Sie hielt inne. Verblüfft starrte Kai Winter sie an. Lena fuhr unbeirrt fort mit ihrer Rede: »Wir können noch gemeinsam zum Bahnhof laufen, um nachzusehen, ob der Dieb das Rad vielleicht dort abgestellt hat«, schlug sie vor. »Und natürlich macht es Sinn, am Montag im Fundbüro vorbeizuschauen …« Sie zwang sich, Kai Winter direkt in die Augen zu sehen. Nein, sie sah es überhaupt nicht ein, seinem anklagenden Blick schuldbewusst auszuweichen. Es war die Wahrheit, dass ihr der ganze Vorfall selbst an die Nieren ging, und er musste begreifen, dass auch sie ein Herz hatte. Dass auch sie Qualen litt und dass es auch in ihrem Interesse war, die gestohlene Puppe wiederzufinden.

»Und selbstverständlich sollten wir auf jeden Fall noch heute eine Diebstahlanzeige aufgeben«, endete sie. »Ich habe zwar keine Ahnung, ob das etwas bringt, aber wir dürfen nichts unversucht lassen.«

Überrumpelt nickte Emmas Vater, starrte sie allerdings immer noch verwundert an. Sie hielt seinem Blick weiter stand und hob das Kinn eine kleine Nuance höher. Sie hatte keine Lust mehr, sich so von oben herab behandeln zu lassen.

Zwei weißhaarige Rentner gingen Hand in Hand an ihnen vorüber. Es war ein uraltes Paar, das im langsamen Gleichschritt an ihnen vorbeiglitt. Mann und Frau sahen sich mit den identischen Funktionsjacken und nahezu identischen Frisuren ziemlich ähnlich. Sie wirkten so vertraut, als wären sie miteinander verwachsen. Gleichzeitig drehten Lena und Kai Winter ihre Köpfe, um den abendlichen Spaziergängern mit ihren Blicken zu folgen. »Das passiert, wenn man zu lange verheiratet ist!«, hätte Katja jetzt sicher gesagt. Lena aber fand das Bild rührend.

»Ich …« Kai Winter sah Lena wieder an. Er fasste verlegen nach ihrer Schulter und berührte sie für einen winzigen Moment. Ein warmes Gefühl schwappte ausgehend von Lenas Schulterblatt hinab in ihren Magen.

»Ich muss mich wohl schon wieder entschuldigen. Es

tut mir schrecklich leid, dass ich Sie so angeschnauzt habe!« Kai Winter lächelte unglücklich.

Lena wurde heiß und kalt gleichzeitig.

»So ein Verhalten ist normalerweise überhaupt nicht meine Art«, beteuerte er. »Ich habe im Augenblick einfach viel um die Ohren. Diese verschwundene Puppe …« Er setzte einen gequälten Gesichtsausdruck auf. Für einen Moment schien er mit sich selber zu ringen.

»Das war die Puppe meiner verstorbenen Frau Tina. Sie ist auf der Autobahn mit einem Geisterfahrer kollidiert. Der Unfallverursacher hat überlebt, aber Emmas Mutter ist noch an der Unfallstelle verstorben.«

Lena hörte ihm starr vor Schreck zu, sie traute sich kaum mehr zu atmen. Damit hatte sie nun überhaupt nicht gerechnet.

Mit leidvoller Miene kramte Emmas Vater das Foto hervor, das er aus dem Album herausgelöst hatte. »Es sind ganze vier Jahre seither vergangen, aber für mich ist damals irgendwie die Zeit stehen geblieben. Kennen Sie diese schockgefrosteten Beeren aus dem Supermarkt? So in etwa verhält es sich mit meinen Gefühlen. Es bleibt ein nicht enden wollender Albtraum für mich.« Es war ein bedrückendes und herzergreifendes Geständnis.

»Das ist ja furchtbar«, murmelte Lena. »Wie geht es Emma seit dem Tod ihrer Mutter?«

Betrübt starrte Kai Winter auf das Foto hinab. »Emma hat kaum mehr eine Erinnerung an ihre Mama, sie war damals ja erst vier Jahre alt. Für Emma ist ihre Mutter ein sorgsam gepflegtes Grab auf dem Ostfriedhof. Für mich aber ist Tina eine Flut von Erinnerungen, ein perlendes Lachen und ein beruhigender Herzschlag in der Nacht. Und natürlich die Puppe.« Endlich reichte er Lena das Foto. Zögernd nahm sie es an sich. Das Bild zeigte ein bezauberndes kleines Mädchen, das frappierende Ähnlichkeit mit der gestohlenen Puppe hatte, sogar die Klamotten waren identisch. Aber mit noch jemandem hatte das Kinderfoto eine unglaubliche Ähnlichkeit. In den Zügen des fremden Kindes erkannte Lena die kleine Emma.

»Die Puppe war die liebste Kindheitserinnerung meiner Frau«, erklärte Kai Winter. »Ein Puppenmacher aus Hamburg hat sie exakt nach ihrem Aussehen entworfen. Jetzt verstehen Sie meine Verzweiflung vielleicht.«

Lena gab Emmas Vater das Foto zurück. Ja, sie verstand jetzt wirklich, warum er so einen Aufstand machte. Es war nicht irgendeine Puppe gewesen, sondern die seiner verstorbenen Frau. Lena fühlte sich schlagartig noch schlechter. Sie hatte die wertvollste Erinnerung eines Trauernden verschludert.

»Deshalb hat mich die Puppe so an Emma erinnert!«, war das Einzige, was Lena nach kurzem Zögern herausbrachte.

Kai Winter nickte zerstreut. »Ja, Emma und meine Frau sind sich wirklich sehr ähnlich, nicht nur optisch, sondern auch hinsichtlich ihrer Persönlichkeit. Tina war so voller Liebe, voller Kreativität und voller Energie. Sie hat das Leben mit all seinen Facetten genossen …« Sein Gesicht schien auf einmal von innen zu leuchten.

Gerührt lauschte Lena den Worten von Emmas Vater. Jede einzelne Silbe unterstrich Kai Winters schweren Verlust. Es war eine große Liebe gewesen, die ihm das Leben zugedacht hatte. Aber das Schicksal hatte ihm das Wertvollste auch wieder genommen.

Ein Taxi fuhr im Schritttempo vorbei, und Kai Winter

winkte es kurzentschlossen heran. Fragend hielt er Lena die Tür auf. »Kommen Sie mit?«, fragte er versöhnlich.

»Wohin?« Lena stand für einen Moment auf dem Schlauch. Wohin wollte Kai Winter sie jetzt schon wieder entführen?

»Na ja, zur Polizei. Das haben Sie doch selbst vorgeschlagen!«

Lena wurde rot. Was hatte sie denn gedacht? Dass er sie nach seiner tragischen Eröffnung auch noch zum Essen ausführen würde? »Ja, natürlich komme ich mit!« Sie stieg überrumpelt vor ihm ins Auto. Ihn zur Polizeiwache zu begleiten war wohl das Mindeste, was sie für ihn tun konnte. Sie würde Emmas Vater außerdem anbieten, selbst am Montag das Fundbüro zu kontaktieren, und sie konnte morgen im Umfeld des Zeitungsladens Zettel aushängen. Vielleicht hatte ja doch jemand den Dieb gesehen. Ob Ekki ein Foto von ihrem gestohlenen Fahrrad besaß?

Kai Winter nahm neben Lena Platz. Erst jetzt roch sie den unverwechselbaren Geruch nach Dolce & Gabbana. *The One*, einer ihrer Kollegen in der Schule hatte es manchmal getragen. Warum war ihr dieser Duft in der Wohnung eben nicht aufgefallen? *»The one and only!«*, hatte ihr Kollege damals mit ihr geflirtet. Aber er war verheiratet gewesen und außerdem überhaupt nicht ihr Typ, der Duft hingegen hatte ihr vom ersten Moment an gefallen. Benommen schloss Lena die Augen.

»Marhaba, wo darf ich Sie hinbringen?«, fragte der Taxifahrer in gebrochenem Deutsch. »Ich bin Karim, Ihr persönlicher Fahrer. Aber wer sind Sie beide?« Er überlegte. Lena öffnete verblüfft die Augen. Unbedarft redete der Mann weiter.

»Geschwister sind Sie auf jeden Fall nicht, und vermutlich auch keine Arbeitskollegen. Sie beide könnten ein Liebespaar sein. Aber ich lege meine Hand nicht dafür ins Feuer.« Der Fahrer stellte in aller Seelenruhe den Rückspiegel ein, unter dem das Auge der Fatima baumelte. Interessiert starrten sowohl der Fahrer als auch der gläserne Glücksbringer die Gäste auf der Rückbank an.

Kai Winter und Lena Precht wechselten einen irritierten Blick. Dann begann Kai Winters Mundwinkel verdächtig zu zucken, und auch Lena war kurz davor, in lautes Gelächter auszubrechen. Die ganze Anspannung der letzten zwei Stunden fiel schlagartig von ihr ab. Zum ersten Mal seit ihrer Begegnung fühlte sie sich nicht mehr so, als säße sie in der Falle. In ihr ernstes Gesicht schlich sich ein erleichtertes Schmunzeln. Sie war froh über Winters offene Worte, endlich wusste sie, woran sie war.

Außerdem hatte ein wildfremder Taxifahrer es erfolgreich geschafft, ihnen die Absurdität ihrer ganzen Aktion vor Augen zu führen. Nein, sie waren nicht ein frisch verliebtes Paar, das den Freitagabend zusammen verbrachte. Sie waren ein Puppen-Suchkommando, das sich erst seit heute kannte!

»Wir haben eine gemeinsame Mission«, sagte Lena also zögernd.

»Zur nächsten Polizeidienststelle bitte«, bat Kai Winter gefasst und schenkte Lena ein verlegenes Lächeln.

»Das wäre mein zweiter Tipp gewesen! Verdeckte Ermittler!« Der Fahrer stellte grinsend das Taxameter an. Dann reihte er sich leise vor sich hin pfeifend zwischen den anderen Autos ein. Fatimas Auge leuchtete strahlend.

Der Summer an dem imposanten Bau mit dem Backsteinfundament ging, und Kai Winter hielt Lena die Tür auf. Die Puppenärztin verspürte einen Anflug von Freude. Sie konnte sich überhaupt nicht erinnern, dass ihr jemals ein Mann irgendwo eine Tür aufgehalten hatte, vielleicht einmal abgesehen von ihrem Großvater. Aber die höfliche Geste gefiel ihr.

Im gleichen Moment, als sie hintereinander den Eingangsbereich des Polizeipräsidiums betraten, kamen ihnen drei Leute entgegenmarschiert. Es war ein Paar mittleren Alters. Beide sahen aus, als hätte man sie direkt von ihrem Sofa hierhergebeamt. Er trug ausgeleierte Jogginghosen und ein T-Shirt des FC Bayern, während sie mit einer Caprihose und einem verwaschenen Sweatshirt bekleidet war. In ihrer Mitte eskortierten sie ein auffällig blasses Mädchen, das sichtliche Schwierigkeiten hatte, gerade zu gehen, doch im Gegensatz zu ihren Eltern war die Tochter hübsch zurechtgemacht. Sie trug ein knappes, mit Strass besetztes Kleid und ging barfuß. Die dazugehörigen hohen Schuhe hielt ihr Vater in der Hand. Das Mädchen wankte gefährlich.

»Das nennst du also *tanzen*?« Die Mutter schäumte vor Wut. »Wir haben noch nicht mal neun Uhr abends, und du bist stockbetrunken. *Stockbetrunken*. Der Tanzkurs ist fürs Erste gestrichen. Jetzt sag doch auch mal was, Bernd!«

»Wir müssen uns beeilen, der Parkschein läuft ab«, sagte der Vater des Mädchens mit stoischer Ruhe.

Kai und Lena wechselten einen Blick und mussten gleichzeitig lächeln. »Tja, da bekommt man als Vater regelrecht Angst vor der Zukunft«, murmelte Kai Winter in Lenas Richtung. »Wer weiß, was Emma irgendwann für Flausen im Kopf hat. Nicht auszudenken, dass aus meiner kleinen Prinzessin in wenigen Jahren ein unberechenbarer Teenager wird! Wenn ich an meine Jugendzeit zurückdenke, wird mir angst und bange: Von saufen über rauchen und ohne Führerschein Moped fahren war alles dabei. Ich habe meinen armen Eltern jede Menge grauer Haare bereitet. Hoffentlich hat Emma diesbezüglich die Gene ihrer Mutter geerbt.«

Lena sah Kai Winter amüsiert von der Seite an. Sie konnte ihn sich nur schwer als widerspenstigen Jugendlichen vorstellen. Sie selbst war immer pflegeleicht gewesen, Rebellion gegen ihre Eltern, Lehrer oder das System wären ihr nie in den Sinn gekommen.

»Ich kann mir überhaupt nicht vorstellen, dass Emma irgendwann gegen irgendetwas aufbegehren wird!«, sagte sie deshalb im Brustton der Überzeugung. »Sie ist so ein liebes und artiges Mädchen. Ausgeschlossen, dass Emma irgendwann heimlich Alkohol trinken wird, geschweige denn etwas Schlimmeres …« Sie brach mitten im Satz ab. Erst jetzt fiel ihr auf, dass die Realität ihre Worte Lügen strafte. Sie waren ja genau deshalb hier! Sie waren hier, weil Emma nicht artig gewesen war, sondern ihrem Vater die wertvolle Puppe gestohlen hatte. Aber war das denn wirklich so etwas wie Diebstahl gewesen? In Lenas Augen war es eher ein solidarischer Freundschaftsakt, und Schuld daran, dass die Puppe jetzt weg war, trug ganz eindeutig sie. Kai schien ihre Gedanken lesen zu können, denn seine Augenbrauen wanderten fragend nach oben.

Sie kamen nicht dazu, die Diskussion fortzusetzen. Ein Pförtner mit aknevernarbtem Gesicht erschien im Glaskasten, fragte kurz angebunden, um was es ging, um sie schließlich gleichgültig durchzuwinken. Schon wieder eine Tür, schon wieder ein Summer. Nun hatten sie eine Art Aufenthaltsbereich mit hässlichen grünen Stühlen und Empfangstheke erreicht, von dem etliche Türen abgingen. Im Moment schien sich niemand um die zahlreichen Besucher zu kümmern. Kai und Lena stellten sich neben eine kränkelnde Yuccapalme. Alles hier strömte betriebsame Trostlosigkeit aus.

»Wir werden morgen noch hier sitzen«, prophezeite Lena seufzend. »Es kann Stunden dauern, bis sich jemand um uns kümmert, in der Verbrechensrangfolge kommt Fahrraddiebstahl vermutlich ganz am Schluss.« Sie starrte auf die sterbende Yuccapalme. »Und zu allem Überfluss habe ich meine Gießkanne zu Hause vergessen.«

Kai zuckte mit den Schultern. Er deutete unauffällig zu den anderen Wartenden hinüber. Freitagabend herrschte hier Hochbetrieb, und es war ein reges Kommen und Gehen. »Wenigstens sind wir in bester Gesellschaft«, sagte er leise. »Umgeben von Drogendealern, Terroristen, Frauenhändlern, Bankräubern und Geiselnehmern. Genau so habe ich mir meinen Freitagabend vorgestellt. Aber um ehrlich zu sein, gefällt es mir hier. Ich habe noch nie eine Anzeige wegen Diebstahls gestellt und habe mich immer gefragt, wie so was abläuft.«

Lena schmunzelte. »Geiselnehmer und Frauenhändler? Sie übertreiben, Herr Winter. Oder aber Sie haben eine blühende Fantasie, ganz wie Ihre Tochter!« Sie spürte, wie das Eis zwischen ihnen langsam schmolz. Er machte ihr offenbar keinen Vorwurf mehr wegen der Puppe, und falls doch, so ließ er es sich zumindest nicht mehr anmerken.

Jetzt wurde ein korpulenter, schwitzender Mann in

Handschellen an ihnen vorbeigeführt und blieb nur wenige Meter vor ihnen stehen.

»Oh, oh …«, flüsterte Kai Winter. »Sehen Sie? Ich lag mit meiner Vermutung gar nicht so falsch. Was glauben Sie, hat er verbrochen?«

Es lag Lena auf der Zunge, den Kerl als korrupten Investor an den Pranger zu stellen. Ja, womöglich gehörte er exakt zu der Bande gewissenloser Geschäftsmänner, die wie Heuschrecken über die Stadt herfielen, sich Immobilien unter den Nagel rissen und arglose Ladenbesitzer damit in den Ruin trieben. Ganz bestimmt war er ein Immobilienhai! Als wollte er ihren Verdacht unterstreichen, bleckte der Dicke die Zähne und sah sie unfreundlich an. Aber nein, für solche »Straftaten« wurde man natürlich nicht abgeführt, sondern bekam eine Provision und konnte sich einen Traumurlaub in der Karibik leisten.

»Wahrscheinlich ist er ein renitenter Falschparker«, witzelte Lena. Sie verzichtete darauf, ihre Theorie mit dem Immobilienhai vor Kai Winter breitzutreten. Nein. Heute Abend würde sie nicht über ihre Puppenklinik und erst recht nicht über die missliche Lage sprechen, in der sie sich befand.

»Auf mich wirkt er eher wie ein Kunstfälscher …«, murmelte Winter. »Sehen Sie die buschigen Augenbrauen? Das spricht für ein verkanntes Genie, gepaart mit krimineller Energie. Zumindest hat das meine Oma immer behauptet. Moment mal, das reimt sich sogar. Und was sich reimt …«

»… ist gut! Das wusste schon unser Münchner Lieblings-Philosoph Pumuckl«, beendete Lena und lächelte. »Ich will übrigens gar nicht wissen, was Sie sich in der

Zwischenzeit über *mich* zusammenfantasiert haben!«, rutschte es ihr heraus. Aber sie wusste ja genau, was er von ihr dachte. Er hielt sie für naiv und schusselig, für jemanden, der verträumt durch die Welt tapste und den man bestehlen konnte, ohne dass er es auch nur bemerkte.

»Nun ja!« Kai Winter sah Lena nachdenklich an. Er musterte sie eingehend, so als wolle er ihr Geheimnis ergründen. Sein Blick bohrte sich am zarten Schwung ihrer Lippen fest. Für einen winzigen Moment sah er ihr tief in die Augen. Ein seltsames Gefühl spülte wie eine Welle über Lena hinweg: Inmitten der tristen Atmosphäre wurde sie von einer unsichtbaren Woge ergriffen.

»Und, zu welchem Schluss sind Sie gekommen?«, fragte sie leise. Ihre Stimme klang auf einmal belegt. Kai Winter schien von ihrem plötzlichen Taumel nichts zu bemerken.

»Ob Sie es glauben oder nicht: Ich bin mehr als eine schusselige Puppenärztin, die wertvolle Dinge verliert.«

»Das denke ich mir«, machte Kai Winter ein Zugeständnis. Er rieb sich nachdenklich über das Kinn. »Nun, bestimmt waren Sie recht beliebt in Ihrer Jugend und hatten jede Menge guter Freundinnen!«, wagte er eine Behauptung. »Und obwohl ich Sie erst seit zwei Stunden kenne, weiß ich jetzt schon, dass Sie der Typ Frau sind, mit dem man Pferde stehlen kann. Zuverlässig und loyal bis zum Letzten!«

Als hätte ihr Gesprächspartner das entscheidende Stichwort geliefert, fiel es Lena schlagartig ein. Konnte das wahr sein? Sie hatte in all der Aufregung um die verschwundene Puppe ihre Verabredung mit Katja völlig vergessen! Hastig kramte sie nach ihrem Handy. »Gut, dass Sie mich daran erinnern«, murmelte sie. »Ich wollte mich heute Abend mit meiner besten Freundin treffen und war mit dem Rad auf dem Weg zu ihr. Eigentlich wollte ich nur kurz Halt bei Ihnen machen.«

Sicherlich würde Katja sauer sein. Der Empfang im Gebäude war schlecht, trotzdem wählte sie Katjas Nummer. »Dieser Diebstahl hat mich ganz schön aus der Bahn geworfen«, sagte sie an Kai Winter gewandt. Angespannt lauschte sie dem Freizeichen in der Leitung. »Ich bin normalerweise wirklich zuverlässig, was Verabredungen betrifft. So etwas passiert mir sonst nie!« Sie schwieg und dachte an das unabgeschlossene Fahrrad. Sie dachte an den Karton mit der Puppe, den sie achtlos auf dem Gepäckträger gelassen hatte. Sie dachte an Katja, wie sie allein über ihre Bücher gebeugt dasaß. Hatte sie ihre Freundin jemals versetzt? Sie konnte sich nicht daran erinnern. Die Kündigung hatte ihr Leben wirklich ganz schön auf den Kopf gestellt.

Katja hob nicht ab, deshalb sprach Lena ihrer Freundin ein paar abgehackte Worte auf Band. Sie würde es später noch einmal versuchen.

»Das tut mir ehrlich leid«, sagte Kai Winter, nachdem Lena wieder aufgelegt hatte. »Ich wollte auf gar keinen Fall Ihren Freitagabend durcheinanderbringen. Wenn Sie einen Leumund brauchen, geben Sie bitte Bescheid! Ich werde Ihrer Freundin gegenüber beteuern, dass Gefahr im Verzug war und Sie gar nicht anders konnten, als sie zu versetzen.« Er zupfte ein vertrocknetes Blatt von der Yuccapalme ab und zerrieb es zwischen den Fingern. »In Wahrheit ist es *meine* Schuld, dass Ihre Verabredung heute geplatzt ist. Ich habe Sie schließlich genötigt, mit mir hierherzufahren.«

Leumund? Das Wort hatte Lena schon lange nicht mehr gehört. »Sie trifft am wenigsten Schuld an dem ganzen Schlamassel!« Lena sah den Vater der kleinen Emma kopfschüttelnd an. »Wenn ich das Fahrrad doch nur abgesperrt oder den Karton mit in den Zeitungsladen genommen hätte …«

Eine Tür auf der anderen Seite des Wartebereichs ging auf, und zwei Beamte führten eine johlende Gruppe junger Burschen heraus. Sie alle hatten Hüte in Form von Bierkrügen auf, nur einer von ihnen stach heraus und trug ein pinkfarbenes Dirndl. Offenbar ein aus dem Ruder gelaufener Junggesellenabschied.

Die Polizisten durchquerten mitsamt der auffälligen Truppe den Wartebereich und verschwanden in einem Raum gegenüber.

Kai Winter beobachtete die Szene interessiert. »Wussten Sie, dass in England jedes Jahr etliche junge Männer bei Junggesellenabschieden sterben? Offenbar denken sie im Rausch der Hormone, für diesen einen Abend unverwundbar zu sein.«

Lena konnte sich an den ein oder anderen Zeitungsartikel darüber erinnern. »Hatten Sie denn einen Junggesellenabschied?«, fragte sie mutig.

Kai Winter nickte. »Ja, aber das war harmlos im Vergleich dazu …« Er lächelte sentimental. »Niemand hat mich dazu gezwungen, mich in ein lächerliches Kostüm zu quetschen oder mich bis zur Besinnungslosigkeit volllaufen zu lassen. Und ich konnte meiner Frau am nächsten Morgen immer noch in die Augen sehen.«

»Was haben Sie gemacht?« Lena sah Emmas Vater neugierig an. Das Wort *stattlich* kam ihr in den Sinn, ohne dass sie genau sagen konnte, woran sie das festmachte.

»Meine Freunde haben mich nachmittags in eine Boulderhalle entführt«, listete Kai Winter auf. »Danach waren wir in der Ochsenbraterei auf der Wiesn. Sie wissen ja wahrscheinlich, wie schwer es ist, einen Platz in einem dieser Zelte zu bekommen. Aber einer meiner alten Schulfreunde hatte Connections.« Er zögerte. »Gut, ich gebe es zu. Zwischen der Kletterhalle und dem Ochsen am Spieß stand noch ein Termin in einem Männer-Maniküre-Salon und in einem Brazilian-Waxing-Studio an. Details erspare ich Ihnen, und die Enthaarungsprozedur tat unsäglich weh. Aber meine Fingernägel sahen am Tag der Hochzeit nahezu perfekt aus. Die Farbnuance des Oberlacks hieß *Understatement.*« Er sah skeptisch auf seine Hände hinab. »Vielleicht sollte ich mir mal wieder einen Termin geben lassen. Aber in dieses Folterstudio der Brasilianerin bringen mich keine zehn Pferde mehr.«

Lena konnte nicht anders, sie musste laut lachen. Kai Winter hatte Humor, das gefiel ihr.

»Sind Sie denn verheiratet?«, fragte Kai Winter.

Lena schüttelte den Kopf. »Nein, ich bin Single. Meine letzte Beziehung liegt ein paar Jahre zurück. Wir waren verlobt, aber mein Ex-Freund hat sich kurzerhand entschieden, doch lieber seine Kindergartenfreundin zu heiraten. Es war alles ziemlich unerfreulich, um es mal vorsichtig zu formulieren.« Lena machte eine Pause. »Wir hatten sogar schon die Eheringe ausgesucht.«

Mitleidig sah Kai Winter sie an. »Ziemlich *unerfreulich*? Da wären wir ja schon wieder beim Thema Understatement, diesmal aber ein richtiges. Ich würde sagen, das klingt nach einem handfesten Trauma. Was haben Sie mit dem Ring gemacht?«

Lena zuckte gleichgültig mit den Schultern. Es tat immer noch weh, aber die Wunde war vernarbt, und das Gefühl nur noch ein unangenehmes Ziepen. »Ich habe ihn in die Isar geworfen.«

»Kann ich Ihnen beiden weiterhelfen?« Eine Polizistin war wie aus dem Nichts zu ihnen getreten. Sie hatte ein verlebtes Gesicht und tief hängende Tränensäcke, was beides überhaupt nicht zu der adretten Uniform passte, die sie trug.

»Wir wollten einen Diebstahl zur Anzeige bringen!«, erklärte Winter erleichtert.

Die Polizistin wirkte müde. »Um was handelt es sich?«

»Ein Fahrrad«, sagte Kai.

»Eine Puppe«, sagte Lena im gleichen Moment.

Sie beide sahen sich an und lachten.

»Ja, eigentlich eine Puppe!«, erklärte Kai Winter.

»Ein Fahrrad!«, fiel Lena ihm erneut zeitgleich ins Wort.

Die Polizistin verzog keine Miene. Jahrzehnte im Dienst lagen hinter ihr, es gab wenig, das sie noch aus der Reserve locken konnte.

»Die Puppe war in einem Karton verstaut. Und den habe ich auf dem Gepäckträger eines Fahrrads befestigt!«, brachte Lena die Ereignisse endlich in die richtige Reihenfolge. »Ich habe das Rad nur kurz vor einem Zeitungsladen abgestellt. Und als ich zurückkam, da …«

Die Junggesellengruppe kehrte aus dem Vernehmungszimmer zurück, und die Männer grölten laut und machten eine La-Ola-Welle. Der Beamte neben ihnen verdrehte die Augen.

»Sie können natürlich eine Anzeige aufgeben«, sagte

die Polizistin ungerührt. Für den Tumult hinter sich schien sie weder Augen noch Ohren zu haben. »Hatte das Fahrrad einen Diebstahlcode?«

Lena schüttelte zerknirscht den Kopf.

»Ich will Ihnen nicht Ihre Zuversicht nehmen«, sagte die Polizistin und erstickte mit ihrem bedauernden Achselzucken doch gleichzeitig jegliche Hoffnung im Keim. »Aber in München werden offiziell jährlich über sechstausend Fahrräder geklaut, und die wenigsten kehren zurück zu ihren Besitzern. Um genau zu sein, eines von zehn. Wenn es also ein hochwertiges Rad war, ist es jetzt schon in all seine Einzelteile zerlegt und wird in diesem Moment an Bastler verkauft. Und wenn es ein besonders seltenes Modell war …«

Lena winkte ab. »Es geht mir weniger um das Rad, sondern vielmehr um die Puppe. Die Puppe war ziemlich wertvoll. Also im ideellen Sinne.«

Nun wirkte die Polizistin noch hoffnungsloser. Für verschwundene Puppen hatte sie offenbar noch nicht einmal eine Statistik parat.

Kai Winter tastete seine Anzugtasche ab, dann reichte er der Beamtin das Foto aus dem Familienalbum.

»So sieht die Puppe aus«, erklärte Kai. »Sie wurde nach exakt diesem Foto entworfen. Sie trägt sogar die identische Kleidung. Es handelt sich also um ein handgemachtes Einzelstück. Ich werde übrigens einen großzügigen Finderlohn zahlen.«

Widerstrebend nahm die Polizistin das Foto entgegen und betrachtete es sekundenlang ziemlich ratlos. Man sah ihr an, dass sie den Fall jetzt schon für aussichtslos hielt. Lena schluckte betreten.

»Tamara? Konnst ma rum kumma? Mir ham hier a

Leibesvisitation. Zwoa bsuffane Mädle. Fällt dene am Wochenende nix Besseres mehr ei als Komasaufen?«

Die Polizistin sah in Richtung ihres Kollegen. »Tut mir leid«, sagte sie erleichtert an Kai Winter und Lena gewandt. »Aber wir sind heute zu wenig Frauen im Dienst, und bei weiblichen Verdächtigen muss ich einspringen.«

Ihre Augen fixierten einen jungen Kollegen, der mit einer Aktenmappe bewaffnet und zackigen Schrittes an ihr vorbeistob. Ein sportlicher, ehrgeizig wirkender Mann. Sie grapschte nach seiner Schulter.

»Hubi, übernimmst du das hier bitte? Ich muss zu den anderen. Leibesvisitation.«

Ihr Kollege seufzte. »Um was geht es denn?« Er ließ die Hand mit den Akten ergeben sinken.

»Bloß ein kleiner Vermisstenfall und ein verschwundenes Fahrrad!«, witzelte seine Kollegin trocken. Sie nickte Lena und Kai zum Abschied aufmunternd zu. »Vielleicht haben Sie Glück, und wir finden sie wieder!«

Sie drückte dem überrumpelten Hubi das Bild in die Hand und verschwand im angrenzenden Zimmer.

Betroffen sah der Polizist auf das Foto. »Wir gehen am besten ganz nach hinten«, entschied er spontan. »Am Freitagabend ist hier immer die Hölle los, das sehen Sie ja selber. In der Sieben haben wir am meisten Ruhe. Ich glaube, das Zimmer ist momentan frei.«

Kai und Lena folgten ihm in den Raum. Hubi, dessen Namensschild ihn als Huseyin Bilal auswies, bat sie, vor dem Schreibtisch Platz zu nehmen. »Darf ich Ihnen was zu trinken bringen?«, fragte er betont fürsorglich. Lena zog die Augenbrauen nach oben und wechselte einen fragenden Blick mit Winter. Mit so viel Freundlichkeit hatte sie angesichts des Trubels, der hier herrschte, nicht gerechnet.

Aber der junge Polizist wartete ihre Antwort gar nicht erst ab. »Ich bin gleich zurück!«, kündigte er an. »Ich muss noch rasch die Unterlagen abgeben und hole dann auch gleich noch eine Kollegin dazu.«

Er verschwand, und fragend sahen Lena und Kai sich an. »Wieso braucht er denn eine Kollegin?«, rätselte Lena. »Ich dachte, sie sind heute unterbesetzt.«

Kai Winter zuckte mit den Schultern. »Wahrscheinlich werden wir jetzt so lange von Kollege zu Kollege weitergereicht, bis wir am Ende doch wieder bei der erschöpften Tamara vom Anfang landen«, vermutete er. »Bis dahin kann sie uns dann genau sagen, wie viele Puppen pro Jahr in München gestohlen werden. Und uns bestätigen, dass sich eine Anzeige leider nicht lohnt.«

Lena lächelte bedrückt. Winter könnte recht behalten. Aber sie wollte einfach nicht glauben, dass das Unterfangen aussichtslos war. Solange es eine winzige Chance gab, die verschwundene Puppe wiederzubekommen, würde sie alles versuchen, was möglich war.

Auf einmal musste sie an ihren Laden denken. Eine lähmende Müdigkeit überkam sie. Noch ein aussichtsloser Kampf. Noch eine Schlacht, die bereits geschlagen war, ehe sie überhaupt begonnen hatte.

Jetzt wurde die Tür sachte aufgeschoben, und eine zierliche Frau mit Bubikopf schlüpfte herein. Sie reichte erst Lena, dann Winter die Hand. »Ich bin Frau Dr. Ruprecht«, sagte sie mit einer Stimme, die so glockenhell klang, als wäre sie in Wahrheit ein Engel. »Mein Kollege holt noch rasch eine Flasche Sprudel für Sie.« Sie räusperte sich und sah Lena und Kai mitfühlend an. »Wir haben seit Neuestem ein Modellprojekt in den Einrichtungen der bayerischen Polizei. Hat Polizeimeister Bilal schon mit Ihnen beiden über unser Tandem-Programm gesprochen?« Sie zupfte an den Fransen ihres Ponys herum.

Kai Winter und Lena schüttelten verwirrt den Kopf. Erst wollte keiner den Fall übernehmen, dann plötzlich bekamen sie gleich zwei Ansprechpartner zur Seite gestellt.

»Unser Tandem-Programm wenden wir bei verschiedenen Delikten an, vor allem aber natürlich im Fall vermisster Kinder«, fuhr die Frau fort. »Ich bin ausgebildete Psychologin und Krisenbetreuerin. Mein Kollege Herr Bilal wird gleich sämtliche Daten aufnehmen. Ich bin sozusagen die psychosoziale Unterstützung und Schnittstelle zwischen den Eltern und den ermittelnden Beamten. Aber für Sie als erste wichtige Information vorweg: Neunundneunzig Prozent aller vermissten Kinder tauchen innerhalb der ersten vierundzwanzig Stunden nach ihrem Verschwinden gesund und munter wieder auf. Im Moment ist also am wichtigsten, Ruhe zu bewahren.« Sie sah Lena und Kai aufmunternd an. Es schien sie nicht weiter zu irritieren, dass beide sie anstarrten wie eine Erscheinung.

»Sie haben sicherlich schon sämtliche Freundinnen Ihrer verschwundenen Tochter abtelefoniert?«, fragte die Psychologin behutsam. »Polizeimeister Bilal meinte etwas davon, dass auch das Fahrrad Ihres Kindes verschwunden sei?«

Lena spürte, wie sie sich in ihrem Sitz versteifte. War das ein Witz? Hatte dieser Hubi den scherzhaften Spruch seiner Kollegin vorhin etwa für bare Münze genommen? Dachte er wirklich, das hier sei ein echter Vermisstenfall?

Dann würden sie doch niemals so entspannt hier sitzen und seelenruhig auf ein Glas Wasser warten!

Auch Kai Winter neben ihr schien für den Augenblick in eine Art Schockstarre zu verfallen.

In diesem Moment kam der junge Polizist Huseyin Bilal endlich wieder zurück. Er hatte eine Flasche Wasser unter den Arm geklemmt. Rücksichtsvoll schloss er die Tür hinter sich und setzte sich neben die Psychologin. Das Foto legte er auf den Tisch vor sich.

Endlich kehrte Leben in Kai Winter. »Das ist leider ein Missverständnis«, sagte er. »Oder zum Glück. Zum Glück ist es ein Missverständnis. Das auf dem Foto ist nicht meine Tochter, sondern meine Frau.«

»Dann ist also Ihre Frau abgängig? Ich dachte mir schon, das Bild sieht aus wie aus den Achtzigerjahren!« Bilal runzelte verwirrt die Stirn. »Wegen dieser ganzen Instagram-Filter heutzutage weiß man ja überhaupt nicht mehr, welche Bilder neu sind und welche alt. Es handelt sich also um eine erwachsene Vermisste?«

»Nein, nein!«, widersprach Winter, um dem Missverständnis nicht noch weiter Vorschub zu leisten. »Meine Frau ist tot.« Im gleichen Augenblick merkte er, dass er alles nur noch schlimmer machte. Die Psychologin hatte sich erschrocken in ihrem Stuhl aufgerichtet.

»Also sie ist schon länger tot …«, verhedderte sich Kai in seiner eigenen Erklärung. »Seit einigen Jahren.«

»Es geht in Wahrheit um eine Puppe«, übernahm Lena endlich das Wort. »Es ist eine Puppe, die nach diesem Foto entstanden ist. Sie gehört Herrn Winter.« Sie deutete zaghaft neben sich. »Die Puppe ist mir heute Abend mitsamt einem geliehenen Fahrrad gestohlen worden. Das Fahrrad gehört meiner Mitarbeiterin. Aber das tut momentan wahrscheinlich überhaupt nichts zur Sache.«

»Eine *Puppe*?«, fragte Polizeimeister Bilal ungläubig.

»Ein Fahrrad?«, fragte die Psychologin verdutzt. Sie erhob sich kopfschüttelnd. »Ich glaube, das ist wirklich ein Missverständnis, Hubi!« Vorwurfsvoll sah sie ihren Kollegen an. Ihre Stimme klang jetzt nicht mehr glockenhell, sondern schneidend.

Polizeimeister Bilal lief dunkelrot an. »Das habe ich gründlich falsch verstanden«, murmelte er sichtlich genervt vor sich hin. Er zog missmutig die Tastatur des Computers zu sich heran. »Also, was für ein Fahrrad war das genau? Und wo ist es Ihnen gestohlen worden?«

4

Gedankenverloren durchquerte Lena ihren Hinterhof. Noch war Matteos Trattoria geschlossen, der Platz inmitten der Häuserschlucht lag in fast andächtiger Stille. Die Morgensonne ließ die Fenster rundum verheißungsvoll funkeln. Es versprach ein warmer und wolkenloser Samstag zu werden.

Vor ihrem Laden machte Lena Halt und ließ ihren Blick wehmütig über die verwitterte Fassade gleiten. Tag für Tag war sie in den Jahren seit der Übernahme der Puppenklinik hierhergekommen und hatte die Tür aufgeschlossen. Sie hatte die Fensterläden geöffnet und sich sorgsam alles zurechtgelegt: Scheren und dicke Nadeln, Filz, Füllgarn und Mohair. Farbe, Holzwolle und Flachshaar für die besonders betagten Patienten.

Und doch, heute war ihr, als betrete sie den Laden zum allerersten Mal.

Die Traurigkeit, die über sie kam, vertrieb die Leichtigkeit, die sie noch bis eben verspürt hatte. So dramatisch und unerfreulich der gestrige Abend auch begonnen hatte, so nett war er im Verlauf dann doch noch geworden. Zwar hatten sie die gestohlene Puppe nach wie vor nicht zurück, aber der Ausflug auf das Polizeirevier war wie ein kleines Abenteuer gewesen. Eine Abwechslung in Lenas immer gleichem Tagesablauf. Nachdem das Eis zwischen ihnen geschmolzen war, hatte sich

Emmas Vater außerdem charmant und witzig gegeben. Und überhaupt: was für ein interessanter und gut aussehender Mann! Fast wäre Lena ins Träumen geraten …

Es war fast zehn Uhr gewesen, als sie endlich aus dem Polizeirevier hinaus ins nächtliche München getreten waren und sich höflich voneinander verabschiedet hatten.

Eine plötzliche Aufgeregtheit ergriff Lena. Ganz gegen ihre sonstige Art kramte sie hektisch nach ihrem Handy und starrte mit klopfendem Herzen darauf. Nein, Kai Winter hatte sich in der Zwischenzeit nicht bei ihr gemeldet. Warum sollte er auch? Sie hatte ihm lediglich per SMS die Frage gestellt, was er davon hielt, einen Privatdetektiv auf die Sache anzusetzen. Aber womöglich fand er den Vorschlag naiv oder zu kostspielig, und sie würde gar keine Antwort von ihm erhalten.

Verlegen steckte Lena das Handy wieder weg.

»Fräulein Lena, wenn man Sie so verträumt dastehen sieht, geht doch gleich die Sonne auf! Was für ein erfreulicher Anblick!«

Lena drehte sich ertappt um und musste lächeln. Der fünfundachtzigjährige Herr Anton Rieß kam, auf seinen Rollator gestützt, langsam in ihre Richtung gelaufen. Wie fast jeden Samstag schaute er auf seinem Heimweg vom Flohmarkt bei ihr vorbei, und ganz bestimmt hatte er auch heute wieder etwas erworben. Zwischen ihnen hatte sich das Sie in Kombination mit dem Vornamen eingependelt, und Herr Anton war außerdem der einzige Mann, der Lena *Fräulein* nennen durfte.

Antons Ehefrau Hedi war eine leidenschaftliche Puppensammlerin gewesen. Nach ihrem Tod vor drei Jahren hatte ihr Mann die Sammlung jedoch nicht aufgelöst, sondern war im Gegenteil in die Fußstapfen seiner

Hedi getreten. Mit liebevoller Akribie kümmerte er sich seither selbst um die Sammlung und brachte die Puppen bei Lena zur Inspektion vorbei. Und er erweiterte den Bestand stetig: Im Sommer trieb er sich auf den Münchner Flohmärkten herum, im Winter besuchte er Antiquitätenmessen. Es war wohl seine Art der Trauerverarbeitung. Lena rührte diese tiefe, unsterbliche Liebe, die ihren Ausdruck in zahllosen alten Puppen fand, und schon wieder musste sie an Kai Winter denken …

»Wie ich sehe, sind Sie wieder mal fündig geworden, Herr Anton!« Lena riss sich zusammen. So zerstreut und gedankenverloren kannte sie sich überhaupt nicht! Neugierig zeigte sie auf Antons Ledertasche. Bestätigend nickte der Witwer. Er wartete, bis Lena die Tür aufgeschlossen hatte, und schob seinen Rollator gemächlich in das Ladeninnere.

»Der frühe Vogel fängt den Wurm!«, schnaufte er.

»Dann lassen Sie Ihren morgendlichen Fang doch gleich mal sehen!«, forderte die Puppenärztin ihn auf.

Stolz zauberte Anton eine Puppe mit feuerrotem Schopf aus der Tasche. Das Mädchen hatte das putzigste Lächeln, das man sich nur vorstellen konnte. Auffällige Sommersprossen zierten ihr rundes Gesicht, und Lena wusste sofort, wen sie da vor sich hatte.

»Das gibt's doch nicht! Eine wunderbar erhaltene Charlot Byj!«, stellte sie erheitert fest. Der Anblick des niedlichen Rotschopfs brachte sie unweigerlich zum Lachen. Im Lauf der Zeit war die unverwechselbare Puppe zu einer Art Kult geworden, mit einer weltweit verzweigten Schar an begeisterten Sammlern.

»Ach, Sie beide kennen sich bereits?«, brummte der Rentner. Seine wässrig blauen Augen wanderten ein wenig enttäuscht von der rothaarigen Puppe zu Lena hinüber. Die Furche auf seiner Stirn wurde breiter.

»Ja, dieses Puppenmodell ist mir bestens vertraut!«, musste Lena ihren Stammkunden leider enttäuschen. Anton liebte es, Lena mit Puppen zu überraschen, die sie noch nicht kannte, aber immerhin war sie seit ihrer Kindheit Expertin in diesem Metier. Die gängigen Marken waren alle mindestens einmal durch ihre Hände gegangen.

Zuletzt hatte die kleine Emma es geschafft, sie mit dem Werk des namenlosen aber genialen Puppenmachers zu überraschen.

Verärgert stellte Lena fest, dass sie schon wieder an Kai Winter dachte. Es war wie verhext.

»Lassen Sie mich die Markierung ansehen!« Achtsam zog Lena das rothaarige Püppchen aus. Der Firmenname war deutlich zu lesen, eine Seriennummer gab es auch. Na also! Lena fischte in den Untiefen ihrer Theke nach dem dicken Puppen-Bestimmungsbuch. Es half ihr, anhand von Merkmalen das Alter und die Herkunft bekannter Puppen zu entziffern. »Sieh an, sieh an«, stellte sie respektvoll fest, nachdem sie die richtige Seite gefunden hatte. »Bald feiert dieses aufmüpfige Gör seinen sechzigsten Geburtstag!«

Anton musste heiser lachen. »Meiner Hedi hätte sie auf jeden Fall gefallen!«, stellte er fest. »Sie erhält einen Ehrenplatz über dem Sofa, und zwar direkt neben unserem Hochzeitsfoto. Das heitert mich auf. Wie heißt dieser rothaarige Frechdachs noch mal? Meine Urenkelin Finja wird es wissen wollen!«

Anton und Hedi hatten vier Kinder, und inzwischen gab es einen ganzen Stall Enkel und Urenkel jeden Alters, aber insbesondere die zwölfjährige Finja liebte die

Sammlung ihres Urgroßvaters. Ihr wollte er die Puppen irgendwann auch vermachen.

»Charlot Byj«, wiederholte Lena geduldig. »Das ist auch der Name ihrer Erfinderin. Die Puppe ist zwar eine Produktion der deutschen Firma Goebel, aber die Zeichnerin Charlot Byj lebte in New York.« Mit größter Sorgfalt betrachtete Lena Antons Kauf von allen Seiten. Die Puppe wirkte unbespielt, Lena würde rein gar nichts daran ausbessern müssen.

»Besonders Charlots gezeichnete Postkarten rothaariger Kinder waren in Deutschland eine Zeit lang unglaublich beliebt«, fuhr Lena fort. »Und diese Puppe hier ist einer dieser Illustrationen bis ins letzte Detail nachempfunden.« Lena kleidete das Puppen-Mädchen sorgfältig wieder an, warf einen letzten verliebten Blick darauf und packte schließlich das Schmuckstück vorsichtig zurück in die Tasche.

Sie blickte auf. Durch das Fenster konnte sie Matteo sehen, der federnd, fast tänzelnd über den Hof lief. Es sah aus, als würde er schweben.

Irritiert zog Lena die Augenbrauen zusammen. Dann konzentrierte sie sich wieder auf ihren Kunden.

»Jetzt verstehe ich!« Antons altersmilder Blick ruhte auf dem Gesicht der Puppenärztin. »Die Puppe wurde also nach einer Zeichnung erstellt. Vermutlich war diese Charlot überrascht, dass aus ihren Bildern irgendwann richtige Puppen wurden.«

»Ganz bestimmt!«, mutmaßte Lena und reichte dem sympathischen Witwer seine Tasche zurück.

»Jetzt, da ich die Entstehungsgeschichte dieser Puppe kenne, werde ich sie mit umso größerer Sorgfalt behandeln!«, versprach der betagte Kunde.

»Das machen Sie doch so oder so, Herr Anton!«, sagte Lena leise zum Abschied. Plötzliche Wehmut kam über sie. War ihr Laden erst einmal weg, würde sie auch Anton nicht mehr begegnen. Für den Bruchteil einer Sekunde bekam sie keine Luft mehr. »Ihre Frau wäre stolz auf Sie«, sagte sie mit kehliger Stimme. »Und grüßen Sie Finja bitte von mir! Ich freue mich, wenn ich sie bald wiedersehe!«

»Ach, Sie wissen doch, wie diese Jugendlichen sind!«, brummte Anton seufzend. »Die Zeiten sind vorbei, da sie mit ihrem Uropa über die Flohmärkte tingelte. Aber die Puppen ihrer Uroma liebt sie nach wie vor heiß und innig. Ja, vielleicht kommt sie wieder mal mit hierher.«

Es lag Lena auf der Zunge anzudeuten, dass ihnen nicht mehr viel Zeit blieb, aber dann behielt sie die Neuigkeit für sich. Sie mochte sich gar nicht ausmalen, wie schwer Anton das Aus der Puppenklinik treffen würde. Es war inzwischen fast ein Ritual, dass er Lena Samstag für Samstag einen Besuch abstattete …

Anton murmelte einen freundlichen Abschiedsgruß und verschwand hinaus in den Morgen.

Im gleichen Moment trudelte auf Lenas Handy eine Nachricht ein. Kai Winter hatte doch eine Antwort geschrieben:

Die Idee mit der Privatdetektei klingt vielversprechend und gut. Wir könnten auch die sozialen Medien nutzen! Wollen wir heute Abend zusammen essen gehen und unsere Strategie gemeinsam besprechen?

Ungläubig las Lena die Botschaft ein zweites Mal und tippte dann ganz spontan *Ja!* in ihr Handy.

»Grace Kelly wird neben dir *verblassen*!« Ziemlich genau eine Stunde später kam Katja wie ein erfrischender Wirbelwind in den Laden gefegt und wuchtete mit einem theatralischen Augenaufschlag eine riesige Tüte mit Klamotten auf Lenas Theke.

Lena sah überrumpelt von ihrer Arbeit auf. Sie saß über eine Barbie aus den 1960er-Jahren gebeugt und pinselte hoch konzentriert die Konturen des Mundes nach. »Grace Kelly ist seit Jahrzehnten tot«, stellte sie unbeeindruckt fest. »Außerdem will ich doch überhaupt nicht …«

Sie kam nicht dazu, den Satz zu Ende zu sprechen. Ihre beste Freundin griff demonstrativ in die Tasche, zauberte ein zitronengelbes Chiffonkleid heraus, hielt sich das sommerliche Kleidungsstück selbst vor den Körper und sah dann nachdenklich zu Lena hinüber. »Du hast doch nicht ernsthaft mit dem Gedanken gespielt, in Jeans und T-Shirt zu deiner Verabredung zu gehen?«, sagte sie in einem Tonfall, der keine Widerrede duldete. »Und überhaupt: Ich will jedes einzelne Detail des gestrigen Abends erfahren, Lena. Hast du schon überprüft, ob dein Verehrer auf Instagram ist?« Sie warf das gelbe Kleid achtlos zurück in die Tüte, schnappte sich ihr Handy und sah Lena auffordernd an. »Also, wie heißt er?«

Lena seufzte, legte die Barbiepuppe behutsam zur Seite und erhob sich.

»Erstens ist er nicht mein *Verehrer*«, korrigierte sie. »Er ist in erster Linie der Vater meiner Lieblingskundin.« Lena musste gerührt lächeln, als sie an die kleine Emma dachte. Wäre Kai Winters Tochter das Wochenende über nicht bei ihren Großeltern, hätte sie ihm vorgeschlagen, mit Emma zu ihr in den Laden zu kommen. Dann hätten sie in der Pizzeria um die Ecke gemeinsam essen gehen können.

»Warum starrst du mich so erwartungsvoll an?«, verunsichert warf Lena ihrer Freundin Katja einen Blick zu.

Katja grinste. »Ich warte auf zweitens!«, sagte sie forsch. »Du willst mir seinen Instagram-Account nicht verraten, weil er der Vater deiner Lieblingskundin ist. Und zweitens?«

»Und zweitens haben er und ich eine gemeinsame Mission. Wir müssen diese gestohlene Puppe wiederbeschaffen. Unser Abendessen ist also rein … investigativer Natur. Er hängt immer noch an seiner verstorbenen Frau. Es ist also nicht die Spur eines Dates, falls du das gehofft haben solltest.« Sie dachte an den Moment zurück, als Kai und sie nebeneinander auf dem Sofa gesessen hatten: wie furchtbar, ihm von der gestohlenen Puppe beichten zu müssen. Lena wischte die Erinnerung an seinen verzweifelten Gesichtsausdruck weg und beschwor stattdessen das Lächeln herauf, das er ihr zum Abschied vor dem Polizeirevier zugeworfen hatte.

»Er kann doch an seiner Vergangenheit hängen und trotzdem bezaubernde Frauen daten!« Katja zwinkerte ihrer Freundin aufmunternd zu. »Hast du nicht erwähnt, dass er seit über vier Jahren Witwer ist? Zeit, sich mit Lichtgeschwindigkeit zurück ins Leben zu stürzen! Der Typ ist schon viel zu lange alleine.«

»Wir wissen doch gar nicht, ob er in den letzten Jahren alleine war.« Lena bückte sich. Ihr war im untersten Fach des Regals etwas ins Auge gestochen, und jetzt zerrte sie einen eingestaubten Packen Papier heraus. War das denn möglich? Das waren die verschwundenen Werbeflyer für eine Sonderaktion während der Weihnachtszeit. Sie hatte im vergangenen Winter ewig danach gesucht, hier hatten die Prospekte also die ganze Zeit über gelegen! Lena drückte den wiedergefundenen Packen mit den Werbezetteln nachdenklich an sich. »Im Grunde weiß ich *gar nichts* von ihm«, fuhr sie fort. »Also hör auf, mich im Geiste schon mit ihm zu verkuppeln.«

»*Du* weißt vielleicht nichts von ihm«, neckte sie Katja, »aber das Internet weiß *alles*. Deine Bildungslücke lässt sich in null Komma nichts schließen!« Katja sah auf ihr Handy. »Sag mir einfach seinen Namen. In fünf Minuten kennen wir seinen Lebenslauf und können die Katzenfotos all seiner verflossenen Freundinnen sichten!«

Lena legte den Stapel mit Flyern auf die Werkbank. Sie musste die Oberfläche des Tischs unbedingt ölen. »Träum weiter!«, sagte sie kopfschüttelnd in Katjas Richtung. »Ich werde dir auf keinen Fall seinen Namen verraten. So funktioniert ein Kennenlernen für mich einfach nicht. Ich habe ihn doch extra *nicht* gegoogelt! Ich habe ja noch nicht einmal selbst einen Instagram-Account. Und Facebook mag ich irgendwie auch nicht. Nenn mich altmodisch, aber so bin ich nun mal. Ich finde die Dinge lieber selbst heraus, indem ich mein Gegenüber kennenlerne.«

»Nicht dein Ernst?!« Ungläubig sah Katja sie an. »Aber Verabredungen heutzutage laufen so, meine Süße. Man kennt die wichtigsten Fakten voneinander, noch bevor man sich trifft. Sind das übrigens alte Flyer? Bitte wirf sie sofort weg. Du hast manchmal eine Tendenz zum Messietum, und abgelaufenes Werbematerial kann niemand gebrauchen.«

Lena ignorierte die Bitte und trat stattdessen endlich zu Katjas Kleidertüte. Offenbar hatte ihre beste Freundin ihren gesamten Kleiderschrank hergeschleppt. Lenas letzte Verabredung lag Jahre zurück. Nach dem dramatischen Ende ihrer letzten Beziehung hatte sie einfach keine Lust mehr gehabt, sich mit Männern zu treffen. Außerdem hatte sie jede freie Sekunde in die Puppenklinik gesteckt. Es war entsprechend lange her, seit sie sich das letzte Mal schicke Klamotten zum Ausgehen geleistet hatte. Wie es schien, verstand Katja ihren Einsatz als lebensrettende Maßnahme.

»Ich kenne bereits die wichtigsten Fakten über ihn«, sagte Lena gedankenversunken. Sie zog stirnrunzelnd ein türkises, halb transparentes Nichts aus der Tüte, worin sie wie eine Meerjungfrau aussehen würde, die jemand böswillig in der Münchner Innenstadt ausgesetzt hatte.

»Er hat eine wunderbare Tochter, die Stammgast bei mir ist. Er beschäftigt eine Nanny. Er hat eine schicke Wohnung, etwa zwei Kilometer entfernt von hier. Und er trauert seit etlichen Jahren.« Das Sonnenlicht brach sich in dem hauchzarten Stoff. Zu welcher Gelegenheit trug Katja so etwas? Hatte sie ein laszives Doppelleben, von dem Lena nichts wusste?

Katja beobachtete ihre Freundin kopfschüttelnd. »Aber was ist mit seinem Alter? Was ist mit seinem Beruf, seinen Hobbys und seinem Freizeitverhalten? Wesentliche gesellschaftliche Entwicklungen sind offenbar an dir vorübergegangen, Lena!« Katja warf Lena einen tadelnden Blick zu. »Schwule Männer checken vorab sogar die Penis-Bilder ihrer Lover im Internet.«

Lena ließ das seidige Nichts los, und es segelte lautlos zurück auf den Stapel Klamotten. Hatte Katja da eben wirklich *Penis-Bilder* gesagt? Die Puppenärztin schüttelte erheitert den Kopf. »Mensch, Katja, das heute Abend ist nur ein stinknormales Abendessen. Ich habe dir die Umstände doch ausführlich erklärt. Wir werden gemeinsam überlegen, wie wir die gestohlene Puppe zurückbekommen können. Mir ist da noch ein ganz anderer Einfall gekommen: Vielleicht lebt der Puppenmacher ja noch. Er könnte eine neue Puppe nach dem gleichen Foto entwerfen.«

Katja runzelte genervt die Stirn. Sie beide hatten bereits heute Morgen telefoniert. Lena hatte sich wortreich für ihr Nicht-Erscheinen entschuldigt und Katja die Ereignisse des gestrigen Abends im Detail geschildert. Schon da hatte Katja behauptet, dass dieses Zusammentreffen schicksalhaft war. Ein vermögender Witwer mit süßem Kind! Diese Stichworte reichten voll und ganz, ihre Fantasie in Wallung zu bringen.

»Trotzdem musst du im Vorfeld doch zumindest herausfinden, was er beruflich macht, Lena!«, beharrte Katja verzweifelt. »Du musst für alle Eventualitäten gerüstet sein! Echt jetzt, google ihn. Das mit dem Penis-Foto war nur ein Witz.«

Im gleichen Augenblick, als sie den Satz aussprach, betrat der schöne Matteo den Laden. Katja schwieg ertappt, und eine unübersehbare Röte breitete sich von ihrem Haaransatz bis zu ihrem Hals hinab aus. Sie war unfähig, die Situation noch zu retten.

Lena konnte nicht anders und musste laut lachen.

»Hallo, Matteo«, sagte Katja schließlich. Ihr Gesicht hatte die gleiche Farbe wie ihr Dior-Lippenstift angenommen.

»Hallo, Katja«, erwiderte Matteo. Er lächelte schief und wurde zu Lenas Überraschung ebenfalls rot. »Schön, dich wiederzusehen!«

Verwirrt sah Lena von ihrem Nachbarn zu ihrer besten Freundin hinüber.

»Das habe ich dir noch gar nicht erzählt«, fiel Katja betont beiläufig ein. Sie grapschte nervös nach einem Katalog für Bastelbedarf und wedelte sich damit ziemlich erfolglos Luft zu. »Matteo und ich sind uns gestern Abend zufällig über den Weg gelaufen.«

Lenas Nachbar nickte beteuernd. »Ja. Nachdem ich im Headquarter von Jixiang Wu war, habe ich Katja in der Bar sitzen sehen. Und da haben wir beschlossen …«

»Wie bitte?« Ungläubig sah Lena Matteo an. »Du warst gestern wirklich bei dem Investor? Warum erfahre ich erst jetzt davon?«

Matteo sah hilfesuchend zu Katja hinüber, die verlegen mit der Schulter zuckte. »Ich wollte es dir eigentlich eben sagen«, behauptete sie mit einer Unschuldsmiene. »Aber dann habe ich beschlossen, erst den Ausgang deines heutigen Dates abzuwarten. Weißt du, das Ganze ist nicht gerade erfreulich. Und es liegt mir daran, dass du fröhlich und sorglos zu deiner Verabredung gehst. Immerhin ist es dein erstes Date seit der Umstellung der D-Mark auf Euro.«

»Nicht witzig, Katja!« Lena griff nach der Kleidertüte und hievte sie mit angespannter Miene vom Tisch. Wie kam ihre beste Freundin dazu, mit ihr hier Zeit zu vertrödeln, während sie Insiderwissen über das Schicksal der Puppenklinik hatte?

»Am Dienstag treffen sich interessierte Ladenbetreiber, um dem Investor ihr jeweiliges Konzept vorzustellen«, erklärte Matteo. »Der Hinterhof soll eine Shoppingoase für den urbanen, jungen, freiheitsliebenden Individualisten werden.«

»Du hast *konsumorientiert* vergessen«, ergänzte Katja betreten.

Schweigend starrte Lena an Matteo vorbei und hinaus in den schönen Sommermorgen. Wie friedlich und gemütlich die Atmosphäre drüben in der Trattoria doch war: Junge Frauen saßen plaudernd und lachend im Freien, dabei waren Matteos Bar und ihre Puppenklinik dem Untergang geweiht.

»Jetzt lass den Kopf nicht hängen!«, versuchte Katja Lena aufzuheitern. »Es bringt doch nichts, wenn du heute Abend wie ein Trauerkloß zu deiner Verabredung gehst.«

»Außerdem haben wir jetzt etwas Handlungsspielraum!« Der Satz war Matteo ohne großes Nachdenken herausgerutscht. Als die zwei Frauen ihn irritiert anstarrten, zuckte er mit den Achseln. »Ich meine ja nur. Wer hält uns denn davon ab, am Dienstag ebenfalls zu Jixiang Wu zu fahren und die Puppenklinik dort vorzustellen? Immerhin habe ich inzwischen einen guten Draht zu dem Typ am Empfang. Und vielleicht finden die Investoren deinen Laden ja originell!«

Katja sah Matteo beeindruckt an. »Das ist ein großartiger Vorschlag!«, pflichtete sie dem Kneipenwirt zu Lenas Überraschung bei. Sie hatte erwartet, dass Katja Matteo wie üblich über den Mund fahren würde. »Lena, du hast eine tolle Ausstrahlung und bist so sympathisch!«, sprudelte es euphorisch aus Katja heraus. »Wenn die Investoren erst einmal erleben, wie du von der Puppenklinik deiner Familie sprichst, werden sie dir garantiert eine Chance geben.«

Sie sagte es mit solcher Inbrunst, als würde sie selbst daran glauben. Dass nun sogar die bodenständige und rationale Katja anfing, sich an Märchenfantasien zu klammern, war wie ein Schlag ins Gesicht für Lena. Es machte ihr das ganze Ausmaß der Katastrophe erst richtig bewusst. Es hatte Lena auf sonderbare Weise beruhigt, als Katja angefangen hatte, mit einem Anwalt zu telefonieren und Bücher über Denkmalschutz und Mietrecht zu wälzen. Aber ernsthaft zu glauben, man könne einen knallharten Investor mit einer rührseligen Geschichte über einen Familienbetrieb umstimmen, das kam Lena vor wie ein naiver Kinderglaube. Offenbar waren sie schon jetzt an dem Punkt angelangt, da man nach jedem Rettungsring greifen musste, wie sinnlos das Unterfangen auch schien.

Die Puppenärztin konnte nicht anders. Ein Schluchzen arbeitete sich aus den Tiefen ihres Körpers empor. Auch wenn sie in mancherlei Hinsicht altmodisch war, so war sie trotzdem nicht von gestern. Sie wusste genau, dass mit diesem Investorentermin am Dienstag das Schicksal ihres Ladens endgültig besiegelt war. Mit Matteos Eröffnung eben hatten sich Lenas düsterste Befürchtungen bewahrheitet: Es gab bereits ganz konkrete Pläne für die Zukunft des Hinterhofs, und darin war garantiert kein Platz für eine Puppenklinik vorhanden.

»Im Grunde kann ich meinen Laden auch sofort schließen«, sagte sie. Ihre Stimme klang brüchig und wund.

»Auf keinen Fall!«, befahl Katja hastig.

»Das darfst du nicht!«, flehte nun auch Matteo. Es passierte nicht oft, dass die beiden Streithähne einer Meinung waren.

»Aber begreift ihr es denn nicht?« Erschöpft rieb Lena sich über die Augen. »Man muss einfach akzeptieren, wenn eine Schlacht verloren ist.« Für einen kurzen Moment dachte sie darüber nach, die Verabredung mit Kai

Winter abzusagen. Sie war einfach nicht in der Stimmung, nach dieser Hiobsbotschaft noch nett essen zu gehen.

Jetzt war es Katja, die ungläubig lachte. »Von welcher Schlacht sprichst du da bitte, Lena?«, fragte sie provokativ. »Noch hast du doch nichts getan, außer die Dinge einfach über dich ergehen zu lassen.«

Verletzt sah Lena ihre alte Schulfreundin an. »Wie meinst du das?«, fragte sie hörbar enttäuscht. Sie fühlte sich von Katja verraten. »Ich zermartere mir den Kopf, was ich tun kann, um meinen Laden zu retten.«

Katja zuckte mit den Schultern. »Ja, aber das war doch schon immer deine Philosophie, Lena: nachdenken und den Dingen ihren Lauf lassen. Aber Lena, manchmal ist es im Leben wichtig, Flagge zu zeigen. Und es ist wichtig, für seine Überzeugungen einzustehen. Bislang war deine Strategie, zu verzweifeln und dich dem Schicksal kampflos zu ergeben. Matteo hat recht. Versuchen können wir es doch.«

»Ich muss leider …« Matteo warf einen Blick hinüber in seine Trattoria. »Sagt mir Bescheid, wenn ich was machen kann. Lena, ich bin da, um dir zu helfen.«

Er schenkte ihr ein zuversichtliches Lächeln. Dann sah er zu Katja hinüber. »Tschüss, Katja!«

»Tschüss, Matteo!« Katja bedachte ihn mit einem Blick, der Lena seltsam vertraut vorkam. Aber es mochte ihr partout nicht einfallen, an was sie der Gesichtsausdruck ihrer besten Freundin erinnerte. Und sowieso hatte sie im Moment ganz andere Sorgen.

Lena musterte sich selbst ein letztes Mal kritisch im Spiegel. Sie hatte sich gegen ein Kleidungsstück aus Katjas Wundertüte entschieden und stattdessen ihr schlichtes, aber sehr schickes Hemdblusenkleid aus Seide gewählt, das sie einst in einem noblen Secondhandshop entdeckt und für die Abschiedsfeier an ihrer ehemaligen Schule gekauft hatte. Als Kollegen und Schüler sie damals verabschiedet hatten, reagierten die Kinder entzückt auf das taupéfarbene Kleid. »Du bist so schön!«, rief ihre neunjährige Lieblingsschülerin ihr seinerzeit schwärmerisch zu, und selbst dem angetrunkenen Hausmeister war ein Kompliment über die Lippen gekommen. *Kinder und Betrunkene sagen die Wahrheit,* wusste ja bekanntlich das Sprichwort.

Jahrelang hatte das Kleid seither in einen Stoffsack verpackt im Schrank gehangen, da es einfach keinen Anlass gegeben hatte, zu dem Lena das elegante Kleidungsstück hätte ausführen können. Die heutige Verabredung schien ihr nahezu perfekt dafür. Das Hemdblusenkleid war einfach und doch elegant. Es unterstrich Lenas Charakter.

Die Puppenärztin riss sich von ihrem Spiegelbild los, schließlich wollte sie Kai Winter nicht warten lassen. Im Hinausgehen griff sie nach der Kette, die Emma ihr gestern gegeben hatte, und legte sich das Schmuckstück auf dem Weg nach unten im Treppenhaus um den Hals.

Als sie durch die Einfahrt ihres Häuserblocks schlüpfte, blieb sie wie angewurzelt stehen. Kai Winter stand, die Hände lässig in die Taschen seiner Hose versenkt, neben einem leuchtend roten Oldtimer in einer Parkbucht, ein Cabriolet mit offenem Verdeck.

Kai Winter lächelte verlegen. »Ich hoffe, ich trage

damit nicht zu dick auf!«, sagte er in einem Ton, der verriet, dass er sich über sich selbst lustig machte. »Aber die Verlockung war einfach zu groß. Seit dem Tod meiner Frau stand die gute alte Corvette nur noch in der Garage herum. Ich hatte einfach keine Lust, alleine damit durch die Gegend zu fahren. Und Emma bekommt allein bei der Erwähnung des Wortes Cabriolet sofort eine Mittelohrentzündung.«

Ehrfürchtig trat Lena näher. Sie kannte sich mit Oldtimern nicht aus, aber sie schätzte den Wert alter Dinge.

»Wo haben Sie das schöne Auto her?« Andächtig umkreiste sie das auffällige Fahrzeug.

Emmas Vater lächelte stolz. »Ich habe mir diesen Luxus nach dem ersten Staatsexamen geleistet«, verriet er. »Aber um ehrlich zu sein, hat mein Vater den größten Teil davon bezahlt. Als Student hätte ich mir ein solches Auto sonst nie und nimmer leisten können.«

Lena nickte beeindruckt. Sie war einmal um das glänzende Cabriolet herumgegangen. Aufmerksam hielt Kai Winter ihr die Beifahrertür auf, und die Puppenärztin ließ sich in das weiche Leder des Sitzes sinken. Eine tiefe Ruhe kam über sie.

Ihre Freundin Katja hatte wohl recht gehabt. Sie sollte sich den heutigen Abend nicht durch Grübeleien über das Aus der Puppenklinik vermiesen lassen. Es war so lange her, seit ein Mann sie das letzte Mal ausgeführt hatte, und noch nie hatte sie ein Verehrer in einem Cabriolet abgeholt. Nein, heute Abend würde sie einfach so tun, als ob alles in ihrem Leben in Ordnung war. Sie würde das Abendessen mit Emmas nettem Vater in vollen Zügen genießen.

Kai Winter nahm auf dem Fahrersitz Platz und

verströmte dabei den unverkennbaren Geruch nach Dolce & Gabbana. Ihm stand dieser Duft tausendmal besser als Lenas ehemaligem Kollegen.

»Wollen wir uns eigentlich duzen, Frau Precht?« Kai Winters Stimme klang tief und melodisch. Es war ein Klang, in den man eintauchen wollte.

Lena sah ihn verblüfft an. Es klang weniger wie eine Frage, sondern eher wie eine Bitte. Ihr Herz machte einen winzigen Sprung.

»Ich meine …« Kai Winter wirkte auf einmal verlegen. »Immerhin wurden wir gestern für die Eltern eines vermissten Kindes gehalten!«

»Sehr gerne«, sagte Lena mit belegter Stimme. Ein altvertrauter Schwindel kam über sie, der sich seit Jahren nicht mehr bemerkbar gemacht hatte. Sie rief sich selbst zur Räson. Es war wichtig, keine falschen Schlüsse zu ziehen: Sie trafen sich in erster Linie wegen der verschwundenen Puppe. Lena hatte vorsorglich Adressen von Privatdetekteien herausgesucht, und vielleicht hatte ja auch Kai einen Vorschlag, was man noch unternehmen konnte, um die Puppe zu finden. Sie musste nun doch wieder an ihren Laden denken. Am Dienstag war das Investorengespräch, spätestens dann war das Schicksal ihrer Puppenklinik wohl endgültig besiegelt. Ihr wurde schlagartig übel.

»Woran hast du da gerade gedacht?«, bohrte Kai Winter nach. »Man hat es eben regelrecht in deinem Kopf arbeiten sehen!«

Lena seufzte. »Ich habe soeben beschlossen, alle Sorgen für einen Abend über Bord zu werfen!«, winkte sie ab. »Kannst du mir versprechen, dass wir heute nicht über berufliche Themen reden?«

»Nichts lieber als das!«, antwortete Kai Winter belustigt. »Momentan arbeite ich sowieso viel zu viel. Hätte ich die heutige Verabredung nicht, ich säße ganz sicher hinter meinem Schreibtisch.«

Es lag Lena auf der Zunge, ihn doch zu fragen, welchem Beruf er nachging. Aber sie hatte längst einen Verdacht, die Erwähnung des Staatsexamens war dafür ausschlaggebend gewesen. Vermutlich war Kai Winter Arzt. Sobald seine Tochter wieder in ihren Laden kam, würde sie Emma vorsichtig danach fragen, aber heute Abend sollte all das keine Bedeutung haben. Heute Abend waren sie einfach nur ein Mann und eine Frau. Ein Mann und eine Frau, die sich austauschen wollten: über das Leben, über die Träume, über eine gestohlene Puppe. Vielleicht auch über die Liebe, wer wusste das schon …

Lautlos glitt das Cabriolet durch die Abenddämmerung. Und zum ersten Mal seit vielen Jahren spürte Lena wieder, welche Bandbreite das Leben zu bieten hatte.

»Herr Dr. Winter, wie schön, Sie mal wieder im *Bloom* begrüßen zu dürfen. Wir haben Sie und Ihre Begleitung auf der Terrasse platziert!« Der gut aussehende Kellner mit der farbenfrohen Tätowierung am Arm machte eine einladende Geste. Lena schluckte befangen. Nun bereute sie doch, dass sie sich nicht großzügig aus Katjas Kleidersack bedient hatte, aber wie hätte sie auch ahnen können, dass Kai Winter sie in ein Sterne-Restaurant ausführen würde? Das hier war einer der Orte, an die sich Lena normalerweise nicht verirrte. Sie betrat unsicher den Gastraum. Der Innenarchitekt hatte sich offenbar am Motto florale Ornamente orientiert: Die atemberaubende Tapete zeigte üppige, hyperrealistische Blüten, und auf den Holztischen standen riesige Vasen mit Gräsern und Blumen, die Lena nur aus dem botanischen Garten kannte. Es roch betörend nach Jasmin. Auf einer kleinen Empore saß ein DJ und legte Loungemusik auf. Fasziniert wanderte Lenas Blick über die Szenerie. Jetzt erst fiel ihr auf, dass alle Kellner die identische Tätowierung hatten: das Logo des Restaurants. Vermutlich war das Tattoo abwaschbar oder ein Skin Ärmel, die jungen Männer und Frauen würden sich wohl kaum das Firmenzeichen ihrer Arbeitsstätte in die Haut ritzen lassen.

Obgleich Lena ein hübsches Kleid trug, kam sie sich auf einmal vollkommen fehl am Platz vor. Die anderen Frauen hatten sich mächtig in Schale geworfen. Jumpsuits waren das Kleidungsstück der Saison, und die Besucherinnen trugen sie in allen Variationen. Lena kam sich altmodisch vor. Verunsichert huschte ihr Blick über die Tische.

Kai Winter schien Lenas plötzliches Unbehagen sofort zu bemerken. »Ich habe dir noch gar kein Kompliment gemacht«, fiel ihm wie beiläufig auf, während sie dem adretten Kellner durch die beeindruckenden Räumlichkeiten hinaus in den Garten folgten. »Aber du siehst umwerfend aus, Lena. Und bevor du einen falschen Eindruck gewinnst: Ich bin hier höchstens zweimal im Jahr, und dann meistens geschäftlich.« Sie traten durch eine riesige Flügeltür hinaus ins Freie. Was sie hier hinten erwartete, verschlug Lena restlos die Sprache. Eine Art paradiesischer Garten tat sich auf, beleuchtet mit Lampions, offenen Feuerstellen und zahllosen Kerzen.

Sie wurden ihrem Platz zugewiesen, der mit Stoffservietten, poliertem Silberbesteck und langstieligen Kristallgläsern eingedeckt war. Neben einer prächtigen Orchidee brannte ein Öllicht. Berauscht ließ Lena sich nieder.

»Darf ich Ihnen beiden schon mal einen Aperitif servieren, Herr Dr. Winter?«

Kai Winter nickte. »Lena, ich möchte dich gerne auf ein Glas Champagner einladen!« Er wartete ihre Antwort gar nicht erst ab. »Und für mich bitte etwas Alkoholfreies. Vielleicht einen Sanbittèr? Ich habe schließlich eine wertvolle Fracht, die ich nach diesem Abendessen wieder sicher heimbringen möchte.« Er sah lächelnd zur eingeschüchterten Lena hinüber.

Der Kellner verschwand. Lena fühlte sich immer noch unbehaglich, in ihrer Welt trank man Sekt und keinen Champagner. In ihrer Welt verabredete man sich auf eine Pizza und nicht in einem Sterne-Restaurant. In ihrer Welt fuhr man mit den Öffentlichen und nicht mit einem Oldtimer, den irgendein reicher Vater einem zur erfolgreichen Zwischenetappe im Studium spendiert hatte.

Sie hatte den Eindruck, ihre und Kais Welten lagen unendlich weit voneinander entfernt.

Unsicher rutschte sie auf ihrem Stuhl zurecht. Ein unangenehmer Gedanke entstand in ihrem Kopf: Kai Winter konnte sich offenbar vieles leisten, aber am wichtigsten war ihm die Puppe seiner verstorbenen Frau. Lena hatte Schuld daran, dass Kai Winter das einzige abhandengekommen war, das man eben nicht mit Geld wieder herzaubern konnte. Diese Erkenntnis erzeugte eine lähmende Verzweiflung in ihr.

Während Kai und sie die Speisekarte studierten, nahm am Nebentisch eine Gruppe junger Leute Platz. Die drei

Männer waren in lässige Anzüge gekleidet, während die einzige Frau am Tisch ein Minikleid mit funkelndem Totenkopf-Aufdruck und paillettenbesetzte Dr. Martens trug.

Selbstbewusst schnippte einer der jungen Männer in Richtung des Kellners. »Erst mal eine schöne Flasche Barolo. Hast du einen guten Jahrgang für uns?«, orderte er in einem unangenehmen Befehlston.

»Den Mauro Morino kann ich Ihnen auf jeden Fall empfehlen!«, sagte der junge Kellner und lächelte vertraulich. »Wir haben noch eine Flasche aus dem Jahr 2013. Unser Sommelier schaut gleich bei Ihnen vorbei, um Sie zu beraten!«

»Dein Tattoo ist übrigens nice!« Der Gast starrte den Kellner so begehrlich an, als könne man auch ihn mit dem nötigen Kleingeld bestellen. »Aber leider bin ich schon vergeben.« Die Gruppe lachte.

Sie setzten sich endlich, und der eine junge Mann klopfte dem anderen gönnerhaft auf die Schulter. »Das war gestern ein absolut genialer Pitch, Flo. Du verdammter Highflyer. Ich hab ja gewusst, dass Storytelling bei den Amerikanern zieht. Das ist einfach viel wirksamer, als die bloßen Fakten runterzubeten. Du musst Emotionen wecken, das ist das ganze Geheimnis dahinter. Dann fließt das Kapital, und alle sind glücklich. Läuft bei dir, Alter. Es läuft *wirklich*!«

Lena spitzte die Ohren. Ein *Pitch*? Es klang, als redeten ihre Tischnachbarn über Investorengespräche …

Die Bedienung kam mit dem Champagner für Lena und dem Sanbittèr für Kai zurück, und Lena widmete sich wieder der Speisekarte. Sie sah nirgends Preise abgedruckt. Erst dann begriff sie, dass es feste Menüpreise gab, die kleingedruckt ganz am Ende der Seite aufgelistet waren. *Gelierte Bouillabaisse. Trüffeltopfen. Spargel-Petit-Fours.* Die hochtrabenden Bezeichnungen verschwammen vor Lenas Augen. Sie konnte sich doch nicht ein Drei-Gänge-Menü für hundertdreißig Euro bestellen!

»... im Aftersales sind die vollkommen anders aufgestellt!«, hörte sie die Runde am Nebentisch angeregt diskutieren, während der herbeigeeilte Sommelier teuren Rotwein ausschenkte. »Beim nächsten Meeting frage ich mal direkt nach der Rendite. Apropos, was macht übrigens deine Wohnung in Berlin, Micki?«

Der Redner sah die einzige Frau am Tisch mit hochgezogenen Augenbrauen an.

Lena konnte nicht anders, sie musste dem Gesprächsinhalt lauschen.

»Ein endloser Gerichtsprozess«, beklagte sich Micki. »Diese dämliche Kuh schiebt ihren Hintern einfach nicht aus meiner Wohnung. Ich meine, sie ist fünfundsiebzig Jahre alt! Zeit fürs Altenheim, oder? Stattdessen blockiert sie *meine* Immobilie.« Frustriert schüttelte die junge Frau ihren Kopf und griff mit verdrießlichem Gesichtsausdruck nach der Pfeffermühle. Gedankenverloren drehte sie daran. Gemahlener Pfeffer rieselte wie schwarzer Schnee auf die weiße Tischdecke nieder. »Ich habe eine Goldgrube in Berlin Mitte gekauft«, klagte sie. »Und ich kann sie nicht ausheben, weil eine Rentnerin auf ihre Rechte und sechs Euro pro Quadratmeter pocht. Hoffentlich stirbt das fürchterliche Weib bald an Altersschwäche. Am Ende ruiniert sie noch *meine* Altersvorsorge!« Mit einer energischen Geste fegte sie die Pfefferkrümel vom Tisch.

Die anderen drei lachten mitfühlend. Dann erhoben

sie ihre Weingläser und stießen miteinander auf einen geglückten Abschluss an.

Lena verging schlagartig der Appetit. Eine unbekannte Wut breitete sich in ihrem Magen aus, am liebsten wäre sie aufgestanden und hätte die junge Geschäftsfrau zur Rede gestellt.

»Was ist los mit dir, Lena?« Kai ergriff für einen Moment besorgt ihre Hand.

Lena schluckte zornig. »Mir ist im Augenblick einfach nicht gut«, gab sie mit bebender Stimme zu, wobei sie sich bemühte, leiser zu reden. »Und dieses Gespräch am Nachbartisch macht mich ehrlich gesagt krank. Solche Leute kann ich schlicht nicht ertragen.« Der Totenkopf auf dem Kleid der Frau starrte gelangweilt zu ihr hinüber. »Diese Immobilienhaie, die ohne Anstand in Wohnungen anderer investieren, kotzen mich an!«, fuhr sie fort. »Und alles nur, um noch mehr Geld zu scheffeln. Wusstest du, dass es in München inzwischen immer mehr Obdachlose gibt, weil selbst normale Menschen sich die horrenden Mieten in der Stadt nicht mehr leisten können? Ich spreche hier von ganz normalen Bürgern, die einem Beruf nachgehen. Aber ein bezahlbares Zuhause zu haben scheint nicht mehr selbstverständlich zu sein.« Sie redete sich restlos in Rage. »Und nebenbei bemerkt: Diese Flasche Wein da drüben kostet vermutlich mehr, als eine durchschnittliche Rentnerin monatlich zur Verfügung hat. Eine Rentnerin, die wegen einer egoistischen Fünfundzwanzigjährigen aus ihrer Wohnung geklagt wird.«

Sie starrte traurig in ihr Champagnerglas. Kai Winter wirkte betroffen und suchte hilflos nach den richtigen Worten. »Ich habe den Eindruck, ich bin bei unserem Treffen etwas übers Ziel hinausgeschossen«, sagte er schließlich bedrückt und nippte an seinem Sanbitter. »Du bist meine erste Verabredung seit dem Tod meiner Frau«, gab er zu. »Offenbar ist ein Gaul mit mir durchgegangen. Weißt du, es war mir so wichtig, alles richtig zu machen …« Er schüttelte den Kopf, als wäre er verdutzt über sich selbst.

Lena sah Kai Winter dankbar an. Seine erneute Offenheit beeindruckte sie, und auf einmal entspannte sie sich wieder. Sie zwang sich zu einem versöhnlichen Lächeln. Emmas Vater konnte ja nichts dafür, dass diese Menschen am Nebentisch mit ihrem unbedarften Gerede einen wunden Punkt berührt hatten. Und er konnte auch nichts dafür, dass Lena wegen all ihrer beruflichen Probleme in denkbar schlechter Stimmung war.

»Wo gehst du denn normalerweise gerne zum Essen hin?«, fragte Kai. Lena überlegte. Sie ging nicht allzu oft aus, aber wenn es etwas zu feiern gab, dann ging sie meistens zu Zuzanna und Igor.

»Es gibt da ein polnisches Restaurant in meinem Viertel, das quasi mein zweites Zuhause ist«, rutschte es ihr mit zärtlicher Begeisterung in der Stimme heraus. »Es wird von einem hinreißenden Paar aus Breslau betrieben. Zuzanna kocht das beste Bigos, das man sich nur vorstellen kann. Und Igor ist der Meister polnischer Nachspeisen. Sein süßer Mohnstrudel ist einfach nur göttlich.«

Erheitert sah Kai sie an. »Was machen wir dann noch hier?«, fragte er mit gespielter Empörung, erhob sich und reichte Lena seinen Arm. »Bekommen wir dort spontan noch einen Tisch? Mir ist auf einmal nach polnischer Küche.«

Ungläubig sah Lena ihre Verabredung an. Machte er Witze? Aber es schien ihm vollkommen ernst zu sein.

»Aber wir können doch nicht einfach …«

Kai schüttelte gleichgültig den Kopf. »Das lass mal meine Sorge sein«, bat er. »Ein Tisch hier ist ziemlich schwer zu bekommen. Wenn wir ihn nicht wollen, wird jemand anderes die frittierte Bouillabaisse bestellen.«

»*Glasierte* Bouillabaisse!«, korrigierte Lena lachend und erhob sich erleichtert.

»Ach so?«, Kai schmunzelte beglückt. Er legte einen Fünfzig-Euro-Schein auf den Tisch und bahnte sich selbstbewusst einen Weg durchs Paradies hinaus Richtung Tür. Lena folgte ihm mit eiligen Schritten.

»*Cześć skarbie!* Igor, schau, wer da ist!« Das Hallo in dem kleinen Familienbetrieb hätte nicht freudiger ausfallen können. Zuzanna drückte die Puppenärztin voller Begeisterung an sich. »Meine kleine Agata spricht so oft von dir!«, sprudelte es aus ihr heraus, und ihr polnischer Akzent verpasste ihren Worten eine eigentümliche Färbung. Zuzanna war eine große, stattliche und laute Frau, ganz im Gegensatz zu ihrem unscheinbar wirkenden Mann Igor. Der Himmel wusste, was die beiden am jeweils anderen fanden. Aber sie waren seit fünfundzwanzig Jahren glücklich verheiratet. »Du hast kleine Pawel damals gerettet, Lena!«, fiel Zuzanna mit glänzenden Augen ein. »Igor, wo bleibt Wodka? Wir haben zu feiern!« Aber im nächsten Moment überlegte sie es sich doch wieder anders: »Igor, mach Foto von Lena und schick an unsere kleine Agata! *Mój Boże!* Wie schön, dass du wieder mal hier bist, mein Schatz.«

Entschuldigend sah Lena zu Kai Winter hinüber. Sie

war lange nicht mehr bei Zuzanna und Igor gewesen, und Zuzannas Enthusiasmus war legendär.

Erst jetzt schien Zuzanna Lenas Begleiter überhaupt zu bemerken. Sie stemmte die Hände in die Seiten. »Was für ein Mann!«, sagte sie lobend und nickte anerkennend in Lenas Richtung, bevor sie erneut Kai Winter betrachtete. »Behandeln Sie meine Lena bloß gut!«, mahnte sie an. »Sie ist ein besonderer Mensch. Sie ist *urocza*!« Scherzhaft hob sie den Zeigefinger und deutete dann auf einen lauschigen Platz in der Zimmerecke. Das polnische Restaurant war durch und durch rustikal eingerichtet und besaß den Charme einer Wanderhütte. Sie könnte exakt so in den hintersten Karpaten stehen und auf einsame Wanderer warten. Die Ausstattung bestand fast gänzlich aus Holz. Rot-weiß karierte Vorhänge hingen am Fenster, und auf dem gebohnerten Dielenboden lagen schlichte Webteppiche. Das einzige Accessoire war eine urige alte Küchenanrichte, auf der Zuzannas Sammlung kitschiger Porzellanfiguren aufgereiht war. Und natürlich die Wände: Hier hingen unzählige Fotos, Zeitungsartikel und Postkarten der letzten Jahrzehnte.

»Dieser Tisch da ist für euch! Es ist unsere schönste Platz, die Nische für *Liebende*!« Zuzanna hatte sich vertrauensvoll zu ihnen gebeugt, ihre Stimme war nicht mehr als ein Flüstern. »Und ihr habt Segen von oben!«

Ein rührseliges Bild der heiligen Maria hing neben den gerahmten Schnappschüssen ehemaliger Gäste, worunter berühmte Schauspieler und ein namhafter Politiker waren. Hin und wieder verirrten sich Prominente hierher, aber am liebsten waren Zuzanna Gäste wie Lena.

»Das ist ein Missverständnis«, versuchte Lena, Zuzannas Wortschwall zu unterbrechen. »Kai und ich sind keinesfalls Liebende!« Peinlich berührt sah sie ihre Verabredung an.

Amüsiert zuckte Kai Winter mit den Schultern. Zuzanna war nicht die Erste, die ihnen beiden etwas andichtete, das nicht den Tatsachen entsprach. Sie zwei schienen etwas auszustrahlen, das den Eindruck erweckte, sie gehörten zusammen.

Zuzanna überhörte Lenas Einwand geflissentlich, schob die Puppenärztin durch das kleine Lokal und drückte sie auf den gedrechselten Stuhl direkt unter dem wohlwollenden Blick der Jungfrau Maria. Dann deutete sie auf den zweiten Stuhl. »Für den schöne Freund!«, sagte sie begeistert. »Sie haben solche Glück, junger Mann! Lena ist *urocza*!«

Zuzanna verschwand, eingehüllt in ein Knäuel unverständlicher Worte, in Richtung Küche. Hatte sie das nicht schon eben gesagt?, überlegte Lena. Sie verstand leider kein Polnisch.

Überrumpelt setzte sich Kai, konnte aber ein breites Grinsen kaum verbergen. »Als du sagtest, dass das hier dein zweites Zuhause ist, habe ich das nicht wörtlich genommen«, neckte er Lena. »Diese Zuzanna scheint dich wirklich zu mögen. Und ihre kleine Tochter Agata …«

Erheitert winkte Lena ab. »Zuzanna und Igor haben selbst keine Kinder, aber Zuzanna hat eine Patentochter. Allerdings ist Agata nicht mehr wirklich klein, sondern studiert auf Lehramt in Augsburg. Wir haben uns vor einem Jahr kennengelernt, als Agata im Keller ihres Elternhauses ihren Teddy Pawel gefunden hat. Er war in einem erbärmlichen Zustand. Ihre Patentante Zuzanna hat ihr die Reparatur ihres alten Lieblings zum Geburtstag geschenkt. So kam der Kontakt zwischen mir und Agata zustande.«

»Wie es scheint, machst du mit deiner Arbeit nicht nur Kinder froh, sondern auch Erwachsene.« Kai Winter wirkte spürbar ergriffen.

»Gerade die!«, brachte Lena voller Überzeugung heraus und musste spontan an den alten Anton denken. »Ja, ich liebe meinen Beruf. Ich liebe ihn über alles.« Sie schwieg, weil sie sich dabei ertappte, nun doch über ihren Laden zu sprechen.

Als hätte er nur auf seinen Einsatz gewartet, kam Zuzannas Mann Igor endlich hinter der Theke hervor. Ungefragt stellte er sowohl Kai als auch Lena ein randvoll gefülltes Glas Wodka vor die Nase.

Kai schüttelte protestierend den Kopf. »Ich muss heute noch fahren …«

»Du kannst später ein Taxi nehmen!«, schlug Lena ihm vor. »Vielleicht hast du Glück, und es ist wieder Karim mit seinem schützenden Auge.« Sie erinnerte sich beglückt an die Taxifahrt gestern Abend.

»Und heimbringen musst du mich jetzt ja nicht mehr«, fiel Lena ein weiteres Argument ein. »Ich wohne gleich um die Ecke.«

Zuzannas und Igors polnische Kneipe lag nur wenige Meter von Lenas Wohnung entfernt, trotzdem war sie lange nicht hier gewesen.

Igor verschwand wieder. So umtriebig und redselig Zuzanna auch war, so schweigsam und unaufgeregt war ihr Mann Igor. Zuzanna kam wie ein Orkan zurück an den Tisch gefegt und legte ihnen Besteck und Papierservietten vor die Nase, auf denen die polnische Nationalflagge aufgedruckt war.

»Bigos, Leczo oder Kohlrouladen?«, listete sie die übersichtliche Speisenauswahl auf. Und mit skeptischem Blick auf Kai: »Sie sind doch hoffentlich kein Vegetarier, schöner Mann? Das passt nicht mit polnischer Küche zusammen.«

»Wir nehmen das Bigos!«, entschied Lena, ohne lange zu überlegen. Das kleine Restaurant war dafür berühmt. Sie wollte Kai dieses Highlight nicht vorenthalten.

»Nein, ich bin kein Vegetarier. Und ich vertraue Lena voll und ganz!«, gab Kai Entwarnung. »Aber zum Nachtisch möchte ich auf jeden Fall den sagenumwobenen Mohnstrudel haben.«

Zufrieden nickte Zuzanna. »Jetzt trinken Sie Wodka, schöner Mann. Das ist Wasser des Lebens und sehr erfrischend! Von meinem Schwager aus *Wrocław* selbst gebrannt! Dieser Wodka bester auf Erde!«

Sie verschwand wieder fröhlich vor sich hin summend Richtung Küche, und Lena und Kai sahen sich an.

»Redet sie immer so viel?«, flüsterte Emmas Vater belustigt.

Lena nickte. »Ja, das muss man in Kauf nehmen, wenn man das köstliche Bigos probieren will. Aber Zuzanna ist ein ganz wunderbarer Mensch. Ich liebe sie wirklich!«

»Und sie liebt dich!«, stellte Kai Winter gerührt fest. Er hob sein Glas und stieß mit Lena an. »Sie findet dich *urocza*, also zauberhaft. Und das kann ich ohne Einschränkung bezeugen!«

Lena spürte, dass sie rot wurde. Verstand Kai Winter etwa Polnisch?

»Ich habe einmal einen Schüleraustausch nach Polen gemacht«, erklärte er, ohne dass sie danach fragen musste. »Die Sprache hat mich schon immer fasziniert. Aber ich bin weit davon entfernt, sie wirklich sprechen zu können. Dennoch liebe ich ihren unverkennbaren Klang. Polnisch ist eine Mischung aus hart und weich, fließend und fest. Die Sätze klingen leidenschaftlich und geerdet zugleich. Polnisch ist wie … wie ein zärtliches Klagelied. Ich weiß nicht, ob du verstehst, was ich meine.«

Lena starrte ihn gebannt an. Lange schon hatte kein Mann mehr sie berührt, aber was Kai da eben gesagt hatte, streichelte ihre Seele. Sie bekam eine wohlige Gänsehaut. Erstaunt fiel ihr auf, dass sie anfing, sich ernsthaft für Kai Winter zu interessieren.

Als sein Blick nachdenklich über ihr Gesicht glitt, sah sie jedoch unschlüssig weg. Nein, sie wollte und durfte sich nicht verlieben. Ihrer beider Wege hatten sich wegen einer gestohlenen Puppe gekreuzt, und das war auch der Grund, weshalb sie jetzt und hier beieinandersaßen.

»Wir wollten ja eigentlich über die verschwundene Puppe sprechen.« Die Puppenärztin räusperte sich. Kai hatte ihr heute Abend mehrfach Komplimente gemacht, und doch: Er war der Typ Mann, zu dessen höflichem Verhaltensrepertoire solch ein Benehmen gehörte. Bei einem anderen Mann mochte es etwas zu bedeuten haben, wenn er einem die Tür aufhielt und einen auf eine unaufdringliche Weise umgarnte. Aber Kai war ein echter Charmeur, es entsprach seinem Stil und hatte sicherlich nichts zu bedeuten.

»Ja, stimmt. Das wollten wir.« Kai legte die Stirn in Falten. »Die Polizei will sich bei dir oder mir melden, sollte das Rad oder der Karton mit der Puppe wieder auftauchen. Davon abgesehen sind uns vermutlich die Hände gebunden. Aber deine Idee mit der Detektei finde ich ziemlich gut.«

»Ich habe bereits mit einer Agentur telefoniert!«, gestand Lena und war froh, endlich ihren guten Willen beweisen zu können. »Es gibt ein Pauschalangebot für gestohlene Gegenstände ohne viel Wert.«

Kai blickte sie fragend an.

Lena errötete. »So habe ich es nicht gemeint …«, sagte sie hastig. »Aber rein materiell hat der Dieb keine große Beute gemacht, er wird das Fahrrad oder die Puppe wohl kaum einem Auktionshaus zum Kauf anbieten.«

»Das wohl wirklich nicht«, bestätigte Kai.

»Für Fälle wie unseren bieten sie an, die gängigen Verkaufsportale im Internet zu checken. Es besteht eine gewisse Wahrscheinlichkeit, dass der Dieb versucht, das Diebesgut online zu verkaufen. Wenn wir der Detektei Bilder der entwendeten Sachen überlassen, starten sie eine Art virtuelle Großfahndung danach.«

»Der Übeltäter könnte die Sachen natürlich auch auf dem Flohmarkt verkaufen«, fiel Kai dazu ein, er konnte aber die Hoffnungslosigkeit in seiner Stimme nur mit Mühe verbergen. »Ehrlich gesagt habe ich mich innerlich schon von der Puppe meiner Frau verabschiedet. Ich mache dir keinen Vorwurf, Lena, doch man muss sich den Tatsachen stellen: Die Puppe ist weg.«

Lena bekam ein schlechtes Gewissen. Sie wusste selbst, dass ihr Unterfangen nahezu aussichtslos war; dennoch war sie noch lange nicht bereit aufzugeben.

»Ich habe einen betagten Kunden, der an den Wochenenden sämtliche Flohmärkte in München abgrast«, fiel ihr ein. »Herr Anton Rieß, ein Puppensammler. Ihn könnte ich darauf ansetzen, nach deiner Puppe zu suchen.«

»Welcher alte Herr sammelt Puppen?«, fragte Kai Winter verdutzt.

»Ach, es war eigentlich mal die Puppen-Kollektion seiner Frau!«, erklärte Lena. »Offenbar verband die beiden eine ganz große Liebe. Nach ihrem Tod hat er ihre Sammlung fortgeführt. Ich denke, das ist seine Art der Trauerarbeit …« Sie hielt abrupt inne.

In Kai Winters Blick hatte sich ein lautloser Schmerz geschlichen. Seine verstorbene Frau befand sich auf einmal zwischen ihnen wie ein klaffender Abgrund.

»Kai, es tut mir unendlich leid, dass deine Frau gestorben ist.« Zögernd griff Lena über den Tisch und legte ihre Hand sachte auf seine.

Ein warmes, weiches Gefühl hüllte sie ein, als hätte sich eine unsichtbare Decke über sie beide gebreitet.

»Man merkt, wie sehr du sie geliebt hast, Kai«, fuhr sie unbeirrt fort. »Und wer Emma kennt, der ahnt, wie schwer dein Verlust wiegt. Ich bin sicher, deine Frau war wirklich besonders.«

Kai nickte wehmütig. »Ja. Tina war … *urocza!*« Er lächelte bedrückt.

»Willst du mir von ihr erzählen?« Lena ließ Kais Hand wieder los und sah ihn voller Mitgefühl an. Sie ahnte auf einmal, was für ein riesiger Schritt es für ihn gewesen war, sich mit ihr zu treffen. Trauer kannte eben keine Zeit. Und wenn es um geliebte Verstorbene ging, so waren vier Jahre nicht weiter entfernt als das Gestern.

»Ich weiß nicht …« Unentschieden sah Kai auf seine Hand hinab, auf der eben noch Lenas gelegen hatte. »Gestern Abend hatten du und ich so viel Spaß miteinander, obgleich der Anlass ein ernster war. Mir ist auf einmal bewusst geworden, wie lange ich schon in meinem Kokon aus Trauer und Weltschmerz gefangen bin.« Er atmete schwer. »Vielleicht ist es an der Zeit, endlich wieder zurück ins Leben zu kehren. Den Kokon aufzusprengen und wieder etwas Sonne hereinzulassen.« Er sprach inzwischen mehr zu sich selbst. Sein Blick verschwand irgendwo in der Ferne. »Ich bin es müde, gedanklich und emotional in der Vergangenheit festzukleben. Ich habe Tina unglaublich geliebt, aber ihr Tod hat auch mich in gewisser Weise getötet. Und man kann auf Dauer kein guter Vater sein, wenn man selbst nicht unter den Lebenden weilt.« Er schluckte betreten. Sein verschwommener Blick wurde schlagartig wieder scharf. Er sah Lena an, sein Mundwinkel zuckte. »Und doch, es kommt mir nahezu unmöglich vor, das Tal der Tränen endlich zu verlassen.«

»Denkst du, Tina hätte all das gewollt?« Lena dachte an das Kinderfoto. Sie dachte an das Hochzeitsbild in Kai Winters Wohnung. Sie dachte an die Puppe, eingesperrt in einen gläsernen Schrank. Kai Winter lebte mit einer Erinnerung. Kai Winter lebte mit einer Toten.

Lena war sicher, dass die lachende Tina auf dem Bild diese Art der Trauerverarbeitung niemals gutgeheißen hätte.

»Natürlich hätte sie das nicht gewollt.« Mit verzweifeltem Blick trank Kai den Rest seines Wodkas. »Sie war der lebenslustigste Mensch, den man sich nur vorstellen kann. Mir ist vollkommen bewusst, dass es nicht in ihrem Sinne ist, dass ich immer noch alleine bin, mich in Arbeit verkrieche und verlorenen Tagen nachtrauere. Und doch«, bedauernd sah er die Puppenärztin an, »ist mir bislang noch keine einzige Frau begegnet, bei der ich das Gefühl hatte, sie wäre mehr als ein schaler Ersatz für Tina.«

Für einen kurzen Moment musterten sie beide sich

schweigend. Kais Hand hielt das leere Wodka-Glas fest. »Verstehst du, was ich damit sagen will, Lena? Wenn es passiert, muss es etwas Besonderes sein. Ich suche keine schlechte Stellvertreterin. Ich sehne mich nach einer neuen, ganz großen Liebe.«

Lena schluckte die Enttäuschung tapfer hinunter. Er hatte ihr gerade durch die Blume gesagt, dass Lenas aufkeimende Schwärmerei für ihn hoffnungslos war. Eine zähe Traurigkeit überkam sie. Ja, ganz genau das wollte Kai ihr damit schonend erklären. Selbst wenn er sich auf sie einlassen würde: Lena wäre nichts weiter als ein schlechter Ersatz für seine wunderbare verstorbene Frau. Wenn sie sich auf dieses ungleiche Spiel einließ, konnte sie nur verlieren.

»Sie werden nie wieder an andere Ort essen wollen, schöner Mann!«, verkündete Zuzanna selbstbewusst und schob Kai Winter einen Teller dampfendes Bigos unter die Nase. Der Geruch war einfach nur köstlich.

Verunsichert huschte Zuzannas Blick über das traurige Gesicht von Lena. »Noch mehr Wodka?«, fragte sie besorgt und stellte einen weiteren Teller auf den Tisch.

Schweigend schüttelte Lena den Kopf und aß in sich gekehrt das herrliche Essen.

Lustlos strichen Katjas Finger über das Display ihres Handys. Ein Foto nach dem anderen wanderte nach links und löste sich im virtuellen Nichts auf. Es war ein Heer lächelnder, durchtrainierter Männer, das durch Katjas Wisch-Geste in einem unsichtbaren Abgrund verschwand.

Katja legte das Telefon frustriert zur Seite. Es war Samstagabend, der Himmel über München glühte im Abendrot, und sie hockte ausgehfertig zu Hause. Ihr Tinder-Date hatte ihr spontan abgesagt, und während des Telefonats hatte sie im Hintergrund ein Baby brüllen hören.

Warum eigentlich sahen alle Männer in ihr immer nur eine Trophäe? Warum wollte keiner ernsthaft etwas von ihr? In den letzten zwei Jahren hatte sie unzählige Verabredungen gehabt, aber nie war es einem der Männer wirklich um sie gegangen.

Dass ihr allerdings jemand eine halbe Stunde vor dem vereinbarten Treffen einen Korb gab, war neu. Katja war den Tränen nahe. Aber gut, wenigstens hatte er die Höflichkeit besessen abzusagen.

Nun, vielleicht hätte sie einem Mann mit dem Nickname *Lieblingsfarbebunt_38* gar nicht erst antworten sollen. Wer bunt als seine Lieblingsfarbe bezeichnete, war doch schlicht nicht in der Lage, eine Entscheidung zu fällen! Wer bunt statt unifarben mochte, der wollte alles und sonst nichts, der hatte eine Familie und dann eben noch eine heimliche Geliebte. Nein, sie hatte es satt, dass sie die ewige Zweitbesetzung war und in niemandes Leben die Hauptrolle spielte.

Sie saß allein auf ihrem blassblauen Sofa und zog verdrossen die Knie heran. Alles in Katjas Wohnung war elegant und in sanften Farben gehalten, als wäre sie eine Prinzessin auf einem verlassenen Schloss. Über dem weißen runden Tisch hing ein kleiner Lüster vom Flohmarkt. Als sie ihn gekauft hatte, hatte sie sich vorgestellt, irgendwann mit einem tollen Mann darunter zu sitzen. Sie würden gemeinsam kochen und nette Gäste empfangen. Die zartgelben Wände ihrer Wohnung würden widerhallen vom Gelächter und den Sprüchen gerngesehener Besucher. Nie hätte sie sich vorstellen können, dass Realität und Traum in ihrem Leben einmal derart auseinanderklaffen würden. Ja, wenn sie nach draußen ging, liebte sie den schrillen und großen Auftritt, dann lachte sie Menschen mit ihrem klatschmohnfarbenen Kussmund an. Zu Hause aber wollte sie es romantisch. Leider gab es niemanden, mit dem sie ihre Sehnsucht nach pastelliger Zweisamkeit teilen konnte.

Als sie deprimiert den Fernseher anschaltete, brummte ihr Handy. Eine SMS.

Katja runzelte die Stirn. Auf dem Display las sie Matteos Namen, dem sie gestern ihre Nummer gegeben hatte, und zwar bevor sie noch einen weiteren Moscow Mule getrunken hatten und danach kichernd und leicht schwankend auseinandergegangen waren.

Ich finde, wir sollten es miteinander versuchen!, schrieb er.

Sekundenlang starrte Katja fassungslos auf die Nachricht. Eine plötzliche, flatternde Aufregung kam über sie. Unwillkürlich richtete sie sich auf. Ihr Herzschlag ging schneller.

Meinte er das ernst? Er war doch mindestens fünf Jahre jünger als sie, und seine Verehrerinnen drückten zum Teil noch die Schulbank. Ja, der gemeinsame Abend gestern war nett, kurzweilig und sogar lustig gewesen, aber sie hatten sich danach völlig normal mit Handschlag voneinander verabschiedet und waren jeweils ihrer Wege gegangen.

Die nächste SMS traf ein.

Ja, lass es uns wirklich gemeinsam probieren!, schrieb Matteo voller Elan. *Zusammen können wir Lenas Laden retten! Am Dienstag! Bei den Investoren in der Höhle der Löwen!*

Die Buchstaben auf dem kleinen Bildschirm verschwammen vor Katjas Augen, das ungestüme Gefühl verschwand, und sie sank in sich selbst zusammen. Was zum Teufel hatte sie da eben gedacht? Wie hatte sie auf eine solch irrwitzige Idee kommen können? Matteo war doch Jahre jünger als sie. Und er war der Schwarm zahlloser Frauen! Außerdem stand sie auch überhaupt nicht auf ihn, diesen pseudoitalienischen Hochstapler.

Sie ärgerte sich maßlos über sich selbst. Mit missmutigem Gesichtsausdruck schaltete sie den Fernseher wieder aus und erhob sich vom Sofa. Auf dem Weg Richtung Schlafzimmer zog sie ihr schwarzes Minikleid aus und warf es achtlos auf die vanillefarbene Kommode. Dann schlüpfte sie mit einem Gefühl allergrößten Selbstmitleids in ihren Schlafanzug. Der Abend war so oder so schon gelaufen, hoffentlich war wenigstens Lenas Rendezvous ein Erfolg.

Dann ging sie in die Küche, schenkte sich frustriert ein Glas Rosé ein und pflanzte sich barfuß wieder aufs Sofa. Das Handy empfing sie mit einem verlockenden Leuchten. Schon wieder eine Nachricht von Matteo, wahrscheinlich die nächste Demütigung.

Ich habe mir auf YouTube die Videos eines Business-Coachs angeschaut, las sie jetzt. *Man kann da echt viel lernen. Du hattest schon recht, wir müssen professionell wirken, wenn wir gegen die anderen Bieter erfolgreich sein wollen.*

Daneben blinkte ein selbstbewusstes Emoji mit Dollarzeichen in den Augen.

Katja trank einen kräftigen Schluck von ihrem Rosé, dann tippte sie kurzerhand auf Matteos Nummer.

Er hob schon nach dem zweiten Klingeln ab und klang hörbar verlegen. »Äh, ich wollte dich echt nicht am Samstagabend nerven, Katja. Hoffentlich störe ich nicht.«

Unglücklich starrte Katja den ausgefransten Ärmel ihres Baumwoll-Schlafanzugs an.

»Na ja, um ehrlich zu sein, habe ich ein paar liebe Freunde zum Abendessen da.« Die Lüge war ihr einfach so über die Lippen gekommen. Matteo sollte bloß nicht denken, dass sie eine dreiunddreißigjährige Singlefrau war, die am Wochenende depressiv und allein vor einem Glas Wein zu Hause hockte und lose Fäden aus ihrem Schlafanzugoberteil zog.

»Dann nur ganz kurz.« Matteos Stimme überschlug sich beinahe vor Aufregung. »Ich bin zu dem Schluss gekommen, dass wir diese eine Chance ergreifen *müssen*, Katja. Ich arbeite in ebendiesem Moment an einer Strategie ...«

Jetzt musste Katja doch lächeln. Auf eine sonderbare Weise war der schöne Matteo süß. Gut, er war eine ziemlich schlechte italienische Fälschung, und er bemerkte erst Stunden später, wenn er mit beiden Beinen knietief in einem Fettnäpfchen stand. Aber es war rührend, wie er sich um die Zukunft von Lenas Laden sorgte. Katja angelte nach ihrem Glas und nippte daran. Obwohl der Wein gekühlt war, breitete sich auf einmal eine angenehme Wärme in ihrem Körper aus. Sie zog die Knie zu sich heran und ließ sich in die Tiefen ihres blassblauen Sofas sinken. Warum war ihr eigentlich noch nie aufgefallen, was für eine angenehme Stimme Matteo hatte?

»Und wie sieht deine Strategie genau aus?« Katja

schloss die Augen. Sie versuchte, sich Matteos hübsches Gesicht vorzustellen. Auf einmal war sie in ihrer einsamen Wohnung nicht mehr allein.

»Das Stichwort lautet Storytelling!«, antwortete Matteo enthusiastisch. »Das bedeutet, dass wir die Investoren emotional erreichen müssen. Und zwar nicht, indem wir mit irgendwelchen Verlust- und Gewinnrechnungen ankommen. Sondern indem Lena ehrlich erzählt, was ihr der Laden bedeutet. Sie kann berichten, wie das damals in den Anfängen war. Wie ihr Urgroßvater das Unternehmen gegründet hat, ein Familienunternehmen, das über so viele Jahrzehnte weitergegeben wurde. Vom Urgroßvater an den Großvater und an die Mutter. Und schließlich an Lena selbst.« Matteos Appell klang leidenschaftlich und voller Gefühl. Hinter Katjas geschlossenen Augenlidern reihte sich auf einmal Lenas Familie auf, sie entstand regelrecht durch seine Worte.

»Ja, diese Investorengruppe will natürlich Geld mit unserem Hinterhof in Bestlage machen!« Matteos Stimme wurde drängend. »Aber wir können und müssen Lenas Puppenklinik als Sehnsuchtsort verkaufen. Ein märchenhaftes, zeitloses Paradies. Vielleicht das letzte Puppen-Biotop auf diesem Planeten.«

»Puppen-Biotop?« Katja öffnete ihre Augen. Matteo hatte ein komisches Talent, ohne es selbst zu bemerken. Er hatte sie mit seinen Worten eben wirklich berührt, aber jetzt musste sie lachen. »Bei Biotopen denkt man doch automatisch an Frösche und Sumpfottern«, sagte Katja. »Das Bild ist einfach völlig schief!« Für einen Moment war sie in ihren gewohnten Schlagabtausch zurückgefallen. »Aber Lena repariert alte Puppen.«

»Logisch, an den exakten Stichworten können wir ja noch feilen!«, pflichtete Matteo ihr bei. »Es geht doch nur um die grobe Richtung.«

»Okay«, murmelte Katja. »Aber wie sollen wir vorgehen? Ich meine, wir haben nicht mehr allzu lange Zeit.« Während sie sprach, hörte sie im Hintergrund eine Frauenstimme.

»Meine Mutter ruft!«, sagte Matteo und klang auf einmal kurz angebunden. »Tut mir leid, ich muss aufhören. Aber du musst ja bestimmt auch zu deinen Gästen zurück. Lass uns am Montag im Laden treffen, Katja! Bis dahin bereite ich alles vor.«

Überrumpelt verabschiedete sich Katja von Matteo. Ob das wirklich seine Mutter gewesen war? Vermutlich war er in Wahrheit bei einer Freundin.

Träge griff Katja nach der Fernbedienung und schaltete den Fernseher doch wieder an. In den Nachrichten brachten sie etwas von einem spektakulären Sternschnuppenregen.

»Das war ein wirklich schöner Abend, Kai!« Lena lächelte selbstvergessen. Auch wenn das Gespräch über Kais anhaltende Trauer die Freude ein wenig getrübt hatte, so hatten sie ihr Festmahl doch in vollen Zügen genossen. Der Mohnstrudel war hervorragend gewesen, und Kai hatte Zuzanna zum Abschied herzlich in die Arme genommen und sich überschwänglich bei ihr bedankt.

»Das finde ich auch«, sagte Kai nachdenklich. Sie standen vor Lenas Haustür und sahen sich unschlüssig an. Kai hatte es sich nicht nehmen lassen, Lena bis zum

Treppenhaus zu begleiten. Gleich würde er sich ein Taxi bestellen.

»Wie spät ist es eigentlich?« Kai sah Richtung Himmel, als könne er am Stand des malerischen Vollmonds die Antwort erkennen.

Lena zuckte mit den Schultern. Ihr waren irgendwann zwischen dem Bigos und dem Nachtisch Zeit und Raum abhandengekommen.

»Wahrscheinlich schon nach Mitternacht«, gab sie eine vage Schätzung ab. »Zuzanna und Igor wollten uns ja gar nicht mehr gehen lassen! Soll ich nachsehen?« Schon schickte sie sich an, nach ihrem Handy zu greifen, aber Kai Winter sah kurzerhand auf seine Armbanduhr. »Kurz nach zwölf!«, stellte er fest. »Ein neuer Tag. So schön sollte jeder meiner Tage beginnen!« Er warf seiner Verabredung einen scheuen Blick zu.

»Oh, die Armbanduhr, die eine Million Euro gekostet hat!«, fiel Lena plötzlich Emmas Geschichte wieder ein. Ja, sie erinnerte sich genau. »Die Puppe ist *wertvoll*!«, hatte Emma voll kindlicher Empörung beteuert. »Wertvoller sogar als die Uhr meines Papas. Und die hat eine Million Euro gekostet.« Lenas Blick wurde weich. Emma war einfach zauberhaft, so zauberhaft wie ihr Vater.

Kai runzelte die Stirn, doch dann begriff er. »Ach, hat das meine Tochter behauptet?« Ein seliger Ausdruck huschte über sein in Mondlicht getauchtes Gesicht. »Nun ja, dann hat sie aber hoffentlich auch erwähnt, dass diese Kette ebenfalls eine Million Euro wert ist!« Unvermittelt berührte er mit der Fingerspitze das silberne Herz. Kühl und glatt schmiegte es sich an Lenas Haut. Jetzt aber war ihr, als würde das Schmuckstück zu glühen beginnen. Ein wohliger Schauer durchfuhr sie. Sehr langsam nahm Kai Winter seine Hand wieder weg.

»Der Uhrmacher hat diese Kette meiner Tochter geschenkt. Ich fürchte, es ist nur ein günstiges Werbepräsent. Aber sie steht dir wirklich perfekt. Emma hat gut daran getan, dir die Kette zu überlassen.«

»Das heißt, meine Kette und deine Uhr gehören eigentlich zusammen?«, fragte Lena plötzlich forsch. Was um Himmels willen machte sie da? Sie hatte eindeutig zu viel getrunken!

Kai hielt den Kopf schief. Er lächelte rätselhaft, seufzte in sich hinein und sah in den Himmel.

Beim unbestrittenen Höhepunkt des Abends hatte Igor eine kleine Ukulele hervorgezaubert, und Zuzanna hatte ihren beiden Gästen einen weiteren Wodka gereicht.

»Wahnsinn!« Kai deutete überrascht nach oben. »War das eben eine Sternschnuppe?«

Lena hatte nichts gesehen, aber als ihr Blick der Richtung seines Zeigefingers folgte, huschte schon die nächste Sternschnuppe auf sie hinab. Nein, nicht nur eine. Zwei, sogar drei! Es sah aus, als würde es über ihnen Goldtaler regnen.

»Unglaublich«, murmelte Lena und kramte endlich ihren Schlüssel hervor. »Das Schauspiel muss ich unbedingt von meiner Dachterrasse aus sehen! Man hat von dort oben aus einen atemberaubenden Blick auf die Stadt.« Damit leitete sie den unvermeidlichen Abschied ein. »Natürlich ist all das nichts im Vergleich zu deiner Wohnung«, gab sie kleinlaut zu und musste über sich selbst lachen. Sie hatte Kai in eine einfache polnische Kneipe geschleppt, und jetzt verkaufte sie ihm ihre bescheidene Wohnung am Münchner Stadtrand als Traumimmobilie. Spöttisch starrten die angrenzenden Mietskasernen auf sie hinab. Ein Heer anonym wirkender Zweckbauten, die einzig dafür da waren, jeden Morgen möglichst viele Leute auszuspucken, die brav zur Arbeit gingen. Trostlose Balkone, auf denen nicht eine Pflanze wuchs. Heruntergezogene Rollläden vor den Fenstern. Kai Winter musste sich hier vorkommen wie in der Bronx.

»Deine Jugendstil-Wohnung in der Münchner Altstadt ist natürlich nur schwer zu toppen!«, gab sie unumwunden zu. »Und nach den gängigen Kriterien von Maklern ist mein Apartment vermutlich ein Rattenloch. Der Blick aus meiner Wohnküche geht hinaus auf einen grauen Hinterhof. Und vom Schlafzimmer aus sehe ich direkt auf die farblose Häuserzeile gegenüber.« Trotz ihrer vernichtenden Kritik glitt ihr Blick jetzt versöhnlich über das Haus, in dem sie seit dem Ende ihrer Ausbildungszeit lebte. Sie war damals wegen der günstigen Miete hierhergezogen und hatte sich stets vorgenommen, sich irgendwann zu verbessern. Als Lehrerin war diese Idee noch realistisch gewesen, doch spätestens mit der Übernahme der Puppenklinik war der Plan zu einem unerreichbaren Ziel geworden. Und trotzdem: Im Lauf der Jahre war ihr ihre kleine Wohnung schleichend ans Herz gewachsen. Und sie hatte sich entschieden, nur noch die guten Seiten zu sehen. Der romantische Dachgarten gehörte eindeutig dazu, ebenso wie eine unkomplizierte Mietergemeinschaft.

»Meine Wohnung ist zwar winzig und hat wenig Licht«, erklärte sie. »Aber über eine Stiege geht es hoch zu einer kleinen Dachterrasse, die mir ganz alleine gehört!« Schon der Gedanke an ihren geliebten Rückzugsort ließ ihr Gesicht von innen heraus leuchten. »Das ist der Grund, warum ich den Mietvertrag damals ohne Zögern unterschrieben habe. Ich habe mich augenblicklich in diesen wunderbaren Dachgarten verliebt. Für mich ist er wie ein schützendes Nest. Ein sicherer Platz, weit weg von allen privaten und beruflichen Sorgen. Dort oben liegt mir München zu Füßen, und über mir breitet sich der Himmel aus. Ich bin dort, und all meine Probleme werden auf einmal ganz klein. Ich werde Teil des großen Ganzen.«

Mit einem betörten Ausdruck im Gesicht sah Kai sie an. Er hatte ihren euphorischen Worten gelauscht, nun umspielte ein Lächeln seinen Mund.

»Es ist so schön, dich schwärmen zu hören«, sagte Kai leise. »Wenn dir etwas am Herzen liegt, dann sprühst du vor Begeisterung. Am liebsten würde ich deine Dachterrasse mit eigenen Augen sehen! Nimmst du mich noch kurz mit hoch?« Neugierig sah er nach oben.

Lena strich sich verwirrt eine Haarsträhne aus dem Gesicht. Sie hatte nicht damit gerechnet, dass er sich zu ihr einladen würde, nicht nach der deutlichen Abfuhr, die er ihr bei Igor und Zuzanna erteilt hatte. Wäre sie nicht leicht beschwipst, würde sie womöglich seine Bitte verneinen. So aber griff sie nach seiner Hand. »Dann komm mit«, entschied sie und zog ihn hinter sich her in das dunkle Treppenhaus. Sie machte das Licht ganz bewusst nicht an. Es hatte etwas Magisches, Hand in Hand durch das mondscheingetränkte Gebäude zu laufen.

Ganz oben vor ihrer Wohnungstür machte sie Halt. Kai Winters Blick glitt über das Namensschild neben der Klingel, das sie gestickt hatte, als sie ihr Geld noch als

Handarbeitslehrerin verdient hatte. LENA PRECHT, las ihr später Besucher.

Er legte seinen Zeigefinger auf die sorgsam gestickten Buchstaben und zeichnete sie mit der Fingerspitze liebevoll nach. So hatte er das eben mit der Kette gemacht, und die Berührung hatte Lena tief im Inneren aufgerüttelt.

»Ich glaube, du bist ein bisschen betrunken«, sagte sie zärtlich.

»Nein, ich bin vollkommen klar im Kopf!«, behauptete Emmas Vater. Sein Finger hatte das T erreicht und streichelte sachte darüber.

Dann endlich folgte er ihr in die Wohnung hinein. Sie schaltete auch hier das Licht nicht an. Sie wollte sich und ihm die Peinlichkeit ihrer gemütlichen, aber bescheidenen Einrichtung ersparen. Die meisten Möbel hatte sie von ihren ausgewanderten Eltern übernommen, alle anderen Sachen hatte sie bei Oxfam und Wohnungsauflösungen zusammengekauft. »Eine hyggelige Studentenbude«, so hatte Katja Lenas Wohnung einmal etikettiert. Sie hatte es nett gemeint, Lena hatte der Kommentar aber dennoch getroffen.

Lena lotste ihren nächtlichen Besucher also direkt zu der kleinen Treppe hinüber, und leise kichernd kletterten sie hintereinander hinaus ins Freie.

Hier gab es die Matratze, auf der Lena in einsamen Sommernächten gelegentlich schlief; einen kleinen Tisch und einen Stuhl, als wäre die Terrasse eine Theaterloge. Und in gewisser Weise war es auch so: Hier oben wurde man zum Beobachter einer pulsierenden Welt, die weit weg war und nichts von einem verlangte.

Kai stand wie angewurzelt da, seine Hände auf dem

Geländer abgestützt. Er war ganz still und schien überwältigt von dem großartigen Ausblick. Wie ein ausgebreiteter Teppich lag die Stadt in der Ferne und lockte mit ihren glitzernden Versprechungen. Und darüber wachte der nächtliche Himmel …

»Jetzt verstehe ich, was du gemeint hast.«

Tief im Süden hing ein voller Mond, und über ihnen ein Meer funkelnder Sterne. Schon wieder bahnte sich eine Sternschnuppe ihren einsamen Weg. Lena schloss benommen die Augen.

Ich wünsche mir …

Sie öffnete die Augen wieder. Kai drehte sich zu ihr um. Sie hatte nur an seinen Namen gedacht. Ihr Wunsch lautete schlicht und einfach: Kai Winter.

Lena hatte einen dicken Kloß im Hals. Sie verspürte den drängenden Wunsch, ihn zu umarmen, aber ein letzter Funke Vernunft hielt sie in Schach. Trotz Wodka und trotz ihrer taumelnden Sehnsucht.

»Du kannst dich hierhersetzen«, sagte sie mit wackeliger Stimme und deutete auf den Kaffeehausstuhl. Kai hatte nur den Dachgarten besichtigen wollen, und sie mochte ihn nicht zu etwas verführen, das er doch gar nicht begehrte. Sie war nicht diejenige, die ihn überzeugen wollte, dass es falsch war, in seinem selbst gebauten Gefängnis aus Trauer und Einsamkeit zu verharren.

»Darf ich es mir auch da bequem machen?« Kai deutete auf den Berg an Kissen und Decken auf der Matratze. Hier lag Lena bei gutem Wetter und schaute in das Sternenmeer. Hier fand Lena Ruhe und Frieden.

Sie nickte, griff nach der kleinen Laterne in der Mitte des Tischs und zündete ein Teelicht an. Das Licht der winzigen Flamme züngelte über Kais Züge. Es schien, als würden seine Augen, Lippen und Wangen glühen.

Kai nahm auf der Matratze Platz und lehnte sich gemütlich gegen die Kissen. Sein Blick war immer noch ungläubig in die Ferne gerichtet. »Dass es solche Verstecke überhaupt noch gibt«, murmelte er. »Das hier ist wie aus einem Märchen.«

Lena musste an ihren Laden denken: Auch ihre Puppenklinik war solch ein märchenhafter Ort. Vielleicht sollte sie ihn Kai so bald als möglich zeigen. Er sollte sehen, wo ihr eigentlicher Sehnsuchtsort lag. Er sollte sehen, wofür Lena tagtäglich aufstand und brannte. Bald gab es die Puppenklinik wahrscheinlich nicht mehr, und es lag ihr daran, dass Kai Winter das Lebenswerk ihrer Familie noch kennenlernte.

Sie setzte sich unsicher neben ihn, rückte dann aber ein Stück näher.

Ihre Schultern berührten sich. Ihre Hände lagen dicht beieinander. Wieder ein Funkenregen über ihnen. Wieder ein goldener Schweif in der Nacht. Wieder ein Wunsch, der unausgesprochen blieb. Wieder nur ein simpler Name …

»Als ich vorhin gesagt habe, dass für mich keine Frau infrage kommt, die nur ein müder Ersatz für Tina ist …«

»Pst!« Lena verschloss seinen Mund mit ihrem Finger. »Du musst nichts erklären, Kai! Ich habe Verständnis dafür!« Sosehr sie sich von ihm angezogen fühlte, so sehr respektierte sie doch auch seine Gefühle. Sie hatte keine Lust, mit dem Feuer zu spielen. Er hing noch zu sehr an seiner verstorbenen Frau, das hatte er deutlich gemacht. Lena konnte und wollte sie nicht ersetzen.

»Ich verstehe, dass du noch Zeit brauchst, um über

alles hinwegzukommen«, sagte sie tapfer. Alles, wirklich alles zog sie zu ihm hin. Jahre schon hatte sie nichts Vergleichbares mehr verspürt, jetzt aber sehnte sie sich nach Kais Berührung. »Ich bin sicher, deine Tina war eine außergewöhnliche Frau. Und es ist klar, dass es ein langer Weg wird, sich irgendwann neu zu binden.« Es war gesagt. Sie musste die Hände zu Fäusten ballen, um nicht nach seinen Fingern zu greifen. Sie musste sich selbst befehlen, stark zu sein.

Aus überraschten Augen sah Kai Winter sie an. »Aber genau das wollte ich dir doch heute im Restaurant erklären.« Er schluckte trocken, atmete dann tief ein und richtete sich auf. »Lena, schon gestern Abend hatte ich das Gefühl, auf sonderbare Weise mit dir verbunden zu sein. Es fühlte sich auf einmal alles so leicht und selbstverständlich und richtig an. Du bist eine wunderbare und einzigartige Frau. Du bist klug, schön und unglaublich einfühlsam. Du bist originell und mit nichts und niemandem zu vergleichen. Ich weiß nicht, wann mir zuletzt eine Frau wie du über den Weg gelaufen ist. Ähnliches habe ich bislang nur bei Tina empfunden.«

»Das heißt …« Lena schwieg verblüfft. Hatte er nicht den ganzen Abend immer wieder darüber gesprochen, dass keine Frau Tina je würde ersetzen können? »Ich dachte, du wolltest mir klarmachen, dass ich nur ein schlechter Ersatz für deine verstorbene Ehefrau wäre.«

Kai sah ihr erschrocken in die Augen und schüttelte ungläubig den Kopf. »Oh nein, Lena. Wie konntest du mich nur derart missverstehen? Genau das Gegenteil ist doch der Fall! Zum ersten Mal seit Tinas Tod habe ich das Gefühl, eine Frau auf Augenhöhe gefunden zu haben!«

Machte er ihr da gerade ein Liebesgeständnis? Lena wagte kaum mehr zu atmen.

»Willst du damit sagen …« Ein tiefes Begehren schien sie zu packen. Sie war auf einmal im Klammergriff ihrer Leidenschaft. Schon wieder eine Sternschnuppe. Diesmal ganz nah. *Kai,* dachte die Puppenärztin, und die Sehnsucht drohte sie zu überrollen. *Kai, Kai, Kai* wiederholte sich ein nicht enden wollendes Echo in ihrem Kopf.

»Ich fürchte, ich habe mich in dich verliebt, Lena Precht«, sprach Kai kaum hörbar.

»Kai!«, antwortete Lena laut und zog ihn an sich.

Die Sternschnuppen hatten ihr einen Wunsch erfüllt, aber sie war es, die den Wunsch auch umsetzen musste.

Ihre Lippen berührten sich zögernd. Lenas Hände hielten Kai fest. Er zitterte spürbar und gab sich ihr noch nicht vollkommen hin, irgendetwas schien ihn zurückzuhalten.

»Das ist einfach zu schön, als dass es wahr sein könnte«, murmelte er ungläubig und sah sie fassungslos an. »All diese Jahre war ich so furchtbar einsam.«

Lena umfasste ihn wie einen Ertrinkenden, dann endlich löste sich der letzte Widerstand. Kai Winter schmolz unter Lenas Berührung. Er wurde zu Wachs unter ihrer Hand. Jetzt war er kein Ertrinkender mehr, und gemeinsam badeten sie im Meer ihrer Gefühle.

Das Seufzen, das Kai Winter entglitt, als Lena sich über ihn beugte und sein Hemd auszog, klang sehnsuchtsvoll. Es klang wie eine tiefe Erleichterung, fast wie der zufriedene Laut einer schnurrenden Katze.

5

Lena öffnete die Augen. Im ersten Moment war sie verwirrt, sie befand sich nicht in ihrem Bett, sondern blickte in einen purpurnen Himmel. Was für ein Naturschauspiel! Das Morgenrot tastete sich in langen Schlieren voran, um die Dunkelheit nach und nach zu vertreiben. Eine Kirchturmuhr läutete fünf Uhr am Morgen ein. Noch lag München im seligen Schlummer.

Lena wandte ihren Kopf nach rechts. Kai Winter lag da, eng an sie geschmiegt. Das Glücksgefühl, das über sie kam, war unbeschreiblich. Im nächsten Moment aber verspürte sie Verunsicherung. Sie hatten gestern beide eindeutig zu viel getrunken, und noch nie in ihrem Leben hatte Lena einen One-Night-Stand gehabt. Dafür war sie einfach nicht der Typ, zumindest hätte sie das bis gestern hoch und heilig behauptet. Dennoch war es gut möglich, dass Kai Winter ihre romantische Nacht als genau das einstufen würde, um sich nach dem Aufwachen verlegen zu trollen.

Sie zögerte einen Moment, doch dann warf sie ihre Bedenken beiseite und küsste ihn sachte. Ihre Hand streichelte Kais Rücken hinab. Ein unwirkliches Gefühl fing sie ein. Träumte sie? Oder passierte ihr all das wirklich?

Kai erwachte unter ihren Liebkosungen und sah Lena ungläubig an. Vielleicht war es auch ihm noch nie passiert, bereits nach der zweiten Begegnung mit jemandem im Bett zu landen. Vielleicht bereute er den feuchtfröhlichen Abend jetzt. Aber entgegen Lenas Befürchtung verriet sein Blick unbändige Freude – gepaart mit einem fast demütigen Staunen.

»Lena.« Seine Stimme klang noch verschlafen und rau, aber eine tiefe Sehnsucht schwang in ihr mit. Er umfasste sie und küsste sie zärtlich. Dann zog er ihren Körper leidenschaftlich zu sich heran.

Jetzt war er über ihr, und sie spürte, wie sehr er sie wollte. So lange hatte sie bewusst auf all das verzichtet! Die Liebe und körperliche Nähe, das war etwas für alle anderen gewesen, nur nicht für sie. Nun aber erkannte sie, dass sie in Wahrheit all die Jahre auf jemand Besonderen gewartet hatte. Für einen Moment schien alles ineinanderzufließen: die Zeit und der Raum, das Oben und Unten, sie und er in ihrer hungrigen Umklammerung. Das Heute, das Gestern und das Morgen hoben sich auf. Wie nah konnte man einander sein? Noch am Vorabend war Kai Winter ein wildfremder Mann für sie gewesen.

Danach lag sie mit erhitztem Gesicht auf ihm und spürte seinen aufgelösten Herzschlag. Über ihnen brannte der Himmel. Sie wollte, dass die Zeit anhielt. Sie zwei, für immer umschlungen auf dieser Terrasse.

»Mich hat es wirklich erwischt, Lena«, murmelte Kai. »Nie hätte ich gedacht, so etwas noch einmal empfinden zu können.«

Lena schloss glückselig die Augen. So erging es auch ihr: Sie hatte sich Hals über Kopf in einen nahezu Fremden verliebt. Ja, *verliebt*. Genau so war es. Es war eine vollmundige und voreilige Behauptung, und dennoch empfand sie es so: Kai war der Mann, den sie die ganze Zeit über gesucht hatte, ohne es auch nur im Geringsten geahnt zu haben. Nie zuvor hatte sie etwas Vergleichbares gefühlt, nie zuvor hatte sie die Berührungen eines Mannes derart genossen. Ihm vertraute sie voll und ganz. Kai kam ihr vor wie ihr Seelengefährte.

»Bleibst du noch ein bisschen hier?«, fragte sie hoffnungsvoll. Sie hatte noch längst nicht genug von ihm und konnte sich gut vorstellen, den ganzen Tag mit Kai im Bett zu verbringen. Nicht mehr an das drohende Ende ihres Ladens zu denken, nur noch im Hier und Jetzt zu sein. Kais tastende Finger auf ihrer Haut. Ihre Münder sanft aufeinandergepresst, ihr warmer Körper an seinen geschmiegt …

Kai machte ein bedauerndes Gesicht. »Es gibt da eine junge Frau, um die ich mich heute kümmern muss …«, eröffnete er ihr. »Tut mir leid, Lena. Aber du hast eine ernsthafte Konkurrentin.«

Lena lächelte ihn traurig an. »Ich weiß, ich weiß. Gegen eine junge Französin mit Wespentaille habe ich leider nicht den Hauch einer Chance …« Als Kai sie entgeistert anstarrte, musste sie grinsen. »Keine Sorge, ich hab schon verstanden. Handelt es sich bei meiner Gegenspielerin zufällig um ein achtjähriges Mädchen mit einer beeindruckenden Sammlung von Kuscheltieren?«

Kai Winter nickte ergeben. »Ja. Die hat sie alle von mir. Ich kann Emma einfach nichts abschlagen. Ich bin ein schrecklicher Vater.«

»Du bist der beste Vater auf dieser Welt!«, behauptete Lena voller Überzeugung. »Und ein grandioser Liebhaber!« Nach der letzten Bemerkung wurde sie knallrot.

Verdutzt lächelte Kai Winter. »Das mit dem Liebhaber unterschreibe ich ungelesen, aber wie kommst du darauf, dass ich ein guter Vater bin? Du kennst mich doch kaum. Du hast mich nie mit meiner Tochter zusammen gesehen.«

»Aber ich kenne Emma ziemlich gut!«, erklärte ihm Lena. »Es gab Zeiten, da ist dein Au-pair zweimal die Woche mit deiner Tochter zu mir in den Laden gekommen.« Sie richtete sich auf und sah Kai direkt an. »Ein so bezauberndes Kind muss auch bezaubernde Eltern haben.«

»Zweimal die Woche?« Kai wirkte sichtlich betroffen. »Ich habe Emma blind diesem jungen Ding anvertraut.« Seine Stimme triefte vor schlechtem Gewissen. »Ich bin fest davon ausgegangen, dass Celine für Emma da ist, dabei hätte ich selbst für sie da sein müssen. Stattdessen habe ich mein einziges Kind quasi abgegeben, als wäre es ein Haustier, das man nur regelmäßig Gassi führen muss.«

»Du übertreibst!«, sagte Lena besorgt. »Celine hat ihre Sache bestimmt ganz gut gemacht, die restliche Zeit hat sie sich ja um Emma gekümmert.«

Kai Winter schmunzelte. »Um Kinder muss man sich aber *immer* kümmern! Sie sind keine Gegenstände, die man mal eben weglegen kann!« Er begann Lena zärtlich zu kitzeln. Sie lachte atemlos auf und schlug lachend um sich.

»Um dich muss man sich auch immer kümmern!«, stellte er von Liebe erfüllt fest. »Dass du bislang alleine warst, ist ehrlich gesagt unverzeihlich!« Kai ließ endlich von ihr ab und hörte auf sie zu necken.

»Erzähl mir etwas über Emma, das ich noch nicht weiß!«, bat Kai trunken vor Glück. »Mir gefällt die Vorstellung, dass du ihre Vertraute bist, auch wenn ich mir die beste Freundin meiner Tochter irgendwie anders vorgestellt habe.«

Lena kuschelte sich eng an ihn. »Ich weiß nicht, ob ich ihre beste Freundin bin«, überlegte Lena verlegen. »Vertraute aber klingt ganz gut. Ich bin vielleicht so was wie eine sehr liebe Tante.«

»Eine sehr *attraktive* Tante, mit einem atemberaubenden Körper …«, sehnsüchtig glitt sein Zeigefinger über ihre Brust.

Lena hatte schon wieder Lust auf ihn, ihr Körper war ein einziges Sehnen. Als müsse sie all das nachholen, was in den letzten Jahren an ihr vorübergegangen war. Sie hatte ihr ganzes Leben nur noch der Arbeit und den Puppen gewidmet.

»Was willst du über Emma wissen?«, fragte sie lächelnd, nahm Kais Hand und küsste sanft seine Fingerspitzen. »Ich werde dir allerdings keine Geheimnisse verraten.«

Kai grinste verständnisvoll. »Oh, das verlange ich auch überhaupt nicht von dir. Sag mir einfach, was für ein Mensch Emma ist. Was sind ihre Sorgen und Ängste? Was bringt sie zum Lachen? Wofür schwärmt sie, und was ist ihre verletzliche Seite?«

Kais Fragen rührten Lena.

»Ich glaube, du kennst deine Tochter viel besser als ich«, erwiderte sie. »Und du weißt die Antworten auf die meisten der Fragen selber. Dein Kind ist fantasievoll, witzig, leidenschaftlich und originell. Und was das vielleicht Wichtigste ist: Emma glaubt trotz ihrer acht Jahre immer noch an Wunder. Das macht deine Tochter so besonders. Sie hat es noch nicht verlernt, an das Gute zu glauben.«

Kai lauschte ihr überwältigt. »Genau so hätte ich sie auch charakterisiert«, sagte er leise. Und nach einer kurzen Pause: »Denkst du, sie wird zu sehr von mir verwöhnt? Egal, was sie will, sie bekommt es.«

Lena kräuselte die Nase. »Die Puppe ihrer toten Mutter wolltest du ihr nicht geben«, fiel ihr ein, auch wenn es nicht leicht für sie war, das Gespräch erneut auf Kais verstorbene Frau zu lenken. Der Hinweis zerstob sämtliche Leichtigkeit, und doch war es wichtig, dass Kai das bewusst war: Es mochte stimmen, dass er Emma zu sehr verzärtelte, aber dennoch setzte er ihr Grenzen. Und das wiederum fand Lena gut.

Kai reagierte erstaunlich gefestigt auf Lenas Kommentar. »Ja, das stimmt«, gab er zu. »Aber davon abgesehen behandle ich Emma häufig wie eine Prinzessin. Ich bin nicht sicher, ob das so gut für sie ist. Manchmal wünsche ich mir jemanden an die Seite, der all diese Fragen gemeinsam mit mir diskutiert. Es gibt so vieles, das man bei der Erziehung eines Kindes falsch machen kann.« Er wirkte verlegen. »Tina hat damals all diese Ratgeber für Eltern gelesen.« Kai lächelte bedrückt. »Klar, meine Mutter und mein Vater stehen mir mit Rat und Tat zur Seite. Und dann gibt es ja auch noch Emmas Großmutter mütterlicherseits, aber sie lebt in Kiel und ist schon sehr betagt, weshalb sie Emma höchstens mal in den Schulferien zu Gesicht bekommt. Aber letztlich bin ich mit sämtlichen Erziehungsfragen doch ziemlich alleine.«

»Ich habe selbst keine Kinder«, sagte Lena etwas bedauernd. »Aber eines habe ich im Lauf der Jahre erkannt: Kinder wollen in erster Linie gemeinsame Zeit. Und kein Geschenk der Welt kann das ersetzen.«

Kai nickte. »Das dürfte auch die Quintessenz aller Erziehungs-Ratgeber sein«, meinte er. »Ich werde den heutigen Tag mit meiner Tochter sehr genießen!«

Lena war zufrieden, auch wenn es bedeutete, Kai bereits wieder ziehen zu lassen.

»Das heißt, du machst dich bald auf den Weg?«, fragte sie einsichtig. Sie wollte nicht, dass Kai etwas von ihrem Trennungsschmerz mitbekam. Ja, sie vermisste ihn bereits jetzt. Ihr war, als hätte er ihren vernachlässigten Körper wachgeküsst, als wäre sie in einem hundertjährigen Schlaf gefangen gewesen.

»Ja. Ich fahre gleich zum Frühstück zu meinen Eltern, danach machen wir alle einen Ausflug zum See. Pommes und Bratwurst stehen auf dem Programm. Außerdem der Spielplatz mit der Riesenrutsche. Aber irgendwann im Verlauf des heutigen Tages werde ich trotzdem ein ernstes Wörtchen mit Emma wechseln müssen.«

Vogelgezwitscher setzte ein. Die Welt um sie herum erwachte.

Lena sah Kai eindringlich an. »Sei nicht zu streng mit ihr. Sie hat es wirklich nur gut gemeint und die Puppe nicht mit böser Absicht genommen.«

Kai musterte Lena mit einem liebevollen Blick, wobei seine Hand sanft ihren Nacken kraulte. »Es geht mir gar nicht so sehr um die Puppe. Mich interessiert inzwischen eher, wie das mit Celine wirklich lief. Ich bezahle diesem Au-pair-Mädchen schließlich ein kleines Vermögen. Es geht nicht, dass sie mich derart belügt. Ich hoffe, Emma vertraut mir und sagt mir die Wahrheit.« Eine Falte entstand auf seiner Stirn. »Schlimmstenfalls werde ich Celine kündigen müssen.«

»Wirklich? Du solltest nichts überstürzen!«

Kai sah sie ernst an. »Was würdest du tun, wenn du mitbekommen würdest, dass deine Mitarbeiter dich bestehlen? Dass sie hinter deinem Rücken den Laden schließen, während du abwesend bist? Dass sie dir ins Gesicht lügen und dabei nicht mal eine Miene verziehen?«

Lena lachte. Alleine die Vorstellung war absurd. »Ich habe nur eine Mitarbeiterin, und die ist ein ehrlicher Fels in der Brandung.«

»Ja. Und genau solch einen Fels in der Brandung wünsche ich mir als Nanny für meine Tochter.«

»Dann musst du wohl bald los, nicht wahr?« Sehnsüchtig legte sie ihre Hand auf seine nackte Schulter.

Kai schüttelte lächelnd den Kopf. »Später. Eine Stunde haben wir noch. Und ich gehe davon aus, wir beide sehen uns wieder?«

Stellte er ihr ernsthaft diese Frage? Natürlich wollte sie Kai wiedersehen! Keine Ahnung, was aus diesem ungewöhnlichen Anfang entstand, aber sie hatten Zeit und mussten nichts überstürzen.

»Klar sehen wir uns wieder!«, antwortete sie glücklich.

Es klang wie ein süßes Versprechen. Es klang wie ewiger Sonnenschein. »Eine Stunde …« Lena rückte näher und gab Kai einen innigen Kuss. Ihre Hände wanderten seinen warmen Körper hinunter.

Als wäre er ein exotischer Kontinent, den sie ungeniert erforschen durfte.

Als wäre er die glühende Mitte der Welt.

6

Celine sah Kai mit einem Blick an, den er nicht so recht einordnen konnte. Analysierend und lauernd. Gleichzeitig wirkte sie, als könne sie kein Wässerchen trüben. Gähnend rührte sie jetzt ihren Kaffee um. Die junge Französin war eine Nummer für sich, ihr Gehabe wechselte ständig zwischen Femme fatale und bravem Mädchen vom Lande. Offenbar war das ihre Taktik. Aber eine Taktik wofür?

»Bitte sei nicht mehr sauer auf mich, Monsieur Hiver«, begann sie kleinlaut. »Du kennst doch den Song von Cindy Lauper? *Girls just wanna have fun*. Das Lied stammt doch aus deiner Jugend, oder?« Genüsslich nahm sie einen Schluck von ihrem Milchkaffee.

Seufzend rutschte Kai vom Barhocker an der Kücheninsel. Es war nicht gut, diese Aussprache von oben herab mit ihr zu führen, sie sollte auf Augenhöhe mit dem Au-pair-Mädchen stattfinden. Also setzte er sich Celine gegenüber und sah sie unverwandt an. »Das geht so nicht, Celine!«, wiederholte er stoisch. Ihm fiel komischerweise erst in diesem Moment auf, wie minimalistisch und kühl seine Küche eingerichtet war, obwohl er dem Küchenstudio aus der Maxvorstadt ein kleines Vermögen überwiesen hatte. Aluminium, weiße Lackoberflächen und Edelstahl prägten den Raum, und der überdimensionierte Kühlschrank hatte einen Eiswürfelspender. Der einzige

Gegenstand, der aus der Reihe zu tanzen schien, war eine selbst getöpferte Tasse von Emma, die deutlich sichtbar einen Sprung hatte. Aber Emma hing an ihr, als wäre sie ein Pokal aus reinem Silber.

Wie bescheiden und schlicht Lena Precht hingegen wohnte. Er hatte gestern Morgen noch einen Kaffee in ihrer Küche getrunken und dabei mehr oder weniger staunend an dem abgewetzten Holztisch gesessen. Das gesamte Interieur war irgendwie abgewohnt, verlebt und verschlissen gewesen, und doch hatte es eine liebevoll gepflegte Gemütlichkeit ausgestrahlt. Im Gegensatz zu ihm hatte Lena sich bei der Küchenwahl nicht für die Stilrichtung »Avantgarde« entschieden, sondern einfach die alten Geräte ihrer Eltern übernommen.

»Du musst Verständnis haben«, klagte Celine erneut. »Ich wollte nicht nur Babysitten. Ich wollte auch was erleben! Ich bin jung und voller Energie. Schau mich doch an!« Sie spannte scherzhaft ihren Bizeps an, sodass tatsächlich fein definierte Muskeln hervortraten.

Celines Ansprache war damit offenbar beendet. Sie stellte die Tasse wieder ab und zog die Knie zu sich heran. Sie hatte nicht das geringste Verständnis für Kais Kritik und versuchte, den Streit mit einem frechen Augenaufschlag zu bereinigen.

Kai hatte Emma eben selbst mit dem Auto zur Schule gebracht, war dann aber gleich wieder nach Hause gefahren. Es hatte keinen Sinn, die Sache auf die lange Bank zu schieben. Gestern hatte er Celine den ganzen Tag nicht zu Gesicht bekommen, sie hatte den gesamten Sonntag mit Freundinnen verbracht und war erst mitten in der Nacht heimgekommen. Also hatte er sie erst jetzt damit konfrontiert, dass er alles über ihre sonderbaren

Absprachen mit Emma wusste. Wie es schien, hatte Celine sein Kind ständig bei anderen geparkt und war dann shoppen oder Kaffeetrinken gewesen, während er Celines Freizeitaktivitäten finanziert hatte. Und Emma hatte sich um sich selbst kümmern müssen. Was war er doch für ein Narr!

Nein, *andere* hatten sich um Emma gekümmert. Lena Precht zum Beispiel. Er musste voller Verlangen an die Puppenärztin denken. Die Nacht mit Lena war einfach unbeschreiblich gewesen, leidenschaftlich und zärtlich und voller Magie. Und der Morgen danach … Kai starrte ungläubig in seinen Kaffee. Wie sehr sehnte er sich danach, sie wiederzusehen. Ja, er war endlich wieder bereit für die Liebe. Sie würden sich in den nächsten Wochen nach und nach wirklich kennenlernen. Er wollte nicht, dass es bei der einen Nacht blieb, aber es war auch unnötig, die Dinge zu überstürzen.

»Also, wir vergessen einfach alles, was vorgefallen ist!«, schlug Celine mit ihrem französischen Akzent großzügig vor. »Schwamm drüber, so sagt ihr Deutschen doch, oder?« Sie lachte erheitert. »Ab sofort kümmere ich mich richtig um deine Emma. Und ich fände es schön, wenn du und ich da weitermachen würden, wo wir am Freitagabend von dieser unhöflichen Frau gestört worden sind!« Eine Falte der Verärgerung bildete sich auf Celines glatter Stirn.

Kai warf einen Blick auf die Uhr. Er musste endlich an seinen Schreibtisch. Um zehn Uhr hatte er einen Termin mit einem Notar, und vorher ging es noch darum, die vertrackte Klausel eines Vertrags auf ihre Rechtmäßigkeit hin zu prüfen.

Er dachte überhaupt nicht daran, irgendwo weiterzumachen. Er war ja heilfroh, dass Lena ihn und Celine rechtzeitig gestört hatte. Gestört wobei eigentlich? Dabei, wie das Kindermädchen ihn endgültig um den Finger hatte wickeln wollen. Kai Winter fühlte sich von Celine ziemlich manipuliert.

»Ich finde es der Situation angebracht, wenn wir beide uns wieder siezen!«, brachte er die junge Frau auf den Boden der Tatsachen zurück. Er hatte nicht die geringste Lust, ihr eine zweite Chance zu geben. Ganz im Gegenteil: Er sollte sich bei der Agentur beschweren, die sie ihm vermittelt hatte. Und doch war er angewiesen auf Celine, schließlich würde es dauern, bis er eine neue Au-pair fand. Außerdem wollte er ihr nicht die Zukunft verbauen, vielleicht war die vorzeitige Kündigung ein Schuss vor den Bug, sodass sie sich bei ihrem nächsten Arbeitgeber klüger anstellen würde.

»Wollen wir uns darauf einigen, dass Sie noch bis zum Ende der Woche für mich arbeiten, Celine?«, schlug Kai Winter in einem versöhnlichen Tonfall vor. »Ich habe diese Woche einige berufliche Termine, die ich unmöglich absagen kann. Und meine Eltern können Emma nicht dauernd nehmen. Außerdem …« Seine Gedanken wanderten schon wieder zu Lena. Ein verblüfftes Lächeln zauberte sich in sein Gesicht. Ja, er *war* verliebt. Immer noch konnte er es selbst gar nicht fassen. »Außerdem stehen bei mir privat in der nächsten Zeit einige Änderungen an.« Er wollte sich zukünftig mehr um seine Tochter kümmern. Zeit mit Emma verbringen, so wie Lena es ihm geraten hatte. Und überhaupt: Lena. Ihn drängte danach, dass seine Tochter von ihm und der Puppenärztin erfuhr. Vielleicht konnten sie bald schon zu dritt etwas unternehmen! Wenn Emma wirklich so vernarrt in Lena war, wie es den Anschein machte, würde sie sich furchtbar darüber freuen, dass Lena irgendwann ein fester Teil ihres Lebens war. Schon sah er sie zu dritt am Küchentisch sitzen: In seiner Fantasie war es seine Küche, aber ihr Küchentisch. Bestimmt würde Emma der zerkratzte Holztisch gefallen, worauf sie gut malen und basteln konnte. Früher hatte er mit seiner Mutter im Herbst immer Kastanienmännchen gebaut … Kai bremste sich selbst. Es war nicht gut, alles auf einmal zu wollen und die Dinge zu überstürzen. Es war nicht gut, Luftschlösser zu bauen. Womöglich ging Lena alles zu schnell. Und womöglich passten sie am Ende gar nicht zusammen, auch wenn sich bislang alles perfekt angefühlt hatte.

»Ah oui?« Celine wirkte eingeschnappt und rekelte sich provokativ auf dem Stuhl gegenüber. Ihr Haar war unordentlich nach oben gesteckt, der Lack an ihren Zehen splitterte ab. In ihrem verwaschenen T-Shirt sah sie aus wie eine verwahrloste Venus.

Vermutlich würden andere Männer bei diesem Anblick dahinschmelzen, aber Kai konnte sie damit nicht aus der Reserve locken. Ihn nervte ihre aufgesetzte Art. Sie wurde dafür bezahlt, sich um Emma zu kümmern! Er musste schweren Herzens an die verschwundene Puppe denken. Ja, er hatte Emma gestern zur Rede gestellt, und sie hatte alles gestanden. Als sie erfahren hatte, dass die Puppe von einem Fremden geklaut worden war, hatte ihr das einen mächtigen Schreck versetzt. Kai hatte seine Tochter über Stunden hinweg nicht mehr beruhigen können. Emma hatte furchtbar geweint.

»Das heißt, du willst mich feuern?«, fragte Celine patzig.

»Ja, das heißt, Sie sind zum Ende der Woche entlassen«, bestätigte Kai.

Fassungslos stand die Französin auf. »So lange müssen Sie nicht warten. Ich habe keine Lust, noch bis zum Ende der Woche zu bleiben.«

»Ich will jedes einzelne Detail erfahren. Und zwar *jedes*. Vor allem aber möchte ich wissen, warum du gestern den ganzen Tag nicht ans Telefon gegangen bist. Ich hoffe, Erschöpfung nach multiplem Orgasmus ist die Erklärung!« Katja stand vor dem Laden und grinste ihre beste Freundin Lena erwartungsfroh an. Sie trug ein luftiges Sommerkleid und hatte eine große Sonnenbrille lässig ins Haar gesteckt, die Hitzewelle würde fürs Erste bleiben. Dass sie auf dem Sprung zur Arbeit war, erkannte man nur am Namensschild ihrer Firma. Dass Lena für einen Tag in der Puppenklinik bereit war, erkannte man daran, dass sie eines ihrer bequemen Outfits trug: ihre verwaschene Lieblingsjeans und eine schlichte Bluse, die sie beim Sommerschlussverkauf vor drei Jahren ergattert hatte.

Als Katja so direkt fragte, wurde Lena vor Verlegenheit rot. Gleichzeitig musste sie über den frechen Spruch lachen. Sie hätte wissen müssen, dass Katja nicht lockerlassen würde. Dass Lena tot in ihrer Wohnung umfiel und tagelang nicht gefunden wurde, wäre undenkbar: Spätestens vierundzwanzig Stunden später würde sich Katja höchstpersönlich Zutritt verschaffen, um mit eigenen Augen nachzusehen, was vor sich ging. Sie könnte ja irgendetwas verpassen!

Lena schloss mit übertriebener Langsamkeit ihren Laden auf. Katja konnte ruhig noch etwas schmoren. Eine neue Woche brach an, und jeden Moment würde Ekki zur Arbeit erscheinen.

Aber Katja hatte lange genug wie auf heißen Kohlen gesessen. Sie schob Lena ungeduldig in das Geschäft, zog die Tür sofort wieder hinter sich zu und legte das GESCHLOSSEN-Schild sichtbar ins Fenster.

»Also, beeil dich, Lena!«, drängte sie. »Ich muss um zehn bei einem Kunden in Giesing sein. Außerdem stehe ich im Halteverbot. Und ich platze vor Neugierde. Du warst mit ihm im Bett, stimmt's?« Sie kniff prüfend die Augen zusammen. »Ja, du siehst irgendwie verändert aus. Als deine beste Freundin und Expertin für postkoitale Tiefenentspannung weiß ich das einfach!«

Überrumpelt massierte Lena sich selbst den Nacken. Sie wusste überhaupt nicht, was sie Katja antworten sollte. Das alles ging doch im Grunde viel zu schnell. Sie hatte den ganzen Sonntag gebraucht, um sich erst mal wieder zu sammeln. Passierte ihr all das wirklich? Hatte sie ernsthaft mit Emmas Vater die Nacht verbracht? Hatte sie wirklich morgens um fünf bei Sonnenaufgang in seinen Armen gelegen? Hatten sie sich danach tatsächlich wieder und wieder geliebt?

Kai hatte ihr gestern Abend eine unglaublich süße Nachricht geschickt, als er mit Emma und seinen Eltern noch beim Essen gewesen war. Heute Abend wollte er Lena unbedingt wiedersehen, und Lena fieberte dieser erneuten Begegnung mit ihm mit größter Ungeduld und Vorfreude entgegen.

Fragend starrte Katja sie an. Sie wartete immer noch auf eine Antwort.

»Wir waren *nicht* im Bett«, sagte Lena und zupfte am Saum ihrer kurzärmligen Leinenbluse herum. Enttäuschung schwappte ins Gesicht ihrer Freundin.

»Aber wir waren auf der Dachterrasse und haben uns dort oben geliebt. Unter freiem Sternenhimmel.« Lena sah aus, als könne sie es selbst nicht so recht glauben. »Am Samstag war irgend so eine astronomische Supernacht. Ein Sternschnuppenschauer. Es war wie im Kino …«

Mit offenem Mund starrte Katja sie an. »Habe ich da gerade *Dachterrasse* gehört? Habe ich da gerade *Sternschnuppenschauer* verstanden? Lena, bist du am Set eines Liebesfilms gelandet? Das klingt alles wie aus einem Roman!«

Lena stützte sich auf ihrer Werkbank ab. Sie war selbst überrascht vom Tempo der Ereignisse – und dem Ausmaß ihres Glücks. »Er ist die ganze Nacht bei mir geblieben«, berichtete sie verträumt und starrte mit einem seligen Gesichtsausdruck ins Leere. »Und er hat gesagt, dass er verliebt in mich ist. Kai ist so ein wunderbarer Mann. Eigentlich war es fast klar: Er ist schließlich der Vater eines bezaubernden Mädchens.«

Katja stieß anerkennend die Luft aus. »Welches meiner Kleider hast du getragen? Das ziehe ich definitiv zu meiner nächsten Verabredung an!« Das stumme Staunen in Katjas Gesicht wich einem Ausdruck diebischer Freude. »Mensch, ich freue mich für dich, Lena. Du warst viel zu lange alleine! Aber wenn du ihn wiedersiehst, solltest du bitte nicht diese abgerockte Boyfriend Jeans tragen. Ich weiß, sie ist aus irgendwelchen bizarren Gründen dein Lieblingsteil, aber diese Hose ist untragbar und stünde noch nicht mal Elle Macpherson.«

Lena hatte keine Ahnung, von wem Katja sprach. »Es war einfach unglaublich«, sagte sie leise und sah verträumt zum Regal mit den vergessenen Schätzen hinüber. Bis Samstagnacht hatte sie gar nicht bemerkt, dass sie selbst so ein vergessener Schatz gewesen war, erst unter Kai Winters Berührung hatte sie sich zum ersten Mal seit Jahren wieder richtig lebendig gefühlt. Erst in seinen Armen war ihr klar geworden, wie sehr ihr die Vertrautheit und Nähe eines Partners gefehlt hatten.

Aber Kai war es da nicht anders ergangen als ihr. Im Augenblick der größten Nähe zwischen ihnen war er von seinen eigenen Gefühlen überwältigt worden und hatte beinahe in ihren Armen geweint.

»Und jetzt? War das eine einmalige Sache? Oder seht ihr euch wieder? Seid ihr etwa fest zusammen?« Katja sah ihre beste Freundin neugierig an.

Lena lächelte verliebt. »Keine Ahnung, wie es weitergeht. Er will mich auf jeden Fall heute Abend sehen, und er möchte endlich alles über mein Leben erfahren. Wir haben bislang nur über Privates gesprochen, ich weiß noch nicht mal, was er beruflich macht.«

»Das. Ist. Nicht. Wahr. Oder?« Fassungslos sah Katja sie an. »Das heißt, du kennst ihn überhaupt nicht!«

Lena verdrehte die Augen. »So ein Unsinn!«, protestierte sie. »Kai ist ein zuverlässiger und großartiger Vater. Er sorgt sich um sein Kind und hat lange gebraucht, um über den Tod seiner Frau wegzukommen. Er hat offensichtlich studiert. Er ist ein einfühlsamer Liebhaber, nein, er ist umwerfend im Bett! Er hat einen guten Geschmack. Und ja, er scheint keine größeren Geldprobleme zu haben. Er hat mich mit seinem Cabriolet abgeholt, und wir sind in ein Gourmetrestaurant gefahren.«

Katja pfiff anerkennend durch die Zähne. »Natürlich hat dieser Kai einen guten Geschmack, er hat sich schließlich für dich entschieden!« Sie lächelte zufrieden. »Hast du ihm von deinen momentanen Sorgen erzählt? Er könnte dir das Geld für die Anwältin borgen.«

»Auf keinen Fall!« Lena schüttelte energisch den Kopf. »Ich kenne ihn ja gerade mal drei Tage.«

»Und du hast mit ihm geschlafen«, erinnerte Katja sie. »Das führt zu einer gewissen Verbindlichkeit. Wenn er vermögend ist, ist es eine Kleinigkeit, dir zu einem Kredit zu verhelfen.«

Statt darauf zu antworten, fing Lena an, ihren Arbeitsplatz herzurichten. Sie legte behutsam eine Käthe-Kruse-Puppe auf den Tisch, die mit dem verfilzten Haar und den losen Gliedern wirkte wie die ungeliebte und verstoßene Schwester von Fräulein Wunderlich. Aber nach Lenas Behandlung würde sie in alter Schönheit erstrahlen. Wenn Lena mit der Puppe fertig war, würde sie aussehen wie neugeboren – oder zumindest neu gefertigt.

Auch sie hatte sich nach der Nacht mit Kai Winter wie ein neuer Mensch gefühlt. Verjüngt und gestärkt. Seine Liebkosungen waren wie eine Schönheitskur für sie gewesen …

»Ich denke, ich bitte Kai, mich heute Abend hier abzuholen«, dachte Lena laut nach. »Dann lernt er meinen Laden kennen. Und vielleicht ergibt sich danach die Gelegenheit, ihm meine momentanen Sorgen zu beichten. Aber um Geld bitte ich ihn ganz sicher nicht, sonst kommt er noch auf falsche Gedanken. Ich will keine vermögende Partie. Ich will eine liebevolle Beziehung.«

Diese Erkenntnis war ihr heute nach dem Aufstehen gekommen. Sie hatte nie so etwas wie einen Beschützer vermisst, aber seit Kai Winter in ihr Leben gestolpert war, sehnte sie sich wieder nach großen Gefühlen.

»Nichts spricht dagegen, dass man beides haben kann!«, beharrte Katja auf ihrem Standpunkt.

Es klopfte. Der schöne Matteo stand draußen, und Lena öffnete ihm. Offenbar kam er direkt aus dem Fitness-Studio, denn er trug eine Sporttasche über der Schulter und sah erhitzt, aber zufrieden aus. Lena wusste, wenn er sich abreagieren musste oder Stress hatte, powerte er sich gerne auf dem Laufband aus.

»Zwölf Kilometer«, sagte er erschöpft zur Begrüßung und strahlte Lena voller Stolz an. »Ich bin der einzige Mann in der neuen Laufgruppe im Studio, aber keine der Frauen hat schlappgemacht! Die jüngste ist sechzehn, die älteste achtzig! Ich weiß echt nicht, weshalb die sich den Kurs zweimal die Woche antun.«

Katja verfiel in plötzliche Betriebsamkeit und schnappte sich ihre Ledertasche.

Matteo lächelte immer noch in Lenas Richtung, dann erst bemerkte er Katja. Sein Lächeln fror auf sonderbare Weise ein: Katjas Anblick schien ihn ein wenig aus der Fassung zu bringen.

»Hi, Katja!« Er starrte Lenas beste Freundin an wie ein Mondkalb. Verunsichert fuhr er sich durch sein verschwitztes Haar. Seine Wangen glühten.

»Hi, Matteo!« Katja schenkte ihm erneut diesen sonderbaren Blick, den Lena ganz genau kannte. Katja klang auf einmal furchtbar geschäftig: »Leute, ich muss leider weg!«, erklärte sie. »Matteo, hast du dir eine Strategie überlegt? Ich kann dich nach meinem Dienstschluss gern unterstützen.«

»Was für eine Strategie denn?«, fragte Lena verblüfft. Sie sah neugierig von Matteo zu Katja.

Die beiden warfen sich einen verstohlenen Blick zu.

»Wir haben am Wochenende kurz miteinander telefoniert«, sagte der schöne Matteo zu ihrer Überraschung. »Apropos, wie war die Einladung mit deinen Freunden, Katja?« Endlich stellte er seine Sporttasche ab.

»Ganz wunderbar!« Katja wurde verräterisch rot und kramte suchend in ihrer Tasche.

»Was für eine Einladung mit Freunden?«, fragte Lena perplex. Soweit sie im Bilde war, war Katjas Freundeskreis recht übersichtlich und Lena ein fester Bestandteil davon. Hätte Katja ein Abendessen veranstaltet, hätte sie Lena auf jeden Fall eingeladen. Hatte sie den armen Matteo etwa belogen?

»Davon erzähle ich dir später, Lena!«, wiegelte Katja rasch ab. Ja, sie *hatte* ihn angelogen. Ihr Gesicht sprach Bände. »Aber jetzt muss ich wirklich zur Arbeit!« Katja sah Matteo auffordernd an. »Ein paar Minuten habe ich noch. Was also ist dein Vorschlag?«

Matteo blickte feierlich von Katja zu Lena. »Also Lena, mein Vorschlag ist, dass wir morgen gemeinsam zu Jixiang Wu gehen. Dort stellen wir uns wie alle anderen Bewerber bei den Verantwortlichen vor. Wir präsentieren die Puppenklinik als wichtiges Herzstück ihrer Business-Planung. Wir machen ihnen klar, welches Juwel sich in ihrem neu gekauften Hinterhof verbirgt. Am Ende müssen sie von sich aus den dringenden Wunsch haben, die Puppenklinik zu retten.«

Matteos Vorschlag entlockte Lena ein zögerndes Nicken. Wollte er ernsthaft mit ihr zusammen zu den Chinesen gehen? Das hier war doch kein Wunschkonzert, es ging um Gewinne, Verluste und Investitionen! Es ging um Millionenbeträge und nicht um Nostalgie.

Die Tür flog auf, und Ekki erschien zur Arbeit. Ihr

hennarotes Haar trug sie heute nicht offen, sondern hatte es zu zwei dicken, schulterlangen Zöpfen geflochten. »Habt ihr von diesem Mädchen in Schweden gehört?«, fragte sie elektrisiert in die Runde. »Greta oder so ähnlich. Sie protestiert vor dem schwedischen Parlament gegen den Klimawandel. Allein. Es ist auch wirklich verdammt heiß diesen Sommer.« Sie wedelte sich atemlos Luft zu. »Ich bin so was von beeindruckt von diesem Kind!«, fuhr sie fort. »Als alte Frau habe ich endlich meinen Buddha gefunden. Diese Zöpfe sind mein Zeichen des Respekts für sie. Ich finde ja, ihre Frisur steht mir.«

»Nicht wirklich«, sagte Katja, ohne zu zögern.

»Doch!«, widersprach Matteo. »Mich erinnert es an jemanden.«

»Vielleicht an die Wikinger?«, fragte Katja. »Ekki, Protest sollte gewisse ästhetische Grenzen nicht überschreiten! Zöpfe stehen dir nicht. Jetzt ist es amtlich.«

Ekki lächelte gleichgültig.

»Ekki.« Bedauernd sah Lena ihre Mitarbeiterin an. »Dein Fahrrad ist leider immer noch weg. Ich stehe mit der Polizei in Kontakt, aber …«

»Vergiss doch das blöde Fahrrad!« Ekki knallte energisch eine dicke Rolle Tonpapier auf die Theke und zauberte aus ihrer Jutetasche etliche Filzstifte hervor. Auf der Jutetasche stand in silbernen Buchstaben: *Dein Leben nervt? Streu Glitzer drauf!*

»Alles organisiert!«, sagte Ekki stolz. »Wie ist das weitere Vorgehen, Matteo?«

Ungläubig starrte Lena die Tonpapierbögen an. Hatte Matteo etwa auch mit Ekki gesprochen? Was sollte diese Geheimniskrämerei? Und warum erfuhr ausgerechnet sie die Pläne zur Rettung ihres Ladens als Letzte?

»Ich wollte echt nicht hinter deinem Rücken aktiv werden«, entschuldigte sich Matteo verlegen. »Aber du hast gestern den ganzen Tag über dein Handy ausgemacht, also habe ich es bei Ekki versucht. Sie hat viel Erfahrung mit gewaltfreiem Widerstand. Und mir ist jetzt absolut klar: Wir müssen die Investoren mit *Gefühl* überzeugen.«

Ekki strahlte. »Ja, Matteo hat das Prinzip sofort kapiert. Make love, not war. Die Investoren werden dich lieben, Lena!«

»Aber wie stellt ihr euch das vor?«, fragte Lena erschrocken. Sie fühlte sich in die Ecke gedrängt. »Ich bin doch überhaupt nicht der Typ, irgendeine Geschäftsidee zu präsentieren! Ja, ich war einmal Lehrerin, aber es ist was ganz anderes, vor einer Gruppe knallharter Geschäftsleute aufzutreten.«

»Du musst einfach nur du selbst bleiben!«, behauptete Matteo. »Du erzählst die Geschichte deiner Puppenklinik, und zwar von den Anfängen bis heute. Du schilderst die Stammkunden, denen dieser Laden unglaublich wichtig ist. All die kleinen Mädchen und Jungen! Du machst diesen Immobilientypen klar, dass es ein Verbrechen wäre, den Laden zu schließen!«

Matteos Worte gingen ihr unter die Haut. Was er sagte, hatte etwas Tröstendes an sich. Und doch glaubte sie nicht daran, dass sie auch nur den Hauch einer Chance hatte.

»Wir haben nur noch bis morgen Nachmittag Zeit!«, fiel Lena ein. »Wie soll das gehen?«

Katja zuckte mit den Schultern. »Na, wir schieben heute eine Nachtschicht ein. Lena, wir sind deine Freunde. Wir helfen alle zusammen! Wir sind ein Team!«

Lena war verunsichert. Was sollte sie von diesem großzügigen und ein wenig verrückten Vorschlag bloß halten? Außerdem hatte sie doch eine Verabredung mit Emmas Vater … Ihr hilfloser Blick verfing sich im verklebten Haar der alten Käthe-Kruse-Puppe.

Ob sie ihn einfach dazubitten sollte? In dem Moment vibrierte ihr Handy, es war ausgerechnet Kai. Als hätte er gespürt, dass sie gerade an ihn dachte! Mit klopfendem Herzen hob Lena ab. Sie sehnte sich so nach seiner Nähe.

»Lena, guten Morgen, du Schöne!« Vertraut kroch ihr Kais Stimme ins Ohr. Ihre Finger wurden taub, es begann angenehm in ihren Kniekehlen zu kribbeln.

»Es tut mir unglaublich leid, Lena«, begann Kai. »Aber ich habe Celine beim Frühstück zur Rede gestellt. Sie hat fristlos gekündigt und ist kommentarlos abgedampft. Ich habe für die nächsten Tage also niemanden, der auf Emma aufpasst, die übrigens ziemlich aufgelöst wegen der Puppe war und bitter geweint hat. Das neue Aupair-Mädchen kommt wohl frühestens Ende der Woche.« Er unterdrückte ein Seufzen. »Ich werde improvisieren müssen. Meine Eltern helfen tagsüber aus, aber abends will ich ganz für meine Tochter da sein. Zudem habe ich jede Menge Aktenordner auf dem Tisch. Ich fürchte, wir müssen unser Wiedersehen also auf das nächste Wochenende verschieben.« Kai klang ehrlich zerknirscht. »Tut mir leid, du hättest dich nicht auf einen alleinerziehenden Vater einlassen dürfen!«

Enttäuschung, aber auch Erleichterung machten sich in Lena breit. Wie sie gerade erfahren hatte, war ihr heutiger Abend ja auch schon verplant, insofern kam seine Absage passend.

»Normalerweise würde ich dich ja einfach bitten,

heute Abend zu uns zu kommen, Lena«, fuhr Kai mit hörbarer Sehnsucht in der Stimme fort. »Aber ich wollte erst abwarten, wie es sich zwischen dir und mir entwickelt und keine falschen Hoffnungen bei Emma wecken.« Für einen Moment hielt er inne. »Du verstehst sicherlich, dass ich den richtigen Zeitpunkt dafür abwarten will. Erst mal sollten wir beide uns besser kennenlernen, Lena …«

Emma hatte also bitter geweint? Lena schluckte. Kais Tochter hatte auch schon bei ihr im Laden geweint, als ihr eine Töpferei aus der Schule zerbrochen war. Gemeinsam mit Lena hatte Emma die kaputte Tasse wieder zusammengeklebt und war danach zufrieden nach Hause gegangen. Aber immer noch hatte Lena das herzzerreißende Schluchzen im Ohr. Wie würde Emma auf die Eröffnung reagieren, dass ihr heißgeliebter Vater plötzlich für Lena schwärmte? Lenas Hand berührte das silberne Herz an ihrer Kette. Vielleicht empfand die kleine Emma die Liebesgeschichte zwischen ihrem Vater und Lena als Verrat, womöglich reagierte sie gar eifersüchtig.

Ja, sie sollten sich Zeit lassen mit allem. Es war vermutlich ganz gut, dass sie sich erst in ein paar Tagen wiedersahen.

»Du hast natürlich recht«, sagte sie also. »Wir sollten sie auf keinen Fall mit der Neuigkeit überfahren, vielleicht verstört es sie. Kinder reagieren manchmal völlig anders, als man es erwartet.« Unschlüssig glitt Lenas Blick über die Filzstifte auf der Theke. »Davon abgesehen ist mir heute Abend auch ein Termin dazwischengekommen, den ich nicht aufschieben kann. Es trifft sich in Wahrheit also ganz gut, wenn wir unser Wiedersehen verschieben.«

»Dann reservierst du aber auf jeden Fall den Samstag für mich?«, bat Kai fast schon flehentlich.

»Ja, auf jeden Fall.« Lena nickte, obwohl Kai das natürlich nicht sehen konnte.

»Ich vermisse dich nämlich schrecklich«, gab Kai zu. »Und ich habe von dir geträumt. Ich fühle mich wie ein verliebter Teenager, Lena!« Kai lachte erheitert. »Heute früh habe ich mich sogar dabei ertappt, unter der Dusche Songs von Michael Bublé zu singen! Die Lage ist also wirklich ernst.«

Lena lächelte gerührt und verspürte ein angenehmes Ziehen tief in ihrem Inneren. Es fühlte sich an wie der Flügelschlag eines unsichtbaren Schmetterlings, der ihre Seele auf angenehme Weise in Schwingung brachte.

»Ich vermisse dich auch«, sagte sie laut. Hinter sich hörte sie Ekki verdutzt schnauben. Als sie aufgelegt hatte, baute sich ihre Mitarbeiterin ungläubig vor ihr auf. »Seit wann hast du bitte schön einen Freund, Lena?« Mit weit aufgerissenen Augen wartete Ekki auf eine Antwort. Katjas Vergleich stimmte: Mit den roten Zöpfen hatte sie wirklich etwas von einer Wikinger-Frau.

»Ich stelle ihn dir nächste Woche vor!«, wehrte Lena ein mögliches Verhör rasch ab. »Er ist der Vater einer Kundin.«

»Doch nicht etwa der Diplomat, der sich mit seiner Frau zerstritten hat?«, fragte Ekki.

»Welcher zerstrittene Diplomat?«, lachte Katja. »Das klingt irgendwie nach einem Widerspruch. Sollten Diplomaten nicht besonders *diplomatisch* sein?« Sie überlegte. »Gut, ich hatte schon einen stotternden Synchronsprecher, einen verklemmten Tantra-Masseur und einen veganen Metzger. Ein zerstrittener Diplomat fehlt noch in meinem Kuriositätenkabinett!« Sie sah Ekki verschwörerisch an. »Mir gegenüber rückt Lena leider auch nichts raus. Mister Right bleibt der große Unbekannte. Hat dieser Diplomat zufällig eine Tochter, die eure Stammkundin ist? Halt, nein. Soweit ich weiß, ist der Mann Witwer …«

»Wollen wir nicht langsam mal wieder das Thema wechseln?«, kürzte Lena das Ratespiel ab. Sie würde Kai früh genug der neugierigen Meute zum Fraß vorwerfen. »Ich finde Matteos Vorschlag gut und bin dabei! Wir treffen uns heute Abend und bereiten unseren morgigen Auftritt im Headquarter vor. Und morgen Nachmittag schlägt die Stunde der Wahrheit!«

Gedankenversunken griff sie nach einer runden Dose mit Glitzer. Sie brauchte den funkelnden Sternenstaub gelegentlich für ihre Puppen.

»Dein Leben nervt? Streu Glitzer drauf!«, sagte sie mit einem Augenzwinkern Richtung Ekki. »Wir werden einen unvergesslichen Auftritt hinlegen!« Sie öffnete die Dose, dann blies sie einfach hinein. Wie verzauberter Schnee stob der Glitzer über ihr in die Luft und segelte dann sachte zu Boden.

Irritiert starrten Ekki, Katja und der schöne Matteo sie an.

»Cool!«, murmelte Matteo. »Ich bin auf jeden Fall in deinem Team.«

»Ich bin auch dabei!«, sagte Katja.

»Auf mich könnt ihr sowieso immer zählen!«, beteuerte Ekki.

Lena pflückte sich lächelnd Glitzer aus dem Haar. »Gut, dann treffen wir uns alle vier heute Abend!«

Die Dame, die um die Mittagsstunde herum Lenas Laden betrat, hatte ein adrettes Äußeres. Ihr Haar war sorgfältig blondiert, und nur eine einzelne graue Strähne verriet, dass die Farbe nicht echt war. Der Lippenstift, den sie trug, schimmerte in einem sanften Bronzeton. Ob sie fünfzig oder sechzig war, konnte man unmöglich sagen.

Sie stand unschlüssig in der Mitte der Werkstatt und schien sich nicht ganz wohl hier zu fühlen. Als Lena aus der Teeküche schlüpfte, sahen die beiden Frauen einander überrascht an. Lena hatte das Klingeln der Glocke am Eingang überhaupt nicht gehört, und Ekki war in der Mittagspause.

»Oh, ich habe Sie gar nicht hereinkommen hören!«, entschuldigte sich die Puppenärztin.

»Haben Sie keine Angst, dass Ihnen jemand den Laden ausräumt?«, fragte die Besucherin statt einer Begrüßung.

Lena lächelte gleichgültig. »Nicht wirklich«, gab sie zu. »Hätte ich einen Juwelierladen oder ein Handygeschäft, würde ich vielleicht weniger nachlässig sein. Aber ich bin ja froh, wenn sich überhaupt jemand zu mir in den Hinterhof verirrt. Wollen Sie sich nur umschauen, oder kann ich Ihnen irgendwie weiterhelfen?«

Die Frau schien zu zögern, dann endlich trat sie zur Theke, öffnete ihre ausladende Tasche und holte einen kleinen Spielzeugkoffer heraus. Er war aus braunem Leder und sichtlich in die Jahre gekommen. Der Aufkleber darauf war dennoch deutlich zu erkennen. »Fichtelberg«, entzifferte Lena. »Kurort Oberwiesenthal«. Sie musste lächeln. Mit ihren Eltern war sie als Kind oft im Erzgebirge gewesen und hatte den Holzschnitzern fasziniert bei der Arbeit zugesehen. Holzspielzeug aus Seiffen war weltberühmt, und die Kollegen dort waren wahre Künstler.

»Als Kind war ich öfter dort«, erklärte die Kundin mit einem unschlüssigen Blick auf den Aufkleber, und so, als müsste sie sich dafür entschuldigen. »Meine Oma hat in Oberwiesenthal gelebt«, fügte sie an. »Das waren sehr unbeschwerte Kindertage.« Sie stockte. Dann öffnete sie mit einer resoluten Handbewegung die Schnallen des Koffers.

»Ich wollte wissen, ob Sie auch Puppen zum Verkauf annehmen? Ich weiß einfach nicht, was ich damit anstellen soll! Mein Mann ist tot, meine drei Kinder wohnen in alle Welt verstreut. Und ich werde mich über kurz oder lang sowieso räumlich verkleinern müssen. Vielleicht gibt es jemanden, der diesen alten Plunder schätzt. Zum Wegwerfen waren sie mir dann doch zu schade.«

Mit großen Augen sah die Puppenärztin in den geöffneten Spielzeugkoffer: Eine ganze Püppchen-Sammlung blicke sie förmlich schutzsuchend an. Es handelte sich um kleine Biegepuppen der Thüringer Firma Ari. Ja, Lena kannte sie ganz genau! Ihre Mutter hatte ihr erklärt, dass es damals eine absolute Innovation gewesen war, Puppen aus Weichplaste herzustellen. Wann hatte das Traditionsunternehmen seine Pforten geschlossen? Lena dachte kurz nach. Es hatte die Spielzeugfirma Ari noch lange nach der Wende gegeben. Die niedlichen Puppen hatten sich im Lauf der Jahre optisch so gut wie gar nicht verändert, lediglich an Kleidung und Material konnte der Fachmann erkennen, aus welcher Zeit sie stammten. Es musste irgendwann Anfang der 2000er gewesen sein, als Ari seine Werkstore für immer zugemacht hatte.

»Das waren alles einmal Ihre Puppen, nicht wahr?«, riet Lena ins Blaue hinein. Die Dame nickte, verzog dabei aber keine Miene.

»Ja. Fragen Sie mich nicht, wie meine Oma es angestellt hat, aber ich habe zu wirklich jedem Anlass eines dieser Püppchen bekommen.« Die Kundin nahm eine der unverwechselbaren Plastikpuppen unschlüssig in die Hand. »Die gab es zum Beispiel zur Jugendweihe!«, fiel ihr jetzt wieder ein. »Eigentlich war ich zu dem Zeitpunkt aus dem Puppenalter ja raus, immerhin war ich schon vierzehn. Aber gefreut habe ich mich komischerweise trotzdem. Biegepuppen von Oma, das war eine Art Ritual.« Die Augen der Kundin füllten sich auf einmal mit Tränen. »Meine Oma hat immer aufwändige Kleidung für meine Püppchen gehäkelt«, fiel ihr mit belegter Stimme ein. »Ich erinnere mich sogar an ein gehäkeltes Brautkleid!«

Die Glocke ging, und Ekki kam mit einem reich belegten Sandwich bewaffnet in den Laden zurück.

Neugierig beugte sie sich über den Koffer, und ihr Gesicht hellte sich schlagartig auf. Auch sie erkannte sofort, woher diese besondere Puppensammlung stammte.

»Erschd de Orbeid, dann des Vorgnieschn!«, sagte sie grinsend in breitestem Sächsisch. »Was können wir diesen niedlichen Püppchen Gutes tun? Dafür verzichte ich sogar auf meine Mittagspause!«

Die Kundin sah Ekki verunsichert an. »Kommen Sie etwa auch aus der ehemaligen DDR? Ich komme aus Bautzen.«

»Nein«, Ekki zuckte bedauernd mit den Schultern. »Aber ich hatte liebe Freunde in Leipzig. Und natürlich war ich bei einigen Montagsdemonstrationen 1989 dabei. Und 1990 habe ich …«

Lena unterbrach ihre Mitarbeiterin hastig. »Die Dame will die Puppen nicht reparieren lassen, sondern sie will sie *verkaufen*.«

Ungläubig sah Ekki sie an. »Wie jetzt? Sind die denn nicht aus Ihrer Kindheit?«

Die Kundin nickte langsam. »Doch, sie stammen aus meinen Kindertagen. Aber was soll ich damit?« Ihr Blick bekam einen verlorenen Ausdruck. »Diese Zeit liegt inzwischen Jahrzehnte zurück. Die Oma, die mir all diese Püppchen geschenkt hat, lebt längst nicht mehr. Es gibt noch nicht mal mehr das Land, in dem diese Puppen damals hergestellt wurden und wo ich mit ihnen gespielt habe.« Sie schluckte betreten. Dann riss sie sich wieder zusammen und sah Ekki an. »Mein Mann ist nicht mehr, und meine Kinder wollen die alten Geschichten über meine Vergangenheit in Ostdeutschland einfach nicht hören. Für die sind diese Puppen noch nicht mal richtiges Spielzeug.«

Lena nahm behutsam eine kleine Jungen-Figur aus dem Koffer. Schelmisch sah er sie an. »Von wegen«, sagte sie lächelnd. »Diese Puppen sind echte Zeitzeugen und ganz wunderbar außerdem. Die Firma gab es übrigens schon im 19. Jahrhundert.«

Unschlüssig starrte die Kundin auf den Inhalt des Koffers.

»Hören Sie.« Ekki sah die Frau aufmunternd an. »Ich habe selbst keinen Nachwuchs, aber ich weiß, dass erwachsene Kinder ihren Eltern gegenüber gemein und fürchterlich desinteressiert sein können. Und doch bin ich sicher, dass der Zeitpunkt kommen wird, da sich Ihre Kinder für Ihre Kindheit interessieren werden.« Sie lächelte sie aufmunternd an.

»Vielleicht haben Sie recht«, murmelte die Dame nachdenklich.

»Was meine Mitarbeiterin sagt, stimmt«, bestätigte

nun auch die Puppenärztin. »Ich hätte überhaupt keine Schwierigkeiten, einen Sammler für die Püppchen in diesem Koffer zu finden, aber es widerstrebt mir, wenn ich ehrlich bin. Diese Puppen sind doch ein Bestandteil Ihrer persönlichen Lebensgeschichte!« Sie sah die Kundin eindringlich an. »Sie sind ein Mosaikstein in Ihrer ungewöhnlichen Biografie.«

Gedankenverloren wanderte der Blick der Dame über die zahllosen Püppchen.

»So habe ich es noch gar nicht gesehen«, sagte sie heiser.

Lena lächelte. »Sie sollten sich einen Vitrinenschrank für Ihre Sammlung kaufen«, schlug sie ihr vor. »Dann können Gäste die Begleiter Ihrer Kindheit bewundern, und womöglich ergibt sich so das ein oder andere Gespräch daraus. Wir unterstellen unseren Mitmenschen oft, dass sie desinteressiert sind. Meist fehlt aber einfach ein Gesprächseinstieg, um das Eis zu brechen.«

Die Dame nickte. Mit großer Sorgfalt schloss sie den Koffer und verstaute ihn wieder in ihrer Tasche.

»Irgendwie fühle ich mich auf einmal ganz beschwingt«, sagte sie. Erstaunt musterte sie Ekki und Lena. »Was bin ich Ihnen schuldig?«

Ekki lachte schallend auf. »So weit kommt's noch, dass wir hier fürs Nichtstun Geld verlangen!« Kopfschüttelnd begleitete sie die Frau Richtung Tür und verabschiedete sie hinaus ins Freie.

Lena griff nach dem Handy. Bei der Erwähnung des Vitrinenschranks hatte sie sofort wieder an Kai denken müssen. Seit ihrem Telefonat heute Morgen dachte sie schon unablässig an ihn, jetzt aber war ihr, als könne sie nicht eine Sekunde länger warten. Atemlos wählte sie seine Nummer.

»Lena?« Hatte es überhaupt geklingelt? Der Puppenärztin kam es so vor, als habe er das Gespräch angenommen, noch ehe es auch nur einmal bei ihm geläutet hatte. Sie lächelte beglückt. Offenbar hatte auch er Sehnsucht nach ihr. Und auch er hatte Schwierigkeiten damit, sie erst wieder am Wochenende zu treffen.

»Ich musste eben an dich denken«, sagte Lena flüsternd und verzog sich in die Teeküche.

»Das trifft sich gut«, sagte Kai. »Denn rate mal, was ich bis eben getan habe?« Seine Stimme klang liebevoll. »Es ist mir heute unmöglich, meine Arbeit vernünftig zu erledigen«, klagte er sichtlich verblüfft. »Ständig muss ich an dich denken. Die ganze Zeit über kehren die Bilder von Samstagnacht zurück. Ich höre sogar noch das morgendliche Vogelgezwitscher.«

Benommen schloss Lena die Augen. Genau so ging es ihr auch. Sobald sie auch nur eine Sekunde nicht abgelenkt war, zauberte ihre Erinnerung die buntesten Bilder. Bilder, in denen Kai ihr ganz nahe war. In ihrer Fantasie sah sie sich erschöpft und glücklich in seinen Armen …

Sie seufzte selig.

Die Glocke im Ladenraum ging. Schon wieder ein Kunde.

»Ich muss aufhören«, sagte Lena bedauernd. »Ich wollte nur kurz deine Stimme hören.« Dann fiel ihr aber doch noch was ein. »Hattest du eigentlich als Kind irgendein Schmusetier? Irgendeine Puppe oder ein Stofftier? Vielleicht einen Teddy?«

Kai zögerte. Dann musste er lachen. »Doch, natürlich. Jetzt fällt es mir ein. Um ehrlich zu sein, hat mich eine ganze Armee witziger Gesellen durch die Kindheit begleitet!«

Kai räusperte sich vertraulich. »Meine Mutter hat mir ihre Sammlung an Mecki-Figuren vermacht, und ich habe sie emsig weiter vergrößert. Charly Pinguin, Käptn Petersen, Kokolastro und wie sie alle hießen.« Er hielt schlagartig inne. »Wo ist die Sammlung eigentlich abgeblieben?«, fragte er sich auf einmal selbst. »Sie muss inzwischen ein Vermögen wert sein. Vermutlich verstaubt sie in irgendeinem Karton im Keller meiner Eltern.« Kai lachte bedauernd. »Ich muss meine Mutter unbedingt danach fragen, wenn ich sie wiedersehe! Danke, dass du mich daran erinnert hast, Lena!«

Seine Stimme hatte einen beschwingten Klang angenommen. »Und du selbst, Lena? Hattest auch du als Kind eine Lieblingspuppe?«

Lena dachte nach. Als Tochter von Puppenärzten hatten zahllose Stofftiere, Sammelfiguren und Puppen wie selbstverständlich ihre Kindheit bevölkert. Und sie hatte viel mehr Kuscheltiere als all ihre Freundinnen und Freunde zusammen gehabt. Und doch, es hatte eine ganz besondere Puppe gegeben. Eine Puppe, die ihr wichtiger gewesen war als alle anderen.

»Mein kleiner Bubi mit seinen großen blauen Augen!«, murmelte sie. »Ich habe ihn zum sechsten Geburtstag bekommen. Es war eine der ersten BABY-born-Puppen, die damals neu auf den Markt gekommen sind.« Verwundert hielt sie einen Moment inne. »Die Babypuppen waren unglaublich beliebt, genau genommen sind sie das ja bis heute. Aber durch die kritischen Augen einer Fachfrau gesehen, muss ich leider feststellen: Im Grunde ist es ganz durchschnittliche Massenware. Eigentlich nichts Besonderes.« Sie stockte. »Und doch, irgendwie hing mein Herz unglaublich an Bubi. Ich ging nirgends mehr ohne ihn hin. Mir war klar, dass er einer aus einer ganzen Serie zahlloser, gleich aussehender Bubis war. Im Fernsehen lief ja ständig die Werbung. Aber ich habe in meiner Puppe etwas ganz Besonderes gesehen. Für mich war Bubi der Mittelpunkt der Welt. Für mich war er einzigartig.«

»Du siehst in jedem Menschen das Besondere«, stellte Kai voller Bewunderung fest. »Es würde mich wundern, wenn das mit deinen Puppen anders wäre. Genau das macht dich ja zu einer so einzigartigen Frau.«

Lena verspürte ein behagliches Kribbeln. Wie gerne würde sie jetzt mit Kai auf ihrer Dachterrasse liegen. Wie gerne würde sie mit ihm Kindheitserinnerungen austauschen und dabei in den wolkenlosen Himmel über sich blicken. Der Tag war wie gestern brütend heiß …

Aus dem Verkaufsraum hörte sie ein heiteres Kinderlachen. »Ich muss jetzt leider wirklich in den Laden zurück. Meine Mitarbeiterin hat eigentlich Pause.«

Sie schickte Kai einen Kuss durch die Leitung, dann legte sie auf. Am Wochenende würde sie ihn wiedersehen. Allein die Aussicht darauf erfüllte sie mit unendlicher Freude.

Der unverwechselbare Geruch nach angebratenem Knoblauch wehte von Matteos Küche zu ihnen herüber. Voller Vorfreude richtete Lena sich auf: Erst jetzt bemerkte sie, wie hungrig sie war, immerhin hatte sie seit heute Mittag nichts mehr gegessen.

Ihr Nacken und ihr Rücken waren völlig verspannt. Sie war es einfach nicht gewohnt, starr am Computer zu sitzen. Der kurzfristige, aber wichtige Termin morgen

Nachmittag belastete sie außerdem mehr, als sie zugeben wollte. Müde klickte sie auf das nächste Video. Lena hatte ihren Laptop mitgebracht, und nun sichtete sie Rhetorikclips auf YouTube. Auf dem Bildschirm wurden soeben die zehn größten Fehler demonstriert, die man bei Vorträgen machen konnte.

Ein besorgniserregendes Zischen war aus der kleinen Küche zu hören, und der schöne Matteo fluchte verhalten.

Katja lachte amüsiert, sah aber nicht von ihrem Text auf.

»Der Wille zählt«, murmelte Ekki mehr zu sich selber.

Sie hatten ihr Arbeitstreffen kurzerhand von der Puppenklinik in die Trattoria verlegt. Hier gab es ausreichend Tische und Platz, um zu basteln.

Basteln. Ja, genau so kam es Lena vor. Als würden sie ein Projekt für die Schule vorbereiten.

Lena sah zu Ekki hinüber. Ihre treue Mitarbeiterin saß mit konzentriertem Gesichtsausdruck über einem riesigen Bogen Papier und zeichnete Lenas Familienstammbaum. Hinter ihr an der Wand hingen hübsche Schwarz-Weiß-Fotografien italienischer Stars: Sophia Loren, Terence Hill und Eros Ramazotti.

Ekki gähnte.

»Wie hieß dein Uropa noch mal, Mäuschen?«, fragte sie müde und zupfte sich nachdenklich am Ohr. Die Zöpfe hatte sie zum Glück wieder gelöst. Nun waren ihre Haare lockiger als sonst und ließen sie damit einen ganzen Kopf größer wirken. »Ich habe seinen seltsamen Namen schon wieder vergessen …«

»Emeran Theobald Riedel«, sagte Lena. »Und sein Sohn, mein Opa, hieß Josef!«

Zufrieden setzte Ekki den Namen des Gründers in die freie Zeile, darunter schrieb sie den Namen von Lenas Opa. Sie verkünstelte das Schaubild enorm, inzwischen sah es aus wie der Stammbaum der englischen Königsfamilie.

»Wie klingt das, Leute?« Katja stand auf, lehnte sich an die Tischkante und räusperte sich. Dann sah sie ernst in die kleine Runde. Matteo hatte die Lichter gedämpft, dafür brannten überall im Lokal Kerzen. Dadurch herrschte eine feierliche, erhabene Stimmung.

»Mein Urgroßvater Emeran wurde am Weihnachtstag des Jahres 1880 als uneheliches Kind einer Marktfrau geboren«, las Katja ihren handgeschriebenen Text laut vor. »Fünf Tage später starb seine Mutter entkräftet im Kindbett. Hunger, Armut und die missbilligenden Blicke des Umfelds waren fortan Emerans stete Begleiter. Wer sein Vater war, wusste er nicht. Die Mutter hatte das ehrlose Geheimnis mit ins Grab genommen. Seine Großeltern lehnten ihn schlichtweg ab. Für sie war Emeran ein Sinnbild der Sünde.« Betrübt senkte Katja die Stimme. »Mein Urgroßvater brach die Schule mit nur vierzehn Jahren ab, um sich als Hilfsarbeiter über Wasser zu halten. Das Schicksal schien Emeran nichts zu bieten zu haben, und ein trostloser, mühsamer Weg war vorprogrammiert. Dann aber geschah ein kleines Wunder …« Katja machte eine winzige Pause und sah in die gespannten Gesichter. »Ganz unbemerkt schlich sich die Liebe in Emerans Leben. Sie kam in Gestalt meiner Urgroßmutter Ruth. Jetzt endlich fand er seinen Platz in dieser Welt als liebevoller Ehemann und fürsorglicher Vater. Für seine fünf Söhne, vor allem aber für seine schwerkranke Tochter, machte Emeran alles. Die kleine, an Kinderlähmung erkrankte

Liesel war es, für die er die erste Puppe reparierte. Er machte das nachts nach getaner Arbeit, im Schein einer Kerze. Aber in diesem kümmerlichen Licht zeigte sich sein großes Talent. Er hatte die einzigartige Gabe, Spielzeug zu heilen. Genauso, wie die Liebe ihn geheilt hatte, brachte er es fertig, Puppen, Teddys und Plüschtieren neues Leben einzuhauchen. Er war schon fast vierzig Jahre alt, als er von einem überraschenden Erbe erfuhr. Sein Vater, der sich zeitlebens nie gekümmert hatte, war gestorben, hatte in seinem Testament aber seinen verstoßenen Sohn tatsächlich bedacht. Das Geld investierte Emeran in ein Herzensprojekt: Er eröffnete mitten in München eine Puppenklinik. Wenige Jahre später sollte sein Lieblingssohn Josef in seine Fußstapfen treten. Das waren die Anfänge von *Riedel & Sohn* …«

Zustimmend nickte Ekki. »Der Text wird richtig gut. Ich habe jetzt schon Tränen in den Augen. Ich kann mir gut vorstellen, wie Lena ihn morgen vorträgt.« Sie hielt inne. »Hat die kleine Liesel überlebt? Sie ist doch hoffentlich nicht gestorben!«

»Ich kann dich beruhigen, Ekki. Die Schwester meines Opas wurde einundneunzig Jahre alt«, klärte Lena ihre Familiengeschichte lächelnd auf. Sie sah Ekki über den Rand des Laptops hinweg aufmunternd an. »Trotz ihrer Behinderung wanderte sie nach Amerika aus und hat dort erst einen steinreichen Industriellen, nach dessen Tod einen Rabbi und schließlich den Kellner ihrer Lieblingskneipe geheiratet. Ich glaube, Großtante Liesel trank manchmal einen über den Durst. Und sie hatte einen regen Appetit auf die unterschiedlichsten Männer.«

»Klingt wie die Umkehrung des amerikanischen Traums bezogen auf Ehemänner«, fiel Katja verwirrt auf.

»Heißt es nicht: vom Tellerwäscher zum Millionär? Und wie passt der Rabbi in diese Reihe? Wie es scheint, war deine Großtante Liesel meine Schwester im Geiste.«

»Was ist aus dem Vermögen dieses Industriellen geworden?«, hakte Ekki nach.

Auch Katja kratzte sich jetzt nachdenklich an der Stirn. »Stimmt. Du hast reiche Verwandte in Amerika, Lena! Das wusste ich noch gar nicht.« Sie überlegte. »Vielleicht kann man diese Familienbande ja nutzen. Wenn Großtante Liesel Nachkommen hatte, muss ihnen doch daran gelegen sein, dass der Familienbetrieb in der alten Heimat erhalten bleibt? Womöglich wartet Rettung von ganz anderer Stelle!«

Kopfschüttelnd winkte Lena ab und sah unsicher auf die selbstbewusste Frau auf dem Bildschirm vor sich. Theoretisch wusste sie jetzt, worauf bei einem Vortrag zu achten war. Es ging um Körperhaltung, Gestik und Atmung. Aber würde sie all das morgen auch praktisch umsetzen können? Lena klickte das Video weg. »Das alles liegt doch Jahrzehnte zurück«, klärte sie auf. »Die Kinder meines Urgroßvaters waren am Ende ziemlich zerstritten. Die Geschwister meines Opas nahmen es ihrem Vater übel, dass er den Laden ihm allein überlassen hat. Und Liesel hat sich nie mehr in Deutschland blicken lassen, ich weiß noch nicht mal, wo sie begraben liegt. Und ob es Nachkommen gibt, weiß ich auch nicht.«

»Schade«, entfuhr es Ekki enttäuscht. »Eine reiche Tante in Amerika wäre exakt der Trumpf, den wir in der momentanen Situation brauchen könnten.«

Matteo streckte seinen Kopf durch die Tür. »Die Gnocchis sind fertig«, sagte er stolz. »Ich finde, es ist Zeit für eine Pause!«

»Ich glaube, es heißt Gnocchi«, verbesserte Ekki sanftmütig.

Katja sog empört die Luft ein. »Also, wir wollen die Kirche im Dorf lassen!«, beschwerte sie sich. »Der Plural von Espresso ist Espressi, aber kein Mensch hält sich daran. Die Leute bestellen immer zwei Espresso.«

Lena erhob sich von ihrem Arbeitsplatz. Seit wann verteidigte Katja Matteo? Ihr Blick glitt über den Stammbaum. Wenn sie nur an den morgigen Nachmittag dachte, wurde ihr übel.

»Hilfst du mir, Katja?«, fragte Matteo.

»Klar!« Katja warf dem schönen Matteo wieder diesen seltsamen Blick zu. Dann verschwand ihre beste Freundin in der Küche der Trattoria.

Das Handy in Lenas Hosentasche klingelte. Eine wohlige Vorahnung durchflutete sie. Das war ganz sicher Kai, der ihr noch eine gute Nacht wünschen wollte. Er hatte schon am frühen Abend kurz angerufen, aber da hatte sie ihn leider abwimmeln müssen.

Wie sehr wünschte sie sich, dass er jetzt hier wäre, um sie seelisch zu unterstützen! Wie sehr sehnte sie sich nach einer Umarmung von ihm. Am Wochenende, wenn der fürchterliche Termin hinter ihr lag und sie Gewissheit hatte, würde sie ihn endlich treffen … Gut möglich, dass sie dann Klarheit hatte. Gut möglich, dass sie zu dem Zeitpunkt unweigerlich wusste, ob das Kapitel Puppenklinik für alle Zeiten Vergangenheit war. Die Vorstellung trieb ihr unversehens die Tränen in die Augen. Sie schluckte benommen. Nein, das durfte einfach nicht geschehen.

»Ist dein Termin etwa immer noch nicht zu Ende, Lena? Es ist ja fast elf!« Kai gähnte.

Lena verzog sich mit ihrem Handy zum Schaufenster hinüber. Ruhig und friedlich lag der nächtliche Hinterhof da. Die Puppenklinik nebenan schlummerte im silbernen Mondlicht, und Lena versuchte, sich zu sammeln.

»Wir haben es bestimmt bald geschafft«, sagte sie leise. »Weißt du, ich muss morgen eine Art Vortrag halten, aber um ehrlich zu sein, hat unser heutiges Treffen eher den Charakter einer Hausaufgabengruppe.« Sie seufzte belustigt. »Trotzdem ist es Wahnsinn, wie mich meine Freunde unterstützen«, fügte sie an. »Ich muss sie dir so bald als möglich vorstellen. Die drei sind einfach nur toll. Aber mach dich darauf gefasst: Sie werden jeden Millimeter von dir kritisch beäugen!«

»Logischerweise sind sie der Meinung, dass keiner gut genug für dich ist!«, scherzte Kai. »Ich werde mich also sehr bemühen, einen guten Eindruck zu hinterlassen.«

Aus der Küche war ein sorgloses Lachen zu hören. Gehörte es zu Katja, zu Matteo oder gar beiden?

»Ich brenne darauf, all die Menschen, die dir nahestehen, bald schon zu treffen!«, fuhr Kai schwärmerisch fort. »Und ich brenne darauf, alle Facetten deiner Arbeit kennenzulernen. Was für ein Vortrag wird das morgen sein? Ich dachte, du reparierst den ganzen Tag Puppen?«

»Das erzähle ich dir, wenn alles vorüber ist!«, versprach Lena. Durchs Fenster beobachtete sie, wie die Eltern des kleinen Henri nach Hause kamen. Henris Mutter trug ein beeindruckendes Abendkleid, ganz bestimmt waren sie in der Oper gewesen. Fand heute nicht die italienische Nacht im Brunnenhof statt? Wie schön wäre es, mit Kai zu solch einem romantischen Anlass zu gehen. Stattdessen verbrachte sie ihren Abend hier, beschäftigt mit verzweifelten Rettungsmaßnahmen für ihre Klinik.

»Ich freue mich darauf«, sagte Kai ernst. »Ich will Teil deines Lebens sein, Lena.«

Für einen Moment schloss Lena überwältigt die Augen. Wie konnten Traurigkeit und Freude nur so nah beieinander sein? Sie fürchtete das Aus ihres Ladens, die Trauer darüber raubte ihr jeglichen Halt. Und gleichzeitig war sie in einem nicht enden wollenden Glückstaumel gefangen.

»Das Gleiche will ich auch«, flüsterte sie. »Sehen wir uns am Samstag ganz sicher?« Sie schlug die Augen wieder auf. Henris Babysitter lief draußen vorbei. Vermutlich machte er sich auf den Heimweg, nein, wahrscheinlich ging er in einen Club. Während des Kinderhütens hörte er ständig Musik über die Kopfhörer seines Handys. Lena verstand nicht, warum Henris Eltern ausgerechnet ihm die Aufsicht über ihr einziges Kind überließen, denn ihrer Meinung nach war er als Babysitter eine Niete. Ob der Schnellefant schon schlief? Hoffentlich hatte der Verband an den Beinen gehalten.

»Ob wir uns am Wochenende sehen?« Kai klang belustigt. »Lena, ich sterbe doch schon den ganzen Tag über vor Sehnsucht nach dir. Ich habe keine Ahnung, wie ich die nächsten vier Tage ohne dich überstehen soll. Es ist für mich also überlebenswichtig, dass wir uns treffen!«

»Das Essen wird kalt!« Auf einmal stand Katja neben ihr und wedelte mahnend mit einer Gabel.

»Ich muss leider«, verabschiedete sich Lena von Kai. »Es gibt hier einen Mitternachtssnack. Ist mit Emma eigentlich alles klar? Konntest du sie wieder beruhigen?«

»Die Aufregung hat sich zum Glück wieder etwas gelegt!«, gab Kai Entwarnung. »Sie ist nah am Wasser gebaut und nimmt sich die Dinge immer unglaublich zu

Herzen!« Er machte eine winzige Pause und fuhr fort, sprach aber mehr zu sich selbst: »Die vergangenen Jahre waren auch schwer für sie. Sie sehnt sich schon lange nach einer richtigen Familie. Eine neue Partnerin an meiner Seite, das würde sie glücklicher machen als alles andere auf der Welt, da bin ich mir sicher. Und wenn sie dann auch noch erfährt, dass du diejenige …« Er brach mitten im Satz ab. »Mein ständiger Übereifer tut mir leid«, sagte er stattdessen verlegen. »Noch kennen wir beide uns ja kaum, und ich will dich zu nichts drängen, Lena. Was aus unserer Zukunft wird, wissen im Moment nur die Sterne. Aber zumindest was mich betrifft, ist eines klar: Ich bin hoffnungslos in dich verschossen. Ich glaube, ich sagte es heute bereits ein paarmal.«

Lena starrte ungläubig hinaus auf den Hinterhof. War es Kai tatsächlich so ernst mit ihr? Fantasierte er wirklich, dass sie über kurz oder lang seine neue Partnerin werden könnte? Sie schluckte. Auch ihr war es ziemlich ernst mit ihm. Jede Zelle ihres Körpers verzehrte sich nach ihm. Er und sie – sie waren Seelenverwandte! Die Puppe seiner Frau hatte sie zusammengebracht, und noch immer war das wertvolle Spielzeug verschwunden. Aber gut, darüber würden sie noch in Ruhe sprechen. Als Lena heute im Fundbüro angerufen hatte, hatte man auf jeden Fall nichts von einer abgegebenen Puppe gewusst.

Sie verabschiedeten sich voneinander, und aufgewühlt legte Lena auf. Ekki, Matteo und Katja saßen bereits am gedeckten Tisch und warteten auf sie.

»Die Gnocchis sind ein bisschen zäh geworden«, entschuldigte sich Matteo, während er das Essen verteilte. »Und die Soße schmeckt ein wenig verbrannt.«

»Stell dein Talent doch nicht immer unter den Scheffel!«, fiel Katja ihm tadelnd ins Wort. »Das schmeckt bestimmt ganz wunderbar. Und danach arbeiten wir voller Elan weiter!«

Ein überwältigendes Gefühl hüllte Lena ein. Selbst wenn sie am Ende alles verlor: Diese großartigen Menschen würden ihr bleiben! Sie dachte voll Zärtlichkeit an Kai. Doch, sogar im allerschlimmsten Fall ging es irgendwie weiter.

Und endlich fiel Lena auch ein, woran sie bei den Blicken, die Katja Matteo in letzter Zeit zuwarf, denken musste. *Flirty eyes*, so nannte man die großen Puppenaugen aus Glas, die kokett zwinkerten und den Betrachter betörten. So als flirteten sie mit ihm, als wollten sie dem Gegenüber schöne Augen machen.

7

Das Foyer von Jixiang Wu verströmte eine geschäftige und sterile Atmosphäre. Man trat direkt in eine große Halle, von der aus diverse Fahrstühle und Treppen in zahllose Stockwerke, Zwischengeschosse und Kellerfluchten führten. Der Boden war mit einem futuristisch anmutenden roten Material ausgelegt, das die Schritte der Besucher maximal dämpfte, was den sonderbaren Effekt hatte, dass die Mitarbeiter des Unternehmens durch die Gänge zu *schweben* schienen. Lautlos wie Geister bewegten sie sich in dem unübersichtlichen Labyrinth aus Türen, Treppenstufen und Glasfahrstühlen voran, um irgendwo in den Tiefen des riesigen Gebäudes zu verschwinden. Einziger Fixpunkt war ein großer gelber Empfangsbereich, der sich von dem flirrenden Rot des Bodenbelags abhob. Hier standen junge, gut aussehende Angestellte hinter einem gigantischen Tresen, und jeder, der sich in das Headquarter von Jixiang Wu vorwagte, wurde von ihnen mit einem einstudierten Lächeln begrüßt.

Lena drückte nervös auf den roten Knopf eines Wasserspenders, und der Plastikbecher füllte sich. Da erst bemerkte sie, dass ihre Hand vor Angst zitterte. Sie konnte sich überhaupt nicht entsinnen, dass ihr so etwas jemals vorher passiert war. Gut, sie war noch nie eine Freundin von Prüfungen oder Bewerbungsgesprächen gewesen, und die Ausbildung zur Handarbeitslehrerin hatte sie nur mit einer großen Portion Johanniskrautdragees und literweise Baldriantee überstanden. Sogar wenn sie perfekt vorbereitet war, mochte sie Prüfungssituationen nicht. Unter dem kritischen Blick von Fremden verlor sie rasch ihre Selbstsicherheit und fühlte sich klein und verloren.

Lena trank, als wäre sie am Verdursten. Wenn der Termin nur schon vorbei wäre! Sie hätte alles dafür gegeben, jetzt in ihrer gemütlichen Puppenklinik an der Werkbank zu sitzen. Das weitläufige Foyer der chinesischen Investorengruppe Jixiang Wu kam ihr vor wie der Vorhof zur Hölle.

»Beruhige dich, Lena!« Katjas vertraute Stimme kroch ihr ins Ohr. Eine warme Hand legte sich beruhigend auf ihre Schulter. »Wie oft hast du deinen Vortrag gestern Nacht geprobt? Fünf Mal, wenn ich mich nicht irre. Du bist also perfekt vorbereitet. Und wir stehen hinter dir! Ich bin sicher, dein Auftritt wird alle überzeugen. Du hast überhaupt nichts zu befürchten.«

Lena drehte sich zu ihrer besten Freundin um. Sie war weitaus weniger optimistisch als Katja. Es stand zu befürchten, dass sie sich restlos lächerlich machte. Es stand zu befürchten, dass sie noch heute vom endgültigen Aus ihres Ladens erfuhr. Dieser ganze Ausflug hierher kam ihr auf einmal wie eine Schnapsidee vor. Sie passte doch überhaupt nicht an einen Ort wie diesen.

»Mir ist einfach vollkommen bewusst, dass es heute um alles oder nichts geht!«, sagte Lena mit belegter Stimme. »Ich darf das hier auf keinen Fall in den Sand setzen. Es gibt keine zweite Chance, sondern nur diesen einen Auftritt. Wenn ich den vermassle, verzeihe ich mir das nie.«

Katja runzelte die Stirn. Sie hatte sich für den Termin mächtig in Schale geworfen: Das Haar saß perfekt, ihr leuchtend roter Lippenstift schimmerte glänzend. Dior hatte mal wieder ganze Arbeit geleistet. Sie steckte in einem umwerfenden kleinen Schwarzen, in dem sie aussah wie frisch aus Paris importiert. Das hübsche Kleid trug sie normalerweise nur, wenn sie Männer ein zweites Mal datete, was genau genommen nicht sehr häufig geschah. Und sie hatte ihre gefährlichste Waffe im Gepäck: ihre hohen Pumps mit der auffällig roten Sohle. Sie hatte die Schuhe von Christian Louboutin bei irgendeinem Sale gekauft. Lena wusste genau, wenn ihre Freundin zur Verabredung diese Schuhe trug, war es ihr ernst. Offenbar wollte sie diese Ernsthaftigkeit auch beim Kampf um Lenas Klinik demonstrieren.

»Du wirst das rocken«, beteuerte Katja. Aus einem Impuls heraus zog sie Lena zu sich heran und gab ihr einen tröstenden Kuss auf die Wange.

»Ganz davon abgesehen siehst du heute wunderschön aus, Lena, und du wirst die Herzen dieser Leute im Sturm erobern.« Katja ließ sie endlich wieder los. »Du bist eine kluge, fähige und ausgesprochen liebenswürdige Frau. Eine sehr talentierte Puppenärztin! Und du hast ein hundertjähriges Familienunternehmen zu bieten. Wenn diese Chinesen ein Herz haben, retten sie dein Geschäft. Nicht nur, weil deine Puppenklinik ein Unikum ist, sondern auch, weil sich alle nach deinem Vortrag kollektiv in dich verlieben werden.«

Lena nickte verunsichert, vielleicht hatte Katja recht. Bis nachts um halb drei hatten sie gestern noch an Lenas Vortrag gefeilt. Und sie hatten jede Menge altmodische Schaubilder entworfen. Das mochte unzeitgemäß wirken und angesichts von Excel-Tabellen und PowerPoint-Präsentationen auch reichlich unprofessionell, aber Lenas Laden war ein nostalgisches Artefakt. Und ihr emotionaler Appell vertrug sich nicht mit Computerschnickschnack.

Die Puppenärztin atmete tief aus und beruhigte sich langsam wieder, dann zupfte sie Katjas Kragen zurecht. Er war während ihrer Umarmung umgeknickt, jetzt saß er wieder so, wie er sollte.

Sie hatten gestern Nacht beschlossen, dass jeder von ihnen so erscheinen sollte, wie er sich am wohlsten fühlte. Es war ein wichtiger Termin, und den sollte jeder in seinem Lieblingsoutfit bestreiten. Lena hatte sich erneut für ihr dezentes Hemdblusenkleid aus dem Secondhandshop entschieden, schließlich hatte es ihr schon einmal Glück gebracht. Vielleicht würde es ihr auch heute zu einem Überraschungserfolg verhelfen!

So oder so gab ihr das Kleid das seltsame Gefühl, als ob Kai anwesend sei. Es fühlte sich an wie eine Rüstung. Für einen Moment dachte sie an ihn und legte verliebt ihre Hand auf den Herzanhänger von Emmas Kette.

»Ich werde da drin gleich mein Bestes geben!«, versprach sie mit plötzlicher Zuversicht in der Stimme. Das Zittern in ihrer Hand hörte schlagartig auf. Suchend sah sich Lena nach den anderen beiden um.

Matteo und Ekki standen etwas eingeschüchtert neben einer der lebensgroßen Glückskatzen im Eingangsbereich und unterhielten sich mit gedämpften Stimmen. Sowieso war alles sonderbar lautlos an diesem Ort, als wäre er eine angsteinflößende Kathedrale und die riesigen Goldkatzen Götzen, die man anbeten sollte. Matteo fing Lenas fahrigen Blick ein und hob seine Hand, winkte ihr zaghaft zu und lächelte aufmunternd. Aber auch er konnte seine Nervosität nur schwer verbergen.

Eine Gruppe Männer in schwarzen Anzügen und mit glänzenden Lederschuhen passierte die Drehtür. Sie sahen nicht nach links oder rechts, sondern verschwanden zielsicher in Richtung der gläsernen Aufzüge. Waren sie etwa auf dem Weg zum anberaumten Meeting? Würde Lena diesen Leuten gleich gegenüberstehen? Sie schluckte.

Katja warf ihr einen besorgten Blick zu. Offenbar stand ihr die Anspannung ins Gesicht geschrieben. Jetzt deutete Katja unauffällig zu Matteo und Ekki hinüber. »Sag mal, glaubst du, Ekki hat dieses bodenlange Batikkleid damals in Washington getragen, als Martin Luther King seine berühmte I-have-a-dream-Rede gehalten hat?« Sie legte kritisch den Kopf schief. »Übrigens trägt sie keinen BH. Aber vielleicht bin ich die Einzige hier, der das auffällt.«

Lena rieb sich über die Schläfe, ein leichter Spannungskopfschmerz machte sich breit. »Ich bin ein Fan von Ekki, sie ist wie eine Mutter für mich. Aber als wir entschieden haben, alle in unseren Lieblingsklamotten zu kommen, hätten wir das Batikkleid und die Greta-Zöpfe von dieser Regelung ausschließen sollen«, stimmte sie Katja zu. Auch wenn Katjas Strategie durchsichtig war: Sie war ihrer besten Freundin dankbar, dass sie versuchte, sie abzulenken. »In dieser Aufmachung sieht Ekki aus wie Pippi Langstrumpf.«

»Sie *ist* Pippi Langstrumpf!«, behauptete Katja überzeugt. »Die Graue-Panther-Variante mit den Rentenansprüchen! Aber wenigstens schaut sie heute nicht so aus, als wäre sie mit Hägar, dem Schrecklichen, verheiratet. *By the way*: Danke, dass du deine Boyfriend Jeans zu Hause gelassen hast, Lena.«

Nun gesellten sich der schöne Matteo und Ekki endlich zu ihnen. Ekki strahlte eine ungekannte Ernsthaftigkeit aus. Die Unbekümmertheit, die sie normalerweise verströmte, wurde von diesem Ort neutralisiert. Erst jetzt fiel Lena auf, dass die gläsernen Aufzüge über ihren Köpfen wirkten wie starrende Augen.

»Wenigstens Matteo sieht in diesem italienischen Anzug wie die Verkörperung eines jungen Amors aus«, murmelte Katja zuversichtlich, ehe die beiden sie erreicht hatten. »Schade, dass er schnell unsicher wird, wenn er vor Publikum sprechen muss, sonst könnte *er* die Chinesen belabern.«

Nachdenklich sah Lena ihre beste Freundin von der Seite aus an. »Sag mal, läuft da eigentlich was zwischen euch? Irgendwie hat sich die Stimmung zwischen euch beiden spürbar verbessert. Kürzlich hast du ihn noch einen hirnlosen Schönling genannt, jetzt vergleichst du ihn mit einer römischen Gottheit.«

Katja brach in ungläubiges Gelächter aus. »Ich date keine Männer im Alter meines eigenen Sohnes! Wie kommst du bitte auf diesen absurden Gedanken?«

»Spinnst du, Katja? Du hast doch überhaupt keinen Sohn! Und der Altersunterschied zwischen dir und Matteo beträgt gerade mal fünf lachhafte Jahre.«

Lena setzte eben dazu an, ihre Flirty-Eyes-Theorie zu erörtern, aber da hatten die beiden sie auch schon erreicht. Ekki sah auffordernd in die Runde. »Sind alle bereit?«, fragte sie. »Wir sind nach den zwei jungen Damen von Triumph an der Reihe, und vor den gut aussehenden Vertretern von Nespresso.«

Lena schloss die Augen. Konnten es nicht kleinere Kaliber sein? Schöne junge Menschen mit namhaften Konzernen im Rücken … Am Ende hatten die Nespresso-Leute noch George Clooney dabei. Noch zehn Minuten.

Die vier standen beieinander und bildeten einen eingeschworenen Kreis. Matteo legte seine Hand in die Mitte. »Los, Mädels!«, feuerte er die Truppe an. »Versprechen wir uns gegenseitig, dass wir es schaffen!«

Ekki zögerte nicht lange, sondern legte ihre Hand einvernehmlich auf die von Matteo, und auch Katja zog nach. Nun fehlte nur noch die Puppenärztin.

»Egal, wie es auch ausgeht. Danke, dass ihr das für mich macht! Das werde ich euch allen niemals vergessen!« Lena war ergriffen und legte ihre Hand ganz obenauf. Dann sah sie ihren drei Unterstützern tief in die Augen.

»Ich hasse diesen roten Bodenbelag«, murmelte Katja und zog eine Grimasse. »Die Farbe beißt sich fürchterlich mit meinem Lippenstift.«

Ab diesem Moment sagte keiner von ihnen mehr ein einziges Wort. Schweigend gingen sie zum Aufzug und fuhren nach oben. Dort, im Meetingraum 306, wartete ein Teil der Belegschaft von Jixiang Wu. Im dritten Stock würde sich Lenas Zukunft entscheiden.

Die Tür schwang auf, und die zwei Triumph-Damen verließen den Besprechungsraum. Ihr Auftritt hatte exakt fünf Minuten gedauert, nun lächelten sie einander selbstsicher zu. Offenbar war ihr Termin erfolgreich verlaufen. Im Weggehen schäkerten sie noch kurz mit den

Nespresso-Vertretern und wünschten der Konkurrenz auf Englisch »*Good luck!*« Die Gruppe rund um die Puppenärztin ignorierten sie einfach.

Viel Glück. Das konnte Lena jetzt auch gebrauchen. Eine auffällig blasse junge Frau im eleganten Hosenanzug trat zu ihnen auf den Flur, die mit ihrem raspelkurzen weißblonden Haar wie ein modebewusster Kobold aussah. »Sind Sie der CEO von *Riedel & Sohn*?«, fragte sie Matteo ohne jegliche Emotion in der Stimme. Um das Klischee der Business-Frau zu vervollkommnen, trug sie ein Headset im Ohr. Gemäß ihres Namensschilds war sie ein *Chief Assistant*.

»CEO?«, wiederholte Matteo verblüfft und grinste erheitert. »Wenn überhaupt bin ich der BFF. Lena Prechts *best friend forever*! Ihr gehört die Puppenklinik.« Er deutete stolz zu Lena hinüber.

Der blonde Kobold zog die Augenbrauen nach oben. »Dann sind Sie also die Firmeninhaberin?«

Innerlich zuckte Lena zusammen. »Ich ziehe es vor, wenn man mich einfach Puppenärztin nennt«, sagte sie. »Ja, es geht um Geld, und es ist ein Geschäft. Aber das ist nicht der Grund, warum ich es mache.«

»Wie dem auch sei. Sie haben genau fünf Minuten Zeit für Ihre Performance.« Der Blick der Assistentin wanderte irritiert über Lenas Wange. Wortlos deutete sie darauf, und Katja zückte im Nu ein Taschentuch.

»Oh je, da sieht man ja noch meinen Lippenstift-Abdruck!« Sie tupfte über die verschmierte Schminke in Lenas Gesicht. »Entschuldigen Sie, aber ich musste meine Freundin vorhin unbedingt küssen.« Sie rubbelte sorgfältig über den Rest ihres Dior-Lippenstifts auf Lenas Wange.

Lena ließ die Behandlung angespannt über sich ergehen. Sie hatte mehr und mehr den Eindruck, dass sich die Dinge nicht gerade zum Besten entwickelten. Ihr ganzer Auftritt hatte verdächtige Ähnlichkeit mit einem Schülerreferat, und jetzt fühlte sie sich auch noch wie ein sechsjähriges Mädchen. Es fehlte eigentlich nur noch, dass Katja beherzt in das Taschentuch spuckte und Lena damit das Gesicht abrieb.

»Wir geben direkt im Anschluss keinerlei Feedback!«, kündigte die Assistentin mit eisigem Charisma an. »Rückmeldung erhalten Sie in den nächsten Tagen von meinem Kollegen.«

Mit diesen Worten öffnete sie endlich die Tür. Hintereinander betraten Ekki, Matteo, Katja und Lena den Raum.

Es war noch schlimmer, als Lena es sich ausgemalt hatte. In dem kühlen, abgedunkelten Meetingraum saßen bestimmt zwanzig Personen beisammen, unter denen sonderbarerweise kein einziger Asiate war. Es hatte den Anschein eines Tribunals.

Lena rang nach Atem. *Ganz ruhig bleiben*. Sie war da, um ihren Laden zu retten, alles andere war jetzt egal! Ihr Blick wanderte nervös durch die vielen Reihen.

Ein korpulenter Mann erhob sich. »Wir sind im Verzug und sparen uns die Formalitäten«, eröffnete er. »Die Ausschreibung unseres Projekts kennen Sie ja. Wir wollen nach einem umfassenden Umbau …« Er redete weiter, aber Lena hörte gar nicht mehr hin. Die Stimme des Mannes war wie ein Hintergrundrauschen. Ihr Blick hüpfte weiter die Reihen entlang. Sie blinzelte. Starrte. In eine Richtung.

Ein unwirkliches Gefühl hielt sie plötzlich in Schach.

Sie war auf einmal nicht mehr sicher, ob sie tatsächlich im Headquarter von Jixiang Wu war oder alles nur träumte. Irgendetwas stimmte hier nicht: Kai saß hinten rechts in der Ecke des Besprechungsraums.

Einen gespenstischen Moment lang dachte Lena erleichtert, er wäre *ihretwegen* gekommen. Sie dachte wirklich, Ekki oder Katja hätten ihn hinter ihrem Rücken informiert. So wie die winkende Katze Geld herbeilocken sollte, so konnte Kai doch bestimmt Lenas Glücksbringer sein.

Die brutale Erkenntnis sickerte unerträglich langsam in ihren Verstand. Er war nicht ihretwegen hier. Kai arbeitete für den Investor.

Wenigstens schien die Überraschung auch auf seiner Seite zu sein, denn er starrte sie ebenfalls fassungslos an. Sein Blick hatte einen verstörten Zug angenommen.

Kai Winter. Sein Name hallte seit dem Wochenende wie ein zartes Echo in ihr. Ein Echo, das ein warmes, süßes Versprechen beinhaltet hatte. Aber jetzt in diesem kühlen Gebäude wurde ihr auf einmal bewusst: Das Echo war in Wahrheit ein Abgesang. Kai Winter war Teil ihres Untergangs.

Erwartungsvoll sah die Versammlung sie an.

»Lena?« Katja warf ihrer Freundin einen beunruhigten Seitenblick zu. »Du kannst jetzt anfangen. Erzähl die Geschichte der ersten Jahre!«

Der Raum drehte sich um sie. Die Luft wurde knapp. Die Zeit schien auf sonderbare Weise zu stocken. Es gab kein Oben und Unten mehr, es gab kein Heute und es gab kein Morgen. So hatte sich auch die Liebesnacht mit Kai angefühlt, aber da war es Ekstase gewesen, jetzt nur noch Chaos. Lena wünschte sich an einen anderen Ort, weit, weit weg. Weg von der Wahrheit.

Wie unglaublich dumm war sie nur gewesen? Völlig naiv hatte sie an ein Märchen geglaubt. Kai Winter mochte ein liebevoller Vater und zärtlicher Liebhaber sein, und doch war er nicht der Prinz, sondern gehörte zu den Bösen.

»Lena?«, drängte Katja. Etwa zwanzig Augenpaare starrten sie an. Kai Winter hockte wie festgefroren an seinem Platz. Auch er schien unfähig, auf die neue Situation zu reagieren.

Erkannte sie da Mitleid in seinem Blick? Egal. Was immer auch Kais Funktion bei den chinesischen Investoren war: Es war sein Job, die Existenz von Menschen wie ihr zu zerstören.

Die Enttäuschung, die in diesem Moment über sie kam, zog sie in Lichtgeschwindigkeit hinab in eine pechschwarze Tiefe. Sie befand sich auf einmal im freien Fall und wartete auf den unvermeidlichen Aufprall.

Aus weiter Ferne hörte sie Ekki. Ihre treue Mitarbeiterin hatte angefangen, wortreich den sonderbaren Zustand ihrer Chefin zu entschuldigen. Als sie dessen gewahr wurde, riss Lena sich endlich zusammen. »Es geht um meine Puppenklinik, die ich Ihnen heute vorstellen will«, spulte sie den vorbereiteten Text monoton herunter. Ihre Stimme klang völlig mechanisch. »Es geht um den Familienbetrieb *Riedel & Sohn,* den es seit hundert Jahren in München gibt. Hundert Jahre voller Mädchenträume und Bubenstreiche …« So hatte Katja sich das ausgedacht. Es hatte heimelig und emotional klingen sollen, doch wie Lena es jetzt vortrug, klang es absurd. Als würde ein Navigationssystem Liebesgedichte von Rilke vortragen.

Ein *Mädchentraum*. Nichts anderes war ihre überstürzte Verliebtheit für Kai Winter gewesen. Männer wie er ahnten doch überhaupt nichts von dem Leben, das Frauen wie sie führten. Sie fuhren teure Autos, leisteten sich luxuriöse Uhren und ließen ihre Kinder von Nannys versorgen. Sie luden Frauen in schicke Restaurants in der Innenstadt ein und schliefen mit ihnen auf Dachterrassen. Und am nächsten Morgen fuhren sie zurück in ihr Büro und vernichteten das Lebenswerk unschuldiger Menschen.

Lena konnte nicht mehr in Kais Richtung sehen. Sie wollte ihm niemals wieder begegnen.

»Mein Urgroßvater Emeran wurde am Weihnachtstag …« Sie brach mitten im Satz ab, und ihre Augen füllten sich mit beißenden Tränen.

Aber wie durch ein Wunder war da auf einmal eine helfende Hand. Katja legte beschützend ihren Arm um die Freundin, stützte sie und hielt sie fest. Mit einem schmerzhaften Ziehen in der Brust musste Lena schon wieder an ihre Nacht mit Kai Winter denken: Auch sie hatte ihn gehalten wie einen Ertrinkenden. Zum Dank erteilte er ihr heute den Todesstoß.

Der blonde Kobold erhob sich zögernd. »Ich denke, es wird das Beste sein, den Vortrag an dieser Stelle zu …«

Da trat plötzlich Matteo vor sie und lächelte einnehmend die Geschäftsleute an. Die blonde Assistentin setzte sich wieder.

»Wir alle kennen das doch, oder?«, fragte Matteo und zwinkerte den Anwesenden vertrauensvoll zu. »Ein Blackout ist wohl das Schlimmste, das einem passieren kann. Zumal in einer wichtigen Situation wie dieser.«

Er zeigte zu der aufgelösten Lena hinüber. »Ich bin seit vielen Jahren der Nachbar von Lena Precht und betreibe eine kleine italienische Trattoria. Aber um mich soll es hier und heute überhaupt nicht gehen. Es geht allein um das Überleben einer einzigartigen Puppenklinik.« Matteo sah nun ernst in die Runde. »Denken Sie an Ihre eigene Kindheit zurück. Denken Sie an Ihre treuen Begleiter dieser ersten entscheidenden Lebensjahre. Wie hieß der Teddy, der nachts neben Ihrem Kissen lag? Wie hieß die Puppe, die Sie tröstete, wenn Sie sich traurig oder ängstlich in den Schlaf weinen mussten?« Ob Matteo den ein oder anderen mit seinem Appell erreichte, war nicht auszumachen, aber er fuhr unbeirrt fort: »Lena Precht macht in ihrem Laden das, was vor ihr bereits ihre Mutter, ihr Großvater und ganz zu Beginn ihr Urgroßvater voller Leidenschaft und mit ganzer Hingabe getan haben: Sie repariert die Puppen und Kuscheltiere ihrer kleinen – und großen – Kunden. Es vergeht kein Tag, an dem nicht begeistertes Kinderlachen unseren Hinterhof füllt. Die Puppenklinik ist weit mehr als ein Geschäft, sie ist ein Zufluchtsort für zahllose Kinder!«

Wie auf Kommando trat nun Ekki mit der Zeichnung des Familienstammbaums nach vorne. Matteo zeigte lächelnd darauf. »Sie sehen hier altmodische Namen und Geburtsdaten von Menschen, die doch längst Vergangenheit sind. Aber was bedeutet ein einfacher Familienbetrieb in einer globalisierten Welt wie dieser? Hat er überhaupt noch ein Recht darauf zu bestehen?« Fragend sah er in die Runde, gab die Antwort jedoch selbst. »Wenn wir unsere Vergangenheit verraten, verraten wir uns am Ende nur selbst. Lassen Sie es nicht zu, dass Lena Prechts Puppenklinik für immer die Pforten schließt. München braucht ein wenig Nostalgie, und die Münchner brauchen Menschen wie Lena!«

In der letzten Reihe gähnte ein Mann, während eine Frau ungerührt auf ihrem Smartphone herumtippte. Den ein oder anderen hatte Matteo ganz sicher berührt. Aber es war fraglich, ob das allein ausreichen würde.

»Wir bedanken uns herzlich für diesen … unkonventionellen Auftritt!« Die blonde Assistentin sah aus, als hätte sie in einen sauren Apfel gebissen. »Ich darf Sie dann bitten, den Raum zu verlassen! Über das Ergebnis unserer Beratungen werden Sie von Jixiang Wu informiert.«

»Es gibt Herrn Jixiang Wu wirklich?«, fragte Ekki verblüfft. »Könnten wir mal mit ihm persönlich sprechen? Ich meine, unter vier Augen?«

»Jixiang Wu ist eine Aktionärsgruppe!«, zischte der Kobold Ekki ungläubig zu. »Sie hätten sich zumindest auf unserer Homepage informieren können.« Sie riss energisch die Tür auf. Erst jetzt bemerkte Lena, wie kalt es im Raum gewesen war, vermutlich lief eine Klimaanlage auf vollen Touren. Lenas Gesicht hatte die Farbe von Schnee angenommen. Sie ließ sich wie ein hilfloses Kind von Katja aus dem Raum geleiten.

Unglücklich sah ihre beste Freundin sie an, während die Nespresso-Leute sich an ihnen vorbeischoben und hineingingen.

»Wie konnte das bloß passieren?« Katja wirkte sichtlich schockiert. Sie sah betroffen von Lena zu Ekki. »Ich kenne es, wenn einem während eines Vortrags plötzlich der Faden reißt. Aber du warst so gut vorbereitet, Lena!« Sie schüttelte fassungslos über den desaströsen Auftritt den Kopf. »Die Typen da drinnen, die sind allesamt … teflonbeschichtet!«, entschied sie. »Jedes gefühlvolle Wort prallt an ihrer aalglatten Oberfläche ab. Habt ihr diese abweisenden Gesichter gesehen?«

»Er war da drinnen«, sagte Lena tonlos. Ihr Körper wurde von lautlosen Schluchzern geschüttelt. »Ekki, Katja, ihr wolltet meinen neuen Freund kennen lernen. Er sitzt dort drinnen, ganz außen rechts. Der Herr mit dem granitgrauen Anzug.«

»Machst du Witze?« Katja riss ungläubig die Augen auf. »Dein neuer Freund gehört zu *denen*?«

Ekki zog die Augenbrauen nach oben. »Jetzt verstehe ich«, brummte sie einfühlsam vor sich hin. »Ich hätte auch einen Filmriss, würde ich meine Mädels aus der Demo-Gruppe plötzlich im Aufsichtsrat von Nestlé entdecken.«

Matteo sagte gar nichts dazu, sondern wirkte fürchterlich erschöpft von seinem spontanen Auftritt.

Wie durch Zauberhand ging die Tür des Besprechungsraums auf, und Kai Winter schlüpfte nach draußen.

»Lena!« Er trat zögernd auf die Puppenärztin zu.

»Ich war eben viel zu überfahren, um adäquat reagieren zu können …« Er wollte nach ihrer Hand greifen, sie aber zuckte unwillkürlich zurück. Sie standen sich gegenüber wie vollkommen Fremde.

»Ich hätte nie und nimmer gedacht, dass sich hinter dem Firmennamen *Riedel & Sohn* ausgerechnet deine Puppenklinik verbirgt«, erklärte Kai. Die Sätze schienen ihm nicht leicht über die Lippen zu kommen. »Ich arbeite seit zwei Jahren hier. Jixiang Wu kauft und saniert in die Jahre gekommene Immobilien, um das Stadtbild aufzuwerten und schöner zu machen. Dass du von einer unserer Kampagnen betroffen bist, woher hätte ich das wissen sollen?«

Lena schwieg immer noch und starrte ihn ungläubig an. Ein hysterisches Lachen breitete sich in ihren

Eingeweiden aus, schwappte über den Flügelschlag des unsichtbaren Schmetterlings hinweg und erstickte alle Gefühle. Sie biss schmerzhaft die Zähne zusammen. »Nein«, korrigierte sie dann und sah Emmas Vater traurig an. »Ihr wertet nicht das Stadtbild auf, sondern ihr zerstört Biografien, ihr zerstört Lebenswerke und ihr zerstört Träume.«

Mit diesen Worten drehte sie sich um und ging einfach davon. Katja, Ekki und Matteo folgten ihr eilig.

Es herrschte eine Stimmung wie bei einer Beerdigung. Gedrückt und hoffnungslos.

Matteo hatte seine Trattoria geschlossen, und durch ein Fenster der Puppenklinik konnten sie sehen, wie eine enttäuschte junge Frau nach der nächsten unverrichteter Dinge das Weite suchte. Auch an Lenas Tür hing das GESCHLOSSEN-Schild.

»Das bringt doch alles nichts«, sagte Lena und wischte sich die letzten Tränen aus dem Gesicht. »Jetzt hast du wegen mir auch noch Umsatz-Einbußen. Geh rüber und kümmere dich um deine Gäste, Matteo. Die Schlacht ist vorbei, der Krieg verloren. Akzeptieren wir es doch einfach.« Sie starrte ungläubig auf die Reste von Glitzerstaub auf dem Boden. Lohnte es sich überhaupt noch, den Laden zu kehren?

Aber der schöne Matteo, der trübsinnig auf Lenas Werkbank hockte, schüttelte den Kopf. Sein Gesichtsausdruck spiegelte eine interessante Mischung aus erwachsenem Kummer und kindlichem Trotz wider.

Katja lief seit bestimmt fünf Minuten unaufhörlich die

Passage zwischen der Tür und dem Regal mit den vergessenen Schätzen auf und ab, wobei sie mit ihren hohen Schuhen ein aggressives Geräusch machte.

»Ich hasse diese Typen. Ich hasse sie einfach!« Empört riss sie eine haarlose Barbie aus dem Regal. »Sie nehmen einen aus, rauben einem die Identität. Wie Heuschrecken fallen sie über einen her, und am Ende …« Sie starrte die glatzköpfige Barbie mitleidig an. »Am Ende landet man in der Abstellkammer.«

»He, Achtung! Dieses Regal ist keine Abstellkammer!«, tönte es aus dem Hintergrund. Ekkis Stimme erhob sich mahnend. »Ja, all dieses Spielzeug wurde abgeliefert und nicht mehr abgeholt. Aber es hat bei Lena und mir eine neue Heimat gefunden. Das Leben ist nicht nur schwarz oder weiß, lasst uns also in Ruhe beratschlagen, Leute.«

Ein Feuerzeug zischte, und ein süßlicher Geruch machte sich breit.

»Du rauchst jetzt nicht wirklich einen Joint, Ekki, oder?« Amüsiert sah Katja in die dunkle Zimmerecke hinüber.

»Den habe ich mir für absolut desaströse Ausnahmesituationen reserviert«, verteidigte sich Ekki. »Es war ein Geschenk für meine Teilnahme bei einer Demonstration für die Legalisierung weicher Drogen. Ich denke, ich darf ihn heute mit Fug und Recht rauchen.«

»Aber keine Lungenzüge!«, sagte Matteo besorgt. »Am Ende wirst du noch high. Außerdem macht das Zeug süchtig.«

Ekki prustete erheitert los, und auch Katja musste nun lächeln. »Matteo, ich fürchte, das ist exakt das, was Ekki bezweckt«, erklärte sie. »All das kann man doch nur mit einem wohligen Rausch ertragen.« Katja sah Matteo dankbar an. »Was ich dir übrigens noch sagen wollte, Matteo: Dein Auftritt im Headquarter war phänomenal, der hat mich an unzählige Hollywood-Filme erinnert. Du weißt schon, zum Beispiel der Lehrer, der auf den Tisch steigt und seine Schüler anstachelt, an die Kraft der Poesie zu glauben …«

»*Oh Captain, my Captain!*«, rief Ekki unter bellendem Husten.

»*Oh Captain, my Captain!*«, rief Katja siegessicher zurück.

»Hat sich euer Captain Robbie Williams nicht wegen Depressionen umgebracht?«, murmelte Lena. »Solltet ihr gerade versuchen, mich aufzubauen, seid ihr damit nicht wirklich erfolgreich.« Sie öffnete mit brachialer Gewalt einen Versandkarton, der im Lauf des Tages eingetroffen war und eine Lieferung Spielwerke für Plüschtiere und Puppen enthielt. Die Bausätze aus Plastik gaben Geräusche von sich, wenn sie in die eine oder andere Richtung bewegt wurden. Unglücklich studierte Lena den Lieferschein. Wenn sie den Laden ernsthaft Ende des Jahres schließen musste, brauchte sie den Großteil dieser Sendung nicht mehr.

Katja zuckte bedauernd die Schultern. »Ich wollte Matteo ja auch nur rückmelden, dass ich seinen Einsatz für dich großartig fand!«, beeilte sie sich zu sagen. »Wäre ich ein CEO, ich würde glatt in ihn investieren!«

»Es ging aber doch gar nicht um mich, sondern um den Laden.« Verunsichert sah der Gastronom Katja an.

»Ich meinte ja nur.« Katjas Gesicht wirkte auf einmal seltsam erhitzt. Rasch wandte sie sich wieder an Lena. »Und was passiert jetzt mit Mister Right? Vielleicht hat dein Kai ja Tipps, wie wir das Ruder doch noch herumreißen können.«

Lena verschränkte starrköpfig die Arme vor ihrer Brust. »Kapier es endlich, Katja. Ich werde mit diesem Mann nie wieder reden. Kai ist ein knallharter Wirtschaftsmensch, er steht auf der Seite des Kapitals. Ich war bestenfalls gut genug, um mit ihm in die Kiste zu springen.«

Katja setzte die glatzköpfige Barbie zurück zu den anderen gestrandeten Puppen. Sie griff in eine Schüssel mit Puppenaugen und hielt sie in Richtung ihrer besten Freundin. Unschuldig klappten die Augenlider auf und zu.

»Na ja, in diesem Punkt hält sich mein Mitleid in Grenzen. Ich sage nur Dachterrasse.« Das Puppenauge schloss sich vielsagend. »Du solltest eure Bande nicht voreilig kappen.«

»Was für eine Dachterrasse?«, fragte Matteo neugierig, doch in dem Moment ging Lenas Telefon. Seit sie das Headquarter verlassen hatten, hatte Kai bestimmt fünf Mal versucht, sie zu erreichen. Aber Lena dachte nicht daran, das Gespräch anzunehmen.

»Wenn du nicht rangehst, wird er in spätestens dreißig Minuten hier auf der Matte stehen«, prophezeite ihr Katja. »Du solltest abheben und ihn zur Rede stellen.«

Lena zögerte einen Moment, nahm den Anruf dann aber doch widerwillig an.

Kai war am anderen Ende der Leitung, er wirkte erleichtert. »Lena!« Seine Stimme war ein einziges Flehen. »Lass uns bitte noch heute über alles sprechen. All diese Missverständnisse! Dein Zorn ist vollkommen berechtigt, ich kenne deine Haltung zur Immobilienbranche.

Du hast bei unserem Abendessen ja kein Geheimnis daraus gemacht. Aber es war nicht der richtige Zeitpunkt für eine Diskussion.« Er suchte offenbar nach den richtigen Worten. »Ich bin kein schlechter Mensch, Lena! Lass nicht zu, dass diese ganze Geschichte uns beide auseinandertreibt.«

Eine zynische Antwort lag Lena auf der Zunge, und am liebsten hätte sie gleich wieder aufgelegt. Sie schob den Versandkarton mit den Spielwerken wütend mit dem Ellenbogen zur Seite. Wie auf Kommando erklang lautes Babygebrüll aus der Schachtel, unter das sich dumpfes Bärengebrumm mischte. Dazwischen hörte man ein penetrantes, aber deutliches: »Ich hab dich lieb! Ich hab dich lieb! Ich hab dich lieb!« Im nächsten Augenblick war der Spuk auch schon wieder vorbei.

»Wie viel Gewinn wird euch mein Bankrott am Ende bescheren?«, fragte Lena in die plötzlich entstandene Stille. »Ich weiß, dass du kein schlechter Mensch bist, Kai, aber du bist in einer Branche aktiv, die das Leben von Leuten wie mir ruiniert. Wie sollte es da eine Zukunft für dich und mich geben?«

»Aber das stimmt doch überhaupt nicht, Lena. Das ist doch gar nicht der Fall.«

Die Puppenärztin lächelte bitter. »Willst du damit sagen, dass zumindest Matteos spontane Rede die Investorengruppe überzeugen konnte? Das glaubst du doch selbst nicht. In meine Verkaufsräume passen unzählige Kaffeemaschinen, und Platz für Umkleiden und Kleiderstangen voller teurer Dessous gibt es auch.«

»Noch ist doch überhaupt nichts entschieden!«, behauptete Kai. »Klar, ich will nicht unrealistisch sein. Betriebswirtschaftlich gesehen stehen deine Chancen denkbar schlecht. Aber es geht doch nicht nur um Umsatz. Bei solchen Entscheidungen geht es immer auch um Politik. Kein Investor will als der böse Gentrifizierer gelten …«

Lena horchte auf. Vielleicht hatte Kai ja wirklich einen Tipp, wie sie die vertrackte Situation in letzter Sekunde noch retten konnte.

»Hör zu, Lena. Morgen um vierzehn Uhr wird eine Delegation von Jixiang Wu eine Ortsbegehung vornehmen. Sie wollen sich euren Hinterhof noch mal mit eigenen Augen ansehen. Das ist die Gelegenheit, dich und den Laden von seiner besten Seite zu zeigen. Spiele für sie die glückliche Puppenärztin!«

Nun musste Lena lachen, wenn auch fassungslos. »Ich war glücklich!«, beteuerte sie. »Und zwar, bevor diese Heuschrecken gekommen sind, um das Lebenswerk meiner Familie zu vernichten!« Wehmütig sah sie zu ihrer momentanen Arbeit hinüber. Auf der Werkbank lag eine französische Boudoir-Puppe aus den 1920er-Jahren. Das gut erhaltene Sammlerstück hatte die Gestalt eines weinenden Clowns. Der traurige Pierrot mit dem hübschen Gesicht war ihr von einem ehemaligen Zahnarzt anvertraut worden, damit sie den Strohkörper neu befüllte. Außerdem musste das schwarz-weiße Kostüm ausgebessert und die Träne nachgemalt werden. Die weinende Puppe passte perfekt zu Lenas Verfassung.

Eine Duftwolke von Ekkis Joint waberte über ihren Kopf hinweg. Am liebsten hätte sie selbst daran gezogen.

»Lena, gib mir die Chance zu einem Gespräch. Lass mich alles in Ruhe erklären. Und bereite dich auf den Besuch dieser Leute vor. Eine feindselige, missmutige Unternehmerin wird sie nicht beeindrucken.«

»Das heißt, ich soll jetzt auch noch gute Miene zum bösen Spiel machen, um meine Klinik zu retten? Sei ehrlich, die Würfel sind in Wahrheit doch längst gefallen.«

Als Kai schwieg, fuhr sie fort: »Lass es gut sein, Kai!« Lenas Stimme klang voller Wehmut. »Wir hatten eine schöne Nacht. Aber es ist besser, wenn wir es dabei belassen.«

Mit diesen Worten legte sie auf.

Ekki pfiff durch die Zähne. »So knallhart kenne ich dich überhaupt nicht, mein Mäuschen. Gut so. Es steckt eine Amazone in dir!«

»Es steckt eine arbeitslose Puppenärztin in mir!«, erwiderte Lena traurig und sah Katja an. »Du hattest vollkommen recht, Katja. Ich hätte mich im Vorfeld über Kai erkundigen müssen. Es war dumm, mich nur auf meinen persönlichen Eindruck und mein Bauchgefühl zu verlassen.«

»Ich finde, du übertreibst ein bisschen, Lena«, schaltete sich Matteo ein, sodass Lena und Katja ihn überrascht ansahen. Schon schien er seine Worte zu bereuen. »Er ist doch kein Schwerverbrecher«, stammelte er. »Wir wissen doch überhaupt nicht, was seine Aufgabe bei Jixiang Wu ist. Womöglich kümmert er sich nur um die Bilanzen.«

Ekki erhob sich und drückte die Reste ihres Joints in ihrer Teetasse aus. Dann öffnete sie gemächlich die Fenster.

»Das habe ich gebraucht!«, sagte sie voller Zufriedenheit. »Jetzt kann ich endlich wieder klar denken!«

Verunsichert sahen Katja, Matteo und Lena sie an. »Ich bin übrigens Matteos Meinung!«, erklärte sie. »Du solltest erst mal mit deinem Liebhaber reden.«

»Er ist nicht mein Liebhaber, sondern mein One-

Night-Stand.« Diese Erkenntnis machte Lena unsagbar traurig, aber es war ihr unmöglich, sich Kai und sie weiter als Paar vorzustellen.

»Kai hat mir gesteckt, dass die Investoren morgen zu einer Besichtigungstour vorbeikommen«, eröffnete sie dann. »Er gab mir den Rat, mich darauf vorzubereiten.«

»Ah. Klarer Fall von Katastrophentourismus«, witzelte Katja.

»Ist doch perfekt!« Ekki strahlte.

Fragend sah Lena ihre Mitarbeiterin an. »Nein, Ekki. Ich werde nicht den Boden fegen, damit diese Geldgeier erkennen, dass ich womöglich doch eine tolle Geschäftsfrau bin. Ich werde nicht …«

Ekki hob beschwichtigend ihre Hände. »Davon spreche ich doch überhaupt nicht. Es ist an der Zeit, unser letztes Ass aus dem Ärmel zu ziehen. Und ob du es wahrhaben willst oder nicht: Es bleibt uns nichts als ziviler Ungehorsam.«

»Soll ich etwa meine eigene Puppenklinik besetzen?«, fragte Lena erschöpft.

Ekki schüttelte den Kopf. »Nein, aber wir sollten eine kleine, feine Bürgerdemo organisieren. Und zwar genau dann, wenn die Belegschaft von Jixiang Wu kommt, um sich ihre Investition anzusehen. Ist euch übrigens aufgefallen, dass kein einziger Chinese unter den Geschäftsleuten war? Irgendwie verstehe ich diese neuen Zeiten nicht. Zum Glück sind wenigstens Demos noch genau so wie früher.«

Ekki kramte nach ihrem Handy. »Wie sieht es aus, Leute, seid ihr dabei?« Sie hatte ihre Frage über Lenas Kopf hinweg an Katja und Matteo gerichtet.

»Am besten telefonieren wir all unsere Stammkunden

ab!«, entschied Ekki. »Sie sollen morgen Nachmittag kommen und uns unterstützen.«

»Ich könnte die Instagram- und Facebook-Follower meiner Trattoria mobilisieren!«, überlegte Matteo begeistert. »Und die Mädels aus meiner Laufgruppe kommen bestimmt auch.« Kaum hatte er das gesagt, war er auch schon dabei, etwas zu posten.

»Meine Mitstreiterinnen von den Krawallschwestern sind alle ganz sicher an Bord!«, behauptete Ekki. »Und natürlich unser internes Netzwerk. Wir unterstützen uns alle gegenseitig bei jeder Demo, ich war ja sogar bei den Protesten gegen überteuerte Ticketpreise des VfB Stuttgart dabei. Mein erster und vermutlich letzter Besuch einer Fußballarena.«

»Klingt alles ziemlich vielversprechend!« Katja nickte zufrieden. »Das heißt, ich kümmere mich um die Protestplakate. Aber was schreibe ich darauf, Ekki?« Sie sah die demoerprobte Siebzigjährige neugierig an. »Macht kaputt, was euch kaputt macht?«

Ekki schüttelte belustigt den Kopf. »Nein. Die neuen Slogans sind irgendwie subtiler. Katja, du hast doch ausreichend Fantasie! Und Tonpapier und Filzstifte haben wir auch noch. Also, steht die Sache? Demo morgen um vierzehn Uhr?« Sie sah in die Gesichter von Katja und Matteo, und die beiden nickten zustimmend. Dann drehten sich alle drei wie auf ein geheimes Kommando hin um und sahen fragend in Lenas Richtung. Es war auf einmal so still im Raum, dass man das leise Ticken der antiken Porzellanuhr überlaut hörte, auf die schon ihre Mutter und ihr Großvater geblickt hatten. Und wenn sich Lena nicht täuschte, hatte sogar ihr Urgroßvater Tag für Tag unter dieser alten Uhr gesessen. Auf einmal fühlte sich Lena mit all ihren fleißigen Vorfahren durch Raum und Zeit hinweg magisch verbunden.

»Wir machen es!«, gab die Puppenärztin endlich den Startschuss. »Morgen um zwei zeigen wir allen, wie ernst es uns ist!«

Immer noch fühlte Kai sich so, als hätte man ihm den Boden unter den Füßen weggezogen. Der Auftritt von Lena heute Nachmittag bei Jixiang Wu steckte ihm in den Knochen. Als die Tür aufgegangen und Lena – das Zentrum seiner Sehnsucht – hereinspaziert war … ein einziger Albtraum. Plötzlich hatte alles einen düsteren Sinn gemacht. Lenas spürbare Bedrücktheit, die von ihren beruflichen Sorgen herrührte. Die Geldprobleme, von denen am Anfang kurz die Rede gewesen war. Hatte Lena nicht angedeutet, dass Emma ihr die Puppe aus finanziellen Gründen geschenkt hatte? Aber Lena hatte sich das ganze Wochenende über strikt geweigert, ihn einzuweihen, und kein einziges Mal hatte sie nach *seinem* Beruf gefragt. Kai rieb sich erschöpft über seine geröteten Augen. Sie waren einander gegenüber nicht bedingungslos offen gewesen, nun rächte sich ihre naive Verschwiegenheit.

»Papi, bist du immer noch traurig wegen der Puppe?« Aus großen Augen sah Emma ihn an, die bereits für die Nacht gerichtet war: ein rot-weiß-geringelter Schlafanzug, der ihr gerade noch so passte. Bald würde sie dem Pyjama entwachsen sein. Aber Emma klammerte sich an die Vergangenheit, es fiel ihr schwer, sich von vertrauten Dingen zu trennen. Umso erstaunlicher, dass sie die Puppe aus der Glasvitrine freiwillig weggegeben hatte. Wie sich jetzt zeigte, schien ihr die Sache immer noch keine Ruhe zu lassen. »Ich habe dir ein Bild von der Puppe gemalt!« Zögernd legte sie eine Kinderzeichnung auf den kleinen Wohnzimmertisch. Sie hatte nicht nur die Puppe gemalt, sondern eine Art Familien-Szene. Ganz links stand ein streng dreinblickender Mann im Anzug. Zweifelsohne sollte das ihn selbst darstellen. An seiner Hand hatte er Emma. Emma wiederum hielt die verschwundene Puppe fest. Und die andere Hand der Puppe hielt …

»Soll das deine Mama sein?«, fragte Kai behutsam.

Emma schüttelte verdutzt den Kopf. »Nein. Aber das ist doch die Puppenärztin!«

Die liebevolle Zeichnung seiner Tochter gab Kai einen Stich. Er legte die Zeitung weg, auf die er die ganze Zeit über nur gestarrt und überhaupt nicht darin gelesen hatte. Dann klopfte er einladend auf das Sofa.

»Komm her, meine Kleine!«, murmelte er. Zärtlich zog er sein geliebtes Kind an sich. Wie sie so an ihn gekuschelt neben ihm auf dem Sofa saß, machte sie den Anschein eines wundersamen, weichen, rot-weiß gestreiften Tierchens. Kai Winter wurde von einem tiefen Gefühl von Liebe für sein Kind überwältigt.

Emmas Oma, Kais Mutter, hatte heute Nachmittag für die Kleine gesorgt. Morgen wollte sich ein neues Au-pair-Mädchen vorstellen. Wieder ein neues Gesicht. Wieder ein fremder Mensch, dem man sich Stück für Stück annähern musste. Wieder jemand, der irgendwann ging. Kai Winter merkte, dass er von seinem eigenen Leben müde wurde. Vermutlich würde das mit den Kindermädchen in den nächsten Jahren so weitergehen. Wie verrückt, dass er sich ernsthaft ausgemalt hatte, Lena könne den Platz seiner verstorbenen Frau einnehmen. Was für eine Schnapsidee, sie könne eine Art Mutter für Emma sein. Er schaffte es ja noch nicht einmal, dass sie ihn noch ein letztes Mal treffen wollte …

»Es tut mir so leid.« Emma begann unvermittelt zu weinen, und ein Zucken ging durch ihren kleinen Körper. Wie ein Sturzbach rannen ihr die Tränen die Wangen hinab. »Ich wollte nicht, dass die Puppe geklaut wird, Papa. Ich habe mir gewünscht, dass Lenas Puppenklinik gerettet wird. Nur deswegen habe ich sie mitgenommen.« Ihre Sätze wurden von einem Schluchzen verschluckt. Kai hatte Schwierigkeiten, sie zu verstehen. »Lena sollte die Puppe teuer verkaufen«, fuhr seine Tochter aufgelöst fort. »Und später hättest du sie zurückkaufen können. Das war der Plan! Und jetzt ist die Puppe für immer verschwunden.«

Das also war der Hintergrund der ganzen Aktion. Kai hätte sich gewünscht, Emma hätte ihm ihr Geständnis einen Tag früher eröffnet, vielleicht hätte er dann eins und eins zusammengezählt. Bei seiner Aussprache mit ihr war es ihm allerdings weniger um die verschwundene Puppe als um das unzuverlässige Kindermädchen gegangen …

Voller Mitgefühl sah Kai seine Tochter an. Leben ist das, was passiert, während man eifrig dabei ist, andere Pläne zu machen. Hieß es nicht so? Diese Lektion hatte nun auch Emma bitter gelernt. Aber gleichermaßen galt der Spruch auch für ihn und Lena.

»Emma, niemand macht dir einen Vorwurf!«, tröstete er sie. »Ich bin aus einem ganz anderen Grund traurig. Und wer weiß, vielleicht taucht die gestohlene Puppe ja doch wieder auf. Man darf niemals die Hoffnung verlieren …«

Er redete zwar zuversichtlich, glaubte aber selbst nicht daran. Vier Tage waren seit dem Diebstahl vergangen.

Vor vier Tagen hatte er Lena Precht erst kennengelernt. Die Begegnung mit ihr hatte sein ganzes Leben auf den Kopf gestellt und alles verändert. Blauäugig, wie er in dem Moment gewesen war, hatte er es sogar gut gefunden, dass sie von Anfang an darauf beharrt hatte, nicht über berufliche Themen zu reden: Sie waren sich begegnet wie unschuldige Teenager. Traumverloren starrte Kai auf das Gemälde an der Wand gegenüber, auf dem die gezeichnete Landschaft sich in sich selbst zu verlieren schien. Womöglich lagen seine und Lenas Welten doch zu weit voneinander entfernt, immerhin brachte Lena für seinen Beruf nicht das geringste Verständnis auf.

Kai schluckte trocken. Die Sehnsucht nach ihr wurde übermächtig und fand doch kein Ventil. Jahrelang hatte er ohne Liebe und ohne Begehren gelebt, jetzt fühlte er beides im Überfluss und drohte daran zu ersticken.

Wenn er nur geahnt hätte, dass Lena und ihre Puppenklinik hinter dem Firmennamen *Riedel & Sohn* steckten! Nie hätte er sie doch in diese unangenehme Lage gebracht …

»Bist du dann wegen der Arbeit traurig, Papi?« Aus verweinten Augen sah Emma ihn an. »Haben dich die Parigrafen geärgert?«

»Ach, Emma!« Kai Winter gab seiner Kleinen einen Kuss. »Ja, es hat mit meiner Arbeit zu tun. Jemand, der mir sehr wichtig ist, kann mich jetzt nicht mehr leiden!«

Ungläubig griff Emma nach seiner Hand. Flunkerte ihr Vater sie etwa an?, schien ihr Blick sagen zu wollen.

Sie konnte wohl nicht so recht glauben, dass jemand ihn nicht bedingungslos liebte. Für sie war ihr Papa ein wahrer Gott, das Zentrum ihres kleinen, aber exklusiven Universums.

»Sag mal, Emma …« Kais Blick wanderte über die Kommode an der anderen Wand. Seine tote Frau Tina lächelte ihn von ihrem Hochzeitsfoto aus an. Wie glücklich und strahlend war sie damals gewesen! Sie hatte immer an das Gute im Menschen geglaubt und sich mit unfassbarer Empathie in andere hineinfühlen können. Vermutlich würde sie Lenas Wut auf ihn völlig verstehen, auch er verstand sie im Grunde. Und dennoch: Er konnte nichts an den Tatsachen ändern. Er war nun mal Mitarbeiter von Jixiang Wu. Maskottchen hieß der Firmenname übersetzt. Ausgerechnet! Weder ihm noch Lena hatte das Unternehmen Glück gebracht.

»Ja?« Emma schmiegte sich an ihn.

»Willst du mir ein bisschen von der Puppenklinik erzählen? Ich weiß inzwischen ja, dass du öfter mal mit Celine dort gewesen bist.«

»Mindestens zehntausend Mal!«, behauptete Emma.

»Das ist wirklich oft«, bestätigte Kai amüsiert. »Der Laden scheint dir sehr zu gefallen.«

Emsig nickte seine Tochter. »Ja, Papa. Es ist dort wie in der Werkstatt in meinem Weihnachtsbuch. Du weißt schon, die Engel, die Spielzeuge basteln!«

Kai Winter war augenblicklich im Bilde. Immer in der Weihnachtszeit flehte ihn Emma an, ihr das völlig zerfledderte Bilderbuch erneut vorzulesen, worin es um einen armen Wandergesellen ging, der wie durch Zauberhand in einer himmlischen Weihnachts-Werkstatt erwachte. Süße Engel bastelten Spielzeug für ihn, und bepackt mit einer Eisenbahn, Bauklötzen und einem Kreisel kehrte er am Ende nach Hause zurück. Das Buch war sicherlich hundert Jahre alt. Er hatte den nostalgischen Nachdruck in einer Buchhandlung in Schwabing gefunden.

»Es sieht da wirklich genau so aus!«, beharrte Emma mit einem schwärmerischen Ton in der Stimme. »Überall sitzen Plüschtiere und Puppen und Teddys herum. Und stell dir vor, Lena sammelt sogar *Augen*!« Sie riss ihre eigenen Augen dramatisch auf. »Manche Puppen sind nämlich taub. Und dann hilft Lena, dass sie wieder richtig gut sehen.«

»Du meinst blind«, korrigierte ihr Vater.

»Stimmt!«, verbesserte Emma sich kichernd selbst. »Und einmal hatte eine Puppe keinen Kopf mehr!« Sie musste laut lachen.

Kai Winter runzelte die Stirn. »Und die konnte Lena ebenfalls richten?«

Emma nickte überschwänglich. »Lena hat auch Köpfe. Und Puppenbeine. Und eine Schachtel mit Tatzen.«

»Und ein riesiges Herz!« Das war Kai Winter leise herausgerutscht, aber Emma hatte es genau gehört. Sie blähte die Backen. »Nein, Papa. Ein Puppenherz habe ich noch nirgends gesehen. Aber dafür ganz viele Haare.« Sie lächelte selig.

»Und magst du die Puppenärztin?« Er sah Emma mit plötzlicher Ernsthaftigkeit an. Er wollte wirklich wissen, was sie von Lena dachte.

»Lena ist der liebste Mensch auf der ganzen Welt!«, jubilierte seine Tochter. »Und sie ist eine super Freusösie. Sie kann sogar eine Affenschaukel.«

»Aha, eine tolle Friseurin«, flüsterte Kai, überwältigt von Liebe. Er war immer davon ausgegangen, dass

Celine die aufwändigen Frisuren seiner Tochter geflochten hatte, aber sogar diese Aufgabe hatte sie an andere delegiert. Nun war er doch froh, dass die Französin schon fort war.

»Hat die Puppenärztin denn auch mal deine Puppen gerichtet?«, bohrte Kai vorsichtig nach. Emmas Begeisterung rührte ihn. Gleichzeitig nährte sie die Sehnsucht nach Lena.

Seine Tochter schlüpfte flink aus seinen Armen und verschwand für einen Moment in ihrem Zimmer. Als sie zurückkam, hatte sie den Suppenkasperl im Schlepptau. Das unansehnliche Wollungetüm schlackerte träge mit Armen und Beinen.

»Er war kaputt, und sie hat ihn repariert?«, fragte Kai irritiert. Er hatte nichts davon mitbekommen.

Aber Emma schüttelte feierlich den Kopf. »Nein, aber sie hat ihn *wertvoll* gemacht. Der Suppenkasperl war nämlich traurig.«

»Wieso denn traurig?« Kai verstand nur noch die Hälfte. Wie konnte man ein selbst gehäkeltes Spielzeug wertvoller machen? Hatte sie den Suppenkasperl mit Goldmünzen gefüllt?

»Der Suppenkasperl war neidisch, weil alle anderen Puppen und Kuscheltiere aus einem richtigen Laden kommen und teuer sind. Und er ist nur aus Wollresten von Oma entstanden.« Unbedarft plapperte Emma vor sich hin.

Gespannt horchte Kai Winter auf. »Ja und? Wie geht die Geschichte weiter?«

»Lena hat gesagt, dass er genau deshalb viel wertvoller und einzigartiger ist als all meine anderen Puppen zusammen. Aber das hat dem Suppenkasperl nicht gereicht. Also hat sie ihn ausgetrickst. Und jetzt ist er glücklich.«

»Wie denn ausgetrickst?« Neugierig starrte Kai auf das Wollungeheuer.

»Tata!« Mit einer Überraschungsfanfare warf Emma ihrem Vater den Suppenkasperl in den Schoß. »Schau mal sein Ohr an. Da ist jetzt ein richtiger Steiff-Knopf drin! Für Puppen ist das so wertvoll wie ein goldener Ring. Hoffentlich wird er nicht eingebildet.«

Verdutzt drehte Kai den mitleiderregenden Suppenkasperl in seinen Händen. Emma hatte recht: Lena hatte einen blank polierten Steiff-Knopf in dem unförmigen Ohr des langen Elends befestigt. Er konnte nicht anders, ihm kamen die Tränen.

»Bist du schon wieder traurig, Papa?« Erschrocken nahm Emma den Suppenkasperl an sich und drückte ihn fest an ihr Herz.

Kai schüttelte den Kopf. »Nein«, sagte er und wischte sich verlegen über die Augen. »In Wahrheit bin ich glücklich. Aber erzähl noch weiter. Hast du bei Lena auch andere Kinder kennengelernt? Oder warst du immer alleine?«

»Papa!« Entgeistert sah seine Tochter ihn an. »Lena ist die berühmteste Puppenärztin auf der ganzen Welt! Da kommen tausend Milliarden Leute!« Sie starrte nachdenklich an die Decke. »Da gehen sogar Kinder von Präsidenten hin!« Sie unterstrich ihre Worte mit einem entschiedenen Nicken. Offenbar hatte sie da etwas missverstanden.

»Doch nicht etwa vom amerikanischen Präsidenten?«, neckte sie ihr Vater.

Lachend schüttelte Emma den Kopf. »Nein!«, protestierte sie. »Aber Präsidenten von Firmen. Und sogar eine Professorin, die einen Dinosaurier als Haustier hat.« Emmas Fantasie schien keine Grenzen zu kennen.

»Wahrscheinlich forscht diese Professorin zum Thema Urzeittiere?«, fahndete Kai behutsam nach der Wahrheit.

»Das ist doch fast das Gleiche!«, behauptete Emma.

In Kais Kopf begann es zu rattern, während Emma sich mit dem Suppenkasperl an den halb abgeräumten Abendbrottisch zurückzog. Da Celine nicht mehr da war, hatten sie sich Frühlingsrollen vom Lieferdienst kommen lassen, und Emma erklärte dem Suppenkasperl geduldig, wie man asiatische Stäbchen gebrauchte.

Gedankenverloren kramte Kai nach seinem iPad und gab die Adresse von Lenas Puppenklinik ein. Dann zoomte er näher. Es gab zahllose internationale Firmen in diesem Viertel der Stadt. Die Uni war nah und auch eine namhafte Klinik. Das war einer der Gründe, warum Jixiang Wu bei der Immobilie sofort zugeschlagen hatte. Große Konzerne bedeuteten zahlreiche, solvente Mitarbeiter. Und die wiederum brauchten natürlich Wohnraum.

Aber was brauchten all diese Leute noch?

Vielleicht ein Stück Heimat …

Kurzentschlossen griff Kai nach dem Telefon und rief Pernilla, die Leiterin des örtlichen Lions Clubs an. Sie gab ihm ohne Zögern die Telefonnummern, um die er sie bat. Danach sprach er mit dem neuen Vorsitzenden des Rotary Clubs, auch hier war er augenblicklich erfolgreich. Schließlich sah er sich noch die Adressdatei seiner alten Freunde von den Pfadfindern an. Wofür waren Netzwerke schließlich da? Kai wollte nichts unversucht lassen.

Eine halbe Stunde später brachte er Emma ins Bett. Dann bereitete er sich auf einen abendlichen Telefonmarathon vor. Er hatte einiges zu erklären.

»Herr Karson? Entschuldigen Sie, dass ich mich so spät bei Ihnen melde. Hier spricht Dr. Kai Winter vom örtlichen Lions Club. Ich habe gesehen, dass Sie Chefredakteur des Münchner Stadtboten sind, und würde Ihnen gerne eine kurze Geschichte erzählen …«

8

Herr Anton kam gemächlich durch die Einfahrt geruckelt. Es würde noch dauern, bis er den Hinterhof ganz durchquert hatte und bei ihnen war, dennoch machte Lena schon jetzt einladend die Tür auf. Erst im zweiten Moment bemerkte sie das handgeschriebene Plakat, das auf der Vorderseite seiner Gehhilfe klebte: *Puppen und Teddys dieser Welt, vereinigt euch!* Im Fahrradkorb des Rollators thronte feierlich die kürzlich erstandene Charlot Byj, die offenbar als Maskottchen bei der Demo dienen sollte. Ihre Anwesenheit konnte sicher nichts schaden.

»Oh.« Ekki war unbemerkt neben Lena getreten. »Ich weiß nicht, ob das als Kampfansage für unsere Demo taugt. Jedenfalls treibt Herr Anton den Altersdurchschnitt der Demonstranten dramatisch nach oben.«

Angespannt sah Lena auf ihre Uhr. »Noch zwanzig Minuten, bis die Leute von Jixiang Wu kommen«, stellte sie fest. »Hoffentlich ist Kai nicht darunter!« Sie hatte keine Ahnung, wie sie ihm in Zukunft begegnen sollte. Eine leichte Brise kam auf, und das Bettlaken über dem Eingang blähte sich auf, um im nächsten Moment wieder in sich selbst zusammenzufallen.

Mit schwarzen Buchstaben hatten sie *Puppenklinik retten!* darauf gepinselt. Nun hing die Botschaft gut sichtbar an der Außenfassade.

»Wo sind eigentlich Katja und Matteo hin, Ekki?« Ihre beste Freundin und der junge Kneipenwirt waren vor einer halben Stunde in der Trattoria verschwunden, bepackt mit großen Tüten. Was genau sie vorhatten, hatten sie nicht gesagt, sondern lediglich verschwörerisch miteinander getuschelt.

Ekki zuckte mit den Schultern. »Wahrscheinlich bereiten sie Getränke für die Teilnehmer vor. Matteo wollte Eistee für die Demonstranten machen, es ist ja wieder mal fürchterlich heiß.« Sie fächelte sich mit der Hand Luft zu.

Herr Anton hatte die halbe Strecke geschafft. Meter um Meter arbeitete er sich zielstrebig Richtung Laden vor.

Lenas Blick glitt über die Kaffeehausstühle vor Matteos Bar. Dort hockten bereits zahlreiche Mädchen beisammen. Waren die wirklich alle hier, um zu demonstrieren? Glaubte sie Matteo, dann war es wohl so, und sie waren alle auf seinen Appell hin gekommen!

Ekki deutete erneut Richtung Einfahrt. »Guck mal, da kommt Irina aus dem Vorderhaus!« Die alleinerziehende Mutter trug ihr schlafendes Baby im Tragetuch auf dem Bauch und war mit einer riesigen Friedensfahne bewaffnet. Das hatte zwar nichts mit dem Thema ihres Protests hier zu tun, aber jede Unterstützung war wertvoll. Irina holte Herrn Anton ein und schlüpfte einen winzigen Augenblick vor ihm durch die geöffnete Tür.

»Sind schon alle da?«, fragte Herr Anton erwartungsvoll, während er seinen Rollator schwer schnaufend über die Schwelle bugsierte. Neugierig linste er in den Laden. Als er lediglich Ekki, Lena und Irina sah, wirkte er für einen Augenblick ratlos.

»Ich dachte, das hier wird eine Demonstration?«, sagte er sichtlich enttäuscht. »Also 1967, bei den Protesten gegen den Besuch des Schahs, da sind ein paar mehr Leutchen zusammengekommen.«

»Sie waren damals auch bei den Anti-Schah-Demonstrationen dabei?«, fragte Ekki euphorisch, sodass sich Herr Anton hinter seinem Rollator stolz aufrichtete und nickte. Ekki sah die Puppenärztin zuversichtlich an. »Ich sagte dir doch, wir sind von Experten und Sympathisanten umgeben! Spring, und das Netz wird erscheinen, das war schon immer meine Devise. Man muss sich einfach nur trauen, die anderen um Hilfe zu bitten!«

»Ja, damit hattest du wohl recht.« Nun war Lena doch froh, dass sie gestern sogar den alten Herrn Anton angerufen hatte. Obwohl sie nicht wirklich mit seiner Teilnahme gerechnet hatte, stand er nun vor ihnen – und wie es schien, hatte er einschlägige Protest-Erfahrung.

In der Tür tauchten zwei auffällige Gestalten auf, die wie selbstverständlich eintraten, noch ehe Lena sie hereinbitten konnte. Verwirrt betrachtete sie die zwei fremden Besucher. Ein puppenhafter Pierrot stand in voller Pracht vor ihr, Hand in Hand mit seiner entzückenden Begleitung: eine perfekte Pierette – mit weiß bemalter Haut, einer tiefschwarzen Träne unter dem Auge und …

Lena lachte entgeistert auf. Bei allem Unglück hatten es ihre lieben Freunde nun doch noch geschafft, sie zu überraschen. Hinter dem Kostüm der traurigen Clowns erkannte sie Katja und Matteo!

»Das gibt's doch nicht! Katja, bist du das?« Lena konnte nicht anders. Tränen der Rührung schossen ihr in die Augen. Sie wischte sich verlegen über das Gesicht.

Ekki und Herr Anton brachen in Begeisterungsrufe

aus, und Irina schoss eifrig ein paar Handyfotos. Fasziniert umrundete Lena die zwei Kostümierten. Nichts fehlte – sie hatten an wirklich alles gedacht: die unverwechselbaren schwarzen Mützen, die ausladenden weißen Rüschenkragen. Die beiden trugen sogar passende Schuhe dazu. Sie sahen wahrhaftig aus wie die beliebten Sofapuppen aus den 1920er-Jahren.

»Wie um Himmels Willen habt ihr es geschafft, so schnell an diese Kostüme zu kommen?«, fragte Lena mit belegter Stimme. Fassungslos starrte sie den Bilderbuch-Pierrot an.

Katja zuckte gelassen mit den Schultern. »Zum Glück leben wir in einer Stadt mit einer großen Auswahl an Kostümverleihen«, schmunzelte sie. »Und erfreulicherweise ist gerade keine Faschingszeit. Wir hatten also freie Auswahl!«

Vertraulich dämpfte Matteo die Stimme. »Katja hat den armen Kostümverleiher völlig aus dem Konzept gebracht, indem sie behauptet hat, wir würden zu einer Fetisch-Veranstaltung gehen!« Er verdrehte lachend die Augen. »Aber schließlich hat er uns diese Verkleidungen dann doch noch herausgesucht. Er wünschte uns für die Aktion gutes Gelingen!«

»Ich bin überwältigt!« Lena konnte es wirklich kaum fassen. Die beiden Pierrots passten perfekt in eine Demonstration, die die Schließung einer Puppenklinik verhindern wollte.

»Wie seid ihr auf diese grandiose Idee gekommen?«, fragte Ekki sichtlich beeindruckt. »Ein trauriger Pierrot als Demonstrant. Besser hättet ihr es kaum treffen können!«

Wortlos deutete Katja auf Lenas Werkbank. Dort lag

immer noch die antike Pierrot-Puppe des alten Zahnarztes und wartete darauf, endlich von Lena verarztet zu werden.

Jetzt verstand Lena. Beglückt sah sie Matteo und Katja an. »Diese Überraschung ist euch wirklich gelungen. Ihr zwei seht in dieser Maskerade bezaubernd aus, als würdet ihr zusammengehören …« Mit voller Wucht kehrte die Trauer zurück. Eine Woge von Liebeskummer erfasste Lena. Sie sah Kais sinnliche Lippen vor ihrem inneren Auge, und für einen Moment spürte sie seinen Atem an ihrem Ohr und den sanften Druck seiner Fingerspitzen in ihrem Nacken … Nein, das alles war Vergangenheit. Die Liebe würde sie schon irgendwann finden, es gab doch hoffentlich noch ein paar mehr interessante Männer als Kai. Männer, die nicht gerade bei Jixiang Wu angestellt waren.

»Meine Urenkelin Finja kommt auch noch vorbei!«, kündigte Herr Anton stolz an. »Sobald die Schule aus ist, unterstützt sie unsere Demo.«

»Apropos Unterstützung. Ich habe Henris Eltern heute früh gebeten, den Babysitter mitsamt ihrem Sohn hinunter in den Hof zu schicken, sobald es hier losgeht«, eröffnete Irina zu Lenas Freude. »Je mehr wir sind, desto besser! Nicht wahr?« Solidarisch sah Irina die Puppenärztin an. »Man darf sich nicht alles gefallen lassen und sollte zusammenhalten, wenn es drauf ankommt!«

Unruhig wanderte Lenas Blick erneut Richtung Uhr. Noch fünfzehn Minuten! Die kleine Gruppe an Demonstranten bot einen interessanten, aber nicht gerade überwältigenden Anblick. Sie waren eindeutig zu wenig Leute. Lena und Ekki hatten gestern fieberhaft all ihre Kunden abtelefoniert, von denen einige tatsächlich versprochen hatten zu kommen. Nun rückte der Zeiger der Uhr immer weiter vor, aber außer diesen zehn, fünfzehn Menschen im Hof war niemand erschienen.

Plötzlich ging im Hinterhaus die Tür auf. Erst ragte der Rüssel des Schnellefants heraus, dann folgte Henri, und schließlich trat auch der junge Babysitter mit seinen obligatorischen Kopfhörern ins Freie. Sichtlich gelangweilt schlurfte er hinter Henri her und zu der Puppenklinik herüber. »Hier soll gleich eine Demo steigen?«, fragte er lustlos und pflückte sich einen der Kopfhörer aus dem Ohr. Im gleichen Moment bemerkte er die jungen Frauen vor Matteos Trattoria, und seine schlechte Laune verflog wie durch Zauberhand. Er zeigte auf einmal sein breitestes Grinsen. »Leute, meine Unterstützung habt ihr voll und ganz!«, versprach er mit plötzlich erwachender Kampfeslust. »Ich war schon bei vielen Demos am Start«, gab er an. »Hat jemand ein Megafon dabei, das ich benutzen darf? Ich habe ein Talent dafür, Massen zu begeistern.«

»Klar!« Ekki grinste. »Mein treuer Begleiter seit sehr vielen Jahren!« Sie drückte dem verpickelten Jungen ein Megafon in die Hand.

»He, da sind ja Selma und Ida!« Ein Strahlen erhellte Lenas Gesicht. Die zwei Diplomaten-Töchter kamen eben durch die Einfahrt gerannt, im Schlepptau ihre Nanny. Selma trug ihre Puppe Fabiana auf dem Arm. Aus Idas Kinderrucksack spitzelte der Schnabel des Pinguins Fipsi.

Lena konnte nicht anders. Ein Kloß entstand in ihrem Hals. Nicht nur ihre Stammgäste waren also gekommen, sie hatten zu ihrer Freude auch noch die eigentlichen Patienten im Gepäck! All diese Plüschtiere und Puppen hatten einst auf Lenas Werkbank gelegen, und nun setzten sie sich ihrerseits für Lenas Überleben ein …

Ein Skateboard schoss mit einem pfeifenden Ton durch die Einfahrt. Finja, die Urenkelin von Herrn Anton, kam direkt von der Schule hierher. Und dann folgten nach und nach noch mehr vertraute Gesichter: Die alte Zeitungsverkäuferin aus der Straße, die schon Kundin bei Lenas Opa gewesen war. Das Ehepaar Zuzanna und Igor, das Lenas polnische Lieblingskneipe betrieb. Der Mund blieb Lena offen stehen: sogar Agata, die Nichte von Zuzanna, war extra für die Aktion aus Augsburg gekommen. Lächelnd schwenkte sie ihren Teddy Pawel in der Luft.

Überwältigt schloss Lena die Augen. Wie sehr wünschte sie, ihr Urgroßvater könnte all das sehen. Angefangen hatte es mit der Puppe seiner kranken Tochter Liesel, und nun, fast hundert Jahre später, eilten all diese Leute wegen seines Ladens herbei. Nein, nicht wegen seines Ladens, auch wegen Lena. Das wurde ihr in diesem Augenblick feierlich bewusst.

Die ersten Besucherinnen von Matteos Trattoria formierten sich. Sie hatten witzige Schilder gebastelt: *Artenschutz für Teddybären!* stand auf einem Transparent, *Nur noch Spielgeld für Investoren!* auf einem anderen.

Henris Babysitter war inzwischen voll und ganz in seinem Element. »Leute, denen heizen wir mächtig ein!«, rief er durch Ekkis Flüstertüte. »Das Motto lautet: Wir lassen die Puppen tanzen! Diese uralte Puppenklinik darf nicht einfach aus dem Stadtbild verschwinden. Wir wollen nicht, dass sie wegen mangelnder Rendite zugemacht wird!« Das Megafon dröhnte. »Wir holen uns den Hinterhof zurück! Keine Macht den Investoren!«

Staunend starrte Lena den jungen Mann an. Als Babysitter war er eine Null, aber Erfahrung mit Protestmärschen schien er tatsächlich zu haben.

Irgendwer auf dem Hinterhof schaltete jetzt laute Musik an. Selma und Ida begannen begeistert zu klatschen. Katja und Matteo pfiffen dazu.

»Hausverbot für Kapitalisten!«, schrie Ekki.

»Schluss mit dem Raubbau an unserer Tradition!«, rief Herr Anton. Die ersten Schaulustigen von der Straße wurden vom Lärm angezogen. Eine Gruppe Touristen stand im Torbogen zum Hinterhof und beobachtete das Ganze mit Interesse. Und dann kam sie endlich, die Delegation von Jixiang Wu. Die Damen und Herren blieben in sicherem Abstand zur Demo stehen und wirkten von der Aktion sichtlich auf dem falschen Fuß erwischt. Sie alle waren heillos damit überfordert. Erleichtert stellte Lena fest, dass Kai nicht darunter war, aber ein Teil von ihr vermisste ihn auch. Insgeheim hatte sie doch gehofft, ihn heute noch einmal zu sehen. Obwohl sie mit aller Macht gegen dieses Verlangen ankämpfte: Es gab diese widersprüchlichen Gefühle in ihr, und sie schluckte die Enttäuschung über Kais Abwesenheit tapfer hinunter.

Die blonde Assistentin der Geschäftsführung trat energischen Schritts aus der Gruppe heraus und marschierte auf Henris Babysitter zu. Im nächsten Augenblick hatte sie ihm die Flüstertüte entrissen. »Wir von Jixiang Wu verstehen Ihre Beunruhigung!«, erklärte sie. »Aber bitte gehen Sie wieder nach Hause. Die Verteilung der Ladenflächen erfolgt gemäß dem Angebot-Nachfrage-Prinzip. Wir bieten den Bürgern der Stadt das, was sie sich wünschen …«

Doch jetzt geschah etwas Sonderbares: Ein mit einer großen Kamera ausgestatteter Mann betrat wie aus dem

Nichts die Bühne, dahinter folgten Kabelträger, Tontechniker und eine Schar Praktikanten. Weitere Redakteure stießen dazu, die man leicht an ihrer Ausrüstung und den Namensschildern erkannte, die sie teils trugen. Mehr und mehr füllte sich der Hinterhof mit Zaungästen, herbeieilenden Demonstranten und Journalisten.

»Wo kommen die denn alle auf einmal her?«, fragte Ekki verblüfft. »Hast du diese Fernsehleute hierher bestellt? Woher hast du solche Connections, Lena?«

»Ich …« Lena schüttelte überrumpelt den Kopf. Sie hatte nicht den Hauch einer Ahnung. Immer weiter füllte sich der Hinterhof. Überall standen jetzt Menschen.

»Sind Sie Lena Precht?« Der Journalist einer Münchner Boulevardzeitung stand vor ihr, und Lena nickte.

»Wir würden gerne ein kleines Interview mit Ihnen führen!«, kündigte er an. »Sie stehen später doch für Fotos zur Verfügung?«

Eine beleibte Frau zwängte sich an dem Klatschreporter vorbei, auf deren T-Shirt das Logo einer überregionalen Zeitung zu erkennen war. »Stimmt es, dass es die Puppenklinik schon hundert Jahre gibt?«, fragte sie. »Könnten Sie sich vorstellen, dass wir eine kleine Homestory über Sie und Ihren hübschen Laden bringen?«

Jemand von einem Radiosender hielt Lena neugierig ein Mikro unter die Nase.

Lena spürte einen seltsamen Schwindel. Womit hatte sie diese unverhoffte Unterstützung verdient? Woher stammten all diese Leute?

Ekkis Megafon knisterte, Katja hatte es der Assistentin von Jixiang Wu entrissen. »Ich schlage vor, dass Sie sich alle gemeinsam mit Lena Precht für einen Moment in die Werkstatt zurückziehen!«, beschallte Katja spontan den Hinterhof. Alle Augen waren auf einmal auf sie gerichtet, sodass Katja rot wurde und nervös zum Eingang zeigte. »Dort wird in wenigen Minuten eine Fragestunde zur Lage der Puppenklinik stattfinden!«, behauptete sie. Ihre Stimme wurde zu einem ängstlichen Fiepen. Die geballte Aufmerksamkeit überforderte sie, doch dann stand auf einmal Matteo bei ihr und fasste Katja sanft an der Hand. Seine Hilfe beruhigte sie offenbar augenblicklich. Mit fester Stimme sprach sie weiter: »Sie alle haben gleich die Gelegenheit, der Puppenärztin Fragen zu stellen. Sie sollten Ihre Leserschaft und Ihre Zuschauer unbedingt und umfassend darüber informieren, wie skandalös diese einzigartige Puppenklinik aus dem Stadtbild getilgt wird.«

Katja beendete ihren Appell, und es hagelte ein Blitzlichtgewitter. Matteo und sie in ihren originellen Kostümen boten das perfekte Motiv für einen herzerwärmenden Zeitungsartikel oder Fernsehbericht.

»Fragestunde, spinnt ihr?«, fragte Lena, aber Katja und Matteo nickten ihr aufmunternd zu, und Ekki hakte sich kameradschaftlich bei ihr unter. »Du schaffst das, Lena! Es ist dein Laden. Und jetzt kämpfst du dafür – und zwar mit deiner Persönlichkeit und deinen gut einstudierten Worten!«

Lena schöpfte einmal tief Atem. Dann verschwand sie mit einem Pulk Reporter in ihrem Laden.

Bilder und Aufnahmen vom Inneren der Puppenklinik wurden gemacht. Die Puppen und Plüschtiere im Regal wurden plötzlich zu Fotomodels, einige der Kameras aber waren ausschließlich auf die Puppenärztin gerichtet. Lena setzte sich verunsichert auf ihre Werkbank. Ihr Gesicht glühte, sie war fürchterlich angespannt. Auf einmal wurde es ruhig im Laden.

»Ja, es geht um den Familienbetrieb meines Urgroßvaters!«, begann Lena leise. Ihre Augen fingen die beruhigenden Blicke ihrer drei Nothelfer ein: Rudi, Fräulein Wunderlich und Tinky-Winky saßen dort oben im Regal und sahen zufrieden auf sie hinunter. Lena räusperte sich. Sie betrachtete die Journalisten, unter die sich Ekki, Matteo und Katja gemischt hatten. Auf einmal fühlte sich Lena vollkommen sicher. »Mein Urgroßvater Emeran wurde am Weihnachtstag des Jahres 1880 als uneheliches Kind einer Marktfrau geboren«, fing sie an. »Fünf Tage später starb seine Mutter entkräftet im Kindbett …«

Die Journalisten klebten an Lenas Lippen. Sie wiederholte exakt den Text, den sie für ihren Auftritt bei Jixiang Wu vorbereitet hatte, jene wunderbare Hommage an ihre Puppenklinik, die Katja für sie geschrieben hatte. Als sie mit ihrer Schilderung geendet hatte, sahen die Journalisten sie ehrfürchtig an.

»Aber was genau bedeutet diese Kündigung für Ihr Geschäft?«

»Werden Sie die Puppenklinik nach der Schließung an einem anderen Standort in München wieder eröffnen?«

»Besteht die Chance, mithilfe einer Crowdfunding-Aktion dieses wunderbare Kleinod doch noch zu retten?«

»Was halten denn die Investoren von dieser Einrichtung hier?«

»Haben Sie bereits mit den Vorsitzenden von Jixiang Wu diskutiert?«

Geduldig beantwortete Lena Frage um Frage.

Draußen war auf einmal lautes Getrommel zu hören, und Ekki streckte aufgeregt ihren Kopf durch die Tür. »He, Lena! Endlich sind meine Kolleginnen von den Krawallschwestern da! Sie haben dir ihre volle

Unterstützung zugesagt und bleiben notfalls hier, bis es Beschwerden wegen Lärmbelästigung hagelt.« Die Puppenklinik füllte sich mit heiterem Lachen, mit der Ankunft von Ekkis Truppe war der vorläufige Höhepunkt der Demo erreicht.

Die Journalisten wurden von dem lauten Spektakel augenblicklich wieder hinaus in den Hinterhof gelockt. Ekkis Krawallschwestern boten einen unvergesslichen Anblick: eine Gruppe älterer, bunt gekleideter Frauen, die mit Samba-Trommeln bewaffnet waren. Der Lärm, den sie veranstalteten, war ohrenbetäubend. Nun stimmten sie vor der Puppenklinik auch noch Protestlieder an. So viel geballte Lebenserfahrung, so viel positive Energie.

Herr Anton begann mit Ekki zu schunkeln. Und immer mehr Leute strömten in den Hinterhof. Das dort drüben mussten die Mädels aus Matteos Laufgruppe sein, zumindest trugen etliche von ihnen Sportklamotten.

Lena stand immer noch überwältigt im Türrahmen der Klinik und sah ungläubig über das Meer an Köpfen hinweg. Die Mitarbeiter von Jixiang Wu mischten sich unschlüssig unter die feiernden, singenden und tanzenden Demonstranten. Irgendwer schenkte Eistee aus. Es herrschte eine ganz besondere Stimmung.

9

Der Wetterbericht hatte ein Sommergewitter gemeldet, dabei rekelte sich München im Sonnenschein, nur an den Ausläufern des Bilderbuchhimmels konnte man ein paar schwarze Wolken erahnen … Lena blieb stehen, legte ihren Kopf in den Nacken und atmete die frische Morgenluft ein. Seit gestern Nachmittag empfand sie eine Art tiefen Frieden. Sie glaubte auf einmal wieder daran, dass die höheren Kräfte es gut mit ihr meinten.

Lena hatte gestern ihr Bestes gegeben. Egal wie es nun lief, sie würde sich nichts vorwerfen müssen. Noch bis nachts um halb elf hatte sie mit Ekki, den Krawallschwestern und Katja bei Matteo gesessen. Er hatte noch einmal Gnocchi für alle gemacht, und dieses Mal waren sie sogar etwas geworden. Zur Feier des Tages war auch ziemlich viel Rotwein geflossen.

Wer solche Freunde hatte, was brauchte der mehr, um glücklich zu sein? Lena dachte wehmütig an Kai Winter und Emma. Nun hatte sie doch einen Kloß im Hals. Erfolgreich hatte sie es geschafft, wenigstens für ein paar Stunden jeglichen Gedanken an ihn und seine Tochter zu verdrängen.

Und die Puppenklinik? Deren Zukunft lag ab sofort nicht mehr in ihrer Hand. Jixiang Wu, das Schicksal oder die winkenden Katzen würden es wohl entscheiden.

Auf Höhe des Planet Coffee wurde die Tür aufgerissen, und Kaffeeduft schwappte heraus. Die zwei jungen Männer mit ihren XXL-Pappbechern starrten Lena verwundert an. »Respekt!«, sagte der eine der beiden. Schon waren sie die Straße hinunter verschwunden.

Respekt? Lena sah verunsichert an sich hinab. War das ein Kompliment für ihr Aussehen gewesen? Nein, ganz sicher nicht, schließlich trug sie die von Katja gehasste Boyfriend Jeans. Und sie wusste selbst, dass sie keine wirklich gute Figur darin machte. Außerdem nagte der Liebeskummer an ihr, und die Anstrengungen der letzten Tage hatten sich in ihr Gesicht eingegraben. Man sah ihr förmlich an, dass sie momentan aufwühlende Zeiten durchlebte.

Eine Frau im schicken Business-Kostüm stakste auf beeindruckend hohen Schuhen an Lena vorbei. »Gutes Interview!«, rief sie Lena über die Schulter hinweg wohlwollend zu und stieg in ein Taxi.

Lena kratzte sich irritiert am Kopf. Offenbar hatten die Medien tatsächlich berichtet! Katja hatte gestern Abend noch lange im Netz gesurft und etliche Bloggerbeiträge sowie ein aufrüttelndes Video auf YouTube entdeckt. Teilnehmer hatten auf Facebook, Instagram und Twitter berichtet. Wie es schien, hatten zwischenzeitlich aber auch die Zeitungen etwas über die Demo gebracht, oder hatten entweder Radio oder Fernsehen oder beide ihr Gespräch bereits ausgestrahlt? Immer noch konnte Lena den gestrigen Ansturm der Presse kaum fassen. Das alles war wie ein seltsamer Traum gewesen, in dem Lena die Hauptrolle hatte spielen dürfen.

Sie war am Zeitungsladen angelangt, an dem man ihr das Fahrrad samt der Puppe gestohlen hatte. Rasch schüttelte Lena das schlechte Gewissen ab. Es brachte nichts, sich deshalb zu grämen.

Die Zeitungsfrau bestückte gerade einen Aufsteller mit einem neuen Fernsehjournal.

»Frau Precht!« Die alte Dame nickte Lena voller Anerkennung zu.

Lena blieb stehen. »Danke, dass Sie gestern bei unserer kleinen Demo dabei waren«, sagte sie. »Das hätte meinem Opa ganz sicher gefallen!«

Die Verkäuferin hielt den Kopf schief. »Man muss sich doch wehren!«, flüsterte sie Lena verschwörerisch zu. »Lassen wir die Puppen tanzen!«, wiederholte sie verschmitzt das Motto der Demo und reckte kämpferisch ihre geballte Faust in die Luft. »Ich überlege ernsthaft, mich zukünftig bei den Omas gegen rechts zu engagieren«, sagte sie stolz. »Die Krawallschwestern sind mir ein bisschen zu laut, aber die andere Gruppe gefällt mir.«

»Nun ja, mal sehen, ob unsere Aktion irgendetwas bewirkt hat!« Lena sah die ehemalige Kundin ihres Opas voller Dankbarkeit an. »Manche Dinge kann man nicht ändern, sondern muss sie annehmen, wie sie sind. Jetzt entscheiden wohl oder übel die Investoren, und ich bin mir nicht sicher, ob unser gestriger Protest sie wirklich beeindruckt hat.«

»Machen Sie Witze?« Die Verkäuferin sah Lena ungläubig an. »Wirklich jede Münchner Zeitung hat über die Demo berichtet!« Geschäftig verschwand sie in ihrem Laden und kam kurz darauf mit den druckfrischen Ausgaben mehrerer Tageszeitungen zurück. »Da schauen Sie mal, hier sogar auf der Titelseite …«

Ungläubig starrte Lena auf das Foto der zwei traurigen Clowns, daneben sie selbst, umringt von einer Gruppe trommelnder Frauen.

Beeindruckender Bürgerprotest für Münchner Traditions-

geschäft. Wie viel Gentrifizierung verträgt unsere Stadt? Lesen Sie das Titelthema auf Seite 17.

Ungläubig blätterte Lena weiter. Der ellenlange Text handelte von Immobilienspekulanten, und als Beispiel für deren Opfer wurde Lenas Puppenklinik ins Feld geführt. Ein herzerwärmendes Foto ihres Ladens zierte einen Großteil der Seite.

»Die schenke ich Ihnen!«, sagte die Zeitungsverkäuferin gönnerhaft. »Sie sind jetzt ja sozusagen ein Promi!«

»Danke!« Verwirrt klemmte sich Lena die Zeitungen mit ihrem Foto auf dem Cover unter den Arm. Vielleicht würde ihre gestrige Aktion doch etwas ins Rollen bringen. Ihr Telefon schrillte. Sie nickte der netten Zeitungsverkäuferin im Weggehen zu und suchte in der Tasche eilig nach ihrem Handy. Es war Katja.

»Hast du es schon gesehen?« Katjas Stimme strotzte vor Stolz.

Lena lachte. »Ja, gerade eben. Du und ich auf einer Titelseite, wer hätte das jemals für möglich gehalten! Die Artikel muss ich auf jeden Fall meinen Eltern mailen. Sie sollen ruhig sehen, was in der Zwischenzeit alles geschehen ist, um den Familienbetrieb doch noch zu retten.«

»Davon spreche ich doch gar nicht!«, sagte Katja perplex. »Unsere Demo war gerade im Frühstücksfernsehen!«

»Ehrlich?« Fassungslos blieb Lena stehen. Die Ereignisse schienen sich wirklich zu überschlagen.

»Ja. Es war auch ein Studiogast da, ein Städtebauplaner. Es ging um Modernisierung und die Bewahrung von Tradition. Lena, ich bin sicher, da kommt noch einiges auf dich zu. Wahrscheinlich werde ich dich bald nur noch als beliebten Gast in Talkshows bewundern.«

»Um Himmels Willen!« Lena setzte sich langsam wieder in Bewegung. »Als Galionsfigur für Bürgerprotest eigne ich mich wahrlich nicht. Aber wenn die Puppenklinik dank dieses Medienspektakels überlebt, wäre ich wirklich sehr glücklich.«

»Sie *wird* überleben!«, war Katja überzeugt.

Lena spazierte durch die Hauseinfahrt. Sie hatte ihr Ziel erreicht, nichts im Hinterhof verriet mehr etwas von der turbulenten und lauten Demo.

Zufrieden blieb sie vor der hübschen Fassade ihrer Puppenklinik stehen und lächelte seltsam beglückt. »Katja, danke noch mal für eure Unterstützung gestern. Das war wirklich ein großer Freundschaftsbeweis.« Sie sah hinüber zu der geschlossenen Trattoria. »Es tut mir übrigens leid, dass ich dir und Matteo was angedichtet habe«, fiel ihr noch ein. »Aber ihr zwei wärt wirklich ein schönes Paar!«

»Ja, solange wir in Clownskostümen stecken, uns angiften und italienischen Rotwein schlürfen, passen wir perfekt zusammen!« Katja lachte erheitert. »Mach dich bitte nicht lächerlich, als Matteos Jugendsünde tauge ich nicht. Im Universum solcher Männer spiele ich bestenfalls die Rolle der mütterlichen Freundin.« Sie seufzte bedauernd.

»So ein Unsinn, wie kommst du denn darauf?« Lena kramte nach ihrem Schlüssel.

»Ich muss jetzt leider, Lena. Ich schaue heute Abend im Laden vorbei, und wir sichten gemeinsam das Medienecho. Und dann planen wir die weiteren Schritte.« Sie klang siegessicher. »Lena, die Stadt München steht hinter dir. Deine Freunde und Kunden stehen hinter dir. Ich bin überzeugt, das ist erst der Anfang.«

Sie verabschiedeten sich, und Lena schloss endlich den Laden auf. Fräulein Wunderlich, Rudi und Tinky-Winky starrten etwas trübselig zu ihr hinunter. Dort oben hatte sich eine feine Schicht Staub angesammelt, die ihr gestern gar nicht aufgefallen war.

»Oh je, euch habe ich in letzter Zeit aber ganz schön vernachlässigt!« Lena warf ihren drei treuen Maskottchen einen schuldbewussten Blick zu. »Aber ihr müsst zugeben, es ist auch wirklich viel in meinem Leben passiert. Vielleicht kommt Emma ja bald mal wieder vorbei und spielt mit euch dreien.« Sie lächelte traurig. Vermutlich hatte ihr Schlussstrich mit Kai auch dafür gesorgt, dass sie Emma nie wiedersehen würde. Allein die Vorstellung empfand sie als grauenvoll.

Sie holte einen Staubwedel und ihre kleine Leiter herbei, dann stieg sie zu ihren drei Nothelfern hinauf. Konzentriert befreite sie erst die Käthe-Kruse-Puppe, dann den Elefanten und schließlich auch die Schildkröte von hauchfeinem Staub. Anschließend widmete sie sich wieder der kleinen Pierrot-Puppe.

Kurz darauf begann das Glockenspiel über der Tür fröhlich zu klingeln, und ein Bote von Fleurop trat ein.

»Sind Sie Lena Precht? Jemand schickt Ihnen Blumen!« Der Lieferant strahlte und beugte sich vertrauensvoll nach vorn. »Ich habe heute Morgen übrigens im Radio von Ihrer Puppenklinik gehört«, verriet er ihr lächelnd und hielt ihr einen gigantischen Blumenstrauß hin. »Ich weiß genau, was Sie momentan durchmachen. Meine Frau war früher Goldschmiedin, hat aber irgendwann umgeschult. Es ist nicht mehr leicht, in der heutigen Zeit ein traditionelles Handwerk zu betreiben.« Lena nahm die Blumen zögerlich an sich. »Jetzt ist sie für ein

Callcenter tätig«, redete der Lieferant ungefragt weiter. »Es macht ihr natürlich keinen Spaß, aber es füllt den Kühlschrank und zahlt unsere Miete.« Er zuckte betrübt mit den Achseln.

Lena unterschrieb. Noch nie hatte ihr jemand Blumen in den Laden geschickt, und nun gleich ein Meer roter Rosen. Der Bote verabschiedete sich freundlich und verschwand, zeitgleich erschien Ekki zur Arbeit.

»Na. Wer hat mir da denn gerade Rosen geschickt?«, witzelte sie. »Das wäre doch wirklich nicht nötig gewesen!« Sie zwinkerte Lena vielsagend zu. Dann wurde sie ernst. »Gib dir doch endlich einen Ruck, Lena. So einen Mann schickt man nicht einfach in die Wüste. Ich bin sicher, die Blumen kommen von deinem Kai.«

Lena starrte die Karte zwischen den Rosen an. »Bitte lass uns reden!«, hatte Kai ihr geschrieben. Sie fischte die flehende Nachricht heraus und warf sie achtlos in den Papierkorb.

»Jetzt muss ich mich erst mal um die Puppenklinik kümmern!«, erwiderte sie leise. »Das hat Vorrang vor allem anderen.« Sie sah bedrückt auf die Rosenblüten. »Ich weiß auch nicht, ob ich wirklich Lust habe, Kai noch mal wiederzusehen. Er hätte gestern ja hierherkommen können, stattdessen zieht er sich zurück wie ein Feigling! Nimm du die Blumen, ich will sie nicht.«

»Aber, aber mein Mäuschen!« Ekki riss das Paket auf der Werkbank auf. Die Füllwolle für den kaputten Pierrot war endlich angekommen.

Wenn man vom Fach war, war es einfach, das zerstörte Innenleben einer Puppe zu richten. Aber wer reparierte ein beschädigtes Herz? Ekki warf Lena einen eindringlichen Blick zu. »Du hast ihm doch selbst am Telefon gesagt, dass du ihn nicht mehr sehen willst. Und jetzt beschwerst du dich, dass er nicht hier war.« Sie schüttelte tadelnd den Kopf. »Du hast eine Nacht mit diesem Mann verbracht. Seine Tochter ist deine Lieblingskundin. Er hat dir diese wunderschönen Blumen geschickt. Du kannst doch wenigstens mal mit ihm reden!«

»Worüber? Dass wir beide doch nicht zusammenpassen?«, fragte Lena deprimiert und sah den Blumenstrauß unglücklich an. »Seit Tagen ist mein Leben eine einzige Achterbahn, Ekki. Ein ständiges Auf und Ab. Ich bin einfach nur müde.«

»Ich bin auch müde«, sagte Ekki. »Aber ich bin auch doppelt so alt wie du. Das Schlimmste ist, am Ende des Lebens etwas zu bereuen, mein Mäuschen. Du wirktest auf mich ehrlich gesagt ziemlich verliebt! Für einen Tag bist du wie auf Wolken gewandelt.«

»Ich war auch sehr verliebt!«, beteuerte Lena. Hektisch schlug sie ihr Auftragsbuch auf. »Bevor ich erfahren habe, dass Kai für meinen Feind arbeitet.«

Geduldig breitete Ekki die Füllwolle aus. Sie sah kuschelig aus, als könne man sich in ihr vor den Widersprüchen des Lebens verstecken. »Herr Jixiang Wu ist nicht dein Feind!«, erwiderte Ekki. »Momentan ist er nur der Besitzer dieser begehrten Immobilie hier. Wer weiß, vielleicht trägt unser Protest zu einer Gesinnungsänderung bei ihm bei. Womöglich will Herr Jixiang Wu die Puppenklinik nun doch erhalten.«

»Ekki, nimmst du mich eigentlich auf den Arm? Du weißt doch ganz genau, dass es sich bei Jixiang Wu nicht um eine Person, sondern um eine Firma handelt!«

Ekki grinste verschlagen. »Natürlich. Ich wollte dir nur spiegeln, was du ständig machst. Du verallgemeinerst, du dämonisierst, siehst nur schwarz oder weiß und ignorierst sämtliche Zwischentöne. Aber Jixiang Wu, wer oder was ist das denn letztlich? Bei all diesen hochtrabenden Firmennamen haben wir es doch immer auch mit Menschen zu tun, Menschen, die nicht ausschließlich profitgierig sind und bei all der Hatz auf Rendite auch ein Gewissen haben. Rede mit Kai. Frag ihn, ob die Demo eine Wirkung erzielt hat oder Jixiang Wu die Pläne weiterhin gnadenlos durchziehen will. Dann wissen wir wenigstens, woran wir sind. Und danach darfst du diesen Kai hassen.«

Lena seufzte. »Vielleicht hast du recht. Und trotzdem: Diese Blumen will ich nicht. Behalte sie oder schenke sie einer deiner Freundinnen von der Demo.«

»Sag mal«, Ekki zupfte verlegen in der Füllwolle herum, »ist es okay, wenn ich heute Nachmittag eher gehe? Herr Anton hat mich zum Tee eingeladen. Er will mir seine beeindruckende Puppensammlung präsentieren.«

Lena war überrascht. Sie konnte sich nicht erinnern, dass ihre Mitarbeiterin sich jemals mit einem Kunden privat getroffen hatte. »Katja würde jetzt vermutlich sagen, dass es in Ordnung ist, solange er dir nicht seine Briefmarkensammlung zeigt.«

Ekki lachte belustigt. »Ich bitte dich, der Mann ist fünfzehn Jahre älter als ich.«

Lena stülpte das Papier zurück über die Blumen. »Er ist immer noch jünger als unsere Anwältin, von der ich noch nie etwas gehört oder gesehen habe«, stellte sie fest. »Und er hat eine intakte Hüfte.«

Ekki schlug sich gegen die Stirn. »Diese Anwältin hat sich übrigens gemeldet, das hätte ich beinahe vergessen.«

Sie suchte nach ihrem Handy. »Sie hat im Krankenhaus von unserer Demo gehört, offenbar gab es einen Beitrag im Frühstücksfernsehen. Sie hat mir eine WhatsApp geschickt. Ich zitiere:« Sie zog sich ihre Brille auf. »›Ich habe große Lust, die Puppenärztin zu vertreten. Wir haben beste Voraussetzungen für einen Sieg!‹«

»Wieso meldet sie sich bei dir und nicht bei mir?«, fragte Lena verunsichert.

»Weil du kein WhatsApp hast«, sagte Ekki vorwurfsvoll. »Und ich merke noch einmal an, diese Frau ist fast *neunzig.*«

Lena nickte, vielleicht sollte sie sich in Zukunft doch den neuen Medien gegenüber etwas offener zeigen. Kurzerhand drückte sie Ekki die Blumen in die Hand.

»Dann schick diesen Strauß ins Krankenhaus. Ich bin sicher, unsere Anwältin wird sich sehr darüber freuen.«

»Ganz bestimmt!«, sagte Ekki, suchte die Adresse heraus und pfiff dabei voller Vorfreude.

»Papa, bist du das?« Neugierig linste Emma durch die Tür. Sie starrte ihren Vater ungläubig an, und ihr Gesicht hellte sich schlagartig auf. »Papi! Du bist es!«

»Ja, natürlich bin ich es!« Kai warf lächelnd seinen Wohnungsschlüssel in die dafür vorgesehene Schale auf der Kommode, bevor er sein Sakko ordentlich an der Garderobe aufhängte.

»Du bist tatsächlich schon zu Hause? Ist was passiert?« Nun erschien auch das erstaunte Gesicht seiner Mutter im Türrahmen. Offenbar hatte sie bis eben mit Emma im Kinderzimmer gespielt.

»Wen habt ihr denn bitte schön erwartet?« Kai hob seine Tochter hoch und gab ihr einen schmatzenden Kuss auf die Wange. Emma wehrte sich kreischend.

»Ich dachte, es ist die neue Kinderwärterin!«, sagte Emma atemlos, als er sie endlich wieder auf dem Boden absetzte.

Hatte sie da wirklich gerade *Kinderwärterin* gesagt? Als wäre diese Wohnung ein Knast und als ob Wachpersonal für Emma sorgen musste. Kai sah sein einziges Kind mit hochgezogenen Brauen an. »Du weißt doch, dass es Nanny heißt, Emma, oder Kindermädchen oder Au-pair! Aber doch nicht Wärterin!« Er schüttelte fassungslos den Kopf. »Wir sind hier doch nicht in einem Zoo. Außer manchmal.«

Emma kicherte fröhlich, und Kai umarmte nun auch seine Mutter, die ein wenig geschafft aussah. Die Stunden mit Emma forderten ihren Tribut, und sie war nicht mehr die Jüngste. Dennoch war sie eine sehr attraktive und gepflegte Frau. Sie war nicht unbedingt die klassische Oma mit ihren sorgfältig lackierten Fingernägeln und adrett gefärbtem braunem Haar. Der Gang zur Kosmetikerin war ihr regelmäßiges Ritual. Die Wochenenden mit ihrer Enkeltochter liebte sie, aber danach brauchte sie eigentlich immer ein paar Tage Pause.

Gemeinsam gingen sie zum Wohnzimmer hinüber.

»Ich habe dich nicht so früh aus dem Büro zurückerwartet, Kai«, sagte seine Mutter müde. »Es ist ja noch nicht mal fünf. Normalerweise kommst du frühestens um acht aus der Arbeit.«

Kai Winter nahm auf dem Sofa Platz. Seine Mutter setzte sich neben ihn und musterte ihn neugierig. Emma machte es sich auf dem weichen Teppich gemütlich. Sie streckte sich erst genüsslich darauf aus. Dann rollte sie leise jauchzend darauf herum, als wäre das Luxustextil eine Turnmatte.

»Ich wollte einfach mal sehen, ob es funktioniert …«, murmelte Kai. »Ich habe mit meinen Vorgesetzten über das Thema Homeoffice gesprochen.«

Seine Mutter sah ihn verständnislos an, und auch Emma stoppte in ihrer kugelnden Bewegung. Kai Winter lächelte vielsagend. »Wisst ihr, es besteht kein Grund, dass ich immer am Schreibtisch in der Firma hocke«, erklärte er und trank einen Schluck Saft. »Viele meiner Aufgaben kann ich auch von zu Hause aus erledigen. Ich brauche meinen Computer dazu, aber nicht den Blick auf den Olympiapark. Homeoffice heißt, dass ich Teile meiner Arbeit von zu Hause aus mache.«

Seine Mutter runzelte erstaunt die Stirn. »Ist das nur für heute geplant?«, fragte sie. »Oder für die Tage, bis das neue Kindermädchen hier anfängt?«

Kai Winter räusperte sich unbehaglich. Ihm wurde erst jetzt bewusst, wie verschmolzen er mit seiner beruflichen Tätigkeit war. Seine engsten Vertrauten konnten sich gar nicht vorstellen, dass er nicht rund um die Uhr an seinem Arbeitsplatz hockte. Er starrte auf die Gemäldewand gegenüber. Zwischen dem Landschaftsbild und der japanischen Tuschezeichnung klebte jetzt Emmas Bild mit Lena, ihm und der Puppe. Er hatte es kurzerhand mit Tesa befestigt.

»Ich dachte eher an *immer* …«, rückte er mit der Neuigkeit heraus. »Ich könnte eine Kombination aus Teilzeit und Homeoffice ausprobieren. An den Firmentagen könnte ich zukünftig schon ab fünfzehn Uhr zu Hause sein. Dazu ein, vielleicht zwei Tage Homeoffice die Woche. Ich habe die perfekte Lösung selbst noch nicht gefunden. Aber es spricht nichts dagegen, verschiedene Modelle zu testen. Die Unterstützung meiner Vorgesetzten habe ich.«

Das Fragezeichen auf dem Gesicht seiner Mutter war unübersehbar.

»Ich verstehe das alles nicht ganz«, sagte sie. »Dafür brauchst du doch zumindest einen Schreibtisch.«

»Zum Glück gibt es Möbelgeschäfte!«, witzelte Kai. »Wie ich hörte, sollen sie inzwischen sogar nach Hause liefern.«

Seine Mutter warf ihm einen gekränkten Blick zu. »Kein Grund, schnippisch zu werden«, sagte sie tadelnd. »Wo soll das Büro denn Platz haben? Eure Wohnung ist dafür viel zu klein.«

»Ich bitte dich, Mama!« Kai deutete um sich. »Das sind einhundertzehn Quadratmeter, die Emma und ich alleine bewohnen. Ich kann das Gästezimmer zu einem Büro umfunktionieren. Raum ist wohl unser geringstes Problem.«

»Und die Nanny?«, krähte Emma aufgeweckt, die bisher geschwiegen hatte.

»Ja, Emma hat recht. Wo soll die Kinderfrau zukünftig schlafen?« Celine und all die anderen hatten das großzügige Gästezimmer bewohnt.

Kai wurde rot. »Die junge Frau, die sich eigentlich heute vorstellen wollte, hat kurzfristig wegen Sommergrippe abgesagt. Ich spiele mit dem Gedanken, es mal eine Zeit lang ganz ohne Nanny zu versuchen.«

Seine Mutter und Emma starrten ihn ungläubig an, bevor seine Tochter laut »Yippie!« schrie.

»Du bist verrückt geworden«, murmelte seine Mutter. »Wie stellst du dir das bitte schön vor? Du weißt, ich kann mich nicht täglich um Emma kümmern. Ohne Nanny wirst du deinen Job kündigen müssen.«

Kai Winter merkte, dass das Gespräch anstrengend wurde. Er hatte mit mehr Begeisterung seiner Mutter gerechnet. In der vergangenen schlaflosen Nacht hatte er sich alles genau überlegt, und das spontane Gespräch mit der Betriebsleitung heute war erstaunlich positiv über die Bühne gegangen.

»Mutter, es gibt im Leben nicht nur schwarz oder weiß. Es gibt doch auch Grautöne und Lösungen dazwischen. Es gibt in München Tausende alleinerziehende Eltern, sie alle bekommen den Spagat irgendwie hin. Und die haben nicht alle mein Jahreseinkommen und eine eigene Nanny.«

»Da hast du auch wieder recht«, pflichtete ihm seine Mutter bei.

»Vielleicht ist es naiv, aber probieren will ich es mal. Emmas Schule bietet eine Nachmittagsbetreuung an. Es gibt Tagesmütter und Babysitter, die stundenweise zu buchen sind. Und einmal die Woche wollt ihr euch ja sicherlich nach wie vor um euer Enkelkind kümmern.«

Das hatten seine Mutter und sein Vater zuverlässig seit Tinas Tod gemacht, und Kai war überzeugt, dass sie diese Tradition auf keinen Fall einstellen wollten.

»Es muss ja nicht wie bislang am Samstag sein. Das Wochenende wollte ich mir zukünftig selbst für Emma reservieren. Aber wenn ihr sie einen Tag unter der Woche nehmt, kann ich Überstunden machen und vorarbeiten. Dann habe ich an den Nachmittagen die Muße, mich um Emma zu kümmern. Ich will endlich mehr Zeit mit meiner Tochter verbringen.«

»Ja, natürlich geht das«, sagte seine Mutter. Sie sah ihren Sohn staunend an, hatte sie sich doch inzwischen daran gewöhnt, dass er sich selbst in seiner Arbeit vergrub und wechselnde Nannys den Alltag von Emma organisierten.

»Irgendwie gefällt mir die Idee, Kai«, sagte sie auf einmal. »Papa und ich unterstützen dich.«

»Dann will ich immer am Montag bei euch sein!«, entschied Emma. Sie war schon dabei, im Geiste ihr neues Leben zu planen. »Da haben wir nämlich Kunst, das kann Papa nicht. Aber ihr könnt mir bei den Bastelarbeiten helfen, Oma!«

»Ach, mein Schatz!« Emmas Oma sah ihr Enkelkind zärtlich an. »Der Montag ist ab sofort für dich reserviert. Und du darfst natürlich übernachten, dann bringt Opa dich am Dienstag früh in die Schule.«

»Und dein Papa holt dich danach wieder ab!«, behauptete ihr Vater zuversichtlich.

Unter lautem Freudengeschrei verschwand Emma in ihrem Zimmer.

»Ich bin beeindruckt«, gestand Kais Mutter. »Du scheinst deine Prioritäten endlich zu verschieben. Hat das etwa was mit dieser Frau zu tun?« Sie sah fragend auf Emmas Zeichnung an der Wand gegenüber.

Bei ihrem gemeinsamen Ausflug am Sonntag hatte Kai seinen Eltern gegenüber angedeutet, dass er jemanden kennengelernt hatte. Noch hatte er jedoch keine Details erzählt.

Ein Ausdruck von Trauer schlich sich in Kais Züge. »Das hat sich leider wieder zerschlagen«, gestand er. »Aber sie hat mir dennoch die Augen geöffnet. Die Zeit verrinnt so schnell. Ich will nicht, dass Emma erwachsen ist, und ich habe ihre ganze Kindheit verpasst. Gerade weil Tina nicht mehr ist, sollte ich mich umso mehr um sie kümmern.«

»Dir ist bewusst, dass es ein harter Weg wird?«, fragte seine Mutter mitfühlend. »Du hattest bisher eine sehr luxuriöse Lösung.«

»Ich weiß.« Kai Winter nickte. »Aber Luxus ist im Leben nicht alles. Was hat diese Lösung Emma und mir denn gebracht? Unsere Beziehung hat darunter eher gelitten. Ich habe überhaupt nicht mehr mitbekommen, was meine Tochter den ganzen Tag über macht.«

Er dachte an die Puppenklinik, und es lag ihm auf der Zunge, seiner Mutter von der gestohlenen Puppe zu berichten. Aber dann ließ er es sein, dann hätte er zwangsläufig auch von Lena erzählen müssen, und dafür fehlte ihm im Moment jegliche Kraft. Immer wenn er an Lena dachte, wurde sein Herz unsagbar schwer. Er konnte nicht fassen, dass er sie wirklich verloren hatte.

Seine Mutter sah ihn immer noch nachdenklich an.

»Denk mal an all die alleinerziehenden Mütter mit ihren unterbezahlten Jobs!«, fuhr Kai fort und verdrängte jeden Gedanken an Tina und Lena. »Auch sie bekommen das schwierige Kunststück irgendwie hin. Ich bin sicher, ich werde es auch ohne Rund-um-die-Uhr-Betreuung schaffen.«

»Das heißt, du hast der Agentur schon abgesagt?«, fragte seine Mutter irritiert. Offenbar glaubte sie ihm immer noch nicht.

Aber er spielte nicht mit doppeltem Boden.

»Ja. Ich habe ihnen gemeldet, dass ich momentan keinen Bedarf an Nannys mehr habe. Ich hoffe, dass das auch wirklich so bleibt.«

Seine Mutter erhob sich. »Ich bin stolz auf dich, Kai. Stolz darauf, wie du dein und Emmas Schicksal in die Hand nimmst. Ich fahre jetzt heim zu deinem Vater, er wird sich freuen, wenn ich früher zurückkomme als geplant. Er wollte mit mir eine neue Serie schauen.«

Kai Winter nickte berührt. Seine Mutter sparte normalerweise mit Lob, und noch nie hatte sie gesagt, dass sie stolz auf ihn war. Nicht mal, als er die Zulassung als Anwalt erhalten hatte.

»Rufen wir wieder den China-Lieferanten an?«, krakeelte Emma aus ihrem Zimmer. »Der Suppenkasperl hat nämlich Hunger.«

Kai musste lächeln. »Nein, Emma. Zieh deine Weste an, wir gehen auf den Viktualienmarkt und kaufen ein, dann kochen wir später. Worauf hast du denn heute Lust? Wir könnten Brathähnchen mit Ofenkartoffeln machen.«

»Wirklich?« Emma kam zurück aus ihrem Zimmer gerannt. Der Suppenkasperl hing wie ein Schal um ihren Hals, und seine langen Arme und Beine baumelten wie Tentakel an Emma herab. Es war wahrlich ein Bild für Götter.

»Wir gehen echt auf den Markt?«, fragte Emma ungläubig. »Du und ich? Wir beide zusammen?«

Seine Mutter warf ihm einen vielsagenden Blick zu.

Wie leicht war seine Tochter doch zufriedenzustellen.

»Ja, wir beide zusammen!«, antwortete Kai Winter mit belegter Stimme. »Nimm aus der Küche einen Beutel mit. Wir gehen zu Fuß und haben eine Menge zu schleppen!«

Lena, die allein im Laden war, sah den Pierrot mit großer Zufriedenheit an. Doch, er war ihr mehr als gelungen. Der Körper der Puppe besaß jetzt wieder mehr Festigkeit, und die Träne unter dem Auge schimmerte dunkel. Der Zahnarzt würde zufrieden mit Lenas Arbeit sein, der weinende Clown seinen altbekannten Platz auf der Sofaecke zurückbekommen.

Lena hob den antiken Pierrot vorsichtig hoch und legte ihn in eine mit Sägespänen gefüllte Schachtel, bevor sie den nächsten Karton aus dem Auftragsregal entnahm. Es war eine gut erhaltene Mecki-Figur aus den 1960er-Jahren. Unvermittelt musste sie an Kai denken. Das Herz wurde ihr schwer: Nun würde sie seine Sammlung Mecki-Figuren wohl niemals zu Gesicht bekommen.

Es klopfte, und Lena sah auf. Ein Polizist in Uniform sah suchend durch die Scheibe. Im ersten Augenblick bekam die Puppenärztin einen furchtbaren Schreck.

Aber dann erkannte sie, dass es Polizeimeister Bilal war, bei dem sie vergangene Woche die Diebstahl-Anzeige aufgegeben hatte. Sie verstaute die Schachtel im Abholregal und öffnete ihm die Tür. Warum trat er nicht einfach ein? Der Laden war doch geöffnet!

Die Antwort gab Lena sich selbst. Vermutlich wollte er nicht, dass Ekkis Hollandrad ein zweites Mal gestohlen wurde.

»Da ist ja das Fahrrad!« Ungläubig starrte Lena den vermissten Drahtesel an. Das Rücklicht war kaputt, ansonsten schien es unbeschädigt.

»Die Kollegen haben gestern eine ganze LKW-Ladung gestohlener Räder beschlagnahmt. Und ich hatte eine Wettschuld einzulösen.« Der junge Polizist betätigte verlegen die Fahrradklingel. Der helle Ton erzeugte im Hinterhof einen fröhlichen Klang.

»Was denn für eine Wettschuld?«

Polizeimeister Bilal wurde rot. »Nun ja, seit dem Missverständnis mit dem vermissten Kind bin ich der Running Gag auf dem Polizeipräsidium. Ich habe geschworen, das Rad höchstpersönlich zurückzubringen, sollte es jemals wieder auftauchen, und hier bin ich.«

Lena sah den jungen Polizisten dankbar an. Immer noch konnte sie es kaum fassen, dass das Fahrrad wieder aufgetaucht war.

»Sie glauben nicht, wie froh ich bin!«, sagte sie. Lena streichelte fast ehrfürchtig über den Sattel. Auch wenn Ekki den Verlust kleingeredet hatte, war sich Lena sicher: Ihre Mitarbeiterin würde Luftsprünge machen, wenn sie morgen sah, dass ihr Rad wieder da war.

Die Puppenärztin sah Polizeimeister Bilal fragend an. »Wie haben Sie es eigentlich erkannt?«, fragte sie. »Es werden doch bestimmt ständig Hollandräder gestohlen, und meine Beschreibung war mehr als dürftig.«

»Stimmt, da war doch noch was«, sagte der Polizist mit einem verschmitzten Lächeln.

Erst jetzt bemerkte Lena die Papiertasche, die er bei sich trug. Ihr Herz pochte schneller. Sie wagte kaum, den irrwitzigen Gedanken zu Ende zu denken, so sehr hoffte sie, dass sie richtiglag.

»Ein Karton mit einer Puppe war auch noch dabei«, erklärte Polizeimeister Bilal zu Lenas größter Freude. »Das war hilfreich für die rasche Identifizierung. Damit ist der Fall wohl doch noch glücklich gelöst! Sämtliche Vermisste sind zu ihren Besitzern zurückgekehrt, und mein beschädigter Ruf ist gerettet.« Er überreichte Lena endlich die Tüte.

Sie sah mit wachsender Aufregung hinein. Doch, da war der Karton mit Kais Adresse. Unschuldig und unversehrt. Und darin lag die lächelnde Puppe.

Als Lena das hübsche Gesichtlein sah, verspürte sie eine tiefe Sehnsucht. Ja, die Puppe sah wirklich wie Emma aus. Wie sehr sie ihre kleine Stammkundin vermisste.

»Sie müssten hier noch unterschreiben.« Der junge Polizist hielt Lena ein Formular vors Gesicht.

Sie war so aufgewühlt, dass sie ihre Unterschrift flott hinkritzelte.

»Danke!«, sagte sie überwältigt. »Das ist einfach unglaublich! So viele Menschen werden sich darüber freuen.« Sie dachte an Emma. Und sie dachte an Kai.

Der Überraschungsbesucher tippte sich zum Abschied jovial an die Stirn.

Unschlüssig blieb Lena vor dem wieder aufgetauchten Fahrrad stehen, den Karton mit der Puppe wie einen Schatz an sich gepresst. Ihre Mitarbeiterin würde Augen machen! Das alte, aber kultige Hollandrad hatte Ekki schon am ersten Tag abgeschrieben und sich damit getröstet, dass nun irgendein Hipster damit durch München fuhr. Falsch gedacht, liebe Ekki. Wie durch Zauberhand war es zu seiner Besitzerin zurückgekehrt.

Und Emma und Kai? Beim Gedanken an die zwei schluckte Lena ergriffen. Die beiden würden es für ein Wunder halten, dass die Puppe wieder da war.

Sie sah auf ihre Uhr. Es war Viertel nach sechs. Katja wollte gleich noch zu ihr in den Laden kommen, aber eine Dreiviertelstunde hatte sie noch. Zeit genug, um dieses sonderbare Kapitel abzuschließen. Doch, sie wünschte sich selbst, dass alles ein gutes Ende fand. Zumindest *dieser* Teil der Geschichte.

Emma war um diese Uhrzeit wahrscheinlich zu Hause, vermutlich betreut von einer neuen französischen Nanny.

Kurzentschlossen holte Lena ihre Tasche und schloss den Laden. Dann legte sie den Schlüssel unter die Fußmatte und klemmte den Karton mit der Puppe vorsichtig auf das Rad. Diesmal würde sie ihn keine Sekunde aus den Augen verlieren. In der Ferne grollte ein Donner, erste schwarze Wolken zogen auf. Wenn sie Pech hatte, kam sie auf dem Rückweg direkt in das Gewitter.

Sie trat also in die Pedale. Auf der Straße staute sich der Feierabendverkehr, und Lena kam nur langsam vorwärts, konnte sich aber immer wieder einen Weg durch die stehenden Autos bahnen. Als sie endlich Kais Adresse erreichte, blieb sie für ein paar Atemzüge unsicher stehen. Auf einmal verließ sie jeglicher Mut. Was, wenn Kai doch schon zu Hause war? Dann musste sie sich dem Gespräch mit ihm wohl oder übel stellen … Sie suchte nach ihrem Handy. Ihre beste Freundin hob sofort ab.

»Hallo?«

»Katja! Ob du es glaubst oder nicht, die geklaute Puppe und Ekkis Fahrrad sind wieder aufgetaucht. Ein Polizist hat mir die gestohlenen Sachen gerade vorbeigebracht. Bis auf ein kaputtes Licht ist alles in Ordnung.«

»Wie bitte?« Katja schien amüsiert. »Ich war überzeugt, dass beides für immer verschwunden bleibt. Lena, das Glück scheint dich momentan zu verfolgen!« Die Stimme ihrer besten Freundin klang anerkennend. »Und in Sachen Rettung der Puppenklinik geht auch einiges voran. Im Radio hat sogar der Bürgermeister für dich

Stellung bezogen! Ich habe es gerade in der Mediathek entdeckt. Wir können uns die Aufnahme später zusammen anhören.«

»Ist das dein Ernst?« Ein Regentropfen klatschte auf Lenas Stirn. So langsam sollte sie sich beeilen.

»Alle lokalen Radiosender haben heute über die Demo berichtet!«, beteuerte Katja. »Der Bürgermeister war Studiogast bei Bayern 5. Im Mittagsgespräch ging es um den Schutz alteingesessener Läden, er scheint auf unserer Seite zu sein. Würde mich nicht wundern, wenn er sich bald bei dir meldet.«

Lena zog ungläubig die Augenbrauen nach oben. Inzwischen hatte sie selbst das Gefühl, dass die gestrige Aktion doch etwas bewirkt hatte. Sie war auf der Titelseite einer Zeitung gewesen, fremde Menschen auf der Straße erkannten sie wieder. Und der Bürgermeister ihrer Heimatstadt wollte sie unterstützen. All das war einfach unfassbar, und darüber hinaus unfassbar schön. Dass nun auch noch überraschend die Puppe zurück war, überstieg Lenas Vorstellungskraft.

»Irgendwie fühle ich mich wie im falschen Film, Katja!« Lena spürte einen seltsamen Schwindel. »Ich bringe jetzt erst mal die Puppe zurück. Und was wir mit all den Medienberichten anstellen, besprechen wir später.«

Mit bangem Blick starrte sie die Klingelleiste an. DR. KAI WINTER. Ein nächster Regentropfen. Es war an der Zeit.

»Falls du vor mir im Laden bist, ich habe dir den Schlüssel unter die Fußmatte gelegt.« Ein greller Blitz erhellte den Himmel.

»Nicht wirklich, oder?« Katja schnaubte ungläubig. »In welcher Märchenwelt bist du stecken geblieben? Wir sind hier in einer Großstadt. Ehe du dich umsiehst, räumt dir jemand die Bude aus. Wer weiß, wer dich aus den umliegenden Fenstern beobachtet hat. Du bist manchmal viel zu gutgläubig, Lena.«

Lena zuckte mit den Schultern. »Erinnere dich an gestern: Fast das gesamte Haus hat uns unterstützt, sogar Henris minderjähriger Babysitter. Aber ich muss jetzt, Katja. Ich stehe bereits vor Kai Winters Tür.«

»Na dann, viel Glück! Was hast du übrigens an, Lena? Falls es deine grauenhafte Lieblingsjeans ist, informiere ich noch in diesem Moment Amnesty International. Das ist kein Kleidungsstück, sondern eine Menschenrechtsverletzung.«

Mit schlechtem Gewissen sah Lena auf ihre Boyfriend Jeans hinab. »Ich trage ein Kleidungsstück, in dem ich ganz ich bin«, sagte sie zögernd.

»Ich habe es befürchtet!« Katja seufzte resigniert und legte auf.

Lena fasste sich endlich ein Herz und drückte auf den Knopf neben Kai Winters Namen.

Gab es nicht eine Videoüberwachung im Haus? Jetzt erst entdeckte Lena die schwarze Kamera neben der Klingel. Überraschen konnte sie ihn schon mal nicht. Sie blickte gequält in die Linse, als der Summer ging. Lena schob Ekkis Rad in den Hauseingang und parkte es zwischen zwei Kinderwagen.

Dann stieg sie die Treppe hinauf.

Als sie um die Ecke bog, erwartete Kai Winter sie mit ungläubigem Gesichtsausdruck in der offenen Tür.

»Wir haben auch einen Aufzug«, sagte er leise.

»Ich weiß.« Lena rang angestrengt nach Atem. »Aufzüge gehen nur, wenn sie gläsern sind. Ich habe leider

Angst vor geschlossenen Räumen. Vor Flugzeugkabinen und Zugabteilen übrigens auch. Wir sind noch nicht dazu gekommen, über solche Themen zu sprechen.«

»Oh, das konnte ich ja nicht ahnen!« Kai sah die Puppenärztin unsicher an. Es gab so vieles, das sie voneinander nicht wussten. Wie hatte er ernsthaft glauben können, sie beide seien seelenverwandt?

»Du hättest nicht herkommen müssen, um dich für die Blumen zu bedanken.« Kai sah Lena voll Traurigkeit an. »Oder bist du hergekommen, um doch noch in Ruhe mit mir zu sprechen? Du siehst übrigens ganz und gar zauberhaft aus. Diese Jeans steht dir.« Eine stille Hoffnung sickerte durch seine Sätze hindurch. Seine Züge wirkten angespannt. Er schien sich in seiner Haut nicht so ganz wohlzufühlen.

»Deshalb bin ich nicht gekommen.« Lena atmete den Duft seines Lieblingsparfüms ein. *The One. The one and only* … Sie biss die Zähne zusammen.

Die Hoffnung in Kais Gesicht welkte dahin. Jetzt wirkte er eher verzweifelt.

»Ich wollte euch eigentlich nur das hier bringen!« Lena drängte es wieder nach Hause. Die Begegnung mit Kai überforderte sie. Alles zog sie zu ihm hin, und doch: Sie konnte und wollte sich diesen Gefühlen nicht beugen. Schnell überreichte Lena ihm den Karton, und Kai öffnete ihn zögernd.

»Das gibt es doch gar nicht!« Seine Stimme überschlug sich vor Freude.

»Doch!« Lena nickte beglückt. »Herr Bilal von der Polizei hat sie eben vorbeigebracht. Ich wollte sie euch gleich zurückbringen, ehe sie mir noch mal abhandenkommt. Jetzt bin ich dir nichts mehr schuldig, oder?«

»Du warst mir nie etwas schuldig, Lena!« Voller Wehmut sah Kai sie an. »Im Gegenteil. Ich habe dir so viel zu verdanken.«

»Vielleicht setzen wir uns demnächst wirklich mal zusammen«, schlug Lena vor, ohne ihre Traurigkeit zu verschleiern. »Es ist nicht gut, ohne ein Abschiedswort auseinanderzugehen. Mir läge wirklich daran, dass wir uns im Guten trennen.«

Kai schluckte betroffen. »Das heißt, du gehst gleich wieder?«

Lena nickte. »Ja. Ich muss …«

In dem Moment drehte Kai sich um. »Emma? Schau mal, wer da ist! Hier ist eine Überraschung für dich! Du wirst staunen, meine Süße!«

Er blickte Lena entschuldigend an. »Tut mir leid, aber die paar Minuten müssen jetzt sein. Du weißt doch, wie viel du Emma bedeutest. Sie würde es mir niemals verzeihen, dass du hier gewesen bist und sie noch nicht mal Hallo zu dir sagen konnte!«

Ein paar Sekunden später kam Emma auch schon um die Ecke gehüpft. Zur Abwechslung hatte sie ihren Steiff-Hund Schlappi im Schlepptau.

»Lena?« Emma ließ den Plüschhund überrascht zu Boden fallen und umarmte die Puppenärztin stürmisch. Sie schmiegte sich an sie, als hätten sie sich seit Jahren nicht mehr gesehen.

Lena wurde von zärtlichen Gefühlen für das Mädchen überwältigt und ging vor Emma in die Knie. »Das ist aber ein schönes Hallo«, sagte sie freudig. »Schau mal, was ich um den Hals habe, Emma!« Sie deutete auf die Kette des Mädchens, die sie nach wie vor trug.

Emma wirkte zufrieden.

»Du bist heute in der Zeitung!«, sagte Emma voll Stolz. »Papa hat erlaubt, dass ich das Bild ausschneide.«

Lena wechselte einen kurzen Blick mit Kai. Emmas Verehrung rührte sie beinahe zu Tränen.

»Willst du wissen, warum Lena hierhergekommen ist?«, fragte Kai Winter seine sichtlich verliebte Tochter. »Sie hat uns jemanden vorbeigebracht. Jemanden, der ganz schrecklich Heimweh nach dir und mir hatte!« Seine Stimme klang heiser. Er wirkte bewegt. Dann überreichte er seiner Tochter die verschwundene Puppe.

Wie benommen wiegte Emma sie im Arm. »Sie ist noch viel schöner, als ich sie in Erinnerung hatte!«, sagte sie leise. »Hoffentlich hat die Polizei den Entführer gefasst. Puppen-Entführer gehören ins Gefängnis!«

Kai und Lena brachen unvermittelt in Gelächter aus. Die zähe, traurige Stimmung war dank Emma dahin. Immerhin konnten sie noch zusammen lachen!

»Wir legen sie sofort in den Glasschrank zurück!«, entschied Emma noch in der gleichen Sekunde. »Papa, ich verspreche dir, ich hole die Puppe nie wieder raus. Nur zu meinem Geburtstag. Und vielleicht auch an Weihnachten und an Ostern. Aber bloß, wenn du es erlaubst!«

Nun ging auch Kai in die Hocke und sah seiner Tochter tief in die Augen. »Nein, ich habe eine viel bessere Idee, Emma!« Er sah die Kleine verschwörerisch an. »Was hältst du davon, wenn du in Zukunft immer mit Mamas alter Puppe spielst? Ich denke, das hätte deiner Mutter gefallen!«

Ungläubig blinzelte Emma, als wäre all das ein Traum. »Wirklich?« Vor Aufregung bekam sie glänzende Wangen.

»In deinem Bett ist doch genug Platz für eine weitere

Puppe«, fuhr Kai unbeirrt fort. »Und mit dem Suppenkasperl wird sie sich ganz sicher vertragen!«

Emma wirkte immer noch zweifelnd und sah unsicher von ihrem Vater zu der begehrten Puppe hinunter. War es ihm ernst?

»Und was ist, wenn ich sie kaputt mache?«, fragte sie ängstlich. »Dann bist du sauer, und Mama im Himmel weint!«

Obwohl der Satz Kai getroffen haben musste, antwortete er gelassen: »Wenn die Puppe kaputt geht, wissen wir doch, wem wir sie geben können!« Er sah Lena unsicher von der Seite aus an. »Genau dafür gibt es doch Puppenärzte! Und die beste von allen kennen wir ja!«

»Ach so!«, sagte Emma und schlug sich selbst gegen die Stirn. »Lena kann sie dann ja reparieren.«

»Du hast sogar die Erlaubnis, die Puppe in die Schule mitzunehmen!«, setzte Kai noch einen drauf. »Ihr solltet doch eure Lieblingsspielzeuge präsentieren!«

Emma schüttelte bedauernd den Kopf. »Das war letzte Woche! Diese Woche müssen wir unseren Lieblings-Star vorstellen. Jemanden, den wir bewundern. Fast alle nehmen jemand von YouTube.«

»Euren *Lieblings-Star*?« Kai wirkte nicht sehr begeistert. Manchmal fragte er sich, ob Emma wirklich auf die richtige Schule ging. Er war doch heilfroh, dass sie sich bislang noch nicht für YouTube, Popstars oder Models interessierte. Jetzt schien ihm ausgerechnet ihre Schule einen Strich durch die Rechnung zu machen. Nein, er würde mit Emma ganz bestimmt nicht auf der Suche nach Stars im Internet surfen.

»Sag deiner Lehrerin, du hast kein Idol!« Unwirsch verschränkte Kai Winter die Arme ineinander.

Emma aber zuckte gleichgültig mit den Schultern. »Es darf auch ein Verwandter sein. Kann sein, dass ich Opa nehme! Oder Oma? Ich muss noch überlegen, wer von beiden idoliger ist!«

Kai nickte verdutzt, und Lena lachte, bevor Emma glückselig mit ihrer neuen Eroberung wieder in ihrem Zimmer verschwand.

Immer noch knieten Kai und Lena nebeneinander auf dem Boden.

»Das war großzügig von dir«, sagte Lena. »Und ein wichtiger Schritt. Es war an der Zeit, den Glasschrank zu öffnen und die Traurigkeit herauszulassen. Außerdem ist die Puppe viel zu schön, um ungenutzt in einer Schachtel zu liegen und vor sich hin zu altern.«

»Es stimmt. Mir ist soeben bewusst geworden, dass ich die Puppe gar nicht mehr brauche. Tina ist hier,« er legte seine Hand auf sein Herz, »und dort wird sie wohl auch immer bleiben.«

»Und das ist auch gut so.« Lena sah Kai zuversichtlich an. »Auf jeden Fall hat sich Emma furchtbar gefreut. Ich sagte ja, du bist ein großartiger Vater.«

»Und du bist eine wunderbare Frau!«, sagte Kai traurig.

Sie beide erhoben sich wieder und standen einander unschlüssig gegenüber.

»Willst du mir noch verraten, ob du mit der gestrigen Demo zufrieden warst, Lena?« Kai sah sein Gegenüber unsicher an. »Die Medien haben ja rege berichtet.« Ein zweideutiges Lächeln huschte über sein betrübtes Gesicht.

Zuversichtlich nickte Lena. »Ja, es ist verrückt«, gab sie zu. »Aber plötzlich war da jede Menge Presse im Hof. Wie es aussieht, kommt dadurch wirklich Schwung in die Sache.«

»Ja, ich bin sicher, dass all diese Pressemeldungen Jixiang Wu nicht unbeeindruckt lassen.«

Lena verspürte so etwas wie Erleichterung, exakt das hatte sie hören wollen.

Sie gab Kai förmlich die Hand, die er zögernd nahm. Lena spürte, dass er sie am liebsten umarmt hätte, und zu allem Übel, wie ihr Tränen in die Augen traten. Draußen donnerte es heftig. Ein Schlussakkord. »Mach's gut, Kai!«, sagte sie traurig.

Ohne sich noch einmal umzudrehen, ging sie eilig die Treppe wieder hinab.

Als sie unten war, wollte sie das Hollandrad nehmen, doch es hatte sich mit einem der Kinderwagen verkeilt, und sie hatte Schwierigkeiten, es zu befreien. Währenddessen bewegte sich der Aufzug Stockwerk für Stockwerk nach unten. Die Tür glitt auf, und eine aufgelöste Emma stand in der Kabine.

»Lena, zum Glück bist du noch da!«, sprudelte es aufgeregt aus ihr heraus. »Mir ist gerade was eingefallen! Ich brauche ganz, ganz dringend ein Autogramm von *dir*. *Du* bist der Star, den ich in der Schule vorstellen möchte!«

Sie hielt ihr mit einem rührenden Gesichtsausdruck die Zeitung entgegen.

Tatsächlich – auch im Münchner Express gab es einen Artikel über sie, zusammen mit einem Foto von Lena vor ihrer Puppenklinik. Das Bild war schief ausgeschnitten, die Ränder fransten unschön aus. Vermutlich hatte Emma das mit einer Kinderschere verbrochen.

»Aber Emma, ich bin doch kein Star.« Verlegen starrte Lena auf ihr eigenes Foto, sie kam sich irgendwie albern vor. Noch nie hatte sie jemandem ein Autogramm gegeben.

»Weißt du, nur weil man in der Zeitung war, ist man noch lange nicht berühmt«, sagte sie. »Ich bin einfach eine stinknormale Puppenärztin!«

Emma sah sie aus aufgerissenen Augen an. »Aber du bist die allereinzigste Puppenärztin, die ich kenne. Alle anderen Kinder werden neidisch sein. Ich brauche das Autogramm wirklich dringend!«

Lena lächelte geschmeichelt und suchte in ihrer Tasche nach einem Stift, dann kritzelte sie mit dem Kuli ihren Namen unter das Foto. Stolz nahm Emma das Werk entgegen.

»Jetzt muss ich aber wirklich heim …«, sagte Lena. »Tschüss Emma, ich hoffe, wir sehen uns irgendwann wieder.« Ihre Kehle wurde ihr eng, und sie hatte Probleme, Luft zu bekommen. Die Vorstellung, Emma womöglich nie mehr wiederzusehen, war schier unerträglich.

Sie wandte ihr Gesicht ab und bugsierte Ekkis Fahrrad umständlich Richtung Tür.

»Papa sagt, dass deine Puppenklinik wahrscheinlich doch nicht schließen muss«, plapperte Emma unbedarft vor sich hin. »All seine Freunde und Freundinnen vom Rothaarigen-Club haben ihm dabei geholfen. Weißt du, Papa kennt die Chefin von der Zeitung!«

Verwirrt drehte sich Lena noch einmal um.

Emma wedelte mit dem Artikel herum. Ihr Gesicht strahlte Zufriedenheit aus.

Inzwischen hatte Lena die Tür aufgeschoben, der Regen hatte stark zugenommen. Rothaarigen-Club? Was für eine sonderbare Vereinigung sollte das bitte sein? Offenbar hatte Emma etwas missverstanden.

Kurzentschlossen stellte Lena ihr Fahrrad noch einmal

ab und knuddelte Emma zum Abschied. Die Augen wurden ihr glasig. Rasch schob sie das Rad hinaus in den Regen.

Mit eingezogenem Kopf reihte sie sich in den Verkehr ein. Sie würde bis auf die Knochen nass werden, dennoch trat sie energisch in die Pedale.

Sie fuhr an einer Litfaßsäule vorbei. Am Plakat, das für eine Benefizgala des Münchner Rotary Clubs warb, flossen ganze Sturzbäche herunter. Lena fuhr schneller.

Dann machte sie eine Vollbremsung.

Hatte Emma *das* damit gemeint? Hatte Kai die Leute vom Rotary Club um Hilfe gebeten? Rothaarigen-Club … doch, das konnte es sein. Lena stand unbeweglich mitten im Regen. Was hatte Emma da gerade gesagt? *Mein Papa kennt die Chefin der Zeitung* …

Steckte in Wahrheit Kai hinter dem Medienrummel? Hatte Kai Winter sie still und heimlich doch unterstützt?

Sie brauchte Klarheit, also drehte sie um, fuhr zurück und klingelte Sturm.

Nachdem ihr geöffnet wurde, stellte sie das Fahrrad ein zweites Mal ab, viel hastiger jedoch als zuvor. Dann nahm sie den Aufzug.

Kai sah sie ungläubig an, als sie tropfnass aus der Kabine des Aufzugs schlüpfte und auf dem Boden eine winzige Pfütze hinterließ.

»Ich dachte, du hättest Angst vor engen Kabinen?« Das war das Einzige, das Kai dazu einfiel.

Stumm nickte Lena. »Habe ich auch. Aber ich hatte keine Zeit zu verlieren.« Ihr Herz raste. Sie sah ihn misstrauisch an. »Kai, steckst du etwa hinter diesem plötzlichen Medienansturm? Emma hat in einem Nebensatz so etwas erwähnt.«

Sie wischte sich Regenwasser aus dem Gesicht. Ein lauter Knall. Das düstere Treppenhaus wurde von einem Blitz hell erleuchtet, und Kai Winter starrte unschlüssig auf seine Hände hinab.

»Ja. Ich gebe es zu«, sagte er schließlich. »Ich habe einige meiner Kollegen aus dem Lions Club und dem Rotary Club informiert. Ich kenne dort ein paar Journalisten und Chefredakteure.«

Fassungslos starrte Lena ihn an.

Unter ihrem Blick schien Kai kleiner zu werden. Hilflos zuckte er mit den Schultern. »Es war das Einzige, was mir in meiner Not einfiel, Lena! Ansonsten sind mir in dieser Sache die Hände gebunden. Ich bin nur einer von zahllosen Mitarbeitern von Jixiang Wu, als ihr Anwalt prüfe ich die Kaufverträge.«

»Verstehe«, lauschte Lena seiner Erklärung. Sie musste an ihre gemeinsame Nacht unter freiem Himmel denken. Draußen donnerte es erneut, und Regentropfen trommelten gegen die Scheiben im Treppenhaus.

»Darf ich bleiben, bis der Regen sich legt?«, fragte sie leise.

»Du darfst für immer bleiben«, antwortete Kai.

Lena ging zu ihm und zog ihn sachte zu sich heran. Es war, als wäre ein Knoten endlich gelöst. Als hätten sie einander endlich wiedergefunden.

Sie küssten sich. Sehr vorsichtig, als wäre es das erste Mal. Sie würden sich diesmal Zeit lassen, sich in Ruhe kennenzulernen.

Emmas überraschter Schrei ließ sie auseinanderfahren.

»Küsst ihr euch etwa? Der Suppenkasperl hat sich verschreckt!« Verdutzt legte Emma dem langen Wollungetüm die Hände auf seine riesigen Augen.

Lena wurde rot, und Kai sah hilflos in das aufgelöste Gesicht seiner Tochter.

Aber zu seiner Erleichterung begann Emma auf einmal zu strahlen. Eine diebische Freude schlich sich in ihr Mädchengesicht. »Seid ihr etwa Verliebte?«, fragte sie fröhlich.

Unsicher sah Kai die Puppenärztin an.

Lena schluckte betreten. »Ja. Wir sind verliebt«, sagte sie schließlich mit großem Ernst, ging in die Knie und gab Emma einen zärtlichen Kuss auf die Wange.

»Und wie«, murmelte Kai und kniete sich dazu. Dann umarmte er die beiden.

Der Blitz hatte ganz in der Nähe eingeschlagen. Mit langen Schritten durchquerte Katja den Hinterhof. Es regnete inzwischen wie aus Kübeln, und ihre riesige Papiertüte, die sie bei sich trug, war längst durchgeweicht. Wenn Katja Pech hatte, würde sie reißen.

Das T-Shirt klebte ihr feucht auf der Haut, und ihre Hose triefte vor Nässe. Erfolglos rüttelte sie an Lenas Tür. Offenbar war sie immer noch bei Kai Winter.

Katja fiel der Schlüssel unter der Fußmatte ein, und sie schloss auf. Nun war sie doch froh, dass Lena manchmal so unvernünftig war. Im Laden empfing sie eine behagliche Wärme. Die Holzmöbel waren noch von der Sonne getränkt, und es herrschte eine andächtige, fast magische Stille.

»Glotz nicht so!«, sagte Katja schnippisch und sah Tinky-Winky vorwurfsvoll an. »Wir beide haben keinerlei Ähnlichkeit miteinander!« Sie legte die durchnässte

Papiertüte mitsamt dem feucht gewordenen Inhalt naserümpfend auf den Tisch.

Dann ging sie auf die Toilette, wrang ihre nassen Haare aus und schlüpfte aus den klammen Klamotten. Kurzerhand griff sie nach dem weißen Arztkittel, den Lena manchmal spaßeshalber trug. Auf dem Revers heftete ein Schild mit der von Herzen umrahmten Aufschrift *Puppenärztin*.

»Lena?«

Im gleichen Moment, als Katja barfuß durch die Teeküche spazierte, erklang Matteos Stimme aus dem Vorderraum. Sie hatte vergessen, hinter sich wieder abzuschließen.

Peinlich berührt trat Katja in den Verkaufsraum. Draußen krachte schon wieder ein Blitz auf die Stadt. Für einen Moment wurde das dunkle Innere der Puppenklinik hell ausgeleuchtet.

Sie sah Matteos große, fragende Augen. Sie sah sein hübsches Gesicht. Warum nur blickte er sie so schlafwandlerisch an? Vermutlich lag das an ihrem seltsamen Outfit. Katja wurde rot: Sie war nur mit einem Arztkittel bekleidet und darunter völlig nackt! Sie kam sich vor wie eine zu Fleisch gewordene Männerfantasie. Aber gut, Matteo hatte sie als weinenden Clown gesehen, er würde auch die sexy Ärztin irgendwie überleben.

»Ich wollte vor dem Heimgehen nur schnell nachfragen, wie der Stand der Dinge ist«, sagte Matteo jetzt interessiert. »Haben sich die Leute von Jixiang Wu noch mal gemeldet?«

Sein Blick wanderte fasziniert von Katjas feuchtem Haar über den weißen Kittel zu ihren nackten Füßen hinunter.

Katja zuckte mit den Schultern. »Ich weiß es nicht, darum bin ich eigentlich hier. Ich wollte mit Lena die Pressemeldungen sichten. Und danach …« Der Regen draußen wurde zusehends stärker, das Wasser rann die Scheiben hinab. Schon konnte man den Hinterhof nicht mehr erahnen. Es war, als säßen sie in einer Höhle gefangen – und der Ausgang wäre durch einen gigantischen Wasserfall versperrt.

»Danach wollten wir das weitere Vorgehen besprechen«, fuhr Katja in geschäftigem Tonfall fort. »Lena ist vorhin zu diesem Kai Winter gefahren und immer noch nicht zurück. Wahrscheinlich ist ihr das Unwetter dazwischengekommen.« Sie zog den Gürtel des Arztkittels enger.

»Oh«, murmelte Matteo bedeutungsvoll. »Ein klarer Fall von Amore!« Er lachte belustigt.

Katja warf ihm einen kritischen Blick zu.

»Wie kommst du denn darauf?« Katja ging zu dem Glas mit den Bonbons hinüber.

Matteo schob sich eine Strähne aus dem Gesicht. Auch er hatte ein paar Tropfen Regenwasser abbekommen.

»Na ja. Ein Blinder hat doch gemerkt, wie verknallt Lena in diesen Kai Winter ist. Jede Faser ihres Körpers hat es doch ausgestrahlt. Sie ist aufgeblüht wie eine Blume beim Anblick der ersten Frühlingssonne.«

»Wie eine *Blume beim Anblick der ersten Frühlingssonne*?« Katja suchte in dem Bonbonglas lustlos nach der Geschmacksrichtung Kirsche. Sie wurde von Matteo mit Schildkröten verglichen, bei Lena hingegen fand er plötzlich sein lyrisches Ich.

»Auch eines?« Sie sah ihn unzufrieden an.

»Kirsche«, verlangte er zögernd. Sie warf ihm das Bonbon zu, und er fing es geschickt.

»Na ja. Man sieht es Leuten normalerweise an, wenn sie verliebt sind.« Matteos Stimme verebbte, und er schob sich das süße Bonbon in den Mund.

Lutschend standen sie sich gegenüber.

Was war denn nun eigentlich los? Was wollte Matteo hier? Sollte sie etwa mit *ihm* zusammen die Pressemeldungen sichten? Katjas Blick wanderte unmotiviert zu der klatschnassen Tüte hinüber. Sie war extra am Bahnhof vorbeigefahren und hatte sämtliche Tageszeitungen gekauft. Dank des Gewitters waren sie jetzt zu einer einzigen Papiermasse zusammengepappt und nicht mehr zu gebrauchen. Doch auf der Werkbank entdeckte sie eine Ausgabe des Münchner Stadtboten. Neugierig griff Katja danach und grinste zufrieden.

»Wir beide als Pierrots auf der Titelseite!« Sie hob die Zeitung triumphierend in die Luft. »Das war eine geniale Idee von dir, Matteo!« Sie versank kurz im Anblick des schönen Bildes. Lena hatte recht: Sie und Matteo würden wirklich ein hübsches Paar abgeben.

»Wir sind echt auf dem Titelblatt?« Matteo hatte den Artikel offenbar noch gar nicht gesehen. Er verließ seinen Posten an der Tür und kam zu ihr. Nun stand er dicht neben ihr, sein angenehmer Geruch streifte sie.

»Das war witzig«, sagte er verträumt. »Witzig und schön …« Er warf Katja einen schwer zu deutenden Blick zu. Einen Moment schien er mit sich selber zu ringen, dann öffnete er den Mund. »Ich muss dir etwas beichten. Ich habe dich angelogen, Katja!«, sagte er tapfer. Jetzt war es raus. Das Gebäude zitterte unter dem nächsten Blitz des heftigen Sommergewitters.

»Nein, keine Sorge. Das hast du nicht, Matteo«, beruhigte ihn Katja. »Ich habe von Anfang an gewusst, dass du kein Italiener bist. Du hast lediglich versucht, mich hinter das Licht zu führen. Und das, wie ich zugeben muss, reichlich erfolglos.«

Verdutzt rieb sich Matteo über das Kinn. »Aber Katja, ich *bin* Italiener. Hundertprozentig!«

Ungläubig musterte Katja ihn. Sie war sich nicht sicher, was sie von dieser Behauptung halten sollte.

Matteo schöpfte Atem. »Mein Vater starb, kurz nachdem meine Eltern mit mir aus Palermo nach München gezogen sind«, erklärte er endlich. »Und meine Mutter wollte, dass ich mich schnell in Deutschland integriere. Also hat sie aufgehört, mit mir Italienisch zu sprechen. Seit meinem zweiten Lebensjahr unterhalten wir uns quasi nur noch auf Deutsch. Jetzt bereut sie es, mich nicht zweisprachig aufgezogen zu haben.« Matteo wirkte traurig, doch dann lächelte er. »Aber ich werde Italienisch an der Volkshochschule lernen. Der Kurs beginnt Ende September.«

»Du bist also echt Italiener? Ich habe dich immer für einen Aufschneider gehalten.« Verblüfft fuhr sich Katja durch das Haar. »Welche Lüge meintest du dann? Um ehrlich zu sein, habe ich eher auf eine Entschuldigung wegen deines Tinky-Winky-Vergleichs gewartet …« Beleidigt sah sie zum Regal mit den vergessenen Schätzen hinüber.

Matteo lächelte verschämt. Dann wurde er ernst. »Ich habe dich angelogen, als ich gesagt habe, ich sei wegen Lena herübergekommen. Ich wusste, dass sie mit dem Fahrrad weggefahren ist. Aber dann habe ich dich eben über den Hof laufen sehen.«

»Mhm.« Katja wusste nicht, was sie darauf antworten sollte.

»Du hast es sicherlich längst gemerkt, Katja«, Matteo fasste sich endlich ein Herz. »Es ist so …« Hilflos sah er Katja an und wusste anscheinend nicht, wie er weitersprechen sollte.

»Geht es um den abgerissenen Knopf des Pierrot-Kostüms? Die Ausbesserung war in der Miete inbegriffen.«

»Katja!« Energisch schüttelte Matteo den Kopf. »Kapierst du es denn nicht?« Er suchte hörbar nach den richtigen Worten. »Ich weiß, dass ich dir zu jung und zu wenig erfolgreich bin. Und sicher hast du viele Verehrer. Trotzdem will ich dir sagen, dass ich verliebt in dich bin. Und falls es dich interessiert, nicht erst seit gestern.«

Katja starrte ihn an und spürte, wie sich etwas in ihrem Inneren löste. Eine Anspannung, in deren Klammergriff sie seit Tagen gewesen war. Eine latente, nicht erklärbare Sehnsucht. Dieser schöne, junge, liebenswürdige Mann machte ihr tatsächlich Avancen?

Ein weiterer Blitz erhellte den Raum. Matteo wirkte wie ein kleiner, unsicherer Junge.

Katja löste sich aus ihrer Starre und ging wortlos an ihm vorbei.

Dann drehte sie den Schlüssel von innen im Schloss und legte das *Geschlossen*-Schild sichtbar ins Fenster, bevor sie sehr langsam zu Matteo zurückkam. So erfahren sie im Umgang mit Männern normalerweise auch war, in seiner Gegenwart fühlte sie sich seltsam befangen. Als wäre sie plötzlich wieder vierzehn Jahre alt und Matteo ihre erste, schüchterne Liebe.

Sie räusperte sich, kaute unschlüssig auf ihrer Lippe herum. »Ich habe mich auch in dich verliebt, Matteo«, gab sie sich geschlagen. »Zwar erst vorgestern, aber ich kann es leider nicht leugnen.«

Ungläubigkeit schwappte über sein Gesicht, und Matteo lächelte erleichtert. Er starrte verzaubert auf ihren Mund. Auf Dior war Verlass: Trotz Regenschauer wirkten ihre Lippen leuchtend und samtig.

Er sieht wirklich wie ein römischer Liebesgott aus, kam es Katja fasziniert in den Sinn, während seine Lippen wie selbstverständlich die ihren suchten. Der Regen wurde weniger, das Donnergrollen verklang.

Ihr fiel auf einmal ein alter Songtext ein. *It's raining men!,* dachte sie glücklich.

Christoph Kleßmann · Jens Gieseke (Hrsg.)

Allgemeinbildung

Vom Ende des Zweiten Weltkrieges bis heute

Deutsche Geschichte ab 1945

Das muss man wissen

Christoph Kleßmann · Jens Gieseke (Hrsg.)

Allgemeinbildung
Vom Ende des Zweiten Weltkrieges bis heute

Deutsche Geschichte ab 1945
Das muss man wissen

Mit Bildern von Hauke Kock

Arena

1. Auflage als überarbeitete Ausgabe im Arena-Taschenbuch 2016

Illustrationen: Hauke Kock
Umschlaggestaltung: Frauke Schneider
Umschlagtypografie: KCS GmbH · Verlagsservice & Medienproduktion, Stelle/Hamburg
Gesamtherstellung: westermann druck Braunschweig GmbH
ISSN 0518-4002
ISBN 978-3-401-50860-3

Inhalt

Die DDR 1949 bis 1989

(Jens Gieseke)

Demokratische Revolution und Wiedervereinigung 1989/1990

(Jens Gieseke)

Deutschland seit der Wiedervereinigung 1990

(Michael C. Bienert)

Von der Teilung zur Einheit – Deutschland nach dem Zweiten Weltkrieg

2009 ist ein Jahr der Erinnerungen und der runden politischen Jahrestage. Vor 70 Jahren entfesselte Adolf Hitler mit seinem Überfall auf Polen den Zweiten Weltkrieg. Am Ende dieses Krieges stand 1945 aber nicht ein dauerhafter Frieden, sondern der Beginn des Kalten Krieges mit der Teilung Europas und Deutschlands. Das augenfälligste Symbol dieser Teilung und Feindschaft war die deutsch-deutsche Grenze: Vier Jahrzehnte lang gab es zwei deutsche Staaten, die Bundesrepublik und die DDR. Sie wurden parallel vor 60 Jahren gegründet. Ganze Generationen von Deutschen wuchsen heran, die ihr Land nicht anders kannten. 1989 bereiteten sich beide Staaten auf Jubel- und Erinnerungsfeiern zu ihrem 40-jährigen Bestehen vor. Doch die Geschichte nahm einen völlig anderen und überraschenden Verlauf. Die friedliche Revolution im Herbst 1989 fegte innerhalb weniger Wochen die alte Führungsriege der DDR hinweg und stellte die ehemaligen Besatzungsmächte ebenso wie die Deutschen vor die Möglichkeit zur Wiederherstellung der Einheit, an die kaum noch jemand geglaubt hatte.

Der Fall des Kommunismus in Europa und die Wiedervereinigung Deutschlands liegen nun schon 20 Jahre zurück: Grund, zurückzublicken und Bilanz zu ziehen. Das vereinte Deutschland hat bereits eine Geschichte, die länger ist als die der Weimarer Republik von 1918 bis 1933. Ist die Einheit eine Erfolgsgeschichte geworden? Viele meinen das, aber nicht wenige sehen die Entwicklung erheblich skeptischer. Umfragen zeigen immer wieder, dass »Ossis« und »Wessis« sich keineswegs ohne Weiteres als ein Volk verstehen, sondern deutliche Vorbehalte gegeneinander haben. Warum ist das so und wie lässt es sich erklären? Ist schon in Vergessenheit geraten, in welch trostlosem Zustand sowohl wirtschaftlich als auch politisch sich die DDR in ihrer Endphase befand? Haben die Deutschen ebenfalls vergessen, welche schlimmen Folgen der von ihnen bis zum bitteren Ende geführte Zweite Weltkrieg hatte, wie ihr Land danach geteilt wurde und mit welchen Herausforderungen des Wiederaufbaus sie zu kämpfen hatten?

Die beiden 1949 gegründeten deutschen Staaten wollten Provisorien und Teil eines bald wiederherzustellenden Ganzen sein. Doch die weltpolitische Lage, die von der harten Konfrontation der atomar bewaffneten Supermächte Amerika und Sowjetunion bestimmt wurde, erlaubte das nicht. Die Spaltung mit Fluchtbewegung, Mauerbau in Berlin und zahllosen menschlichen Tragödien prägte die Situation in Deutschland. Aber niemand konnte diese Lage grundsätzlich verändern. Man arrangierte sich, international und im Inneren. Nachkriegsdeutschland entwickelte sich doppelt und beide Teile immer weiter auseinander. Im Zeichen der internationalen Entspannung näherten sich zwar auch die beiden deutschen Staaten wieder ein wenig an, aber Europa wollte und konnte gut mit zwei deutschen Staaten leben.

Das alles ist Geschichte. Das Unerwartete geschah und am 3. Oktober 1990 entstand die Bundesrepublik, die wir heute kennen. Wer aber die Gegenwart und auch ihre Probleme verstehen will, muss in unsere Vergangenheit zurückblicken. Willy Brandt sprach 1989 den zum geflügelten Wort gewordenen Satz: »Jetzt wächst zusammen, was zusammengehört.« Wie lange das Zusammenwachsen dauern und wie mühsam der Prozess sein würde, wusste damals niemand. Wohl alle haben die Probleme unterschätzt. Sie ergaben sich aus der wirtschaftlichen Lage, aus den Altlasten eines heruntergewirtschafteten Landes, aber auch aus den Prägungen, die ein Leben in jeweils völlig unterschiedlichen politischen und gesellschaftlichen Systemen bewirkten.

Deutschlands Nachkriegsgeschichte ist einzigartig und hat unser Land mitgeformt. Wer wissen will, wo es knirscht und wie es weitergehen könnte, findet beim Rückblick vielleicht einige Hinweise für mögliche Antworten. Viele kennen die Zeit vor 1989 nicht mehr aus eigenem Erleben. Umso wichtiger ist es, sich über den welthistorischen Einschnitt von 1989, seine Vorgeschichte, seinen Verlauf und seine Folgen zu informieren. Aus Wissen erwächst Verständnis füreinander, für die besondere Lage, in der Deutschland und seine Bürger sich aufgrund ihrer Geschichte befinden – eine unverzichtbare Voraussetzung für eine erfolgreiche Zukunft des wiedervereinigten Deutschland im 21. Jahrhundert.

Prof. Dr. Christoph Kleßmann und Dr. Jens Gieseke

Das besetzte Deutschland – die ersten Nachkriegsjahre

Das besetzte Deutschland – die ersten Nachkriegsjahre

Die Zeit vom Ende des »Dritten Reiches« bis zur Gründung zweier deutscher Staaten im Jahre 1949 war nur eine kurze Phase in der deutschen Geschichte des 20. Jahrhunderts. Aber es war eine Zeit tiefer Umbrüche, voll von Zerstörung, Gewalt, materieller Not und deprimierendem Elend. Die Deutschen traf nun erstmals unmittelbar die Verantwortung für den von ihnen begonnenen und bis zum bitteren Ende durchgeführten Krieg – den schlimmsten, den Europa und die Welt bis dahin erlebt hatte. In dieser Situation der Katastrophe und Niederlage bot sich jedoch auch die Chance zu einem wirklichen Neuanfang. Beide Teile des bald gespaltenen Deutschlands nutzten diese Chance auf ganz unterschiedliche Weise.

Wer die Bedeutung dieser wenigen Jahre für die weitere Geschichte der Deutschen in Ost und West verstehen will, muss sich die verheerenden Folgen und Nachwirkungen des Krieges konkret vor Augen führen. Deutschland wurde nicht nur in vier voneinander abgeschottete Besatzungszonen aufgeteilt, es wurde auch um fast ein Viertel seines früheren Gebietes verkleinert. Millionen von Flüchtlingen, Vertriebenen und Entwurzelten mussten auf diesem Territorium ihr Überleben organisieren. Aber auch politisch waren diese Jahre eine einschneidende Umbruchzeit. Von der Nazizeit konnte und sollte nichts mehr bleiben. Die Deutschen mussten – notgedrungen oder aus Einsicht – zeigen, dass sie aus der schlimmen Vergangenheit gelernt und sich von militaristischen Traditionen und Großmachtwünschen verabschiedet hatten.

Im Osten verkündeten die sowjetische Besatzungsmacht und die Kommunistische Partei (KPD) eine »antifaschistisch-demokratische Umwälzung«. Es sollte endgültig Schluss sein mit den Irrwegen der bisherigen deutschen Geschichte, die zur Nazidiktatur geführt hatten. Eine neue Gesellschaft aufzubauen – diese Vision besaß nach den fürchterlichen Erfahrungen des Krieges für viele Menschen anfangs eine beträchtliche Faszination. Aber sie endete in einer erneuten Diktatur. Vom sowjetischen Diktator Stalin war keine Demokratie zu erwarten. Im westlichen Teil Deutschlands wünschte man ebenfalls einen völligen Neuanfang. In Ländern und Gemeinden wurden unter Kontrolle der Besatzungsmächte demokratische Institutionen wiederhergestellt, aber auch kapitalistische Strukturen, die viele deutsche Politiker hatten abschaffen wollen. Manche Kritiker meinten daher, hier würden alte Zustände »restauriert« und Neuanfänge verspielt. Die politische Orientierung am Westen, an den USA und den westeuropäischen Demokratien gehörte zu den wichtigsten Veränderungen. Der Neubeginn wurde erleichtert durch die wirtschaftliche Hilfe aus den USA an das zerstörte Europa.

Die Ordnung der Wirtschaft und der Gesellschaft wies schon wenige Jahre nach Kriegsende im östlichen und westlichen Teil Deutschlands große Unterschiede auf. Das war vor allem auf die gegensätzlichen Vorstellungen zurückzuführen, die einerseits die Sowjetunion, andererseits die USA und ihre Partner über eine gründliche Entnazifizierung und eine Demokratisierung Deutschlands und der Deutschen hatten. So wurde kaum zwei Jahre nach Kriegsende bereits 1947 eine neue Bedrohung sichtbar, die fortan die politische Lage bestimmte: der Kalte Krieg. Er teilte die Welt in zwei politische und wirtschaftliche Lager, die sich zwar nicht militärisch bekämpften, aber ständig bedrohten und mehrfach an den Rand eines »heißen« Krieges brachten. Die Blockade der Zufahrtswege nach Berlin 1948 durch die Sowjetunion war der erste sichtbare Höhepunkt.

Da es nicht gelang, den Kalten Krieg einzudämmen und zurückzudrängen, war mit der Spaltung Europas auch die Spaltung Deutschland unvermeidlich. Niemand hat diese Spaltung von vornherein gewollt, aber niemand hat sie nachdrücklich zu verhindern versucht. So wurden die Deutschen in Ost und West mehr oder minder gezwungen, sich in zwei Staaten zu organisieren. Dennoch erklärten beide Teile, sie wollten die nationale Einheit. Der Westen besaß eine durch freie Wahlen bestätigte demokratische Legitimation, der Osten hatte sie nicht, behauptete sie aber umso lauter. Dass die doppelte Staatsgründung von 1949 in eine 40 Jahre dauernde Teilung Deutschlands münden würde, konnte sich damals niemand vorstellen.

Wer war Otto von Bismarck (1815–1898)?
Dieser verdiente Politiker war zum Zeitpunkt der Reichsgründung preußischer Ministerpräsident; nicht der Kaiser, Wilhelm I., sondern der erfahrene Staatsmann Bismarck war der eigentliche Architekt des deutschen Kaiserreiches. Er lenkte als Reichskanzler über lange Jahre geschickt das neue Reich und band es erfolgreich in die Politik der europäischen Großmächte ein; seine Entlassung 1890 war der Anfangspunkt des deutschen Großmachtstrebens, das in den Ersten Weltkrieg führte.

Was war der Bolschewismus?
Die Bolschewiki waren die Partei des kommunistischen Revolutionsführers Lenin, der 1917 in Russland nach dem Sturz des Zaren die Macht eroberte. Lenins Nachfolger Stalin machte sich zum Diktator, der mit gewaltsamen Eingriffen Staat und Wirtschaft umbaute und das Land mit blutigem Terror überzog. Die bolschewistische Revolution machte Russland zum ideologischen Hauptgegner der westlichen Welt und schuf das Vorbild für alle kommunistischen Parteien.

Die Vorgeschichte – Nationalsozialismus und Weltkrieg

Das Deutsche Reich war 1871 von Otto von Bismarck begründet worden. Nach dem Willen seines Gründers sollte dieser Neuling auf der europäischen Bühne maßvoll bleiben, um mit seinen Nachbarn friedlich auskommen zu können. Diese Vision erfüllte sich jedoch nicht. 1914, nicht einmal 35 Jahre später, brach der Erste Weltkrieg aus – das Ergebnis von Großmachtstreben und Selbstüberschätzung, das millionenfaches Leid über die Welt brachte.

Das Jahr 1933, in dem Adolf Hitler, »Führer« der Nationalsozialisten, deutscher Reichskanzler wurde, sollte in eine noch größere Katastrophe führen. Hitler arbeitete systematisch auf einen Krieg hin, auch wenn er das Gegenteil behauptete. Die Zeitgenossen sahen in ihm den Erlöser aus der **»Schmach von Versailles«,** der das gebeutelte Deutschland wieder zu außenpolitischer Größe und militärischer Stärke führte. So übersahen viele Deutsche auch bereitwillig die negativen Seiten des nationalsozialistischen Regimes: Hitler entfaltete eine terroristische Diktatur, in der jegliche Gegner erbarmungslos verfolgt wurden. Noch verheerender war Hitlers menschenverachtende Rassenpolitik: Die »germanische Rasse«, der sogenannte »Arier«, war nach seiner Ideologie allen anderen menschlichen Rassen überlegen. Besonderes Feindbild waren die Juden, die von den Nationalsozialisten zunehmend diskriminiert und verfolgt und schließlich während des sogenannten Holocaust, der in der Naziführung »Endlösung« hieß, systematisch ermordet wurden.

Außenpolitisch ging es Hitler keineswegs in erster Linie um eine Veränderung der verhassten Grenzen aus dem Versailler Vertrag, sondern um viel mehr. Er wollte »Lebensraum im Osten«, der mit Deutschen besiedelt werden sollte, und vollständige Vernichtung des **Bolschewismus.** Am 1. September 1939 überfielen deutsche Truppen Polen und entfesselten damit den Zweiten Weltkrieg. Das Terrorregime, das die Nationalsozialisten im besetzten Polen errichteten, sprengte alle bis dahin bekannten Vorstellungen. Es war ein Vorgeschmack auf den in noch viel größerem Umfang geplanten und ab 1941 durchgeführten Krieg gegen die Sowjetunion – »Unternehmen Barbarossa« hieß der militärische Plan. Zuvor waren die Tschechoslowakei, die nordeuropäischen Länder, Frankreich und Jugoslawien angegriffen und besetzt worden.

Die Maßlosigkeit der hitlerschen Ziele erschreckte zwar manchen

Deutschen, aber die große Mehrheit war von den anfangs verblüffend schnellen Siegen des »Führers« fasziniert. In den ersten Sommermonaten des Jahres 1941 schien das Riesenreich Stalins, die Sowjetunion, vor dem Zusammenbruch zu stehen. Doch im Winter 1941 kam der deutsche Angriff vor der sowjetischen Hauptstadt Moskau zum Stehen. Sowjetische Gegenoffensiven brachten den deutschen Truppen schwere Verluste bei.

England unter seinem Premierminister Winston Churchill hatte sofort nach dem deutschen Überfall ein Bündnis mit dem sowjetischen Diktator Stalin geschlossen, um die Sowjetunion in ihrem Kampf auf Leben und Tod zu unterstützen. Aber erst mit dem Kriegseintritt der USA unter ihrem populären Präsidenten Roosevelt im Dezember 1941 wurde die Koalition der Alliierten (die »Großen Drei«) übermächtig. Das hinderte Propagandaminister Joseph Goebbels nicht daran, den Deutschen immer wieder den Glauben an den »Endsieg« einzuhämmern.

Das nationalsozialistische Deutschland führte mit ungeheurer Brutalität einen Krieg, in dem Europa unterworfen und die ganze Welt bedroht wurde. Die »Großen Drei« beschlossen daher bereits während der Kampfhandlungen Maßnahmen, um Deutschland dauerhaft zu schwächen und eine künftige erneute Aggression unmöglich zu machen. Voraussetzung war eine »bedingungslose Kapitulation«. Sie wäre militärisch längst vor 1945 notwendig gewesen, wurde aber erst möglich, nachdem Hitler am 30. April 1945 in seinem Bunker Selbstmord begangen und sich so jeder Verantwortung entzogen hatte.

Was ist mit der »Schmach von Versailles« gemeint?
So nannte man in Deutschland häufig den Friedensvertrag von Versailles (1919), der den Ersten Weltkrieg beendete. Er sprach dem besiegten Deutschland die alleinige Kriegsschuld zu, erlegte dem Land hohe Reparationen als Wiedergutmachung für den Krieg auf, verringerte die Armee auf 100.000 Mann und legte Gebietsabtretungen (besonders an Polen) fest. Für einen Großteil der Deutschen bedeutete dieser diktierte Friedensvertrag eine Schande, er wurde von allen Parteien abgelehnt.

BEMERKENSWERTES

Das »Unternehmen Barbarossa« als Ziel von Hitlers Krieg

Dieser Deckname bezeichnete den langfristig geplanten und 1941 ausgelösten Überfall auf die Sowjetunion. Im Unterschied zum Ersten Weltkrieg ging es Hitler nicht mehr nur um den militärischen Sieg, sondern um Vernichtung des Gegners, um Eroberung von »Lebensraum« und seine deutsche Besiedlung in grotesken Größenordnungen bis zum Ural. Die physische Ausrottung aller Juden war eng mit dem Krieg gegen »den Bolschewismus« verbunden.

8. Mai 1945: Der »totale Krieg« endet mit der bedingungslosen Kapitulation

Wie viele Menschen kamen im Zweiten Weltkrieg ums Leben?
Man geht von circa 50–55 Millionen Todesopfern aus. Allein in der Sowjetunion kamen etwa 27 Millionen Menschen um. Sechs Millionen europäische Juden wurden Opfer des Holocaust, der nationalsozialistischen Judenverfolgung. Von den in Deutschland zum Militär eingezogenen 18,2 Millionen Männern kamen 5,32 Millionen um. Als »vermisst« registriert – und zumeist tot – waren 1,5 Millionen Soldaten. Die Zahl der Toten in der deutschen Zivilbevölkerung lag bei 3,7 Millionen.

Was waren die Zwangsarbeiter?
Ohne Millionen von ausländischen Arbeitskräften, die aus den besetzten europäischen Ländern ins Reich deportiert wurden, hätte die NS-Kriegswirtschaft nicht funktioniert. Insgesamt waren während des Krieges rund zehn Millionen Kriegsgefangene und Zwangsarbeiter im Reich beschäftigt. Nach Kriegsende kehrten die meisten in ihre Heimatländer zurück. Etwa eine Million Menschen entschied sich jedoch aus politischen Gründen gegen

Am 8. Mai 1945 schwiegen nach sechs Jahren Krieg endlich die Waffen. Der von Propagandaminister Joseph Goebbels (1897-1945) 1943 ausgerufene »totale Krieg« endete in der totalen Niederlage und Kapitulation Deutschlands. Im Pazifik dauerte der Zweite Weltkrieg noch drei Monate an, bis Japan nach dem Abwurf der Atombomben auf Hiroshima und Nagasaki ebenfalls kapitulierte. Die Gesamtbilanz des von Adolf Hitler systematisch geplanten Krieges, der sich auf die ganze Welt ausgedehnt hatte, war grauenhaft. Noch nie seit dem Dreißigjährigen Krieg im 17. Jahrhundert hatte Deutschland so tief am Boden gelegen, noch nie gab es so viele **Todesopfer,** große Kriegsverluste und verheerende Zerstörungen.

Die befreiten europäischen Länder feierten enthusiastisch das Kriegsende, und das Kapitulationsdatum, der 8. Mai, war fortan ein fester Bestandteil in der historischen Erinnerung der Völker. Was bedeutete dieses Datum für die Bevölkerung in Deutschland? Fühlte sie sich nur besiegt oder auch befreit? Befreit vom nationalsozialistischen Terror, der nicht nur den unterworfenen Nationen, sondern auch den Deutschen furchtbares Elend gebracht hatte?

Auf diese Fragen gibt es viele Antworten. Wer das Kriegsende als Jude, **Zwangsarbeiter,** politischer Häftling, religiöser Gegner der Nazis oder als Flüchtling aus dem Osten erlebte, reagierte anders als ein Soldat an der Westfront; dieser wiederum anders als der an der Ostfront, wo die Kämpfe bis zum Fall Berlins besonders erbittert und brutal verliefen. Flüchtlinge aus den Ostgebieten, aus Großstädten Evakuierte und Ausgebombte, die oft alles verloren hatten, verbanden mit der Kapitulation andere Erwartungen und Hoffnungen als die eingesessene Bevölkerung in Kleinstädten oder Dörfern, die von Kriegszerstörungen weitgehend verschont geblieben waren. Die meisten Menschen waren froh, dass »es vorbei« war. Aber die große Mehrheit des deutschen Volkes empfand das gewaltsame Ende des »Dritten Reiches« kaum als Befreiung. Niedergeschlagenheit, Angst vor der Rache der Sieger mischten sich in die Erleichterung über das Ende der Bombennächte in den Luftschutzkellern. Die zeitgenössische Redensart von der »Stunde null« gibt etwas von dieser gemischten Gefühlslage wieder.

Das Kriegsende erlebten die Deutschen in Ost und West nicht nur zu unterschiedlichen Zeitpunkten, sondern auch in ganz verschiedenen Lebenssituationen. Am härtesten war die deutsche Zivilbevölkerung im Osten betroffen: überstürzte Massenflucht vor den sowjetischen Truppen im eiskalten Winter, weil die Nazibehörden bis zum letzten Augenblick jede geordnete **Evakuierung** abgelehnt hatten; Plünderung und Massenvergewaltigungen durch die sowjetische Rote Armee, die für den Vernichtungskrieg grausame Rache nahm; sinnlose Zerstörungs- und Demontageaktionen im besetzten Gebiet; polnische und tschechoslowakische Racheaktionen und wilde Vertreibungen noch vor den offiziellen Umsiedlungsbeschlüssen der Alliierten; fehlende Unterkünfte und erbärmliche Versorgung der Flüchtlinge und Vertriebenen bei Ankunft im Westen; zerbombte Städte und Industrieanlagen sowie verwüstete Felder – das sind einige Stichworte, mit denen sich die Situation 1945 charakterisieren lässt.

Nicht nur die Deutschen befanden sich in jenen Tagen in Bewegung: Millionen ehemaliger Zwangsarbeiter mussten in ihre Heimatländer zurücktransportiert werden. Viele wollten jedoch nicht mehr zurück, weil die politischen Verhältnisse in Osteuropa durch die siegreiche Sowjetunion einschneidend verändert wurden und nun neue, kommunistische Diktaturen drohten. Als *Displaced Persons* (DP) irrten Hunderttausende in den Besatzungszonen umher oder mussten in Lagern darauf warten, in andere Länder auswandern zu können.

Das Jahr 1945 umfasste somit alles: Kapitulation, Zusammenbruch, Zerstörung und Befreiung.

eine Heimkehr und wurde als Displaced Persons *in den Besatzungszonen registriert und provisorisch in Lagern untergebracht.*

Was versteht man unter Evakuierung?
Evakuierung bedeutet so viel wie Räumung. Im Zweiten Weltkrieg erfolgten Evakuierungen zum einen als Umquartierung der besonders im Westen bombengefährdeten städtischen Bevölkerung in Deutschland aufs Land; zum anderen als geregelter Transport der Zivilbevölkerung besonders in Ostdeutschland nach Westen, um den Kämpfen mit der Roten Armee zu entfliehen. Mit Durchhalteparolen (»der Kreis xy wird auf jeden Fall gehalten«) verhinderten die Nazifunktionäre häufig eine rechtzeitige und geordnete Evakuierung.

BEMERKENSWERTES

»Totaler Krieg«

Unter dem Eindruck der Niederlage von Stalingrad 1943 hatte Propagandaminister Goebbels den »totalen Krieg« ausgerufen. Damit wollte er alle Kräfte für den »Endsieg« mobilisieren. »Siegen oder fallen« lautete die Parole. Der angesichts der riesigen Übermacht der Alliierten völlig sinnlose Kampf mit immer mehr Opfern wurde dadurch weiter verlängert.

»Die Großen Drei« – Verbündete und Gegner zugleich

Nach dem militärischen Sieg über Nazideutschland traten schnell die grundsätzlichen Unterschiede in dem Kriegsbündnis der »Großen Drei« zutage – das gemeinsame Ziel, Deutschland zu besiegen, war der einzige Kitt des Bündnisses gewesen. Zwischen Stalins politischen Zielen und denen der westlichen Demokratien konnte es letztlich keine Brücke geben.

Winston Churchill (1874–1965), der britische Premierminister, war ein konservativer Politiker und entschlossener Gegner Hitlers. Er organisierte den Kampf gegen die nationalsozialistische Expansion in Europa. Dafür scheute er auch vor einem Bündnis mit dem bolschewistischen Diktator Stalin nicht zurück.

Franklin D. Roosevelt (1882–1945) war einer der bedeutendsten amerikanischen Präsidenten. Er unterstützte frühzeitig Churchill in seinem Kampf gegen Hitlerdeutschland, forderte nachdrücklich dessen »bedingungslose Kapitulation« und hoffte auf eine »New World«, eine neue Weltordnung mithilfe der von ihm begründeten Vereinten Nationen. Sein Nachfolger war **Harry S. Truman** (1884–1972), der nach Roosevelts Tod im April 1945 dessen Politik konsequent weiterführte. Er war überzeugter Gegner des Kommunismus; seine Außenpolitik erlangte vor allem mit der Truman-Doktrin, die vor einer weiteren Ausbreitung des Sowjetkommunismus warnte, Berühmtheit.

Gemeinsam standen Churchill, Roosevelt und nach ihm Truman für die »westliche Demokratie«. Diese Gesellschaftsordnung ist gekennzeichnet durch freie Wahlen, in denen die politische Führung bestimmt wird, durch Rechtsstaatlichkeit sowie das Recht auf Eigentum, auf Meinungs-, Rede- und Pressefreiheit. Die **kapitalistische** Wirtschaftsordnung sieht grundsätzlich einen freien Wettbewerb auf dem Markt vor; der Staat soll nur so wenig wie möglich in das Wirtschaftsgeschehen eingreifen.

Was ist Kapitalismus?
In der kapitalistischen Gesellschaft reguliert sich der Markt selbst über Angebot und Nachfrage und freien Wettbewerb, es soll nur wenige staatliche Eingriffe geben.

Woher stammt der Begriff Kommunismus?
Das Wort leitet sich vom lateinischen communis *ab, was »gemeinsam« bedeutet. Im 19. Jahrhundert entstanden viele Vorstellungen vom Kommunismus, eine davon ging vor allem auf Karl Marx zurück.*

Woher stammt der Begriff Sozialismus?
Der Begriff kommt vom lateinischen societas*, was so viel wie Bündnis oder Gemeinschaft bedeutet. Viele politische Parteien führen heute die Bezeichnung »sozialistisch« im Namen. Sie sehen ihren politischen Auftrag darin, die Missstände der kapitalistischen Gesellschaftsordnung, nämlich zu große Ungerechtigkeit und zu großes Gefälle zwischen Arm und Reich, auszugleichen.*

Diese Ordnungsvorstellung stand in krassem Gegensatz zu der von **Josef W. Stalin** (1879–1953), dem politischen Führer der Sowjetunion. Er war seit 1903 Mitglied der Bolschewiki, der russischen Kommunistischen Partei. Nach Lenins Tode 1924 gelang es ihm, alle wichtigen Ämter an sich zu reißen. Mit blutigem Terror machte er sich zum unumschränkten Diktator in der Sowjetunion, dem »ersten Arbeiter- und Bauernstaat«. Der rücksichtslose, aber schließlich siegreiche Einsatz der Roten Armee gegen Hitlerdeutschland verhalf ihm zu großem Ansehen bei Verbündeten und Anhängern. Mit den USA und Großbritannien jedoch konnte es über das Kriegsbündnis hinaus keine Zusammenarbeit geben – zu weit lagen Demokratie und kommunistische Ideologie auseinander. Vielmehr sollten sich in den folgenden Jahren zwei einander verfeindete Machtblöcke bilden.

Der **Kommunismus** war im 19. Jahrhundert als Reaktion auf das Elend der Arbeiterklasse entstanden, die unter oft katastrophalen Bedingungen lebte und arbeitete. Als Vater des Kommunismus gilt der Deutsche **Karl Marx.** Er sah eine Gesellschaft vor, in der es keine Klassen mehr geben sollte, kein Privateigentum und keinen freien Markt. Alles sollte allen gehören und allen gleichermaßen zugute kommen, die Wirtschaft sollte von staatlicher Seite zum Wohl aller gelenkt werden und nicht zur Bereicherung Einzelner führen. Die Vorstufe zu dieser Idealgesellschaft sollte der **Sozialismus** sein: Durch eine Revolution sollte das Bürgertum entmachtet und die Herrschaft der Arbeiterklasse begründet werden.

Nach der Russischen Revolution von 1917 hatte man begonnen, diese Ideologie in der Sowjetunion umzusetzen; die Herrschaft der Arbeiterklasse, die »Diktatur des Proletariats«, führte jedoch in die Parteidiktatur, die jeden Widerstand brutal unterdrückte.

Wer war Karl Marx (1818–1883)?

Karl Marx gilt gemeinsam mit Friedrich Engels als einer der Schöpfer des modernen Kommunismus. Sie verfassten gemeinsam Das Kommunistische Manifest *(1848), eine Art Grundsatzprogramm. Eine Analyse des Kapitalismus legte Marx mit seinem umfangreichen Werk* Das Kapital *(erschienen von 1867–1895) vor.*

BEMERKENSWERTES

Die Grundlagen des sowjetischen Imperiums

Stalin wollte nach dem Überfall Nazideutschlands vor allem Sicherheit für sein Land und seine Herrschaft. Dazu unterwarf er sich die osteuropäischen Länder, die durch die Rote Armee von Nazideutschland befreit worden waren. Schrittweise überführte er sie mithilfe der kommunistischen Parteien in Diktaturen nach sowjetischem Muster. Demokratische, westlich orientierte Parteien wurden gewaltsam ausgeschaltet.

Was soll aus Deutschland werden? Die Sicht der Sieger

Was sind Reparationen?
Reparationen sind eine Form der materiellen Wiedergutmachung der von Deutschland verursachten Kriegsschäden, anfangs vor allem durch Demontagen (Abbau) von Industriebetrieben, später vor allem durch Exporte aus der laufenden Produktion. Da die Sowjetunion auf die Westzonen keinen Einfluss hatte, befriedigte sie ihren Reparationsbedarf aus der eigenen Zone. Für den wirtschaftlichen Wiederaufbau der SBZ (Sowjetischen Besatzungszone) beziehungsweise der DDR bedeutete das eine erhebliche Belastung.

Welche politische Bedeutung hatte die Oder?
Die Oder ist ein Fluss, der vor Kriegsende auf deutschem Gebiet lag. Ob Deutschland die Gebiete östlich der Oder und ihres Nebenflusses Neiße endgültig an Polen abgeben sollte, wie es auf der Potsdamer Konferenz vorläufig vereinbart wurde, blieb für Jahrzehnte ein Streitpunkt.

Als die Rote Armee im Frühjahr 1945 auf die Hauptstadt des Reiches vorrückte, wiederholte Stalin in einer an die Weltöffentlichkeit, aber vor allem an die Deutschen gerichteten Rede, was er schon 1942 in einem Tagesbefehl für die Rote Armee erklärt hatte: »Die Erfahrungen der Geschichte besagen, dass die Hitler kommen und gehen, aber das deutsche Volk, der deutsche Staat bleibt.« Damit distanzierte er sich von den Plänen, Deutschland in viele kleine Staaten zu zerstückeln. Die Rede sollte ein erstes Signal sein, um die politischen Sympathien der besiegten Deutschen zu gewinnen. Zugleich hoffte Stalin auf politischen Einfluss in den künftigen Westzonen, insbesondere im Ruhrgebiet. Denn die Schwerindustrie an Rhein und Ruhr galt als das Herz nicht nur der deutschen, sondern auch der europäischen Wirtschaft.

Einen »Meisterplan«, was nach Kriegsende aus Deutschland werden sollte, gab es jedoch nicht. Die Verbündeten der Antihitlerallianz hatten unterschiedliche Vorstellungen. Die Beschlüsse der drei Alliierten Großbritannien, USA und Sowjetunion auf den großen Kriegskonferenzen in Teheran (November 1943), Jalta (Februar 1945) und Potsdam (August 1945) geben aber Hinweise auf die wichtigsten Kriegsziele.

Einig waren sich Winston Churchill, Franklin D. Roosevelt und Josef Stalin frühzeitig darin, dass Deutschland gründlich entmilitarisiert, entnazifiziert und dezentralisiert werden sollte, um eine Wiederholung des Unheils für immer unmöglich zu machen. Auch über die Abtrennung großer deutscher Gebiete im Osten und eine Entschädigung Polens für die Territorien, die es an die Sowjetunion abtreten musste, war man sich prinzipiell einig. Doch im Laufe des Krieges veränderten sich die Zielsetzungen und Planungen. Stalin wollte Sicherheit und **Reparationen,** England wünschte Begrenzung des sowjetischen Einflusses und Gleichgewicht auf dem europäischen Kontinent, die USA hatten eine globale Friedensordnung ohne große Gebietsverschiebungen mit liberalem Welthandel ohne Zollschranken vor Augen.

Die Konferenz von Jalta wenige Monate vor Kriegsende ist zum Symbol der Kooperation, aber auch der Teilung Europas geworden. Es gab eine bemerkenswerte Übereinstimmung der »Großen Drei«, jedoch auf Kosten der Völker in Osteuropa. Faktisch erhielt Stalin eine osteuropäische Einflusszone bis zur **Oder.** Ferner wurden die vier Besatzungszonen der Siegermächte in Deutschland festgelegt (Frankreich bekam auf britisches Drängen eine eigene Zone), hohe Reparationszahlungen an die ausgeblutete Sowjetunion wurden zugesagt und Prinzipien einer gemeinsamen Behandlung Deutschlands durch die Sieger vereinbart.

Das Einvernehmen und die Zusammenarbeit waren jedoch nicht von Dauer. Stalin gab sich nicht mit einer politischen Einflusszone zufrieden, sondern begann schnell, die von der Roten Armee befreiten Staaten in Osteuropa (und bald auch die sowjetische Besatzungszone in Deutschland) in »Volksdemokratien«, das heißt kommunistische Diktaturen nach sowjetischem Vorbild, umzuformen. Die demokratischen USA waren nicht bereit, das hinzunehmen, und gingen daher immer stärker auf Distanz zu ihrem früheren Verbündeten.

Darüber hinaus besaßen die USA seit Ende des Krieges mit Japan die Atombombe und waren damit der Sowjetunion strategisch überlegen. Stalin setzte alles daran, um ebenfalls in den Besitz der Bombe zu gelangen und so mit Amerika gleichzuziehen. Ein unseliger Rüstungswettlauf begann – man nennt diese bald nach Kriegsende begonnene militärische, aber auch ideologische, politische, wirtschaftliche und kulturelle Konfrontation zwischen den beiden Supermächten, die jahrzehntelang andauerte, den Kalten Krieg. Der politische Konflikt um den 1947 angekündigten **Marshallplan** war ein erster Höhepunkt.

Was war der Marshallplan?

Es handelte sich um einen 1947 vom amerikanischen Außenminister George Marshall (1880–1959) vorgeschlagenen Hilfsplan, der allen europäischen Ländern Kredite für den Wiederaufbau anbot. Voraussetzung war eine koordinierte Planung, welches Land welche Kredite für welche Zielsetzung benötigte. Stalin sah darin eine Einmischung in die inneren Angelegenheiten der Sowjetunion und der von ihr abhängigen Staaten. Er inszenierte eine große Propagandakampagne gegen die ökonomische »Versklavung« Europas.

BEMERKENSWERTES

War der Kalte Krieg vermeidbar?

Der Sieg über Hitler war nur dank der gemeinsamen Anstrengung der Alliierten möglich. Die Sowjetunion hat dabei den bei Weitem größten Blutzoll entrichtet. Wäre eine Fortsetzung der Kriegskoalition nach 1945 denkbar gewesen und hätte sie der Welt den Kalten Krieg erspart? Das ist nicht eindeutig zu entscheiden, es war aber höchst unwahrscheinlich angesichts der brutalen Herrschaftsmethoden des sowjetischen Diktators Stalin. Auf die Wünsche der von deutscher Herrschaft befreiten Völker nahm er keine Rücksicht, sondern er wollte das sowjetische Imperium ausdehnen und gegen jeden eventuellen Angriff absichern. Die USA sahen im Sowjetkommunismus eine ernsthafte Bedrohung und bemühten sich, ihn einzudämmen.

Das viergeteilte Deutschland – Zonentrennung und Militärverwaltung

Wie war der Alliierte Kontrollrat aufgebaut?
Er war das oberste gemeinsame Organ der vier Oberbefehlshaber der Besatzungsarmeen von 1945 bis 1948. Der Kontrollrat erließ Befehle, Gesetze, Direktiven für ganz Deutschland und musste einstimmig entscheiden. Letzteres setzte natürlich voraus, dass alle Beteiligten dieselben Ziele verfolgten. Da dies nicht der Fall war, musste der Kontrollrat letztlich scheitern. Am 20. März 1948 verließ die Sowjetunion den Kontrollrat.

Wie viele Menschen waren von Flucht und Vertreibung betroffen?
Aus den nun an Polen abgetretenen Ostgebieten sowie aus dem wieder mit der Tschechoslowakei vereinten Sudetenland und anderen osteuropäischen Ländern strömten allein bis 1947 insgesamt zehn bis zwölf Millionen Menschen nach Restdeutschland in die vier Besatzungszonen. Den größten Teil hatten die SBZ und die britische Zone aufzunehmen, gefolgt von der amerikanischen, während Frankreich sich anfangs weigerte und erst etwa ab 1948 bereitfand, eine größere Zahl von Flüchtlingen und Vertriebenen aufzunehmen.

Die wichtigste Grundlage für die Entwicklung Nachkriegsdeutschlands bildete die Potsdamer Konferenz im Juli/August 1945. Da Berlin schwer zerstört war, wählte man den Cecilienhof in Potsdam als Tagungsort. Das Potsdamer Abkommen war politisch eine bedeutsame Übereinkunft; sie enthielt viele Formeln eines Kompromisses zwischen den »Großen Drei«. Sie machte deutlich, dass die dauerhafte Entmilitarisierung und Entnazifizierung Deutschlands die gemeinsame Basis für die Alliierten bildete. Aber wie solche Ziele umgesetzt werden sollten, war bereits höchst strittig.

Insbesondere zwei Probleme mussten dringend gelöst werden: die Höhe und die Art der Reparationen sowie die Festlegung der künftigen Ostgrenze Deutschlands. Stalin wünschte für die Sowjetunion eine fixe Summe von rund zehn Milliarden Dollar. In Erinnerung an die fatalen Folgen der festen Reparationssummen nach dem Ersten Weltkrieg, die Deutschland wirtschaftlich in den Ruin getrieben hatten, wollten die Westmächte aber eine solche Festlegung auf jeden Fall verhindern. Man einigte sich schließlich auf einen Kompromiss, der sich als ziemlich faul erweisen sollte: Jede Besatzungsmacht sollte ihre Reparationswünsche aus ihrer Besatzungszone befriedigen. Stalin stimmte diesem Grundsatz nur zu, weil sich die USA bereitfanden, eine vorläufige Grenzziehung im Osten entlang der Oder und (westlichen) Neiße zu akzeptieren. Das schloss die **Vertreibung** – offiziell hieß es Aussiedlung – von Millionen Deutschen ein.

Nach der Kapitulation vom 8. Mai übernahmen die Oberbefehlshaber der vier Mächte in einer gemeinsamen Erklärung in Berlin vom 5. Juni die Vollzugsgewalt über das besetzte Deutschland. Berlin als deutsche Hauptstadt, geografisch auf dem Gebiet der SBZ gelegen, wurde in vier Sektoren aufgeteilt, ein aus allen vier Siegermächten gebildeter **Alliierter Kontrollrat** sollte in der Besatzungspolitik für eine gewisse Einheitlichkeit sorgen.

Das gelang im Lauf der Jahre immer weniger. Jede Besatzungsverwaltung hatte eigene Strukturen, die Regierungen und Verwaltungen der deutschen Länder mussten nach den Vorgaben ihrer jeweiligen Besatzungsmacht arbeiten. Am stärksten zentralistisch war die Sowjetische Militäradministration (SMAD) aufgebaut, eher dezentral und föderalistisch geprägt die amerikanische und französische, die englische Besatzung wählte einen mittleren Weg. Die Westalliierten achteten darauf, jede Machtkonzentration in einer Zentralregierung, wie sie die Nazis geschaffen hatten, zu verhindern. Bis heute ist der **Föderalismus** ein wichtiges Element des politischen Systems der Bundesrepublik geblieben.

Was bedeutet Föderalismus?
Im Unterschied zum Zentralismus beruht die föderalistische politische Ordnung auf den Bundesländern, die eigenständig politische, ökonomische und vor allem kulturelle Aufgaben erfüllen. Die Bundesregierung muss mit ihnen im Bundesrat zusammenarbeiten. So wird verhindert, dass es eine zu große Machtkonzentration gibt.

Nach der Potsdamer Konferenz zeigten sich bereits tiefe Risse im alliierten Bündnis. Unter »Demokratie« verstanden die Westmächte und die Sowjetunion jeweils etwas völlig anderes. Über künftige politische und wirtschaftliche Strukturen für Deutschland konnte man sich nicht einigen. So führten die Sowjets ohne Abstimmung mit dem Westen in ihrer Zone schon 1945/46 tief greifende Reformen durch. Sie enteigneten entschädigungslos Landbesitz über 100 Hektar, verstaatlichten die industriellen Großbetriebe und setzten die Schaffung einer **Sozialistischen Einheitspartei** (SED) durch. Möglicherweise noch wichtiger wurde die politische Auseinandersetzung um das amerikanische Hilfsprogramm von 1947, den Marshallplan. Die sowjetische Zone durfte sich daran ebenso wie die osteuropäischen Staaten nicht beteiligen, weil Stalin die wirtschaftliche Übermacht des Westens fürchtete.

Der KPD-Vorsitzende Wilhelm Pieck und der SPD-Vorsitzende Otto Grotewohl beim sogenannten Vereinigungsparteitag in Ostberlin

BEMERKENSWERTES

Wie entstand die SED?

Eine wesentliche Voraussetzung für die schnelle Errichtung einer Diktatur auf dem Gebiet der sowjetischen Besatzungszone war die Gründung der »Sozialistischen Einheitspartei Deutschlands« (SED). Formal entstand sie am 21./22. April 1946 aus der erzwungenen Verschmelzung der Sozialdemokratischen Partei Deutschlands (SPD) und der Kommunistischen Partei Deutschlands (KPD). Seit dem Herbst 1945 lief eine große Propagandaaktion für die »Einheit« an. Dabei wurden Einheitsgegner eingeschüchtert und verhaftet, aber auch durch Verlockungen einer Karriere »bestochen«.
In den Westzonen verboten die Militärregierungen die Vereinigung von KPD und SPD. Mit der SED-Gründung fiel bereits eine wichtige Vorentscheidung für die Teilung Deutschlands.

Die deutschen Länder in den vier Besatzungszonen

Die Aufteilung Deutschlands in Besatzungszonen war keineswegs als dauerhafte Teilung gedacht, sondern als »technische« Maßnahme der militärischen Besetzung. In allen Zonen wurden teilweise die alten Länder oder Provinzen wiederhergestellt, zum Teil neue geschaffen (wie zum Beispiel Nordrhein-Westfalen). In der DDR gab es allerdings 1952 eine vollständige Neuordnung, mit der alle Länder aufgelöst und durch Bezirke ersetzt wurden. Erst 1990 entstanden die alten Länder mit dem Beitritt zur Bundesrepublik erneut.

Zwar war die Grenzziehung nicht völlig willkürlich, sondern orientierte sich an früheren Verwaltungsgrenzen. Dennoch wurde durch die Schaffung von vier Besatzungszonen ein ursprünglich einheitlicher Wirtschaftsraum zerstört. So war es zum Beispiel besonders einschneidend, dass die Ostzone von der Schwerindustrie des Ruhrgebiets abgeschnitten war. Einschneidend war auch, dass landwirtschaftliche und eher industriell-gewerbliche Gebiete keineswegs gleichmäßig verteilt waren. Flüchtlinge und Vertriebene konnte man am ehesten in Flächenländern wie Mecklenburg-Vorpommern, Schleswig-Holstein oder Bayern unterbringen. Dort gab es aber kaum Arbeitsplätze. Innerhalb der Zonen hat es daher, sobald das größte Chaos beseitigt war, einen Bevölkerungsaustausch (Binnenwanderung) gegeben, um dieses Missverhältnis auszugleichen.

Reisende konnten anfangs auch im Westen nicht ohne Weiteres von einer Zone in die andere fahren, sondern benötigten eine Art Visum. Ab 1947/48 begann die sowjetische Militärregierung, die Grenze ihrer Zone nach Westen schärfer zu kontrollieren, weil die politischen Spannungen wuchsen und Einflüsse aus den Westzonen verhindert werden sollten. Aber erst 1952 wurde sie systematisch durch Grenzstreifen und Stacheldraht abgeriegelt.

Erst im Juli 1945 gab es gemäß den alliierten Vereinbarungen einen Gebietsaustausch: Die britischen Besatzungstruppen zogen sich aus den nördlichen Teilen Mecklenburgs, die amerikanischen aus Teilen von Sachsen und Thüringen zurück. Berlin als deutsche Hauptstadt wurde in vier Sektoren aufgeteilt und seitdem bis 1948 gemeinsam von allen vier Kriegsalliierten unter einer Militärkommandantur verwaltet.

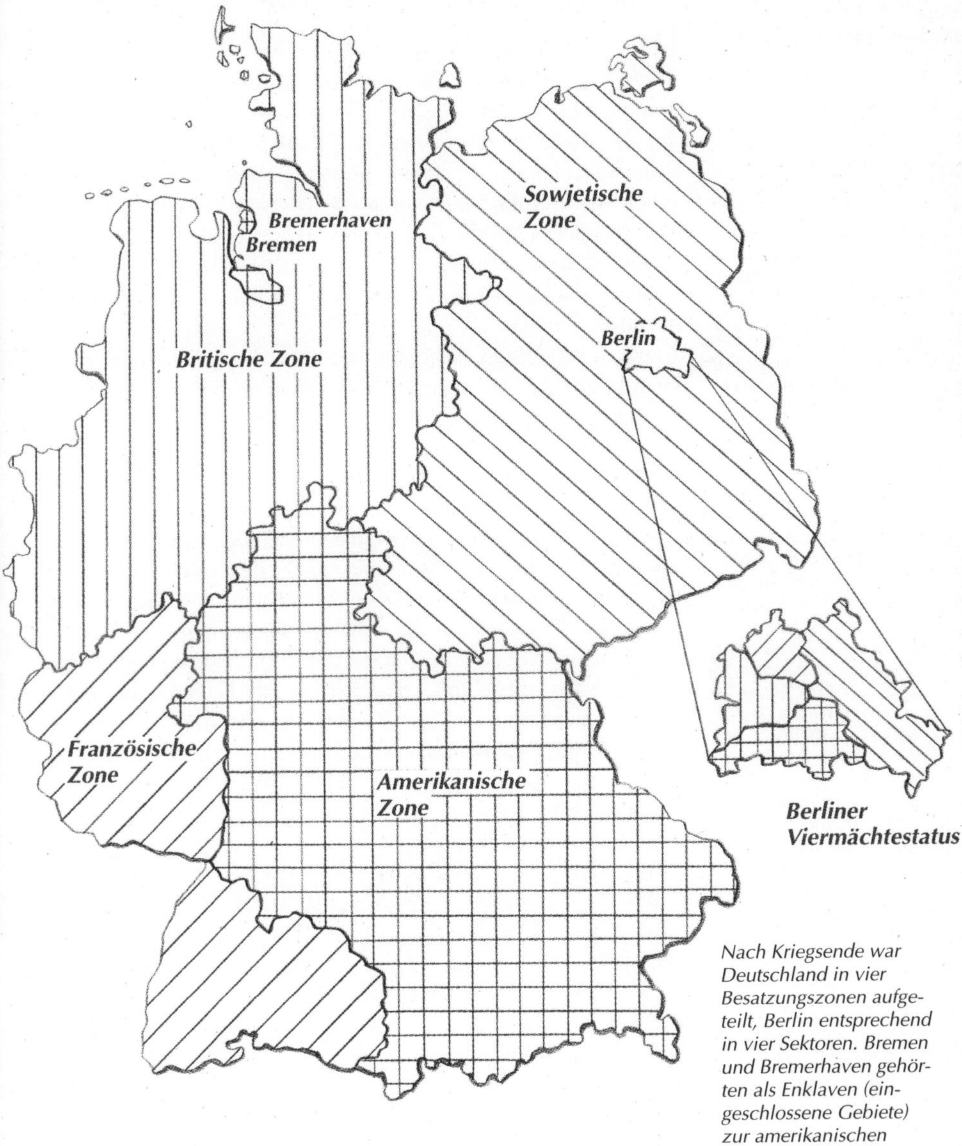

Nach Kriegsende war Deutschland in vier Besatzungszonen aufgeteilt, Berlin entsprechend in vier Sektoren. Bremen und Bremerhaven gehörten als Enklaven (eingeschlossene Gebiete) zur amerikanischen Besatzungszone.

»Neues Leben blüht aus den Ruinen« – Anfänge deutscher Politik

Was bedeutet Antifa?
Antifaschistische Gruppen entstanden in der Endphase des Krieges. Unter Faschismus versteht man totalitäre und nationalistische Regierungsformen wie das Hitlerreich oder auch das System des italienischen Diktators Benito Mussolini, dessen Regime namensgebend für den Faschismus war. Die Antifas waren lockere Zusammenschlüsse von politisch links stehenden Menschen, die nicht passiv das Kriegsende abwarteten, sondern sich engagieren wollten. Viele wurden von den Besatzungsmächten verboten, die meisten gingen in den neu entstehenden Parteien und Gewerkschaften auf. Insgesamt hat es in Deutschland einige 100 Antifa-Gruppen gegeben. Ihre Lebensdauer schwankte zwischen wenigen Wochen und vielen Monaten, die Mitgliederzahl zwischen einem Dutzend und mehreren Hundert.

Das Zitat aus Friedrich Schillers »Wilhelm Tell« vom neuen Leben inmitten der Ruinen findet sich in einem Aufruf von Bergarbeitern im Ruhrgebiet für die Schaffung einer freien Gewerkschaft, der noch vor der Kapitulation verfasst wurde. Dieser Vers entsprach zwar kaum der depressiven Stimmung der großen Mehrheit der deutschen Bevölkerung, aber er zeigt, dass es trotz Zerstörung und Chaos frühzeitig politische und soziale Aktivitäten gab. Jeder Aufbau neuer politischer Strukturen musste jedoch unter schwersten materiellen Bedingungen und einer harten Kontrolle der Besatzungsmächte beginnen.

Frühere Widerstandskämpfer und Menschen, die den Naziparolen nicht gefolgt waren, engagierten sich in Gemeinden, Stadtteilen, in Betrieben, in (noch gar nicht wieder zugelassenen) Gewerkschafts- und Parteigruppen. Im Widerstand und im Exil hatte es vielerlei Zukunftspläne gegeben. Aber niemand konnte wissen, wie Deutschland nach Kriegsende tatsächlich aussehen würde.

In den ersten Wochen und Monaten nach dem Ende des »Dritten Reiches« gab es starke Bestrebungen unter den Anhängern von SPD (Sozialdemokratische Partei Deutschlands) und KPD (Kommunistische Partei Deutschlands), künftig eine Einheitspartei zu schaffen. Die gemeinsame Erfahrung mit der Unterdrückung durch die Nationalsozialisten spielte dabei eine wichtige Rolle. Ferner entstanden in der noch chaotischen Phase des Umbruchs Komitees und sogenannte **Antifa-Gruppen,** die nicht alles nur den Besatzern überlassen wollten, sondern sich beim Wiederaufbau und bei der Entnazifizierung engagierten.

Antifa (historisches Logo)

Die verantwortlichen Vertreter der Besatzungsmächte bemerkten schnell, dass es politisch aktive Kräfte in Deutschland gab, die man entweder nützen oder unterdrücken konnte. Beides fand statt. Auf längere Sicht hatten spontan von unten gebildete Initiativen allerdings keine Chance. Vor allem die SMAD (Sowjetische Militäradministration) war gegenüber jeder Form von spontaner politischer Entwicklung abweisend. Sie wünschte einen schnellen und eher traditionellen deutschen Verwaltungsaufbau. Dazu gehörte auch die baldige, aber von oben gesteuerte Wiederzulassung von **Parteien** und Gewerkschaften. Von einem zentralistischen Wiederaufbau versprach sich die SMAD insbesondere eine bessere Kontrolle. Die Deutschen sollten nichts organisieren und unternehmen, was die Besatzungsmacht nicht wusste und gebilligt hatte.

Zu den ersten Organisationen, die noch ohne offizielle Erlaubnis der jeweiligen Besatzungsmacht in der Trümmergesellschaft entstanden, gehörten auch Gewerkschaften. Die Nazis hatten sie 1933 aufgelöst und in die Deutsche Arbeitsfront (eine der NSDAP angeschlossene Zwangsorganisation) eingebaut. Von einer unabhängigen Interessenvertretung war nichts mehr übrig geblieben. Den Neuaufbau organisierten frühere Gewerkschafter, die im Land oder im Exil den Krieg überlebt und Pläne für die Zukunft gemacht hatten.

In der sowjetischen Zone wurden schon vor der Potsdamer Konferenz politische Parteien und Gewerkschaften zugelassen und zentralistisch aufgebaut. In den Westzonen dauerte es länger und die Militärregierungen achteten streng darauf, dass es keine zentralistischen Strukturen gab.

Welche politischen Parteien konnten 1945 entstehen?

Nach der offiziellen Zulassung politischer Parteien auf der Potsdamer Konferenz konnten in den Westzonen politische Gruppierungen und Parteien zunächst nur im lokalen und regionalen Rahmen entstehen, meist auf Initiative früherer Politiker. Verboten waren selbstverständlich alle Nazi-Organisationen. Es bildeten sich zum Teil wieder die alten Parteien aus der Zeit der Weimarer Republik (Sozialdemokraten, Kommunisten, Liberale), zum Teil entstanden ganz neue. Die wichtigste Neugründung war die Christlich-Demokratische Union (CDU) – mit ihrem bayerischen Ableger CSU – als bürgerliche politische Sammlungsbewegung. Katholiken und Protestanten sollten hier ebenso ihre politische Heimat finden wie Vertreter des Unternehmertums und der Arbeitnehmer.

BEMERKENSWERTES

Die Arbeiter an vorderster Front

Besonders Vertreter der Arbeiterbewegung machten sich frühzeitig Gedanken über einen demokratischen Neuanfang, wie etwa in dem »Aufruf an die Bergarbeiter« aus einer Zeche im Ruhrgebiet vom April 1945, also noch vor der militärischen Kapitulation: »Kameraden! Mit dem siegreichen Einmarsch der alliierten Armeen sind auch wir Bergarbeiter nach 12-jähriger Nazityrannei wieder freie Männer geworden. Für diese Befreiung von Terror, Knechtschaft und grenzenloser Ausbeutung schulden wir unseren Befreiern aufrichtigen, heißen Dank. Doch dies allein genügt nicht, wir müssen uns der wiedergewonnenen Freiheit auch würdig erweisen, denn mit der Freiheit vor Furcht ist uns die Glaubens- und Gewissensfreiheit, die Rede- und Versammlungsfreiheit, die Koalitionsfreiheit geschenkt worden. Wir dürfen uns wieder zu wirklichen Kampforganisationen zusammenschließen und damit unsere speziellen Berufsinteressen verfechten.«

Die Zusammenbruchsgesellschaft – Leben nach der »Stunde null«

Was versteht man unter Schwarzmarkt?
Das ist ein Markt, der vom Staat nicht erlaubt ist, der Gesetze und Vorschriften, wie zum Beispiel Preisgrenzen, umgeht. Überall in den Städten, aber auch auf dem Lande gab es in Nachkriegsdeutschland diese Form des illegalen Handels. Alles Verwertbare wurde angeboten, meist zu schwindelerregenden Preisen.

Mit welchen Kaloriensätzen mussten die Deutschen auskommen?
Ein durchschnittliches Beispiel: Der Kaloriensatz betrug 1946 1.050 Kalorien pro Tag, das entsprach etwa zwei Scheiben Brot mit etwas Margarine, einem Löffel Milchsuppe und zwei kleinen Kartoffeln.

Nicht nur Verwaltung und Wirtschaft waren mit der Kapitulation und der Besetzung zusammengebrochen. Mindestens ebenso einschneidend waren die riesigen Bevölkerungsverschiebungen, die der Krieg, die Vertreibungen vor Kriegsende und die Umsiedlungsbeschlüsse der Alliierten zur Folge hatten. Auf die Frage »Wo ist Deutschland?« gab es die treffende Antwort: »Deutschland ist unterwegs.«

Man schätzt, dass nahezu die Hälfte der Bevölkerung in Deutschland 1945 sich nicht mehr am früheren Wohnort und Lebensmittelpunkt aufhielt. Soldaten in Gefangenschaft, ehemalige Zwangsarbeiter auf schneller Heimkehr, Evakuierte und Ausgebombte aus den weitgehend zerstörten Städten auf der Suche nach Resten ihrer Habe in den Trümmern, Tausende von politischen Gefangenen und KZ-Insassen, sofern sie den Terror und die Todesmärsche überlebt hatten, vor allem aber Millionen von Flüchtlingen und Vertriebenen aus den deutschen Ostgebieten und aus den osteuropäischen Ländern, die nun in Restdeutschland notdürftig untergebracht und versorgt werden mussten – all diese Menschen charakterisierten die Zusammenbruchsgesellschaft. Bilder aus dieser Zeit zeigen die zahllosen ausgehängten Zettel und mit Kreide oder Farbe auf Ruinenwänden geschriebene Informationen und Suchnachrichten von Menschen, deren Familien auseinandergerissen worden waren. Der 1945 vom Deutschen Roten Kreuz geschaffene Suchdienst bemühte sich, über Zeitungen und die schnell wieder in Gang gesetzten Rundfunkstationen auf der Flucht verloren gegangene Kinder zu Eltern, Verwandten oder Bekannten zu vermitteln.

Besonders einschneidend war der Zusammenbruch des Wirtschaftslebens. Zwar versuchten die Alliierten, die Zwangsbewirtschaftung aus der Kriegszeit fortzuführen, um wenigstens eine minimale Versorgung sicherzustellen. Mit Lebensmittelmarken und Bezugsscheinen wurden die knappen Waren verteilt. Da aber die Einwohnerzahl auf dem geschrumpften Territorium trotz der großen Kriegsverluste drastisch angestiegen war, drohte eine Hungerkatastrophe, sobald die letzten Vorräte aufgebraucht waren. Überall bildete sich angesichts der allgemeinen Not schnell ein **Schwarzer Markt** aus. Er half beim Überleben, verhinderte aber zugleich jeden geordneten wirtschaftlichen Wiederaufbau. Er wurde daher von den

Besatzungsbehörden bekämpft – mit mäßigem Erfolg. Auch der Tauschhandel blühte. Es gab ebenso die Glücksritter, die aus dem Elend anderer ihren Vorteil zu schlagen versuchten, Altnazis, die mit veränderten Namen zu »überwintern« verstanden und bald wieder oben schwammen.

Tauschhandel und Schwarzmarkt wurden zur Überlebensfrage. Gewohnte Normen brachen zusammen und die Grenzen zur Kriminalität wurden endgültig fließend. Die niedrigen **Kaloriensätze** der Lebensmittelzuteilung – am höchsten noch in der amerikanischen, am niedrigsten in der französischen Zone – zwangen die Menschen zum Erfindungsreichtum. Die Besatzungsmächte bemühten sich, das Schlimmste abzuwenden. Durch Lebensmitteleinfuhren verhinderten sie, dass die deutsche Bevölkerung massenhaft verhungerte. Für Schulkinder wurde die nach dem amerikanischen Präsidenten Hoover benannte Schulspeisung eingeführt. Zu einer deutlichen Besserung der Lage kam es aber im Westen erst, als das Verkehrssystem halbwegs repariert war, die Zonentrennung durch die Schaffung der **Bizone** zumindest gemildert wurde und die Währungsreform dafür sorgte, dass Geld wieder seinen Wert erhielt.

Die Phase bis zur Währungsreform war eine extreme Ausnahmesituation. Als solche ist sie in der Erinnerung geblieben – eine Zeit, in der alles »drunter und drüber« ging, eine Zeit des Elends, der Desorientierung, aber auch des Abenteuerlichen.

Was war die Bizone?
Da eine einheitliche Wirtschaftspolitik für alle vier Zonen nicht zustande kam, schlossen sich 1946 die amerikanische und die britische Zone zu einem Verwaltungsgebiet zusammen. Auf diese Weise sollten die künstlichen Grenzen beseitigt und die Hilfslieferungen besser verteilt werden. Die Bizone war damit das größte und ökonomisch stärkste Gebiet im besetzten Deutschland und bildete den Kern der späteren Bundesrepublik. Das Angebot, auch ihre Zone anzuschließen, lehnte die Sowjetunion ab. Frankreich holte diesen Schritt erst 1949 nach.

BEMERKENSWERTES

Schulspeisung in der amerikanischen Zone

Ein Zeitungsbericht von 1947 über die Schulspeisung in Bayern (in der amerikanischen Zone), die aus Restbeständen der Armee organisiert wurde: »Für jedes Land wird wöchentlich ein einheitlicher Plan für die Speisung aufgestellt. In Bayern zum Beispiel erhalten die Kinder am 28. April einen gesüßten Griesbrei, am 29. April Spaghetti mit Tomatenpüree, am 30. April Kartoffelbrei mit Erbsen und Fett, am 2. Mai gesüßte Haferflocken und am 3. Mai eine Tafel Schokolade. Insgesamt werden in Bayern 675.000 Kinder während der Schulzeit verpflegt.«

Flüchtlingselend und Wohnungsnot

Wie konnte man angesichts des zerstörten Verkehrssystems reisen?

Zwar fuhren bald nach der Kapitulation wieder Züge, aber unregelmäßig und oft mit großen Unterbrechungen und Umwegen. Viele Schienen- und Straßenverbindungen waren zerstört und mussten erst repariert werden. In der sowjetischen Zone war der Güter- und Personenverkehr besonders erschwert: Bis 1948 wurden hier als Reparation rund 80 Prozent der zweigleisigen Strecken eingleisig demontiert, andere ganz abgebaut. Reisen von einer Stadt in die andere, von einer Zone in die andere oder auch nur von der Stadt aufs Land mit dem Ziel, sich dort um etwas Essbares zu bemühen, waren oft ein unvorstellbares Abenteuer. Fotos mit Trauben von Menschen noch auf den Dächern und Trittbrettern der Züge geben davon ein plastisches Bild.

Gibt es Zahlen zur Wohnungsnot in Nachkriegsdeutschland?

Noch die offizielle Wohnungsstatistik der Bundesrepublik von 1950 gibt einen Eindruck davon. Sie weist neben 14,63 Millionen Haushaltungen in

Die deutsche Gesellschaft schien durch Krieg, Zerstörung und Vertreibung nicht nur aus den Fugen geraten, sondern auch sozial total verändert. Adel, Bürgertum, Angestellte und Arbeiter – das waren früher die Begriffe gewesen, mit deren Hilfe man die Gesellschaft eingeteilt hatte. Arme und Reiche, Besitzende und Nichtbesitzende waren andere Merkmale. Das schien nun plötzlich alles nicht mehr gültig zu sein. Man sprach von »Schicksalskategorien«, die an die Stelle der alten sozialen Unterschiede getreten waren. Flüchtlinge und Vertriebene hatten meist alles verloren, gleichgültig ob sie adlige Großgrundbesitzer oder einfache Arbeiter gewesen waren. Bombenopfer standen ebenfalls häufig vor dem Nichts. Reich war, wer Wertvolles besaß oder auf dem schwarzen Markt etwas anzubieten hatte, das sich in Lebensmittel umsetzen ließ.

Unterwegs zu sein und zu »organisieren«, war lebenswichtig. Wem das nicht gelang, war besonders schlecht dran: Alte, Kranke, Behinderte. Zu den größten Problemen der Zeit zählte das zerstörte **Verkehrswesen.** Es bildete eines der größten Hindernisse für einen Wirtschaftsaufschwung. Erst als der Transport von Rohstoffen, Gütern und Waren wieder funktionierte, konnten auch amerikanische Hilfsgelder und die Währungsreform 1948 erfolgreich ihre Wirkung entfalten.

Aber die erzwungene Beweglichkeit der Menschen brachte noch andere Folgen mit sich, die langfristig die deutsche Gesellschaft nachhaltig veränderten. Durch Evakuierung und Flucht gelangten Stadtbewohner aufs Dorf, Katholiken in evangelische Regionen, Ostdeutsche nach West- oder Süddeutschland – es fand also eine gewaltige Durchmischung statt. Das sollte später große Auswirkungen auf das wirtschaftliche Leben, aber auch auf die Parteien und das Wahlverhalten haben.

Zunächst hatten jedoch die Flüchtlinge und Vertriebenen mit verbreiteten Vorurteilen der Einheimischen zu kämpfen. Sie waren »Fremde«, die nichts besaßen, einen anderen Dialekt sprachen, Unterkunft und Verpflegung benötigten, um Arbeitsplätze konkurrierten. Willkommen waren sie selten, obwohl doch alle Deutschen die Rechnung für Hitlers Krieg präsentiert bekamen. Hilfsorganisationen und Kirchen haben hier oft die schlimmste Not lindern können. Die Eingliederung der Vertriebenen in die neue Umgebung dauerte jedoch lange und war keineswegs eine reine Erfolgsgeschichte.

Zu den schlimmsten Folgen des Krieges gehörte insbesondere in den zerstörten Städten die **Wohnungsnot.** Insgesamt lässt sich schätzen, dass etwa ein Drittel des Wohnungsbestandes aus der Zeit vor Beginn des Krieges nun völlig zerstört oder unbrauchbar geworden war. In der Ostzone war die Lage aufgrund geringerer Zerstörung und infolge der Ende der 40er-Jahre ansteigenden Fluchtbewegung nach Westen weniger dramatisch. Die Wohnungsversorgung bildete aber auch hier insbesondere in den Städten ein Schlüsselproblem, denn die SBZ hatte die größte Anzahl von Vertriebenen aus den Ostgebieten, die offiziell »Umsiedler« hießen, aufzunehmen.

Solange die überlebenden deutschen Soldaten noch in Gefangenschaft waren, mussten die Frauen alte und neue Rollen übernehmen. Sie waren die eigentlichen Helden der Umbruchszeit. Als **Trümmerfrauen** waren sie nicht nur an der Beseitigung der Schuttberge beteiligt, sie trugen auch die Hauptlast beim Organisieren des Alltags. Konsumgüter wurden immer knapper und waren oft nur auf dem Schwarzmarkt zu bekommen. Schon in den letzten Kriegswochen hatte es stundenlanges Schlangestehen vor den wenigen geöffneten Verkaufsstellen gegeben; Kohlenmangel, Stromsperren und so weiter kamen noch hinzu.

»Normalwohnungen«, zu denen auch 136.200 Behelfsheime von 30 m² und mehr sowie 23.400 Wohnungen in einsturzgefährdeten Gebäuden rechneten, im Einzelnen aus: 626.800 Haushaltungen in Notwohnungen, das heißt Behelfsheimen unter 30 m², Wohnbaracken, Nissenhütten, Bunkern, Wohnlauben, Blechbaracken, Bretterbuden, Wohnwagen, Kellerwohnungen und anderen sowie 762.000 Haltungen in Unterkünften (Lager, Fremdenheime, Gasthäuser und so weiter).

Wofür stand das Bild der Trümmerfrau?

Es charakterisierte die durch Kriegsfolgen einschneidend veränderte und für den Aufbau unverzichtbare Rolle der Frauen. Sie räumten die städtischen Trümmerlandschaften auf und bearbeiteten die Steine zur Wiederverwendung. Sie standen darüber hinaus aber auch als Symbol für zupackende Arbeit im besiegten und verelendeten Deutschland.

BEMERKENSWERTES

Schlimme Vorurteile gegen Vertriebene

Die Vertriebenen wurden häufig von der einheimischen Bevölkerung abgelehnt, ausgegrenzt und als »Polacken« »Rucksackdeutsche« oder »Flüchtlingsschweine« beschimpft. Staatliche und kirchliche Ämter bemühten sich, die Ankömmlinge aufzunehmen und in den bestehenden Häusern und Wohnungen unterzubringen. »Wir wohnen mit vier Personen in einem kleinen Raum«, klagte 1946 ein Vertriebener in Hessen, »während in den Nachbarhäusern mehrere große Zimmer freistehen.« Da viele Dorfbewohner miteinander verwandt waren und so auch zur örtlichen Wohnungskommission Beziehungen hatten, traute sich diese kaum, »bei den lieben Verwandten ein Zimmer zu beschlagnahmen«.

Entnazifizierung und Umerziehung

Was versteht man unter personeller Säuberung?
Damit ist die Entfernung aller Nationalsozialisten aus Machtpositionen und Ämtern gemeint.

Was ist Faschismus?
Faschistische Bewegungen entstanden nach dem Ersten Weltkrieg. Sie waren nationalistisch, antidemokratisch, antikapitalistisch, meist antisemitisch (judenfeindlich), vertraten das Führerprinzip. Der Nationalsozialismus kann als die radikalste Form des Faschismus verstanden werden.

Was waren Spruchkammern?
Sie hatten in einem justizförmigen Verfahren die politische Belastung zu prüfen. Die Methode war wenig effektiv, da die Menschen sich gegenseitig halfen. Sogenannte »Persilscheine«, entlastende Stellungnahmen von unbelasteten Personen, wurden massenhaft beigebracht. So konnten viele Nazis unbeschadet durch das Verfahren kommen. Sühnemaßnahmen durch Geldzahlung oder Arbeitsleistung »reinigten« belastete Personen. Von

Die Alliierten hatten unterschiedliche Vorstellungen über den Nationalsozialismus und damit auch über die besten Methoden, Deutschland vom »braunen Dreck« der Nazis zu säubern. Die radikalsten, aber gegensätzlichsten Konzepte vertraten die USA und die Sowjetunion.

Während die Amerikaner vor allem auf **personelle Säuberung** und demokratische Umerziehung *(reeducation)* setzten, wollten die Sowjets vor allem die wirtschaftlichen Strukturen verändern. Das entsprach ihrem Bild vom **Faschismus.** »Millionen stehen hinter mir«, lautete die Unterschrift einer berühmten Fotomontage von 1932, auf der ein anonymer Kapitalist große Geldscheine in die zum »deutschen Gruß« erhobene Hand Hitlers steckt. Großindustrielle und Großgrundbesitzer sollten entmachtet werden, um so allen faschistischen Tendenzen den Boden zu entziehen. Briten und Franzosen setzten zwar auch auf personelle und strukturelle Veränderungen, verfuhren aber zurückhaltender als die beiden anderen Besatzungsmächte.

Zunächst wurden Deutsche, die im »Dritten Reich« hohe Positionen und Ämter ausgeübt hatten, im sogenannten »automatischen Arrest« verhaftet und in Internierungslager gesteckt, insgesamt etwa 182.000 in den westlichen Zonen. Rund die Hälfte wurde bis 1947 entlassen. Traurige Berühmtheit erlangten die »Speziallager« in der SBZ unter Aufsicht der sowjetischen Geheimpolizei. Einige frühere Konzentrationslager wurden weiter genutzt. Hier fanden sich nicht nur hohe Nazis wieder, sondern häufig auch (vermutete) politische Gegner der Kommunisten. Die letzten Lager existierten bis 1950. Die Todesrate war hier aufgrund der furchtbaren Haftbedingungen besonders hoch; Schätzungen reichen von 65.000 bis 80.000 Toten.

Für die eigentliche Entnazifizierung entwickelten die Amerikaner eine riesige bürokratische Prozedur. Alle Erwachsenen mussten einen Fragebogen ausfüllen, in dem Mitgliedschaften in Naziorganisationen vermerkt werden mussten. Das Überprüfungsverfahren ging dann mit dem »Befreiungsgesetz« 1946 in der amerikanischen Zone an die Deutschen über. Eigens gebildete **Spruchkammern** hatten anhand von »Meldebögen« Überprüfungen vorzunehmen und den Grad der politischen Belastung festzustellen. Die meisten der Betroffenen wurden als sogenannte Mitläufer eingestuft.

Diese Form der Entnazifizierung war ein Fehlschlag und viele große und kleine Nazis schlüpften durch die Maschen. Dennoch bewirkte die Entnazifizierung einen Schock. Man wollte sich nicht noch einmal politisch die Finger verbrennen und hielt sich von radikalen politischen Parteien fern. Die zeitweilige soziale Herabsetzung (durch Verlust des Arbeitsplatzes und Sühnemaßnahmen) machte aus ehemaligen Nazis keine Demokraten, aber beförderte ein allmähliches Umdenken. Dazu trugen auch die Bemühungen zur »**Umerziehung**« wesentlich bei.

Während in der britischen und französischen Zone ähnliche, aber mildere Verfahren der Entnazifizierung praktiziert wurden, ging es in der sowjetischen anders und härter zu. Auch hier wurden einige Hunderttausend aus dem öffentlichen Dienst entlassen. Vor allem aber sah die Sowjetunion in der völligen Entmachtung und Vernichtung des Großgrundbesitzes und des Großkapitals die wichtigste Form der Entnazifizierung. Wer mehr als 100 Hektar Land besaß, wurde ohne Entschädigung enteignet und häufig vertrieben. Die Flächen wurden unter der Parole »Junkerland in Bauernhand« an »Umsiedler«, landarme Bauern und Landarbeiter verteilt. Daneben wurden einige Staatsgüter geschaffen. Große Industriebetriebe wurden nach einer Volksabstimmung am 30. Juni 1946 in Sachsen verstaatlicht. Das Gesetz lautete: »Überführung der Betriebe von Kriegs- und Naziverbrechern in das Eigentum des Volkes«. Tatsächlich waren aber alle großen Industriebetriebe, unabhängig von einer politischen Überprüfung, betroffen.

einer tatsächlichen Säuberung konnte so allerdings kaum die Rede sein.

Was versteht man unter Umerziehung/ reeducation?

Im gesamten Schulsystem und im kulturellen Leben versuchte vor allem die amerikanische Besatzungsmacht, den Traditionen des Obrigkeitsstaates und des blinden Gehorsams etwas Positives entgegenzusetzen. Die Deutschen sollten von den Vorzügen eines demokratischen Stils, gesellschaftlicher Verantwortung und demokratischer Inhalte im Unterricht, in Lehrbüchern, in öffentlichen Ämtern überzeugt werden. Vor allem durch die Sicherung einer freien Presse und unabhängiger Rundfunkanstalten gelang den Westmächten ein großer Schritt in dieser Richtung.

BEMERKENSWERTES

Kritik von der Kanzel

Die Kirchen gehörten zu den scharfen Kritikern des Entnazifizierungsverfahrens. Besonders drastisch fiel eine Kanzelabkündigung vom Februar 1948 in Hessen aus: »Der Versuch, den Nationalsozialismus mit den Mitteln dieses Gesetzes auszurotten, ist auf der ganzen Linie gescheitert. Dagegen hat diese Art der Denazifizierung zu Zuständen geführt, die auf Schritt und Tritt an die hinter uns liegenden Schreckensjahre erinnern. Hunderttausende von Menschen stehen unter beständigem Druck und erliegen der Versuchung, zu aller erdenklichen Unwahrhaftigkeit und Lüge zu greifen, um sich reinzuwaschen.«

Der Nürnberger Prozess gegen die Hauptkriegsverbrecher

Schon während des Krieges waren die Alliierten übereingekommen, dass die deutschen Kriegsverbrechen bestraft werden sollten. Im August 1945 unterzeichneten sie ein Abkommen, nach dem ein Internationaler Militärgerichtshof (IMG) zur Verurteilung der Hauptkriegsverbrecher geschaffen werden sollte.

Vom 20. November 1945 bis 30. September 1946 verhandelte der IMG in Nürnberg gegen 24 führende Vertreter der NSDAP, der SS, der Wirtschaft und der Wehrmacht. Einige der wichtigsten Figuren des Dritten Reiches, wie Hitler, Himmler, Goebbels, Bormann und Robert Ley, waren allerdings bereits tot, Reichsmarschall Hermann Göring nahm sich kurz vor der Vollstreckung des Urteils das Leben. Zum **Tod** durch den Strang verurteilt wurden schließlich zwölf der 24 Hauptangeklagten. Sieben erhielten Haftstrafen, einige wurden freigesprochen.

Am Gerichtshof beteiligten sich alle vier Besatzungsmächte mit je einem Richter und Stellvertreter. Als Verteidiger waren deutsche Anwälte zugelassen. Die vier Anklagepunkte der Alliierten lauteten: Verschwörung gegen den Frieden, Führung eines Angriffskrieges, Verstöße gegen das Kriegsrecht, Verbrechen gegen die Menschlichkeit, insbesondere Völkermord.

Der Prozess war ein großes internationales Medienereignis, an dem etwa 200 Journalisten aus 20 Ländern teilnahmen. Der beabsichtigte moralische Besinnungs- und Reinigungseffekt bei der deutschen Bevölkerung blieb jedoch gering. Die meisten Menschen waren mit der Organisation des Überlebens beschäftigt und interessierten sich wenig für Politik und insbesondere die jüngste Vergangenheit. Auch die Grundlagen des Prozesses wurden als »Siegerjustiz« vielfach abgelehnt.

Mit dem Tribunal von Nürnberg sollten künftige Angriffskriege und Kriegsverbrechen geächtet werden. Jeder Legendenbildung über die Naziherrschaft sollte durch eine genaue Beweisaufnahme vor Gericht der Boden entzogen werden. Die gesammelten Dokumente bildeten eine wichtige Grundlage für die Aufklärung der Öffentlichkeit und die historische Forschung.

Das in der Rechtssprechung sonst übliche Prinzip des Rückwirkungsverbots (das heißt Straftaten dürfen nicht durch nachträglich geschaffene Gesetze geahndet werden) wurde hier bewusst und mit

Wer wurde zum Tode verurteilt?

Zu den zum Tod Verurteilten gehörten Reichsmarschall Hermann Göring, Hans Frank (Generalgouverneur im besetzten Polen), Wilhelm Frick (Reichsinnenminister), Alfred Jodl (engster militärischer Berater Hitlers), Ernst Kaltenbrunner (Chef des Reichssicherheitshauptamts), Fritz Sauckel (Generalbevollmächtigter für den Arbeitseinsatz), Joachim von Ribbentrop (Reichsaußenminister), Julius Streicher (Herausgeber des Hetzblatts »Der Stürmer«), Arthur Seyß-Inquart (»Reichskommissar für die besetzten niederländischen Gebiete«), Wilhelm Keitel (Chef des Oberkommandos der Wehrmacht), Alfred Rosenberg (Reichsminister für die besetzten Ostgebiete), Martin Bormann (in Abwesenheit, er war verschollen).

Was waren die Nürnberger Nachfolgeprozesse?

Es handelte sich um zwölf Verfahren vor amerikanischen Militärgerichten mit 177 Angeklagten. Vor Gericht standen einzelne Personen als Repräsentanten des »Dritten Reiches«: unter anderem Angehörige der

guten Gründen aufgehoben. Denn das Nazirecht hatte sich nicht mehr an allgemein gültigen (zum Beispiel naturrechtlichen) Normen orientiert, sondern gezielt eine rasseideologisch aufgebaute Terrorjustiz geschaffen, die gegen jede menschliche Ethik verstieß.

Die hochfliegende Idee, mit diesem internationalen Gerichtsverfahren zugleich eine neue Ära des Völkerrechts zu eröffnen, funktionierte nicht. Dennoch: Staatsmänner und Militärs hatten künftig damit zu rechnen, dass Menschenrechte und Friedensziele ein größeres Gewicht erhielten. Vor allem aber war in Deutschland einer neuen Legendenbildung, ähnlich der **»Dolchstoßlegende«** nach 1918, der Boden entzogen.

Mit diesem Tribunal in Nürnberg war aber nur die Spitze des Eisbergs erfasst. In allen Zonen gab es darüber hinaus Prozesse gegen hohe Funktionsträger und Funktionäre der NS-Zeit. In Nürnberg bemühten sich die USA mit den sogenannten **Nachfolgeprozessen** noch um die weitere Erfassung und Aburteilung deutscher Kriegsverbrechen.

Wehrmachtsführung, die Chefs der Einsatzgruppen der SS, Ärzte, die Experimente an Menschen durchgeführt hatten, hohe Justizbeamte und Industrielle, die wesentlich zur Kriegsvorbereitung beigetragen oder in der Besatzungspolitik eine wichtige Rolle gespielt hatten (unter anderem Flick und IG Farben).

Was war die Dolchstoßlegende?

Sie wurde von verantwortungslosen Militärs nach 1918 verbreitet und behauptete wahrheitswidrig, die militärische Niederlage Deutschlands im Ersten Weltkrieg sei durch den »Dolchstoß« der revolutionären Bewegungen in der Heimat in den Rücken des kämpfenden Heeres erfolgt. Die Dolchstoßlegende war ein wichtiges Propagandainstrument für die Nationalsozialisten auf dem Weg zur Macht.

BEMERKENSWERTES

Die Naziverbrechen

Der Berliner Rundfunk berichtete im August 1946 über den Nürnberger Prozess: »Angeklagt sind die SS, insbesondere die Totenkopfverbände [diese waren auch für die KZs zuständig] . . . Dem trockenen Aktenmaterial entsteigen Bilder, deren Brutalität erstarren macht. Ein Protokoll schildert ausführlich das Familienleben des Lagerkommandanten SS-Obersturmbannführer Wilhaus, der zwei- bis vierjährige Kinder in die Luft werfen ließ und nach ihnen schoss, wobei sein neunjähriges Kind ihn mit den Zurufen anfeuerte: ›Papa, bitte noch einmal.‹ Ganz ein Mann nach Himmlers Geschmack, der von der SS gesagt hat, sie werde ein gnadenloses Schwert sein.«
Über den Auschwitzkommandanten hieß es: »Höß berichtet völlig sachlich: ›Es dauerte drei bis 15 Minuten, die Menschen in der Gaskammer zu töten. Wenn das Kreischen aufhörte, wussten wir, dass sie tot sind. Unsere Sonderkommandos nahmen den Leichen die Ringe ab und zogen aus ihren Gebissen die Goldzähne. Das Gold wurde nach Berlin an die SS geschickt.‹«

Not lehrt beten – die Kirchen sind wieder gefragt

Welche Aufgaben nahmen die Kirchen wahr?
Sie kümmerten sich vor allem um Flüchtlinge, Alte und Kranke, elternlose Kinder. Sie beteiligten sich am Suchdienst, organisierten Sammlungen und sorgten für die Verteilung der Kleider- und Lebensmittelspenden aus dem In- und Ausland, die für viele Menschen lebenswichtig waren.

Was war die »Volkssolidarität«?
Sie war eine im Herbst 1945 in der sowjetischen Zone von kommunistischen Funktionären ins Leben gerufene, zunächst unpolitische Hilfsorganisation. Sie widmete sich anfangs insbesondere der Hilfe für Kinder und der Unterstützung von Vertriebenen und heimkehrenden Kriegsgefangenen.

Emblem der Volkssolidarität

Schon während des Krieges hatte ein hoher Funktionär der NSDAP widerwillig festgestellt, dass »Zeiten der Not für die Kirche Zeiten der Ernte« seien. In der Umbruchphase galt das noch mehr. Die christlichen Kirchen waren 1945 die einzigen äußerlich intakt gebliebenen Großorganisationen. Zwar gehörte die Mehrheit der Christen keineswegs zu den konsequenten Hitlergegnern, aber 1945 glaubten die Besatzungsmächte noch an die »weiße Weste« der Kirchen. Sie galten als moralische Instanz, von der Orientierung erwartet wurde und die bei den Alliierten Respekt fand. Das traf in den Anfangsjahren auch noch für die sowjetische Zone zu, in der eine atheistische Besatzungsmacht und in ihrem Auftrag eine kommunistische Partei das Sagen hatte.

Pfarrern gelang es 1945 manchmal, mit weißen Fahnen die kampflose Übergabe eines Ortes zu sichern, nachdem sich der Nazibürgermeister oder Ortsgruppenleiter aus dem Staube gemacht hatte. Sie wurden auch eine beliebte Adresse für »Persilscheine« im Entnazifizierungsverfahren. Ihre Entlastungsschreiben sollten die politische Unschuld oder Harmlosigkeit der Beschuldigten beweisen. Das mochte oft richtig sein, aber häufig entsprangen solche Zeugnisse auch falsch verstandener christlicher Nächstenliebe.

Die Kirchen sorgten zunächst einmal dafür, dass in den Gemeinden oder in Flüchtlingslagern die schlimmste Not gelindert wurde. Insofern übernahmen sie **Aufgaben** des Staates, solange es diesen noch nicht wieder gab. Das Hilfswerk der evangelischen Landeskirchen und die katholische Hilfsorganisation »Caritas« kümmerten sich ebenso wie die **»Volkssolidarität«** in der sowjetischen Zone um diejenigen, denen es besonders schlecht ging.

Die Kirchen setzten sich aber auch mit Schuld und Verantwortung auseinander, jedoch in sehr widersprüchlicher Art und Weise. Das »Stuttgarter Schuldbekenntnis« der neu geschaffenen Dachorganisation der »Evangelischen Kirche Deutschlands« (EKD) von 1945 bekannte sich zur deutschen Verantwortung für die Verbrechen der Vergangenheit. Ein Schlüsselsatz lautete: »Durch uns ist unendliches Leid über viele Völker und Länder gebracht worden.« Selbst dieses zurückhaltende Schuldbekenntnis stieß bei einigen Landeskirchen und Gemeinden auf Ablehnung. Die Selbstkritik in der EKD-Erklärung blieb merkwürdig blass. Von der Hitlerverehrung der

»Deutschen Christen« war nirgends die Rede, ebenso wenig von der Judenvernichtung. Ähnlich allgemein lautete die Schulderklärung der Katholiken durch die Fuldaer Bischofskonferenz vom August 1945.

In den folgenden Jahren spielten Vertreter beider Kirchen auch eine fatale Rolle bei der Aufarbeitung der NS-Vergangenheit. Sie kritisierten heftig die Entnazifizierung, setzten sich bisweilen für politisch Schwerbelastete in Internierungslagern ein und halfen sogar im Verborgenen etlichen hohen Nazifunktionären mit falschen Pässen bei der Flucht ins Ausland. Umso lauter wurde aber in beiden Kirchen die Forderung nach einer »Rechristianisierung«: Der Nationalsozialismus galt als Höhepunkt einer von Gott abgefallenen Gesellschaft und nur durch die Rückkehr zu den christlichen Grundsätzen war demnach ein Neubeginn möglich.

Die Kirchen reagierten hier auf eine neue politische Situation mit alten Antworten, die auf Dauer nicht befriedigen konnten. Denn eine christliche Gesellschaft ließ sich weder in der westlichen Demokratie noch in den neuen kommunistischen Diktaturen realisieren. Auch wo sie nicht wie in der DDR und Osteuropa verfolgt wurden, haben die Kirchen langfristig Einfluss verloren. Gleichwohl hat die Erfahrung mit dem Nationalsozialismus bei bedeutsamen Minderheiten in beiden Kirchen auch ein neues gesellschaftliches und politisches Engagement gefördert. Die früher enge Bindung der Katholiken an eine katholische Partei und der Protestanten an konservative und nationalistische Parteien, wie sie noch in der Weimarer Republik bestand, löste sich auf. Das Parteiensystem in der Bundesrepublik wurde flexibler.

Was wollten die Deutschen Christen?

Sie vertraten eine Verbindung von Nationalsozialismus und Christentum. Der radikale Flügel dieser uneinheitlichen Bewegung übernahm Teile der Rassenideologie (zum Beispiel den »Arierparagrafen«, der Juden aus dem öffentlichen Dienst ausschloss) und lehnte das biblische Alte Testament ab. Die Deutschen Christen befürworteten statt einer Vielzahl von Landeskirchen eine zentralistische Kirchenorganisation mit einem Reichsbischof an der Spitze.

BEMERKENSWERTES

Die Rolle der Kirchen

Im Chaos der Zusammenbruchsgesellschaft fiel den Kirchen vor allem in den Anfangsjahren eine wichtige soziale Rolle zu. Für Ausgebombte, Flüchtlinge und Vertriebene boten kirchliche Institutionen erste Auffangmöglichkeiten und Schutz. Vertriebenenseelsorge konnte helfen, den Heimatverlust zu verarbeiten und die Abneigung der Einheimischen zu überwinden. Verzweifelte Menschen fanden oft in den Gottesdiensten wieder Halt. Insofern bewahrheitete sich das alte Sprichwort »Not lehrt beten«.

Der Hungerwinter 1946/47 – das Ruhrgebiet als Beispiel

Was war ein »Kartoffelbetriebsrat«?
Es war eine spöttische Bezeichnung für die Arbeitervertretung im Betrieb, die eigentlich für soziale und wirtschaftliche Belange der Belegschaft zuständig war, angesichts der miserablen Ernährungslage aber erst einmal dafür sorgte, dass Rohstoffe oder Industrieprodukte gegen Kartoffeln oder anderes getauscht wurden.

Welche Bedeutung hatte die KPD im Ruhrgebiet?
Sie war hier traditionell besonders stark und errang bei den Landtagswahlen 1947 in Nordrhein-Westfalen in vielen Städten über 20 Prozent der Stimmen. Die KPD, zunächst noch nicht wie später ganz von der SED in der Ostzone abhängig, konnte zeitweilig die allgemeine Notlage erfolgreich für populäre Sozialisierungsforderungen und kommunistische Propaganda nutzen.

Was ist ein Kumpel?
Als Kumpel bezeichnet man einen Bergarbeiter.

Die Normalverbraucherrationen des Frühjahrs 1947 seien so niedrig, hieß es in einer Denkschrift der deutschen Ärzteschaft zur Ernährungslage in der britischen Zone, dass sie nur ein Drittel des Bedarfs decken und in wenigen Monaten zum Tode führen würden. In den ländlichen Regionen Deutschlands war die Versorgung zwar nicht so katastrophal wie im Ruhrgebiet, aber in den meisten großen Städten sah es ähnlich aus.

Das Elend hatte viele Ursachen. Das Eisenbahnnetz war vom Bombenkrieg besonders hart getroffen und konnte erst allmählich wiederhergestellt werden. Der hohe Verschleiß bei Lokomotiven und Waggons tat ein Übriges. Die Abtrennung der Ostgebiete wirkte sich verheerend für die Lebensmittelversorgung aus und die Zonentrennung bremste die Lieferungen aus der sowjetischen Zone. Die Bevölkerungszahl in der britischen Zone war durch die Flüchtlinge und Vertriebenen deutlich angestiegen. Wohnungen waren zu einem erheblichen Teil vernichtet, in manchen Städten um weit mehr als die Hälfte des früheren Bestandes. So wurde allein schon die Unterbringung von Arbeitskräften für den Bergbau ein Problem. Ohne Kohlenförderung war aber die Wirtschaft nicht in Gang zu bringen. Schließlich verschlimmerte der extrem kalte Winter 1946/47 den Brennstoffmangel und die Versorgung der Bevölkerung.

Was im dicht bevölkerten Ruhrgebiet besonders drastisch ausfiel, galt grundsätzlich auch für andere Teile Deutschlands. Hinzu kam die tiefe Empörung in der Arbeiterschaft über die Demontagen. Psychologisch wirkten sie in der Situation von Hunger und mangelnder Versorgung erbitternd. Viele Menschen erinnerten sich wohlwollend an die Jahre des »Dritten Reiches«, wo es solche Probleme nicht gab. Dabei wurde meist vergessen, auf wessen Kosten das gegangen war: Ohne ausländische Zwangsarbeiter in der deutschen Wirtschaft und rücksichtslose Ausbeutung der besetzten Gebiete Ost- und Westeuropas hätte die deutsche Kriegswirtschaft nicht funktioniert.

Der Tauschhandel, mit dem auch Betriebsräte den Belegschaften der Industrieunternehmen zu helfen versuchten, konnte nicht dauerhaft funktionieren und behinderte einen wirtschaftlichen Wiederaufbau. Der **»Kartoffelbetriebsrat«** war eine typische Erscheinung im Ruhrgebiet. Aber allmählich drohte die Situation außer Kontrolle zu geraten. »Hungermarsch der Essener Betriebe – 15.000 Krupparbeiter und die Belegschaften verschiedener Schachtanlagen demonstrieren vor dem Rathaus und der Militärregierung«, schrieb eine kommunistische Zeitung Anfang Februar 1947. In zahlreichen Orten gab es in den folgenden Wochen Proteststreiks und Demonstrationen, auf denen eine schnelle Verbesserung der Ernährungslage und eine bessere Organisation der Wirtschaftsverwaltung gefordert wurden. Häufig verbanden sich damit auch alte politische Ziele nach **Sozialisierung** der wichtigen Industrien und einer Bodenreform. Hier trat besonders die **KPD** in Erscheinung.

Was versteht man unter Sozialisierung?
Darunter wurde die Überführung von privatem Eigentum an Großbetrieben, Aktiengesellschaften und Banken in Volkseigentum verstanden. Die Forderung gehörte zu den wichtigsten Programmpunkten aller kommunistischen und sozialistischen Parteien

Die politische Krisenstimmung aufgrund der schlechten Lebensmittelversorgung musste die Briten und Amerikaner alarmieren. 1947/48 verstärkten sie daher ihre Bemühungen, die Kohleförderung im Ruhrbergbau – damals eine Schlüsselbranche für den europäischen Wiederaufbau – zu verbessern. Eine Erhöhung der Kalorien, insbesondere eine bessere Versorgung mit Fett, gehörte zu den Vorbedingungen. »Wie kommt der **Kumpel** zu seinem Speck?«, fragte eine Zeitung im Ruhrgebiet. Die Antwort gab die Militärregierung mit einem Punktesystem zur Leistungssteigerung im Bergbau. Für gute Förderleistungen gab es zusätzliche Sonderzuteilungen von Lebensmitteln, Waren, Schnaps und Zigaretten. Die bei den Amerikanern ohnehin unbeliebten Sozialisierungspläne der deutschen Gewerkschaften gerieten damit zwangsläufig ins Hintertreffen. Die Bergarbeiter entschieden sich im Zweifelsfalle eher für den Speck als für die Sozialisierung.

BEMERKENSWERTES

Die Demontagen in den Westzonen

Die Alliierten hatten für alle Zonen Demontagen vor allem der deutschen Rüstungsbetriebe vereinbart. Dazu wurden Listen angelegt, welche Anlagen zu demontieren (abzubauen) seien, zum Beispiel große Teile der Kruppwerke in Essen oder der Salzgitter-Werke. Im Vergleich zur sowjetischen Zone fielen die Demontagen im Westen aber viel geringer aus und waren rein wirtschaftlich gesehen insgesamt ziemlich unbedeutend. Dennoch stießen sie bei der Bevölkerung angesichts der allgemeinen Notlage auf völliges Unverständnis.

Kulturelles Leben in vier Zonen

Worin lag das Besondere der öffentlich-rechtlichen Rundfunkanstalten?
Nach dem von den Nationalsozialisten gelenkten Staatsrundfunk des »Dritten Reiches« sollte die Unabhängigkeit und politische Vielfalt der Sendungen sowie die Objektivität der Berichterstattung gesichert werden. Der Rundfunk sollte nach amerikanischen Vorstellungen so schnell wie möglich in deutsche Hände übergeben werden. Im Frühjahr 1946 formulierte die Militärregierung »Zehn Gebote« mit Kernforderungen, zu denen gehörten: Sendezeit für verschiedene gesellschaftliche Gruppen (wie Kirchen oder Gewerkschaften), Objektivität und demokratische Kritik, Verbot jeder Diskriminierung und von Gedanken, die grob die Gefühle großer Teile der Zuhörer verletzen.

Kriegsende und Besatzungszeit werden häufig nur mit Zusammenbruch, Zerstörung, Hunger und Elend verbunden. Zu den ersten Nachkriegsjahren gehörte aber trotz dieser »Stunde null« auch ein lebhaftes und buntes kulturelles Leben. Es wurde von den Besatzungsmächten gefördert, weil es zur »Umerziehung« beitragen und die Bevölkerung vom Elend ablenken sollte.

Künstler und Intellektuelle engagierten sich jedoch auch ohne diese alliierten Vorgaben und nutzten die Chancen der neuen Freiheit. Denn während der letzten Kriegsjahre war – vom Kino abgesehen – nahezu das gesamte Kulturleben zum Erliegen gekommen. Nach 1945 entstand erstaunlich schnell und in meist provisorischen Formen der traditionelle Musik- und Theaterbetrieb wieder. Auch die »leichte Muse« wie Operette, Varieté und sogar der Zirkus waren bald wieder da. Besonders in der Viersektorenstadt Berlin trieb die »Kultur in Trümmern« üppige Blüten, weil sich die Besatzungsmächte gegenseitig Konkurrenz machen wollten. »Fast täglich werden neue Theater eröffnet«, stellte ein amerikanischer Bericht schon im Juli 1945 für Berlin fest und betonte die enormen Anstrengungen der Künstler, wenn sie in langen Fußmärschen von mehreren Stunden ihren Arbeitsplatz erreichten. Mit Vorrang gespielt wurden Theater- und Musikstücke, die zuvor von den Nazis aus politischen Gründen verboten worden waren.

Wolfgang Borchert

Ein besonders wirkungsvolles Theaterstück dieser Zeit war Wolfgang Borcherts Drama *Draußen vor der Tür*. Es hatte das Heimkehrerthema zum Gegenstand und war zugleich eine bittere Anklage gegen den Krieg. In der sowjetischen Zone spielten in der Literatur, im Film und in Ausstellungen der Widerstand gegen die Nazis und die Verbrechen im »Dritten Reich« als Themen eine herausragende Rolle. Die politische Zensur blieb zunächst noch zurückhaltend, sodass sich auch hier ein deutlich vielseitigeres Kulturleben als in späteren Jahren entfalten konnte.

In den Westzonen entwickelte sich unter dem Einfluss der amerikanischen Besatzungsmacht schnell eine unter Jugendlichen sehr populäre Swing- und Jazzszene. Von den Nazis war der Jazz als »Niggerkunst« bekämpft und nur in privaten Nischen gehört und gespielt worden. Jetzt konnte er sich als lebendige Musiksprache neu entfalten.

Zum »Aufbruch« in der Trümmerzeit gehörte die kurze Blüte der politisch-kulturellen Zeitschriften. Sie boten gegenüber der publizistischen Öde während des Krieges viele neue Informationen und kritische Diskussionen. Allerdings fanden diese Zeitschriften trotz hoher Auflagenzahlen nur bei einem relativ kleinen Kreis von Intellektuellen und politisch Engagierten Interesse. Dagegen kamen Illustrierte, populäre Romane und Hollywood-Filme erst wieder nach der Währungsreform und nach dem Ende der »Umerziehung« auf den Markt. Bücher wie der Bestseller-Roman *Vom Winde verweht*, später auch als Film ein Kassenschlager, trafen den Geist der Zeit im besiegten Deutschland besser als wertvolle Abhandlungen zur Demokratie oder die Trümmerliteratur.

Zu den wichtigsten Errungenschaften der westalliierten Politik im besetzten Deutschland gehörten der öffentlich-rechtliche **Rundfunk** und eine unabhängige **Presse.** Sie schufen eine unverzichtbare Grundlage für das Funktionieren einer demokratischen Öffentlichkeit.

Was zeichnete die freie Presse aus?

Wer eine Zeitung herausgab, brauchte eine Genehmigung der Militärregierung (Lizenz). Die politische Vielfalt der deutschen Zeitungen war groß und die Kontrolle durch Besatzungsoffiziere locker. So konnte sich eine sehr facettenreiche Presselandschaft entwickeln. Verboten waren aber nationalistische, militaristische, faschistische oder antidemokratische Ideen.

BEMERKENSWERTES

Wolfgang Borchert und sein Stück *Draußen vor der Tür*

Wolfgang Borchert wurde 1921 in Hamburg geboren und starb 1947. Im Zweiten Weltkrieg kam er an die Ostfront, wurde wegen politischer Äußerungen zu neun Monaten Haft verurteilt, konnte fliehen, kam in französische Gefangenschaft und kehrte nach der Kapitulation nach Hamburg zurück. In seinem Heimkehrerdrama, das zunächst 1947 mit großem Erfolg als Hörspiel aufgeführt wurde, verarbeitete er seine Kriegs- und Nachkriegserfahrungen. Im Vorwort heißt es über die Hauptfigur des Dramas, Beckmann, er sei »einer von denen, die nach Hause kommen und die dann doch nicht nach Hause kommen, weil für sie kein Zuhause mehr da ist. Und ihr Zuhause ist dann draußen vor der Tür.«

Der Beginn des Kalten Krieges als Konflikt der Supermächte

Was war die Trumandoktrin?
Im März 1947 erklärte der amerikanische Präsident Truman (1884-1972), es gebe zwei Lebensweisen. Die eine gründe sich auf Freiheit, die andere auf Unterdrückung und Terror durch die Politik einer Minderheit. Mit letzterer war, obwohl er es nicht aussprach, die von der Sowjetunion vertretene Gesellschaftsordnung gemeint. Ziel der USA müsse es sein, die freien Völker zu unterstützen, die sich dem äußeren Druck widersetzten.

Was meint der Begriff Sowjetisierung?
Er beschreibt den Vorgang der Unterwerfung und Umformung der DDR und der Staaten in Ostmitteleuropa nach sowjetischem Vorbild. Sowjetische »Berater« und die Geheimpolizei sorgten dafür, dass es keine nationalen Sonderwege gab, sondern sich alle Stalins Diktat fügten.

Bald nach dem Ende des Krieges wurde die unterschiedliche politische Entwicklung der Ost- und der Westzonen bereits erkennbar. Dass daraus dann eine Teilung in zwei deutsche Staaten entstand, hatte vor allem mit dem Kalten Krieg zu tun.

Den Begriff »Kalter Krieg« prägte 1947 der amerikanische Journalist Walter Lippmann. Er kennzeichnet eine scharfe Form der Konfrontation zwischen Ost und West. Darin kam die politische und ökonomische »Teilung der Welt« in zwei politische und ideologische Lager, angeführt von der Sowjetunion und den USA, zum Ausdruck. »Kalt« wurde der Krieg genannt, weil es (zumindest in Europa) nie zu offenen Kampfhandlungen kam. Da beide Seiten genug Waffen besaßen, um die Welt zu zerstören, ließ man es in den Jahrzehnten der Konfrontation und der Feindschaft nicht zum tatsächlichen Krieg kommen; mehrmals schlitterte die Welt jedoch nur knapp am Dritten Weltkrieg und damit an einer Katastrophe vorbei. Es blieb bei dem Bemühen, sich selbst eine möglichst große Einflusszone zu sichern und den Einfluss des Gegners zurückzudrängen, bei Drohgebärden und sogenannten Stellvertreterkriegen, Konflikten in anderen Ländern, in denen die beiden Supermächte jeweils eine Seite unterstützten. Geprägt war diese Zeit von massivem Wettrüsten und einem Konkurrenzkampf auf kulturellem, wissenschaftlichem und wirtschaftlichem Gebiet.

Der Kalte Krieg brach in offener Form spätestens 1947 aus, als der amerikanische Präsident die nach ihm benannte **Trumandoktrin** verkündete. Diese Erklärung konnte und sollte als massive Warnung an die Sowjetunion verstanden werden, ihren Einfluss im Vorderen Orient, in Griechenland, aber auch indirekt in Westeuropa und Deutschland nicht weiter auszudehnen. Die ökonomische Ergänzung zu dieser politischen Erklärung war der im Sommer 1947 vom amerikanischen Außenminister Marshall angekündigte Hilfsplan für die vom Krieg schwer in Mitleidenschaft gezogenen europäischen Staaten. Er stellte Kredite für den Wiederaufbau in Aussicht, forderte aber eine enge wirtschaftliche Absprache zwischen den Empfängerländern.

Auf diese Anzeichen einer Blockbildung unter amerikanischer Führung reagierte die Sowjetunion mit der Gründung des Kommunistischen Informationsbüros (Kominform). Es diente, ähnlich wie die Kommunistische Internationale (Komintern) der 20er-Jahre, der Disziplinierung und Gleichschaltung der Parteien in den ost- und südosteuropäischen Staaten. Diese Staaten waren zwar streng genommen unabhängige Staaten, wurden aber von Moskau dominiert. Die Sowjetunion schwenkte auf Konfrontation um. Schon die aus wirtschaftlichen Gründen erfolgte Zusammenlegung der amerikanischen und britischen Zone zur Bizone im Januar 1947 wurde als unfreundlicher Akt und Bruch des Potsdamer Abkommens angesehen. In der Folgezeit verschärften sich die Spannungen zwischen den beiden Supermächten in hohem Tempo und machten alle Chancen zu einer einvernehmlichen Lösung der deutschen Frage zunichte. Auf der Londoner Außenministerkonferenz im Dezember 1947 wurde das endgültig offenkundig.

Die vier Besatzungszonen wiesen zwar von Anfang an eine deutlich unterschiedliche politische und ökonomische Struktur auf. Aber erst seit 1947 wurden die Weichen für die Teilung zwischen dem östlichen und westlichen Teil Deutschlands definitiv und für lange Zeit unveränderbar gestellt. Viele einschneidende Eingriffe, die bereits 1945/46 in der SBZ durchgeführt worden waren, erwiesen sich nun als Vorstufe zur **Sowjetisierung** des östlichen Teils Deutschlands. Aus der östlichen Besatzungszone wurde eine kommunistische Parteidiktatur, die sich an die politischen und ökonomischen Strukturen von Stalins Sowjetunion anlehnte. Anfang der 50er-Jahre wurde sie in den Block der osteuropäischen **Volksdemokratien** eingebunden.

Was kennzeichnete eine »Volksdemokratie«?
Der Begriff war die offizielle Bezeichnung für die Staaten in Ostmitteleuropa unter sowjetischer Herrschaft. Formal gab es ein Mehrparteiensystem, tatsächlich waren es Diktaturen nach sowjetischem Muster. Das aus dem Griechischen übernommene Wort ist eigentlich unsinnig, denn Demokratie heißt Volksherrschaft. Daher ist der Begriff Volksdemokratie eigentlich eine unsinnige Verdoppelung.

BEMERKENSWERTES

Kalter Krieg in Berlin als Filmkomödie

Billy Wilders Film *Eins, Zwei, Drei* von 1961 spielt in Berlin noch vor dem Bau der Mauer. In dieser witzigen Komödie, die den ansonsten ja keineswegs lustigen Kalten Krieg von seinen verrückten Seiten in der Viersektorenstadt Berlin zeigt, werden Klischees und drohende internationale Konflikte in einem Film mit damaligen Spitzenstars (Lilo Pulver, Horst Buchholz) durch den Kakao gezogen. Diese Satire fand nach dem Mauerbau in Deutschland zunächst eine wenig positive Aufnahme, wurde aber seit den 80er-Jahren bei ihrer Wiederaufführung zum internationalen Hit.

Währungsreform und soziale Marktwirtschaft im Westen

Was kennzeichnet die soziale Marktwirtschaft?
Sie sollte, anders als der Kapitalismus des 19. Jahrhunderts, den Wettbewerb auf dem Markt sichern und ihn gleichzeitig durch sozialpolitische Stützen für alle verträglich machen. Zu große Ungleichheit und Ausbeutung sollten verhindert werden. Ludwig Erhard, der spätere Bundeswirtschaftsminister, war überzeugt, dass vor allem durch gesetzliche Sicherung des Wettbewerbs die Marktwirtschaft gewissermaßen von selbst auch sozial sein würde. Er gilt als einer der Köpfe hinter dem Prinzip der sozialen Marktwirtschaft.

Worin bestand die Bedeutung des »Gesetzes über die Leitsätze für die Bewirtschaftung und Preispolitik«?
Es beendete die Zwangsbewirtschaftung (Zuteilung von Lebensmitteln und Waren durch Marken und Bezugsscheine) und erlaubte den Wettbewerb auf dem Markt. Viele Preise wurden freigegeben, einige (zum Beispiel für Grundnahrungsmittel) blieben jedoch anfänglich noch gebunden.

Für den Krieg, der durch Ausbeutung der eroberten europäischen Länder und durch eine riesige Staatsverschuldung finanziert worden war, bekam das deutsche Volk 1945 auch finanziell die Quittung. Das »Dritte Reich« hatte eine Schuldenlast von 379 Milliarden Reichsmark hinterlassen. Die enorme Vermehrung der im Umlauf befindlichen Geldmenge stand in keinem Verhältnis zu den vorhandenen Waren. Die Reichsmark war daher kaum etwas wert. Eine Währungsreform wurde grundsätzlich von allen Besatzungsmächten unterstützt, über die Einzelheiten der Durchführung gingen die Meinungen aber erheblich auseinander.

Bei den (westdeutschen) Zeitgenossen ist die Währungsreform vom 20. Juni 1948 als magisches Datum besonders nachdrücklich in Erinnerung geblieben. Nach Jahren der Entbehrung und des Hungers waren buchstäblich über Nacht die Schaufenster wieder voll. Jedoch hatte der Normalverbraucher zunächst nicht genügend Geld, um die neuen Schätze zu kaufen. Scheinbar waren zunächst alle gleich: Pro Kopf gab es 40 Deutsche Mark (DM), später nochmals 20 DM. Löhne, Gehälter, Renten, Pensionen, Mieten wurden im Verhältnis 1:1 auf die neue Währung umgestellt. Guthaben in Reichsmark wurden dagegen zunächst blockiert und im Verhältnis 10:1 abgewertet, später noch einmal zusätzlich. Von 100 Reichsmark blieben damit nur 6,50 DM übrig. 93,5 Prozent des ehemaligen Reichsmarkumlaufs wurden aus dem Verkehr gezogen. Das war der schärfste Währungsschnitt, den es jemals in Deutschland gegeben hatte.

Tatsächlich wurden die Lasten höchst ungleich verteilt und die Mehrheit der Bevölkerung hatte den Wettlauf ins Wirtschaftswunder bereits am Start verloren, wenn sie keine wertbeständigen Güter wie Immobilien oder Wertgegenstände wie zum Beispiel Schmuck besaß. Dennoch markiert das Datum der Währungsreform einen tiefen Einschnitt in der deutschen Nachkriegsgeschichte. Ohne sie wäre der schnelle wirtschaftliche Wiederaufstieg nicht möglich gewesen. Sie bildete aber auch den Anlass für die Berlinblockade und diese trieb die Teilung Deutschlands voran.

Oft gilt der für die Wirtschaft zuständige Politiker der Bizone, Ludwig Erhard, der Begründer der **sozialen Marktwirtschaft,** als Vater des Wirtschaftswunders und somit auch der Währungsreform. Das ist jedoch nur die halbe Wahrheit. Denn der Erfolg dieser Geldreform, die vor allem von den USA durchgesetzt wurde, war an bestimmte Voraussetzungen gebunden. Zum einen musste die Zwangsbewirtschaftung aufgehoben oder zumindest erheblich gelockert werden. Zum andern mussten bereits Waren vorhanden sein, die in die Schaufenster kamen und dem Schwarzmarkt, der sich bis dahin üppig entfaltet hatte, das Lebenslicht ausbliesen. Beides war 1948 gegeben. Ludwig Erhards Verdienst bestand vor allem darin, dass er die Aufhebung der Bewirtschaftung und die Freigabe der Preise durchsetzte. Das sogenannte **»Leitsätzegesetz«,** das ohne ausdrückliche Zustimmung des amerikanischen Gouverneurs General Clay in Kraft trat, war riskant, aber schließlich doch ein Erfolg.

Im Grund muss man also alle Momente zusammen sehen: Der Marshallplan bot Westdeutschland Kredite; die radikale Abwertung der Reichsmark sicherte der neuen Währung einen realistischen Kurs; Waren hatten die Unternehmer in Erwartung einer Währungsreform gehortet und konnten sie nun plötzlich anbieten; das Gesetz über die Leitsätze schließlich erleichterte einen freien Markt und versprach baldige Gewinne.

Freilich stiegen damit auch die Preise abrupt an und die Zahl der Arbeitslosen wuchs ebenfalls (1950 mit einem damals dramatischen Höhepunkt von circa zwölf Prozent). Die Gewerkschaften organisierten im November 1948 einen großen Demonstrations- und Proteststreik, um auf die schlimmen sozialen Folgen der Währungsreform und der Einführung der Marktwirtschaft aufmerksam zu machen. Gewerkschaften und SPD wiesen noch auf ein anderes Problem hin: Sie forderten, eine Geldreform müsse an einen **Lastenausgleich** gekoppelt werden.

Was ist ein Lastenausgleich?
Darunter versteht man finanzielle Entschädigung von vom Krieg besonders geschädigten Personen. Damit sollte vor allem denen geholfen werden, die als Flüchtlinge, Vertriebene oder Ausgebombte nichts mehr besaßen. Die Besatzungsmächte haben eine solche Koppelung an die Währungsreform zunächst abgelehnt und auf später verschoben. Einen gewissen Ausgleich sollte 1949 das »Soforthilfegesetz« bringen. Immerhin bot es insbesondere den verarmten Bevölkerungsgruppen erste fühlbare Unterstützungen. Ein Lastenausgleichsgesetz konnte erst 1952 in der Bundesrepublik verabschiedet werden.

BEMERKENSWERTES

Die Währungsreform in der Erinnerung

Die Währungsreform in den drei Westzonen hatte bei den Zeitgenossen einen gewaltigen »Schaufenstereffekt« und eine enorme psychische Wirkung. Für die meisten, so hat ein Wirtschaftshistoriker festgestellt, »stand weder der Tag der Verkündung des Grundgesetzes am 23. Mai 1949 noch die Konstituierung des Bonner Parlaments am 7. September 1949 für den entscheidenden Neubeginn in Staat und Wirtschaft, sondern eben der 20. Juni 1948.«

Die Berliner Blockade von 1948

Was war die Kommandantura?
Sie wurde 1945 von den vier Besatzungsmächten als höchstes alliiertes Kontrollgremium im besetzten Berlin geschaffen.

Wie sah die Währungsreform in der SBZ und Ostberlin aus?
Sie fand vier Tage nach der Reform im Westen statt. Da noch nicht genügend neue Geldscheine vorhanden waren, klebte man auf die alten Reichsmarkscheine einen Aufkleber mit dem neuen Wert. »Tapetenmark« hießen sie jetzt im Volksmund. 70 Mark wurden pro Kopf ausgezahlt. Weiteres Bargeld und Sparguthaben wurden wie im Westen 10:1 umgetauscht, allerdings mit zahlreichen Ausnahmen für staatliche Betriebe und Parteien. Besitzer von über 5.000 Mark mussten die »redliche Herkunft« des Geldes nachweisen. Damit sollten die Schwarzhändler getroffen werden. Die Wirkung der Reform war jedoch viel schwächer als die der westlichen Währungsreform, weil die Bewirtschaftung und Preisregulierung beibehalten wurde.

Wenige Jahre nach Kriegsende wurde klar, dass die Potsdamer Vereinbarung nicht für eine gemeinsame Politik der Sieger taugte. Die Westmächte arbeiteten auf die Gründung eines provisorischen westdeutschen Staates hin, um das politische und wirtschaftliche Chaos zu beenden und den befürchteten sowjetischen Einfluss einzudämmen. Stalin tat alles, um seine Besatzungszone zu sichern und nach volksdemokratischem Vorbild umzubauen, wollte aber zugleich die Gründung eines Weststaates verhindern.

Berlin, von allen Siegermächten verwaltet, spielte dabei die Schlüsselrolle. Da es auf dem Territorium der SBZ lag, liefen alle Verbindungen aus dem Westen durch sowjetisch kontrolliertes Gebiet. Nur für den Flugverkehr waren Luftkorridore vereinbart worden, die nicht von den Sowjets kontrolliert werden durften. Schon seit Anfang 1948 gab es Störaktionen gegen den Eisenbahnverkehr und sogar Versuche, die Flugverbindungen einzuschränken.

Den unmittelbaren Anlass zur sowjetischen Berlinblockade bildete die westdeutsche Währungsreform am 20. Juni 1948. Eine Geldreform, die nur einen Teil Deutschlands betraf, rührte an den Nerv jeder staatlichen Einheit. An dieser Einheit war Stalin aus ökonomischen und politischen Gründen immer noch interessiert, auch wenn er nichts dazu beitrug, sie zu ermöglichen. Aus der gemeinsamen **»Kommandantura«** Berlins hatte sich die Sowjetunion bereits am 16. Juni zurückgezogen. Nun blockierte sie die Zufahrtswege nach Westberlin.

Dort gingen in der Nacht vom 23. zum 24. Juni 1948 im wörtlichen und übertragenen Sinne die Lichter aus. Die Elektrizitätsversorgung aus dem Ostsektor und der SBZ wurde eingestellt, einen Tag später der Zug- und Straßenverkehr blockiert, wenige Tage darauf der Schiffsverkehr. Bis auf die drei vereinbarten Luftkorridore waren alle Verbindungen Berlins mit dem Westen vollständig unterbrochen. Am 24. Juni führte die Sowjetunion in ihrer Zone ebenfalls eine **Währungsreform** durch. Damit war Berlin auch währungspolitisch eine gespaltene Stadt. Aus propagandistischen Gründen boten die Sowjets eine Versorgung der Westberliner Bevölkerung in ihrem Sektor an, von dem jedoch nur wenige Westberliner Gebrauch machten, weil die Erbitterung über die »Hungerblockade« groß war.

General Clay wollte die Blockade mit einem bewaffneten Konvoi durchbrechen, das lehnte die US-Regierung jedoch als zu riskant ab.

Die Rote Armee behinderte mit gefährlichen Manövern den Flugverkehr, die USA verlegten demonstrativ einige amerikanische B-52-Bomber (für Atomwaffen geeignet) nach Großbritannien. Die internationale Situation war aufs Äußerte gespannt und viele Menschen fürchteten einen neuen Krieg. Denn niemand hielt es für möglich, eine Millionenstadt für längere Zeit aus der Luft zu versorgen.

Warum nannte man die Flugzeuge »Rosinenbomber«?

Der Name kam in Umlauf, weil einige Piloten beim Einflug auf die Berliner Flughäfen an kleine Fallschirme gebundene Süßigkeiten für die wartenden Kinder abwarfen.

Genau das gelang jedoch. Im Abstand von wenigen Minuten landeten Flugzeuge auf den Berliner Flughäfen Tempelhof, Gatow und später Tegel, wurden entladen und starteten wieder. Die große Mehrheit der Westberliner Bevölkerung begrüßte begeistert die **»Rosinenbomber«.**

Nach knapp einem Jahr vereinbarten sowjetische und amerikanische Unterhändler am 4. Mai 1949 ein Ende der Blockade. Denn diese hatte ihr Ziel nicht erreicht. Zudem hatten die Westalliierten eine Gegenblockade verhängt, welche die Wirtschaft der Sowjetzone, die auf westliche Lieferungen angewiesen war, empfindlich traf. Die lebensbedrohende Situation war mit der Aufhebung der Blockade beseitigt. Westberlin blieb jedoch in den folgenden Jahrzehnten ein Krisenherd.

Luftbrücke 1948/49

BEMERKENSWERTES

Leben in Westberlin während der Blockade

Obwohl die Luftbrücke letztlich ein überraschender Erfolg wurde, waren die Folgen der Blockade für die Bevölkerung zunächst einschneidend. Die Stromversorgung konnte nur dürftig aufrechterhalten werden. Die Kohlezuteilungen waren so gering, dass nur dank des milden Winters eine größere Katastrophe ausblieb. Der Journalist Erich Kuby schilderte seine Fußmärsche durch die Stadt, da nach 18 Uhr keine Bahnen mehr fuhren: »Es war ein Weg von Stunden, er führte mich durch helle und dunkle ›Plangruppen‹. Die einen hatten gerade Stromzeit, die anderen Sperrzeit. Die Leute stellten ihre Radiogeräte auf Betrieb, um zu merken, wann der Strom kam. Dann standen sie auf, mitten in der Nacht, um die Trockenmilch für die Kinder zu kochen und für sich selbst vielleicht ein halbes Pfund jener Erbsen, die so vornehm auf den Sitzen einer Passagiermaschine nach Berlin geflogen waren.«

Eine vorläufige Verfassung für den Weststaat

Wer war Lucius D. Clay?
Er war formell von 1947 bis 1949 (in der Praxis schon ab 1945) als Chef der amerikanischen Militärregierung der für die Politik in Westdeutschland bedeutendste Militär und Politiker. Vor allem als »Vater der Luftbrücke« wurde er populär.

Wie setzte sich der Parlamentarische Rat zusammen?
Die Länder bestimmten nach Einwohnerzahl und Parteienmehrheiten die 65 Abgeordneten (plus fünf aus Westberlin ohne Stimmrecht). Vorsitzender war Konrad Adenauer.

»Every German has a constitution in his pocket«, stellte der amerikanische Militärgouverneur General **Clay** ironisch fest, als die Diskussion um eine Verfassung für den Zusammenschluss der Westzonen zu einem Staat begann. In den deutschen Parteien gab es zahllose und höchst unterschiedliche Entwürfe und Pläne dazu.

Eigentlich wollte niemand einen Weststaat, weil daraus allzu leicht eine dauerhafte Teilung Deutschlands entstehen konnte, und noch hoffte man, die vier Besatzungszonen letztlich zu einem Staat zusammenführen zu können. Aber die Westalliierten drängten. Denn ohne staatliche Strukturen konnte es keinen dauerhaften Wiederaufbau geben und ohne Staat konnten auch die Marshallplanhilfe und die Währungsreform nicht funktionieren. Im Osten behaupteten alle Politiker, gegen eine Spaltung und für die Einheit zu sein. Aber auch hier gab es Pläne für einen eigenen Staat. Stalin versuchte zunächst, die Schaffung eines Weststaats zu verhindern. Die Blockade Berlins war das Instrument dazu. Aber dieses Vorgehen erreichte eher das Gegenteil.

Je mehr das wirtschaftliche und soziale Chaos nach Ordnung verlangte, desto eher waren die westdeutschen Ministerpräsidenten schließlich bereit, sich in das Unvermeidliche zu fügen. Unter großen Bedenken beschlossen sie 1948, einen Parlamentarischen Rat einzusetzen, der eine Verfassung ausarbeiten sollte. Er trat am 1. September 1948 zusammen. Experten erarbeiteten einen Text, den der **Parlamentarische Rat** am 8. Mai 1949 verabschiedete.

Nach der Genehmigung durch die Militärregierungen trat die Verfassung zusammen mit dem **Besatzungsstatut** am 23. Mai 1949 in Kraft – die Bundesrepublik Deutschland war gegründet. Die Verfassung wurde absichtlich »Grundgesetz« genannt. Damit sollte unterstrichen werden, dass es sich nur um eine provisorische Lösung handele. Eine gesamtdeutsche Verfassung, die dem Volk zur Abstimmung vorzulegen war, sollte es erst dann geben, wenn auch die Ostzone wieder dabei war. Die Bereitschaft der Parteien zu Kompromissen im Parlamentarischen Rat über wichtige Artikel wurde dadurch erleichtert. Die Verfassung war ja nur vorläufig, so konnte man argumentieren. Wirklich strittige Punkte im sozialen und wirtschaftlichen Bereich (zum Beispiel ein Recht auf Arbeit oder die

Mitbestimmung der Arbeitnehmer im Betrieb) konnten auf diese Weise leichter umgangen werden.

Das Grundgesetz folgte bei der Verankerung des Föderalismus den Vorgaben der Alliierten. Aber insgesamt orientierten sich die Abgeordneten des Parlamentarischen Rats mit dieser neuen Verfassung an demokratischen Traditionen Deutschlands seit dem 19. Jahrhundert. Aus der Schwäche der Weimarer Republik zog man deutliche Konsequenzen: Das Leitbild war die »wehrhafte Demokratie«. Der Präsident hatte anders als in Weimar vor allem repräsentative Aufgaben, die Position des Kanzlers wurde gestärkt und es wurden hohe Hürden vor der Auflösung des Parlaments und der Ausschreibung von Neuwahlen aufgebaut. Was zwischen den Weltkriegen passiert war, der wiederholte Sturz von Regierungen und ständige Neuwahlen, sollte verhindert werden.

Was war das Besatzungsstatut?
Es regelte die Rechte und Vorbehalte der Besatzungsmächte in der Bundesrepublik. Insbesondere die Außenpolitik, aber auch Reparationen und die Kontrolle der Entmilitarisierung waren davon betroffen. Es wurde ergänzend zum Grundgesetz verkündet und bedeutete bis 1955 eine wesentliche Einschränkung der politischen Selbstständigkeit der Bundesrepublik.

BEMERKENSWERTES

Das Grundgesetz als dauerhaftes Provisorium

1990 wurde im Zuge der Wiedervereinigung in der deutschen Öffentlichkeit heftig darüber gestritten, ob man – wie vom Parlamentarischen Rat vorgesehen – eine neue Verfassung und eine Volksabstimmung brauche oder nicht. Die große Mehrheit der Westdeutschen hielt das für überflüssig, weil sich das Grundgesetz bestens bewährt habe. Die meisten Ostdeutschen hatten genug mit den großen Umstellungsproblemen nach dem Ende der DDR zu tun und waren wenig an solchen Verfassungsfragen interessiert. Letztlich blieb das Grundgesetz in Kraft – bis heute ist es die Verfassung der Bundesrepublik Deutschland.

In der sowjetischen Zone wird die SED-Diktatur aufgebaut

Warum wurde die Bundesrepublik restaurativ genannt?
»Restauration« galt als Wiederherstellung vor allem der alten wirtschaftlichen Verhältnisse. Dieser Vorwurf der politischen Linken übersah aber vollständig die tief greifenden politischen Veränderungen.

Was ist eine leninistische Kaderpartei?
Der russische Organisator und Führer der Revolution von 1917, Wladimir Iljitsch Lenin (1870-1924), war mit seiner bolschewistischen Partei das organisatorische Vorbild für alle kommunistischen Parteien. Sie waren streng zentralistisch aufgebaut, alle wichtigen Posten (Kader) wurden durch die Parteispitze besetzt und die Beschlüsse der Führung waren bindend für die unteren Parteiorgane. Anders als in demokratischen Parteien konnte man erst nach einer Überprüfung (Kandidatenzeit) richtiges Parteimitglied werden und hatte aktiv an der Parteiarbeit teilzunehmen.

Die Ostzone und spätere DDR sollte nach Vorstellungen der SED ein vollständiges Gegenbild zum **»restaurativen«** neuen Staatsgebilde im Westen sein. Den Sozialismus aufzubauen, gehörte zwar anfangs noch nicht zu den kurzfristig anvisierten Zielen. Aber mit der Herausbildung des Kalten Krieges seit 1947 änderten sich die Zielsetzungen und Methoden des Umbaues von Staat und Gesellschaft. Die Abgrenzung zum Westen wurde schärfer. In der DDR, so hieß es, sollte das Volk das Sagen haben und nicht die Großindustriellen und Kapitalisten.

Tatsächlich stand dahinter der Umbau in eine Diktatur nach dem Vorbild von Stalins Sowjetunion. Die SED, die 1946 als »Partei der Arbeiterklasse« zumindest mit dem Anspruch einer »demokratischen Massenpartei« angetreten war und ihre Ämter in der Partei jeweils doppelt mit einem kommunistischen und einem sozialdemokratischen Vertreter besetzt hatte, wurde jetzt **leninistische Kaderpartei** nach sowjetischem Muster.

Mit der Ersten Parteikonferenz der SED vom Januar 1949 war diese Umstrukturierung der SED äußerlich abgeschlossen. Die bürgerlichen Parteien (CDU, Liberaldemokraten, Nationaldemokraten, Bauernpartei) büßten die letzten Reste ihrer politischen Eigenständigkeit vollständig ein und wurden zu Hilfstruppen der führenden »Partei der Arbeiterklasse«. Das galt ebenso für die Massenorganisationen (zum Beispiel die Gewerkschaften und die Jugendorganisation FDJ). Der Grundsatz des »demokratischen Zentralismus« und eine straffe Parteidisziplin hatten dafür zu sorgen, dass sich alle Parteimitglieder der SED in Parlamenten, Regierungen, Verwaltungen und Massenorganisationen genau nach den Direktiven der Parteiführung richteten. In der offiziellen Parteipropaganda hieß die DDR zunächst noch »antifaschistisch-demokratische Ordnung«. Damit wurde der Unterschied zu den »Volksdemokratien« in Osteuropa und die Vorläufigkeit betont. Denn das Ziel sollte ein sozialistisches Gesamtdeutschland sein.

Die erste Verfassung der DDR von 1949 trug äußerlich noch den Charakter einer bürgerlich-demokratischen Verfassung, in der die »führende Partei« gar nicht vorkam. Doch der äußere Eindruck täuschte. Eine Gewaltenteilung und damit eine unabhängige Justiz gab es nicht. Ein ebenso schwammiger wie gefährlicher Artikel über

»Boykotthetze« machte praktisch jede Opposition und Kritik an der politischen Führung strafbar.

Schon in der Entstehungsphase der DDR bestimmten zwei Elemente die Entwicklung: politischer Terror und der Beginn der Planwirtschaft. Der Terror richtete sich nicht nur gegen konservative und liberale Gegner der SED-Herrschaft, sondern auch gegen linke »Abweichler« in den eigenen Reihen. Viele derjenigen, die anfangs noch mit dem Sozialismus in der Ostzone sympathisiert hatten, flüchteten nach Westen.

Aus der Verstaatlichung der großen Industriebetriebe ergab sich die Notwendigkeit der Wirtschaftsplanung. 1948 wurde ein Zweijahresplan für den Wiederaufbau und die weitere Entwicklung der Wirtschaft beschlossen. Er mündete 1950 in den mit großem Propagandaaufwand verkündeten ersten Fünfjahresplan. Dieser war wie in anderen kommunistischen Ländern auch genau nach sowjetischem Vorbild aufgebaut: Er legte bis in die Einzelheiten die Produktion und den Umfang des Verbrauchs fest.

Was bedeutete der Artikel über »Boykotthetze« in der ersten DDR-Verfassung?

»Boykotthetze gegen demokratische Einrichtungen und Organisationen« galt als Verbrechen im Sinne des Strafgesetzbuchs. Da »demokratisch« in der Praxis nur das war, was die SED dafür hielt, war der politische Missbrauch dieses Artikels vorprogrammiert.

Offizielle Kundgebung von Arbeitern und Bauern zur Bodenreform, Ostdeutschland 1949

BEMERKENSWERTES

Nationale Einheit und SED-Diktatur

Die SED und die sowjetische Besatzungsmacht betrieben vor und nach der Gründung der DDR einen großen Propagandaaufwand, um die Einheit Deutschlands als ihr wichtigstes Ziel hinzustellen. Angeblich waren es die Westmächte und ihre westdeutschen »Lakaien«, die Deutschland spalteten. Zugleich aber beschleunigte die SED den sozialistischen Umbau und die Diktatur einer Partei. Auf diese Weise wurde der Graben zum westlichen Teil Deutschlands immer tiefer und die nationale Einheit rückte in weite Ferne.

Die »doppelte Staatsgründung« und ihre Folgen

Was war der Volkskongress?
Die »Volkskongressbewegung« wurde 1948 von der SED initiiert. Sie sollte den Willen zur deutschen Einheit, die von Spaltungstendenzen bedroht war, in der Öffentlichkeit betonen. Der dritte deutsche Volkskongress kam im Mai 1949 durch manipulierte Wahlen zustande. Er wählte einen Volksrat als formales Gegenstück zum Bonner Parlamentarischen Rat. Anders als dieser war er jedoch politisch nicht repräsentativ zusammengesetzt. Er verabschiedete die Verfassung, konstituierte sich als vorläufiges Parlament und wählte die erste Regierung der DDR.

Am 7. Oktober 1949, einen Monat nach dem Zusammentreten des Deutschen Bundestages in Bonn, wurde in (Ost-)Berlin die DDR gegründet. Die Volkskammer, das Parlament der DDR, wählte einige Tage später den ehemaligen KPD- und späteren SED-Vorsitzenden Wilhelm Pieck zum ersten Staatspräsidenten; erster Ministerpräsident wurde Otto Grotewohl.

Führende westdeutsche und alliierte Politiker hofften darauf, dass der neue Staat in Westdeutschland, mit dem es nach der Währungsreform wirtschaftlich schnell aufwärts ging, eine magnetische Anziehungskraft auf die Ostzone entwickeln würde. Sowohl Kanzler Konrad Adenauer als auch sein politischer Gegenspieler Kurt Schumacher vertraten diese »Magnettheorie«. Auf diese Weise sollte die deutsche Teilung bald, so hofften sie, überwunden werden. Die DDR dagegen behauptete, sie sei der einzige rechtmäßige deutsche Staat, weil er Nazismus und Militarismus ausgerottet habe. Die SED-Propaganda warf der Bundesrepublik vor, sie habe nichts aus der Geschichte gelernt. Westdeutschland wurde in die Tradition einer reaktionären, kapitalistischen und imperialistischen Politik seit dem Kaiserreich gestellt.

Die kommunistische Diktatur unter Führung der SED (mit Wilhelm Pieck, Otto Grotewohl und Walter Ulbricht an der Spitze) und die parlamentarische Demokratie in Bonn unter ihrem ersten Bundespräsidenten Theodor Heuß (FDP), Adenauer (CDU) als Kanzler und Schumacher (SPD) als Oppositionsführer standen sich unversöhnlich gegenüber. Die Bundesrepublik war aus freien demokratischen Wahlen hervorgegangen, die DDR aus manipulierten Wahlen zum dritten deutschen **»Volkskongress«** entstanden.

Und was dachte das Volk in beiden Teilen Deutschlands über die Entwicklung? Darüber wissen wir nur wenig Genaues. Im Allgemeinen interessierte sich die westdeutsche Bevölkerung mehr für die knappe D-Mark, die ihr die Währungsreform gebracht hatte, und für einen Arbeitsplatz. Im Osten hatten die Menschen keine Entscheidungsmöglichkeit. Die Weichen für die Teilung Deutschlands waren längst gestellt, bevor zwei Staaten ausgerufen wurden. Kompromisse schienen angesichts der entgegengesetzten Ziele und politischen Wertvorstellungen nicht mehr möglich. Der in Osteuropa und in der DDR von Stalin entfaltete politische Terror machte Kompromisse auch nicht ohne Weiteres wünschenswert. Der Kalte Krieg brachte eine gefährliche Erhöhung der politischen und militärischen Spannungen mit sich, aber wenige Jahre nach Kriegsende wollte niemand ernsthaft an eine erneute militärische Auseinandersetzung denken. Die Verlierer in diesem Prozess waren die Menschen, die in der DDR und in Osteuropa im sowjetischen Imperium lebten und viele Jahrzehnte lang keine wirkliche Chance hatten, politische Freiheit zu erringen.

Das Jahr 1948 hatte schlagartig die sich bereits abzeichnende Spaltung Deutschlands vertieft. Die Annäherung des westlichen Deutschlands an die Westmächte wurde gestärkt, die Vorbereitungen für die Schaffung des Grundgesetzes unter dem Druck der Blockade beschleunigt. Die Teilung Europas und die langfristige Bindung der USA an Westeuropa durch Gründung der NATO (Nordatlantikvertrag-Organisation) im Jahre 1949 erhielten durch die Blockade Berlins ihren entscheidenden Impuls. Sie trug auch dazu bei, der amerikanischen Sicht von dem grundsätzlich aggressiven Charakter des Kommunismus weithin Geltung zu verschaffen.

Der Prozess der doppelten Staatsgründung war ohne Zweifel in erster Linie ein Ergebnis des sich verschärfenden Kalten Krieges, weil die Konfrontationslinie zwischen Ost und West mitten durch Deutschland verlief. Insofern hatte diese Spaltung Deutschlands eine gewisse Zwangsläufigkeit. Sie setzte sich mit der Einbindung beider Staaten in die beiden Blöcke in den folgenden Jahren konsequent fort.

BEMERKENSWERTES

Die Gründung der DDR

Victor Klemperer, der als jüdischer Professor in Dresden die Nazizeit überlebt hatte, in seinem Tagebuch: »Die Präsidentenwahl, die Aufmärsche, die Reden. Mir ist nicht wohl dabei. Ich weiß, wie alles gestellt ist und zur Spontaneität und Einstimmigkeit vorbereitet ist. Ich weiß, dass es nazistisch genau so geklungen hat und zugegangen ist. Ich weiß, wie wenig Realität dahintersteckt. 20 Millionen sind noch kein Drittel des deutschen Volkes und von diesen 20 sind mindestens ein Dutzend antisowjetisch. Ich weiß, dass die demokratische Republik innerlich verlogen ist, die SED als ihr Träger will die sozialistische Republik. Sie traut nicht den Bürgerlichen und die Bürgerlichen misstrauen ihr.«

Victor Klemperer

Wichtige Politiker der Nachkriegszeit

Wie erklärt sich Adenauers Erfolg?
Dass Adenauer so dominant in der Geschichte der Bundesrepublik geworden ist, hat viele Gründe. Seine physische Kondition, die Hartnäckigkeit, mit der er die Grundlinien seiner Außenpolitik verfolgte, Raffinesse und taktisches Geschick gegenüber Freunden und Gegnern im politischen Geschäft, die Würde einer Vaterfigur, die ihm viel Vertrauen bei den Wählern einbrachte, die Schlichtheit und Klarheit seiner Reden – dies alles machte sein besonderes Profil aus. Dass Adenauer so erfolgreich war, hatte aber auch mit der Mentalität der deutschen Bevölkerung zu tun. Politik war für viele eine Sache, mit der sie nichts mehr tun haben wollten. Die Erfahrungen des Dritten Reiches und der Entnazifizierung spielten dabei eine wesentliche Rolle. Der Antikommunismus und die tief sitzende Furcht vor der Sowjetunion konnten in einem geteilten Land besonders nachdrückliche Wirkung entfalten, und in Wahlkämpfen wurde diese Angst kräftig geschürt.

Schon in der Entstehungsphase der beiden deutschen Staaten haben einige Politiker, die auch in den folgenden Jahren die innenpolitische Entwicklung bestimmten, eine zentrale Rolle gespielt. Das war aber keineswegs von Anfang an klar.

So musste der 1876 geborene **Konrad Adenauer,** in der Weimarer Republik viele Jahre Kölner Oberbürgermeister, um seine führende Rolle in der CDU kämpfen. Erst als Vorsitzender des Parlamentarischen Rats erreichte er eine größere Bekanntheit. 1949 nominierte ihn seine Partei als Kandidat für das Amt des Bundeskanzlers, in das er mit ganz knapper Mehrheit (seiner eigenen Stimme) gewählt wurde.

Sein großer Gegenspieler, **Kurt Schumacher,** stieg bereits 1946 zur unumstrittenen Führungsfigur der SPD auf. Er bestimmte wie kein anderer das Programm und die Politik der Partei bis zu seinem Tode 1952. Er war ein kompromissloser Gegner der Kommunisten und lehnte jede Zusammenarbeit mit der KPD oder der SED ab, weil er sie für undemokratisch und für bloße Handlanger Moskaus hielt. Schumacher, 1895 in Westpreußen geboren, hatte sich im Dritten Reich als mutiger Gegner der Nazis bekannt und musste dafür bitter mit langer KZ-Haft büßen. Er war ein glühender Patriot und Nationalist. Dieser Überzeugung entsprang sein bedingungsloser Einsatz für die Wiedervereinigung und die Ablehnung der Westintegration, wie sie Adenauer betrieb. Er war aber auch überzeugter Sozialist und hielt die Verbindung von Demokratie und Sozialismus für unerlässlich, wenn Deutschland wieder eine Chance haben sollte. Doch nicht er, sondern Adenauer wurde als Kanzler der **prägende Politiker** der Gründerjahre der Bundesrepublik.

Theodor Heuss, geboren 1884, war Publizist und liberaler Abgeordneter im letzten Reichstag gewesen. Als Vorsitzender der FDP und Mitglied des Parlamentarischen Rates wurde er als Kandidat für das Präsidentenamt von Union und FDP vorgeschlagen, von der bürgerlichen Mehrheit gewählt und war für zwei Amtsperioden Bundespräsident.

Walter Ulbricht, 1893 in Leipzig geboren, seit 1928 im Reichstag Abgeordneter der KPD, spielte während seiner Zeit im Exil in Moskau 1935 bis 1945 bereits eine wichtige Rolle in der Parteispitze. 1945 wurde er in der sowjetischen Zone schnell zur politisch führenden Figur. Ab 1950 hatte er die wichtige Position des Generalsekretärs der SED inne. Im Westen, aber auch in der eigenen Partei war er als »Apparatschik«, der immer nur nach Moskaus Pfeife tanze, unbeliebt. Er verstand es aber durchaus, seine eigenen Vorstellungen zu entwickeln. Er verfügte über große politische Erfahrung, enorme Personenkenntnis und besaß ein Gespür für die Kursschwenkungen der sowjetischen Politik. Er gehörte zu den überzeugten Kommunisten, die langfristig in ganz Deutschland einen Sozialismus sowjetischer Prägung aufbauen, aber vor allem eine eigenständige DDR schaffen wollten. Rücksichtslos und skrupellos ging er bei der Ausschaltung seiner politischen Gegner und der Durchsetzung seiner Ziele vor. Die Vorgeschichte und die erste Entwicklungsphase der DDR sind maßgeblich von Ulbricht geprägt worden.

Walter Ulbricht

Wilhelm Pieck, 1876 geboren, war 1918 Gründungsmitglied der KPD, in deren Führungsgremien er eine wichtige Rolle spielte. 1945 wurde er Vorsitzender der neu ins Leben gerufenen KPD in der Ostzone und 1946 neben Grotewohl Vorsitzender der neu gegründeten SED. Anders als Ulbricht brachte er es zu einer gewissen Popularität. Schon sein Äußeres strahlte Gutmütigkeit aus. 1949 wurde er zum Staatspräsidenten gewählt.

Wilhelm Pieck

Otto Grotewohl, 1894 in Braunschweig geboren, als Sozialdemokrat in der Nazizeit verfolgt und Mitglied einer Widerstandsgruppe, gehörte 1945 zu den Gründern der SPD in der Ostzone. Er war zunächst klarer Gegner einer organisatorischen Verschmelzung von KPD und SPD, wurde jedoch von hohen Vertretern der sowjetischen Militärregierung bedrängt, sich dem Einheitskurs anzuschließen. Offenbar sah er Anfang 1946 keinen anderen Ausweg mehr und wurde so zum prominentesten Vertreter der Einheit. Der symbolische Händedruck auf dem Vereinigungsparteitag ist zum propagandistischen Gründungssymbol der SED geworden. Grotewohl passte sich als erster Ministerpräsident der DDR vollständig der politischen Linie Ulbrichts an. Bis 1954 war er zusammen mit Wilhelm Pieck gleichberechtigter Vorsitzender der SED. Er hat alle Fehler und Verbrechen der SED-Diktatur mitgetragen und befürwortet. Sein tatsächlicher Einfluss in der SED-Spitze blieb jedoch stets relativ gering.

Otto Grotewohl

Die Bundesrepublik Deutschland 1949 bis 1990

Die Bundesrepublik Deutschland 1949 bis 1990

In der Rückschau betrachtet erscheinen die 40 Jahre, die zwischen der Gründung der Bundesrepublik 1949 und der deutschen Einheit liegen, als eine glückliche Zeit. Nach dem Naziregime und dem von Deutschland entfesselten Zweiten Weltkrieg, der unbeschreibliches Elend über die Welt gebracht hatte, verband sich mit der Bundesrepublik eine lange Phase des Friedens, die bis zum heutigen Tag anhält. Konnten sich viele Menschen bei Kriegsende angesichts der Zerstörungen, der verübten Verbrechen und der totalen Niederlage überhaupt nicht vorstellen, dass es für die Deutschen eine Zukunft geben könne, entwickelte sich die Bundesrepublik bereits zehn Jahre später zu einer Erfolgsgeschichte. Das »Wirtschaftswunder« der 50er-Jahre und die soziale Marktwirtschaft legten den Grundstein für einen Wohlstand, den es für den Großteil der Bevölkerung in dieser Form noch nie gegeben hatte. Nicht ohne Berechtigung verkörpert die Bundesrepublik für viele das bislang freiheitlichste und politisch stabilste Kapitel der deutschen Geschichte.

Von dieser Zukunft war 1949 allerdings noch nicht viel zu spüren. Die meisten Menschen standen der Staatsgründung im Westen mit gemischten Gefühlen gegenüber. Die Not und die Entbehrungen der Nachkriegsjahre existierten zunächst weiter, sie wurden erst allmählich überwunden. Die Bundesrepublik war anfangs als Provisorium gedacht, das nur so lange bestehen sollte, bis eine Wiedervereinigung der deutschen Landesteile möglich sei. Die Teilung als Folge des Zweiten Weltkrieges blieb über Jahrzehnte bestimmend in der deutschen Frage. Sowohl die Innen- als auch die Außenpolitik der Bundesrepublik bewegten sich im Spannungsfeld des deutsch-deutschen Verhältnisses, das sich von Nichtbeachtung und gegenseitiger Verdammung in der Hochphase des Kalten Krieges hin zur Entspannungspolitik Willy Brandts wandelte. »Normal« wurden die Beziehungen freilich nie, weil die politischen Werte, Weltsichten und Ziele, für die die Bundesrepublik und die DDR jeweils standen, unvereinbar waren.

Dass es den Westdeutschen gelang, trotz der schwierigen Ausgangsbedingungen eine gut funktionierende und dauerhafte Demokratie aufzubauen, hing nicht zuletzt damit zusammen, dass sie aus den großen Fehlern der Vergangenheit lernten. Die Bundesrepublik war ein Gegenentwurf zum »Dritten Reich«, eine Wiederholung des Geschehenen musste unter allen Umständen verhindert werden. Historische Erkenntnis und Einsicht in die aktuellen politischen Notwendigkeiten ergänzten sich. Das eindeutige Bekenntnis zu den Demokratien des Westens und die Westbindung unter Konrad Adenauer waren einerseits den politischen Umständen des Kalten Krieges geschuldet. Auf der anderen Seite folgten sie den Lehren aus der seit dem Kaiserreich verfehlten deutschen Politik, in der sich Übermaß und nationale Alleingänge, Höhenflüge und tiefe Abstürze abgewechselt hatten. Die Aussöhnung mit den europäischen Nachbarn ermöglichte es, dass die Deutschen in den Kreis der Völkergemeinschaft zurückkehren konnten. Die westlichen Verbündeten, allen voran die USA, hatten daran einen wesentlichen Anteil. Willy Brandts »neue Ostpolitik« der späten 60er- und 70er-Jahre bildete dann das zentrale Gegenstück in der bundesdeutschen Außenpolitik.

Trotzdem wurde die Mehrheit der Deutschen nicht über Nacht zu Demokraten. Es dauerte viele Jahre, bis sich das demokratische Bewusstsein in den Köpfen der Menschen durchsetzte. Über die eigene Verstrickung in den Nationalsozialismus und die persönliche Schuld wurde zunächst kaum gesprochen. Erst in den 1960er-Jahren wich diese Form der Verdrängung einer breiten kritischen Aufarbeitung in der Bundesrepublik. Gleichzeitig stellten sich andere wichtige Fragen. Die Studentenbewegung von 1968 strebte eine Veränderung und Öffnung der Gesellschaft an, was ihr in Teilen gelang. Den »68ern« folgten in den 70er-Jahren neue soziale Bewegungen, etwa die Umwelt- und die Frauenbewegung. Sie veränderten das Gesicht der Republik nachhaltig.

Kein neues Weimar – die Gründung der Bundesrepublik

Wer war Paul Löbe?

Der 1875 geborene Paul Löbe übte zwischen 1920 und 1932 das Amt des Reichstagspräsidenten aus und setzte sich vehement für den Erhalt der Demokratie ein. Von den Nationalsozialisten wurde er mehrfach inhaftiert. 1949 war Löbe der Alterspräsident (so nennt man das älteste Mitglied) im ersten Deutschen Bundestag. Wie nur wenige andere erwarb er sich große Verdienste um die Demokratie, die ihn in seinem ganzen Wirken vom Kaiserreich bis in die Bundesrepublik begleitete. Hochgeehrt starb Löbe 1967 in Bonn.

Was war die Weimarer Republik?

Die Weimarer Republik bestand zwischen 1918/19 und 1933. Sie war nach dem Tagungsort der verfassungsgebenden deutschen Nationalversammlung benannt.

Als am 7. September 1949 die letzten Töne aus Beethovens Schauspielmusik *Die Weihe des Hauses* verklungen waren und der Sozialdemokrat **Paul Löbe** im Sitzungssaal der Pädagogischen Akademie in Bonn das Wort ergriff, um den ersten Deutschen Bundestag zu eröffnen, waren sich die Anwesenden der Bedeutung dieses Augenblicks bewusst. Nach mehr als 16 Jahren nationalsozialistischer Diktatur, dem Zweiten Weltkrieg und alliierter Besatzungsherrschaft trat nun erstmals wieder ein frei gewähltes Parlament zusammen. Zwar wirkte die Ausstattung recht provisorisch: Der Plenarsaal war erst kurz zuvor fertiggestellt worden. In den Räumen hing noch der Geruch frischer Farbe. Statt gepolsterter Sitze mussten die Abgeordneten mit Klappstühlen vorliebnehmen. Außerdem konnte ein Teil der geladenen Gäste wegen Platzmangels die Veranstaltung nur von einer Holztribüne aus verfolgen, die man unter freiem Himmel errichtet hatte. Dennoch nahm unter diesen bescheidenen Verhältnissen eines der erfolgreichsten und glücklichsten Kapitel in der deutschen Geschichte seinen Anfang.

Für viele Menschen stellte der Bundestag zunächst lediglich eine Übergangslösung dar. Er sollte nur so lange bestehen, bis eine Wiedervereinigung des geteilten Landes möglich sei. Weil die Bürger der einen Monat später gegründeten DDR keine Möglichkeit hatten, ihren politischen Willen frei zu äußern, vertrat das Parlament den Anspruch, die einzige rechtmäßige gesamtdeutsche Volksvertretung zu sein.

Auf den Außenstehenden musste dieser erste Bundestag wie eine Zusammenkunft älterer Herren wirken. Der größte Teil der 410 Abgeordneten war im Kaiserreich aufgewachsen, sie alle hatten den Untergang der **Weimarer Republik** und die Machtübernahme Adolf Hitlers miterlebt. Man verfügte somit über einen großen Erfahrungsschatz. Trotz der unterschiedlichen politischen Überzeugungen bestand über die Parteigrenzen hinweg der feste Wille, diesen zweiten großen Versuch, in Deutschland die Demokratie zu verankern, nicht erneut scheitern zu lassen. Die Schwächen und Fehler der Weimarer Republik boten ein warnendes Beispiel.

Eine der wichtigsten Lehren, die man aus der Weimarer Republik zog, bestand darin, die Macht des Parlamentes erheblich zu stärken.

Das Grundgesetz gab dem Bundestag weitreichende Befugnisse. So war es fortan keinem Regierungschef mehr möglich, am Bundestag vorbeizuregieren, wie das vor 1933 mehrfach der Fall gewesen war. Obwohl der Bundeskanzler formal durch den Bundespräsidenten ernannt wurde, beruhte seine Handlungsfähigkeit nun ganz allein auf den parlamentarischen Mehrheiten. Den künftigen Regierungen wurde größere Stabilität gegeben, indem im Grundgesetz Hürden eingeplant waren, die es den Parteien unmöglich machten, den Sturz eines Kanzlers herbeizuführen, ohne dann selbst die Verantwortung dafür zu übernehmen **(konstruktives Misstrauensvotum).**

1953 wurde die sogenannte Fünfprozentklausel ins Wahlgesetz aufgenommen, wonach eine Partei mindestens fünf Prozent aller Zweitstimmen erhalten muss, um in den Bundestag einziehen zu dürfen. Dadurch sollte eine Zersplitterung des Parlaments in viele kleine **Fraktionen** verhindert werden. Der Staat wurde zu einer »wehrhaften Demokratie« ausgebaut. Verfassungsfeindliche Parteien konnten verboten werden, wenn man ihnen nachwies, dass sie die Freiheiten der Demokratie missbrauchten, um diese zu unterwandern und abschaffen zu wollen. Alle diese Maßnahmen trugen dazu bei, dass die Bundesrepublik ein hohes Maß an politischer Stabilität erreichen konnte, über das die erste Demokratie von 1919 nie verfügt hatte. »Bonn« war kein zweites »Weimar«.

Was ist ein konstruktives Misstrauensvotum?
Nach Artikel 67 des Grundgesetzes kann die Mehrheit der Bundestagsabgeordneten den Bundeskanzler stürzen, indem sie einen neuen Regierungschef durch Wahl bestimmt. Daraufhin muss der Bundespräsident den bisherigen Amtsinhaber entlassen und den neu Gewählten zu dessen Nachfolger ernennen.

Was ist eine Fraktion?
Unter einer Fraktion versteht man den Zusammenschluss von Abgeordneten in einem Parlament. In der Regel gehören die Mitglieder einer Fraktion der gleichen Partei an.

BEMERKENSWERTES

Bonn wird Hauptstadt

Seit dem Sommer 1948 drängte die Frage, welche Stadt der Regierungssitz für den künftigen westdeutschen Staat werden sollte. Dass sich schließlich das kleine Bonn gegen die Großstadt Frankfurt am Main durchsetzen konnte, die ebenfalls gute Chancen hatte, hing mit der Haltung Konrad Adenauers zusammen, der sich für Bonn aussprach. Am 10. Mai 1949 fiel im Parlamentarischen Rat die Entscheidung zugunsten des Städtchens am Rhein. Anfang November 1949 gab auch der Bundestag sein Einverständnis.

Der erste Kanzler – Konrad Adenauer

Weshalb wird Adenauer »der Alte von Rhöndorf« genannt?

Mitte der 1930er-Jahre zog Konrad Adenauer mit seiner Familie nach Rhöndorf, einen Stadtteil von Bad Honnef am Rhein. 1937 wurde für ihn am Westhang des Siebengebirges ein Wohnhaus fertiggestellt, in dem er bis zu seinem Tod lebte. Heute sind dort ein Museum, ein Archiv und eine Forschungseinrichtung untergebracht. Die Bezeichnung »der Alte von Rhöndorf« war schon zu Adenauers Lebzeiten allgemein verbreitet.

Was versteht man unter Kanzlerdemokratie?

Mit dem Begriff »Kanzlerdemokratie« wird die herausragende Position Adenauers in der Bundespolitik der 50er-Jahre beschrieben. Sie ging über die Machtbefugnisse hinaus, die im Grundgesetz eigentlich vorgesehen waren. Adenauer nahm maßgeblichen Einfluss auf seine Minister und bestimmte deren Geschäftsführung. »Gott ahnt es, der Kanzler weiß es, uns geht es nichts an«, so ein Mitglied seines Kabinetts über diese Art des Regierens. Der Bundeskanzler verkörperte geradezu die Politik der Regierung.

Seit 2003 sendet das Zweite Deutsche Fernsehen mit *Unsere Besten* eine TV-Reihe, die sich zum Quotenhit entwickelt hat. In der ersten Folge konnten die Zuschauer darüber abstimmen, wer ihrer Meinung nach zu den wichtigsten Deutschen aller Zeiten gehöre. Zur großen Überraschung wurde kein Popstar, Dichter oder Spitzensportler auf den ersten Platz gewählt, sondern Konrad Adenauer – und das mit großem Abstand. Ausgerechnet ein ehemaliger Bundeskanzler vor solchen Größen wie Martin Luther, Johann Sebastian Bach und Johann Wolfgang von Goethe? Natürlich war diese Umfrage nicht todernst zu nehmen. Allerdings gab sie doch einen Hinweis darauf, welches Ansehen der erste Bundeskanzler der Bundesrepublik Deutschland bei den Zuschauern offenbar immer noch hat. Wieso eigentlich?

Bereits vor seiner Wahl zum Bundeskanzler am 15. September 1949 konnte Konrad Adenauer auf eine lange politische Laufbahn zurückblicken, die im Kaiserreich begonnen hatte. Zwischen 1917 und 1933 lenkte Adenauer als Oberbürgermeister von Köln die Geschicke der Domstadt. In der Weimarer Republik war er sogar als Reichskanzler im Gespräch. Mit der Machtübernahme durch die Nazis in den Ruhestand gezwungen, stieg Adenauer nach 1945 in der neu gegründeten Christlich-Demokratischen Union Deutschlands (CDU) bald zur führenden Person auf. Das Amt des Bundeskanzlers übernahm er im Alter von 73 Jahren. Als 89-Jähriger wurde er 1965 noch einmal in den Bundestag gewählt. Allein dieser Lebensweg, mit dem sich vielfältige politische Erfahrungen verbanden, war außergewöhnlich.

Adenauer galt als ein Mann der Widersprüche. Auf der einen Seite verbindlich, pragmatisch und mit einer gehörigen Portion rheinischen Gemüts ausgestattet, zeigte er sich zugleich durchsetzungsstark – manche sagten skrupellos – und hart bei der Verfolgung seiner Ziele. Adenauers Weltbild war durch das Rheinland und den katholischen Glauben geprägt. Der demokratische und liberale Westen lag ihm geistig näher als der Osten, den er mit Kommunismus, Rückständigkeit und Unfreiheit gleichsetzte. Großmachtstreben, preußisches Obrigkeitsdenken und Militarismus waren **»dem Alten von Rhöndorf«** fremd. Sowohl die eigenen Erfahrungen als auch die Lehren aus der jüngsten deutschen Geschichte brachten ihn zu der

Erkenntnis, dass nur durch ein in den Westen eingebundenes, demokratisches und wirtschaftlich erfolgreiches Deutschland eine neue Katastrophe, wie sie der Zweite Weltkrieg über Europa gebracht hatte, verhindert werden könnte.

Was bedeutet Souveränität?
Staatliche Souveränität (aus franz. souveraineté *= »Hoheitsgewalt, Unabhängigkeit«) bedeutet, dass ein Land unabhängig von dem Willen anderer Staaten eigene Entscheidungen treffen kann.*

Mit dem ihm eigenen Führungsstil, für den sich der Begriff der **Kanzlerdemokratie** etablierte, stellte Adenauer in den 1950er-Jahren die wesentlichen politischen Weichen für die Bundesrepublik. Er verankerte das Land im Westen, führte es in die **Souveränität**, begleitete es auf dem Weg zum demokratischen Rechtsstaat und in den wirtschaftlichen Aufschwung. Seine Amtsführung und seine Persönlichkeit prägten die Republik nachhaltig.

Als er 1963 vom Amt des Bundeskanzlers zurücktrat, hatte er einer ganzen Epoche, der »Ära Adenauer«, seinen Stempel aufgedrückt. Nach seinem Tod 1967 würdigte Willy Brandt, der als politischer Gegner stets den heftigen und bisweilen unfairen Attacken Adenauers ausgesetzt gewesen war, ihn als »Architekten der Bundesrepublik Deutschland, als Staatsmann von europäischem Rang und Persönlichkeit von geschichtlicher Größe«.

Konrad Adenauer

BEMERKENSWERTES

Stopfei und Sojawurst: Konrad Adenauer als Erfinder

In seiner Freizeit betätigte sich Adenauer als kreativer Tüftler und Bastler. Mehrere Erfindungen sind von ihm überliefert, so zum Beispiel eine Sojawurst, die er während des Ersten Weltkrieges 1916 zum Patent anmeldete. Von praktischem Nutzen war seine beleuchtete Stopfkugel, ein eiförmiges Gebilde, das der Hausfrau das Sockenstopfen erleichtern sollte. Allerdings hat sich diese Erfindung ebenso wenig durchgesetzt wie der elektrische Toaster, bei dem man durch eine Sichtscheibe prüfen konnte, ob das Brot richtig geröstet war.

Die Entscheidung für den Westen

Gehört Deutschland zum Westen? Diese Frage, auf die wir heute ohne größeres Zögern mit »Ja« antworten, stellte sich bereits 1949 bei der Gründung der Bundesrepublik. Allerdings fiel die Antwort damals keineswegs so eindeutig aus. In den Parteien und in der Bevölkerung herrschte große Unklarheit darüber, wie die zukünftige Rolle des westdeutschen Staates in der Außenpolitik aussehen sollte. Zudem gab es anfänglich kaum eigene Handlungsspielräume. Durch das **Besatzungsstatut** blieben wichtige Entscheidungen den drei Westalliierten vorbehalten. Dass die Bundesrepublik innerhalb weniger Jahre eine weitreichende Souveränität erlangen konnte, hing vor allem mit Konrad Adenauers Politik der Westintegration zusammen. Unter seiner Regie wurde der neue Staat fest im Bündnis des Westens verankert.

Adenauer erkannte früh die politischen Realitäten der Zeit. Das Land war geteilt, mit einer baldigen Wiedervereinigung konnte aus seiner Sicht kaum gerechnet werden. Die Verbrechen Hitlers hatten das Ansehen Deutschlands in der Welt ruiniert. In dieser schwierigen Situation galt es, die junge Republik aus der Isolation zu führen und sie als einen verlässlichen und unentbehrlichen Partner an Westeuropa zu binden. Ziel war es, für das Land die Souveränität zu erreichen.

Doch erblickte Adenauer in dem Konzept der Westintegration mehr als nur ein taktisches Mittel. Er war überzeugt, dass es für Deutschland keine Alternative zu einer konsequenten und glaubhaften Westintegration gab. »Es besteht für uns kein Zweifel, dass wir nach unserer Herkunft und nach unserer Gesinnung zur westeuropäischen Welt gehören«, erklärte er am 20. September 1949 vor dem Deutschen Bundestag. Das waren nicht nur schöne Worte, sondern sie spiegelten die ehrliche Überzeugung des Kanzlers wider. Die drei Westmächte unterstützten diesen Kurs. Vor allem die USA hatten ein großes Interesse daran, die europäische Aussöhnung voranzubringen und Deutschland einzubinden, um damit auf dem Kontinent ein stabiles Gegengewicht zur Sowjetunion zu schaffen.

In mehreren Schritten gelang es, Deutschland wieder auf die politische Bühne zurückzuführen und es in der Staatenwelt des Westens zu verankern. Das »Petersberger Abkommen« vom November 1949 erweiterte die Handlungsmöglichkeiten der Bundesregierung. Der Vertrag über die Europäische Gemeinschaft für Kohle und Stahl, den Frankreich, Italien, die Beneluxstaaten und die Bundesrepublik am

Was versteht man unter dem Besatzungsstatut?
Das Besatzungsstatut, das am 21. September 1949 in Kraft trat, regelte die Kompetenzen der Bundesregierung. Zwar räumte das Statut den Deutschen in vielen Bereichen Handlungsfreiheiten ein, allerdings behielten sich die Alliierten in entscheidenden Fragen, etwa in der Außenpolitik oder bei der Abrüstung, das letzte Wort vor. Alle vom Deutschen Bundestag verabschiedeten Gesetze bedurften der Gegenzeichnung durch die Westmächte. Die Umsetzung des Statuts lag in den Händen der Alliierten Hohen Kommission.

Was waren die »Römischen Verträge«?
In Rom wurden am 25. März 1957 zwei Abkommen unterzeichnet. Der Vertrag über die Europäische Wirtschaftsgemeinschaft verfolgte das Ziel, in mehreren Schritten die Volkswirtschaften der Unterzeichnerstaaten zu einem einheitlichen Wirtschaftsgebiet zusammenzuführen. Dazu sollten Binnenzölle und Handelsschranken fallen. Der Vertrag über die Europäische Atomgemeinschaft schrieb die Zusam-

18. April 1951 unterzeichneten, schuf die Grundlagen für einen gemeinsamen westeuropäischen Markt: Die »Montanunion« (von lat. *mons = »Berg, Gebirge«) wurde geboren. Sie war der Vorläufer der Europäischen Union und beruhte auf der Idee, dass nur durch gegenseitiges Vertrauen, Zusammenarbeit und wirtschaftlichen Erfolg Kriege künftig vermieden werden könnten.*

Mit den **»Römischen Verträgen«** von 1957 stieg die Bundesrepublik zum gleichberechtigten Partner in der neu gegründeten Europäischen Wirtschaftsgemeinschaft auf. Ein wichtiges Ziel Adenauers war aber schon zwei Jahre zuvor erreicht worden: Am 5. Mai 1955 war in Umsetzung der **»Pariser Verträge«** das Besatzungsstatut ausgelaufen. Dadurch erhielt die Bundesrepublik den wesentlichen Teil ihrer Souveränität. Nur zehn Jahre nach der totalen Niederlage war die Bonner Republik zum voll akzeptierten Mitglied in der westlichen Staatengemeinschaft aufgestiegen.

Adenauer betritt den Teppich, der den Vertretern der Besatzungsmächte vorbehalten war.

menarbeit für eine friedliche Nutzung der Kernenergie fest. Die »Römischen Verträge« gelten als Meilenstein im Prozess der europäischen Einigung.

Worum ging es in den »Pariser Verträgen«?

Die »Pariser Verträge« vom 23. Oktober 1954 umfassten mehrere Abkommen und Verlautbarungen, mit denen der Bundesrepublik die Souveränität in außen- und innenpolitischen Fragen übertragen wurde. Damit endete in Westdeutschland die Besatzungszeit. Das Land trat der NATO (Abk. für North Atlantic Treaty Organization *– Nordatlantikvertrags-Organisation) bei. Allerdings reservierten sich die USA, Großbritannien und Frankreich wichtige Entscheidungsrechte für den Fall einer deutschen Wiedervereinigung.*

BEMERKENSWERTES

Der Schritt auf den Teppich

Am Morgen des 21. September 1949 begab sich Konrad Adenauer mit einigen Mitgliedern seines Kabinetts, das am Vortag vereidigt worden war, zum Hotel Petersberg. Dort stattete man den Vertretern der Westmächte den offiziellen Antrittsbesuch ab. Um den Rangunterschied zwischen Siegern und Besiegten zu wahren, war bestimmt worden, dass die Hohen Kommissare auf einem großen Teppich stehen sollten. Den Deutschen wurde hingegen der nackte Fußboden zugewiesen. Adenauer ärgerte diese Degradierung durch das Protokoll. In einem passenden Moment machte er einen großen Schritt nach vorn – und stand nun ebenfalls auf dem Teppich. Der Anspruch des Kanzlers, mit den Alliierten »auf Augenhöhe« zu verhandeln, wie er in dieser Geste zum Ausdruck kam, wurde von den Anwesenden wohl verstanden.

Wiederbewaffnung – NATO-Beitritt und Aufbau der Bundeswehr

Was ist die NATO?
Die North Atlantic Treaty Organization ist eine Organisation, die die Umsetzung des Nordatlantikpaktes gewährleistet. Dieser Vertrag wurde am 4. April 1949 geschlossen. Zur Zeit seiner Entstehung war das Bündnis zur Verteidigung der westlichen Demokratien gedacht und richtete sich hauptsächlich gegen einen sowjetischen Angriff. Heute gehören der NATO 28 Mitgliedsstaaten in Europa und Nordamerika an.

Worum ging es im Koreakrieg?
Ähnlich wie Deutschland war Korea nach 1945 geteilt. Im Juni 1950 fielen die Truppen des kommunistischen Nordens in Südkorea ein, das eine prowestliche Regierung hatte und von den Amerikanern gestützt wurde. In die verlustreichen Kämpfe, die bis zum Waffenstillstand 1953 andauerten, waren sowohl die USA als auch China verwickelt. Der Koreakrieg verstärkte im Westen die Furcht vor einem kommunistischen Angriff auf Europa.

In der Fahrzeughalle der Ermekeil-Kaserne in Bonn herrschte am 12. November 1955 dichtes Gedränge. Im gleißenden Scheinwerferlicht der Fernsehkameras und unter den Augen der Weltpresse nahmen an diesem Tag 101 Offiziere ihre Ernennungsurkunden entgegen. Verteidigungsminister Theodor Blank überreichte sie persönlich. Bewusst hatte man die Feier auf diesen 12. November gelegt, der zugleich der 200. Geburtstag des preußischen Militärreformers Gerhard von Scharnhorst war. Damit wurde auf die historische Bedeutung des Tages verwiesen, denn zehn Jahre nach dem Ende des Zweiten Weltkrieges traten nun die ersten Soldaten der Bundeswehr ihren Dienst an. Es war die Geburtsstunde einer neuen Armee in Westdeutschland.

Die ersten Überlegungen für den Wiederaufbau von deutschen Streitkräften wurden im Umfeld der **NATO**-Gründung angestellt. Bereits 1949 erwogen amerikanische Generäle, die Bundesrepublik in die Verteidigung Westeuropas gegen die Sowjetunion mit einzubeziehen. Da der Zweite Weltkrieg jedoch erst wenige Jahre zurücklag und die Erinnerungen an die von den Deutschen begangenen Verbrechen allgegenwärtig waren, fand die Idee zunächst wenig Unterstützung.

Das änderte sich mit dem Ausbruch des **Koreakrieges** 1950 grundlegend. In Washington und London setzte sich nun die Einsicht durch, dass ein deutscher Wehrbeitrag unverzichtbar sei. Bundeskanzler Adenauer unterstützte diese Meinung. Er war ein Befürworter der Wiederbewaffnung, die sein Konzept der Westbindung ergänzte. Er verknüpfte die Frage des Militärbeitrags mit der Forderung nach Gleichberechtigung und staatlicher Souveränität für die Bundesrepublik.

In den folgenden Jahren zeichneten sich zwei Wege ab, die zur Wiederbewaffnung führen sollten. Zunächst wurde das Konzept einer Europaarmee vorangetrieben. In der »Europäischen Verteidigungsgemeinschaft« (EVG) sollten die deutschen Truppenteile einer übernationalen Kontrolle unterstehen. Es ging darum, den Verbündeten wie Frankreich, Belgien oder Italien die Furcht vor einer Aufrüstung des einstigen Feindes zu nehmen. Jedoch scheiterte das EVG-Projekt 1954 am Widerstand des französischen Parlaments.

Dem zweiten Anlauf war mehr Erfolg beschieden. Er sah eine Armee unter deutschem Kommando vor, die in die NATO eingliedert werden sollte. Seit dem Fehlschlag der EVG wurde diese Möglichkeit weiterverfolgt. Mit der Umsetzung der Pariser Verträge trat die Bundesrepublik schließlich am 9. Mai 1955 der NATO bei. Der Wehrbeitrag war aber an Auflagen gebunden. Die Truppenstärke wurde auf 500.000 Mann begrenzt. Außerdem erfolgten Rüstungsbeschränkungen sowie ein Verbot von atomaren, biologischen und chemischen Waffen.

Die Wiederbewaffnung war in den frühen 1950er-Jahren heftig umstritten. Zeitweilig sprachen sich die Bundesbürger sogar mehrheitlich gegen den Aufbau einer Armee aus. Die Argumente der Kritiker reichten von moralischen Überzeugungen und der Angst vor einer neuen Militarisierung der Gesellschaft bis hin zu dem Einwand, dass die Wiederbewaffnung die Teilung Deutschlands vertiefen würde. Zahlreiche Prominente unterstützten die **»Ohne-mich«-Bewegung,** die als die erste große Friedensinitiative in die Geschichte der Republik einging. Jedoch konnte sie die Wiederbewaffnung nicht verhindern.

Was war die »Ohne-mich«-Bewegung?

Unter diesem Sammelbegriff werden die verschiedenen Initiativen, Gruppen und Vereinigungen zusammengefasst, die Anfang der 50er-Jahre gegen die Wiederbewaffnung protestierten. Die Personenkreise, die sich in dieser Bewegung engagierten, waren ebenso unterschiedlich wie die Gründe, die dahinter standen. Einig war sich die »Ohne-mich«-Bewegung lediglich in dem »Nein« zum Aufbau einer neuen Armee.

Demonstranten der »Ohne-mich«-Bewegung 1954 in München

BEMERKENSWERTES

Die Bundeswehr: eine »Parlamentsarmee«

Entgegen der Befürchtungen vieler Zeitgenossen wurde beim Aufbau der Bundeswehr sehr darauf geachtet, die Armee nicht erneut zu einem »Staat im Staate« werden zu lassen. Stattdessen wurde sie in der Demokratie fest verankert. Das neue Leitbild der Soldaten sieht den »Staatsbürger in Uniform« vor, der selbst im Kriegsfall an das im Grundgesetz festgeschriebene Recht gebunden ist. Seitdem kann sich kein Soldat mehr darauf berufen, »nur« Befehle von oben ausgeführt zu haben. Erstmals ist das Militär der umfassenden Kontrolle durch das Parlament unterworfen. Anfangs standen aber viele Offiziere, die zuvor in der Wehrmacht gedient hatten, diesem Konzept ablehnend gegenüber.

Das geteilte Deutschland und die Frage der Wiedervereinigung

Wer war Jakob Kaiser?
Jakob Kaiser zählt zu den führenden CDU-Politikern der Nachkriegszeit. Bereits im Kaiserreich und in der Weimarer Republik hatte er sich als Gewerkschafter engagiert. Nach 1945 gehörte er zu den Mitbegründern der CDU in der sowjetischen Besatzungszone und stieg zu einem ihrer Vorsitzenden auf. Im Dezember 1947 wurde Kaiser von den Sowjets seines Postens enthoben und floh daraufhin nach Westberlin. Zwischen 1949 und 1957 bekleidete er in Bonn das Amt des Ministers für gesamtdeutsche Fragen.

Sosehr sich die von Konrad Adenauer vertretene Politik der Westintegration im Nachhinein als der richtige Weg erwiesen hat, war sie über viele Jahre hinweg dennoch heftig umstritten.

Die Einbindung der Bundesrepublik in die westliche Staatengemeinschaft, die Wiedererlangung der innen- und außenpolitischen Handlungsräume und die europäische Aussöhnung waren zweifellos große Erfolge. Doch zugleich rückte mit diesen Entscheidungen in den Augen vieler Menschen eine Vereinigung Deutschlands in immer weitere Ferne. Aber musste die Einheit nicht Vorrang in der Politik haben? So verwundert es kaum, dass sich Widerspruch gegen den Kurs des Kanzlers formierte.

Die Suche nach Alternativen in der Deutschlandpolitik war an keine bestimmte politische Richtung gebunden. Man fand sie über die Parteigrenzen hinweg bei Konservativen, Sozialdemokraten und Liberalen ebenso wie bei den Kommunisten und der extremen Rechten. Dennoch unterschieden sich die Ideen, wie man die Einheit erreichen könnte, erheblich. Eine der wichtigsten Stimmen in dieser Frage war der Christdemokrat **Jakob Kaiser,** der seit dem Ende des Zweiten Weltkrieges 1945 beharrlich für einen deutschen Mittelweg zwischen den beiden Machtblöcken eintrat. Seiner Überzeugung nach sollte ein vereinigtes Deutschland eine »Brücke [. . .] sein zwischen Ost und West«. Die Einheit, so ermahnte er im Januar 1953 im Bundesvorstand der CDU, müsse das »Hauptanliegen unseres Volkes« bleiben.

Auch in der SPD war das Thema Wiedervereinigung sehr umstritten. Eine einheitliche deutschlandpolitische Linie der Partei war nur schwer auszumachen. Das galt erst recht nach dem Tod des Parteivorsitzenden Kurt Schumacher im August 1952. Während etwa der prominente Regierende Bürgermeister von Berlin Ernst Reuter aufgrund seiner Erfahrungen, die er mit der sowjetischen Seite während der Blockade gemacht hatte, den Kurs der Westbindung mittrug, weil er der Meinung war, dass nur ein starker Weststaat die Voraussetzung für die Einheit sein könne, gab es viele Stimmen, die der Wiedervereinigung den Vorzug gaben – auch zum Preis der Neutralität. Es wurde von »Bündnisfreiheit« oder »Blockfreiheit« gesprochen, was aber dasselbe meinte.

Aufgrund der ablehnenden Haltung Adenauers zur **Stalinnote** vom 10. März 1952 erreichte die Kritik an der Deutschlandpolitik des Kanzlers einen Höhepunkt. Ihm wurde vorgeworfen, eine Chance zur deutschen Einheit leichtfertig vergeben zu haben. Der Sozialdemokrat Fritz Erler klagte sogar an, dass hier »um der Sicherheit des Westens einschließlich der Bundesrepublik willen [. . .] die deutsche Einheit geopfert« werde.

Die gewichtigen Argumente des Kanzlers, dass eine Neutralisierung Deutschlands die Machtverhältnisse zugunsten der Sowjetunion verschöbe und das Ende der europäischen Integration bedeutete, wurden von den »Neutralisten« zurückgewiesen. Stattdessen kam es in der Folge zur Gründung der Gesamtdeutschen Volkspartei (1952) und des »Kuratoriums Unteilbares Deutschland« (1954). Beide sahen sich dem Einheitsgedanken verpflichtet. Ihr Einfluss auf die Politik blieb aber sehr begrenzt. Je länger die Teilung fortbestand und sich die Menschen mit ihr arrangierten, desto mehr verloren auch die gesamtdeutschen Initiativen an Bedeutung.

Was beinhaltete die Stalinnote vom März 1952?

In dieser diplomatischen Note unterbreitete die Moskauer Führung den Vorschlag zum Abschluss des 1945 nicht geschlossenen Friedensvertrags mit Deutschland, der von einer Vereinigung der beiden deutschen Staaten sowie der Wiederherstellung der vollständigen Souveränität begleitet werden sollte. Ferner war der Wiederaufbau einer nationalen Armee vorgesehen. Stalin knüpfte dieses Angebot an die Bedingungen einer politischen Neutralität sowie an die Anerkennung der Oder-Neiße-Grenze. Über zentrale Punkte, ob und wie man etwa freie Wahlen garantieren könnte, gaben aber weder die erste Denkschrift noch der folgende Notenwechsel hinreichende Auskunft.

BEMERKENSWERTES

Die Stalinnote: Störmanöver oder vertane Chance?

Bis in die Gegenwart streiten sich die Historiker darüber, ob Stalins Angebot einer Wiedervereinigung Deutschlands wirklich ernst gemeint war oder ob es sich dabei lediglich um den Versuch gehandelt hat, einerseits die Verantwortung für die deutsche Teilung den Westmächten und Adenauer zuzuschieben und andererseits das westliche Bündnis zu stören. Die meisten Forscher tendieren heute zu der Meinung, dass die Note lediglich ein diplomatischer Bluff des sowjetischen Diktators gewesen sei. Manche Fragen sind aber immer noch nicht beantwortet.

Das »Wirtschaftswunder« – Ludwig Erhard und die »Soziale Marktwirtschaft«

Was bedeutet Inflation?
Von einer Inflation (lat. inflare = »aufblähen, anschwellen«) spricht man, wenn Geld rasch an Wert verliert. Dabei verfällt dessen Kaufkraft. Folglich ist man gezwungen, für ein Produkt immer mehr zu bezahlen. Zu Inflationen kommt es in Krisenzeiten. Besonders schlimm war die galoppierende Inflation in Deutschland in den Anfangsjahren der Weimarer Republik; in der schlimmsten Phase verlor das Geld stündlich an Wert.

Woher kommt der Begriff »Soziale Marktwirtschaft«?
Der Begriff tauchte erstmals 1947 in einem Aufsatz von Professor Alfred Müller-Armack (1901–1978) auf, der an der Universität Münster einen Lehrstuhl für Nationalökonomie und Kultursoziologie innehatte. Müller-Armack war ein enger Mitarbeiter Ludwig Erhards.

Ludwig Erhard

Ein rundlicher, weißhaariger Mann mit zufriedenem Lächeln, vollem Gesicht und einer dicken Zigarre – dieses Bild von Ludwig Erhard, dem langjährigen Wirtschaftsminister unter Konrad Adenauer, hat sich in das Gedächtnis der Deutschen eingeprägt. Er gilt als der Vater des »Wirtschaftswunders« der 50er- und 60er-Jahre. Sein legendäres Schlagwort vom »Wohlstand für alle« wurde zur Losung des wirtschaftlichen Aufschwungs der jungen Bundesrepublik. Bis heute ist die Erinnerung an diese »goldene Zeit« lebendig. Mit wirtschaftlichem Erfolg, wachsendem Wohlstand und Vollbeschäftigung setzte sie sich scharf von den mageren Nachkriegsjahren ab. Doch fiel das »Wirtschaftswunder« nicht über Nacht vom Himmel. Es hatte viele Ursachen.

Als Erhard im September 1949 zum Bundeswirtschaftsminister berufen wurde, waren einige wichtige Voraussetzungen für den wirtschaftlichen Aufschwung bereits gegeben. Die Währungsreform von 1948 hatte die durch den Zweiten Weltkrieg verursachte **Inflation** beseitigt und führte dazu, dass die festgeschriebenen Preise für Lebensmittel und andere Güter verschwanden. Trotz der großen Zerstörungen waren viele Industriebetriebe nach Kriegsende intakt. Die klassischen deutschen Industriezweige wie der Maschinen- und Fahrzeugbau sowie die Chemie- und Elektroindustrie konnten sich in den Westzonen rasch erholen. Hinzu kam, dass in Westdeutschland ein großes Heer an fachlich gut ausgebildeten jungen Menschen zur Verfügung stand. Viele von ihnen waren aus den Ostgebieten oder der DDR geflüchtet und bemühten sich nun darum, eine neue Existenz aufzubauen.

Die von Ludwig Erhard verfolgte wirtschaftliche Neuordnung Deutschlands beruhte auf dem Konzept der **»sozialen Marktwirtschaft«.** Es sollte ein freier Markt mit umfassenden Freiheiten in den Bereichen des Wettbewerbs, des Handels, der Produktion und des Konsums (lat. *consumere* = »verbrauchen«) geschaffen werden. Gleichwohl seien Eingriffe des Staates dort notwendig, wo es um den sozialen Schutz der Menschen ging. Die Erfahrungen aus dem 19. Jahrhundert, als es solche staatliche Auflagen kaum gegeben und die Industrialisierung zu Ausbeutung und Massenverelendung geführt hatte, dürften sich nicht wiederholen. Erhard vertraute darauf, dass der wirtschaftliche Erfolg zugleich das Vertrauen in die Demokratie stärken werde. Eine freiheitliche Gesellschaft und die »soziale Marktwirtschaft« gehörten für ihn zusammen.

Diese wirtschaftspolitischen Vorstellungen waren zunächst jedoch heftig umstritten, denn die Erfolge stellten sich nicht sofort ein. Trotz der neuen Währung führte die Freigabe der Preise zu Teuerungen. Die Arbeitslosigkeit erreichte im Februar 1950 zwölf Prozent. Viele Stimmen forderten daher erneute Eingriffe des Staates in das Wirtschaftsleben, von denen Erhard es ja befreien wollte. Mit dem Ausbruch des Koreakrieges im Juni 1950 stiegen die Weltmarktpreise für Rohstoffe, auf deren Einfuhr die deutsche Wirtschaft angewiesen war.

Die Idee der »sozialen Marktwirtschaft« schien zum Scheitern verurteilt. Doch dann setzte Ende 1950 ein Wandel ein. Der **»Koreaboom«** ließ die Nachfrage nach deutschen Produkten im Ausland rasch ansteigen. Mit der Einbindung der Bundesrepublik in den Westen wurden wichtige Absatzmärkte erschlossen. Dies war umso wichtiger, da der wirtschaftliche Aufschwung zunächst größtenteils auf dem Export (lat. *exportare* = »ausführen«) beruhte und dann auf die Binnenwirtschaft (Inlandswirtschaft) abstrahlte. Die Jahre 1950/51 bis 1966/67 wurden so zu einer Phase stetigen wirtschaftlichen Wachstums.

Was war die Ursache für den »Koreaboom«?

Dem Beginn des Koreakrieges folgte ein weltweiter Anstieg der Rüstungsproduktion. Die USA und die anderen NATO-Staaten vervielfachten ihre Verteidigungsausgaben, was dazu führte, dass die Rüstungsindustrie in diesen Ländern wieder in den Vordergrund trat. Die Nachfrage nach nicht militärischen Erzeugnissen konnte aus der eigenen Produktion kaum mehr gedeckt werden, wodurch für deutsche Waren (Maschinen, Stahlerzeugnisse, Fahrzeuge) ein großer Absatzmarkt entstand.

BEMERKENSWERTES

Ludwig Erhard – erfolgreicher Wirtschaftsminister, glückloser Bundeskanzler

Am 16. Oktober 1963 wurde Ludwig Erhard zum Nachfolger des zurückgetretenen Bundeskanzlers Konrad Adenauer gewählt – sehr zum Widerwillen Adenauers, der Erhard das Amt nicht zutraute. Tatsächlich stand dessen Kanzlerschaft unter keinem guten Stern. Ihm fehlten der notwendige Machtinstinkt und auch die Durchsetzungsfähigkeit innerhalb der Regierung und seiner eigenen Partei. Erhard wirkte überfordert, seine Popularität nahm seit 1964 beständig ab. So sehr er sich als Wirtschaftsminister große Verdienste erworben hatte, fehlte ihm als Regierungschef das notwendige Glück. Bereits im Oktober 1966 wurde er gestürzt.

Der neue Wohlstand

Was versteht man unter der dynamischen Rente?
Mit der Einführung der dynamischen Rente wurde die Höhe der Rentenzahlungen an die Entwicklung der Löhne und Gehälter gekoppelt.

Der wirtschaftliche Aufschwung hatte für die Menschen in der Bundesrepublik beträchtliche Auswirkungen. Seit 1950 nahm die Zahl der Arbeitslosen beständig ab, 1961 lag sie erstmals unter einem Prozent. Es herrschte Vollbeschäftigung. Als der Wirtschaft allmählich die dringend benötigten Arbeitskräfte ausgingen, begann sie mit der Werbung von »Gastarbeitern« aus Italien, Spanien, Griechenland und der Türkei, später aus Portugal und Jugoslawien. Bereits im Herbst 1964 wurde der millionste ausländische Arbeitnehmer begrüßt. Die »Gastarbeiter« leisteten einen wichtigen Beitrag dazu, das starke Wirtschaftswachstum aufrechtzuerhalten. Die Steuereinnahmen aus dem langjährigen wirtschaftlichen Aufschwung füllten die Staatskasse.

Ein großer Teil der Gelder wurde dazu verwendet, die sozialen Leistungen auszubauen. Davon profitierten jene Gesellschaftsgruppen, die bislang nicht oder nur kaum am »Wirtschaftswunder« teilhatten. So hatten etwa die Rentner lange Zeit nur ein geringes Auskommen. Erst mit der Einführung der **dynamischen Rente** 1957 verbesserten sich ihre Verhältnisse. Neu war auch der Generationenvertrag: Hatte das seit Bismarcks Zeiten bestehende Rentensystem auf dem Prinzip beruht, dass die Menschen die Versicherungsbeiträge selbst ansparten, woraus dann später ihre Rente bestritten wurde, kamen von nun an die aktiven Arbeitnehmer über das Umlageverfahren unmittelbar für die Renten der Alten auf. Ein solches System konnte allerdings nur so lange funktionieren, wie es bedeutend mehr junge Einzahler als Rentenempfänger gab. Das war in den 50er- und 60er-Jahren noch der Fall.

Mit dem »Wirtschaftswunder« zog der Wohlstand in die deutschen Hausstände ein. Bis 1970 stiegen die Einkommen von Arbeitern, Angestellten und Selbstständigen um ein Vielfaches. Waren, die früher für die meisten Bürger unbezahlbar gewesen waren, wurden nun erschwinglich. 1965 waren fast alle Haushalte mit elektrischen Geräten wie Kühlschränken und Waschmaschinen ausgestattet, die die Hausarbeit erheblich vereinfachten. Das Auto, in den 20er- und 30er-Jahren vornehmlich den Wohlhabenden vorbehalten, entwickelte sich ab Ende der 1950er Jahre zum Massenverkehrsmittel. Kleinwagen wie der legendäre VW-Käfer oder das **»Goggomobil«** wurden die Symbole für den finanziellen Aufstieg des kleinen Mannes.

Sogar das Eigenheim wurde bezahlbar. Gefördert durch staatliche Bauprogramme und günstige Kredite entstanden an den Rändern der Städte neue Wohnsiedlungen mit Ein- und Mehrfamilienhäusern, die auch Arbeiterfamilien und mittleren Angestellten den Traum von den eigenen vier Wänden erfüllten.

Der wachsende Reichtum veränderte auch das Freizeit- und Urlaubsverhalten der Deutschen. Zwar verbrachten die meisten von ihnen die schönsten Wochen des Jahres bis Ende der 1960er-Jahre im eigenen Land. Gleichwohl richtete sich der Blick zunehmend über die Nordseeküste, den Harz und den Schwarzwald hinaus. Mit dem einsetzenden Massentourismus stieg die italienische Riviera zum allseits beliebten Urlaubsziel auf. 1956 machten sich bereits mehr als vier Millionen Deutsche auf den Weg über die Alpen nach Süden. Häufig glich der Urlaub mit Zelt und Kleinwagen noch einem zweiwöchigen Abenteuer. Zurück in der Heimat erhielten die Fotografien und Reiseandenken einen Ehrenplatz in den Wohnzimmern. Sie belegten der staunenden Verwandtschaft, dass »man es sich nun leisten« konnte.

Was war das »Goggomobil«?
Hinter diesem ungewöhnlichen Namen verbarg sich eines der erfolgreichsten Fahrzeuge aus der Zeit des Wirtschaftswunders. Der »Goggo« war ein Kleinstauto, das zwischen 1955 und 1969 im bayerischen Dingolfing gebaut wurde. Aufgrund seiner geringen Größe und der sparsamen Ausstattung richtete er sich an Menschen mit kleinerem Geldbeutel.

Goggomobil

BEMERKENSWERTES

Der VW-Käfer – ein deutscher Exportschlager

Die Planungen für den »Volkswagen«, der später nur »Käfer« genannt wurde, begannen in den frühen 1930er-Jahren. Das NS-Regime unterstützte die Idee, einen Wagen zu bauen, der für breite Bevölkerungsschichten erschwinglich sein sollte. Der Ausbruch des Zweiten Weltkrieges verzögerte jedoch die Serienproduktion, die erst 1948 anlief. Der Käfer verkaufte sich nicht nur in Deutschland, sondern stellte sich als Exportschlager heraus. Insgesamt wurden über 21 Millionen Fahrzeuge gebaut, womit der Käfer lange Zeit das meistverkaufte Auto der Welt war. 2003 stellte der VW-Konzern die Produktion endgültig ein. Sein Nachfolgemodell ist der New Beetle.

Kleinbürgerlicher Mief und Rock 'n' Roll – Leben in den Fünfzigern

Was versteht man unter Amerikanisierung?
Der Begriff meint die Übertragung der amerikanischen Werte, Ideen und des Lebensstils auf die Gesellschaften und Kulturen anderer Länder. Wenngleich es bereits in der Weimarer Republik amerikanische Einflüsse auf die deutsche Gesellschaft gab, kam die Amerikanisierung in Deutschland erst nach dem Zweiten Weltkrieg zum Tragen, als die USA als Besatzungsmacht im Land standen.

Obwohl sich mit dem wachsenden Wohlstand des »Wirtschaftswunders« das Leben der Menschen äußerlich veränderte, vollzog sich der Wandel bei den inneren Überzeugungen nur sehr langsam. In den meisten Familien bestanden die alten Rollenbilder und Erziehungsideale aus dem 19. Jahrhundert fort. Fleiß, Gottesfurcht und Gehorsam galten als die zentralen Werte einer Gesellschaft, die sich nach außen bieder und kleinbürgerlich gab.

»Lehre deine Kinder«, hieß es in einem Erziehungsratgeber aus dem Jahr 1951, »zu schweigen, wenn ältere Leute sprechen, bescheiden, aber deutlich zu antworten, wenn sie gefragt werden, und sich nicht unaufgefordert in die Unterhaltung Erwachsener zu mischen.« Körperliche Züchtigung wurde als ein normaler Bestandteil der Erziehung verstanden, in den Schulen war der Rohrstock noch üblich. Weil große Teile der mittleren Jahrgänge, also der Menschen um die dreißig und vierzig, durch den Nationalsozialismus belastet oder im Zweiten Weltkrieg umgekommen waren, übte die Generation der Großväter einen starken Einfluss auf das politische, wirtschaftliche und gesellschaftliche Leben aus. Diese waren im Kaiserreich aufgewachsen. Zwischen ihren Wertvorstellungen und denen der Enkelkinder lag ein halbes Jahrhundert. Viele junge Leute sahen sich von den Älteren bevormundet und in ihren Problemen unverstanden. Für sie fühlte sich das Leben in den »Fuffzigern« oft genug miefig und eingeengt an.

Wer war James Dean?
*Obwohl der jugendliche, gut aussehende und ungebändigte US-Schauspieler James Dean (1931–1955) in nur drei Filmen die Hauptrolle spielte (*Jenseits von Eden *1955,* Denn sie wissen nicht, was sie tun *1955,* Giganten *1956), gilt er als einer der größten Filmstars aller Zeiten. Dean starb mit nur 24 Jahren bei einem Autounfall. Sein früher Tod machte ihn zur Legende.*

So verwundert es nicht, dass sich Widerstand gegen die »Herrschaft der Alten« regte. Die Jugendlichen suchten nach Möglichkeiten, dem »Spießertum« und der nach außen zur Schau getragenen heilen Welt der Eltern zu entkommen. Mitte der 50er-Jahre erwuchs daraus eine Jugendbewegung, die stark unter dem Einfluss der **Amerikanisierung** stand. Die Lebensweise in den USA wurde zum Vorbild der jungen Generation. Rockmusik und Kino gewannen einen wichtigen Stellenwert im Alltag der Jugendlichen. Mit den frechen und mitreißenden Songs von Bill Haley, Little Richard, Jerry Lee Lewis und Elvis Presley erlebte der Rock 'n' Roll seinen großen Durchbruch. Die Musikbox ermöglichte es, für wenig Geld die neuesten Stücke auf Schallplatte zu hören.

Neben den Rockmusikern stiegen die Stars des amerikanischen Kinos zu umjubelten Idolen der Jugendlichen auf. Das galt besonders für **James Dean,** der in seinen Filmen den ungezähmten Außenseiter verkörperte und gegen die Welt der Erwachsenen rebellierte. Das Lebensgefühl der Zeit drückte sich auch in der Mode aus. Elvistolle, karierte Hemden, Lederjacke, Jeans und Petticoat waren der sichtbare Ausdruck dieser neuen Jugendkultur.

Die Erwachsenen standen solchen Entwicklungen mit großem Unverständnis und Ablehnung gegenüber. Man sah die Moral und die guten Sitten in Gefahr. Nicht wenige hielten Rock 'n' Roll für ein Werk des Teufels. Solche Vorbehalte wurden durch die **»Halbstarken«** genährt. Das waren zumeist männliche Jugendliche aus den unteren Gesellschaftsschichten, die, mit ihrer Situation aus vielen Gründen unzufrieden, sich in Banden zusammenfanden, durch die Straßen zogen und für Ärger sorgten. In einigen deutschen Großstädten kam es Ende der 50er-Jahre sogar zu Krawallen und Massenschlägereien, die von ihnen angezettelt wurden. Allerdings erwiesen sich die Berichte in der Presse über die »Halbstarken« häufig als maßlos übertrieben. Insgesamt zählte wohl nur ein sehr geringer Teil der 17- bis 18-Jährigen zu dieser Strömung. Den allermeisten Jugendlichen ging es lediglich darum, etwas mehr Freiheit und Abwechslung in ihr oftmals eintöniges Leben zu bringen.

Filmplakat 1956

Wieso spricht man von »Halbstarken«?

Der Begriff tauchte bereits um 1900 im nord- und mitteldeutschen Raum auf. Wenn von »Halbstarken« die Rede war, dann spiegelte sich darin immer die Sicht der Erwachsenen. Die Bezeichnung war zunächst abschätzig gemeint, obgleich sich später manche Jugendliche selbst so bezeichneten. Durch den deutschen Spielfilm Die Halbstarken *von Georg Tressler aus dem Jahr 1956 fand der Begriff allgemeine Verbreitung.*

BEMERKENSWERTES

***Rock Around the Clock:* vom Ladenhüter zum Welthit**

Kein anderer Song wird so sehr mit der Rock-'n'-Roll-Ära in Verbindung gebracht wie Bill Haleys *Rock Around the Clock.* Dabei ist weitgehend unbekannt, dass das Stück bereits 1952 entstand und zunächst von einer anderen Gruppe eingespielt wurde. Bill Haley nahm das Lied mit seiner Band erst im April 1954 auf. Es erschien als B-Seite einer Schallplatte und hatte anfangs nur mäßigen Erfolg. Erst durch den Film *Blackboard Jungle (dt. Die Saat der Gewalt)* von 1955, welchem der Song als Titelmusik diente, wurde er bekannt und entwickelte sich zum Welthit.

Die Beziehungen zur Sowjetunion und zum Ostblock

Was war der »Eiserne Vorhang«?
Diese Metapher bezeichnete die westliche Grenze des sowjetischen Machtbereichs in Europa. Berühmt wurde der Ausdruck durch den ehemaligen britischen Premierminister Winston S. Churchill, der in seiner Rede im amerikanischen Fulton am 5. März 1946 davon sprach, dass »von Stettin an der Ostsee bis Triest am Mittelmeer ein eiserner Vorhang über den Kontinent heruntergefallen« sei.

Woher kommt der Begriff »Tauwetter«?
»Tauwetter« geht auf den gleichnamigen Roman des sowjetischen Schriftstellers Ilja Ehrenburg von 1954 zurück. Damit ist die Phase nach Stalins Ableben gemeint, als in den Staaten des Ostblocks kurzzeitig größere Freiheiten einzogen, die Zensur gelockert wurde und innenpolitische Reformen einsetzten.

Mit der Westbindung und dem Prozess der europäischen Integration wurde der bundesdeutschen Außenpolitik eine Richtung gegeben, die sich bereits in den 1950er-Jahren als überaus erfolgreich herausstellte. Doch während sich die Beziehungen zu den Partnern im Westen ständig fortentwickelten, lagen die Kontakte Bonns zu den Staaten jenseits des **»Eisernen Vorhangs«** brach. Offizielle Verbindungen zu Moskau, Warschau oder Prag wurden nicht unterhalten. Wenn es überhaupt zu Berührungen zwischen der westdeutschen Regierung und den Staatsführungen des sogenannten Ostblocks kam, dann erfolgten sie über diplomatische Noten, die in der Presse veröffentlicht wurden, oder sie wurden über die jeweiligen Botschafter in einem dritten Land, etwa in Frankreich, ausgetauscht. Solange Stalin noch lebte, ließen der Kalte Krieg und die Teilung Deutschlands direkte Beziehungen nicht zu.

Nach dem Tod des sowjetischen Diktators 1953 machten sich indes Veränderungen in dem bis dahin angespannten Ost-West-Verhältnis bemerkbar. Die kurze Phase des politischen **»Tauwetters«,** das unter Stalins Nachfolgern einsetzte, nährte die Hoffnung auf eine Annäherung. Vieles deutete darauf hin, dass die neue Kremlführung zu Gesprächen über die Lage in Europa bereit sei. Im Juni 1955 bot die UdSSR der Bundesregierung an, Verhandlungen aufzunehmen. Sie sollten die Beziehungen zwischen beiden Staaten normalisieren. Verbunden war dies mit einer Einladung an Adenauer zum Arbeitsbesuch in Moskau.

Der Kanzler setzte keine allzu hohen Erwartungen in die Reise. Im Kabinett erklärte er, dass er hinsichtlich einer Wiedervereinigung »ohne Illusionen« nach Moskau fahren werde. In den Mittelpunkt des Besuchs rückte vielmehr das Problem der deutschen Kriegsgefangenen und politischen Häftlinge. Zehn Jahre nach Kriegsende saßen sie immer noch in sowjetischen Straflagern. Deren Freilassung wurde für Adenauer zu einem wichtigen Ziel der Reise.

Die Verhandlungen in Moskau, die zwischen dem 9. und 13. September 1955 stattfanden, gestalteten sich überaus schwierig. Sie standen mehrmals vor dem Abbruch. Der sowjetische Ministerpräsident Nikolai A. Bulganin unterbreitete Adenauer das Angebot, alle deutschen Gefangenen freizugeben. Dafür müsse die Bundesregierung im Gegenzug bereit sein, diplomatische Beziehungen mit der

UdSSR aufzunehmen. Eine schriftliche Zusage dafür gab es aber nicht. Konnte man Bulganin trauen? Trotz vieler Bedenken willigte Adenauer letztlich ein. In den folgenden Monaten konnten so 9.626 Kriegsgefangene und etwa 20.000 Zivilisten, die von der Roten Armee verschleppt worden waren, in die Heimat zurückkehren. Die Rückführung der Kriegsgefangenen gilt als einer der größten Triumphe Adenauers.

Daraus ergaben sich aber neue Probleme. Wie sollte nun, nachdem man mit jener Macht Beziehungen aufgenommen hatte, die für die Entstehung der DDR verantwortlich war, noch der **Alleinvertretungsanspruch** aufrechterhalten werden? Die Lösung fand sich in der **»Hallsteindoktrin«**. Sie besagte, dass die Bundesrepublik in jedem Versuch anderer Staaten, mit der DDR offizielle Verbindungen aufzunehmen, einen »unfreundlichen Akt« sehen werde. Als Konsequenzen drohten wirtschaftliche und diplomatische Sanktionen. So wurden 1957 die Beziehungen zu Jugoslawien und 1963 zu Kuba abgebrochen. Bis auf die Sowjetunion fielen alle Staaten Osteuropas unter diese Richtlinie.

Zwar hatte die Hallsteindoktrin den Erfolg, dass sie die völkerrechtliche Anerkennung der DDR vor allem durch Staaten in der Dritten Welt, die auf die westdeutsche Entwicklungs- und Wirtschaftshilfe angewiesen waren, verhinderte. Zugleich schränkte sie aber die Handlungsmöglichkeiten der Bundesrepublik mit Blick auf die osteuropäischen Staaten stark ein. Das machte ab Mitte der 1960er-Jahre ein Umdenken in der deutschen Außenpolitik dringend erforderlich.

BEMERKENSWERTES

Eine Botschaft auf Schienen

Als 1955 in Bonn die Vorbereitungen für den Besuch in der UdSSR getroffen wurden, stand die deutsche Seite vor dem großen Problem, dass sie in Moskau über keine Auslandsvertretung verfügte, die dem Kanzler als Residenz dienen konnte. Die deutsche Botschaft war 1941 geschlossen worden. Weil man aber gerade für die internen Beratungen und die Dienstgeschäfte einen abhörsicheren Ort benötigte, wurde vorab ein Sonderzug mit 13 Waggons nach Moskau geschickt. Er diente als Ausweichquartier für die Delegation. So fielen die wichtigen Entscheidungen in den Salonwagen, die auf einem Nebengleis des Moskauer Hauptbahnhofs abgestellt waren.

Was war der Alleinvertretungsanspruch?
Dem Alleinvertretungsanspruch zufolge war allein die Bundesrepublik dazu berechtigt, die Interessen Deutschlands außenpolitisch zu vertreten. Dieser Anspruch bezog die DDR mit ein, deren Eigenständigkeit von Bonn nicht anerkannt wurde. Als Begründung diente das Argument, dass das SED-Regime nicht aus freien und demokratischen Wahlen hervorging. Demnach konnte es nicht den Willen des deutschen Volkes vertreten.

Wieso spricht man von der »Hallsteindoktrin«?
Bei der »Hallsteindoktrin« handelt es sich um kein einzelnes amtliches Schriftstück. Vielmehr ergab sich ihr Sinn aus unterschiedlichen Verlautbarungen der Bundesregierung. Benannt ist sie nach dem Staatssekretär im Auswärtigen Amt, Walter Hallstein. Der Begriff tauchte 1958 das erste Mal auf.

Die Versöhnung mit Frankreich

Wer war Charles de Gaulle?
Kaum ein anderer Politiker hat die Geschichte Frankreichs im 20. Jahrhundert so mitgeprägt wie Charles de Gaulle (1890–1970). Zum Nationalhelden wurde der General während des Zweiten Weltkrieges, als er von London aus zum Widerstand gegen die deutsche Besetzung aufrief und eine Gegenregierung leitete. Bei Kriegsende wurde er kurzzeitig Chef der provisorischen Regierung. 1958 übernahm er das Amt des Ministerpräsidenten zur Bewältigung der politischen Krise. Als Staatspräsident der V. Republik amtierte de Gaulle von 1959 bis 1969.

Was war die Saarfrage?
Seit 1945 stand das Saarland, damals ein wichtiges Kohle- und Stahlrevier, unter französischer Hoheit. Dies führte immer wieder zu Spannungen zwischen Paris und Bonn. Bei einer Volksabstimmung 1955 sprachen sich die Saarländer mehrheitlich für die Rückkehr nach Deutschland aus. Dem Luxemburger Saarlandvertrag von 1956 gemäß wurde das Land in mehreren Schritten bis 1959 in die Bundesrepublik eingegliedert.

Die Choräle klangen himmlisch durch die weiten gotischen Hallen der Kathedrale von Reims. Hier, wo einst die Könige von Frankreich gekrönt worden waren, begingen am 8. Juli 1962 die beiden Staatsmänner Konrad Adenauer und **Charles de Gaulle** gemeinsam einen katholischen Gottesdienst. Zwar hatte das mit großem Pomp und Zeremoniell ausgeführte Hochamt seine kleinen Schönheitsfehler. »Wenn der eine stand, kniete der andere«, spöttelte ein Journalist über den Verlauf der Messe. Doch wichtiger war die Symbolik, die von diesem Tag ausging: ein deutscher Bundeskanzler und ein französischer Staatspräsident vereint im Gebet. Zudem hatten beide einige Stunden vorher eine deutsch-französische Militärparade abgenommen. Das alles wäre wenige Jahre zuvor undenkbar gewesen. Die von Adenauer und General de Gaulle eingeleitete Versöhnung zwischen ihren Ländern, die in diesen Gesten zum Ausdruck kam, erwies sich als eine Leistung von historischer Bedeutung.

Über Jahrhunderte hinweg war das Verhältnis zwischen Deutschen und Franzosen von einer »Erbfeindschaft« bestimmt. Allein seit 1870 hatten sie drei Kriege gegeneinander geführt, die millionenfachen Tod und furchtbares Elend über beide Völker gebracht hatten. Nach dem Zweiten Weltkrieg wirkte diese Erblast fort. In Paris galt die dauerhafte Schwächung des alten Feindes als Leitsatz der Deutschlandpolitik. Dem politischen und wirtschaftlichen Aufstieg der Bundesrepublik begegnete man mit Misstrauen. Trotz verschiedener Annäherungen im Rahmen der Montanunion und der Europäischen Verteidigungsgemeinschaft blieben die Beziehungen schwierig. Vor allem die bis 1956 ungelöste **Saarfrage** verhinderte eine Verbesserung des deutsch-französischen Klimas.

Erst Ende der 1950er-Jahre setzte ein Wandel ein. Er war eng mit den Persönlichkeiten Charles de Gaulles und Konrad Adenauers verbunden. Trotz ihrer sehr unterschiedlichen Lebenswege und politischen Überzeugungen teilten sie doch die aus der Geschichte abgeleitete Einsicht, dass die Feindschaft zwischen Deutschen und Franzosen ein Ende finden müsse. Der Friede auf dem Kontinent könne nur Bestand haben, wenn es gelänge, die alten Rivalitäten zu überwinden.

Während eines Besuchs Adenauers auf de Gaulles Landsitz in Colombey-les-deux-Eglises im September 1958, bei dem sie sich über ihre Weltsichten ausführlich unterhielten, entwickelte sich zwischen den alten Herren eine aufrichtige und herzliche Freundschaft. Es gab aber noch andere Motive, die für eine deutsch-französische Annäherung sprachen. Adenauer, der eine Entfremdung im deutsch-amerikanischen Verhältnis befürchtete, war daran interessiert, Frankreich als starken Partner an seiner Seite zu wissen. De Gaulle hingegen beabsichtigte eine Neuordnung der politischen Gewichte und eine Zurückdrängung des Einflusses der USA in Europa. Den Kanzler und den General verband also eine Mischung aus historischen Einsichten und gemeinsamen europäischen Überzeugungen. Außerdem bewogen unterschiedliche machtpolitische Erwägungen sie dazu, das deutsch-französische Verhältnis auf eine neue Grundlage zu stellen.

Die Staatsbesuche des Jahres 1962, die auf ein großes öffentliches Interesse in Deutschland und Frankreich stießen, trugen dazu wesentlich bei. Zunächst reiste Adenauer im Juli nach Frankreich. Im September folgte dann der Gegenbesuch de Gaulles in Deutschland. Er wurde für den Präsidenten zu einem triumphalen Erfolg. Die deutsch-französische Freundschaft erlebte ihre ersten Höhepunkte. Ein weiterer Meilenstein der Versöhnung war der **»Elysée-Vertrag«** vom 22. Januar 1963. Er gab der neuen Sonderbeziehung zwischen beiden Ländern eine feste vertragliche Grundlage.

Was regelte der »Elysée-Vertrag«?
Dieser Freundschaftsvertrag verpflichtete Frankreich und Deutschland zu einer engen Zusammenarbeit in der Außen-, Verteidigungs-, Bildungs- und Jugendpolitik. Dazu gehörten zum Beispiel regelmäßige Gespräche und inhaltliche Abstimmungen auf Regierungsebene. Als Kern des Vertrages galt der Aufbau eines deutsch-französischen Jugendwerkes. Der Elysée-Vertrag bildete den Ausgangspunkt für den Jugendaustausch, gemeinsame Bildungsprogramme sowie die zahlreichen Schul- und Städtepartnerschaften.

Konrad Adenauer und Charles de Gaulle beim Staatsbesuch Adenauers in Frankreich 1962

BEMERKENSWERTES

Die Macht der Bilder

Wie wichtig die Bildsprache für die Politik ist, belegt gerade die Entwicklung der deutsch-französischen Versöhnung. De Gaulle und Adenauer waren Meister darin, Bilder und symbolische Handlungen so in Szene zu setzen, dass in ihnen politische Botschaften vermittelt wurden. Das galt etwa für den Bruderkuss nach der Unterzeichnung des Elysée-Vertrags 1963. Auch ihre Nachfolger François Mitterand und Helmut Kohl setzten ein Symbol, als sie im September 1984 auf dem Soldatenfriedhof in Verdun vor einem aufgebahrten Sarg Hand in Hand der Toten der Weltkriege gedachten. Beide Bilder sind in Erinnerung geblieben.

Was tun mit »den Nazis«? Die Debatten um die nationalsozialistische Vergangenheit

Kann man die Deutschen tatsächlich als Opfer Hitlers sehen?
Obwohl es viele Menschen gegeben hatte, die aus politischen, rassischen oder weltanschaulichen Gründen von den Nazis verfolgt worden waren, so hatte eine große Mehrheit der Deutschen über viele Jahre hinweg die Politik Hitlers aktiv unterstützt oder sie zumindest widerspruchslos hingenommen. Unschuldige, verführte Opfer waren die wenigsten von ihnen. Dass nach 1945 dann so viele genau diesen Anspruch für sich erhoben, hatte häufig mit der Anpassung an die neuen Verhältnisse zu tun oder damit, dass man sich das eigene Fehlverhalten im »Dritten Reich« nicht eingestehen wollte und Ausflüchte suchte.

Worum ging es im Ulmer Einsatzgruppen-Prozess?
In diesem ersten großen Prozess vor einem deutschen Schwurgericht wurden zehn ehemalige Polizisten sowie Angehörige der Geheimen Staatspolizei und des Sicherheitsdienstes beschuldigt, 1941 an Massenerschießungen im deutsch-litauischen

Die Ergebnisse waren erschütternd: Als im Oktober 1951 das Meinungsforschungsinstitut Allensbach eine Umfrage durchführte und wissen wollte, wann es den Deutschen im 20. Jahrhundert am besten gegangen wäre, antworteten 40 Prozent der Befragten, dass dies zwischen 1933 und 1938 im »Dritten Reich« der Fall gewesen sei. Zwar schnitten in der Erinnerung die Jahre im Kaiserreich noch besser ab, allerdings war das nur ein schwacher Trost. Bei einer anderen Umfrage wenige Jahre zuvor hatte sogar mehr als die Hälfte der interviewten Personen die Meinung vertreten, dass der Nationalsozialismus eigentlich eine gute Idee gewesen wäre, die schlecht ausgeführt worden sei. Hatten die Deutschen aus der jüngsten Vergangenheit nichts gelernt?

Nach dem Zweiten Weltkrieg legte sich bei vielen Menschen ein Mantel des Schweigens über die Jahre 1933 bis 1945. Das eigene Leben stand im Vordergrund, man war viel zu sehr mit den aktuellen Sorgen und Nöten beschäftigt, um sich ernsthaft Gedanken über die persönliche Verstrickung in den Nationalsozialismus zu machen. Vielmehr sah man sich in der **Opferrolle**. Hitler, so lautete die verbreitete Meinung in den 1950er-Jahren, habe das deutsche Volk verführt und es für seine düsteren Absichten missbraucht.

Hinzu kam, dass für den Wiederaufbau des Landes auf Personen zurückgegriffen wurde, die zuvor dem NS-Regime gedient hatten. Ärzte, Rechtsanwälte, Beamte, Industrielle – es gab kaum eine Berufsgruppe, die nicht vorbelastet war. Viele hatten daher ein großes Interesse daran, die eigene Vergangenheit auf sich beruhen zu lassen. Soweit überhaupt eine Auseinandersetzung mit dem »Dritten Reich« stattfand, zielte sie darauf, einen »Schlussstrich« unter die Geschichte zu ziehen.

Daher wurde die Bundesrepublik immer wieder mit Skandalen konfrontiert, wenn Journalisten, Historiker oder einstige Opfer der NS-Diktatur Details über die »braune« Vergangenheit einflussreicher Persönlichkeiten zutage förderten. So wurden gegen Bundespräsident Heinrich Lübke (1959–1969) und Bundeskanzler Kurt Georg Kiesinger (1966–1969) mehrfach Anschuldigungen erhoben, die sich aber nur teilweise erhärteten. Der baden-württembergische

Ministerpräsident Hans Filbinger musste 1978 von seinem Amt zurücktreten, weil schwere Vorwürfe über seine Tätigkeit als Marinerichter am Ende des Zweiten Weltkrieges bekannt geworden waren. Für die DDR-Führung boten solche Fälle stets Anlass, um die Bonner Republik als einen angeblich von faschistischen Kriegsverbrechern durchsetzten Staat zu verunglimpfen.

Dass es seit den 1960er-Jahren allmählich zu einer kritischen Auseinandersetzung mit dem Nationalsozialismus kam, hing vor allem mit der juristischen Aufarbeitung zusammen. Zahlreiche Prozesse gegen die einstigen Täter beförderten die Beschäftigung mit der Geschichte. Der **Ulmer Einsatzgruppen-Prozess** 1958 weckte erstmals ein breiteres Interesse an den von den Nazis begangenen Massenverbrechen. Die Verurteilung **Adolf Eichmanns** vor einem Gericht in Israel 1961 und der Auschwitz-Prozess von 1963 bis 1965, der in Frankfurt am Main gegen ehemalige Angehörige des Lagerpersonals in dem Vernichtungslager stattfand, führten der deutschen Öffentlichkeit das ganze Ausmaß der nationalsozialistischen Untaten vor Augen. Diese Verfahren waren nur die Spitze des Eisbergs. Insgesamt leiteten die deutschen Strafbehörden 30.000 bis 40.000 Ermittlungsverfahren ein.

Die meisten Verbrechen blieben zwar ungesühnt, aber von einer Verdrängung der NS-Zeit konnte seitdem nicht mehr die Rede sein. Kaum ein Land hat sich, nach der langen Phase des Totschweigens, so intensiv mit der Aufarbeitung seiner eigenen Vergangenheit beschäftigt wie Deutschland. Kein anderes Thema der deutschen Geschichte ist so umfassend erforscht worden wie der Nationalsozialismus, nirgendwo sonst spielt die Erinnerung an das »Dritte Reich« bis heute eine so wichtige Rolle.

Grenzgebiet beteiligt gewesen zu sein. Ende August 1958 wurden alle Angeklagten des Mordes und der Beihilfe zum Mord in bis zu 3.907 Fällen für schuldig befunden und zu mehrjährigen Haftstrafen verurteilt.

Wer war Adolf Eichmann?

Zwischen 1939 und 1945 leitete Adolf Eichmann (1906–1962) das sogenannte »Judenreferat« des Reichssicherheitshauptamtes in Berlin. Er war einer der Haupttäter, die für die Organisation des Massenmordes an den Juden die Verantwortung trugen. Nach dem Ende des Zweiten Weltkrieges flüchtete Eichmann nach Argentinien, wo er 1960 vom israelischen Geheimdienst entdeckt und dann nach Israel entführt wurde. In einem aufsehenerregenden Prozess verurteilte ihn ein Gericht zum Tode.

BEMERKENSWERTES

Eine Ohrfeige für den Kanzler!

Auf dem Parteitag der CDU in Westberlin kam es am 7. November 1968 zum Eklat, als die Journalistin Beate Klarsfeld Bundeskanzler Kurt Georg Kiesinger in aller Öffentlichkeit ohrfeigte und ihn als Nazi beschimpfte. Mit dieser Aktion wollte Klarsfeld auf die angebliche schwere Belastung des früheren NSDAP-Mitgliedes Kiesinger aufmerksam machen. Ein Gericht verurteilte sie dafür zu einem Jahr Gefängnis, was später in eine viermonatige Bewährungsstrafe abgemildert wurde.

Die zweite Berlinkrise und der Mauerbau 1961

Was war der Warschauer Pakt?
Der Warschauer Pakt war ein Beistandsabkommen der Ostblockstaaten unter der Führung der Sowjetunion. Er bildete das Gegenstück zur westlichen NATO.

Was war so problematisch an der Berlinsituation?
Westberlin, das unter dem Schutz der USA, Großbritanniens und Frankreichs stand, lag wie ein Dorn innerhalb der DDR und damit im sowjetischen Machtgebiet. Obwohl die innerdeutschen Grenzen zwischen Bundesrepublik und DDR abgesichert waren, blieb der Übergang zwischen den beiden Stadthälften ein Schlupfloch für Zehntausende DDR-Flüchtlinge in die Freiheit.

Es war ein Horrorszenario, das die Stabsoffiziere der US-Army 1961 entwarfen: Für den Fall, dass die Sowjetunion wegen des Konflikts um Berlin den Dritten Weltkrieg vom Zaune bräche, rechneten die Strategen mit verheerenden Folgen. Mehr als 3.200 Atomwaffen standen den USA zur Verfügung, um zur Vergeltung die industriellen Ballungsgebiete und Großstädte des Ostblocks auszuradieren. Innerhalb weniger Tage würde mehr als die Hälfte der Bevölkerung der UdSSR umkommen. Insgesamt müssten die Länder des **Warschauer Paktes** und China mit 360 bis 540 Millionen Toten und Zerstörungen unvorstellbaren Ausmaßes rechnen. Doch auch der Westen hätte schwere Verluste zu erwarten. Weite Teile Europas würden sich in eine radioaktiv verseuchte Steppe verwandeln.

Das, was die Offiziere in ihren streng geheimen Papieren beschrieben, lief auf nichts weniger als das Ende der Welt hinaus. Aus heutiger Sicht erscheint es kaum begreiflich, dass der Streit um eine Stadt einen Atomkrieg hätte auslösen können. Anfang der 60er-Jahre jedoch, auf dem Höhepunkt der zweiten Berlinkrise, lag er im Bereich des Möglichen.

Seitdem Stalin 1948/49 vergeblich versucht hatte, die Westmächte aus Berlin zu drängen (erste Berlinkrise), erwies sich die politische Lage der Stadt aus der Sicht des Kremls als **unbefriedigend.** Im November 1958 stellte der sowjetische Staats- und Parteichef Nikita Chruschtschow deshalb den **Viermächtestatus** Berlins infrage. Er drohte damit, die Rechte der UdSSR und die Kontrolle über den Transitverkehr durch DDR-Gebiet nach Westberlin an die DDR abzutreten, falls die Westmächte nicht bereit seien, innerhalb eines halben Jahres Verhandlungen über die Neuordnung der Berlinfrage aufzunehmen. Als »Freie Stadt« sollte Berlin, so Chruschtschow, in eine »selbstständige politische Einheit« umgewandelt werden. Doch es ging um mehr. An anderer Stelle sprach er davon, dass Berlin »zu einer vereinigten Stadt im Bestand des Staates« werden müsse, auf dessen Gebiet sie sich befinde.

Für die Westmächte war ein solches Ultimatum nicht hinnehmbar. Ohne den westlichen Schutz und die Verbindung zur Bundesrepublik würde die Stadt über kurz oder lang vollständig an die DDR fallen. Eine Übertragung der sowjetischen Befugnisse auf die DDR-Regierung hätte dazu geführt, dass sämtliche alliierte Vereinbarungen über den Zugang zur Stadt einseitig aufkündbar geworden wären.

Die Westmächte zeigten sich deshalb fest entschlossen, den Status Berlins um jeden Preis zu verteidigen. In den folgenden Jahren kam es zu mehreren Konferenzen und Gipfeltreffen, die allerdings ergebnislos endeten. Obwohl sich der Ton verschärfte, war beiden Seiten insgeheim bewusst, dass ein Krieg auch die eigene Vernichtung zur Folge hätte. Ein westliches Nachgeben stand aber nicht zur Debatte. Im Juli 1961 bekräftigte der amerikanische Präsident John F. Kennedy mit den *»Three Essentials«* die Grundzüge seiner Politik: Neben dem Recht auf Anwesenheit in der Stadt und des freien Zugangs beinhaltete sie auch das Recht auf politische Selbstbestimmung für die Westberliner. Als in der Nacht auf den 13. August 1961 der Bau der Berliner Mauer durch die Sowjets begann, die Westberlin für Jahrzehnte von der DDR abriegelte, war das für die Bevölkerung ein schwerer Schlag. Über Nacht wurden Familien und Freundschaften auseinandergerissen, menschliche Tragödien spielten sich ab.

Die Westmächte konnten den Mauerbau nicht verhindern. Letztlich trug er insgesamt zur Entspannung der Situation bei. Er ließ erkennen, dass die UdSSR die bestehenden Verhältnisse nun doch akzeptierte. Zwar kam es in der Folge immer wieder zu Zwischenfällen – etwa am **Checkpoint Charlie,** als sich Ende Oktober 1961 sowjetische und amerikanische Panzer mit ausgerichteten Geschützen drohend gegenüberstanden. Ein Krieg um Berlin blieb der Welt jedoch erspart.

Wieso spricht man vom Viermächtestatus Berlin?

1945 hatten sich die vier Siegermächte darauf geeinigt, Berlin unter gemeinsame Kontrolle zu stellen. Obwohl die alliierte Stadtverwaltung bereits 1948 auseinanderbrach und sich beide Stadthälften unterschiedlich entwickelten, bestanden mehrere auf Gesamtberlin bezogene Rechte der vier Siegermächte fort. Dazu zählten etwa der freie Zugang zu allen Sektoren, die Bewegungsfreiheit innerhalb der Stadtgrenzen sowie die Regelung des Luftverkehrs.

Was war der Checkpoint Charlie?

Der Checkpoint Charlie war der berühmteste Kontrollpunkt und Grenzübergang in Berlin. Er lag in der Friedrichstraße und verband den sowjetischen mit dem amerikanischen Sektor. Die Amerikaner hatten die Übergänge nach dem Funkalphabet durchnummeriert. »Charlie« war also der dritte Kontrollpunkt.

BEMERKENSWERTES

»Ich bin ein Berliner« – der Kennedybesuch 1963

Während seines Deutschlandbesuchs im Juni 1963 reiste Präsident John F. Kennedy auch nach Westberlin. Am 26. Juni wurde er von Hunderttausenden begeistert empfangen. Auf dem Balkon des Schöneberger Rathauses hielt er seine berühmte Rede, in der er auf Deutsch die legendären Worte sprach: »Ich bin ein Berliner.« Damit wollte er die Unterstützung der USA für den Freiheitswillen der Westberliner zum Ausdruck bringen. Weil Kennedy die deutsche Sprache nicht beherrschte, hatte er sich diesen Satz vorab in einer Lautschrift auf seinem Manuskriptzettel notiert.

Das geteilte Berlin und der Beginn der Entspannungspolitik

Welche Beeinträchtigungen bestanden vor 1961?

Seit Mai 1952 waren die meisten Straßenverbindungen zwischen Westberlin und dem Umland abgeriegelt. Außerdem kappte die DDR sämtliche Telefonleitungen nach Westberlin, sodass direkte Telefongespräche zwischen West- und Ostberlin und der DDR nicht mehr möglich waren. Wollten Westberliner in die DDR reisen, mussten sie das vorab schriftlich beantragen.

Was war die Berliner Mauer?

Die über 160 Kilometer lange Berliner Mauer umschloss ganz Westberlin und machte es so zu einer hermetisch abgeriegelten Insel in der DDR. Der Bau begann in der Nacht auf den 13. August 1961. Mit dem Bau der Mauer war eine Fluchtmöglichkeit aus der DDR dahin – ungefähr 200 Menschen gelang noch die Flucht während der Baumaßnahmen.

Aus dem Mauerbau im August 1961 ergaben sich einschneidende Veränderungen. Für fast 30 Jahre bestimmte die Teilung fortan das Leben der Berliner. Zwar war es schon in den 50er-Jahren zu erheblichen **Beeinträchtigungen** gekommen. Doch die **Mauer** goss die Teilung jetzt buchstäblich in Beton. Über Nacht fehlten der Westberliner Wirtschaft 50.- bis 60.000 Arbeitskräfte, die bislang aus dem Ostsektor gependelt waren. Familien wurden auseinandergerissen. Die neue Grenze teilte innerhalb kürzester Zeit ganze Straßenzüge und Nachbarschaften.

Den Westberlinern wurde ihre Insellage umso bewusster, als sie nun auch vom Umland abgeschnitten wurden. Die Reise in die Bundesrepublik war nur über den Luftweg und die Transitstrecken mit Auto, Bus oder Bahn möglich. An den Kontrollpunkten war man den Schikanen von DDR-Grenzkontrolleuren ausgesetzt, die mit herrischem Tonfall manchmal stundenlang die Fahrzeuge nach Verdächtigem durchsuchten und Personen übergangsweise festhielten. Nahezu alle Güter des täglichen Bedarfs mussten nach Westberlin eingeführt werden. Dennoch lernten die Menschen schnell, sich in der neuen Situation einzurichten. Was blieb ihnen auch sonst übrig?

Während die DDR-Regierung versuchte, die Bedeutung Ostberlins als »Hauptstadt der DDR« aufzuwerten, konnte die Bundesregierung in der Berlinfrage nur in einem engen Rahmen handeln. Um den Anspruch aufrechtzuerhalten, dass Berlin Hauptstadt eines in Freiheit vereinten und demokratischen Deutschlands sein sollte, setzte die Bundesrepublik auf symbolische Politik. So unterhielten die Bundesministerien in Berlin eigene Dienstsitze. Zwischen 1954 und 1969 wurden hier außerdem die Versammlungen zur Wahl des Bundespräsidenten abgehalten. Ferner trat das Parlament seit 1955 mehrmals zu Sondersitzungen in der geteilten Stadt zusammen. Allerdings lösten die »Berliner Sitzungswochen« des Bundestages heftige Proteste seitens der Sowjetunion und der DDR aus, die sich durch die in ihren Augen »provokatorischen Aktion(en)« herausgefordert sahen. Im April 1965 donnerten sowjetische Kampfjets im Tiefflug über den Tagungsort des Bundestags hinweg, um zu demonstrieren, wer in Berlin das Sagen habe. Die immer wiederkehrenden Konflikte führten schließlich dazu, dass die westdeutsche Seite von solchen großen Veranstaltungen Abstand nahm.

Seit Anfang der 60er-Jahre entwickelte sich in Westberlin unter dem Regierenden Bürgermeister Willy Brandt (SPD) ein neuer Politikansatz, der auf einen Ausgleich im Ost-West-Verhältnis zielte. Die Annäherung sollte aus humanitären Gründen erfolgen. Brandt ging es darum, den Menschen die Lebenssituation, die durch die Teilung entstanden war, so erträglich wie möglich zu gestalten. Er erkannte, dass die Konfrontation dazu keine Lösungen bot. Also setzte er auf Verständigung mit der Gegenseite und auf Entspannung.

Ein wichtiges Ergebnis dieser Politik war das erste **Passierscheinabkommen** vom Dezember 1963. Es eröffnete den Westberlinern erstmals seit dem Mauerbau die Chance, zur Jahreswende ihre Verwandten im Ostteil wiederzusehen. Weitere Vereinbarungen für den Berlinverkehr folgten. Allerdings gelang dies nur in kleinen Schritten und langwierigen Verhandlungen.

Erst das **Viermächteabkommen** von 1971 schuf in der Berlinfrage klare rechtliche Grundlagen, die bis zur Wiedervereinigung der Stadt 1990 fortbestanden.

Amerikanische Militärpolizisten patrouillieren an der Westseite der Glienicker Brücke.

Wie viele Passierscheinabkommen gab es?
Zwischen 1963 und 1966 handelte der Westberliner Senat mit der DDR vier Passierscheinabkommen aus. Mehr als vier Millionen Menschen konnten so zu Feiertagen wie Weihnachten oder Ostern zum Familienbesuch nach Ostberlin reisen.

Was regelte das Viermächteabkommen von 1971?
Im Viermächteabkommen über Berlin, das die drei Botschafter der Westmächte in der Bundesrepublik und der sowjetische Botschafter in der DDR am 3. September 1971 unterzeichneten, wurde die Berlinfrage auf der Grundlage der bestehenden Verhältnisse geregelt. Außerdem gaben das Abkommen sowie weitere Folgevereinbarungen zwischen den beiden deutschen Staaten dem Transitverkehr einen neuen rechtlichen Rahmen.

BEMERKENSWERTES

Die Glienicker Brücke – ein Schauplatz des Kalten Krieges

Die Glienicker Brücke, die bei Potsdam über die Havel führt, gehört zu den bekanntesten Schauplätzen des Kalten Krieges. Dreimal tauschten hier zwischen 1962 und 1986 die USA und die Sowjetunion gegnerische Spione aus, die sie in ihren Ländern enttarnt hatten. Weil die Glienicker Brücke abseits vom Westberliner Zentrum lag und zudem für die Öffentlichkeit gesperrt war, eignete sie sich für solche politisch hochbrisanten Aktionen besser als die Übergänge in der Stadt. Seit dieser Zeit wird sie deshalb »Agentenbrücke« genannt.

Bündnis auf Zeit – die Große Koalition 1966 bis 1969

Was bedeutet der Begriff Große Koalition?
Eine Große Koalition bedeutet, dass die zwei stärksten Parteien in einem Parlament gemeinsam die Regierung bilden. In einer Großen Koalition sind viele Kompromisse nötig; gleichzeitig gibt es kein zahlenstarkes Bündnis von Parteien, die nicht in der Regierung sind und die als sogenannte Opposition eine Kontrollfunktion ausüben.

Warum trat Wehner für die Bildung einer Großen Koalition ein?
Seit 1949 war die SPD an keiner Bundesregierung beteiligt gewesen. Herbert Wehner vertrat die Auffassung, dass die Sozialdemokraten nur dann Wahlen gewinnen und einen Regierungschef stellen könnten, wenn sie dem Wähler vorab als kleinerer Partner in einer Koalition ihre Fähigkeit zum Regieren bewiesen hätten.

Kann das wohl gut gehen?«, dürfte sich so mancher Abgeordneter gefragt haben, als der Bundestag am 1. Dezember 1966 den bisherigen Ministerpräsidenten von Baden-Württemberg, Kurt Georg Kiesinger, mit den Stimmen von CDU/CSU und SPD zum neuen Bundeskanzler wählte. Nach dem Scheitern der Vorgängerregierung hatten sich Christ- und Sozialdemokraten darauf verständigt, gemeinsam eine Regierung zu bilden.

Die erste **Große Koalition** in der Geschichte der Republik setzte sich aus Personen zusammen, die unterschiedlicher kaum hätten sein können. Während mehrere von ihnen wie Kiesinger (CDU) im Nationalsozialismus NSDAP-Mitglieder gewesen waren und später als »Mitläufer« eingestuft wurden, hatte sich der neue Außenminister und Vizekanzler Willy Brandt (SPD) im Widerstand betätigt. Bei Herbert Wehner (SPD), der Bundesminister für Gesamtdeutsche Fragen wurde, handelte es sich um ein früheres Mitglied der Moskauer KPD-Führung. Der Justizminister Gustav Heinemann (SPD), bis 1952 in der CDU, hatte schon der ersten Regierung Adenauers angehört. Finanzminister Franz Josef Strauß (CSU) galt hingegen unter Linken als eine politische Reizfigur erster Güte. Wie sollten so gegensätzliche Personen gemeinsam Politik machen? Die Skepsis war groß. Bei der Wahl Kiesingers zum Kanzler gab es 109 Gegenstimmen und 23 Enthaltungen. Diese konnten unmöglich alle von der Opposition stammen, denn die verfügte nur über 50 Sitze.

Dass die Große Koalition überraschend gut funktionierte, hatte viele Gründe. Der hochgebildete, feinsinnige und rhetorisch talentierte Kiesinger verstand es, die Regierungsgeschäfte mit Augenmaß zu lenken. Aufgrund seines Verhandlungsgeschicks wurde er bald als »wandelnder Vermittlungsausschuss« bezeichnet. Mindestens genauso wichtig war Herbert Wehner, der als **Architekt** der Großen Koalition galt. Mehr als einmal hielt er die Sozialdemokraten in dem Bündnis. Während das Verhältnis Kiesingers zu Brandt respektvoll, aber kühl blieb, entstanden zu Wehner fast freundschaftliche Beziehungen.

Einen geradezu legendären Ruf erwarben sich Franz Josef Strauß und sein Kollege im Wirtschaftsministerium, Karl Schiller (SPD). Aufgrund ihrer engen Zusammenarbeit gaben ihnen die Journalisten schon bald die Spitznamen **»Plisch und Plum«.** Auch den Vorsitzenden der Bundestagsfraktionen von CDU und SPD, Rainer Barzel und Helmut Schmidt, kam am Gelingen der Koalition ein wichtiger Anteil zu. Gleichwohl wussten alle Beteiligten, dass die Zusammenarbeit der zwei sehr unterschiedlich ausgerichteten Parteien nur ein Bündnis auf Zeit sein konnte.

Im Mittelpunkt der Arbeit der Großen Koalition standen die Wirtschafts-, Innen- und Finanzpolitik. Seit 1965 erlebte die Wirtschaft einen leichten Wachstumsrückgang, was zu einer starken Verringerung der Steuereinnahmen führte. Die Wiederankurbelung der Wirtschaft und der Haushaltsausgleich waren die Hauptziele der neuen Regierung. Durch eine Reihe von Maßnahmen wie Ausgabenkürzungen, Streichungen staatlicher Subventionen (lat. *subvenire* = »zu Hilfe kommen«), einer Neuordnung der Finanzbeziehungen zwischen Bund und Ländern sowie eines Konjunkturprogramms konnten Schiller und Strauß die Krise bewältigen. Eine wichtige Neuerung war die Einführung der **»konzertierten Aktion«,** durch die Arbeitgeber und Arbeitnehmer in die staatlichen Planungen mit einbezogen wurden.

Am Ende der gemeinsamen Regierungszeit 1969 hatten CDU und SPD die Wirtschaft wieder in Schwung gebracht, der Haushalt wies große Überschüsse auf und es herrschte Vollbeschäftigung. Obwohl es Meinungsverschiedenheiten innerhalb des Bündnisses gab, ging die Große Koalition insgesamt als eine erfolgreiche Phase in die Geschichte der Republik ein. Dass ihre Leistungen lange nicht gewürdigt wurden, lag daran, dass durch die bewegenden Ereignisse von 1968 sowie den historischen Machtwechsel von 1969 die Leistungen der Regierung Kiesinger in den Hintergrund traten.

Woher rührten die Bezeichnungen »Plisch und Plum«?

Die Spitznamen für Strauß und Schiller stammen aus einer Bildergeschichte von Wilhelm Busch, in der es um die lustigen Streiche zweier junger Hunde geht. Das häufige gemeinsame Auftreten Schillers und Strauß', die betonte Eintracht und nicht zuletzt ihr Aussehen legten den Vergleich nahe: Während der Hund Plisch schmächtig ist (Karl Schiller), wird Plum als gedrungen beschrieben (Franz Josef Strauß).

Was war die »konzertierte Aktion«?

Die »konzertierte Aktion« war ein Gesprächskreis, in dem sich Vertreter der Regierung, Wissenschaftler, Arbeitgeber und Gewerkschaften über die aktuellen Fragen der Wirtschafts-, Finanz- und Sozialpolitik austauschten und ihre gegenseitigen Absichten berieten. Erstmals trat die Runde im Februar 1967 zusammen.

BEMERKENSWERTES

Kurt Georg Kiesinger – der »vergessene Kanzler«

Obwohl Kurt Georg Kiesinger während seiner Amtszeit zu den beliebtesten Politikern gehörte, gerieten seine Amtszeit und seine Person nach 1969 in Vergessenheit. Selbst in CDU-Kreisen galt er nur als ein Kanzler des Übergangs, der kaum drei Jahre regiert hatte und zudem nicht wiedergewählt worden war. 1990 hielten gerade zwei Prozent der Westdeutschen Kiesinger für einen bedeutenden Staatsmann, im Osten war er gänzlich unbekannt. Erst mit der Bildung der zweiten Großen Koalition 2005 setzte eine Rückbesinnung auf die Leistungen und Verdienste des »vergessenen Kanzlers« ein.

Gesellschaftlicher Umbruch – die »68er«-Bewegung

Was war die Frankfurter Schule?
Die Anhänger dieser wichtigen Denkrichtung übten scharfe Kritik an der modernen Welt, in der der einzelne Mensch seine Persönlichkeit verlieren würde, und an der Wohlstandsgesellschaft. Zu den Hauptvertretern der Theorie zählten die Soziologen und Philosophen Theodor W. Adorno (1903–1969) und Max Horkheimer (1895–1973). Eines der meistgelesenen Bücher der Studentenbewegung stammte von dem in Kalifornien lehrenden Herbert Marcuse (1898–1979): Der eindimensionale Mensch.

Wer war Rudi Dutschke?
Rudi Dutschke (1940–1979) wuchs in der DDR auf und ging 1961 nach Westberlin, wo er an der Freien Universität ein Soziologiestudium begann. Seit Anfang der 60er-Jahre engagierte er sich im Sozialistischen Deutschen Studentenbund. Der charismatische Redner Dutschke war einer der bekanntesten Köpfe der Studentenbewegung. 1979 starb er an den Spätfolgen des auf ihn verübten Attentats.

Über kaum ein anderes Kapitel der bundesdeutschen Geschichte gehen die Meinungen so weit auseinander wie über die Bedeutung der »68er«-Bewegung. Die einen sind davon überzeugt, dass »68« zu einem Aufbruch in der Gesellschaft geführt habe. Die Republik sei dadurch moderner, freiheitlicher und toleranter geworden. Andere betonen die problematischen Seiten der Bewegung – ihre unrealistischen politischen Vorstellungen, die Selbstgerechtigkeit im Umgang mit der Vätergeneration und die in Teilen vorhandenen antidemokratischen Züge. Aber wer waren die »68er« eigentlich und was wollten sie erreichen?

»1968« steht als Sammelbegriff für eine sehr vielschichtige Protestbewegung. Sie wurde in der Hauptsache von der jungen Generation, von Studenten und Schülern, getragen und zielte auf eine grundsätzliche Veränderung der bestehenden Staats- und Gesellschaftsordnung. Die Universitäten waren Ausgangspunkt der Bewegung in Deutschland. Dort bildeten sich seit Mitte der 60er-Jahre linke Gruppen, die eine radikale Reform im Bildungs- und Hochschulwesen forderten. Erstmals stellten Studenten die Frage nach der NS-Vergangenheit ihrer Professoren.

Daraus ergab sich eine Debatte über den grundsätzlichen Zustand der Gesellschaft und ihrer Werte. Die Lösung für die drängenden Probleme der Zeit sahen viele »68er« in den Ideen der **Frankfurter Schule** sowie in der sozialistischen und marxistischen Gesellschaftstheorie. Der chinesische Diktator Mao Tse-tung, Lenin und die Revolutionsführer aus Südamerika und Vietnam wie Che Guevara und Ho Chi Minh wurden zu Idolen einer vermeintlich besseren Gesellschaft ausgerufen. Wichtige Einflüsse auf die Bewegung kamen auch aus den USA und Frankreich. Allen Gruppen gemeinsam war die Ablehnung des Vietnamkrieges, in den die USA verwickelt waren.

Weil sich die Anhänger der »68er«-Bewegung zur Zeit der Großen Koalition in dem parlamentarischen System nicht vertreten sahen, trugen sie ihren Protest auf die Straße. Dort sollte sich, so die Absicht, eine Massenbewegung entwickeln, um den Widerstand gegen den bürgerlichen Staat und das »Establishment« voranzubringen. Als Sammelbecken der oppositionellen Kreise bildete sich bereits im Sommer 1967 die außerparlamentarische Opposition

(APO). Demonstrationen, Sitzstreiks und Go-ins waren die neuen Formen des Protestes, die von den Studenten in großem Maße genutzt wurden, um ihre Anliegen an die Öffentlichkeit zu bringen.

Der Tod des Studenten Benno Ohnesorg 1967, der bei einer Protestkundgebung in Berlin von einem Polizisten erschossen wurde, heizte die ohnehin angespannte Stimmung weiter an. Nach einem Attentat auf den Studentenführer **Rudi Dutschke** im April 1968 kam es in zahlreichen deutschen Großstädten zu Massendemonstrationen, die in Straßenschlachten mit der Polizei gipfelten. Die Protestkampagnen richteten sich auch gegen den **Axel Springer Verlag** und die **Notstandsgesetze,** die viele »68er« als den Versuch »zur Machtergreifung« durch rechte Kreise in der Republik bewerteten.

Im Sommer 1968 war der Höhepunkt der Auseinandersetzungen überschritten. Die meisten Studenten kehrten in die Vorlesungssäle zurück. Mit dem Machtwechsel von 1969 wurde ein innenpolitischer Wandel eingeleitet, der die Forderung der »68er« nach Reformen in die Tat umsetzte. Dem Protest wurde so die Grundlage entzogen. Viele Anhänger der Bewegung folgten Rudi Dutschkes Aufforderung, den »Marsch durch die Institutionen« anzutreten, um die Gesellschaft von innen heraus ohne Gewalt zu verändern. Nur eine kleine, radikale Minderheit zeigte sich damit nicht einverstanden. Sie schlug stattdessen den Weg des Terrors ein, der die 70er-Jahre überschatten sollte.

BEMERKENSWERTES

Die Kommune 1 – alternative Lebensform und »Bürgerschreck«

Für die »68er« war das Privatleben eine hochpolitische Sache. Sowohl die bestehenden Rollenbilder als auch die Sexualmoral wurden von ihnen als Ausdruck der alten Ordnung verstanden. Um sich von diesen Zwängen zu befreien, gründete ein Dutzend Männer und Frauen im Frühjahr 1967 in Westberlin die Kommune 1. Diese Wohngemeinschaft verstand sich als Gegenmodell zur bürgerlichen Kleinfamilie. Das Leben der Kommunarden, die mit frechen Aktionen und ihren Ideen von freier Liebe, Erziehung und Drogenkonsum immer wieder an die Öffentlichkeit traten, erregte großes Aufsehen.

Wieso richteten sich die Proteste gegen den Axel Springer Verlag?

Unter den Studenten galt der einflussreiche Verlag, dem neben der Bild-Zeitung auch zahlreiche andere Blätter gehörten, als der Inbegriff dessen, was sie bekämpften. Tatsächlich arbeitete die bürgerlich-konservativ ausgerichtete Presse stark gegen die »68er«-Bewegung.

Was beinhalteten die Notstandsgesetze?

Bei den Notstandsgesetzen vom 30. Mai 1968 handelte es sich um eine bedeutsame Abänderung des Grundgesetzes. Durch die Ergänzung und Veränderung mehrerer Artikel wurde eine Notstandsverfassung in das Grundgesetz aufgenommen. Außerdem traten die Westmächte verschiedene Rechte ab, die sie sich im Deutschlandvertrag 1954 gesichert hatten. Der Staat sollte in die Lage versetzt werden, im Falle einer außergewöhnlichen Krise (Krieg, innere Unruhen, Naturkatastrophe) angemessen reagieren zu können. Kritiker befürchteten, dass die Republik durch die Verabschiedung der Notstandsgesetze auf dem Weg ins »Vierte Reich« sei.

»Mehr Demokratie wagen« – Willy Brandt

Welche Vorbehalte gab es gegen Willy Brandt?
Die Vorbehalte richteten sich vor allem gegen Brandts Zeit im Exil. Ihm wurde vorgeworfen, dass er sich durch die Annahme der norwegischen Staatsbürgerschaft gegen das eigene Volk entschieden und in der Armee Norwegens sogar gegen die Deutschen gekämpft habe. Außerdem gab es Bedenken wegen der Namensänderung und der angeblich zweifelhaften Herkunft als uneheliches Kind. Dies alles, so war in den 50er-Jahren in der Berliner SPD zu hören, mache ihn für viele Menschen nicht wählbar. Die CDU nutzte genau diese Punkte später in ihren Wahlkämpfen gegen Brandt aus.

Wenn man fragt, welche Kanzler die Geschichte der Bundesrepublik in besonderer Weise geprägt haben, fallen in der Regel zwei Namen: Konrad Adenauer und Willy Brandt. Während Adenauer für die Weichenstellungen der 50er-Jahre steht, für Westintegration und »Wirtschaftswunder«, verbinden sich mit Willy Brandt die Schlagworte »neue Ostpolitik« und »gesellschaftliche Erneuerung«.

Das ist umso bemerkenswerter, als die Regierung Brandt nur knapp fünf Jahre bestand. Adenauer regierte mehr als doppelt so lang, Brandts Nachfolger Helmut Schmidt acht Jahre. An der Dauer der Amtsführung kann es also nicht liegen, dass Willy Brandt bis heute zu den »Großen« der deutschen Geschichte zählt. Manche sehen in ihm sogar eine »sozialdemokratische Jahrhundertgestalt«. Unstrittig ist, dass Brandts Regierungsantritt im Herbst 1969 ein historischer Einschnitt war, der einen grundlegenden politischen Wandel in der Republik auslöste. Doch was war das Besondere an seiner Politik?

Ein großer Teil der Antwort liegt im Werdegang Brandts, seinen politischen Vorstellungen und in seiner Persönlichkeit begründet. Willy Brandt, 1913 in Lübeck unter dem Namen Herbert Frahm geboren, stammte aus einfachen Verhältnissen. Er wuchs im sozialdemokratischen Umfeld der Hansestadt auf. Nach Hitlers Machtübernahme 1933 floh er nach Norwegen, wo er, wie bereits zuvor in Deutschland, im Widerstand gegen die Nazis tätig wurde. In dieser Zeit legte er sich den Decknamen »Willy Brandt« zu, den er später beibehielt. Später erwarb er die norwegische Staatsbürgerschaft. Nach dem Einmarsch der Deutschen in das kleine Land entkam Brandt 1940 nach Schweden und arbeitete dort als Journalist.

1945 kehrte er nach Deutschland zurück. Er wurde bald in der SPD aktiv. Trotz einiger **Vorbehalte** innerhalb seiner Partei gelang ihm der politische Aufstieg. Von 1957 bis 1966 amtierte Brandt als Regierender Bürgermeister von Berlin. In dieser Position erlebte er die zweite Berlinkrise und den Mauerbau unmittelbar mit. 1966 übernahm er das Amt des Außenministers in der Großen Koalition unter Kurt Georg Kiesinger (CDU). Drei Jahre später gelang ihm schließlich die historische Wende: Nach 20 Jahren CDU-Herrschaft wurde Brandt am 21. Oktober 1969 an die Spitze einer sozialliberalen Koalition aus SPD und FDP gewählt.

Die Wahl Willy Brandts zum Bundeskanzler 1969 drückte die Aufbruchstimmung aus, die in den späten 60er-Jahren die Bundesrepublik veränderte. Nach den langen Jahren unter dem greisen Adenauer und seinen Nachfolgern war der geradezu jugendlich auftretende, gut aussehende und charismatische Brandt Hoffnungsträger einer neuen Generation. Er wurde als »deutscher Kennedy« gefeiert – ein Vergleich, den er gern annahm und auch bediente. In einer Zeit, als die Debatten um die NS-Vergangenheit der Deutschen aufbrachen, musste Brandts Lebensweg vielen als zutiefst glaubwürdig erscheinen. Er verkörperte den »anderen Deutschen«. Gerade junge Wähler und Intellektuelle setzten in ihn große Hoffnungen.

Brandt zielte auf eine Neuausrichtung in der Innen- und Außenpolitik. Der von ihm geprägte Satz »Wir wollen mehr Demokratie wagen« wurde zum Leitbild seiner Regierungszeit. Die sozialliberale Koalition brachte zahlreiche Reformen, etwa im Bildungsbereich und der Wissenschaft, beim **Wahlrecht,** im Ehe-, Familien-, Straf- und Steuerrecht sowie in der Verwaltung auf den Weg. Der Ausbau des Sozialstaates sollte die Modernisierung der Gesellschaft voranbringen und mehr soziale Gerechtigkeit befördern. Allerdings geriet die Reformpolitik bald in die Kritik, da sie zu unkoordiniert und auf Dauer kaum bezahlbar sei. Gleichwohl prägen die politischen und gesellschaftlichen Veränderungen der Ära Brandt das Gesicht der Bundesrepublik bis heute.

In welcher Form wurde das Wahlrecht verändert?
Durch eine Änderung des Grundgesetzes setzte die sozialliberale Koalition am 31. Juli 1970 das aktive Wahlalter (das Recht zu wählen) von 21 auf 18 Jahre herab. Das passive Wahlrecht (das Recht, sich wählen zu lassen) sank von 25 auf 21 Jahre.

BEMERKENSWERTES

Der lange Weg zur Kanzlerschaft

Der Weg zum Machtwechsel von 1969 erwies sich als überaus steinig. Zweimal war Brandt als Kanzlerkandidat der SPD 1961 und 1965 bereits gescheitert. Auch das Wahlergebnis von 1969 fiel denkbar knapp aus. Tatsächlich sah es am Wahlabend lange so aus, als ob der bisherige Bundeskanzler Kiesinger die Regierung weiterführen könne. Die CDU/CSU wurde stärkste Kraft. Innerhalb der SPD gab es einflussreiche Stimmen, die Brandt zur Fortführung der Großen Koalition rieten. Bei seiner Wahl zum Kanzler der neuen Regierung im Oktober erhielt Brandt dann nur zwei Stimmen mehr als nötig.

Normalisierung oder Versöhnung? Die »neue Ostpolitik«

Was geschah im Warschauer Getto?
Seit 1940 war die jüdische Bevölkerung Warschaus in einem Getto unter katastrophalen Lebensbedingungen zusammengepfercht. Zehntausende starben an Hunger und Seuchen. Als das Getto im April 1943 aufgelöst und seine Bewohner in die Konzentrationslager deportiert wurden, brach ein verzweifelter Aufstand gegen die deutschen Besatzer aus. Er scheiterte nach wenigen Tagen.

Wer war Egon Bahr?
Der SPD-Politiker und Journalist Egon Bahr (1922–2015) gehörte bereits in Brandts Zeit als Regierender Bürgermeister von Berlin zu dessen engsten Mitarbeitern. 1969–1972 war Bahr Staatssekretär im Bundeskanzleramt und 1972–1974 Bundesminister für besondere Aufgaben. Er galt als der Architekt der »Ostverträge« und wichtigster Berater Willy Brandts in der Ost- und Deutschlandpolitik.

Warschau, 7. Dezember 1970: Es war ein trüber Montagmorgen, an dem die Menschen Hüte und schwere Mäntel trugen, um sich vor dem nasskalten Wetter zu schützen. Nachdem Willy Brandt an diesem Tag im Rahmen seines Staatsbesuchs in Polen einen Kranz am Grabmal des Unbekannten Soldaten niedergelegt hatte, begab sich die Wagenkolonne des Kanzlers in das Neubaugebiet der Hauptstadt Polens, um am Ehrenmal für die Toten des **Warschauer Gettos** ebenfalls innezuhalten.

Dort geschieht das Unerwartete: Nach dem Richten der Kranzschleife tritt Brandt einen Schritt zurück, sinkt auf die Knie und verharrt mit gefalteten Händen und gesenktem Haupt schweigend vor dem Denkmal. »Am Abgrund der deutschen Geschichte«, so erinnert er sich später an diesen Augenblick, »und unter der Last der Millionen Ermordeten tat ich, was Menschen tun, wenn die Sprache versagt.« Fotografen halten die Szene fest. Der »Kniefall von Warschau«, eine Geste der Versöhnungsbereitschaft und das Eingeständnis deutscher Schuld, wird zum Jahrhundertmotiv.

Der Besuch an dem Denkmal gilt als symbolischer Höhepunkt der »neuen Ostpolitik« Willy Brandts. Innerhalb nur weniger Jahre stellte sie das Verhältnis der Bundesrepublik zu den östlichen Nachbarn auf eine neue Grundlage. Bereits zu Beginn der 60er-Jahre hatte Brandt gemeinsam mit **Egon Bahr** die Grundzüge einer neuen Außenpolitik entworfen. Sie dürfe nicht mehr auf Konfrontation und Ausgrenzung des Ostens beruhen. Vielmehr sollte mittels einer »Politik der kleinen Schritte« im Verhältnis zum Ostblock ein »Wandel durch Annäherung« erreicht werden. Dies werde dazu beitragen, gegenseitiges Vertrauen zu schaffen, den internationalen Frieden zu erhalten und das Verhältnis zur DDR zu entspannen. Dafür müsse man im Zweifel bereit sein, auf den Alleinvertretungsanspruch der Bundesrepublik zu verzichten, ohne dabei das Fernziel der deutschen Einheit aufzugeben.

Ansätze zu einer »neuen Ostpolitik« gab es bereits in der Großen Koalition unter Kurt Georg Kiesinger. Allerdings war ihnen kein Erfolg beschieden. Nach dem Regierungswechsel 1969 begann die sozialliberale Koalition rasch mit der Umsetzung ihrer außen- und deutschlandpolitischen Zielsetzungen. In atemberaubendem Tempo wurden innerhalb der folgenden vier Jahre mehrere grundlegende Abkommen mit den wichtigsten Staaten Osteuropas ausgehandelt. Indem die Bundesrepublik in den Verträgen von Moskau (1970), Warschau (1970) und Prag (1973) die bestehenden Grenzen akzeptierte und einem Gewaltverzicht zustimmte, trug sie zur Normalisierung der Beziehungen mit den östlichen Nachbarn bei.

Für die UdSSR, Polen und die Tschechoslowakei, die unter der NS-Herrschaft furchtbar gelitten hatten, waren die Anerkennung der gemeinsamen Grenzen als Sicherheitsgarantie und der deutsche Friedenswillen von enormer Wichtigkeit. Das Viermächteabkommen über Berlin 1971 trug zur Entspannung der Berlinfrage bei. Im **Grundlagenvertrag** vom 21. Dezember 1972 kamen die Bundesrepublik und die DDR überein, »normale gutnachbarliche Beziehungen« zueinander auf der Basis der Gleichberechtigung zu entwickeln.

Trotz ihrer bahnbrechenden Bedeutung führten die »Ostverträge« in Polen, der UdSSR und der Tschechoslowakei nicht unmittelbar zu einer Aussöhnung mit Bonn, wie sie etwa das deutsch-französische Verhältnis kennzeichnete. Das war schon allein aufgrund der gegensätzlichen politischen Systeme und der Last der deutschen Vergangenheit kaum möglich. Allerdings schufen die Verträge Vertrauen. Sie brachten Normalität in die auswärtigen Beziehungen, die lange brachgelegen hatten. Das waren wichtige Voraussetzungen für eine künftige Versöhnung. Für seine großen Verdienste um die »neue Ostpolitik« wurde Willy Brandt 1971 mit dem Friedensnobelpreis ausgezeichnet.

Was wurde im Grundlagenvertrag geregelt?
Der Vertrag führte zur gegenseitigen Anerkennung der Bundesrepublik und der DDR als unabhängige und gleichberechtigte Staaten. Allerdings blieb die völkerrechtliche Frage ausgeklammert, sodass es zwar zwei deutsche Staaten gab, diese jedoch nicht Ausland füreinander waren. Vielmehr war von Beziehungen »besonderer Art« die Rede. Aus diesem Grund tauschten Bonn und Ostberlin nur »ständige Vertreter« und keine Botschafter aus. In Zusatzabkommen einigten sich beide Seiten auf Erleichterungen bei der Familienzusammenführung, beim Reise- und Warenverkehr sowie bei der Verbesserung der Arbeitsverhältnisse für Journalisten im jeweils anderen Staat.

BEMERKENSWERTES

Die »neue Ostpolitik« – erfolgreich, aber umstritten

Obwohl sich die Ostpolitik Brandts in der Rückschau als eine große Leistung erweist, war sie zu ihrer Zeit sehr umstritten. Die CDU/CSU-Opposition leistete erbitterten Widerstand gegen die vermeintliche Anbiederung an den kommunistischen Osten. Für die Heimatvertriebenen stellte die Anerkennung der Oder-Neiße-Grenze einen Verrat dar. Den »Kniefall von Warschau« empfand die Hälfte der Bevölkerung als unangemessen. Selbst innerhalb der SPD stieß der Kurs auf Widerstand.

Öl und Arbeit werden knapp – die Wirtschaftskrise der 70er-Jahre

Was bedeutet Hochkonjunktur?
Als Hochkonjunktur bezeichnet man eine Phase großen wirtschaftlichen Wachstums.

Wieso spricht man vom Jom-Kippur-Krieg?
Jom Kippur ist der höchste religiöse Feiertag im Judentum. Ägypten und Syrien legten ihren Angriff auf den 6. Oktober 1973, den Abend von Jom Kippur, um den Überraschungseffekt auf ihrer Seite zu haben.

Was ist ein Barrel?
Bei dem Barrel (engl. »Fass/Tonne«) handelt es sich um die für die Erdölindustrie zentrale Maßeinheit. Ein Barrel entspricht rund 159 Litern. Auf dem Weltmarkt werden die Rohölpreise in US-Dollar pro Barrel angegeben.

Die 70er-Jahre standen im Zeichen großer wirtschaftlicher Veränderungen. Sie wirkten sich nachhaltig auf das Leben in der Bundesrepublik aus. Nach zwei Jahrzehnten der **Hochkonjunktur** setzte ab 1973 eine Entwicklung ein, die man lange für unmöglich gehalten hatte: Die Republik wurde von einer Rezession (lat. *recedere* = »zurückgehen, zurückweichen«), einer wirtschaftlichen Flaute, erfasst. Deren tiefere Ursache lag in einer Krise des internationalen Währungssystems, die sich seit 1971 zu einer weltweiten Wirtschaftskrise ausweitete. Vor allem Europa und die USA waren davon betroffen.

Anfangs reagierte die Bonner Regierung nur zögerlich – das Vertrauen in die eigene wirtschaftliche Leistungsfähigkeit war zu groß, als dass man die Gefahren sofort richtig eingeschätzt hätte. Vielmehr betrachtete man die Krise als eine kurzfristige Erscheinung. Ihr würde schon bald, so dachte man, neues Wachstum folgen. Die Staatsausgaben für die Reformvorhaben der Regierung Brandt und für soziale Belange stiegen sogar weiter an. Zwei große Programme, die im Frühjahr 1973 auf den Weg gebracht wurden, um die Wirtschaft zu stabilisieren und einer Inflation entgegenzuwirken, brachten kaum eine Verbesserung der angespannten Lage.

Die wirtschaftliche Situation verschärfte sich weiter, als Anfang Oktober 1973 ägyptische und syrische Truppen Israel angriffen und damit den **Jom-Kippur-Krieg** auslösten. Zwar gelang es den Israelis, den Angriff zurückzuschlagen. Trotzdem weitete sich der Konflikt zur internationalen Krise aus, weil die arabischen Staaten nun begannen, Erdöl als politische Waffe einzusetzen. In mehreren Schritten drosselten sie die Förderung des wichtigen Rohstoffes. Die USA und die Niederlande wurden sogar mit einem Lieferboykott belegt. Hierdurch sollte die westliche Welt gezwungen werden, ihre Unterstützung für Israel einzustellen. Die Preise für Rohöl explodierten. Bezahlte man im Oktober 1973 für ein **Barrel** noch 2,80 Dollar, erhöhte die **OPEC** den Preis bis Ende 1974 auf knapp zwölf Dollar. Die Industrienationen waren auf die Lieferungen aus dem Nahen Osten dringend angewiesen. Allein die Bundesrepublik deckte mehr als die Hälfte ihres Energiebedarfs durch Erdöl, das zu drei Vierteln aus den arabischen Ländern stammte.

Um den Verbrauch zu senken, ergriff die Bundesregierung mehrere Gegenmaßnahmen. An den Tankstellen wurden die Abgabemengen für Treibstoff begrenzt. Weiterhin wurden den Bürgern »autofreie Sonntage« verordnet: An vier aufeinanderfolgenden Wochenenden im November und Dezember war privater Autoverkehr untersagt. Statt der Fahrzeuge waren auf den verwaisten Autobahnen nun Fußgänger und Radfahrer unterwegs. Während sich die Menschen in ländlichen Gebieten damit behalfen, Pferde vor Autos und Kutschen zu spannen, um das Fahrverbot zu umgehen, wurde in den Städten die vorweihnachtliche Beleuchtung abgeschaltet. Fußballspiele wurden vom Abend auf den frühen Nachmittag vorverlegt, um das Tageslicht ausnutzen zu können. Die Ölkrise führte eindringlich vor Augen, dass die Annehmlichkeiten der modernen Welt und die Segnungen des Wohlstands keineswegs selbstverständlich waren.

Was ist die OPEC?
Die OPEC (engl. Abk. für Organization of the Petroleum Exporting Countries) *ist eine internationale Organisation der Erdöl fördernden und exportierenden Länder. Sie wurde 1960 gegründet. Ihr Sitz befindet sich in Wien. Sie hat derzeit 13 Mitgliedsstaaten. Obwohl nicht alle Länder, die Erdöl produzieren, in der OPEC vertreten sind, übt sie einen maßgeblichen Einfluss auf den weltweiten Rohölpreis aus.*

Darüber hinaus führte die Krise zu einem Anstieg der Arbeitslosigkeit. Wegen der steigenden Rohstoffpreise kam es in der Industrie zu Produktionsausfällen und Einsparungen. Vor allem die Automobil-, die Chemie- und die Schwerindustrie sowie der Maschinenbau, die sich ohnehin in einem Wandel befanden, der viele Arbeitsplätze kostete, wurden von der Rezession stark getroffen. Tausende wurden entlassen.

Hatte es in den 60er-Jahren noch Vollbeschäftigung gegeben, stieg die Zahl der Erwerbslosen zwischen 1974 und 1975 auf über eine Million Menschen, was einer Arbeitslosenquote von 4,6 Prozent entsprach. Aus heutiger Sicht mögen diese Zahlen zwar gering erscheinen. Für die damaligen Verhältnisse waren sie aber dramatisch.

BEMERKENSWERTES

Kernenergie – die bessere Alternative?

Die Ölkrise förderte in den westlichen Staaten die Einsicht, dass dringend andere Energiequellen notwendig waren, um die Abhängigkeit vom arabischen Erdöl zu senken. Auf der Suche nach Alternativen sah die Bundesregierung in der Kernenergie einen vernünftigen und preiswerten Ersatz. Tatsächlich wurden viele der Kraftwerke, die heute noch am Netz sind, in den späten 70er-Jahren aufgrund der Erfahrungen mit der Ölkrise geplant oder errichtet. Doch das Problem des gefährlichen Strahlenmülls ist bis heute nicht gelöst.

Das »Wunder von Bern« 1954 und das deutsch-deutsche Duell 1974

Wer war Sepp Herberger?
Josef (Sepp) Herberger (1897–1977) war ein berühmter deutscher Fußballspieler und Trainer. In den 20er-Jahren spielte er in Mannheim und Berlin. 1930 wurde er Trainer des Westdeutschen Fußballverbands und stieg 1942 zum Reichsfußballtrainer auf. Seit 1948 arbeitete Sepp Herberger am Neuaufbau einer westdeutschen Nationalmannschaft. Von 1950 bis 1964 bekleidete er als Erster das Amt des Bundestrainers.

Sechs Minuten noch im Wankdorf-Stadion in Bern. Keiner wankt. Der Regen prasselt unaufhörlich hernieder. [. . .] Eine Fußballweltmeisterschaft ist alle vier Jahre und wann sieht man ein solches Endspiel, so ausgeglichen und packend [. . .]. Schäfer nach innen geflankt – Kopfball – abgewehrt – aus dem Hintergrund müsste Rahn schießen – Rahn schießt! – Tor! Tor! Tor! Tor! [. . .] Drei zu zwei für Deutschland, fünf Minuten vor dem Spielende. [. . .] Aus! Aus! Aus! – Aus! Das Spiel ist aus! – Deutschland ist Weltmeister, schlägt Ungarn mit drei zu zwo Toren im Finale in Bern!«

Gebannt saß ganz Deutschland an jenem 4. Juli 1954 vor den Radiogeräten und hörte gefesselt die sich überschlagende Stimme des Kommentators Herbert Zimmermann. Was Zimmermann aus der Schweiz berichte, war eine sportliche Sensation. In einem hoch spannenden Spiel schlug die deutsche Fußballnationalmannschaft die als haushohe Favoriten gehandelten Ungarn im Endspiel um die Weltmeisterschaft. Zum ersten Mal überhaupt gelang es den Deutschen, den Titel zu gewinnen.

Dass das »Wunder von Bern« in die Geschichte einging, lag nicht nur an der herausragend spielenden deutschen Mannschaft unter **Sepp Herberger,** der es gelang, einen Rückstand von zwei Toren auszugleichen und dann das Spiel noch für sich zu entscheiden. Der Sieg hatte eine viel größere Dimension: Neun Jahre nach dem Ende des Zweiten Weltkrieges fühlte sich eine ganze Nation vom Trauma der Niederlage und der Nachkriegszeit befreit. 1950 war die junge Republik noch von der Weltmeisterschaft in Brasilien ausgeschlossen worden. Nun genoss man das Gefühl, endlich den Kreis der Ausgestoßenen verlassen zu haben.

Die Rückkehr der »Helden von Bern«, an deren Erfolg kaum jemand geglaubt hatte, wurde zu einem Triumphzug durch die Bundesrepublik. Zwar mahnte Bundespräsident Theodor Heuss seine Mitbürger, dass »gutes Kicken« noch lange keine »gute Politik« bedeute. Im Überschwang der Emotionen entwickelte sich der Sieg von Bern für viele Menschen aber zu einem Mythos der Gründerjahre.

Hatten beim Sieg von 1954 wohl auch viele DDR-Bürger insgeheim der bundesdeutschen Seite die Daumen gedrückt – offiziell hatte Ostberlin natürlich auf der Seite des »sozialistischen Bruderlandes« Ungarn gestanden –, sah dies während der Weltmeisterschaft von 1974 ganz anders aus. Im Zeichen von Entspannung und dem Nebeneinander der beiden deutschen Staaten traten zwei deutsche Nationalmannschaften zur Meisterschaft an, die zudem in der Bundesrepublik ausgetragen wurde. Die Auslosung bestimmte, dass die beiden Mannschaften sogar in einer Gruppe spielten und damit aufeinandertrafen. Dem Spiel am 22. Juni 1974 ging eine enorme politische Aufladung voraus. Die Zeitungen sprachen von einem »deutsch-deutschen Duell« und von einem »Bruderkampf«.

Obwohl die bundesdeutsche Elf um ihren Kapitän Franz Beckenbauer als klarer Favorit gehandelt wurde und man der DDR-Auswahl kaum eine Chance einräumte, nahm das Spiel einen unerwarteten Verlauf. In der 78. Minute erzielte **Jürgen Sparwasser** den Führungstreffer für die DDR. Überraschend gewann die ostdeutsche Mannschaft mit 1:0. Allerdings hielt sich die staatliche Presse der DDR mit Lobeshymnen auf ihre Mannschaft zurück. Sie schied im weiteren Verlauf des Turniers aus.

Nach dem ersten Schock über das »Sparwasser-Tor« fand das bundesdeutsche Team zu seiner alten Form zurück und gewann zum zweiten Mal nach 1954 den Meistertitel. Im Nachhinein bedankte man sich sogar für die Niederlage, weil sie den Spielern die Augen für das Wesentliche geöffnet habe. Zu einem weiteren deutsch-deutschen Länderspiel kam es nicht. Die DDR-Führung hatte an einer Revanchepartie keinerlei Interesse.

Wer ist Jürgen Sparwasser?

Jürgen Sparwasser (geb. 1948) spielte im Mittelfeld für den 1. FC Magdeburg. Nach seinem Tor 1974 gegen die westdeutsche Mannschaft stieg er zum berühmtesten Fußballer der DDR auf. Fünf Jahre später musste er seine Spielerlaufbahn aus gesundheitlichen Gründen aufgeben. 1988 flüchtete er in die Bundesrepublik und war dort als Trainer tätig.

BEMERKENSWERTES

Der dritte Titel: die Weltmeisterschaft 1990 in Italien

Nach 1954 und 1974 gelang es der deutschen Fußballnationalmannschaft 1990 ein drittes Mal, den Weltmeistertitel zu gewinnen. Die in Italien ausgetragene Meisterschaft stand ganz unter dem Eindruck des Mauerfalls und der bevorstehenden Wiedervereinigung. Zehntausende Deutsche aus West und Ost brachen über die Alpen auf, um die Mannschaft zu unterstützen. Obwohl diese offiziell nur die Bundesrepublik vertrat und keine Spieler aus der DDR in ihr vertreten waren, wurde sie doch als ein gesamtdeutsches Team gefeiert. Im packenden Finale am 8. Juli in Rom siegte die Mannschaft durch ein Elfmetertor gegen Argentinien. 2014 folgte dann der vierte Titel bei der Weltmeisterschaft in Brasilien.

Ein Spion im Kanzleramt – die Guillaume-Affäre 1974

Wer war Günter Guillaume?
Seit 1956 lebte Günter Guillaume (1927–1995) mit seiner Ehefrau in der Bundesrepublik, um im Auftrag der Stasi Informationen über die SPD zu beschaffen. Es gelang ihm eine rasche politische Karriere. 1970 wurde Guillaume Mitarbeiter im Bundeskanzleramt. Zwei Jahre später stieg er zum persönlichen Referenten Willy Brandts auf. Nach seiner Enttarnung und Verhaftung wurde Guillaume 1975 wegen Landesverrats zu 13 Jahren Gefängnis verurteilt. 1981 wurde er begnadigt und in die DDR abgeschoben.

Was war die Stasi?
Stasi war die Abkürzung für das »Ministerium für Staatssicherheit«, den Geheimdienst der DDR. Die Stasi war nicht nur im Ausland tätig, sondern diente vor allem auch der Überwachung und Bespitzelung der DDR-Bürger.

Als die Bundesbürger am 7. Mai 1974 morgens auf dem Weg zur Arbeit oder noch am Frühstückstisch ihre Zeitung aufschlugen, erwartete sie auf der Titelseite eine Schlagzeile, mit der kaum jemand gerechnet hatte: »Brandt tritt zurück!« Mit diesen drei Worten vermeldeten die Blätter nichts weniger als den Amtsverzicht des Bundeskanzlers.

Willy Brandt übernehme damit, so war zu lesen, die Konsequenzen »für Fahrlässigkeiten im Zusammenhang mit der Agentenaffäre Guillaume«. Zwei Wochen zuvor war **Günter Guillaume,** ein enger Mitarbeiter des Kanzlers, als DDR-Spion enttarnt worden. Ein Spitzel der **Stasi** im persönlichen Umfeld des Regierungschefs – die Ära Brandt endete mit einem Paukenschlag. Die Guillaume-Affäre entwickelte sich zum größten Spionagefall in der Geschichte der Bundesrepublik. Aber rechtfertigte sie allein den Rücktritt des Kanzlers? Wie so häufig lagen die wirklichen Ursachen für einen solchen Schritt viel tiefer.

Obwohl Willy Brandt für viele Menschen die Idealfigur des erfolgreichen Staatsmannes verkörperte, der im In- und Ausland für seine »neue Ostpolitik« eine hohe Wertschätzung genoss, mit dem Friedensnobelpreis ausgezeichnet worden war und als großer Hoffnungsträger der jungen Generation galt, nahm die Kritik an seiner Politik seit Anfang der 70er-Jahre beständig zu. Im Bundestag stand dem Kanzler mit der CDU eine starke und selbstbewusste Opposition gegenüber, die Brandt 1972 fast gestürzt hätte.

Zwar konnte die SPD die anschließenden Wahlen gewinnen, die Kritik am Führungs- und Regierungsstil des Bundeskanzlers nahm dessen ungeachtet weiter zu. Mehr und mehr Stimmen bemängelten, dass Brandt zwar große Visionen habe, für das politische Tagesgeschäft aber kaum geeignet sei. Seine Außenpolitik war sehr erfolgreich, doch bei innenpolitischen Fragen wurde ihm vorgeworfen, er sei entscheidungsschwach und konzeptionslos. Die Ölkrise von 1973 und die wachsenden wirtschaftlichen Probleme des Landes kratzten am Image der sozialliberalen Koalition.

Zudem war Brandt arbeitsmäßig stark überlastet und gesundheitlich angegriffen. Zeitweilig litt er unter Depressionen, was jedoch kaum nach außen drang. Innerhalb der SPD wuchsen die Spannungen. Auf einer Reise in die Sowjetunion Ende September 1973 machte Herbert Wehner, der Fraktionsvorsitzende der SPD im Bundestag und ein Mitglied der **»Troika«,** seinem wachsenden Unmut über Brandts Politik Luft. Die »Nummer eins« sei »entrückt« und »abgeschlafft«. Der Herr bade gern lau, »so in einem Schaumbad«. Was der Regierung fehle, sei ein Kopf. Seit dieser harschen Kritik, die von der Presse aufgegriffen wurde, war das Verhältnis zwischen Brandt und Wehner zerrüttet. Obwohl beide nach außen wieder zusammenfanden, war die Grundlage für eine vertrauensvolle Zusammenarbeit zerstört.

Die Affäre um Günter Guillaume im Frühjahr 1974 erwies sich als der letzte Tropfen, der das Fass zum Überlaufen brachte. Als das Ausmaß des Verrats sichtbar wurde, wuchs in den eingeweihten Kreisen der Bundesregierung die Angst davor, dass Guillaume in einem Prozess sein Wissen über das **Privatleben Brandts** enthüllen könne – die Regierung sei dann, so stand zu befürchten, »bis auf die Knochen blamiert«. Der Kanzler dürfe unter keinen Umständen erpressbar sein.

Nach langen internen Beratungen verfasste Willy Brandt schließlich am Abend des 5. Mai sein Rücktrittsgesuch, das er auf den folgenden Tag vordatierte. Als Nachfolger einigte sich die SPD-Führung auf Helmut Schmidt. Die Guillaume-Affäre war also nur der Anlass, nicht aber die eigentliche Ursache für das Ende der Ära Brandt.

Was war die Troika?
Als »Troika« (russ. trojka = »Dreigespann/Dreispänner«) bezeichnet man die aus Willy Brandt, Herbert Wehner und Helmut Schmidt bestehende Führungsspitze der SPD in den 70er-Jahren. Zwar war das Verhältnis zwischen den drei Politikern von unterschiedlichen Ansichten und Streitigkeiten geprägt, doch sie bestimmten gemeinsam über lange Jahre das Erscheinungsbild ihrer Partei und hielten sie an der Macht.

Wieso galt das Privatleben Brandts als ein heikles Feld?
Willy Brandt wurden zahlreiche außereheliche Affären nachgesagt. Wären diese Geschichten an die Öffentlichkeit gelangt, hätte dies die moralische Autorität Willy Brandts schwer erschüttert.

BEMERKENSWERTES

Die Vorgeschichte der Guillaume-Affäre: Was wusste die Regierung Brandt wirklich?

Seit dem Frühjahr 1973 lagen dem Bundesamt für Verfassungsschutz konkrete Hinweise vor, dass Günter Guillaume und seine Frau Christel als Agenten im Dienst der Stasi tätig waren. Anfang Mai wurde dieser Verdacht erstmals dem zuständigen Innenminister Hans-Dietrich Genscher vorgetragen. Es wurde beschlossen, Guillaume zunächst in seinem Amt zu belassen und weitere Informationen über den Fall zusammenzutragen. Gleichwohl informierte Genscher den Bundeskanzler. Es scheint, als ob weder Brandt noch Genscher den Verdächtigungen bereits zu diesem frühen Zeitpunkt ernsthaften Glauben geschenkt hätten. Vielmehr tat man sie als bloße Vermutungen ab.

»Der Macher« – Helmut Schmidt

Worum ging es bei der atomaren Aufrüstung?
Im Zusammenhang mit dem Aufbau der Bundeswehr entbrannte ab Mitte der 50er-Jahre ein erbitterter Streit um eine nukleare Bewaffnung der Armee. Während Konrad Adenauer dafür eintrat, die Bundeswehr im begrenzten Umfang mit Atomwaffen auszurüsten, formierte sich bei Teilen der Bevölkerung eine Protestbewegung, die von der SPD unterstützt wurde. Am 25. März 1958 beschloss der Bundestag nach einer mehrtägigen Debatte die Ausrüstung der Bundeswehr mit Trägersystemen, die für atomare Waffen im Rahmen der NATO geeignet waren. Eigene Kernwaffen besaß die Bundesrepublik allerdings nie.

Am 16. Mai 1974 wählte der Deutsche Bundestag mit den Stimmen von SPD und FDP Helmut Schmidt zum Nachfolger Willy Brandts im Amt des Bundeskanzlers. Obwohl sich Schmidt in den Tagen der Guillaume-Affäre zunächst nur widerstrebend dem Entschluss der SPD-Führungsspitze, der er selbst angehörte, gebeugt hatte, die Regierungsgeschäfte zu übernehmen, gab es keinen anderen Politiker, der so gut auf die Aufgabe vorbereitet gewesen war wie er.

1918 in Hamburg geboren, hatte Schmidt als Offizier im Zweiten Weltkrieg gekämpft. 1946 trat er in die SPD ein. Nach einem Studium der Volkswirtschaft und Staatswissenschaft arbeitete er ab 1949 zunächst in der wirtschaftspolitischen Abteilung, dann als Verkehrsdezernent in der Behörde für Wirtschaft und Verkehr seiner Heimatstadt. 1953 zog er mit 35 Jahren als Abgeordneter in den Bundestag ein. Mit einer mehrjährigen Unterbrechung gehörte Schmidt dem Parlament insgesamt 30 Jahre an. Seit Mitte der 1950er-Jahre machte sich der hochbegabte Redner als Verkehrs- und Militärexperte seiner Partei einen Namen. Schmidts harsche Kritik an den Plänen der Regierung Adenauer zur **atomaren Aufrüstung der Bundesrepublik,** sein selbstbewusstes Auftreten sowie sein frecher und scharfer Redestil brachten ihm in Bonn den Beinamen »Schmidt Schnauze« ein.

1961 kehrte Schmidt nach Hamburg zurück und übernahm dort das Amt des Polizeisenators. Aufgrund seines herausragenden Einsatzes während der **Hochwasserkatastrophe von 1962,** als er sich über Vorschriften hinwegsetzte und die Leitung der Rettungsmaßnahmen koordinierte, erwarb er sich den Ruf eines Krisenmanagers. Seitdem genoss Schmidt über die Grenzen Hamburgs hinaus großes Ansehen.

1965 ging er erneut als Abgeordneter in den Bundestag, wo er den Vorsitz der SPD-Fraktion übernahm und maßgeblichen Anteil an der erfolgreichen Arbeit der Großen Koalition hatte. Zwischen 1969 bis 1974 gehörte er der Regierung Willy Brandts zunächst als Verteidigungsminister, dann als Wirtschafts- und Finanzminister an. Als er zum Nachfolger Brandts bestimmt wurde, verfügte Helmut Schmidt also über große fachliche Kompetenz und Erfahrung.

Der Unterschied zwischen Brandt und Schmidt hätte kaum größer ausfallen können. Schmidts Politikstil galt als nüchtern, unideologisch und sachorientiert. Hatte Brandts Regierung zuletzt klare Entscheidungen vermissen lassen, zeichnete sich Schmidt als Führungsfigur aus, die zwar anderen Meinungen zugänglich war, die aber letztlich Entscheidungen selbst fällte und dann durchsetzte. Schmidt hatte den Ruf eines »Machers« – große politische Theoriedebatten waren seine Sache nicht. »Wer Visionen hat«, so Schmidt, »sollte zum Arzt gehen.« Die Grundprinzipien seiner Politik sollten auf gesundem Menschenverstand, Pflichtbewusstsein und Sachbezogenheit beruhen.

»In einer Zeit weltweit wachsender Probleme«, führte der Kanzler in seiner ersten Regierungserklärung vor dem Bundestag aus, »konzentrieren wir uns in Realismus und Nüchternheit auf das Wesentliche, auf das, was jetzt notwendig ist, und lassen anderes beiseite. Kontinuität und Konzentration – das sind die Leitworte dieser Bundesregierung.« Damit grenzte er sich bewusst von den großen idealistischen Zielsetzungen ab, die Willy Brandt geleitet hatten. In den Mittelpunkt der Kanzlerschaft Helmut Schmidts rückten die drängenden Herausforderungen der Zeit – die Bewältigung der Wirtschaftskrise, die europäische Sicherheits- und Verteidigungspolitik sowie die Bedrohung durch den linksextremen Terrorismus.

Helmut Schmidt

Was geschah bei der Hochwasserkatastrophe von 1962?

In der Nacht vom 16. auf den 17. Februar 1962 wurde Hamburg von einer gewaltigen Sturmflut getroffen. Unter den Wassermassen brachen zahlreiche Deiche. Ein Fünftel Hamburgs versank in den Fluten, darunter Teile der Innenstadt und Gebiete, in denen sich die Behelfswohnungen von Flüchtlingen aus den deutschen Ostgebieten befanden. Die schwerste Sturmflut in der Hamburger Stadtgeschichte kostete 315 Menschen das Leben.

BEMERKENSWERTES

Schwierige Weggefährten: Willy Brandt und Helmut Schmidt

Obwohl Willy Brandt und Helmut Schmidt über ein Jahrzehnt lang gemeinsam die SPD an der Macht hielten, war das Verhältnis zwischen beiden stets von Schwierigkeiten gezeichnet. Zu unterschiedlich waren ihr Naturell, zu verschieden ihre Weltsichten und Lebenseinstellungen, als dass sich daraus eine tiefere freundschaftliche Beziehung hätte entwickeln können. Während der Regierungszeit Brandts gehörte Schmidt zu dessen scharfen parteiinternen Kritikern – eine Rolle, die Brandt nach seinem Rücktritt gegenüber Schmidt übernahm. Anfang der 80er-Jahre kühlte sich das Verhältnis stark ab. Erst kurz vor dem Tod Willy Brandts im Oktober 1992 kam es zu einer persönlichen Annäherung.

Die »bleierne Zeit« – der Terrorismus in der Bundesrepublik

Wer war Hanns Martin Schleyer?
Hanns Martin Schleyer (1915–1977) war ein führender deutscher Industriemanager und Wirtschaftsfunktionär. Seit 1973 amtierte er als Präsident der Bundesvereinigung der Deutschen Arbeitgeberverbände und zudem seit Anfang 1977 als Präsident des Bundesverbandes der Deutschen Industrie. Aufgrund seiner beruflichen Stellung sowie seiner NS-Vergangenheit war er für die RAF ein vorrangiges Ziel.

Was ist die GSG 9?
Die Grenzschutzgruppe 9 (GSG 9) ist eine Spezialeinheit der Bundespolizei. Sie wurde nach den Ereignissen in München 1972 aufgestellt und ist für den Antiterrorkampf sowie zur Befreiung von Geiseln ausgebildet.

In den 70er-Jahren wurde die Bundesrepublik mit einer neuen Art von Gewalt konfrontiert. Der Terrorismus, der von einer kleinen Gruppe linksextremistischer Radikaler ausging, um den Staat in seinen Grundfesten zu erschüttern, hielt das Land mit Bombenanschlägen, Überfällen, Entführungen und Attentaten in Atem. Viele sprachen von einer »bleiernen Zeit«, als Angst, Unsicherheit und Hysterie das Leben in der Republik überschatteten. Für Helmut Schmidt wurde der Kampf gegen den Terror zur schwersten Herausforderung seiner Regierungszeit.

Ende der 60er-Jahre bildeten sich im Umfeld der Studentenproteste einzelne Gruppen, die, im Gegensatz zur Mehrheit der »68er«-Bewegung, entschlossen waren, Gewalt anzuwenden, um die Verhältnisse in Westdeutschland zu verändern. Sie sahen im deutschen Staat ein von Nazis durchsetztes, totalitäres Regime, das es mit allen Mittel zu bekämpfen gelte. Die Anhänger dieser Kreise verstanden sich als die Speerspitze einer revolutionären Bewegung, der »Stadtguerilla«. Verübten sie zunächst Anschläge auf Einrichtungen, die in ihren Augen »das System« repräsentierten, erfolgte allmählich eine Radikalisierung. Todesopfer wurden nun bewusst in Kauf genommen. Die bekannteste Terrorgruppe war die 1970 entstandene Rote Armee Fraktion (RAF). Sie orientierte sich an südamerikanischen Guerillatruppen, arbeitete im Untergrund und unterhielt Verbindungen zu Terrororganisationen im Ausland. Die RAF richtete sich gezielt gegen die Vertreter des demokratischen Staates.

Zwar wurden die führenden Köpfe der ersten »RAF-Generation«, Ulrike Meinhof, Andreas Baader, Holger Meins, Gudrun Ensslin und Jan-Carl Raspe, 1972 festgenommen, der Terrorismus war damit aber keineswegs besiegt. Im selben Jahr überfiel ein palästinensisches Kommando während der Olympischen Spiele in München die israelische Olympiamannschaft – elf Sportler starben. In den Folgejahren kam es immer wieder zu Morden, Überfällen und Entführungen. Im April 1975 stürmten RAF-Mitglieder der »zweiten Generation« die deutsche Botschaft in Stockholm und töteten zwei Mitarbeiter.

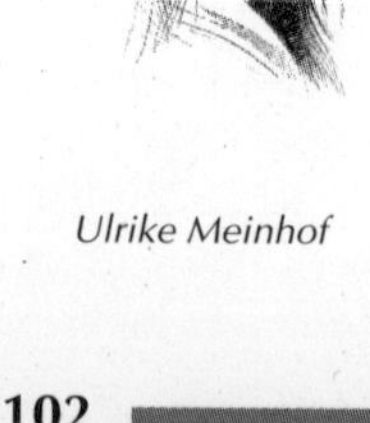
Ulrike Meinhof

Andreas Baader

1977 erreichte der Terror seinen Höhepunkt. Nach den Morden an Generalbundesanwalt Siegfried Buback und dem Vorstandsvorsitzenden der Dresdner Bank, Jürgen Ponto, entführte die RAF im September **Hanns Martin Schleyer.** Ziel war es, die seit 1972 inhaftierten Gefährten im Tausch für Schleyer freizupressen. Die Bundesregierung weigerte sich, auf einen Deal mit den Terroristen einzugehen. Der Druck auf sie wuchs, als am 13. Oktober arabische Terroristen eine Lufthansamaschine kaperten. Zwar konnte die **GSG 9** die Geiselnahme fünf Tage später auf dem Flughafen von Mogadischu in Somalia, wohin das Flugzeug entführt worden war, erfolgreich beenden. Allerdings war klar, dass die Befreiungsaktion zugleich das Todesurteil für Schleyer bedeutete. Seine Leiche fand man am 19. Oktober im Kofferraum eines Autos. Die RAF-Mitglieder Baader, Raspe und Ensslin, die im Gefängnis saßen, begingen Selbstmord.

Obwohl es einzelne Stimmen gab, die das Vorgehen des Staates im Kampf gegen den Terror kritisierten, verletzten die verantwortlichen Stellen nicht die Prinzipien des Rechtsstaats. Auf die Bedrohung, die in Deutschland ohne Beispiel war, reagierte die Regierung Schmidt sowohl entschieden als auch mit Besonnenheit und Verantwortungsbewusstsein. Gerade im Zusammenhang mit der Schleyerentführung stand man vor zentralen ethischen Fragen: Kann man den Tod Schleyers in Kauf nehmen, um das Leben der Lufthansageiseln zu retten? Darf man mit Terroristen verhandeln, die den Staat zerstören wollen? Ist jeder Preis gerechtfertigt, um eine Regierung nicht erpressbar werden zu lassen? Diese Fragen verbanden sich bei allen Verantwortlichen mit großen Zweifeln. Der **»deutsche Herbst«** zeigte aber auch, dass die Demokratie fest verankert war. Der weitaus größte Teil der Bevölkerung stand hinter ihr. Die Republik bestand ihre bis dahin größte Bewährungsprobe.

Wieso spricht man vom »deutschen Herbst«?

Der Begriff stammt aus dem Episodenfilm Deutschland im Herbst, *der 1977/78 entstand. In elf Kurzfilmen wird darin ein sehr kritisches Bild vom Zustand der deutschen Gesellschaft sowie von den staatlichen Reaktionen auf den Terror im Herbst 1977 gezeichnet. Obwohl der Film bei seinem Erscheinen umstritten war, hat sich sein Titel zur Beschreibung der Ereignisse von 1977 durchgesetzt.*

BEMERKENSWERTES

Mehrere »Generationen« einer Terrorgruppe

Obwohl der Terrorismus der RAF nach 1977 abnahm, blieb die Vereinigung weiterhin aktiv. Aufgrund von Verhaftungen, Todesfällen und Neuzugängen befand sich die Gruppe seit ihrer Gründung stets im Wandel. Man spricht deshalb von mehreren »Generationen« der RAF. Die »dritte Generation« verübte bis Anfang der 90er-Jahre Banküberfälle, Anschläge und Morde. Erst im April 1998 wurde eine Erklärung veröffentlicht, in welcher die RAF ihre Auflösung bekanntgab.

Die Umweltbewegung

Was versteht man unter »saurem Regen«?
Bei der Verbrennung fossiler Brennstoffe wie Erdöl, Kohle und Erdgas wird Schwefeldioxid freigesetzt, das in Verbindung mit Sauerstoff und Wasser zu Säuren reagiert. Der hierdurch entstehende saure Regen greift die Pflanzenwelt an und führt zu einer Versauerung des Bodens. Das wiederum ist eine wesentliche Ursache für das Waldsterben.

Was ist der »Club of Rome«?
Der »Club of Rome« wurde 1968 in Rom gegründet. Es handelt sich dabei um einen Zusammenschluss von ausgewählten Persönlichkeiten des wissenschaftlichen, kulturellen, wirtschaftlichen und politischen Lebens. Der »Club of Rome« beschäftigt sich mit den drängenden internationalen Problemen der Zeit und mit Fragen zur Zukunft der Menschheit.

Die 70er- und frühen 80er-Jahre waren eine politisch bewegte Zeit, in der sich viele gesellschaftliche Umbrüche abzeichneten. Durch die Politisierung der jungen Generation, die sich nicht zuletzt auf die »68er« zurückführte, wuchs das Verlangen vieler Bürger, ihre demokratischen Rechte zu gebrauchen und sich aktiv bei gesellschaftlichen Fragen einzubringen. Daraus erwuchsen neue soziale Bewegungen. Themen rückten in den Vordergrund, die bisher kaum eine Rolle gespielt hatten. Die Umwelt-, die Frauen- und die Friedensbewegung entstanden. Obwohl die Aktivitäten dieser Gruppen auf eng umgrenzte Bereiche gerichtet waren, trugen sie – in unterschiedlichem Maße – zum Wandel in der Republik bei.

Die Erkenntnis, dass das Leben in einer hoch industrialisierten und technisierten Welt einen hohen Preis abverlangt, den in erster Linie die Natur zahlen muss, rückte Anfang der 1970er-Jahre zunehmend in den Blickpunkt. Ein Umdenken erschien angesichts der wachsenden Umweltverschmutzung dringend geboten: Flüsse wie Rhein, Main und Ruhr, an denen industrielle Ballungsgebiete lagen, waren teilweise so stark verschmutzt, dass man ausprobierte, ob man in ihnen Filme entwickeln könnte. Die Großstädte litten häufig unter hoher Luftverschmutzung durch die Schornsteine der Fabriken, Kohleheizungen und den Straßenverkehr. Die Begriffe **»saurer Regen«** und »Waldsterben« waren in aller Munde.

Das wachsende Umweltbewusstsein der Bürger wurde durch wissenschaftliche Untersuchungen gestützt. So warnte der **»Club of Rome«** 1972 in einer Studie vor den »Grenzen des Wachstums«: Würde die Menschheit weiterhin so hemmungslos Raubbau an der Natur treiben, dann stünde ihr eine düstere Zukunft bevor. In der ganzen Republik entstanden Bürgerinitiativen, die sich vorerst in ihrem örtlichen Umfeld für verschiedene Belange, etwa gegen den Ausbau von Flughäfen, die Ausweitung von Industriegebieten oder für den Schutz von Naturräumen, einsetzten.

Seit 1974/75 konzentrierte die Umweltbewegung ihre Aufmerksamkeit auf die Debatte um die Nutzung der Kernenergie. Angesichts der großen Risiken für Mensch und Natur lehnten die Aktivisten sie entschieden ab. In keiner anderen Industrienation stieß die Atomkraft auf so großen Widerstand wie in Deutschland. Stets begleiteten heftige Proteste den Neubau von Atomkraftwerken (AKW). Mit Großdemonstrationen, Sitzblockaden und Besetzungen konnte die Antiatomkraft-Bewegung 1975 den Bau des AKW Wyhl in Baden-Württemberg verhindern. Obwohl die meisten Demonstranten Gewalt ablehnten, mischten sich unter die Naturschützer auch extremistische Randalierer, die die Proteste nutzten, um zum Kampf gegen den Staat aufzurufen. Bei Massenkundgebungen gegen das Atommüll-Endlager Gorleben in Niedersachsen kam es 1979 zu schweren Krawallen, ebenso 1981 bei den Auseinandersetzungen um das AKW Brokdorf an der Elbe.

Wie viele Atomkraftwerke gab es in den 70er-Jahren in Westdeutschland?
1974 waren in der Bundesrepublik elf Kraftwerke in Betrieb, elf weitere befanden sich im Bau und sechs waren in Auftrag gegeben.

Die Ergebnisse der Umweltbewegung waren zwiespältig. Kurzfristig fand der geforderte Ausstieg aus der Kernkraft in der Bundesrepublik nicht statt. Die meisten **AKW-Projekte** wurden umgesetzt. Langfristig jedoch konnte die Bewegung durchaus Erfolge verbuchen. Das Bewusstsein für Umweltthemen und Naturschutz wuchs in der Bevölkerung erheblich. Weil die Aktivisten erkannten, dass man sich politisch organisieren müsse, um die eigenen Ziele zu erreichen und dafür Unterstützung zu finden, entstanden Ende der 70er–Jahre bundesweit in vielen Gemeinden, Städten und Kreisen »Grüne Listen« und kleinere Umweltparteien, die sich zu lokalen Wahlbündnissen zusammenschlossen. Aus ihnen ging schließlich 1980 die Partei »Die Grünen« hervor. Sie zog erstmals 1983 in den Bundestag ein.

BEMERKENSWERTES

Die Katastrophe von Tschernobyl 1986

Welch verheerende Folgen es haben kann, wenn ein Atomreaktor außer Kontrolle gerät, belegt die Katastrophe von Tschernobyl. Sie ist der schlimmste atomare Unfall der Geschichte. Aufgrund menschlichen Versagens und technischer Mängel wurden in dem sowjetischen Kernkraftwerk am 26. April 1986 mehrere Explosionen ausgelöst, die zur Zerstörung des Reaktors führten. Hoch radioaktives Material wurde freigesetzt, eine radioaktive Wolke zog über Europa. Bis heute sind in der Ukraine und in Weißrussland ganze Landstriche verstrahlt. Um das Kraftwerk herum wurde eine Sicherheitszone eingerichtet, die nur mit Sondergenehmigung betreten werden darf. Über die Zahl der Opfer herrscht Ungewissheit, zumal ein Ende der Krankheitsfälle, die auf die Verstrahlung zurückgehen, nicht absehbar ist.

Die Frauenbewegung

Was war der Paragraf 218?
Der Paragraf 218 des Strafgesetzbuches, das mit der Gründung des Deutschen Reiches 1871 eingeführt worden war, stellte die Abtreibung im Grundsatz unter Strafe. In der Weimarer Republik wurde eine Ausnahmeregelung für Abtreibungen geschaffen, die aus medizinischen Gründen vorgenommen werden mussten. Seit 1949 galt der Paragraf 218 in der Bundesrepublik unverändert fort.

Welche Aspekte des Ehe- und Familienrechts fanden die Frauenrechtlerinnen reformbedürftig?
Zum Beispiel verfügte bis in die 60er-Jahre hinein der Ehemann über das gemeinsame Vermögen, eine verheiratete Frau konnte kein Konto eröffnen, wenn er dagegen war. Erst 1977 fiel die Bestimmung weg, dass Frauen nur mit Erlaubnis des Ehemannes eine Arbeit annehmen durften, die jederzeit von ihm wieder gekündigt werden konnte, falls aus seiner Sicht die Pflichten zu Hause darunter litten. Gegen Gewalt in der Ehe, die häufig genug vorkam, gab es kaum eine rechtliche Handhabe.

Der Titel sorgte für einen handfesten Skandal. Am 6. Juni 1971 brachte das Hamburger Nachrichtenmagazin *stern* seine neue Wochenausgabe heraus. In großen Buchstaben prangte auf der Titelseite der Satz »Wir haben abgetrieben!«. Darunter waren zwei Dutzend Porträts von berühmten Frauen wie den Schauspielerinnen Romy Schneider, Liz Verhoeven, Senta Berger und des bekannten Fotomodells Veruschka von Lehndorff zu sehen. In der Titelgeschichte berichteten 374 Frauen davon, dass sie eine Abtreibung vorgenommen und somit gegen geltendes Recht verstoßen hätten. Der *stern* mischte sich mit dieser Nummer nicht nur in den Streit um den **Paragrafen 218** ein, mehr noch: Das Heft wurde zur Ikone der neuen Frauenbewegung der 70er-Jahre.

Die Anfänge dieser Protestinitiative lagen in der Studentenbewegung von 1968. Damals entstanden an den Universitäten erste studentische Frauengruppen, die versuchten, in die Diskussionen um gesellschaftliche Veränderungen die weibliche Perspektive einzubringen. Von den meisten ihrer männlichen Mitstreiter wurden sie jedoch nur belächelt, denn in der Gesamtheit war die Frauenfrage für die Anhänger der »68er« kein wichtiges Thema. Gleichwohl trafen die Frauengruppen den Nerv der Zeit. Die Zeitschrift *Emma* berichtete, dass drei Viertel der Anhängerinnen zwischen 20 und 39 Jahre alt seien, mehr als die Hälfte von ihnen besäße das Abitur oder einen Hochschulabschluss. Dass sich besonders die jungen und gut ausgebildeten Frauen in die Bewegung einbrachten, war eigentlich nicht verwunderlich, da sich genau sie in der bundesdeutschen Gesellschaft vor große Probleme gestellt sahen.

Der neuen Frauenbewegung ging es nicht um politische Grundrechte wie etwa das Wahlrecht. Diese Ziele waren bereits von ihren Vorkämpferinnen zu Beginn des 20. Jahrhunderts erstritten worden. Vielmehr baute die neue Bewegung auf dem Erreichten auf. Sie trat für eine wirkliche Gleichstellung der Frau im Berufs- und sozialen Leben sowie für eine Reformierung des **Ehe- und Familienrechts** ein, das aus der Kaiserzeit stammte. Der Kampf gegen den Paragrafen 218 war der zentrale Antriebsmotor der Bewegung. Die sozialliberale Koalition plante eine große Reform des Abtreibungsrechts. Im Bundestag kam es darüber von 1971 bis 1976 zu heftigen **Auseinandersetzungen.** Die Frauenbewegung kämpfte dafür, dass nicht das von Männern dominierte Parlament und die Regierung über ihre

Köpfe hinweg entscheiden sollten. Mit Kampagnen wie »Mein Bauch gehört mir!« und großen Protestversammlungen machte sie auf ihre Forderung nach einem Selbstbestimmungsrecht der Frauen aufmerksam. Hieraus leiteten sich dann die weiteren Ziele für eine vollständige Gleichberechtigung ab.

Mit dem Anwachsen der Frauenbewegung entstanden auch feministische Einrichtungen. Seit 1973 wurden in der ganzen Republik Frauenzentren gegründet. 1974 nahm in München der erste Frauenverlag seine Arbeit auf, ein Jahr später eröffnete der erste Buchladen mit spezieller Frauenliteratur. Besonders wichtig war die Einrichtung von Frauenhäusern, die ab 1976 zunächst in Westberlin, dann aber schon bald im gesamten Bundesgebiet eingerichtet wurden. Dorthin können misshandelte Frauen mit ihren Kindern fliehen, wenn sie aus ihrer Ehe ausbrechen wollen. Vieles von dem, was heute als Selbstverständlichkeit im Umgang zwischen den Geschlechtern gilt, ist erst im Zuge der 70er-Jahre von der Frauenbewegung gegen zum Teil große Widerstände erkämpft worden. Tatsächliche Gleichstellung ist allerdings noch lange nicht erreicht – Frauen haben nach wie vor in vielen Bereichen ihres Lebens mit Benachteiligung gegenüber Männern zu kämpfen.

Welche unterschiedlichen Reformvorschläge gab es?

Die sozialliberale Koalition wollte eine »Fristenregelung« durchsetzen. Abtreibungen sollten bis zur zwölften Woche der Schwangerschaft straffrei bleiben. Demgegenüber trat die CDU/CSU-Opposition für die »Indikationsregelung« (lat. indicare = »anzeigen, angeben«) ein, nach der Abtreibungen nur aus ethischen und medizinischen Gründen zulässig seien. Zunächst setzte sich zwar die »Fristenregelung« durch, sie scheiterte jedoch beim Verfassungsgericht. Daraufhin einigten sich die Parteien 1976 auf einen Kompromiss, der Elemente aus beiden Vorschlägen enthielt.

BEMERKENSWERTES

Alice Schwarzer – »Vorkämpferin« der Frauenbewegung

Die 1942 geborene Journalistin, Verlegerin und Autorin Alice Schwarzer engagierte sich seit Anfang der 70er-Jahre zunächst in Frankreich, dann zunehmend in der Bundesrepublik für die Emanzipation der Frauen. Sie stand maßgeblich hinter der *stern*-Geschichte von 1971. In ihren Büchern (*Der kleine Unterschied*, 1975), Fernsehbeiträgen und Artikeln beschäftigte sich Schwarzer mit der Diskriminierung von Frauen am Arbeitsplatz, Sexualität sowie Ausbeutung und Gewalt in der Ehe. 1977 erschien erstmals die von ihr mitbegründete Zeitschrift *Emma*, die das wichtigste Sprachrohr der Bewegung war.

Alice Schwarzer

Die Friedensbewegung

Was bedeutet Pazifismus?
Darunter versteht man die völlige Ablehnung von Krieg.

Was war die SS-20-Rakete?
Bei der SS-20-Rakete handelte es sich um eine sowjetische Mittelstreckenrakete, die mit atomaren Gefechtsköpfen bestückt war. Je nach Modell lag ihre Reichweite bei 5.000 bis 5.400 Kilometern. Sie konnte jedes Ziel in Europa erreichen, für einen Angriff auf die USA war sie indes ungeeignet. Damit unterlag sie nicht dem Abkommen über die zahlenmäßige Begrenzung von Interkontinentalraketen, das die beiden Supermächte 1972 geschlossen hatten.

Worum ging es beim Doppelbeschluss?
Der NATO-Doppelbeschluss vom 12. Dezember 1979 bestand aus zwei Elementen. Erstens sollten in Europa 108 moderne atomare Mittelstreckenraketen vom Typ Pershing II sowie 464 Marschflugkörper (Cruise Missiles) aufgestellt werden, um das sowjetische Übergewicht auszugleichen. Zweitens wurden darüber hinaus Verhand-

Mit der Friedensbewegung betrat Anfang der 80er-Jahre eine dritte große Bewegung die politische Bühne. Zwar hatte es bereits in den 50er- und 60er-Jahren **pazifistische** Initiativen gegeben, aber diese waren nie politisch bedeutsam geworden. Bei der neuen Friedensbewegung sah das anders aus. Sie stieß in vielen Teilen der Gesellschaft auf Unterstützung und konnte große Menschenmassen mobilisieren.

Allerdings fällt das Urteil über die Bewegung selbst heute noch sehr unterschiedlich aus. Während manche der ehemaligen Beteiligten immer noch von der Notwendigkeit und Richtigkeit ihres damaligen Protestes überzeugt sind, betonen andere die Schwächen der Bewegung: ihre politische Einseitigkeit und eine naive Vorstellung von den komplizierten Zusammenhängen internationaler Politik.

Die Friedensbewegung erwies sich als das Kind einer Zeit außenpolitischer Veränderungen. Waren die 70er-Jahre von der Entspannungspolitik geprägt worden, kühlte sich gegen Ende des Jahrzehnts das Ost-West-Verhältnis wieder merklich ab. Mit dem sowjetischen Einmarsch in Afghanistan 1979 zog eine neue politische Eiszeit herauf. Zur gleichen Zeit modernisierte die UdSSR ihr Arsenal an Mittelstreckenraketen, die zu Hunderten gegen Westeuropa gerichtet waren. Die neuen **SS-20-Raketen** versetzten die westlichen Regierungen in Unruhe. Man vermutete dahinter den Versuch Moskaus, den politischen Druck auf Europa zu erhöhen. Unter maßgeblicher Beteiligung des deutschen Bundeskanzlers Helmut Schmidt fasste die NATO 1979 deshalb den **»Doppelbeschluss«.** Er sollte dazu dienen, die sowjetische Führung durch eine eigene Aufrüstung an den Verhandlungstisch zurückzuholen.

Viele Menschen betrachteten die Verschlechterung der internationalen Beziehungen mit großer Sorge. In ihren Augen führte der NATO-Doppelbeschluss direkt in einen Atomkrieg. Deshalb forderten sie von den Regierungen die Sicherung des Friedens durch Rüstungskontrolle, Abrüstung und den Verzicht auf Atomwaffen. Das waren die Kernforderungen der Friedensbewegung. Mit dem **»Krefelder Appell«** 1980 begann der Gründungsprozess der Bewegung in der Bundesrepublik. Dass sie gerade hier großen Zuspruch fand, hing damit zusammen, dass Deutschland von einem neuen Krieg am schwersten betroffen gewesen wäre.

Die Friedensbewegung setzte sich aus sehr verschiedenen Gruppen zusammen. Ihre Mitglieder reichten von Anhängern der christlichen Kirchen über Aktivisten aus der Umweltbewegung, Sozialdemokraten und Gewerkschaftern bis hin zu kommunistischen Kräften, die von der DDR kontrolliert wurden. Prominente Schriftsteller, Liedermacher und Künstler wie Heinrich Böll, Günter Grass und **Joseph Beuys** unterstützten die Bewegung. Ihr Erkennungszeichen war die weiße Friedenstaube.

Vier Jahre gelang es der Friedensbewegung, ihr Anliegen in die Öffentlichkeit zu tragen. Kirchen, Hochschulen und Rathäuser wurden zu Orten der Diskussion über die sogenannte »Nachrüstung«. Die Ostermärsche erlebten einen ungeheuren Zuspruch. Am 10. Oktober 1981 demonstrierten Hunderttausende im Bonner Hofgarten gegen den Doppelbeschluss. Die größten Kundgebungen mit mehr als einer Million Teilnehmern fanden im Oktober 1983 statt.

Solche Größenordnungen hatte die Republik bis dahin nicht erlebt. Allerdings darf das Bild nicht täuschen – obwohl sich viele Menschen in der Friedensbewegung engagierten, standen sie nicht für die Mehrheit der Bevölkerung. Im Gegenteil: Nur knapp zehn Prozent der Bundesbürger unterstützten die Ziele der Bewegung. Als der Bundestag am 22. November 1983 endgültig für die Umsetzung des Doppelbeschlusses stimmte, verlor die Friedensbewegung rasch an Bedeutung.

lungen mit Moskau über eine neue Rüstungsbegrenzung angestrebt. Die Stationierung der neuen Raketen sollte erst dann erfolgen, wenn die Gespräche mit der UdSSR zu keinem Ergebnis führten.

Was war der »Krefelder Appell«?

Der »Krefelder Appell« gilt als Gründungsdokument der Friedensbewegung in der Bundesrepublik. In ihm waren die Leitsätze und Ziele der Bewegung festgehalten. Innerhalb eines halben Jahres wurde der Appell von über 800.000 Menschen unterzeichnet.

Wer war Joseph Beuys?

Joseph Beuys (1921–1986) gilt als einer der wichtigsten deutschen Künstler in der zweiten Hälfte des 20. Jahrhunderts. Seit Ende der 60er-Jahre betätigte sich der Zeichner, Bildhauer, Aktionskünstler und Kunsttheoretiker zunehmend politisch. Beuys war einer der bekanntesten Anhänger der Umwelt- und der Friedensbewegung.

BEMERKENSWERTES

In der Zerreißprobe: die SPD und der NATO-Doppelbeschluss

Die SPD war in der Frage des Doppelbeschlusses tief gespalten. Während der Kanzler fest von der Richtigkeit des Beschlusses überzeugt war, lehnten viele normale Parteimitglieder die »Nachrüstung« ab. Auch führende Sozialdemokraten und Bundestagsabgeordnete beteiligten sich an den Friedensveranstaltungen. Letztlich fand Schmidt für seine Politik zwar weithin Zustimmung bei CDU/CSU und FDP, der Unterstützung in den eigenen Reihen konnte er sich indes nicht mehr sicher sein. Neben vielem anderen war auch das ein Grund für seinen Sturz 1982.

Jugendkulturen – zwischen Geldverdienen und alternativem Leben

Wer waren die Spontis?
Die Spontis waren eine besondere Gruppe linksgerichteter Studenten an den Hochschulen. Im Gegensatz zu den meisten kommunistisch ausgerichteten Studentenorganisationen, bei denen großer Wert auf theoretische Schulung gelegt wurde, setzten die Spontis auf »spontane« und witzig-freche Aktionen. Die sogenannten »Sponti-Sprüche« wie »Wir sind die Leute, vor denen uns unsere Eltern immer gewarnt haben« waren über die Szene hinaus weithin beliebt.

Wieso wurden Häuser besetzt?
Für die Hausbesetzungen gab es eine Reihe von Gründen. Manche Besetzer suchten einfach nur günstigen Wohnraum. Andere wollten gegen den Leerstand und den Verfall vieler Häuser in den Innenstädten demonstrieren, der häufig durch Preisspekulationen verursacht wurde – man nannte das im zeitgenössischen Jargon »instandbesetzen«. Manchen Hausbesetzern war die Frage des Besitzes aber auch vollkommen gleichgültig, da sie dafür eintraten, das Eigentum abzuschaffen.

Wer versucht, sich einen Überblick über die Jugendkulturen der 70er- und 80er-Jahre zu verschaffen, der wird rasch an Grenzen stoßen. Zu vielseitig und zu unterschiedlich waren die einzelnen Richtungen und Spielarten, als dass sie auf einen Nenner gebracht werden könnten. Nie zuvor waren die Jugendkulturen so bunt wie im letzten Viertel des 20. Jahrhunderts. Obwohl sie allesamt nach Antworten auf die Herausforderungen der modernen Welt und des Lebens in der Überflussgesellschaft suchten, fielen ihre Lebensentwürfe und Wertvorstellungen sehr widersprüchlich aus.

In den 70er-Jahren fand in allen Gesellschaften des Westens ein Wertewandel statt, der hauptsächlich die 20- bis 30-Jährigen erfasste. Unter dem Eindruck der Studentenrevolte von 1968 verloren bei vielen jungen Menschen die bislang überlieferten bürgerlichen Wert- und Moralvorstellungen wie Fleiß, Leistungsdenken, das Streben nach gesellschaftlichem Aufstieg und Anerkennung, Sitte und Anstand ihren Stellenwert. Man betrachtete sie als den Ausdruck einer gesellschaftlichen und staatlichen Fremdbestimmung, die geradezu übermächtig und menschenfeindlich auf dem Einzelnen lasten würde. »Uns treibt nicht mehr der Hunger nach Essen, uns treibt der Hunger nach Freiheit, Liebe, Zärtlichkeit, nach anderen Arbeits- und Verkehrsformen«, hieß es 1976 in einer Erklärung der **Spontis.** Radikalere Gruppen wie die Autonomen riefen dagegen zum »aktiven Kampf gegen den Staat« auf. Die Massenproteste der Zeit sowie die Auseinandersetzungen um **besetzte Häuser** und Straßenkrawalle boten ihnen hierzu ausreichend Möglichkeiten.

Dem gegenüber wollte die alternative Szene ohne Gewalt aus den Lebensgewohnheiten des Bürgertums ausbrechen. Ihr ging es nicht wie den »68ern« um große Theoriedebatten, sondern um die konkrete Veränderung des eigenen Lebens. Die Alternativen entwickelten neue Formen des Zusammenlebens. Sie gründeten Wohngemeinschaften, errichteten auf Brachflächen Kolonien aus Bau- und Wohnwagen oder besetzten leer stehende Häuser und Fabriken, in denen sie ihre Vorstellungen vom Miteinander verwirklichen konnten. Mit der Einrichtung von Frauenhäusern, Dritte-Welt-Läden, Naturkostgeschäften, Ärztekollektiven, Kinos, Kneipen, Cafés und Jugendzentren entstand eine eigene alternative Lebenswelt, die weitgehend unabhängig vom Rest der Bevölkerung funktionierte.

Die Alternativen wurden stark von der Friedens- und Umweltbewegung beeinflusst, zu deren wichtigsten Fürsprechern sie zählten. Zwar blieben Konflikte mit den »normalen« Bürgern, die der bisweilen etwas kauzigen Szene oft mit Unverständnis begegneten, nicht aus. Doch insgesamt trugen die Alternativen dazu bei, dass die bundesdeutsche Gesellschaft an Vielfalt gewann.

Am anderen Ende der Bandbreite jugendlicher Kultur standen in den 80er-Jahren die **»Yuppies«.** Bei ihnen handelte es sich um gut ausgebildete, qualifizierte junge Menschen, die in den Großstädten hoch bezahlten Jobs als Banker, Versicherungsagenten oder Börsenmakler nachgingen. Für sie stand der berufliche Erfolg im Vordergrund. Angesagt war, was teuer und elegant war und einen Namen trug. In Filmen wie *Wall Street* (1987) oder *Das Geheimnis meines Erfolges* (1987) wurden die Idealbilder des Yuppies vorgeführt – hart arbeitende, smarte und erfolgreiche Aufsteigertypen, denen ihr Geld unermessliche Freiheiten eröffnete: große Autos, schicke Wohnungen, teure Maßanzüge, gutes Essen und schöne Frauen. Natürlich konnte und wollte nicht jeder ein Yuppie, ein Autonomer oder ein Alternativer werden. Die Mehrheit der jungen Menschen bewegte sich irgendwo zwischen diesen Extremen.

Was bedeutet »Yuppie«?
Der Begriff ist aus den englischen Wörtern young urban professional *(dt. »junger, in der Stadt lebender Experte/Mittelschichtler«) zusammengesetzt.*

BEMERKENSWERTES

Westberlin – Hochburg der »Jungen Wilden«

Seit den Unruhen von 1968 entwickelte sich Westberlin zum Zentrum der alternativen Szene in Deutschland. Da aufgrund der besonderen Rechtslage in Berlin keine Wehrpflicht bestand, zog es Tausende junger Kriegsdienstverweigerer aus der Bundesrepublik in die geteilte Stadt. Der Arbeiterbezirk Kreuzberg wurde für zahlreiche Künstler, Hausbesetzer, Friedensaktivisten, Revolutionäre und Unangepasste zum Experimentierfeld des alternativen Zusammenlebens.

Der Machtwechsel 1982 – Helmut Kohl wird Bundeskanzler

Wie sahen die Presseangriffe gegen Kohl aus?
Helmut Kohls betont volkstümliches öffentliches Auftreten, seine mächtige Figur, die im Laufe der Jahre weiter an Gewicht zulegte, der pfälzische Dialekt sowie sein Führungsstil innerhalb der CDU boten zahlreiche Ansätze für beißenden Spott und Satire. 1982 veröffentlichte das Magazin »Titanic« eine Karikatur, die Kohl in der Form einer Birne zeigte. Die »Birne Kohl« wurde eines der beliebtesten Motive in der zeitgenössischen Presse.

Was versteht man unter dem »System Kohl«?
Mit dem ursprünglich abwertenden Begriff wird die von Kohl innerhalb der CDU verfolgte machtpolitische Strategie beschrieben. Sie bestand darin, dass Kohl zu talentierten Nachwuchskräften in der Partei systematisch persönliche Beziehungen aufbaute, Personen nach Kräften förderte und sie in verantwortungsvolle Positionen brachte. Dadurch sicherte er sich die Loyalität der jüngeren Parteimitglieder. Regelmäßig pflegte er auch den persönlichen Kontakt zu Kreisvorsitzenden

Kaum ein anderer deutscher Politiker erregt die Gemüter bis heute so sehr wie Helmut Kohl (CDU). Würdigen ihn die einen als verdienten Staatsmann, den »Kanzler der Einheit« und einen großen Europäer, gilt er anderen hingegen als der Inbegriff von innenpolitischem Stillstand und zahllosen Parteiaffären. Fakt ist, dass Helmut Kohl die Geschichte der Bundesrepublik maßgeblich mitbestimmt hat. Seine Amtszeit betrug 16 Jahre. Er regierte damit länger als Konrad Adenauer und länger als Willy Brandt und Helmut Schmidt zusammen.

Als Helmut Kohl am 1. Oktober 1982 die Regierungsgeschäfte übernahm, gab es wohl kaum jemanden, der ihm eine lange Kanzlerschaft zugetraut hätte. Zwar war es Kohl gelungen, den bisherigen Bundeskanzler Helmut Schmidt mithilfe der Stimmen von der FDP, die zuvor aus der sozialliberalen Koalition ausgeschieden war, zu stürzen. Doch er galt lediglich als eine Übergangslösung. Im Vergleich zum staatsmännischen und charismatischen Hanseaten Schmidt wirkte Kohl eher bieder und täppisch. Er war alles andere als ein gewandter Redner. Vor allem die linksgerichtete Presse unterschätzte ihn. Während seiner gesamten Regierungszeit war Kohl immer wieder **persönlichen Angriffen** und hämischen Kommentaren ausgesetzt, die nicht selten die Grenze zur Beleidigung überschritten. Auf die Verletzungen reagierte Kohl überaus empfindlich: Er verweigerte Interviews und beschimpfte kritische Journalisten als Nörgler und Vaterlandsverräter. Sein Verhältnis zur schreibenden Zunft galt in Teilen als zerrüttet. Eigentlich denkbar schlechte Voraussetzungen für eine Kanzlerschaft.

Kohl war ein Politprofi bis ins Mark. 1930 in Ludwigshafen geboren, betätigte er sich schon als Jugendlicher in der CDU. Seine politische Karriere begann in der Landespolitik seines Heimatlandes Rheinland-Pfalz. Nachdem er 1959 als Abgeordneter in den Mainzer Landtag gewählt worden war, stieg er in der CDU rasch auf. Zwischen 1969 und 1976 bekleidete er das Amt des Ministerpräsidenten, bevor er sich vollständig der Bundespolitik zuwandte. Trotz einiger Rückschläge konnte Helmut Kohl in den 70er- und 80er-Jahren seinen Einfluss in der Partei ausbauen. 25 Jahre war er Parteivorsitzender, 34 Jahre lang gehörte er dem CDU-Bundesvorstand an. Kein anderer Spitzenpolitiker der Bundesrepublik konnte eine solche Karriere aufweisen. Das sogenannte System Kohl sicherte ihm über zwei Jahrzehnte die Macht innerhalb der Partei.

und anderen CDU-Funktionären. Niemand verfügte über so gute Kenntnisse über den inneren Zustand der CDU wie Kohl.

Der Regierungswechsel von 1982 wurde von Kohl als ein »historischer Neuanfang« gewertet. Dieser sollte dazu genutzt werden, die Versäumnisse seines Vorgängers Schmidt zu beheben. Während die Außenpolitik bis 1989 weitgehend in den vorzeichneten Bahnen verlief, richtete Kohl sein Augenmerk zunächst auf die Wirtschaftspolitik. Der neuen Regierung aus CDU/CSU und FDP gelang es in kurzer Zeit, mittels einer **»angebotsorientierten« Politik** für einen dauerhaften Aufschwung zu sorgen, der die ganzen 80er-Jahre anhielt. Allerdings blieb die hohe Arbeitslosigkeit weiter bestehen. Ebenso konnte die Staatsverschuldung kaum abgebaut werden. Die hohen Steuereinnahmen, die der wirtschaftliche Erfolg bescherte, sorgten aber für einen finanziellen Ausgleich. Die Bundesrepublik war nach wie vor eines der reichsten Länder der Welt.

Helmut Schmidt gratuliert Helmut Kohl nach der Wahl zum Bundeskanzler am 1. Oktober 1982.

BEMERKENSWERTES

Helmut Kohl und die Vertrauensfrage 1982

Nach seiner Regierungsübernahme war Helmut Kohl sehr daran interessiert, für das Frühjahr 1983 Neuwahlen herbeizuführen. Er hoffte, dadurch den Vorsprung der CDU vor der SPD auszubauen. Weil das Grundgesetz keine Selbstauflösung des Bundestages vorsieht, sollte die Vertrauensfrage den Weg zu Wahlen freimachen. Am 17. Dezember 1982 stellte Kohl im Bundestag die Frage, ob er noch über das Vertrauen der Mehrheit verfüge. Mit den Abgeordneten von CDU, CSU und FDP wurde vorher abgesprochen, dass sie sich der Stimme enthalten sollten. Erwartungsgemäß »verfehlte« Kohl die Mehrheit, weshalb Bundespräsident Karl Carstens Neuwahlen ansetzte. Obwohl die CDU im März 1983 einen großen Sieg errang, wurde der Weg dorthin von vielen als verfassungsrechtlich fragwürdig empfunden.

Was war der Sinn der »angebotsorientierten« Politik?

Die »angebotsorientierte« Politik zielte auf eine finanzielle Entlastung der Unternehmen. Steuerliche Erleichterungen, eine strikte Haushaltsführung, Kürzungen im Sozialbereich und der Abbau von staatlichen Eingriffen in die Wirtschaft sollten den Firmen mehr Raum zur Entfaltung verschaffen und damit die Wirtschaftskraft sowohl auf dem inländischen Markt als auch im Export stärken.

Am Ende des Kalten Krieges – die Bundesrepublik vor dem Mauerfall

Wer war Richard von Weizsäcker?
Richard von Weizsäcker (1920–2015) entstammte einer Diplomatenfamilie. Nachdem er im Zweiten Weltkrieg Soldat gewesen war und danach Rechtswissenschaften und Geschichte studiert hatte, trat er 1954 in die CDU ein. Von 1981 bis 1984 war er Regierender Bürgermeister von Berlin. 1984 wurde er zum sechsten Bundespräsidenten der Bundesrepublik Deutschland gewählt. Nach zwei Amtszeiten schied er 1994 aus dem Amt aus.

Der Mai 1989 war ein besonderer Monat. Er stand ganz im Zeichen des 40. Jahrestages der Verkündung des Grundgesetzes, mit der 1949 die Gründung der Bundesrepublik vollzogen worden war. Im Mittelpunkt des offiziellen Gedenkens stand ein großer Staatsakt in der Bonner Beethovenhalle, zu dem sich am 24. Mai die Spitzen des politischen und gesellschaftlichen Lebens der Republik versammelten.

Einen Tag zuvor, dem eigentlichen historischen Datum, war der hoch angesehene Bundespräsident **Richard von Weizsäcker** für eine zweite Amtszeit gewählt worden. Zwar konnte man die deutschen Feierlichkeiten an Prunk und Pomp nicht mit jenen vergleichen, die Frankreich ein paar Wochen später entfaltete, um am **14. Juli** den 200. Jahrestag der Französischen Revolution zu begehen. Dennoch war das Jubiläum für Bonner Verhältnisse außergewöhnlich. Neben Empfängen und Banketten gab es im ganzen Land Volksfeste, Ausstellungen und Diskussionsveranstaltungen, auf denen über die Geschichte und die Gegenwart der Bundesrepublik debattiert wurde. Mehr als 340 Fernsehsendungen widmeten sich dem Thema. Zahlreiche Bücher kamen auf den Markt. Sie warfen die Frage nach einer vorläufigen Bilanz der Republik auf. Die konnte sich durchaus sehen lassen.

In den 80er-Jahren hatte die Bundesrepublik ihre großen Herausforderungen erfolgreich bestanden. Außenpolitisch war sie nicht nur fest ins Westbündnis eingebunden, sondern sie galt weithin als ein anerkannter und gleichberechtigter Partner. Mit sämtlichen westeuropäischen Nachbarn unterhielt Bonn enge freundschaftliche Beziehungen. Aber auch das Verhältnis zu den kommunistischen Ländern gestaltete sich einigermaßen entspannt, obgleich die weltanschaulichen und politischen Unterschiede weiter bestanden. Die Innenpolitik verlief in ruhigen Bahnen. Der Terrorismus, der das Land Ende der 70er-Jahre erschüttert hatte, spielte nur noch eine zweitrangige Rolle.

Auf wirtschaftlichem Gebiet gehörte die Bundesrepublik zusammen mit den USA und Japan zur Weltspitze. Die bundesdeutsche Gesellschaft war tolerant und äußerst vielfältig. Der gut ausgebaute Wohlfahrtsstaat ermöglichte einen Lebensstandard, der über dem der meisten anderen Länder Europas lag – allerdings zu dem Preis einer wachsenden Verschuldung. Umfragen zeigten, dass alle Teile der Bevölkerung mit den Lebensumständen in der Bundesrepublik insgesamt zufrieden waren. Die überwiegende Mehrzahl von ihnen waren überzeugte Demokraten. 40 Jahre Bundesrepublik hatten den Menschen ein solchen Wohlstand und eine solche politische Stabilität beschert, wie es sich die Väter und Mütter des Grundgesetzes 1949 kaum besser hätten vorstellen können.

Es verwundert nicht, dass unter solchen Umständen die deutsche Teilung, je länger sie andauerte, aus dem Bewusstsein der meisten Bürger allmählich verschwand. Gewiss hatten fast alle westdeutschen Familien Verwandtschaft in der DDR, mit der man irgendwie in Verbindung stand. Bloß der Gedanke, dass man unbedingt an einer Wiedervereinigung als Ziel festhalten müsse, wurde in den Augen vieler nur noch von Ewiggestrigen vertreten. Die Jugend hingegen zeigte kaum Interesse für das Leben jenseits der Mauer. Was in London, Paris, Rom und New York geschah, war für sie interessant, nicht Ostberlin oder Leipzig. Wenn man von »Deutschland« sprach, meinte man in aller Regel die Bundesrepublik, nicht die DDR oder gar Gesamtdeutschland. Noch im Sommer 1989 waren ein Fall der Mauer oder gar eine baldige Wiedervereinigung für die meisten undenkbar.

Wieso ist der 14. Juli in Frankreich ein Nationalfeiertag?

Am 14. Juli 1789 stürmte das Volk von Paris die Bastille, eine alte Festung, die vom Königtum unter anderem als Gefängnis genutzt wurde. Dieses Ereignis war der Auslöser der Französischen Revolution.

BEMERKENSWERTES

Ein Drahtseilakt: Der Honeckerbesuch 1987

Vom 7. bis 11. September 1987 besuchte der Staatsratsvorsitzende der DDR und Generalsekretär der SED Erich Honecker die Bundesrepublik. Die Einladung dazu hatte bereits Kohls Amtsvorgänger Helmut Schmidt ausgesprochen. Allerdings war dieser erste Besuch eines führenden DDR-Politikers mehrmals verschoben worden. Für die Bundesregierung kam er einem Drahtseilakt gleich: Auf der einen Seite wurde Honecker mit protokollarischen Ehren empfangen. Auf der anderen Seite durfte die Reise nicht zu einer Aufwertung der DDR führen. Während des Abendessens hielten Honecker und Kohl zwei Tischreden, die vom Fernsehen in beiden Staaten übertragen wurden. So konnten auch die Bürger in der DDR am Bildschirm live erleben, wie Helmut Kohl über Menschenrechte, Grundfreiheiten, die Mauer und die deutsche Einheit sprach – und wie Honeckers Gesichtszüge dabei versteinerten.

Die DDR 1949 bis 1989

Die DDR 1949 bis 1989

Ein »Provisorium für längstens ein Jahr« sollte die Deutsche Demokratische Republik (DDR) werden, notierte der Staatspräsident Wilhelm Pieck anlässlich der Staatsgründung 1949. Damals gingen alle davon aus, dass es bald wieder einen einheitlichen deutschen Nationalstaat geben würde. Es wurden fast auf den Tag genau 41 Jahre daraus: Vom 7. Oktober 1949 bis zum 3. Oktober 1990 existierte die DDR. Die Nachkriegsordnung des Kalten Krieges mit seinen zwei Machtblöcken in Europa erwies sich als erstaunlich stabil.

Mittlerweile sind zwei Jahrzehnte vergangen seit einem der Glanztage der Demokratiegeschichte in Deutschland, als am 9. Oktober 1989 70.000 Menschen auf dem Stadtring in Leipzig demonstrierten und damit den ersten Schritt zum Ende der DDR und der Diktatur der kommunistischen Einheitspartei SED vollbrachten. Seitdem sind die Zeitungen und die Fernsehprogramme voll vom Streit über das DDR-Erbe, von Erinnerungen an das Leben im »anderen Deutschland«, von Broilern und Spreewaldgurken, von Dokumentationen über die Gefängnisse der Staatssicherheit und die Parteiführer wie Walter Ulbricht und Erich Honecker. Die eigene Welt der DDR ist dagegen heute weitgehend verschwunden. Gelegentlich wird sie in Fernsehshows wiederbelebt oder im Supermarktregal findet sich wieder die »Bambina«-Schokolade oder das »Fit«-Spülmittel.

Im Zentrum des Rückblicks steht das diktatorische Regime in der DDR: die Parteiherrschaft der SED, die fehlende Demokratie und die Verfolgung von Kritikern und Andersdenkenden. Diese Säulen des Systems hatte die DDR gemeinsam mit der nationalsozialistischen Herrschaft, deren weltgeschichtlich einmalige Menschheitsverbrechen das Unrecht in der DDR allerdings weit überstiegen. Zugleich waren viele Gründerväter der DDR davon überzeugt, mit ihrem Staat gerade einen neuen Aufstieg des Nationalsozialismus auszuschließen und eine bessere und gerechtere Welt zu erschaffen – der alte Traum der sozialistischen Arbeiterbewegung. Es zeigte sich aber, dass der Sozialismus, den die Sowjetunion der ostdeutschen Bevölkerung aufzwang, sich nicht auf deren Zustimmung berufen konnte. Aus gutem Grunde wagte es die SED nicht, sich freien Wahlen zu stellen.

Zur DDR gehörte das System der Planwirtschaft, das leistungsschwächer war, als die Planer es sich erhofften. Arbeitslos werden konnte man in der DDR nur, wenn man sich politisch etwas zuschulden kommen ließ. Für alle anderen war der Arbeitsplatz sicher. Es gab sogar eine Pflicht zur Arbeit. Daraus ergab sich ein bescheidener Lebensstandard unter ständigen Versorgungsengpässen, aber auch ein gewisses Gemeinschaftsgefühl, das sich aus den kleinen Erfolgen des Durchwurstelns im Alltag speiste.

Die DDR war eine Erziehungsdiktatur. Die Menschen wurden ständig gedrängt, sich für die SED und den Staat auszusprechen. In den 50er-Jahren rief der Parteiführer Walter Ulbricht sogar die »Zehn Gebote der sozialistischen Moral« aus, um den Menschen ihr Verhalten vorzuschreiben. Um der Gängelei durch den Staat zu entgehen, schufen sich viele DDR-Bürger nach dem Motto »Privat geht vor Katastrophe« ihre Lebensräume, wie das Wochenendgrundstück mit einem kleinen Häuschen, genannt Datsche, und die Beziehungen zu Freunden und Bekannten, über die man knappe Waren besorgte. So entfaltete sich ein Alltag, in dem man über die Fragen der großen Politik nicht mitreden konnte, aber zuweilen ganz gemütlich lebte, wenn man es schaffte, nicht anzuecken.

So hätte es vielleicht noch ein paar Jahrzehnte weitergehen können, doch mit der Zeit wuchs die Unzufriedenheit der DDR-Bürger über ihre Lebenssituation. Die Wirtschaftskraft ließ seit Mitte der 70er-Jahre immer weiter nach und der Wunsch, sein Leben selber zu gestalten und in demokratischen Verhältnissen zu leben, gewann an Stellenwert in der DDR-Bevölkerung. Am Schluss verteidigte fast niemand mehr das alte System – das damit zum Zusammenbruch verurteilt war.

Das geteilte Deutschland

Was sind die Kennzeichen einer Demokratie?
Demokratie bedeutet »Volksherrschaft«. Alle Menschen haben die gleichen Rechte sowie die Möglichkeit, in der Politik mitzubestimmen. In den meisten Demokratien geschieht das über Wahlen für ein Parlament, das das Volk vertritt. Jeder darf an Wahlen teilnehmen und es muss Alternativen geben – eine Einheitsliste ist undemokratisch. Weiterhin gehören zu einer Demokratie Meinungs- und Informationsfreiheit.

Was ist eine Diktatur?
Die Diktatur ist die uneingeschränkte Herrschaft eines Einzelnen oder einer Gruppe.

Nach dem Zweiten Weltkrieg konnte sich in Deutschland wohl kaum jemand vorstellen, dass das Land in Zukunft in zwei Staaten aufgeteilt werden würde. Aber die Mächte, die Deutschland besiegt hatten (USA, Großbritannien und Frankreich auf der einen, die Sowjetunion auf der anderen Seite), einigten sich nicht darüber, welches politische System eingeführt werden sollte. Auch mehrere Jahre nach dem Krieg gab es keinen Friedensvertrag. Seit 1947 begannen beide Seiten, ihre eigenen Systeme in den Besatzungszonen einzuführen. Im Westen war dies ein **demokratisches** System mit freien Wahlen, im Osten die **Einparteiendiktatur** der SED.

Trotz der Gründung der Bundesrepublik Deutschland im Westen und der DDR im Osten 1949 galt die **deutsche Frage** für die damals tätigen Politiker weiterhin als offen. Beide politischen Systeme beanspruchten, sich in der Zukunft auf ganz Deutschland auszudehnen. In den 50er-Jahren gab es immer wieder Verhandlungen über eine gesamtdeutsche Lösung. 1952 machte der sowjetische Diktator Stalin den Westmächten das Angebot für ein vereinigtes Deutschland auf der Basis von international kontrollierten freien Wahlen und Neutralität zwischen USA und Sowjetunion. War das Angebot ernst gemeint? Wir wissen es nicht. Die Westmächte glaubten Stalin jedenfalls nicht, dass er wirklich demokratische Verhältnisse zulassen würde. Außerdem wollten sie ein neutrales Deutschland nicht; es blieb bei der Teilung. 1955 entließ die Sowjetunion die DDR offiziell in die Souveränität und hob ihre Vorrechte aus der Besatzung auf. Allerdings blieben weiterhin sowjetische Truppen in der DDR stationiert.

Im Zeitalter der Atombombe war es nicht mehr möglich, einen Krieg zu führen, ohne ganz Mitteleuropa zu zerstören. Deswegen entwickelten sich die beiden deutschen Staaten, die eigentlich nur vorübergehende Lösungen sein sollten, zu den langlebigsten Gebilden der deutschen Geschichte. Erst 1989, als die Sowjetunion ihren Anspruch auf die DDR aufgab, wurde die Vereinigung möglich.

Die Deutschen begriffen erst langsam, dass die zwei Staaten auf Dauer bestehen würden. Vor allem in der DDR fragten sich viele, ob sie in ihrer Heimat bleiben oder in den anderen Teil des Landes wechseln sollten. Bis zum Mauerbau 1961 flohen rund 2,7 Millionen Ostdeutsche in die Bundesrepublik, weil die SED ihre Besitztümer enteignet hatte oder sie das diktatorische System verlassen wollten. Es gingen aber auch mehr als hunderttausend Westdeutsche in die DDR, weil sie den Sozialismus für das bessere System hielten und Angst hatten, dass in Westdeutschland der Nationalsozialismus wieder erstarken könnte. Viele dieser »Wanderer zwischen den Welten« des Kalten Krieges wurden später berühmte Persönlichkeiten des öffentlichen Lebens, wie zum Beispiel der in Halle (Sachsen-Anhalt) aufgewachsene Hans-Dietrich Genscher, der von 1974 bis 1992 Außenminister der Bundesrepublik Deutschland war, oder Manfred Krug, der 1949 vom Ruhrgebiet in die DDR übersiedelte und dort ein beliebter Sänger und Schauspieler wurde (er verließ die DDR allerdings 1977 wieder nach der Ausbürgerung des regimekritischen Sängers Wolf Biermann).

Berliner Straßenschild, 1949

Was ist die deutsche Frage?

Die »deutsche Frage«, kam im 19. Jahrhundert auf und drehte sich um das Problem, auf welches Gebiet sich ein gesamtdeutscher Staat erstrecken sollte. Das Gebiet des heutigen Deutschland war über Jahrhunderte hinweg in viele größere und kleinere Gebiete aufgeteilt, darunter mächtige Staaten wie Preußen. Ab 1871 gab es das erste Mal einen einheitlichen Nationalstaat, das Kaiserreich. Die Nationalsozialisten hatten 1938 auch Österreich an das Großdeutsche Reich angeschlossen. Nach dem Zweiten Weltkrieg wollten die Siegermächte ein zu starkes Deutschland verhindern. Österreich wurde wieder eigenständig, der Ostteil Deutschlands (unter anderem Schlesien, Pommern, Ost- und Westpreußen, Sudetenland) wurde abgetrennt und gehört seitdem zu Polen, der Tschechoslowakei und der Sowjetunion/Russland. Ab 1945 bildete die Oder-Neiße-Linie die deutsche Ostgrenze. Mit dem Beitritt der DDR zur Bundesrepublik 1990 und der endgültigen Anerkennung der Grenzen gilt die deutsche Frage als gelöst.

BEMERKENSWERTES

»Ostzone« und »Bonner Separatstaat«

Die DDR und die Bundesrepublik taten bis Ende der 60er-Jahre so, als ob nur sie für ganz Deutschland sprächen, und vermieden es, die offiziellen Bezeichnungen des jeweils anderen Staates zu verwenden. Die westdeutschen Politiker sprachen von der »Ostzone«, die DDR-Funktionäre vom »Bonner Separatstaat«. Später setzte man im Westen die »DDR« zumindest in Anführungszeichen, im Osten sprach man knapp von der »BRD«. Die Zeitungen des Springer-Verlags wie *Bild* und *Hörzu* verzichteten erst 1989 auf die Gänsefüßchen und erkannten die DDR damit sprachlich an – wenige Wochen vor ihrem Zusammenbruch.

Staatspartei SED – das politische System der DDR

*Es muss demokratisch aussehen, aber wir müssen alles in der Hand haben.« Mit diesen Worten soll der spätere Staats- und Parteichef **Walter Ulbricht** 1945 die Absichten der kommunistischen Parteiführung bezeichnet haben. Die Sozialistische Einheitspartei Deutschlands (SED) beanspruchte die alleinige Führung im Lande. Diese Einparteienherrschaft wurde nach dem Vorbild der Sowjetunion geschaffen, in der die KPdSU (Kommunistische Partei der Sowjetunion) alle Macht hatte.

Zwar gab es in der DDR vier weitere **Blockparteien,** die waren aber gezwungen, sich der SED unterzuordnen. In den ersten Jahren nach dem Krieg wehrten sich viele Politiker der anderen Parteien gegen diese Bevormundung und versuchten, selbst Einfluss auf die Politik zu gewinnen. Sie wurden aus dem politischen Leben gedrängt, viele von ihnen verhaftet oder zur Flucht nach Westdeutschland gezwungen.

Alle wichtigen Entscheidungen in der DDR wurden vom Parteiapparat der SED getroffen. An der Spitze stand ein **Politbüro.** Die Partei hatte zwei Vorsitzende: Wilhelm Pieck, der 1949 bis zu seinem Tode 1960 zugleich Staatspräsident der DDR war, und Otto Grotewohl, der als Ministerpräsident bis 1964 offiziell die Regierung leitete. Mächtigster Mann wurde schnell der Generalsekretär der SED, Walter Ulbricht, der zugleich stellvertretender Ministerpräsident war.

Die SED behauptete, die Interessen der Arbeiter, also der Mehrheit in der Bevölkerung, zu vertreten und deshalb die Macht im Lande ausüben zu dürfen. Tatsächlich führten sie nach sowjetischem Vorbild die Parteidiktatur ohne demokratische Kontrolle ein. SED-Funktionäre lenkten die staatliche Verwaltung, die Wirtschaftsunternehmen, die Gerichte, die Polizei und das Militär. Sie bestimmten auch darüber, welche Vereine und Organisationen gegründet werden durften. Für den dritten Parteitag der SED dichtete der Schriftsteller Louis Fürnberg sogar ein Lied, in dem es hieß: »Die Partei, die Partei, die hat immer recht.«

Über alle Führungsämter in der DDR bestimmte die SED. Sie hatte dafür ein eigenes Listensystem, die Kadernomenklatur, aufgestellt, in dem verzeichnet war, wer die Kandidaten auswählen durfte. Da viele Positionen mit SED-Angehörigen besetzt wurden, wuchs die

Wer war Walter Ulbricht?
Der Mann aus Leipzig mit dem Spitzbart und der piepsigen, leiernden Stimme war kein großer Redner und trat auf den ersten Blick unscheinbar auf. Während der Zeit des Nationalsozialismus war er in Moskau. In den ersten Jahren nach dem Krieg hielt er sich im Hintergrund und zog die Fäden bei der Errichtung der SED-Diktatur. Als Generalsekretär der Partei war er bald mächtiger als die beiden Vorsitzenden und ließ viele politische Gegner verhaften.

Was sind Blockparteien?
Alle politischen Parteien waren in einem »Demokratischen Block« zusammengeschlossen und hatten sich dem Willen der SED unterzuordnen, die als Partei der »Arbeiterklasse« behauptete, die Mehrheit zu vertreten. Die anderen Parteien waren für bestimmte Bevölkerungsgruppen zuständig. Die CDU (Christlich-Demokratische Union) für Christen und Bürgertum, die LDPD (Liberal-demokratische Partei Deutschlands) für Selbstständige, Handwerker und Gewerbetreibende, die DBD

Partei schnell auf über eine Million Mitglieder an. Jeder Betrieb, jede Schule und Verwaltung hatte SED-Parteigruppen, in denen sich alle Mitglieder regelmäßig trafen. Auch innerhalb der SED gab es keine demokratische Mitbestimmung. Die Parteiführung gab den untergeordneten Mitgliedern Aufträge, was sie zu tun hatten. Sie bestimmte auch darüber, wer aus der Partei ausgeschlossen oder bestraft werden sollte.

Bei den Wahlen in der DDR hatten die Bürger keine verschiedenen Kandidaten zur Auswahl, denen sie ihre Stimme geben konnten. Stattdessen gab es eine Einheitsliste, auf der vorher festgelegt war, welche Kandidaten die SED sowie die anderen Parteien und Organisationen stellten. Die SED hatte immer den größten Anteil auf diesen Listen. Die DDR-Einwohner wurden stark unter Druck gesetzt, ihre Stimme für diese Einheitsliste abzugeben. Außerdem wurden die Ergebnisse gefälscht und Gegenstimmen nicht gezählt. Schon bei der ersten Wahl zur **Volkskammer** der DDR behauptete die SED deshalb, dass bei 98 Prozent Wahlbeteiligung 99,7 Prozent der Wähler für die Einheitsliste gestimmt hätten. Solche »einstimmigen« Ergebnisse gab es bei allen DDR-Wahlen bis 1989.

(Demokratische Bauernpartei Deutschlands) für Bauern und die NDPD (National-Demokratische Partei Deutschlands) für ehemalige Nationalsozialisten und Wehrmachtssoldaten, später für Angestellte und ebenfalls für Handwerker.

Was war das Politbüro?

Das Politbüro der SED war die Machtzentrale des Einparteienstaates und stellte eine Art Regierung der DDR dar. In ihm saßen die höchsten Funktionäre mit dem Generalsekretär der Partei an der Spitze.

Was war die Volkskammer?

Die Volkskammer war das Scheinparlament der DDR. Die rund 500 Abgeordneten tagten nur selten und hatten auch keine eigenen Entscheidungen zu treffen. Sie mussten lediglich die Beschlüsse der SED einstimmig bestätigen.

BEMERKENSWERTES

»Falten gehen«

Am Wahltag in der DDR mussten die Bürger möglichst früh in das Wahllokal kommen. Sie nahmen dort den Wahlzettel mit der Einheitsliste der Kandidaten, falteten ihn und steckten ihn in die Wahlurne. Wer sich weigerte, an der Wahl teilzunehmen, in einer Wahlkabine geheim abstimmen wollte oder Kandidaten durchstrich, galt als Staatsfeind. Weil diese Scheinwahl mit einer demokratischen Stimmabgabe nichts zu tun hatte, nannten die DDR-Bürger sie »Falten gehen«.

»Einholen und Überholen« – die Planwirtschaft

Wie funktionierten die VEB?
Nach und nach wurden die Industriebetriebe in der DDR in »Volkseigene Betriebe« umgewandelt. Sie bestritten 1955 bereits etwa 87 Prozent der Industrieproduktion. Ihre früheren privaten Besitzer wurden enteignet. Theoretisch gehörten die Fabriken allen Einwohnern des Landes. Die Arbeiter hatten in den Betrieben allerdings wenig zu sagen. Stattdessen wurde vom Staat ein zentraler Wirtschaftsplan aufgestellt, in dem festgelegt war, welche Güter produziert wurden. Insofern ist es richtiger, von staatseigenen Betrieben zu sprechen. Die VEB waren also die Basis einer Planpyramide, an deren Spitze die SED-Führung stand.

Die Idee hatte etwas Bestechendes: eine Wirtschaft ohne Krisen und das Chaos von Angebot und Nachfrage, ohne Arbeitslose, ohne superreiche Unternehmer und ein Meer von Armen? Stattdessen Produktion nach einem sorgfältig ausgearbeiteten Plan für das ganze Land, Fabriken, die allen gehörten, und ein gleichmäßig verteilter, stetig wachsender Wohlstand.

Dieses Grundkonzept einer sozialistischen Planwirtschaft hatte nach dem Zweiten Weltkrieg viele Anhänger, weil man sich mit Schrecken an das Elend der Weltwirtschaftskrise 1929 bis 1931 erinnerte, die in Deutschland den Nationalsozialisten den Weg an die Macht geebnet hatte. Die Besatzungsmacht und die SED führten die Planwirtschaft nach sowjetischem Vorbild in der DDR ein. Ab 1948 gab es einen Zweijahresplan und ab 1950 den ersten Fünfjahresplan, in denen geregelt war, welche Betriebe was produzieren sollten und welche Rohstoffe und Vorprodukte sie dafür bekommen sollten. Walter Ulbricht stellte 1958 das Ziel auf, mit solchen Plänen die Bundesrepublik auf wichtigen Feldern der Wirtschaftsleistung »einholen und überholen« zu wollen.

Eine wichtige Voraussetzung für die Planwirtschaft war die Verstaatlichung der Produktionsmittel. Fabriken befanden sich nicht mehr im Besitz von Unternehmern oder Aktiengesellschaften, sondern wurden als Volkseigene Betriebe **(VEB)** geführt. Dies war ein Grundgedanke der sozialistischen Wirtschaft: Der Gewinn aus den Wirtschaftsunternehmen sollte nicht mehr in die Tasche der kapitalistischen Unternehmer fließen, sondern allen zugutekommen.

Die Wirtschaft der DDR war in der Nachkriegszeit von großen Belastungen geprägt: Viele Produktionsanlagen waren zerstört. Als **Reparationen** demontierten die Sowjets einen großen Teil der Eisenbahngleise und brachten die Maschinenparks ganzer Fabriken in die Sowjetunion. Bis 1953 verlangten sie umfangreiche Warenlieferungen aus der DDR. Außerdem waren viele Lieferwege durch die Teilung Deutschlands abgeschnitten und es fehlte an Rohstoffen.

Für den Wiederaufbau der zerstörten Fabriken war die Planwirtschaft gar nicht schlecht geeignet, aber es zeigten sich bald die Schwächen dieses Wirtschaftssystems: Die SED entschied sich, eine Schwerindustrie (zum Beispiel Stahlproduktion) aufzubauen, für die es kaum Voraussetzungen in der DDR (Kohle, Eisenerz) gab. Besonders für die Lebensmittelversorgung der Bevölkerung war das Plansystem zu schwerfällig, sodass noch bis 1958 einige Grundnahrungsmittel nur in begrenzten Mengen gegen Lebensmittelkarten verkauft werden konnten. Nicht selten verfaulten Gemüse- oder Fleischlieferungen, weil sie auf dem Transport liegen blieben und nicht genügend gekühlt wurden. Das zweite Problem lag in den fehlenden Anreizen für eine effektive Produktion: Die Betriebe produzierten lieber mit ihren alten Methoden, statt Geld und Arbeit in die Entwicklung modernerer Produkte und Fertigungstechniken zu stecken; da es keinen Wettbewerb auf einem freien Wirtschaftsmarkt gab, war damit kein Vorteil zu erreichen. Wofür sollte man sich also anstrengen, wenn am Ende kein höherer Gewinn herauskam? Dasselbe galt für die Arbeiter, die sich ohne drohende Arbeitslosigkeit nur schwierig unter Leistungsdruck setzen ließen. So wurde der Abstand zum Lebensstandard in der Bundesrepublik immer größer und viele Ostdeutsche schauten neidvoll hinüber in das Land des beginnenden Wirtschaftswunders.

In mehreren Anläufen versuchte die SED, das Wirtschaftssystem durch Reformen zu verbessern. 1956/57 schlugen einige Ökonomen vor, wenigstens die Versorgung mit frischen Lebensmitteln wieder dem freien Handeln der Anbieter und Käufer zu überlassen, doch dazu kam es nicht. In den 60er-Jahren sollten die Betriebe mehr Möglichkeiten erhalten, selbst Gewinne zu erwirtschaften. Aber letztlich wollte die SED ihre Kontrolle über das Wirtschaftsgeschehen nicht aufgeben, sodass die Staatsplanung erhalten blieb. Das sozialistische Plansystem wurde gepriesen als das beste und gerechteste Wirtschaftssystem der Welt.

Was sind Reparationen?
Wie häufig nach Kriegen verlangten die Siegermächte des Zweiten Weltkriegs von Deutschland eine Entschädigung für die Zerstörungen in ihren Ländern. Die größten Schäden hatte die Sowjetunion erlitten. Vor allem die USA hielten sich hingegen mit ihren Forderungen zurück, weil sie Sorge hatten, der deutschen Bevölkerung nicht genug zum Leben zu lassen, und es für besser hielten, den Wiederaufbau zu fördern.

BEMERKENSWERTES

Paradiesische Zustände

Über die Mangelwirtschaft kursierten viele Witze, zum Beispiel dieser: »Wie hießen die ersten Kommunisten? Adam und Eva. Wieso? Nun: Sie hatten keine Kleider, sie hatten keine Wohnung, wenig zu essen und bildeten sich dennoch ein, sie lebten im Paradies.«

Politische Verfolgung – die Stasi

Was ist »Boykotthetze«?
Artikel 6 der DDR-Verfassung von 1949 stellte »Boykotthetze« gegen die DDR unter Strafe. Die SED verstand darunter alle politischen Äußerungen, mit denen sie nicht einverstanden war – ein typischer Gummiparagraf. Erst ab 1958 gab es spezielle Strafparagrafen, nach denen politische Verurteilungen erfolgten.

Der 18-ährige Achim Beyer hatte gewusst, worauf er sich einließ. Sein Vorbild waren die Geschwister Scholl, die während der Nazizeit in München Flugblätter gegen Hitler verbreitet hatten und dafür hingerichtet wurden. Er hatte von ihnen in der Schule gehört. Nun allerdings zog er daraus Schlussfolgerungen, die seinen Lehrern gar nicht gefallen sollten. Mit einigen Schulkameraden stempelte er mit einem Handdruckkasten ein paar Hundert Flugblätter. »Wir alle sehnen uns nach Frieden, nach der Einheit Deutschlands in Freiheit – Weg mit den Volksverrätern, wählt mit Nein!«, schrieben sie und verteilten nachts heimlich die Zettel in ihrer sächsischen Heimatstadt Werdau zum Protest gegen die undemokratische Volkskammerwahl im Oktober 1950. Sie wurden nicht erwischt, doch als sie in den folgenden Monaten weiter ihre Flugschriften verteilten, schnappte die Falle schließlich zu. Am 19. Mai 1951 griff die Volkspolizei zwei seiner Freunde nachts auf und schon am folgenden Tag verhaftete die Staatssicherheit alle 19 Mitglieder der Gruppe. Das bittere Ende folgte: Am 4. Oktober 1951, dem 19. Geburtstag Achims, wurden sie wegen **»Boykotthetze«** zu Zuchthausstrafen zwischen zwei und fünfzehn Jahren verurteilt. Achim selbst bekam acht Jahre. Erst im Oktober 1956 kam er frei.

Die Bildung einer speziellen Geheimpolizei, dem Ministerium für Staatssicherheit (MfS), im Februar 1950 gehörte zu den folgenreichsten Schritten bei der Errichtung der SED-Diktatur. Die »Stasi«, wie sie bald im Volksmund hieß, erwarb sich schnell den Ruf einer brutalen Truppe, die all jene verhaftete, die sich dem neuen System widersetzten oder entzogen. Die Gefängnisse füllten sich mit Menschen wie Achim Beyer, die einfach nur ihre Rechte wahrnehmen wollten.

Die Stasi folgte dem Vorbild der sowjetischen Geheimpolizei, die in der Zeit des **Stalinismus** in der Sowjetunion Massenverhaftungen durchgeführt hatte und in der Nachkriegszeit auch in der sowjetischen Besatzungszone Hunderttausende von Deutschen in sogenannten Speziallagern interniert hatte. In der Stasi-Haft waren bis 1955 Schläge und Folter durch tagelange Dauerverhöre und Schlafentzug an der Tagesordnung. Zu den Opfern gehörten nicht nur politische Gegner, sondern auch Angehörige religiöser Minderheiten und sogar Regierungsmitglieder wie der Außenminister Georg Dertinger (CDU) und hohe SED-Funktionäre wie das Politbüromitglied

Paul Merker, die als angebliche »Spione« zu langen Gefängnisstrafen verurteilt wurden.

Die schlimmste Zeit der Verfolgung lag zwischen der 2. Parteikonferenz der SED im Juli 1952, auf der Ulbricht den »Aufbau des Sozialismus« und die »Verschärfung des Klassenkampfes« ausgerufen hatte, und Stalins Tod im März 1953. Jede Rücksichtnahme auf die Überreste der Demokratie sollte aufgegeben und die DDR vollständig dem sowjetischen Vorbild des kommunistischen Staates angepasst werden. Viele Privatunternehmer wurden gezwungen, ihre Betriebe aufzugeben, Bauern wurden vor Gericht gestellt, weil sie nicht genug von ihrer Ernte an den Staat abgeliefert hatten. Arbeiter erhielten für den Diebstahl eines Kohlenbriketts ein Jahr Zuchthaus, in schwereren Fällen bis zu 25 Jahren Gefängnis. In wenigen Monaten sind mehr als zehntausend Personen aus solchen Gründen verhaftet worden.

Die SED baute den Stasi-Apparat in den folgenden Jahren immer weiter aus und bekämpfte konsequent alle Andersdenkenden in der DDR-Gesellschaft. In jeder größeren Stadt und in wichtigen Betrieben gab es Dienststellen der Staatssicherheit, deren Offiziere ein dichtes Netz von Informanten und Spitzeln unterhielten.

Mfs-Wappen

BEMERKENSWERTES

Betäubt und entführt

In den 50er-Jahren entführte die Staatssicherheit auch mehrere Hundert Menschen aus West-Berlin, oft geflüchtete DDR-Bürger oder Journalisten, die negativ über das SED-Regime schrieben. So wurde der Journalist Karl Wilhelm Fricke 1955 in Westberlin durch einen Stasiagenten betäubt und mit einem Auto über die Sektorengrenze gebracht. Er erwachte im Untersuchungsgefängnis in Berlin-Hohenschönhausen. Dort bekam er eine Strafe von vier Jahren Zuchthaus wegen »Boykotthetze«, die er bis zum letzten Tag absitzen musste, bevor er wieder nach Westberlin entlassen wurde.

Was ist Stalinismus?

Der Sowjetführer Josef Stalin (1878–1953) errichtete in der UdSSR seit Mitte der 20er-Jahre ein Schreckensregime, dem bis zu seinem Tode viele Millionen Menschen zum Opfer fielen. Die Geheimpolizei verhaftete willkürlich sowjetische Bürger und steckte sie in Zwangsarbeitslager in Sibirien. In der Zeit des »Großen Terrors« 1936 bis 1938 ließ Stalin sogar viele seiner kommunistischen Kampfgefährten aus der Oktoberrevolution von 1917 ermorden und sicherte damit seine Machtposition. Sein Machtsystem basierte auf der Einparteienherrschaft der Kommunisten, der Kontrolle des ganzen Staates, der brutalen Mobilisierung aller Kräfte für die Schaffung einer starken Industrie und auf einer Ausrichtung der Propaganda auf ihn als Generalsekretär und »großen Führer«. Die SED feierte den grausamen Diktator als »besten Freund und Helfer des deutschen Volkes« und benannte Straßen und Städte nach ihm.

17. Juni 1953

War waren die Jungen Gemeinden?
Dies waren Jugendgruppen der evangelischen Kirche, in denen sich viele Jugendliche sammelten, die dem staatlichen Einheitskurs entfliehen und frei sprechen wollten.

Was war der RIAS?
Der Rundfunk im amerikanischen Sektor (RIAS) sendete von Westberlin aus. Er wurde von der amerikanischen Regierung kontrolliert und war eine der wichtigsten Informationsquellen für die DDR-Bürger. Die DDR beschuldigte den RIAS später, die Proteste am 16./17. Juni angezettelt zu haben. Tatsächlich hatte er Nachrichten über die Proteste verbreitet, aber aus Sorge vor einem Krieg nur zurückhaltend berichtet und zum Beispiel Aufrufe zum Generalstreik nicht gesendet.

Der 17. Juni 1953 war ein regnerischer Tag. Und er war ein Tag, der in die Geschichte eingehen sollte. Überall in der DDR kam es zu Massendemonstrationen gegen die SED-Herrschaft und für freie Wahlen. Aufständische befreiten politische Gefangene, stürmten Büros der SED und der Staatssicherheit und zündeten Autos von Funktionären an.

Nach dem Tod Stalins am 5. März 1953 war die schlimmste Zeit des Stalinismus in der DDR zu Ende gegangen. Die sowjetische Führung beobachtete mit Sorge die Fluchtbewegung aus der DDR in die Bundesrepublik und zwang die SED-Spitze zu einem Kurswechsel. Zwar war seit 1952 die Westgrenze zur Bundesrepublik gesperrt, aber in den Westteil Berlins konnte man als DDR-Bürger relativ ungehindert gelangen. Jeden Monat verließen mehr als 10.000 Flüchtlinge das Land. Viele harte Maßnahmen wie das Verbot der **Jungen Gemeinden** oder langjährige Zuchthausstrafen für kleine Lebensmitteldiebstähle wurden aufgehoben, einige politische Gefangene entlassen. Allerdings gab es eine Ausnahme: Während alle anderen Bevölkerungsgruppen auf eine Erleichterung ihrer Lebensbedingungen hoffen konnten, gingen die Arbeiter leer aus. Sie erwarteten eine Rücknahme der erhöhten Arbeitsnormen (Vorgaben für die Arbeitsleistung), die für sie erhebliche Lohnverluste bedeuteten.

Und so braute sich zuallererst ausgerechnet unter den Bauarbeitern, die die pompösen Prachtbauten an der Ostberliner »Stalinallee« errichteten, eine gehörige Wut zusammen. Am 16. Juni 1953 traten sie in den Streik und marschierten zum Haus der Ministerien. Viele DDR-Bürger gesellten sich zu ihnen und so wurde aus dem Protest der Arbeiter gegen die Lohnsenkungen im Handumdrehen eine Revolte gegen das SED-Regime als Ganzes.

Über den Westberliner Radiosender **RIAS** erfuhr die Bevölkerung in anderen Teilen der DDR von den Protesten. Am nächsten Morgen breiteten sich überall die Demonstrationen aus. **»Spitzbart, Bauch und Brille** – sind nicht des Volkes Wille«, riefen die Demonstranten immer wieder auf ihrem Marsch durch Ostberlin. Die Mitglieder des Politbüros flohen nach Berlin-Karlshorst in das Hauptquartier der sowjetischen Besatzungsmacht. Die Massenrevolte hatte eine ungeheure Wucht und zeigte, wie viel Unmut sich in allen Teilen der Bevölkerung angestaut hatte. Aber sie hatte keine Führung und keine klare politische Richtung. Und so griff schließlich die Sowjetunion mit den in der DDR stationierten Truppen ein. Sie verhängte den Ausnahmezustand und trieb die Demonstranten mit Panzern auseinander. Nach wenigen Stunden hatte die Sowjetarmee den Aufstand in allen Städten erstickt. Obwohl die sowjetischen Truppen keineswegs wahllos in die Mengen schossen, kamen dabei mindestens 34 Menschen ums Leben. Einheiten der Sowjetarmee erschossen außerdem 18 angebliche Anführer nach Schnellurteilen von Militärgerichten.

Der Aufstand vom 17. Juni 1953 hatte gezeigt, wie schmal die Machtbasis der SED war. Schnell erfand das Politbüro deshalb die Behauptung, der Aufstand sei ein von Westdeutschland aus gesteuerter »faschistischer Putsch« gewesen. In den Wochen danach verhafteten das Ministerium für Staatssicherheit und die sowjetische Geheimpolizei rund 13.000 bis 15.000 Aufstandsteilnehmer. Zwar wurden viele Verhaftete bald wieder freigelassen, aber mindestens 2.300 von ihnen erhielten Haftstrafen. Allerdings vermied es die SED in Zukunft, die Arbeiter mit übermäßigen Lasten zu provozieren.

Wer waren »Spitzbart, Bauch und Brille«?

Die Spottnamen standen für den bärtigen SED-Generalsekretär Walter Ulbricht, den beleibten Staatspräsidenten Wilhelm Pieck und den bebrillten Ministerpräsidenten Otto Grotewohl. Die drei Funktionäre waren 1953 die höchsten Repräsentanten der SED-Diktatur.

Ost-Berlin, 17. Juni 1953

BEMERKENSWERTES

Neuwahlen

Der Sekretär des Schriftstellerverbandes der DDR, Kurt Barthel, klagte in der SED-Zeitung *Neues Deutschland* kurz nach dem Aufstand, er schäme sich für die demonstrierenden Arbeiter, die die SED-Regierung verraten hätten. Darauf antwortete der Schriftsteller Bertolt Brecht mit einem berühmten Gedicht, das mit der Frage endete: »Wäre es da nicht einfacher, die Regierung löste das Volk auf und wählte ein anderes?« Veröffentlicht hat Brecht das Gedicht allerdings nicht.

Auf der Suche nach dem besseren Deutschland – Brecht und Co.

Was ist ein Intellektueller?
Das Wörterbuch nennt einen Intellektuellen eine Person, die geistig arbeitet (Intellekt bedeutet Denkvermögen, Verstand), wie Philosophen, Schriftsteller und Literaturkritiker.

Wer war Uwe Johnson?
Der mecklenburgische Schriftsteller (1934–1984) hat in seinen Romanen das wohl bedeutendste literarische Porträt der frühen DDR gezeichnet. Die Werke handeln von den Lebenswegen im geteilten und zerrissenen Deutschland. Nachdem seine Romane Ingrid Babendererde *und* Mutmaßungen über Jakob *in der DDR nicht erscheinen durften, ging er 1959 nach Westberlin.*

Bert Brecht

Viele **Intellektuelle,** Schriftsteller und Künstler, die während des Nationalsozialismus verfolgt worden waren und aus Deutschland flüchten mussten, gingen nach dem Krieg in die DDR. Sie waren der Überzeugung, dass nur ein sozialistisches Deutschland eine gute Zukunft garantieren würde, weil in der Bundesrepublik viele Nazi-Täter ihre Karrieren fortsetzen konnten und die Wurzeln des Nationalsozialismus nicht ausgerottet waren.

Manche dieser Künstler waren überzeugte Kommunisten. Sie identifizierten sich mit der Sowjetunion als »Vaterland der Werktätigen« und schrieben Lobeshymnen auf Stalin, wie der Schriftsteller Johannes R. Becher, der Kulturminister der DDR wurde. Andere waren skeptisch gegenüber den diktatorischen Zügen des DDR-Sozialismus und wurden sich über ihre Distanz erst langsam klar. Früher oder später gerieten viele von ihnen in Konflikt mit der SED und verließen das Land wieder, wie der Philosoph Ernst Bloch oder der Schriftsteller **Uwe Johnson.** Wieder andere zeigten eine gewisse Sympathie für die DDR, entschieden sich aber gegen ein Leben in Ostdeutschland, wie zum Beispiel der Nobelpreisträger Thomas Mann. Er besuchte 1949 zwar die Goethe- und Schillerstadt Weimar in Thüringen und ließ sich dort ehren, zog aber aus dem amerikanischen Exil nach Zürich in der Schweiz, wo er bis zu seinem Tode lebte.

Der berühmteste Künstler der frühen DDR war Bertolt Brecht (1898–1956), einer der größten Schriftsteller und Dramatiker des 20. Jahrhunderts. Er war Kommunist, hatte es aber vermieden, während des »Dritten Reiches« in die Sowjetunion zu gehen. Stattdessen hatte er in Skandinavien, den USA und der Schweiz gelebt. 1948 ging er nach Ostberlin (in den Westzonen hatte er aufgrund seiner politischen Haltung Einreiseverbot) und übernahm wenig später das für ihn gegründete Theater »Berliner Ensemble«. Seine Haltung zum SED-Staat blieb immer doppeldeutig. Äußerlich blieb er stets loyal und genoss einige Privilegien, trat aber nie in die SED ein und machte in seinem »Arbeitsjournal« (eine Art Tagebuch) spöttische Bemerkungen über ihre Kulturpolitiker.

Die SED schmückte sich gerne mit den berühmten Künstlern, aber sie drängte sie auch in ihre Kunsttheorie des **»sozialistischen Realismus«.** In der Stalinzeit bekämpfte sie moderne, experimentelle

Kunst als »Formalismus« und »bürgerliche Dekadenz«. Die internationalen Klassiker dieser Phase, wie Franz Kafka, James Joyce oder Jean-Paul Sartre, fanden wegen ihrer oft düsteren Aussagen und ihres sperrigen Stils keine Gnade. Sie blieben in der DDR lange verboten, weil sie die Welt zu negativ sahen.

Die Auseinandersetzung mit den Menschheitsverbrechen des Nationalsozialismus blieb eines der Hauptthemen der DDR-Literatur. Zu den bedeutendsten Literaten zählen die Romanautorin Christa Wolf und der Dramatiker Heiner Müller, die auch Stoffe der griechischen Antike aufgriffen. Wolf war von 1949 bis Juni 1989 Mitglied der SED, geriet aber immer wieder in Konflikt mit dem Regime. Ihre Bücher gehörten zu den meistgelesenen in der DDR. Heiner Müller wurde schon 1961 wegen seines als konterrevotionär eingestuften Stückes *Die Umsiedlerin oder Das Leben auf dem Lande* aus dem Schriftstellerverband der DDR ausgeschlossen und seine Stücke immer wieder abgesetzt. Erst ab den 70er-Jahren konnten seine Werke in der DDR gedruckt werden. Trotz aller Konflikte fühlte er sich der DDR auf eigene Weise verbunden. Er sagte einmal: »Die DDR ist mir wichtig, weil alle Trennlinien der Welt durch dieses Land gehen. Das ist der wirkliche Zustand der Welt und der wird ganz konkret in der Berliner Mauer.«

Heiner Müller

Was ist sozialistischer Realismus?

Der sozialistische Realismus war die offizielle Kunstlehre des Stalinismus. Er sollte leicht verständlich und von revolutionärer Romantik erfüllt sein. Im Mittelpunkt stehen »positive Helden« des sozialistischen Aufbaus. Einer der berühmtesten Romane dieser Stilrichtung war Nikolai Ostrowskis autobiografisches Buch Wie der Stahl gehärtet wurde *(erschienen 1932), der auch in den achten Klassen der Schulen gelesen wurde. Er handelt von dem jungen russischen Rotarmisten Pavel Kortschagin, der trotz Erblindung und Lähmung den Mut nicht verliert und aus den Kämpfen »gestählt« als kommunistischer Schriftsteller hervorgeht.*

BEMERKENSWERTES

Wo bleibt das Verbot?

1986 erhielt der lange verfemte Heiner Müller den Nationalpreis Erster Klasse aus der Hand des Generalsekretärs Erich Honecker. Danach wagte es kein Parteifunktionär mehr, sein neues Stück zu verbieten, den dritten Teil von *Wolokolamsker Chaussee.* In seiner Autobiografie sah Müller das als Vorzeichen für das Ende der DDR: »Das war Ende 1987 und da wusste ich: Es ist zu Ende. Wenn sie nicht mehr verbieten können, ist es aus.«

Tauwetter – die Entstalinisierung 1956/57 und ihr Ende

Wer war Nikita Chruschtschow (1894–1971)?
Der sowjetische Parteifunktionär, ein Bauernsohn aus der Ukraine, eroberte nach Stalins Tod 1953 die Macht in der Sowjetunion und leitete die Entstalinisierung ein, wollte aber die Parteidiktatur nicht antasten. 1964 wurde er von Leonid Breschnew gestürzt.

Was waren die Klassiker des Marxismus-Leninismus?
Stalin engte die sozialistische Theorie auf wenige einfache Leitsätze der Begründer des Kommunismus, Karl Marx und Friedrich Engels, sowie des russischen Revolutionsführers Wladimir Iljitsch Lenin ein und bezeichnete diese Lehre als Marxismus-Leninismus. Mit eigenen Reden und Werken erhob er sich selbst ebenfalls zum »Klassiker« dieser Ideenlehre.

Was ist der Ostblock?
Zum Ostblock gehörten nach dem Zweiten Weltkrieg bis 1989 die Sowjetunion, Polen, die DDR, die Tschechoslowakei, Ungarn, Rumänien und Bulgarien, anfänglich auch Jugoslawien und Albanien. Diese Länder bil-

Karl Schirdewan wurde um drei Uhr in der Nacht geweckt. Ein Kurier überbrachte dem SED-Funktionär eine wichtige Botschaft in sein Moskauer Hotel: Der sowjetische Parteichef **Nikita Chruschtschow** hatte für die Teilnehmer des 20. Parteitages der sowjetischen Kommunistischen Partei in der Nacht, nach dem Ende des offiziellen Programms, noch eine Geheimrede gehalten. Der Kurier trug für Schirdewan und die anderen Spitzenfunktionäre der SED, die als Gäste an dem Parteitag teilgenommen hatten, die Rede nun auf Deutsch vor – sorgfältig betont und langsam, zum Mitschreiben.

Was Karl Schirdewan notierte, ließ ihm den Atem stocken. Der Sowjetführer Stalin, so begann die vierstündige Ansprache Chruschtschows, habe sich als Übermensch mit gottähnlichen, übernatürlichen Eigenschaften dargestellt, einen Menschen, der »alles weiß, alles sieht, alles denkt, alles kann«. Doch tatsächlich sei Stalin ein grausamer Herrscher gewesen, der ab 1935 zur Stärkung seiner Macht ein System der Massenunterdrückung eingeführt habe, dem Zehntausende von kommunistischen Parteimitgliedern und große Teile der militärischen Führung der Sowjetunion zum Opfer gefallen seien. Mord und Folter hätten bei Stalin auf der Tagesordnung gestanden und seine Opfer seien völlig unschuldig gewesen.

Diese Geheimrede vom 25. Februar 1956 erschütterte die ganze kommunistische Welt. Viele, die beim Tode Stalins 1953 noch Tränen vergossen hatten, waren schockiert.

Was würden diese Enthüllungen für die DDR bedeuten? Auf einer Parteikonferenz der SED trug Schirdewan seine Mitschrift der noch immer geheimen Rede vor. Hatten die alten Kommunisten von alldem wirklich nichts gewusst? Welche Lehren der Vergangenheit sollten jetzt gelten, wie tief sollte die Selbstkritik gehen?

Am schnellsten hatte sich Walter Ulbricht gefangen. Schon wenige Tage nach der Rückkehr aus Moskau verkündete er, dass man den noch kurz zuvor hochverehrten Stalin nun nicht mehr zu den **»Klassikern des Marxismus-Leninismus«** zählen könne, und behauptete, in der DDR habe es weder Personenkult noch Massenverfolgung gegeben. »Keine Fehlerdiskussion!«, lautete seine Devise. Doch noch saßen ja Tausende von politischen Häftlingen auch in den Gefängnissen der DDR, nicht wenige von ihnen direkte Opfer des DDR-Stalinismus. Die SED richtete eine Kommission ein, die all diese Fälle prüfen sollte. Binnen weniger Monate wurden rund 21.000 politische Häftlinge entlassen. In der SED-Führung entbrannte ein heftiger Machtkampf. Schirdewan und einige andere Spitzenfunktionäre forderten von Ulbricht eine deutlichere Abkehr von den diktatorischen Methoden.

Doch dann geriet die Situation in anderen Ländern des **Ostblocks** außer Kontrolle: In Polen kam es zu Unruhen in der Bevölkerung. In Ungarn wurde der Staats- und Parteichef Rakosi abgelöst und es begann eine Revolution. Dies ließ die Sowjetunion nicht zu und marschierte am 24. Oktober 1956 mit Militärtruppen in Ungarn ein. Bei der Niederschlagung der Revolution gab es mehrere Tausend Tote und Zehntausende von Verletzten. Es folgten über 2.000 Todesurteile gegen Aufständische.

In der DDR blieb es ruhig. Die Bevölkerung hatte die Niederschlagung des Aufstands im Juni 1953 noch in bitterer Erinnerung. Nur einige Schriftsteller, Wissenschaftler und Philosophen setzten sich für eine **Liberalisierung** des DDR-Systems und einen **»demokratischen Sozialismus«** ein. Nach der Niederschlagung des Ungarnaufstands war Ulbricht seiner Position wieder sicher. Er wusste nun, dass auch er von der Sowjetunion weiter gestützt wurde. Im November und Dezember 1956 ließ er die Reformkommunisten im eigenen Land verhaften und als »staatsfeindliche Gruppe« zu langjährigen Haftstrafen verurteilen. Damit war das »Tauwetter« der Entstalinisierung vorbei – eine neue Eiszeit begann. Seine Gegner in der SED-Spitze wie Karl Schirdewan entfernte Ulbricht rigoros aus allen wichtigen Ämtern.

deten den Einflussbereich der Sowjetunion in Europa im Kalten Krieg. In allen diesen Ländern herrschten kommunistische Parteien.

Was versteht man unter Liberalisierung?

Liberalisierung bedeutet die Zulassung von mehr Freiheiten (lat. libertas = »die Freiheit«), wie zum Beispiel die Veröffentlichung von abweichenden Meinungen oder freie Wahlen.

Was bedeutet »demokratischer Sozialismus«?

Die Reformer von 1956 verstanden darunter eine Staatsordnung, in der die Grundprinzipien des sozialistischen Systems erhalten blieben, wie die Abschaffung des Privateigentums an Unternehmen und der Nutzen der Gewinne für die Allgemeinheit, in dem aber ein demokratisches politisches System und wirkliche Mitbestimmung der Arbeiter in den Betrieben herrschten. Sie nannten dieses Programm den »dritten Weg« zwischen dem westlichen Kapitalismus und dem sowjetischen Kommunismus.

BEMERKENSWERTES

Veränderungsmaßnahmen

Erst 1961 wurde die Stalinallee in Ostberlin umbenannt, ein Teil in Karl-Marx-Allee, der andere in Frankfurter Allee. Bautrupps der Nationalen Volksarmee bauten das Denkmal des sowjetischen Diktators über Nacht ab. Aus der Bronze wurden Tierfiguren gegossen, die man noch heute im Tierpark Berlin-Friedrichsfelde sehen kann. Die Gießereiarbeiter behielten die Nase und die Schnurrbartspitze als Andenken. Sie sind seit 2001 im Café »Sibylle« an der Karl-Marx-Allee zu besichtigen.

Kollektivierung der Landwirtschaft

Was ist Kollektivierung?
Kollektivierung ist der Übergang von einem einzelnen Bauernhof zu einer kollektiven, also gemeinschaftlichen Produktion. In der Sowjetunion hießen die Agrarbetriebe Kolchosen (russ. kollektivnoe chosjaistwo *= »Kollektivwirtschaft«). Neben den LPG auf dem Lande gab es in der DDR auch Produktionsgenossenschaften des Handwerks (PGH).*

Wie arbeiteten Agitationsbrigaden?
Agitationsbrigaden waren Trupps von SED-Mitgliedern sowie zum Beispiel Mitgliedern der Jugendorganisation FDJ. Sie belagerten die Bauernfamilien und drohten, wer nicht in die LPG wolle, sei gegen den Frieden und würde Sabotage am sozialistischen Aufbau betreiben. Volkspolizei und Staatssicherheit verhafteten in manchen Fällen auch Bauern, um sie weiter unter Druck zu setzen.

Stolz meldete die SED-Kreisleitung Eilenburg aus dem Bezirk Leipzig am 12. Dezember 1959 in einem Fernschreiben nach Ostberlin, dass sie mit diesem Tage »alle bäuerlichen Betriebe für die genossenschaftliche Arbeitsweise gewonnen« hätte, bis auf einen einzigen Bauernhof. In den zehn Wochen seit dem Jahrestag der DDR-Gründung, dem 7. Oktober, war die örtliche SED mit Dutzenden von Trupps von Hof zu Hof gezogen und hatte die 1.473 Bauern dazu gebracht, ihre Höfe in Landwirtschaftliche Produktionsgenossenschaften – kurz LPG genannt – einzubringen. Pro Bauer wären dafür rund zehn Stunden benötigt worden.

Was bedeutete genossenschaftliche Arbeitsweise? Die Bauern sollten nicht mehr einzeln ihre Höfe bewirtschaften, sondern ihre Ackerflächen und Weiden, ihr Vieh und ihre Maschinen gemeinsam nutzen. Damit waren größere Anbauflächen und eine bessere Nutzung der Geräte möglich. Außerdem konnten die Bauern, die seit jeher von der Aussaat im Frühling bis zur Ernte im Herbst von Sonnenaufgang bis Sonnenuntergang arbeiteten, nun auf geregelte Arbeitszeiten hoffen.

Die meisten Bauern hielten allerdings nichts von den Genossenschaften. Sie fürchteten, dass es dem Staat nur darum ging, sie um ihr Eigentum zu bringen. Außerdem sahen sie Einkommensverluste auf sich zukommen, weil die LPG in der Praxis weitaus weniger produktiv als in der Theorie waren und sie ihren Gewinn nicht mehr selber in der Hand hatten.

Mit der Bodenreform von 1945 war die ostdeutsche Landwirtschaft in viele Bauernhöfe aufgeteilt worden. Es gab einige Großbauern, die der SED ein besonderer Dorn im Auge waren, aber auch gut bewirtschaftete Höfe mittlerer Größe, die eine wichtige Stütze für die Lebensmittelversorgung im Lande waren, und viele kleine Neubauernwirtschaften, die ständig um ihre Existenz kämpfen mussten. Die **Kollektivierung** der Landwirtschaft war der SED schon immer wichtig gewesen, weil sie die Macht der Großbauern brechen und die Kontrolle über die Produktion von Lebensmittel erlangen wollte.

Nach einem ersten Anlauf 1952/53 zur Bildung von LPG hatte die SED-Führung diese Pläne jedoch gebremst, um die schwierige Versorgung mit Grundnahrungsmitteln wie Getreide, Kartoffeln, Milch und Fleisch durch eine Umstellung nicht zu gefährden. 1959 begann die SED-Führung erneut, mit Nachdruck bei den Bauern für den Eintritt in die LPG zu werben. Doch ohne die wichtigen Mittelbauern war die Kollektivierung nicht zu machen. Zunächst versuchte die SED es mit besonderen Anreizen, doch schließlich entschied sie sich für massiven Druck gegen die eigensinnigen Bauern.

Bald erging es überall in der DDR den Bauern so wie in den Dörfern um Eilenburg. SED-Funktionäre bildeten Hunderte von **Agitationsbrigaden,** die jeden einzelnen Hofbesitzer aufsuchten und ihn drängten, in die LPG einzutreten. Wer störrisch war, bekam mit vielen Tricks die Staatsmacht zu spüren. Ein Bauer erinnert sich: »Als ich . . . nach Hause kam, waren der Dorfpolizist und ein uniformierter Feuerwehrmann anwesend und untersuchten alle elektrischen Leitungen und Feuerstellen. Sie benahmen sich sehr rücksichtslos und aggressiv, traten den Hofhund und maßten sich Rechte an, die ihnen gar nicht zustanden. So bedrohten sie unter anderem meine Frau mit Strafe; ihre Untersuchungen gipfelten darin, dass die Leitungen fehlerhaft seien und ich mich strafbar gemacht hätte. [. . .] Gegen diesen Terror sah ich mich machtlos. [. . .] Am 26. nachts um 23 Uhr habe ich dann zusammen mit meiner Tochter die Flucht angetreten, meine Frau und mein Sohn kamen am Sonntag nach.«

Die Werbetrupps gaben nicht auf, bevor nicht alle Bauern unter diesem **»freiwilligen Zwang«** in die LPG eingetreten waren – oder ihren Hof durch Flucht in den Westen aufgegeben hatten. So entstanden von März bis Mai 1960 etwa 10.000 neue LPG mit fast einer Million Mitgliedern. Dies führte erneut zu Problemen in der Lebensmittelversorgung. Die Fluchtwelle in die Bundesrepublik schwoll wieder an. 1960 verließen circa 200.000 Ostdeutsche die DDR, darunter rund 15.000 Bauern. Bis zum Mauerbau im August 1961 kamen noch einmal über 170.000 Flüchtlinge hinzu.

Wieso sprach man im Volksmund von »freiwilligem Zwang«?

Die SED wollte den Anschein erwecken, die Bauern würden aus freien Stücken ihre Höfe aufgeben, weil sie die Vorteile der genossenschaftlichen Produktion erkannten. Deshalb wurden sie nicht einfach enteignet, sondern so lange unter Druck gesetzt, bis sie den Eintritt in die LPG »freiwillig« unterschrieben.

BEMERKENSWERTES

Sichtbare Spuren

Die LPG sind nach 1990 aufgelöst worden, aber wenn man Satellitenfotos von Deutschland betrachtet, kann man noch heute die Folgen der Kollektivierung sehen: Während im Westen viele kleine buntscheckige Felder zu erkennen sind, heben sich die großen Anbauflächen der ehemaligen Kollektivwirtschaften in ausgedehnten Streifen deutlich ab.

Was waren die »Three Essentials«?

In einer Fernsehrede hatte US-Präsident Kennedy im Juli 1961 seine Berlinpolitik erklärt:
1. Militärpräsenz der USA, Großbritanniens und Frankreichs in Westberlin;
2. freier Zugang für den Westen nach Westberlin;
3. Bewegungsfreiheit für die Westberliner.
Damit lehnte er die sowjetische Forderung ab, Westberlin zu entmilitarisieren und den Zugang der DDR zu übergeben. Er verzichtete aber auf Forderungen an Ostberlin. Nach dem Mauerbau sagte Kennedy: »Eine Mauer ist verdammt noch mal besser als Krieg!«

13. August 1961: ein Regime mauert sich ein

Das war eigentlich unvorstellbar: die Millionenstadt Berlin in der Mitte teilen? War das überhaupt möglich mit all ihren Straßen, Waldwegen, U- und S-Bahn-Linien, Flüssen und Kanälen, Strom- und Gasleitungen, Kanalisation und Telefonnetz? Es war möglich: Am Sonntagmorgen des 13. August 1961 um ein Uhr begannen DDR-Truppen, die gesamte Grenze zwischen Ost- und Westberlin mit Stacheldraht abzusperren. Sie hielten die S-Bahnen an und stemmten am Brandenburger Tor den Asphalt auf. Wie einen militärischen Feldzug hatte die SED den Mauerbau streng geheim geplant. Überall standen Polizei und Militär bereit, um Protest zu ersticken.

Berlin war bereits seit Langem politisch geteilt: Es gab zwei Bürgermeister, zwei Stadtverwaltungen, ein demokratisches Parteiensystem im Westen, die SED-Herrschaft im Osten. Die Grenze Westberlins zu den umliegenden DDR-Gebieten war schon seit 1952 mit Stacheldraht und Grenzstreifen abgesperrt, aber zwischen Ostberlin und Westberlin ließ sich die Demarkationslinie noch ziemlich ungehindert überschreiten. 12.000 West-Berliner arbeiteten im Osten, 53.000 Ost-Berliner fuhren täglich zu ihrem Arbeitsplatz in den Westteil. Ostberliner Schüler vertrieben sich den Nachmittag gerne auf dem Kudamm oder in einem der Kinos, wo es amerikanische Filme gab.

Das Hauptproblem für die DDR waren die vielen Flüchtlinge: Seit 1949 hatten über drei Millionen Einwohner das Land verlassen, fast ein Sechstel der Bevölkerung. 1960/61 stiegen diese Zahlen wieder: Jeden Monat verließen über 20.000 Menschen ihre Heimat durch das »Schlupfloch« Berlin, denn die Westgrenze der DDR war schon seit 1952 gesperrt.

Den Bau der Mauer konnte die DDR-Führung nicht alleine entscheiden. Die Sowjetunion hatte lange gezögert, weil sie hoffte, auch Westberlin unter ihre Vorherrschaft zu bekommen, und weil sie den Ansehensverlust bei Schließung der Grenze scheute. Doch schließlich hatte der SED-Parteichef Walter Ulbricht den sowjetischen Parteichef Nikita Chruschtschow überzeugt: »Wir sind nun mal ein Staat ... der bei offenen Grenzen den Wettkampf zwischen den beiden Systemen führt.« Und diesen Wettkampf drohte die DDR zu verlieren.

Angesichts der Abriegelung machte sich in Westberlin ohnmächtige Wut breit. Die Bildzeitung schrieb: »Der Osten handelt – was tut der Westen? Der Westen tut nichts!« Nur Bürgermeister Willy Brandt protestierte scharf, doch die Regierungschefs in Washington, London und Paris, und auch Bundeskanzler Konrad Adenauer, hielten still. Wie der amerikanische Präsident John F. Kennedy in seinen ***»Three Essentials«*** (drei unverzichtbaren Bedingungen) kurz zuvor formuliert hatte, hätte er für die Freiheit Westberlins sogar einen Atomkrieg riskiert, aber die Mauer war eine Sache auf Ostberliner Seite. Damit war im Kalten Krieg die Trennlinie zwischen Ost und West endgültig zementiert.

In Ostberlin und der gesamten DDR verhafteten die Polizei und die Stasi viele Tausend Menschen, die gegen den Mauerbau protestierten. Verzweifelt winkten sich getrennte Familienmitglieder über die Grenze hinweg zu. Manche sprangen aus ihren Häusern, die direkt an der Grenze lagen. Am Anfang gab es noch Schlupflöcher in den Absperrungen, sodass in den ersten Wochen einigen Hundert Menschen die Flucht gelang, unter ihnen auch der Grenzsoldat **Conrad Schumann.** Doch damit war bald Schluss: Als eines der ersten Todesopfer erschossen Grenzposten am 17. August 1962 den Maurergesellen Peter Fechter. Bis 1989 starben an der Berliner Mauer mindestens 125 DDR-Bürger, die versuchten, nach Westberlin zu fliehen.

Mauerbau

Wer waren Conrad Schumann und Peter Fechter?

Zwei Bilder gingen um die Welt: Am 15. August 1961, zwei Tage nach der Sperrung, fasst sich der 19-jährige Grenzpolizist Conrad Schumann ein Herz. Mehrmals drückt er den Stacheldraht vorsichtig herunter, dann nimmt er plötzlich Anlauf, schmeißt seine MPi weg und springt über den Drahtverhau. Ein Fotograf drückt genau im richtigen Moment auf den Auslöser.
Ein Jahr später: Am 17. August 1962 schießen die Grenzposten auf Peter Fechter und seinen Freund, als diese am Checkpoint Charlie die Grenzanlagen überwinden wollen. Seinem Freund gelingt die Flucht, doch Peter Fechter bleibt getroffen liegen. Hunderte Westberliner sammeln sich und beschwören amerikanische Soldaten und ostdeutsche Grenzer, dem Verwundeten zu helfen. Doch seine Rufe werden immer leiser . . . Nach einer Stunde tragen Grenzpolizisten den leblosen Körper weg.

BEMERKENSWERTES

Niemand hat die Absicht . . .

Zwei Monate vor dem Mauerbau hätte Walter Ulbricht auf einer Pressekonferenz auf die Frage einer westdeutschen Journalistin, ob die Staatsgrenze bald am Brandenburger Tor verlaufe, beinahe etwas verraten: »Ich verstehe Ihre Frage so, dass es in Westdeutschland Menschen gibt, die wünschen, dass wir die Bauarbeiter der Hauptstadt mobilisieren, um eine Mauer aufzurichten . . . Niemand hat die Absicht, eine Mauer zu errichten!« Nach einer Mauer hatte die Journalistin aber gar nicht gefragt . . .

Militarisierung des Lebens

Was war die Wehrmacht?
Wehrmacht hieß die Armee des nationalsozialistischen Deutschland. Aufgrund der Wehrpflicht konnten damals alle erwachsenen Männer zum Kriegsdienst herangezogen werden. Etwa zehn Millionen Wehrmachtssoldaten starben im Zweiten Weltkrieg.

Was ist Pazifismus?
Als Pazifismus (lat. pax *= »Frieden«) bezeichnet man die grundsätzliche Ablehnung von Krieg und Militär als Mittel der Politik.*

Was ist Militarisierung?
Militarisierung ist die Verbreitung militärischen Denkens im Lebensalltag, wie zum Beispiel durch Uniformen, Befehle, Schießübungen und das Denken in Freund-Feind-Kategorien.

Nie wieder Krieg! – das war die Stimmung in weiten Teilen der Bevölkerung Nachkriegsdeutschlands. Millionen Familien hatten unter Bombenangriffen gelitten, mussten fliehen und hatten Angehörige verloren. Die letzten Kriegsgefangenen waren erst 1956 aus Zwangsarbeitslagern in der Sowjetunion zurückgekehrt. Auch in den 50er-Jahren waren die Städte noch übersät von Ruinen. Wieder eine Waffe in die Hand zu nehmen, das konnten sich viele ehemalige **Wehrmachtssoldaten** nicht vorstellen.

Doch der Kalte Krieg brachte es mit sich, dass die Regierungen in beiden deutschen Staaten schon wenige Jahre nach Kriegsende wieder mit den Vorbereitungen für die Aufstellung von Armeen begannen. Ab 1949 gab es in der DDR Polizeieinheiten, die als Vorläufer für ein neues Militär gedacht waren. 1952 gründete die SED die Kasernierte Volkspolizei (KVP), eine getarnte Armee, die bereits über eine militärische Bewaffnung verfügte. Nach der Gründung der Bundeswehr in der Bundesrepublik ließ die DDR diese Tarnung fallen und benannte die Truppen 1956 in Nationale Volksarmee (NVA) um.

Für die DDR ging es auch um das internationale Ansehen, ein Staat mit eigenen Streitkräften zu sein. Doch der **Pazifismus** in der Bevölkerung wog schwer, zumal die SED ihren eigenen Staat und die Sowjetunion unablässig als große Friedensmacht darstellte und den Aufbau der Bundeswehr im Westen kritisierte. Unter dem Motto »Armee des Volkes« betrieb sie massive Propaganda für die **Militarisierung** des Lebens in der DDR: 1952 wurde eine Gesellschaft für Sport und Technik (GST) gegründet, die mit Schieß- und Motorsport, Fallschirmspringen und Geländeläufen unter Jugendlichen Begeisterung für das Militär entfachen sollte. Auch im Schulsport und selbst in Fächern wie Mathematik hielt militärisches Denken Einzug. So musste zum Beispiel als Sachaufgabe die Reichweite von Kanonen berechnet werden. Hinzu kamen die einheitlichen Blauhemden als Uniform der Staatsjugend FDJ und Fahnenappelle, bei denen zum Schulbeginn am Morgen sämtliche Schülerinnen und Schüler in Reih und Glied antreten mussten. Ab 1978 gab es regelmäßigen Wehrunterricht in den Schulen.

Zunächst wurden die Truppen mit Freiwilligen besetzt, allerdings gab es immer wieder Kampagnen, mit denen junge Männer unter Druck gesetzt wurden, erst einen Wehrdienst zu leisten, um zum

Beispiel bestimmte Fächer studieren zu dürfen. Erst nach dem Mauerbau war der Weg frei für die Einführung der allgemeinen **Wehrpflicht.** Am 25. Januar 1962 war es so weit. Die Zeitungen verkündeten: »Der Friede muss bewaffnet sein«, und: »Waffendienst – höchste Ehre und patriotische Pflicht jedes Staatsbürgers der DDR«. Nun konnte sich niemand mehr dem Dienst durch die Flucht in den Westen entziehen. Wie die Staatssicherheit in ihren Stimmungsberichten notierte, löste die Wehrpflicht einige Unruhe in der Bevölkerung aus. Vor allem Jugendliche und Frauen beriefen sich darauf, dass die DDR die Wehrpflicht immer abgelehnt habe. Entrüstet kündigten DDR-Bürger mit Westverwandtschaft an, »im Kriegsfalle trotz gegebener Befehle nicht schießen« zu wollen. Doch einen Ausweg gab es nicht.

In den 70er- und 80er-Jahren suchte die Nationale Volksarmee verstärkt nach Nachwuchs für die Unteroffiziers- und Offizierslaufbahn. Schon in der siebten und achten Klasse wurden Schüler gedrängt, sich für eine Karriere als Berufssoldat zu verpflichten. Dazu durchkämmten Werber der NVA systematisch alle Schulen. Die Klassenlehrer mussten entsprechende Quoten erfüllen. Außerdem wurde es für begehrte Studienfächer verlangt, zuvor einen verlängerten Wehrdienst von drei Jahren abzuleisten. Einen Wehrdienst für Mädchen gab es in der DDR nicht. Sie mussten aber ebenso am Wehrunterricht teilnehmen und wurden auf Hilfsdienste in der Zivilverteidigung vorbereitet.

Konnte man in der DDR die Wehrpflicht verweigern?
Einen Zivildienst ließ die DDR nicht zu. Nach Protesten der Kirchen führte die NVA 1964 einen waffenlosen Dienst als sogenannte Bausoldaten ein. Sie wurden zum Beispiel zum Kasernenbau eingesetzt. Aus Angst vor Repressalien und Nachteilen im weiteren Berufsleben verweigerten aber nur wenige Jugendliche den Waffendienst. Einige von diesen gehörten zu den Gründervätern der oppositionellen Friedensbewegung.

BEMERKENSWERTES

Brutaler Schliff

Wie in vielen Armeen stand auch in der NVA – ganz entgegen dem Ideal der »sozialistischen Soldatenpersönlichkeit« – das »Schleifen« durch die Vorgesetzten auf der Tagesordnung. Zu den brutalsten Auswüchsen gehörte außerdem die Kameradenschinderei, die bei der NVA »Entlassungskandidatenbewegung« hieß: Wer als »Rotarsch« neu in die Truppe kam, wurde von den älteren Wehrpflichtigen (den »Entlassungskandidaten«) zum Beispiel gezwungen, deren Putzdienste zu übernehmen. Mit sadistischen Quälereien ließen die älteren Soldaten, oft nach kräftigem Alkoholkonsum, ihrem Frust freien Lauf. Die Vorgesetzten sahen häufig weg.

Machtwechsel – die Fürsorgediktatur der Ära Honecker

Was ist die Breschnewdoktrin?
Als Breschnewdoktrin bezeichnet man die Lehre von der beschränkten Souveränität der sozialistischen Staaten gegenüber der Sowjetunion. Sie wurde 1968 als Begründung für den Einmarsch der Truppen des Warschauer Paktes in die Tschechoslowakei formuliert. Danach musste jedes Land, das sich vom sowjetischen Modell entfernt, mit einem militärischen Einschreiten rechnen.

Wie ging man mit Ulbrichts Andenken um?
In der kommunistischen Geschichtsschreibung wurden Politiker, die in Ungnade gefallen waren, systematisch verschwiegen. Damit sie nicht mehr sichtbar waren, wurden sogar historische Fotos gefälscht. So ließ Stalin zum Beispiel den russischen Revolutionsführer Leo Trotzki, einen der engsten Mitkämpfer Lenins, aus dem Gedächtnis verschwinden. Walter Ulbricht traf es nicht ganz so hart. Die nach ihm benannten Fabriken, Straßen und Sportstadien bekamen neue Namen, aber in einigen Geschichtsbüchern wurde er gelegentlich noch erwähnt.

28. Juli 1970, in einem Krankenhaus bei Moskau: Kurz nach einer Operation empfängt der sowjetische Staats- und Parteichef Leonid Breschnew, der »Vater« der **Breschnewdoktrin,** den »Kronprinzen« in der SED-Führung, Erich Honecker, zu einer Unterredung. Thema: Walter Ulbricht und dessen Zukunft. Breschnew ist unzufrieden, denn Ulbricht hat sich in letzter Zeit als Lehrmeister gegenüber der Sowjetunion aufgespielt und Pläne für eine Annäherung an die Sozialdemokratie in der Bundesrepublik geschmiedet. Schließlich eröffnet Breschnew Honecker: »Ich sage dir ganz offen, es wird ihm auch nicht möglich sein, an uns vorbeizuregieren, unüberlegte Schritte gegen dich und andere Genossen des Politbüros zu unternehmen.« Und er fügte hinzu: »Wir sind schon lange der Auffassung, dass du nach ihm die Partei leitest.«

Honecker verstand die Worte richtig – damit war der Weg frei für ihn, den alternden Diktator zu verdrängen. Zu Hilfe kam Honecker eine akute Wirtschaftskrise im Herbst und Winter 1970, dank der er Stimmung gegen Ulbrichts Politik machen konnte. Am 3. Mai 1971 schließlich gab Ulbricht auf: Aus »gesundheitlichen Gründen« verzichtete er auf das Amt des Ersten Sekretärs der SED und empfahl Honecker als Nachfolger, wie Breschnew es ihm kurz zuvor geraten hatte. Ulbricht blieb Vorsitzender des Staatsrates, in erster Linie eine repräsentative Aufgabe. Nach und nach verschwand er aus der Öffentlichkeit – und wurde später beinahe zur **Unperson.**

Erich Honecker (1912–1994) war fast 20 Jahre jünger als Ulbricht. Er stammte aus dem Saarland, wo er eine Dachdeckerlehre begann, aber bald abbrach zugunsten seiner politischen Aktivitäten im kommunistischen Jugendverband. Ab 1933 betrieb er Untergrundarbeit für die verbotene KPD und wurde 1935 von der Geheimen Staatspolizei verhaftet. Der nationalsozialistische Volksgerichtshof verurteilte ihn zu zehn Jahren Haft. Nach 1945 machte er eine steile Karriere als Vorsitzender der Jugendorganisation FDJ, seit 1958 als Mitglied des SED-Politbüros und Experte für Sicherheitsfragen und Jugendpolitik. Obwohl Erich Honecker schon 58 Jahre alt war, als er an die Macht kam, gab er sich ein jugendliches Image. Im Unterschied zu dem immer distanzierten und zugeknöpften Ulbricht wollte er möglichst volksnah erscheinen.

In seiner Amtszeit legte Honecker vor allem Wert darauf, mit sozialpolitischen Wohltaten Zustimmung in der Bevölkerung zu finden. Er senkte Preise, erhöhte Löhne und versuchte, das Warenangebot zu verbessern. Er ließ Kredite für junge Eheleute ausgeben, die sie nach der Geburt von Kindern nicht mehr zurückzahlen mussten (im Volksmund hieß das, die Kredite »abkindern«), und rief ein großes **Wohnungsbauprogramm** aus.

Für viele DDR-Bürger erhöhte sich durch die neue Politik der Lebensstandard erheblich: Kühlschrank, Waschmaschine und Fernseher hielten in den 70er-Jahren in viele Haushalte Einzug. Diese Politik hatte allerdings ihre Kehrseite: Innerhalb weniger Jahre verschuldete sich die DDR. So waren zum Beispiel die Monatsmieten auf weniger als eine Mark pro Quadratmeter festgelegt, viel zu wenig, um den Häuserbau und die Instandhaltung zu finanzieren. Die Modernisierung der Wirtschaft (neue Maschinen, moderne Technik) musste deshalb hintanstehen.

Außerdem betrieb Honecker den massiven Ausbau des Überwachungsstaates. Diese Entwicklung hatte schon in den 60er-Jahren eingesetzt, doch der Apparat der Staatssicherheit wurde nun unaufhörlich erweitert, von rund 40.000 (1970) auf rund 80.000 (1982) Geheimpolizisten. Überall witterte dieser Apparat »feindliche« Gedanken bei den Einwohnern der DDR. Er kontrollierte Briefe und Telefongespräche und warb heimlich sogenannte **»inoffizielle Mitarbeiter«** (IM) an, die über die Meinungen ihrer Nachbarn, Arbeitskollegen oder Freunde berichten sollten. Besonders abgesehen hatte es die Geheimpolizei auf all jene, die versuchten, in den Westen zu fliehen. Jedes Jahr wurden mehrere Hundert DDR-Bürger zu Gefängnisstrafen wegen »versuchter Republikflucht« verurteilt.

Erich Honecker

Welchen Hintergrund hatte das Wohnungsbauprogramm?
Damit sollte der drängende Platzmangel in den maroden Städten beseitigt werden. Es gab damals so wenige Wohnungen, dass Ehepaare häufig auf Jahre bei den Eltern wohnen mussten. Im Rahmen des Bauprogramms entstanden weitläufige Stadtteile wie Berlin-Marzahn und Halle-Neustadt mit ihren Plattenbauhochhäusern.

Was ist ein »inoffizieller Mitarbeiter«?
So bezeichnete das Ministerium für Staatssicherheit seine geheimen Informanten. Bis Mitte der 70er-Jahre war dieses Netz auf über 180.000 IM angewachsen. Im Volksmund hieß die Staatssicherheit aufgrund dieser Bespitzelung auch »VEB Horch und Guck«.

BEMERKENSWERTES

Keine Staatstrauer für Ulbricht

Walter Ulbricht starb am 1. August 1973, als in Ostberlin gerade die FDJ mit großem propagandistischem Aufwand die »Weltfestspiele der Jugend und Studenten« feierte. Für eine Staatstrauer sah die SED-Führung in dieser Situation keinen Anlass. Auf den (erfundenen) ausdrücklichen Wunsch des Verstorbenen ging das Festival weiter, als wäre nichts geschehen.

Zwischen Kaufhalle und Intershop – Versorgung und Alltag

Was sind Devisen?
Die DDR-Währung war international nicht gegen andere Währungen umtauschbar. Deshalb konnte die DDR damit auf dem Weltmarkt keine Waren einkaufen. Sie musste dies in Währungen wie der westdeutschen D-Mark oder in US-Dollar tun, sogenannten Devisen. Deshalb wurden bestimmte Produkte auch innerhalb der DDR nur gegen solches Westgeld verkauft.

Was war der Intershop?
Der Intershop war eine Ladenkette, in dem es westliche Produkte wie Jeans, Stereoanlagen, Qualitätskaffee, Kosmetik oder Süßigkeiten gab, aber nur gegen die westdeutsche D-Mark. Intershopläden gab es in größeren Städten, in Hotels, Bahnhöfen und an den Autobahnen.

Wie konnte man an D-Mark herankommen?
Das ging nur durch Geschenke von Verwandten aus der Bundesrepublik oder Schwarzhandel. Handwerker ließen sich zum Beispiel eine schnelle Reparatur gerne in »West« bezahlen.

Das wichtigste Utensil für den Alltag in der DDR war der kleine, faltbare Einkaufsbeutel für die Jackentasche. Einweg-Plastiktüten gab es nicht, und wenn ein begehrter Mangelartikel gerade zu ergattern war, musste man sofort »zuschlagen«. Wer wusste schon, wann es wieder Ketchup, ungarische Salami oder holländischen Käse geben würde? Aufgrund der Planwirtschaft kam es immer wieder zu Lieferengpässen. Schwierig war besonders die Versorgung mit Frischwaren wie Obst und Gemüse, die nicht selten bereits auf dem Transport verdarben.

Die sozialistische Staatsführung legte viel Wert darauf, dass einfache Grundnahrungsmittel wie Brot und Nudeln zu niedrigen Preisen angeboten wurden. So blieb der Preis eines Brötchens viele Jahre unverändert bei fünf Pfennig. Aber schon die Dose Ananas galt als Luxusartikel, sie kostete mehr als zwölf Mark. Besonders selten waren Frischwaren wie Bananen oder Pfirsiche zu bekommen. Für hochwertige, sehr teure Produkte wurden seit 1962 eigene Läden eingerichtet, die »Exquisit«-Geschäfte, ab 1976 außerdem die »Delikat«-Läden (für Nahrungsmittel). Außerdem gab es für hohe Staats- und Parteifunktionäre eigene Läden, in denen sie auch alle Mangelwaren und Produkte aus dem Westen für DDR-Geld kaufen konnten.

Besonders scharf sahen die DDR-Einwohner die Versorgungsmängel durch den Kontrast mit der Bundesrepublik, deren Warenangebot sie über die westlichen Fernsehprogramme kannten. Das Ziel der SED, die Bundesrepublik im Lebensstandard »einzuholen und zu überholen«, rückte in immer weitere Ferne. Ein breiteres Angebot gab es in der DDR nur gegen **Devisen** in sogenannten **»Intershops«**. Die DDR-Bürger waren darauf angewiesen, sich D-Mark zu **beschaffen**.

Im Laufe der 70er-Jahre verbesserte sich das Warenangebot durchaus. Viele Familien konnten sich nun hochwertige **Haushaltsgeräte** anschaffen, wie sie im Westen längst verbreitet waren. Es gab aber immer wieder Lücken. 1977 kam es zum Beispiel zur »Kaffee-Krise«: Aufgrund eines Preisanstiegs für Kaffee auf dem Weltmarkt musste die DDR ihre Einkaufsmengen senken. Um die Versorgungslücke zu schließen, erfanden die Kaffeeröstereien den »Kaffee-Mix« aus halb Kaffeebohnen und halb Getreidekaffee (bekannt als »Muckefuck«). Die DDR-Bürger waren empört: In Protestbriefen klagten sie, dass der Kaffee-Mix wie »kurz nach dem Krieg« schmecken würde. **»Erichs Krönung«**, wie das Mischpulver bespottet wurde, blieb in den Läden liegen.

Da es in der DDR keine Arbeitslosigkeit gab und die Unterschiede in Lohn und Vermögen relativ gering waren, ergaben sich aus den unterschiedlichen Versorgungsmöglichkeiten und dem Zugang zu Westgeld die größten Unterschiede im Wohlstand. Nach der Kaffeekrise berichtete die Staatssicherheit, dass die DDR-Bürger insgeheim vier Schichten in der Bevölkerung unterschieden: erstens Arbeiter und Rentner, die mit ihrem geringen Einkommen nur in den schlecht belieferten normalen Läden einkaufen konnten; zweitens etwas Reichere ohne Westgeld, bei denen das Einkommen für »Delikat« und »Exquisit« reichte; drittens Westgeldbesitzer mit Zugang zum Intershop und viertens hohe Funktionäre, die sogar moderne Westautos fuhren und ohne jede Sparmaßnahmen in Sonderläden einkaufen konnten.

Auf einem Gebiet überholte die DDR die Bundesrepublik tatsächlich: beim Alkoholkonsum. Der stieg Jahr für Jahr. 1988 tranken die DDR-Einwohner im Durchschnitt 15,5 Liter harte Alkoholgetränke (ohne Bier und Wein) – im Westen waren es 5,8 Liter. Die Schnapsregale in den Läden waren immer gefüllt.

Wie war der Standard bei den Haushaltsgeräten?

Während 1970 etwas mehr als die Hälfte der Menschen in der DDR einen Kühlschrank besaß, waren es 1980 praktisch alle Haushalte. Bei den Waschmaschinen waren immerhin 84 Prozent erreicht. Und auch der Fernseher hatte seinen Siegeszug angetreten und war nun in nahezu jedem Haushalt vorhanden. Schlechter sah es bei Autos aus: 1980 hatten gerade mal 38 Prozent aller Haushalte einen Wagen. Die Wartezeit für die Bestellung von Pkw betrug mindestens zehn Jahre. Auch Telefone galten als begehrter Luxus.

BEMERKENSWERTES

Der »Trabbi«

Zum Inbegriff der DDR-Wirtschaft ist der »Trabant« geworden. Dieses Automodell wurde in den 60er-Jahren vom VEB Sachsenring in Zwickau entworfen. Seine Karosserie bestand aus Kunststoff. Er war damals ein kleiner, aber relativ moderner Wagen, vergleichbar mit dem westdeutschen Käfer. Trotz mehrerer Entwürfe der Ingenieure wurde das Modell bis 1989 nicht erneuert. Die Technik der »Rennpappe« veraltete hoffnungslos. Trotzdem betrugen die Wartezeiten für den Kauf eines Trabant mehr als zehn Jahre, und wer einen ergattert hatte, pflegte ihn liebevoll. Im Volksmund gab es Hunderte von Trabbi-Witzen, zum Beispiel diesen: »Treffen sich ein Trabbi und ein Kuhfladen. Fragt der Kuhfladen: ›Was bist du denn?‹ Der Trabbi antwortet: ›Ein Auto.‹ Sagt der Kuhfladen: ›Wenn du ein Auto bist, bin ich eine Pizza!‹«

Warum »Erichs Krönung«?

Der Spottname für den 1977 erfundenen Kaffee-Mix verband den Namen des Staats- und Parteichefs Erich Honecker mit der westdeutschen Kaffeemarke »Jacobs Krönung«.

Jung sein in der DDR

Was ist das Blauhemd?
Bei allen offiziellen Anlässen hatten die Mitglieder der FDJ ein blaues Uniformhemd mit dem FDJ-Abzeichen zu tragen. Die Mitglieder der Kinderorganisation »Thälmannpioniere« trugen ein weißes Hemd mit einem roten Halstuch.

Was sind Pionier- und FDJ-Gruß?
Pionierversammlungen und die Unterrichtsstunden der unteren Klassen begannen mit dem Ruf eines Schülers: »Für Frieden und Sozialismus: Seid bereit!«, und die Klasse antwortete: »Immer bereit.« Bei der FDJ lautete der Gruß: »Freundschaft!«

Was ist eine Polytechnische Oberschule?
»Polytechnisch« stand für eine enge Verbindung zwischen Schule und späterer Berufswelt. Es gab deshalb eigene Unterrichtsfächer wie »Einführung in die sozialistische Produktion« (ESP) und Technisches Zeichnen. Die Unterscheidung von verschiedenen Schultypen (Gymnasium, Realschule, Volksschule) war damit abgeschafft.

Die wichtigste Organisation für die Jugendlichen in der DDR war die 1946 gegründete Freie Deutsche Jugend (FDJ). Sie war offiziell eine überparteiliche Staatsjugend, stand aber unter Anleitung der SED. Andere Jugendorganisationen waren nicht zugelassen. Die Leiter der FDJ, wie Erich Honecker (1946–1955) oder später Egon Krenz (1974–1983), stiegen in höchste Positionen der SED auf.

Mit 14 Jahren wurde man in die FDJ aufgenommen, für die jüngeren Schüler gab es die Pionierorganisation »Ernst Thälmann«, in die man mit der Einschulung kam. Wer den Beitritt verweigerte, hatte mit ernsten Folgen zu rechnen: Die Zulassung zu höheren Schulen oder attraktiven Berufen war dann praktisch ausgeschlossen. Über 90 Prozent der Schüler und Studenten trugen deshalb das **Blauhemd.** Bei offiziellen Anlässen grüßte man sich mit dem **Pioniergruß** und dem **FDJ-Gruß.** Die FDJ war auch der Anbieter für praktisch sämtliche Freizeitaktivitäten. Sie hatte ein eigenes Reisebüro (»Jugendtourist«) und betrieb Jugendklubs in allen Orten, in denen auch Discos veranstaltet wurden.

Das Schulsystem in der DDR basierte seit 1959 auf der zehnklassigen **Polytechnischen Oberschule (POS).** Ziel war es, auch Arbeiterkindern einen möglichst günstigen Bildungszugang zu verschaffen. Für den Zugang zum Abitur schloss sich die Erweiterte Oberschule (EOS) bis zur zwölften Klasse an. Allerdings wurde nur etwa jeder zehnte Schüler zur EOS zugelassen, weil der Bedarf an **Abiturienten** als gering eingeschätzt wurde.

Auch in der Schule spielte die politische Schulung eine große Rolle: In Fächern wie Staatsbürgerkunde und Geschichte, ab 1978 auch im Wehrunterricht, wurde die Lehre des Marxismus-Leninismus verbreitet und das Feindbild vom aggressiven Westen vermittelt. Schule und FDJ hatten die Aufgabe, die Kinder und Jugendlichen zu »sozialistischen Persönlichkeiten« zu erziehen. Hierunter verstand man Einsatzbereitschaft und Disziplin, aber auch die Unterordnung in der Gruppe (die sogenannte Kollektiverziehung).

Was waren die Folgen dieser Ziele von Schule und FDJ? Sie erzogen Jugendliche zu Anpassung und Unterordnung, aber auch zur »doppelten Meinung«: Im Unterricht spulten sie die gewünschten Formeln vom »Sieg des Sozialismus« und dem »aggressiven BRD-Imperialismus« herunter, doch in der Familie und unter Freunden pflegte man seine eigenen Ansichten.

Zugleich standen SED und FDJ vor einem Balanceakt, denn sie mussten auch auf die Interessen der Jugendlichen eingehen. Und die waren hauptsächlich geprägt von dem Lebensstil, der über die Radios aus dem Westen kam: von Rock 'n' Roll, Beat, Rock, wilder Kleidung und langen Haaren. Dies führte zu einem ständigen Zickzackkurs. Ein paar Jahre lang waren »Gitarrengruppen« erlaubt, dann wurden sie plötzlich wieder als »Gammlerkultur« verboten. Seit den 70er-Jahren arrangierte sich die FDJ mit dem Trend und ließ die Bildung von Bands wie den »Puhdys« zu, die Rockmusik mit deutschen Texten machten, bei Konzerten aber häufig auch Hits amerikanischer und britischer Bands nachspielten. Doch auch hier kam es immer wieder zu Verboten, wenn die Texte zu kritisch und das Auftreten zu wild wurden.

In den 80er-Jahren holte die FDJ sogar westliche Rockstars wie Joe Cocker und Bruce Springsteen zu Freiluftkonzerten nach Ost-Berlin, aber einem Sänger mit kritischen deutschen Texten wie Udo Lindenberg wurde (nach einem einzigen Konzert vor handverlesenem Publikum) eine Tournee durch die DDR verwehrt.

Aus welchen Gesellschaftsschichten stammten die Abiturienten?

Der Arbeiteranteil an den Abiturienten sank seit den 60er-Jahren, weil Akademiker- und Funktionärsfamilien dafür sorgten, dass ihre Kinder zur EOS kamen und unter den Arbeiterkindern die Bereitschaft geringer war, sich politisch anzupassen.

BEMERKENSWERTES

Jeans sind keine Hosen

Mit Jeans hatte die DDR zwei Probleme: ein ideologisches und ein wirtschaftliches. Jeans galten als Ausdruck der amerikanischen Unkultur und die DDR wollte nicht, dass sich die Jugendlichen am Westen, Rock 'n' Roll und wilden Leben orientierten. Außerdem mussten die Originale (von Levi's) aus dem Ausland eingeführt werden, für teure Fremdwährung. Deshalb tobte bis weit in die 60er-Jahre ein Kampf darum, ob Jugendliche Jeans tragen durften oder nicht. In der Schule und bei FDJ-Veranstaltungen waren die »Nietenhosen« streng verboten, aber nach und nach verbesserte sich ihr Image. Ab den 70er-Jahren war es sogar üblich, das FDJ-Blauhemd mit der Jeans zu kombinieren. Trotzdem galt weiter der Spruch aus Ulrich Plenzdorfs Kultbuch *Die neuen Leiden des jungen W.* von1973: »Ich meine, Jeans sind eine Einstellung und keine Hosen.«

Ab morgen erwachsen? – Konfirmation und Jugendweihe

Was ist Atheismus?
Atheismus ist die Lehre von der Abwesenheit göttlicher Wesen (griech. atheos *= »gottlos, ungöttlich«). Der Marxismus-Leninismus verstand sich als wissenschaftliche Weltanschauung, die die Gesetzmäßigkeiten von Natur und Gesellschaft erkannt hatte und insofern keinen Raum für religiösen Glauben sah.*

Wie reagierten die Kirchen?
Um nicht alle Jugendlichen zu verlieren, akzeptierten sie die doppelte Teilnahme an Jugendweihe und Konfirmation. Oft boten die Kirchen die Konfirmation mit einem Jahr Verspätung an, um die Terminüberschneidung zu vermeiden. Trotzdem gingen rasch alle jene Jugendlichen für die Konfirmation verloren, in deren Familien die religiöse Bindung eher schwach gewesen war. Nur bekennende Christen nahmen die Nachteile in Kauf, die die Konfirmation (oder Erstkommunion) für sie bedeuten konnten. In den 80er-Jahren nahmen nur noch rund 27.000 Jugendliche pro Jahr an den Konfirmationen teil, dies waren etwa 14 Prozent des jeweiligen Jahrgangs.

Ist es heute noch üblich, zur Konfirmation oder zur Erstkommunion zu gehen? Die Antwort ist in Deutschland je nach Region sehr unterschiedlich, je nachdem, wie groß die Zahl der evangelischen bzw. katholischen Kirchenmitglieder ist. Vor allem in Ostdeutschland ist es hingegen verbreitet, den Übertritt in die Erwachsenenwelt mit dem Ritus einer Jugendweihe zu begehen.

Das war einmal ganz anders: Anfang der 50er-Jahre war die DDR noch überwiegend evangelisch geprägtes Gebiet (14 Millionen Protestanten, knapp zwei Millionen Katholiken). Die Menschen schickten ihre Kinder ganz selbstverständlich zur Konfirmation bzw. Erstkommunion. 1954 begann die SED, gegen diese Tradition ihre eigene Feier durchzusetzen: Ab sofort sollten die Jugendlichen an der »Jugendweihe« teilnehmen. Dies war ein Ersatzritual, das seine erste Blütezeit während der Weimarer Republik erlebt hatte, damals von **atheistischen** Verbänden aus der sozialistischen Arbeiterbewegung verbreitet.

Zunächst nahmen nur sehr wenige an der Jugendweihe teil. Die meisten ließen sich nach wie vor konfirmieren und die Kirchen erklärten, dass sich die Jugendweihe für Christen verböte. Als 1957 immer noch kaum mehr als ein Viertel der Jugendlichen die Jugendweihe absolvierte, erhöhte die SED den Druck. Wer sich nun weigerte, musste damit rechnen, nicht zum Abitur zugelassen zu werden, und galt als Anhänger des »rückständigen Muckertums« der Pfarrer und ihres »mittelalterlichen Aberglaubens«.

Der Druck zeigte Wirkung: 1959 nahmen schon 80 Prozent der Jugendlichen teil und in den späteren Jahrzehnten sank der Anteil der Jugendweiheverweigerer unter drei Prozent. Die **Kirchen** konnten unter diesen Bedingungen ihre scharfe Ablehnung der Jugendweihe nicht durchhalten. Die Durchsetzung der Jugendweihe war ein großer Sieg der SED gegen die Stellung der Kirchen in der Gesellschaft. Wer nicht gerade aus einer Pastorenfamilie kam, beugte sich dem Ritual.

Doch worum ging es dort eigentlich? In den Jugendstunden zur Vorbereitung gab es immer einen Besuch in einer Gedenkstätte in einem ehemaligen Konzentrationslager, zum Beispiel in Buchenwald (bei Weimar) oder Sachsenhausen (bei Oranienburg). Außerdem standen Besuche im Rathaus und in Betrieben auf dem Programm.

Viel Wert wurde auch darauf gelegt, die jungen Leute zur Verteidigungsbereitschaft zu erziehen. Dies schlug sich auch in dem Gelöbnis nieder, das den Weihlingen während der Feier abgenommen wurde. Darin hieß es, dass sie »für die große und edle Sache des Sozialismus« arbeiten und kämpfen, die »Freundschaft mit der Sowjetunion« vertiefen und den »Sozialismus gegen jeden imperialistischen Angriff« verteidigen würden. Ob die Jugendlichen viel darüber nachgedacht haben, was sie da versprechen?

Für die meisten Jugendlichen war all dies wohl nur ein lästiges Ritual, vorher mit den Lehrern gründlich geübt: Einmarsch in den Saal in genau festgelegter Reihenfolge, klassenweise hinsetzen, auf die Bühne, viermal »Ja, das geloben wir!«, Urkunde entgegennehmen, klassenweise wieder von der Bühne. Dazwischen Musik und Reden. Wichtiger war die Feier in der Familie: einmal im Mittelpunkt stehen, vielleicht der erste Schnaps . . . – Und die **Geschenke** nicht zu vergessen! Am Abend folgte ein Treffen mit den Freunden um die Ecke: Was habt ihr bekommen, hat es sich gelohnt? In Ostdeutschland hat sich die Tradition der Jugendweihe bis heute gehalten. Nach dem Ende der Zwangsteilnahme 1990 sanken die Teilnehmerzahlen zwar zunächst auf rund 20 Prozent, sind danach aber wieder auf etwa 40 Prozent der Jugendlichen gestiegen. Das Gelöbnis ist heute allerdings geändert.

Was bekamen die Jugendlichen zur Jugendweihe geschenkt?

Am beliebtesten war »Technik«, zum Beispiel ein Kassettenrekorder, Typ »Annett«, um Musik im Radio aufnehmen zu können. Ein Moped war auch beliebt, aber das bekamen die wenigsten. Eltern und Verwandte schenkten gerne auch »Vernünftiges« – eine Armbanduhr oder Handtücher. Hoch im Kurs standen schwer zu ergatternde Waren wie amerikanische Jeans und natürlich Geld – ein paar Hundert Mark und vielleicht sogar der eine oder andere Schein in westdeutscher Währung.

BEMERKENSWERTES

Ein deutsches Phänomen

Die Jugendweihe gab es nicht in den übrigen sozialistischen Ländern Europas; sie war eine deutsche Tradition, die die SED eigens aufgegriffen hat, um die Macht der Kirchen in der DDR zu schwächen. Die orthodoxe Kirche kennt allerdings auch keine Konfirmation. Ab 1957 versuchte die SED, auch eine sozialistische Namensweihe einzuführen, die in den Betrieben durchgeführt werden sollte. Obwohl die Zahl der christlichen Taufen infolge des antikirchlichen Drucks schnell fiel, setzte sich die Namensweihe nicht durch.

Kirchen und Religionsgemeinschaften

Was ist demokratischer Zentralismus?
Seinem Ursprung nach bedeutete demokratischer Zentralismus, dass die untergeordneten Ebenen der kommunistischen Partei alle Beschlüsse der gewählten Parteiführung ausführen mussten. In der Praxis der kommunistischen Länder galt das auch für alle anderen Organisationen. Sie mussten sich der »führenden Rolle« der Partei unterordnen. Und demokratisch gewählt wurde die Parteiführung schon lange nicht mehr, sondern blieb einfach an der Macht.

Wer ist Manfred Stolpe?
Nach 1990 wurde Manfred Stolpe zur umstrittensten Figur der evangelischen Kirche in der DDR. Als langjähriger Konsistorialpräsident, also Chef der Kirchenverwaltung, führte er viele Verhandlungen mit staatlichen Stellen. Das Ministerium für Staatssicherheit führte ihn über viele Jahre als inoffiziellen Mitarbeiter (Deckname »Sekretär«), doch er bestreitet bis heute, davon gewusst zu haben. Viele kritische Christen werfen ihm ein doppeltes Spiel vor, doch in der Bevölkerung war er offenbar beliebt. Nach 1990 wählten ihn die Bran-

Pfarrer Gehrt war bei den Jugendlichen seiner Gemeinde in einem kleinen Ort bei Dresden sehr beliebt. Zum »Pastörchen« konnten sie kommen, wenn sie etwas auf dem Herzen hatten. In seiner Jugendgruppe wurde offen gesprochen, nicht so wie in der Schule, wo nur die Staatsmeinung zählte. Dabei fand er manches am Sozialismus an sich gar nicht schlecht. Aber mit der SED, mit der Bevormundung und Gängelei, da wollte er sich nicht abfinden.

Einmal erzählte er in der abendlichen Runde auf dem Zeltplatz ganz beiläufig, dass eine junge Gemeindemitarbeiterin ihm ihr Tagebuch überlassen hätte. Er fand darin eine bittere Offenbarung: Sie war von der Staatssicherheit angeworben worden, um ihn auszuhorchen. Zu ihrem nächsten Treffen mit dem Stasi-Offizier ging er einfach mit, um ihr beim »Nein«-Sagen zu helfen. Die Geheimpolizisten staunten nicht schlecht und hielten beide ein paar Stunden fest, aber sie ließen von der jungen Frau ab. Das war seine Botschaft und seine Haltung: Wenn du in Gott ruhst, kannst du deinen eigenen Weg gehen.

Dass es Pfarrer wie den Pastor Gehrt gab, wurmte die SED ganz außerordentlich. Die Kirchen behaupteten sich damit als moralische Autorität und als Umgebung, in der das eigene Denken geschätzt wurde. Dies war eine Sonderrolle, denn sie waren die einzigen Organisationen in der DDR, die nicht nach den Prinzipien des **»demokratischen Zentralismus«** von der Staatspartei kontrolliert wurden. Sie waren demokratisch organisiert und verfügten über enge und stabile Verbindungen in die Bundesrepublik. Bis 1968 gehörten die evangelischen Landeskirchen zur gesamtdeutschen EKD (Evangelische Kirche in Deutschland). Danach schlossen sie sich zu einem Bund der evangelischen Kirchen in der DDR zusammen (BEK), hielten aber an ihren Verbindungen zum Westen fest und empfingen auch finanzielle Unterstützung.

Die Kirchenpolitik der SED ging von der marxistisch-leninistischen Überzeugung aus, dass die Religion ein Überbleibsel aus der Vergangenheit sei, das im Sozialismus verschwinden würde. Nach einer frühen Phase der aggressiven Antikirchenpolitik hielt sie sich aber stärker zurück, erklärte Religion zur Privatsache und beschränkte sich darauf, sie aus dem öffentlichen Leben zu verdrängen. Außerdem versuchte sie, den Kurs der Kirchen durch die Staatssicherheit zu steuern und sogar Bischöfe und hohe Angehörige der

Kirchenverwaltung wie **Manfred Stolpe** als inoffizielle Mitarbeiter anzuwerben. Gegen den antireligiösen Druck protestierte 1976 der Pfarrer Oskar Brüsewitz mit einer schrecklichen Tat: Er verbrannte sich selbst auf dem Marktplatz von Zeitz (Sachsen-Anhalt).

Bei aller Distanz nahm der DDR-Staat die sozialen Dienste der Kirchen gerne in Anspruch. Sie betrieben 76 Krankenhäuser und Hunderte von Heimen für Alte, Pflegebedürftige und Behinderte. Gar nicht gerne gesehen war hingegen die Jugendarbeit: Die Jungen Gemeinden galten als Schoß der unabhängigen Friedensbewegung, die sich gegen Rüstung und Militarisierung wandte.

Da bekennende Christen mit erheblichen Nachteilen in Schule und Beruf zu rechnen hatten, führte die SED-Politik nach und nach zu einer Entchristianisierung der DDR-Bevölkerung. Während 1950 noch 95 Prozent aller DDR-Einwohner Kirchenmitglieder waren, lag der Anteil 1989 nur noch bei rund 35 Prozent. Durch die SED-Politik verwandelten sich die christlichen Religionsgemeinschaften von Volkskirchen in Minderheitenkirchen. Dieser Prozess der **Säkularisierung** hat sich auch nach dem Zusammenbruch der DDR nicht wieder umgekehrt.

denburger mehrmals zum Ministerpräsidenten ihres Bundeslandes.

Was versteht man unter Säkularisierung?
Saeculum *bedeutete im Kirchenlatein die »zeitliche Welt«. Säkularisierung ist das Nachlassen der religiösen Bindungen in der Bevölkerung und die zurückgehende Bedeutung der Kirchen in der Gesellschaft, unter anderem durch die Trennung von Staat und Kirche. Dieser Prozess ist in allen modernen Gesellschaften zu beobachten, wurde aber in der DDR als staatliche Politik gezielt betrieben.*

Als evangelischer Konsistorialpräsident begrüßt Manfred Stolpe 1984 Erich Honecker.

BEMERKENSWERTES

Juden in der DDR

Eine schwierige Position hatten in der DDR auch die wenigen Juden, die es dort nach dem nationalsozialistischen Völkermord noch gab. Ab 1950 verfolgte die DDR eine Politik des Antizionismus, bekämpfte also den Staat Israel, der für die Überlebenden der Judenvernichtung eine neue Heimstatt werden sollte. Diese Politik war für viele Juden nicht akzeptabel. Deshalb untersagte die DDR-Führung jede eigenständige politische Äußerung. 1952 flohen aus Furcht vor einer Verhaftungswelle etwa 550 Juden in den Westen. Jüdische Gemeinden gab es nur in wenigen großen Städten wie Ostberlin, Dresden und Leipzig. Sie durften keinen eigenen Rabbiner haben und hatten jeweils nur einige Dutzend Mitglieder.

Helden des Sozialismus – Sportler und Kosmonauten

Was war der Sputnikschock?
Mit dem erfolgreichen Flug des Satelliten »Sputnik« bewies die Sowjetunion, dass sie Raketen bauen konnte, die um die ganze Welt fliegen. Das schockierte die USA, denn damit war sie für sowjetische Atomwaffen erreichbar.

In dem Wettlauf ins All, der schon in den 50er-Jahren zwischen den beiden Supermächten entbrannt war, hatte die Sowjetunion lange Zeit die Nase vorn: Den ersten Satelliten, den **»Sputnik«,** schoss sie 1957 in die Umlaufbahn und 1961 gelang mit Juri Gagarin dem ersten Menschen der Flug ins Weltall. Diese Triumphe feierte der Ostblock ausgiebig. Die USA reagierten darauf mit ihrem Mondflugprogramm. 1969 waren sie dann einen Schritt voraus, als Neil Armstrong beim Ausstieg auf dem Mond die berühmten Worte sprach: »Dies ist ein kleiner Schritt für einen Menschen, aber ein großer Schritt für die Menschheit.«

Was ist ein Kosmonaut?
Die Sowjetunion nannte ihre Raumflugpiloten Kosmonauten (von griech. kosmos = *»Weltraum«). Um sich abzugrenzen, sprachen die USA seit 1958 von Astronauten (von griech.* astron = *»Stern«).*

Auch in der DDR war das Weltraumfieber entbrannt. Überall bauten kleine Jungs die Raketen und Raumkapseln nach und träumten von einer Karriere als **Kosmonaut.** Ihr großer Held war **Sigmund Jähn,** der erste Deutsche im Weltall. Der NVA-Militärflieger startete nach zwei Jahren Vorbereitung am 26. August 1978 zu einem neuntägigen Flug um die Erde. Nach seiner Rückkehr wurde er als Nationalheld gefeiert und berichtete überall von seinen Eindrücken.

Wer ist Sigmund Jähn?
Sigmund Jähn (geb. 1937) war Jagdflieger bei den Luftstreitkräften der DDR, als er für die Weltraummission ausgewählt wurde. Nach seinem Flug leitete er das Zentrum für Kosmonautenausbildung der NVA. 1979 erhielt er den Orden »Held der DDR«. Bis heute berät er bei der Vorbereitung von Raumflügen.

Ein anderes Gebiet, auf dem die DDR sehr erfolgreich war, war der Sport. Nach der Trennung der Olympiamannschaften 1968 (bis dahin gab es noch eine gesamtdeutsche Mannschaft) wurde sie zu einer Weltmacht, die regelmäßig bei Olympischen Spielen im Medaillenspiegel auf den vordersten Rängen lag. Weil die Athleten für einen guten Eindruck von der DDR in der Welt warben, bezeichnete man sie auch als »Diplomaten im Trainingsanzug«.

Zu den Berühmtheiten der frühen Jahre gehörte der Rennradler **Gustav-Adolf (genannt »Täve«) Schur**. Er gewann 1955 das erste Mal die Friedensfahrt, im Ostblock das bedeutendste Radrennen. 1959 siegte er noch einmal bei dieser »Tour de France des Ostens«. Medaillen bei den Olympischen Spielen in Melbourne 1956 und Rom 1960 und Siege bei den Weltmeisterschaften 1958 und 1959 kamen hinzu. Zur Legende wurde Täve Schur, als er bei der Weltmeisterschaft 1960 die Konkurrenten auf sich konzentrierte

Täve Schur

und dadurch seinem Mannschaftskameraden Bernhard Eckstein den Sieg ermöglichte.

Die berühmteste Sportlerin der 80er-Jahre war Katharina Witt aus Karl-Marx-Stadt. 1984 und 1988 siegte sie bei der Olympiade im Eiskunstlauf. Berühmt wurde sie 1988 im kanadischen Calgary. Ihre stärkste Konkurrentin, die Amerikanerin Debi Thomas, hatte durch Zufall die gleiche Musik gewählt wie sie: die feurige »Carmen« von George Bizet. Mit einer grandiosen Kür eroberte Katharina Witt den Thron des Eiskunstlaufs. Seitdem galt sie als »schönstes Gesicht des Sozialismus« und machte eine Weltkarriere auf dem Eis. In der DDR hatte nachts um halb vier Uhr mehr als die Hälfte der Bevölkerung vor dem Fernseher gesessen, um mit ihrer »Kati« zu fiebern. Nach ihrer Rückkehr wurde sie mehrfach von Erich Honecker empfangen, auch die Funktionäre schmückten sich gerne mit ihr.

Als die DDR-Führung gemerkt hatte, dass sie im Sport große Erfolge feiern konnte, überließ sie in der Nachwuchssuche und im Training nichts mehr dem Zufall. Zu dieser systematischen Sportförderung zählte auch eine dunkle Kehrseite – das Doping. Viele Sportler bekamen verbotene Medikamente, um ihre Leistungen zu steigern. Dafür gab es sogar staatliche Forschungsprogramme.

Welche politische Bedeutung hatte Täve Schur?

Der Rennradler, geboren 1931, wurde mehrere Male zum populärsten DDR-Sportler aller Zeiten gewählt. Als Abgeordneter der Volkskammer (1958–1990) und Bundestagsabgeordneter der PDS (1998–2002) setzte er seine Popularität auch für den Sozialismus ein.

BEMERKENSWERTES

Fußball gesamtdeutsch

Seit 1990 kamen mehrere DDR-Fußballnationalspieler in die bundesdeutsche Nationalmannschaft. Der erste war Matthias Sammer am 19. Dezember 1990 im Spiel gegen die Schweiz. Es folgten Andreas Thom, Thomas Doll und Ulf Kirsten. Franz Beckenbauer meinte damals, mit den DDR-Spielern sei der frisch gebackene Weltmeister Deutschland »über Jahre nicht mehr zu besiegen«. Ganz so kam es dann doch nicht . . . Schon vor der Maueröffnung waren einige DDR-Fußballer bei Spielen im Westen geflüchtet, wie Falko Götz und der Trainer Jörg Berger.

Opposition und Widerstand

Was ist das Ostbüro der SPD?
Das Ostbüro der SPD diente in den 50er-Jahren als Kontaktstelle für ostdeutsche Sozialdemokraten, die sich der Zwangsvereinigung zur SED nicht fügen wollten. Es hatte seinen Sitz in Hannover, später in Bonn.

Was versteht man unter einem Dissidenten?
Dissident kommt vom lateinischen dissidere *= »nicht übereinstimmen«. Die Dissidenten in der DDR teilten mit der herrschenden Partei den Glauben an die Idee des Kommunismus. Sie meinten aber, dass die Partei deren wahre Grundsätze verraten habe. Die Dissidenten beriefen sich häufig auf Marx, zum Beispiel auf dessen persönliches Motto:* De omnibus dubitandum est *(»An allem ist zu zweifeln«) – also auch an der Politik der kommunistischen Partei, fügten sie hinzu.*

Mit dem Mauerbau 1961 hatte sich die Situation für Widerstand gegen das SED-Regime entscheidend verschlechtert. Unterstützerorganisationen in Westberlin wie die Kampfgruppe gegen Unmenschlichkeit (KgU) oder das **Ostbüro der SPD** waren von ihren Sympathisanten in der DDR abgeschnitten. Hunderte von Verhaftungen in den Jahren zuvor und eine neue Verhaftungswelle nach dem Mauerbau hatten die Basis für Widerstand ausgetrocknet. Außerdem waren viele, die das DDR-System ablehnten, bis 1961 in den Westen gegangen.

Die Hauptmethode zur Bekämpfung der DDR bestand nach dem Mauerbau in der Fluchthilfe. In den ersten Monaten bauten Anti-DDR-Aktivisten mehrere Tunnel unter der Berliner Mauer, durch die noch einige Hundert Menschen fliehen konnten, bevor die Tunnel entdeckt wurden. Später schleusten Fluchthelfer in Autoverstecken oder mit falschen Pässen über andere Länder pro Jahr rund 400 Fluchtwillige aus. Die Fluchthelfer arbeiteten teils für Geld, teils aus Überzeugung. Sie galten aus Sicht der SED als »kriminelle Menschenhändler« und die schlimmsten Feinde der DDR. Gegen sie verübte die Staatssicherheit auch Mordanschläge.

Innerhalb der DDR am lebendigsten blieb die Szene der kommunistischen **Dissidenten,** die das SED-Regime zwar kritisierten, aber keine Anpassung an die Verhältnisse in der Bundesrepublik, sondern einen »demokratischen Sozialismus« wollten. Ihre prominentesten Vertreter waren Robert Havemann, Wolf Biermann und Rudolf Bahro. Starken Einfluss hatte der **»Prager Frühling«,** der den Dissidenten als Vorbild diente.

Robert Havemann (1910–1982) war Chemieprofessor an der Humboldt-Universität zu Berlin. Als überzeugter Kommunist hatte er im »Dritten Reich« die Widerstandsgruppe »Europäische Union« gegründet und war 1943 zum Tode verurteilt worden. Weil er »kriegswichtige« Forschungen für den Waffenbau leisten sollte, wurde seine Hinrichtung aufgeschoben. Nach dem Krieg machte er als überzeugter Kommunist eine steile wissenschaftliche und politische Karriere. Durch die Entstalinisierung ab 1956 nahm er zunehmend eine kritische Haltung zur SED-Politik ein. In einer berühmten **Vorlesungsreihe** trat er 1963 für persönliche Freiheit als Grundlage der sozialistischen Gesellschaft und gegen den herrschenden Zwang auf. Daraufhin wurde er aus der SED ausgeschlossen und musste seine Professur aufgeben. Er wurde zur Leitfigur der Andersdenkenden in der DDR, der für die Zulassung einer legalen Opposition und unabhängige Zeitungen eintrat. Die SED wagte nicht, ihn erneut ins Gefängnis zu stecken, sondern bestrafte ihn später mit Hausarrest auf seinem Grundstück in Grünheide bei Berlin.

Rudolf Bahro (1935–1997) wurde 1977 mit einem Schlag weltbekannt: In der Bundesrepublik erschien seine schonungslose Kritik des »real existierenden Sozialismus« unter dem Titel *Die Alternative*. Das Buch hatte der gelernte Philosoph über mehrere Jahre heimlich geschrieben und den Text in den Westen geschmuggelt (wie wir heute wissen, alles unter Beobachtung der Staatssicherheit, die aber nichts unternahm). Einen Tag nach Veröffentlichung seines Buches wurde er festgenommen und wegen »Landesverrat« später zu acht Jahren Gefängnis verurteilt. Dies löste in vielen Ländern Proteste aus, sodass die SED-Führung ihn 1979 schließlich in die Bundesrepublik ausreisen ließ.

In den 70er-Jahren wuchs eine jüngere Generation von Oppositionellen heran. Hier trafen sich Anhänger der sozialistischen Dissidenten, Mitglieder der Jungen Gemeinden, Bausoldaten und andere Jugendliche, die mit ihrem Lebensstil aneckten. Ab 1978 entstand aus den Protesten gegen den Wehrunterricht die unabhängige Friedensbewegung, die sich gegen die Atomrüstung in Ost und West und die Militarisierung des Lebens in der DDR wandte. Ihr Symbol war das Abzeichen »Schwerter zu Pflugscharen«.

Robert Havemann

Worum ging es im Prager Frühling?

1968 entschloss sich die Kommunistische Partei der Tschechoslowakei zum Reformkurs eines »Sozialismus mit menschlichem Antlitz«. Die Geheimpolizei sollte abgebaut werden, Meinungsfreiheit und eine größere politische Vielfalt zugelassen werden. Die Staaten des Warschauer Paktes beendeten diesen Kurs mit einem militärischen Einmarsch am 21. August 1968.

Was vertrat Havemann in seiner Vorlesungsreihe 1963?

Die wichtigste Passage lautete: »Wahre Freiheit haben wir erst, wenn es für unser Tun und Lassen eine breite Skala von Möglichkeiten gibt. Je mehr man nicht tun darf, umso weniger Freiheit. Wir wollen eine Welt schaffen, in der allen Menschen immer mehr Möglichkeiten offenstehen, sodass jeder ganz nach seinem individuellen Streben handeln kann, nicht beschnitten und eingeengt durch Anordnungen, Befehle und ›Grundsätze‹.«

BEMERKENSWERTES

Der bestbewachte Mann der DDR

Über keine Person hat das Ministerium für Staatssicherheit mehr Überwachungsakten angelegt als über Robert Havemann. Dabei war er bis 1963 sogar selbst inoffizieller Mitarbeiter gewesen. Doch in den folgenden 19 Jahren bis zu seinem Tod sammelte die Staatssicherheit mehr als 250 Aktenordner Material: Abhörprotokolle, Spitzelberichte, Gerichtsakten und vieles andere.

Biermann und die Folgen

Wer war Rosa Luxemburg?
Rosa Luxemburg (1870–1919) war eine der wichtigsten Theoretikerinnen und Politikerinnen der sozialistischen Arbeiterbewegung in Polen und Deutschland. In der deutschen SPD vertrat sie einen radikalen Kurs, gründete 1918 gemeinsam mit Karl Liebknecht die Kommunistische Partei Deutschlands und kämpfte für eine sozialistische Revolution. Zugleich kritisierte sie die russischen Kommunisten für ihren Kurs nach der Oktoberrevolution 1917. Am 15. Januar 1919 wurde sie von republikfeindlichen Offizieren ermordet.

Ohne allgemeine Wahlen, ungehemmte Presse- und Versammlungsfreiheit, freien Meinungskampf erstirbt das Leben in jeder öffentlichen Institution, wird zum Scheinleben, in der die Bürokratie allein das tätige Element bleibt . . . im Grunde also eine Cliquenwirtschaft – eine Diktatur allerdings, aber nicht die Diktatur des Proletariats, sondern die Diktatur einer Handvoll Politiker.« Es waren diese Worte, niedergeschrieben 1918 von der kommunistischen Parteiführerin **Rosa Luxemburg** in ihrer Schrift über die russische Revolution, die der ostdeutsche Liedermacher Wolf Biermann vor 7.000 begeisterten Zuhörern im westdeutschen Köln vortrug. Das Konzert dauerte vier Stunden, es war voll bissiger Worte gegen die Verhältnisse in der DDR. Danach waren die Würfel gefallen: Drei Tage nach diesem Konzert gab die DDR-Regierung bekannt, dass sie Wolf Biermann die DDR-Staatsbürgerschaft aberkannte und ihn ausbürgerte. Er durfte nicht mehr zurückkommen.

Wie war es dazu gekommen? Wolf Biermann, Sohn eines von den Nazis in Auschwitz ermordeten jüdischen Kommunisten, war 1953 aus seiner Heimat Hamburg nach Ostberlin übergesiedelt. Ab 1962 trat er öffentlich mit seinen Liedern auf, die kritisch und realistisch das Leben in der DDR beleuchteten. 1965 warf ihm die SED vor, er habe sich durch seine Kritik an der DDR »mit den Mördern seines Vaters verbündet«. Er erhielt ein generelles Publikations- und Auftrittsverbot, doch das konnte die Verbreitung seiner Lieder nicht stoppen: Hundertfach kursierten Tonbänder und Abschriften seiner Lieder in der DDR.

Schon seit Anfang der 70er-Jahre hatten sich SED und Staatssicherheit Gedanken gemacht, wie sie den populären Kritiker loswerden konnten. 1976 war es schließlich so weit: Eine Konzerteinladung durch die westdeutsche Gewerkschaft IG Metall bot ihnen die lang ersehnte Gelegenheit. Doch offenbar hatten die SED-Führer die Situation falsch eingeschätzt: Sie rechneten damit, dass nach ein paar Protesten sich niemand mehr für den ausgebürgerten Unruhestifter interessieren würde.

Es kam anders: Noch am selben Abend übertrug das **westdeutsche Fernsehen** das Biermannkonzert in voller Länge, sodass man sich in der DDR ein eigenes Bild machen konnte. Am folgenden Tag formulierten zwölf der namhaftesten Schriftsteller und Künstler der DDR, unter ihnen Christa Wolf und Heiner Müller, ein Protestschreiben, das in den folgenden Tagen insgesamt 106 Künstler und Hunderte weiterer DDR-Bürger unterzeichneten. Erschrocken reagierte die SED-Führung mit einer Welle der politischen Verfolgung. Die bekannten Künstler wurden unter Druck gesetzt, ihre Unterschriften zu widerrufen, und viele weniger prominente Unterzeichner wurden verhaftet.

Die SED-Führung blieb hart, aber damit beschädigte sie ihr Ansehen in der Bevölkerung und im Westen erheblich. Biermann musste im Westen bleiben und eine ganze Reihe von in der DDR sehr bekannten Schauspielern, Schriftstellern und Künstlern folgte kurz darauf, weil ihnen die Arbeitsmöglichkeiten in der DDR genommen wurden: unter ihnen die Sängerin Nina Hagen (die Stieftochter Wolf Biermanns), der Schauspieler Manfred Krug und nach mehreren Monaten Untersuchungshaft die Musiker und Texter der Rockband »Klaus Renft Combo«, Christian Kunert und Gerulf Pannach, sowie der Schriftsteller und Jenaer Oppositionelle Jürgen Fuchs. Viele der Künstler, die der DDR grundsätzlich positiv gegenüberstanden, verloren durch die Geschehnisse rund um Biermann ihre Illusion über eine Demokratisierung des Systems der DDR.

Wolf Biermann beim Konzert in Köln 1976

Konnte man in der DDR westdeutsches Fernsehen empfangen?

Die Fernsehübertragung des Biermannkonzerts in weite Teile der DDR war möglich, weil die westdeutschen Fernsehsender von Westberlin, dem Harz und anderen Sendestationen aus dorthin über Antenne ihre Programme ausstrahlten. Nur im Gebiet um Dresden, dem sogenannten »Tal der Ahnungslosen«, war ein Empfang technisch nicht möglich. Die meisten DDR-Bürger konnten sich also jeden Abend Nachrichten und Unterhaltungssendungen vom »Klassenfeind« ins heimische Wohnzimmer holen. Das war zwar vom Staat nicht gerne gesehen, aber auch nicht direkt verboten.

BEMERKENSWERTES

Danach – zwei Besuche Biermanns in der DDR

1982 entschloss sich die SED-Führung zu einem ungewöhnlichen Gnadenakt. Sie gestattete Wolf Biermann, seinen engen Freund Robert Havemann kurz vor dessen Tod noch einmal zu besuchen. Der nächste Besuch Wolf Biermanns stand dann schon unter einem anderen Stern: Nach dem Zusammenbruch der SED-Parteiherrschaft kam er am 1. Dezember 1989 nach Leipzig und feierte seine Rückkehr mit einem großen Konzert.

Der Grundlagenvertrag mit der Bundesrepublik

Was bedeutet »Wandel durch Annäherung«?
Willy Brandt wollte die Realität der Teilung anerkennen und im Gegenzug die DDR zu mehr persönlichen Kontakten und einer Öffnung ihres seit dem Mauerbau abgeschotteten Landes bewegen. Die Formel »Wandel durch Annäherung« stammte von Brandts engstem Mitarbeiter Egon Bahr, der sie erstmals 1963 auf einer Tagung in Tutzing präsentiert hatte.

Erfurt, 19. März 1970: Zum ersten Mal besucht ein Bundeskanzler der Bundesrepublik Deutschland die DDR. Willy Brandt trifft den DDR-Ministerpräsidenten Willi Stoph. Alles hat die DDR-Seite sorgsam vorbereitet, doch nachdem Brandt im Tagungshotel eingetroffen ist, gerät die Situation außer Kontrolle: Hunderte von DDR-Bürgern durchbrechen die Absperrungen und rufen in Sprechchören: »Willy Brandt ans Fenster!« Der Bundeskanzler ist tief bewegt über die spontane Kundgebung. Doch ermuntern darf er sie nicht, denn er muss bedenken: »Ich würde anderntags wieder in Bonn sein, sie nicht . . .« Mit einer beruhigenden Geste winkt er aus dem Fenster und seine Anhänger werden still. »Ich wandte mich schweren Herzens ab.« Wenig später drängt die Volkspolizei die Menge weg.

Mit dem westdeutschen Bundeskanzler und seiner »neuen Ostpolitik«, die auf **»Wandel durch Annäherung«,** setzte, verbanden viele DDR-Bürger die Hoffnung auf eine Verbesserung der Reisemöglichkeiten und mehr Freiheiten in ihrem Leben. Nach dem Treffen von Erfurt begannen langwierige Verhandlungen, die schließlich im Dezember 1972 zur Unterzeichnung des Grundlagenvertrages zwischen der Bundesrepublik und der DDR führten. Auch wenn die Bundesrepublik sich weigerte, die DDR als Ausland zu betrachten und das Ziel der Wiedervereinigung aufzugeben, konnte die DDR damit einen großen Erfolg verbuchen: Mit dem Vertrag akzeptierten beide Staaten gegenseitig ihre Existenz und ihre Grenzen.

Was sind die Vereinten Nationen?
Die Vereinten Nationen (UN = United Nations*) wurden 1945 gegründet mit dem Ziel des friedlichen Zusammenlebens und der Verhinderung von Kriegen. Die DDR und die Bundesrepublik waren das 133. und 134. Aufnahmeland. Zurzeit haben die Vereinten Nationen 192 Mitgliedsstaaten. Hauptsitz der UN ist New York.*

Dies war die Voraussetzung für die Anerkennung der DDR in der ganzen Welt. 1973 wurden beide Staaten Mitglieder der **Vereinten Nationen.** In Bonn und Ostberlin richteten die beiden Staaten gegenseitig »ständige Vertretungen« ein, die ähnlich wie Botschaften in fremden Ländern arbeiteten. Außerdem durften jetzt auch Journalisten von westlichen Zeitungen und Fernsehsendern aus Ostberlin berichten. Westdeutsche und Westberliner konnten aufgrund der Verträge jetzt relativ unkompliziert **in die DDR fahren,** um ihre Verwandten und Freunde zu besuchen.

Obwohl die DDR-Regierung die Vereinbarungen akzeptierte, hatte sie große Befürchtungen hinsichtlich der innenpolitischen Folgen. Sie wusste, dass die Mehrheit der DDR-Bürger sich stark an Westdeutschland orientierte. DDR-Außenminister Otto Winzer soll deshalb die »neue Ostpolitik« als »Aggression auf Filzlatschen« bezeichnet haben, mit der die Bundesrepublik mehr Einfluss auf die Ostdeutschen gewinnen und das SED-Regime von innen aushöhlen wollte. Deshalb grenzte sich die DDR-Regierung stärker ab: 1974 strich sie aus der DDR-Verfassung alle Formulierungen, die an die gemeinsame deutsche Nation erinnerten. Außerdem baute sie das Bespitzelungssystem des Ministeriums für Staatssicherheit stark aus, um die Ausbreitung westlicher politischer Ideen zu kontrollieren.

Trotz der Verbesserungen gab es weiterhin viele Schwierigkeiten. 1980 erhöhte die DDR den **Mindestumtausch** für private Reisen in die DDR auf 25 D-Mark pro Tag, um den starken Andrang zu bremsen und mehr Westgeld zu erhalten. Die DDR-Regierung hielt weiterhin an ihrer Forderung nach voller völkerrechtlicher Anerkennung fest. 1987 glaubte sie sich kurz vor dem Ziel, als SED-Generalsekretär Erich Honecker mit allen Ehren eines Staatsgastes in Bonn von Bundeskanzler Helmut Kohl empfangen wurde.

Doch am inneren Verfall der DDR, der zwei Jahre später zum Zusammenbruch des Systems führte, konnte diese Reise nichts mehr ändern. Indirekt hatte die SED im Vorfeld dieses Bonnbesuchs sogar selbst dazu beigetragen, dass die DDR-Bürger immer unzufriedener wurden. Als »Geste des guten Willens« erlaubte sie 1986/87 mehr als 1,5 Millionen DDR-Bürgern, zu Familienfeierlichkeiten in die Bundesrepublik zu reisen. Als die zurückkamen, berichteten sie oft begeistert über ihre Eindrücke vom reichen und bunten Westen.

Wie viele Menschen nutzten die Reisemöglichkeit in die DDR?
Jährlich gab es ab 1973 mehr als fünf Millionen Reisen, allerdings nur vom Westen in die DDR. Umgekehrt blieb fast alles beim Alten: DDR-Bürger durften nur als Rentner in den Westen fahren (1973 immerhin rund 1,2 Millionen). Allen anderen war der Weg über die Grenze versperrt, von wenigen Ausnahmen in »dringenden Familienangelegenheiten« und Geschäftsreisen abgesehen.

Was war der Mindestumtausch?
Westdeutsche mussten pro Reisetag 25 D-Mark in DDR-Mark umtauschen. Da es in den DDR-Läden wenig Interessantes zu kaufen gab und Restaurantbesuche relativ preisgünstig waren, hatten die Reisenden häufig Geld übrig. Zurücktauschen war aber nicht möglich und über die Grenze durfte das DDR-Geld nicht mitgenommen werden.

BEMERKENSWERTES

Theater auf dem Weihnachtsmarkt

Beim zweiten Besuch eines Bundeskanzlers in der DDR, 1981 von Helmut Schmidt, hatte die DDR-Führung gründlich vorgesorgt, um spontane Kundgebungen zu verhindern: Etwa 34.000 Polizisten und Mitarbeiter der Staatssicherheit bewachten jeden Meter der Reisestrecke. In Güstrow (Mecklenburg) wurde die gesamte Innenstadt für die Einwohner gesperrt. Niemand durfte sein Haus verlassen. Für den im Programm vorgesehenen Besuch Schmidts auf dem örtlichen Weihnachtsmarkt mussten Funktionäre und Polizisten in Zivil »Bevölkerung« spielen, die den Gast artig begrüßten.

Kalter Krieg und Entspannung – die DDR im Ost-West-Konflikt

Woher stammt der Begriff Kalter Krieg?
1946 prägte Herbert Swope, ein Mitarbeiter des US-Präsidenten, den Begriff. Bekannt wurde er aber durch den amerikanischen Publizisten Walter Lippmann. 1947 veröffentlichte er die Broschüre The Cold War. A Study in US Foreign Policy (Der Kalte Krieg. Eine Studie zur US-Außenpolitik).

Was sind Stellvertreterkriege?
Die Großmächte USA und UdSSR griffen immer wieder militärisch in Konflikte in Staaten der Dritten Welt ein, um Verbündete in der weltweiten Systemkonfrontation zu unterstützen. Hierzu zählten der Koreakrieg, der Vietnamkrieg, die sowjetische Invasion in Afghanistan und einige andere Kriege und Bürgerkriege.

Als **Kalten Krieg** bezeichnet man die Auseinandersetzung zwischen den Supermächten USA und UdSSR und ihren jeweiligen Verbündeten von 1945 bis 1990. Er war ein Konflikt zwischen den beiden unvereinbar erscheinenden Weltanschauungen, dem liberaldemokratischen, kapitalistischen System des Westens und dem kommunistischen System des Ostens. Diese Auseinandersetzung wurde immer wieder bis an den Rand des »heißen Krieges« geführt.

Dass der Kalte Krieg tatsächlich »kalt« blieb, es also nicht – trotz vieler **Stellvertreterkriege** außerhalb Europas – zu einem dritten Weltkrieg kam, war ein Ergebnis des Rüstungswettlaufs um die Atombombe. Nachdem beide Supermächte in der Lage waren, die jeweils andere Macht durch einen Atomschlag auszulöschen, schreckten sie im entscheidenden Moment davor zurück – das »Gleichgewicht des Schreckens« war geboren. Eine Garantie dafür gab es allerdings nicht. Als die Sowjetunion 1962 Atomraketen auf Kuba stationierte, stand die Welt am Rande eines solchen Krieges. Und 1983 kam es noch einmal zu einer gefährlichen Situation, als die östliche Seite die westliche Atomwaffen-Militärübung »Able Archer« als Vorbereitung für einen tatsächlichen Angriff wertete und für seine Raketenstreitkräfte Alarm auslöste.

Da ein Atomkrieg unweigerlich zur völligen Zerstörung Mitteleuropas und damit auch des geteilten Deutschlands geführt hätte, beteiligten sich die beiden deutschen Staaten seit den 70er-Jahren an den Bemühungen, durch Abrüstungsverhandlungen und **»vertrauensbildende Maßnahmen«** diese gefährliche Situation zu entschärfen. Der wichtigste internationale Vertrag dieser Art war die 1975 in Helsinki (Finnland) beschlossene Schlussakte der »Konferenz über Sicherheit und Zusammenarbeit in Europa« (KSZE), mit der alle bedeutenden Staaten Europas und die beiden Supermächte USA und UdSSR die Grenzen in Europa als unverletzlich anerkannten. Wie sich später zeigte, entwickelte sich für die DDR ein anderer Teil der KSZE-Schlussakte, der sogenannte Korb drei, zu einem dauernden Unruheherd. In diesem Korb drei war eine Reihe von Menschen- und Bürgerrechten niedergeschrieben, darunter auch das Recht, das eigene Land verlassen zu dürfen. Darauf beriefen sich in den folgenden Jahren immer mehr DDR-Bürger und forderten ihre Ausreise in die Bundesrepublik.

Der Kalte Krieg war auch ein Krieg der Geheimdienste. Mit großem Aufwand versuchten die Mächte beider Seiten, mit Agenten, Spionagesatelliten und riesigen Radaranlagen die Waffenlager und die militärischen Pläne des Gegners auszukundschaften, um daraus ihre Vorteile zu ziehen. Immer wieder gelang es beiden Seiten, Spione in herausgehobenen Positionen der Militärbündnisse zu platzieren, wie zum Beispiel den polnischen Oberst **Ryszard Kukliński,** der von 1971 bis 1981 viele geheime Dokumente über sowjetische Atomwaffen an den amerikanischen Geheimdienst CIA lieferte. Auf diesem Gebiet erzielte die DDR-Staatssicherheit mit ihrer »Hauptverwaltung Aufklärung« legendäre Erfolge, bei denen sie sich die günstige Situation im geteilten Deutschland zunutze machte: Agenten konnten sich durch die gemeinsame Sprache gut tarnen. Ihr wichtigster Militärspion war der Westdeutsche **Rainer Rupp,** der von 1977 bis 1990 Geheiminformationen aus dem Hauptquartier des westlichen Militärbündnisses NATO in Brüssel lieferte. Dank Rupp war die Führung des Warschauer Paktes in einigen Fällen noch vor der NATO-Führung über die aktuellen Papiere zur Militärplanung informiert.

Spion Rainer Rupp alias »Topas« vor Gericht, 1994

Was sind »vertrauensbildende Maßnahmen«?

Dazu gehörten gegenseitige Informationen über bevorstehende Militärmanöver, die Entsendung von militärischen Beobachtern zu solchen Übungen und die Einrichtung einer direkten Telefonleitung zwischen der sowjetischen und der amerikanischen Führung, dem sogenannten »roten Telefon«.

Was wurde aus den Spionen Kukliński und Rupp?

Ryszard Kukliński flüchtete 1981 mit seiner Familie in die USA und wurde in Polen 1984 in Abwesenheit zum Tode verurteilt. Nach dem Ende des Kommunismus in Polen änderte sich jedoch die offizielle Meinung über den Spion. Als er 2004 starb, wurde er auf dem Ehrenfriedhof in Warschau als Nationalheld beerdigt. Für manche Polen gilt er aber noch heute als Vaterlandsverräter. Rainer Rupp wurde 1993 enttarnt und verhaftet. Er erhielt eine Strafe von zwölf Jahren Gefängnis. Im Jahr 2000 wurde er entlassen und arbeitet seitdem als Buchautor und Journalist für kommunistische Zeitungen.

BEMERKENSWERTES

Ein Spion in Dresden

Die Sowjetunion unterhielt während des Kalten Krieges auch selbst Spionagestützpunkte in der DDR. Als Wladimir Putin im Jahr 2000 russischer Präsident wurde und sich viele wunderten, warum er perfekt Deutsch konnte, kam schnell ans Tageslicht, dass Putin von 1985 bis 1990 in Dresden als Spionageoffizier gearbeitet hatte und von dort aus westdeutsche Agenten führte.

Der Warschauer Pakt – das Militärbündnis des Ostblocks

Welche Staaten waren an der Gründung des Warschauer Pakts beteiligt?
Gründungsstaaten waren die UdSSR, Bulgarien, Ungarn, DDR, Polen, Rumänien, Tschechoslowakei und Albanien. Albanien verließ 1962 als Verbündeter Chinas den Warschauer Pakt.

Was war der RGW?
Der Rat für Gegenseitige Wirtschaftshilfe bestand von 1949 bis 1991. Er sollte die wirtschaftliche Planung, Zusammenarbeit und Arbeitsteilung unter den Ostblockstaaten organisieren. Die DDR trat dem RGW 1950 bei. Aufgrund der Arbeitsteilung wurden zum Beispiel für den gesamten Ostblock Busse in Ungarn (Marke Ikarus) und Lokomotiven in der Sowjetunion gebaut.

Die westlichen Mächte hatten sich bereits 1949 zur Nordatlantikvertrag-Organisation (NATO) als militärpolitischem Bündnis zusammengeschlossen. Die Bundesrepublik war 1955 beigetreten und hatte mit dem Aufbau der Bundeswehr begonnen. Im selben Jahr gründeten die Sowjetunion und die **Staaten** ihres Machtbereichs die Warschauer Vertragsorganisation (Warschauer Pakt) als Gegenbündnis. Ein ähnliches Bündnis auf dem Gebiet der Wirtschaft war der Rat für Gegenseitige Wirtschaftshilfe **(RGW).**

Die Nationale Volksarmee der DDR war eng in die Kommandostrukturen des Warschauer Paktes eingebunden und auf die Sowjetarmee als Haupttruppe des Militärbündnisses ausgerichtet. Dies ergab sich schon aus der Kräfteverteilung der beiden Truppen: Während die NVA eine Friedensstärke von rund 170.000 Mann hatte, umfassten allein die in der DDR stationierten sowjetischen Truppen rund 400.000 Mann. Die Soldaten der Sowjetarmee waren im Straßenbild leicht an ihren Uniformen mit der Aufschrift **CA** auf den Schulterklappen zu erkennen. Besonders beliebt waren die »Freunde« (wie sie ironisch genannt wurden) in der Bevölkerung nicht, weil sie sich oft nicht an Gesetze gebunden fühlten und zum Beispiel bei Manövern häufig Schäden hinterließen oder Autounfälle verursachten. Aber die jungen Rekruten, die unter strengem Regime in den Armeegarnisonen gehalten wurden, taten den DDR-Bürgern oft auch leid.

Die sowjetischen Streitkräfte in Deutschland (GSSD) gehörten zu den am besten **ausgerüsteten** Truppen der Sowjetunion. Im Kriegsfall hätten GSSD und NVA gemeinsam die »erste strategische Staffel« des Warschauer Paktes in Mitteleuropa gebildet. Die Militärplanungen des Warschauer-Pakt-Kommandos gingen davon aus, dass ein Krieg mit einem NATO-Angriff aus dem Westen beginnen würde. Dagegen rüsteten sie die Truppen mit einem massiven Abschreckungspotenzial aus.

Neben der militärischen Funktion gegenüber der NATO hatte der Warschauer Pakt auch Bedeutung für die Sicherung des Systems nach innen. In der DDR hatte die Sowjetunion als **Hegemonialmacht** ihre Truppen am 17. Juni 1953 eingesetzt, um den Volksaufstand niederzuschlagen. Dieses Vorgehen wiederholte sich 1956 in Ungarn und 1968 in der Tschechoslowakei. Als in Polen 1981 die unabhängige Gewerkschaftsbewegung Solidarność das kommunistische Regime zu stürzen drohte, forderten einige Ostblockpolitiker erneut einen Einmarsch. Stattdessen verhängte die polnische Staats- und Parteiführung das Kriegsrecht und sicherte den Systemerhalt mithilfe der eigenen Armee, Polizei und Staatssicherheit.

Die Vormachtstellung der Sowjetunion zeigte sich auch in den Befehlsstrukturen des Militärbündnisses. Zwar gab es einen »Politischen beratenden Ausschuss«, in dem alle Mitgliedstaaten vertreten waren. Oberkommandierender der Vereinten Streitkräfte des Warschauer Pakts war aber immer ein sowjetischer Marschall und die gesamte militärische Führung lag beim Generalstab der Sowjetarmee.

Mit dem Zusammenbruch der kommunistischen Systeme löste sich auch der Warschauer Pakt auf. Die DDR trat am 24. September 1990, wenige Tage vor dem Beitritt zur Bundesrepublik, aus dem Militärbündnis aus. Zum 1. Juli 1991 löste sich das Bündnis ganz auf. Alle nichtsowjetischen Warschauer-Pakt-Staaten sowie die ehemaligen Sowjetrepubliken Estland, Lettland und Litauen sind mittlerweile Mitglieder der NATO. Die letzten Truppen der Sowjetarmee (die nach der Auflösung der Sowjetunion 1991 mittlerweile russische Armee hieß) verließen 1994 endgültig das Territorium der Bundesrepublik Deutschland.

Was bedeutet CA?
Die kyrillischen Buchstaben auf den Schulterklappen der Soldaten standen für Sowjetskaja Armija – Sowjetische Armee. Im Volksmund hießen die Soldaten deshalb die »Herren von C & A«, nach der westdeutschen Bekleidungskette.

Wie war die sowjetische Truppe gerüstet?
Sie hatte modernste Waffen, darunter mehr als 13.000 Panzer und 700 Kampfflugzeuge. Zu ihrem Arsenal zählten auch Atomraketen mit rund 300 Kilometer Reichweite.

BEMERKENSWERTES

DDR-Truppen in der Tschechoslowakei 1968?

Am 21. August 1968 stießen Truppen von fünf Warschauer-Pakt-Armeen in die ČSSR vor und beendeten gewaltsam das Reformexperiment des »Prager Frühlings«. Es war lange strittig, ob auch die Nationale Volksarmee der DDR daran beteiligt war. Aus Geheimdokumenten lässt sich die Frage heute beantworten: Für den Einmarsch hatten sich zwei Divisionen gefechtsbereit gemacht, wurden aber nicht in Marsch gesetzt. Dafür gab es auch historische Gründe: Die DDR-Führung und die Kommandeure des Warschauer Paktes befürchteten offenbar Hassausbrüche gegen die deutschen Truppen, da diese Erinnerungen an die Besetzung der Tschechoslowakei durch die Wehrmacht 1938 wachgerufen hätte. Die einzigen NVA-Soldaten, die das Territorium der ČSSR tatsächlich beschritten, war eine kleine Funkergruppe, die zu einer Einheit der sowjetischen Armee gehörte.

Was ist eine Hegemonialmacht?
Hegemonie (altgriech. hēgemón = »Führer«) ist die Vorherrschaft eines Staates oder eines anderen Akteurs. Die Sowjetunion übte die Vorherrschaft innerhalb des Ostblocks aus.

Die DDR und die Dritte Welt

Was ist Imperialismus?
Unter Imperialismus verstand man in der marxistisch-leninistischen Theorie die Herrschaft der reichen kapitalistischen Staaten, besonders der USA, über die anderen Teile der Welt.

Was besagte die Hallsteindoktrin?
Walter Hallstein, Staatssekretär im Auswärtigen Amt der Bundesrepublik, hatte diese außenpolitische Linie formuliert. Sie besagte, dass die Bundesrepublik und alle westlichen Staaten die diplomatischen Beziehungen zu einem Land abbrechen, wenn es solche Beziehungen mit der DDR aufnimmt. Die DDR sprach deshalb von einer »Alleinvertretungsanmaßung«. Unter der Regierung Willy Brandts ab 1969 wurde die Hallsteindoktrin aufgegeben.

Hoch – die – internationale – Solidarität!« Dieser Kampfruf stand über den Beziehungen der DDR zu Ländern in Afrika, Asien und Lateinamerika. Er gründete sich auf die Behauptung, dass die DDR und der Ostblock gemeinsam mit den ausgebeuteten Ländern der Dritten Welt gegen die **imperialistischen** USA und die anderen Länder des reichen Westens kämpfen würden. Tatsächlich verbargen sich unter diesem Spruch sehr unterschiedliche Formen der Zusammenarbeit: Handelskontakte, militärische und zivile Ausbildungs- und Ausrüstungshilfe oder auch die Anwerbung von Arbeitskräften. Hauptpartner der DDR in der Dritten Welt waren Kuba und Vietnam. Außerdem pflegte die DDR gute Kontakte in die arabische Welt, mit der sie ihre antiisraelische Haltung verband.

In den ersten Jahrzehnten hatte die DDR vor allem das Ziel, Handelsvertretungen in Ländern der Dritten Welt zu errichten, um damit eine Hintertür für die diplomatische Anerkennung öffnen zu können. Doch erst nach dem Wegfall der **Hallsteindoktrin** Ende der 60er-Jahre erfüllten sich diese Hoffnungen. 1969 erkannten der Irak und Kambodscha als die ersten Staaten die DDR diplomatisch an.

In Afrika leistete die DDR in einer Reihe von gerade aus der Kolonialherrschaft entlassenen Staaten wie Mosambik und Angola wirtschaftliche und politische Aufbauhilfe für die sowjettreuen Regime. Viel Unterstützung erhielten auch Befreiungsbewegungen wie die **SWAPO** in Südwestafrika (ab 1990 Namibia) und der **ANC,** der wichtigsten Kampforganisation gegen das vom Westen lange Zeit gestützte rassistische **Apartheidregime** in Südafrika. Die Nationale Volksarmee und das Ministerium für Staatssicherheit bildeten Untergrundkämpfer solcher Organisationen aus. Außerdem lieferte die DDR Waffen und Ausrüstung. In den Genuss dieser Unterstützung kam auch die Palästinensische Befreiungsorganisation (PLO), die Israel mit Terrorakten beseitigen wollte.

In den 80er-Jahren spielten sogenannte »Vertragsarbeiter« eine immer größere Rolle. Dies waren ausländische Arbeitskräfte, vor allem aus Vietnam, die auf der Grundlage von staatlichen Abkommen angeworben wurden, um die Arbeitskräfteknappheit in der DDR abzumildern. Sie mussten spätestens nach fünf Jahren in ihre Heimat zurückkehren und durften in der der DDR nur in Wohnheimen wohnen. Arbeiterinnen mussten im Falle einer Schwangerschaft sofort die DDR verlassen. Als 1990 die DDR zusammenbrach, lebten dort etwa 60.000 Vietnamesen.

Bis heute gibt es erbitterten Streit darüber, ob in der DDR unter dem Mantel der »internationalen Solidarität« doch eine gehörige Portion Rassismus grassierte. Wirklich in die Gesellschaft aufgenommen wurden weder die politischen Flüchtlinge noch die Vertragsarbeiter. Im Gegenteil, die DDR tat alles, um sie aus dem normalen Leben herauszuhalten. Unter der Bevölkerung gab es gehöriges Gegrummel über die »Fidschis« und »Neger«, die angeblich die Läden leer kauften und es wagten, in den Jugendkub zu kommen und einheimische Frauen anzusprechen. Der Zulauf zu den Neonazis und die rassistischen Ausschreitungen von Hoyerswerda und Rostock 1991, bei denen Anfang der 90er-Jahre Hetzjagden auf Ausländer und Brandanschläge auf deren Wohnheime zu beklagen waren, ließen die Öffentlichkeit aufschrecken.

Vietnamesische Vertragsarbeiter in einem DDR-Betrieb

BEMERKENSWERTES

Afrikanische »Ossis«

Ab 1979 nahm die DDR über 400 schwarze Kinder von SWAPO-Mitgliedern auf, die gegen die weißen Südafrikaner im besetzten Südwestafrika kämpften. Sie wurden in einem Kinderheim in Bellin (Mecklenburg) untergebracht und lernten dort das deutsche Leben und die deutsche Sprache, hatten aber kaum Kontakt zu ihrer heimatlichen Kultur. Als Namibia 1990 unabhängig wurde und die DDR zusammenbrach, mussten diese Kinder plötzlich zurückkehren. In der völlig fremden Umgebung dort hatten sie schnell ihren Ruf als »schwarze Deutsche« weg. Sie gründeten den »Ossiklub von Windhoek«.

Welche Unterstützung bekamen SWAPO und ANC?

Die beiden Organisationen, heute Regierungsparteien in Südafrika und Namibia, schickten Tausende von jungen Mitgliedern zur militärischen Ausbildung in die DDR. SWAPO steht für South-West African People's Organization, *ANC für* African National Congress.

Was ist Apartheid?

Apartheid nannte man in Südafrika die völlige Trennung von Farbigen und Weißen; farbige Südafrikaner durften nicht einmal dieselben Strände oder Treppen benutzen wie Weiße und waren in jeder Hinsicht in der Gesellschaft massiv benachteiligt. Dieses System wurde erst in den 90er-Jahren aufgegeben.

Von der Sowjetunion lernen, heißt wählen lernen – die DDR und Gorbatschow

Was versteht man unter der Sinatradoktrin?
So bezeichnete der Sprecher des sowjetischen Außenministers Gennadi Gerassimow im Oktober 1989 in Helsinki scherzhaft die neue Großzügigkeit der UdSSR gegenüber ihren Verbündeten. Gemeint war ein Lied des amerikanischen Sängers Frank Sinatra mit dem Titel I did it my way *– jeder Staat sollte jetzt »seinen Weg« gehen dürfen.*

Es war schon fast zur traurigen Gewohnheit geworden – seit dem Tode des sowjetischen Staats- und Parteichefs Leonid Breschnew im November 1982 waren immer wieder Nachfolger bestimmt worden, die nach wenigen Monaten verstarben: Juri Andropow im Februar 1984 und Konstantin Tschernenko im März 1985. Wer würde wohl jetzt folgen in der grauen Welt der alten Männer des sowjetischen Politbüros? Die Überraschung konnte kaum größer ausfallen. Es folgte kein weiterer hinfälliger Greis, sondern ein dynamischer und offener Parteiführer, 20 Jahre jünger als sein Vorgänger: Michail Sergejewitsch Gorbatschow, geboren 1931 und langjähriger Parteifunktionär, der die ganze Ochsentour durch die Apparate hinter sich hatte.

Schnell bemerkten die DDR-Bürger, die darin geübt waren, zwischen den Zeilen der offiziellen Verlautbarungen die Neuigkeiten zu entdecken, dass Gorbatschow anders war – nicht nur anders als seine Vorgänger, sondern anders auch als die betagten Parteiführer in Ostberlin mit Erich Honecker an der Spitze. Gorbatschow setzte drei Themen auf die Tagesordnung: *Glasnost*, das russische Wort für Offenheit und Transparenz; *Perestrojka*, den »Umbau« der maroden Wirtschaft; und *Novoe Myschlenie*, ein »Neues Denken« im Ost-West-Konflikt, um die riesigen Kosten der sowjetischen Rüstung zu senken. Er kritisierte offen unfähige Funktionäre und ermunterte die Zeitungen, kritisch über Missstände und Tabuthemen zu berichten. Schließlich ging er daran, das sowjetische Wahlsystem zu demokratisieren: Bei den Wahlen zum sowjetischen Parlament, dem »Kongress der Volksdeputierten«, im März 1989 gab es das erste Mal pro Abgeordnetensitz mehrere Kandidaten zur Auswahl.

Die DDR reagierte auf den neuen sowjetischen Kurs abwehrend. Die alte Parole »Von der Sowjetunion lernen, heißt siegen lernen« sollte plötzlich nicht mehr gelten. Stattdessen rief die SED einen »Sozialismus in den Farben der DDR« aus und hob hervor, dass der Lebensstandard und die Wirtschaftsleistung in der DDR ja viel höher seien als in der Sowjetunion. Der Gipfelpunkt der Abwehrreaktionen gegen die sowjetische Reformpolitik war erreicht, als Honecker sogar die sowjetische deutschsprachige Zeitschrift *Sputnik* in der DDR verbieten ließ, weil diese kritische Artikel über Stalins Verbrechen brachte. Damit löste die SED-Führung wütende Reaktionen in der Bevölkerung aus. Auch viele Funktionäre wollten sich mit dieser Bevormundung und Zensur nicht mehr abfinden und protestierten.

Die dramatischste Entwicklung aus Sicht der SED war jedoch die Politik Gorbatschows zur deutschen Frage. Er ließ erkennen, dass die Sowjetunion in Zukunft darauf verzichten wollte, den anderen Ostblockstaaten ihren politischen Kurs vorzuschreiben. Statt der Breschnewdoktrin von der »beschränkten Souveränität« sollte jetzt die **»Sinatradoktrin«** gelten: Jedes Land sollte selbst über seine Zukunft entscheiden. Damit deutete sich an, dass Gorbatschow auf die Bestandsgarantie für die DDR möglicherweise verzichten würde. Erschüttert reagierte die SED-Führung, als Gorbatschow im Juni 1989 zu einer triumphalen Reise durch die Bundesrepublik antrat, wo ihm Wellen der Begeisterung entgegenschlugen, wie zuvor nur John F. Kennedy 1963. Bundeskanzler Kohl verstand sich offenkundig prächtig mit seinem Gast – und die Sowjetunion brauchte dringend Wirtschaftshilfe aus der Bundesrepublik . . .

Die DDR-Opposition gab ihre Skepsis gegenüber dem neuen sowjetischen Parteichef nur zögerlich auf. Sie zweifelten an seinem ernsten Willen und an den Erfolgsaussichten. Erst als Gorbatschow im Dezember 1986 dem sowjetischen Regimekritiker **Andrej Sacharow** die Rückkehr nach Moskau aus der Verbannung gestattete und ihm zugleich die Möglichkeit gab, sich auch öffentlich zu äußern, festigte sich die Überzeugung, dass er es ernst meinen könnte mit dem Ende der politischen Verfolgung in der UdSSR.

Wer war Andrej Sacharow?
Der russische Atomphysiker Andrej Dmitrijewitsch Sacharov (1921–1989) war einer der Väter des sowjetischen Atomwaffenprogramms. Später begann er, die Gefahren dieser Waffentechnik zu erkennen. 1970 gründete er ein Komitee zur Durchsetzung der Menschenrechte und erhielt 1975 den Friedensnobelpreis. Nach Protesten gegen den sowjetischen Einmarsch in Afghanistan 1979 wurde er von der sowjetischen Geheimpolizei KGB verhaftet und nach Gorki verbannt, wo er unter Aufsicht leben musste. Nach seiner Befreiung 1986 engagierte er sich in der Politik und wurde 1989 Abgeordneter des Kongresses der Volksdeputierten. Im gleichen Jahr starb er an einem Herzinfarkt.

BEMERKENSWERTES

»Tapeten-Kutte« und die Perestrojka

Die SED-Führung fühlte sich durch die sowjetische Reformpolitik unter enormem Druck. Im März 1987 formulierte das Politbüromitglied Kurt Hager für ein Interview der westdeutschen Illustrierten *stern*, das auch in der DDR-Zeitung *Neues Deutschland* nachgedruckt wurde, die trotzige Reaktion: »Würden Sie, wenn Ihr Nachbar seine Wohnung neu tapeziert, sich verpflichtet fühlen, Ihre Wohnung ebenfalls neu zu tapezieren?« Die DDR-Bürger waren empört über diese Absage an jegliche Reform. Ab diesem Tag hatte Hager seinen Spottnamen weg: »Tapeten-Kutte«.

Flucht und Ausreise

Wie sahen die Sicherungsanlagen an der Grenze aus?
Dem ersten Zaun folgten ein geharkter Grenzstreifen mit Wachtürmen, Scheinwerfer, Kfz-Sperrgräben, Hundelaufanlagen, Minenfelder, schließlich der eigentliche Grenzzaun, drei Meter hoch. Ab 1970 montierten die Grenztruppen der DDR an den Zäunen sogenannte Selbstschussanlagen, Typ SM 70, eine Apparatur, die bei Berühren eines Signaldrahtes etwa 100 scharfkantige Stahlwürfel verschoss.

Was war der Schießbefehl?
Die Grenzsoldaten hatten den Befehl, Flüchtlinge zu erschießen, wenn sie anders nicht aufzuhalten waren. Für die Verhinderung von Fluchten bekamen die Soldaten Prämien. Nach 1989 gab es rund 120 Strafverfahren wegen Totschlags oder Mordes gegen die Todesschützen und ihre Befehlsgeber in den Grenztruppen und dem Politbüro. Die unmittelbaren Schützen wurden in der Regel zu Strafen auf Bewährung verurteilt. Die noch prozessfähigen Politbüromitglieder, wie Egon Krenz und der Ostberliner SED-Chef Günter Schabowski, mussten

Der Blick über die Ostsee war verführerisch: das offene Meer, die Ozeandampfer am Horizont. Wie die Landkarte zeigte, waren es einige Dutzend Kilometer bis zur schleswig-holsteinischen Küste. Wäre das zu schaffen? Schwimmen, auf der Luftmatratze, im heimlich herangeschafften Boot, womöglich mit Motor? Die Flucht war gefährlich, am Strand patrouillierten die Grenzer, in den Hoheitsgewässern kreuzten die Boote der Grenztruppen und der Weg war sehr weit. Wie viele Menschen bei dem Versuch ertranken, über die Ostsee aus der DDR zu fliehen, wird niemals zu ermitteln sein. Immer wieder wurden von Fischerbooten oder Strandspaziergängern Wasserleichen entdeckt. Doch rund 900 schafften diesen gefährlichen Weg, zum Teil nach monatelangem Ausdauertraining im Schwimmbad oder mit abenteuerlichen Mini-U-Booten Marke Eigenbau.

Nach dem Mauerbau gab es keine Schlupflöcher durch die DDR-Grenze mehr; immer aufwendiger bauten die Grenztruppen die **Sicherungsanlagen** aus. Aufgrund dieses Ausbaus und des **Schießbefehls** an die Grenzsoldaten gelangen nach 1961 **kaum noch Fluchten** über die Grenze. Wer das Land verlassen wollte, versuchte es eher mit gefälschten Pässen, die westdeutsche Fluchthelfer lieferten, oder über die Grenzen zu Jugoslawien in Ungarn oder Bulgarien.

Seit der KSZE-Schlussakte von Helsinki 1975, in der das Recht auf **»Freizügigkeit«** niedergeschrieben war, nahm allerdings die Zahl derjenigen DDR-Bürger zu, die das Land über eine offizielle Ausreise verlassen wollten. Die DDR-Regierung weigerte sich zunächst, solche Anträge zu bearbeiten, und setzte die Ausreisewilligen unter Druck, aber es wurden immer mehr. 1984 entließ die SED auf einen Schlag fast 30.000 solcher Ausreisewilligen in die Bundesrepublik. Davon versprach sie sich eine Beruhigung, doch das Gegenteil trat ein: In Windeseile sprach sich die Nachricht von der Ausreisewelle herum und noch mehr

Der 18-jährige Peter Fechter wird bei seinem Fluchtversuch am 17. August 1962 von DDR-Grenzsoldaten erschossen.

DDR-Bürger stellten einen Ausreiseantrag. Im Sommer 1989 gab es schließlich 125.000 solche Anträge.

Der ständige Zuwachs an Ausreiseanträgen stellte die SED vor enorme Probleme: Er zeigte, dass in allen Teilen der Gesellschaft die Unzufriedenheit wuchs. Oft begründeten die Antragsteller ihren Ausreisewunsch mit der allgemeinen Perspektivlosigkeit, mit dem Verfall der Städte und der fehlenden Aussicht, ein Leben nach den eigenen Wünschen führen zu können. Einen Ausreiseantrag zu stellen, war zwar nicht lebensgefährlich, aber trotzdem ein schwerer Schritt. Die meisten Antragsteller verloren sofort ihre Arbeitsstellen und lebten teilweise über Jahre mit der Ungewissheit, ob sie jemals die DDR verlassen dürften. War die Ausreise genehmigt, mussten sie innerhalb von zwei Tagen das Land verlassen und oftmals einen Großteil ihres Hab und Guts zurücklassen, von den Freunden und Verwandten ganz zu schweigen. Hunderte von Ausreisewilligen wurden von der Staatssicherheit verhaftet, weil sie in Briefen an westdeutsche Regierungsstellen um Hilfe gebeten oder Drohungen gegen DDR-Stellen ausgesprochen hatten.

In den letzten Jahren der DDR spitzten sich alle diese Krisensignale zu: 1988 blieben fast 6.000 DDR-Einwohner nach privaten und dienstlichen Reisen im Westen. Hinzu kamen mehr als 25.000 genehmigte Ausreisen. In einigen Berufsgruppen, wie den Ärzten, wurde das Personal knapp. Noch waren die Ausreisewilligen Außenseiter, aber ihr Lebensgefühl entsprach immer mehr der allgemeinen Stimmungslage in der Bevölkerung: So konnte es nicht weitergehen.

mehrjährige Haftstrafen absitzen.

Wie viele Menschen schafften die Flucht aus der DDR?

Seit Mitte der 70er-Jahre gab es pro Jahr rund 600 bis 900 erfolgreiche Fluchten und über 2.800 aufgedeckte Fluchtversuche. Von 1949 bis 1989 starben bei dem Versuch, die DDR-Grenze zu überwinden, über 700 Menschen.

Was bedeutet Freizügigkeit?

Dieser juristische Begriff bedeutet das Recht, sich frei zu bewegen, den Wohnort zu wechseln und auch das eigene Land zu verlassen.

BEMERKENSWERTES

Die letzten Grenztoten in Berlin

Der 21-jährige Chris Gueffroy war der letzte Flüchtling, den Grenzsoldaten an der Berliner Mauer erschossen. In der Nacht vom 5. zum 6. Februar 1989 entdeckten sie ihn und seinen Freund Christian Gaudian kurz vor dem letzten Grenzzaun in Berlin-Treptow. Gueffroy starb im Kugelhagel, sein Freund wurde schwer verletzt festgenommen. Kurz nach den Schüssen auf Gueffroy hob Erich Honecker im April 1989 heimlich den Schießbefehl auf, um weitere Negativschlagzeilen zu vermeiden. Nach Chris Gueffroy starb noch ein weiterer Mensch bei einem Fluchtversuch: Winfried Freudenberg stürzte am 8. März 1989 mit einem selbst gebauten Gasballon nach einem stundenlangen Irrflug über Berlin-Zehlendorf ab.

Köpfe der Bürgerbewegung

Wie groß war die Oppositionsszene?
Zu den Oppositions- und Bürgerrechtsgruppen zählten Ende der 80er-Jahre rund 2000 Aktivisten und Sympathisanten. In allen größeren Städten gab es Gruppen. Sie waren untereinander gut vernetzt. Die Staatssicherheit versuchte mit vielen Methoden, diese Gruppen zu lähmen.

Was stand im Berliner Appell?
Die Verfasser forderten ein atomwaffenfreies Europa und Friedensverträge für das geteilte Deutschland, aber auch die Einführung eines Sozialen Friedensdienstes für Kriegsdienstverweigerer in der DDR und die Abschaffung des Wehrunterrichts. Nach der Veröffentlichung des Appells über westliche Medien wurde Rainer Eppelmann im Februar 1982 für drei Tage inhaftiert, dann aber wieder freigelassen.

Seit Ende der 70er-Jahre hatte sich im Umfeld der evangelischen Kirche und der wenigen sozialistischen Dissidenten eine neue **Bürgerrechtsszene** entwickelt. Ihr Ausgangspunkt war die Friedensbewegung der frühen 80er-Jahre und der Protest gegen die Militarisierung des Lebens und das Feindbilddenken in der DDR. Weitere Themen waren die Vorherrschaft der SED, die fehlende Demokratie, die Menschenrechte und die Umweltverschmutzung in der DDR. Zugleich stand die Bürgerbewegung aber dem westlichen System kritisch gegenüber. Sie knüpften an die Theorien vom »dritten Weg« zwischen Ost und West an. Ihre engsten Partner im Westen waren die gerade gegründeten oppositionellen Grünen.

Eine der bekanntesten Figuren der Opposition war der evangelische Pfarrer Rainer Eppelmann. Der gelernte Maurer hatte als Bausoldat gedient und wegen Verweigerung des Gelöbnisses acht Monate im Militärgefängnis abgesessen. Danach studierte er Theologie und wurde Gemeindepfarrer in der Berliner Samaritergemeinde. Dort gehörte er 1977 zu den Erfindern der »Blues-Messen«, Gottesdienste, die mit Rockmusik und Sketchen unangepasste Jugendliche anzogen. Die Blues-Messen brachten es zeitweilig auf bis zu 8.000 bis 9.000 Teilnehmer in der ganzen DDR.

1982 schrieb Eppelmann gemeinsam mit dem Dissidenten Robert Havemann den **»Berliner Appell** – Frieden schaffen ohne Waffen«. Im Oktober 1989 gründete er die Organisation »Demokratischer Aufbruch«; nach den demokratischen Wahlen vom 18. März 1990 übernahm er als Minister für Abrüstung und Verteidigung die Auflösung der Nationalen Volksarmee. Er war später lange Zeit Bundestagsabgeordneter der CDU und ist heute Vorsitzender der Bundesstiftung zur Aufarbeitung der SED-Diktatur.

Als »Mutter Courage« der DDR-Opposition gilt die Malerin Bärbel Bohley. 1982 gründete sie mit einigen Mitkämpferinnen die »Frauen für den Frieden«, die sich als Teil der blockübergreifenden Friedensbewegung in Ost und West verstanden. Nach einer Protestaktion wurde sie Ende 1982 verhaftet und erst nach sechs Wochen aufgrund internationaler Proteste entlassen. Sie gehörte später zu den Mitbegründerinnen einer der wichtigsten Oppositionsgruppen, der Initiative Frieden und Menschenrechte (IFM), die 1986 zum 11. Parteitag der SED eine Demokratisierung der DDR forderte und die Herrschaft der Staatspartei infrage stellte.

Bärbel Bohley wurde am 25. Januar 1988 erneut verhaftet. Unter massivem Druck erklärte sie sich bereit, die DDR für ein halbes Jahr zu verlassen. Nach ihrer Rückkehr gehörte sie 1989 zu den Mitbegründern der Organisation »Neues Forum«. Nach dem Mauerfall wandte sie sich **enttäuscht** von der Revolution ab. Später lebte sie lange in Kroatien.

Bärbel Bohley

Zum harten Kern der DDR-Oppositionellen zählte auch Reinhard Schult. Auch er hatte den Waffendienst verweigert und als Bausoldat gedient. Er versuchte sich an einem Theologiestudium, wandte sich aber von diesem Berufsweg ab und arbeitete als Hilfsarbeiter. 1979 bekam er acht Monate Haft wegen der Verbreitung von »staatsfeindlichen« Schriften wie Texten von Wolf Biermann. Danach war er in verschiedenen kirchlichen und marxistischen Oppositionsgruppen aktiv. Er verstand sich als »Berufsrevolutionär« und forderte eine strenge Abgrenzung von den Ausreiseantragstellern und vom Westen. Als Mitunterzeichner des Aufrufs für die Gründung des »Neuen Forums« und als Vorkämpfer für die Auflösung des Ministeriums für Staatssicherheit stand Schult in der demokratischen Revolution an vorderster Front. Doch nach der Wiedervereinigung zog er sich aus dem politischen Leben zurück, das seinen basisdemokratischen und sozialistischen Vorstellungen nicht entsprach. Er lebt heute in einem kleinen Dorf in der Uckermark (Brandenburg).

Warum war Bärbel Bohley enttäuscht vom Verlauf der Revolution?
Wie viele DDR-Oppositionelle hatte sich Bärbel Bohley für eine Reform der DDR, nicht für den Beitritt zur Bundesrepublik eingesetzt. Als die große Mehrheit der DDR-Bürger nach dem Fall der Mauer in den Westen drängte, zog sie sich aus der Politik zurück.

BEMERKENSWERTES

Lähmen und zersetzen

Aus Furcht vor internationalen Protesten vermied die SED-Führung es in den meisten Fällen, die bekannten Oppositionellen zu verhaften. Stattdessen versuchte man, mithilfe von Agenten in den Gruppen Zwietracht zu säen und die führenden Köpfe psychisch zu zermürben. Zu solchen »Zersetzungsmaßnahmen« gehörten Telefonterror, falsche Kleinanzeigen und Warenbestellungen, mit denen sich die Empfänger herumschlagen mussten. Am wirkungsvollsten war das Gerücht, der Oppositionelle würde für die Stasi als Spitzel arbeiten.

Warum brach die DDR zusammen?

Wie hoch waren die Schulden der DDR?
Die Verschuldung der DDR bei internationalen Banken lag 1989 bei etwa 14 Milliarden Dollar. 1971 hatte sie etwas mehr als eine Milliarde Dollar betragen. Um die Kreditsituation durch Warenexporte zu stabilisieren, wäre eine Senkung des Konsumstandards in der DDR um 25 bis 30 Prozent notwendig gewesen.

Anfang 1989 schien in der DDR äußerlich alles beim Alten: Die Führung bereitete sich auf pompöse Feiern zum 40. Gründungstag der Republik vor. Im Vergleich zu manchem anderen Ostblockstaat stand die Wirtschaft noch gut da und konnte sich auch der Unterstützung durch die Bundesrepublik erfreuen. Im Alltag herrschten Ruhe und Ordnung. Arbeitslosigkeit kannte man in der DDR nicht. Die Bürger meckerten über die Versorgungslücken – aber gab es die nicht schon immer?

Fast niemand rechnete damit, dass ein Jahr später die Grenze offen und die Tage der DDR gezählt sein würden. Die DDR war ein zwar in vielen Aspekten unangenehmer, aber stabiler Teil der Nachkriegsordnung in Europa. Tatsächlich aber hatte sich unter dem Mantel der Stabilität eine Fülle von Problemen angestaut, die ab dem Sommer 1989 binnen weniger Wochen die Revolte der Bürger und den völligen Zerfall des Systems auslösten. Begünstigt wurde dies durch die neue Haltung der Sowjetunion zu ihren Verbündeten: Die sowjetische Führung griff nicht mehr wie früher in die innenpolitischen Belange der Ostblockstaaten ein, um ihre Vorherrschaft in der östlichen Hälfte Europas zu sichern.

Hinter der Krise standen langfristige innere Ursachen. Massiv schlugen jetzt die Folgen der Wirtschaftspolitik zurück. Der Zustand vieler Produktionsanlagen in den Betrieben war desolat. Mit uralten, immer wieder geflickten Maschinen mussten die Arbeiter unter oft katastrophalen gesundheitlichen Bedingungen produzieren. Seit Anfang der 70er-Jahre war zu wenig Geld in die Erneuerung der Produktionsanlagen geflossen. Hinzu kamen die Systemschwächen der Planwirtschaft: Es gab wenig Anreize, moderne Geräte zu entwickeln oder effektiver zu arbeiten. Gute Produkte musste die DDR in immer größerem Umfang an das Ausland verkaufen, um die **Schulden** bei internationalen Banken zu begleichen.

Zugleich verlor die SED-Führung an Kraft. Statt sich den Problemen der Zeit zu stellen, verschanzten sich die Parteiführer hinter ihrer Propaganda. Sie wollten nicht hören, welche Wünsche die Bevölkerung hatte. Die meisten Mitglieder des Politbüros waren mittlerweile weit über 70 Jahre alt, Staatssicherheitsminister Erich Mielke sogar schon 82. Frischen Wind durch einen Generationswechsel ließen sie nicht zu. Selbst treue SED-Mitglieder und Funktionäre verzweifelten an dieser Unbeweglichkeit und verloren den Glauben an die Zukunft.

Unter Druck geriet die Parteiherrschaft auch, weil die jüngeren Generationen eigene Vorstellungen darüber entwickelten, welche Art Leben sie führen wollten. Viele wollten reisen und die Welt sehen und sich nicht in die feste Lebensplanung einfügen, die die sozialistische Gesellschaft für sie bereithielt: Schule, Facharbeiterlehre, Heirat und Kinder – ein eintöniges, diszipliniertes Leben bis zur Rente. Täglich schwappte die Vielfalt des Lebens in Westdeutschland über die Fernsehprogramme in ihre Wohnzimmer, sollte das alles an ihnen vorbeigehen?

Unter der Oberfläche steuerte alles auf die Frage zu: Wann würde die SED beginnen, sich zu bewegen – und wo wartete ein DDR-Gorbatschow auf seine Chance? Die westlichen Journalisten meinten schon, ihn entdeckt zu haben. Da gab es in Dresden einen SED-Chef, der anders war als die »blutleeren« Politbüromitglieder: **Hans Modrow** lautete sein Name . . .

Hans Modrow

Wer war Hans Modrow?

Der langjährige Parteifunktionär (geboren 1928) war seit 1973 Chef der SED im Bezirk Dresden gewesen. In den 80er-Jahren war er öfters in Konflikt mit der SED-Zentrale gekommen, weil er sich für eine kritische und nüchterne Analyse der Probleme in seinem Bezirk stark gemacht hatte. Bei einem Besuch in der Bundesrepublik hatte er im September 1989 das Interesse der westdeutschen Medien auf sich gezogen. Er war relativ jung, machte einen vitalen Eindruck und wohnte ganz bescheiden in einer einfachen Plattenbauwohnung statt in der abgeschotteten Politbürosiedlung in Wandlitz bei Berlin. Er präsentierte sich als dynamischer Politiker, der jeden Tag schwimmen geht.

BEMERKENSWERTES

Mikrochip-Programm der DDR

Als die DDR-Führung begriff, dass die Weltwirtschaft an der Schwelle zu einer neuen industriellen Revolution durch die Einführung der Computertechnik stand, versuchte sie, den Rückstand auf diesem Gebiet durch ein umfangreiches Entwicklungsprogramm für eine eigene Computerchip-Produktion aufzuholen. Da der Verkauf von modernen Chips an die Ostblockstaaten im Westen verboten war (man befürchtete eine militärische Nutzung), musste die DDR durch Industriespionage, geheime Lieferverträge mit japanischen Firmen und eigene Forschung die Entwicklungslücke zu schließen versuchen. Dies gelang jedoch nicht. Als Erich Honecker 1988 dem sowjetischen Staats- und Parteichef Gorbatschow bei einem Besuch stolz ein Chip-Exemplar aus der neuesten Serienproduktion überreichte, handelte es sich dabei um eine Attrappe. Die Computer des VEB Robotron hinkten der neuesten Technik immer um mehrere Entwicklungsgenerationen hinterher.

Demokratische Revolution und Wiedervereinigung 1989/90

Der Mauerfall und die Wiedervereinigung 1989/90

20 Jahre ist es her, dass die DDR-Bürger für Demokratie und gegen die SED-Diktatur auf die Straße gingen, dass die Mauer fiel und dass die Weichen für die Wiedervereinigung gestellt wurden. Nach 40 Jahren Stabilität brach das kommunistische System binnen weniger Wochen zusammen, scheinbar von selbst.

Die Bürgerrechtsbewegung des Herbstes 1989 ist eines der größten und erfolgreichsten Ereignisse der Demokratiegeschichte in Deutschland. Anders als die Westdeutschen, die 1949 die Demokratie von den Alliierten »geschenkt« bekamen und sich dann mit dem freiheitlichen System nach und nach anfreundeten, mussten die Ostdeutschen sich diese Demokratie erkämpfen und es war anfangs keineswegs abzusehen, ob sie nicht mit einer blutigen Niederschlagung rechnen mussten, wie sie die SED ihren Gegnern im Falle einer »Konterrevolution« immer wieder angedroht hatte. Zu den Grundsätzen dieser Bewegung gehörte auch ihre Gewaltlosigkeit. »Keine Gewalt«, riefen die Demonstranten den Polizisten zu, die ihnen gegenüberstanden, aber auch sich selbst. Die blutige Rache an den Getreuen des alten Systems, die wir in so vielen Revolutionen der Weltgeschichte sehen, blieb in der demokratischen Revolution 1989/90 aus.

Die demokratische Revolution in der DDR und der Zusammenbruch des Kommunismus waren Vorgänge von weltgeschichtlicher Bedeutung. Der Fall der Berliner Mauer symbolisiert das Ende des »Eisernen Vorhangs«, der Europa seit den 40er-Jahren geteilt hatte. Diese Wende hatte sich 1989 bereits in Polen und Ungarn angekündigt. Dort hatten die herrschenden kommunistischen Parteien sich auf einen schrittweisen Umbruch eingelassen, die Opposition nach und nach legalisiert und so in einer Mischung von Reform und Revolution den Weg in ein neues politisches System beschritten. Mit dem Umbruch in der DDR bekam dieser Prozess schlagartig Kraft in ganz Osteuropa. Die ČSSR folgte nach wenigen Tagen mit der »samtenen Revolution«. Ihr Ergebnis war neben der Demokratie die Teilung des Landes in die Tschechische und die Slowakische Republik. Im Dezember 1989 erreichte der Umbruch auch Rumänien. Der Aufstand gegen die Schreckensherrschaft des Diktators Nicolae Ceaușescu blieb jedoch nicht friedlich. Am 25. Dezember 1989 verurteilte ein Militärgericht ihn und seine Frau vor laufender Kamera zum Tode und ließ die beiden erschießen.

Tief greifende Folgen hatten die Revolutionen von 1989 für die Sowjetunion als Hegemonialmacht Osteuropas selbst: Der dortige Reformkurs Michail Gorbatschows hatte den Wandel erst möglich gemacht. Aber die Reformen gerieten außer Kontrolle. 1991 versuchten alte Funktionäre einen Putsch, um Gorbatschow gewaltsam zu beseitigen. Die Putschisten wurden besiegt, aber Gorbatschow musste sich dem neuen starken Mann, Boris Jelzin, geschlagen geben. Das Imperium der UdSSR mit seinen 15 Sowjetrepubliken zerfiel: Die baltischen Staaten Estland, Lettland, Litauen wurden unabhängig und orientierten sich nach Westen. Die anderen Republiken wurden eigenständig in einer »Gemeinschaft unabhängiger Staaten« (GUS). Von diesem Bedeutungsverlust erholte sich Russland, wie es jetzt wieder hieß, nur langsam.

Bis heute ist umstritten, ob der Begriff »Revolution« auf die Vorgänge in der DDR 1989/90 tatsächlich passt. Mit der Entmachtung der SED und der Einführung der Demokratie sind wichtige Kriterien für eine, wie das Lexikon den Begriff erklärt, »grundlegende, meist plötzliche Umgestaltung der politisch-sozialen Verhältnisse« zweifellos erfüllt. Im Volksmund setzte sich nach 1989 bald das Wort »Wende« durch. Es ist nicht besonders präzise, aber darin kommt zum Ausdruck, dass viele Menschen, die damals auf die Straße gingen, sich vielleicht im Rückblick nicht als »Revolutionäre« fühlen. Auch gab es keine feste Organisation, die die Machteroberung lenkte. Und schließlich ist mancher nicht mehr sicher, ob der schnelle Beitritt zur Bundesrepublik der richtige Weg war, denn damit ging viel von der gerade gewonnenen Gestaltungsfreiheit wieder verloren. Die Debatte darüber wird noch lange anhalten.

Ungarn – das Loch im Eisernen Vorhang

Wie kam es zur Grenzöffnung in Ungarn?
Ungarn entschied sich im Mai 1989 für eine radikale Reform des sozialistischen Systems und begann mit der Öffnung zum Westen. Am 27. Juni trafen sich die Außenminister Ungarns und Österreichs, Gyula Horn und Alois Mock, bei Sopron, um eigenhändig in einem symbolischen Akt den Stacheldraht zu zerschneiden, der die beiden Länder seit vielen Jahren trennte. Der ungarische Ministerpräsident Miklós Nemeth überreichte dem US-Präsidenten George Bush sogar ein Stück Grenzzaun und erklärte, er hoffe, dass alle künstlichen, physischen und geistigen Trennmauern überall einstürzen würden.

Am 2. Mai 1989 begann der **Abbau der Grenzbefestigungen** an der ungarisch-österreichischen Grenze. Dieser Schritt hatte tief greifende Folgen für die DDR. Zwar gab es noch Grenzpatrouillen, die Flüchtlinge aufgriffen, aber die ungarischen Behörden lieferten DDR-Bürger nicht mehr bei deren Staatssicherheit ab, sondern ließen sie in Ungarn wieder laufen. Diese neue Praxis sprach sich schnell herum und schon stieg die Zahl derjenigen, die versuchten, auf diesem Wege in den Westen zu gelangen.

Mit dem Beginn der Sommerferien gewann diese Fluchtwelle schnell an Kraft. Zehntausende von Familien reisten jetzt an den Balaton oder in andere Regionen des beliebten Urlaubslandes und spätestens dort steckte die Stimmung jeden an: Was erzählen die anderen auf unserem Campingplatz über die Grenzkontrollen? Sollen wir den Schritt wagen? Was hält uns noch in unserer Heimat? Was würde uns im Westen erwarten? Werden wir so eine Chance noch einmal im Leben haben?

Immer häufiger verwaisten Zelte und Hotelzimmer, an den Straßenrändern blieben die Trabants stehen. Wer zurückgeschickt wurde, traute sich oft nicht mehr in die DDR aus Angst vor Verhaftung wegen »versuchter Republikflucht«. Hunderte flüchteten auf das Gelände der bundesdeutschen Botschaft in Budapest, ebenso in Prag und Warschau. Tausende traten jede Woche den Weg ohne Rückkehr an. Am 11. September 1989 öffneten die Ungarn ihre Grenze nach Österreich vollständig. Allein in den nächsten drei Tagen flohen daraufhin 15.000 DDR-Bürger in die Bundesrepublik. Insgesamt zählte man 1989 im Aufnahmelager in Gießen bis Anfang November 225.233 Übersiedler aus der DDR. Damit waren der Warschauer Pakt als Grenzsicherungsgemeinschaft faktisch am Ende und erneut die Verhältnisse vor dem Mauerbau 1961 erreicht.

DDR-Flüchtlinge am ungarisch-österreichischen Grenzübergang Sopron, 19. August 1989

Die DDR-Führung reagierte verärgert, ungläubig und hilflos: Warum ließen die ungarischen Genossen sie so im Stich? Die einzige Lösung hätte darin bestanden, niemanden mehr nach Ungarn reisen zu lassen, doch davor schreckte die SED-Führung zurück. Über Wochen herrschte Funkstille in Ostberlin, abgesehen von trotzigen Kommentaren wie dem von Erich Honecker persönlich formulierten Satz, man solle den Flüchtlingen »keine Träne nachweinen«.

Unterdessen hatten sich auch in die Botschaften der Bundesrepublik in Prag und Warschau mehrere Tausend DDR-Bürger geflüchtet, die ihre Ausreise forderten. Dort herrschten chaotische Zustände. Schließlich erklärte sich die DDR-Regierung bereit, diese Flüchtlinge **ausreisen** zu lassen. Das Land blutete einfach aus, die Regierung war gelähmt, aber ihre Macht schien stabil. Da ergriffen die Oppositionellen die Initiative: »Wir bleiben hier!«, lautete ihre Antwort auf die Fluchtwelle und: »Wir wollen eine Demokratisierung der DDR!« Am 24. Juli 1989 rief eine Gruppe um die Pfarrer Martin Gutzeit und Markus Meckel zur Gründung einer Sozialdemokratischen Partei in der DDR (SDP) auf; am 9. und 10. September trafen sich im Hause des verstorbenen Robert Havemann in Grünheide bei Berlin rund 30 Personen zur Gründung des **»Neuen Forums«**, unter ihnen die Malerin Bärbel Bohley, der Biophysiker Jens Reich und der Rechtsanwalt Rolf Henrich. Die Gründer beantragten die offizielle Zulassung als staatlich anerkannte Vereinigung. Wenige Tage später erklärte die DDR-Regierung das Neue Forum zur »staatsfeindlichen Plattform«, aber sie konnte die gewaltige Zustimmungswelle nicht mehr aufhalten: Innerhalb weniger Tage kursierte der Gründungsaufruf »Aufbruch 89« in unzähligen Abschriften und Zehntausende von DDR-Bürgern unterschrieben ihn.

Wie wurde die Ausreise bewerkstelligt?
In Sonderzügen fuhren die Botschaftsflüchtlinge über DDR-Gebiet zum bundesdeutschen Grenzbahnhof Hof. Im Vorfeld hatte es großes Misstrauen gegenüber dem Arrangement unter den Betroffenen gegeben; sie fürchteten, festgenommen zu werden, sobald die Züge sich auf DDR-Gebiet befanden. Tatsächlich klappte die Ausreise reibungslos. In Dresden und anderen Durchfahrtsorten kam es allerdings zu Tumulten und Straßenschlachten, weil die Volkspolizei verhindern wollte, dass weitere Menschen auf die Züge aufsprangen.

Was wollte das Neue Forum?
Im Gründungsaufruf des Neuen Forums wurde die SED nicht direkt angegriffen. Aber die Initiatoren forderten einen demokratischen Dialog zwischen Staat und Gesellschaft. Das Neue Forum sollte dafür als Plattform dienen.

BEMERKENSWERTES

Der betäubte Mitropa-Kellner

Die SED-Führung versuchte, in ihrer Propaganda den Eindruck zu erwecken, die Ungarnflüchtlinge würden gar nicht freiwillig in den Westen fliehen. Am 21. September 1989 brachte sie die abenteuerliche Geschichte von einem Mitropa-Kellner, der angeblich von westlichen Agenten mitmilfe einer präparierten Mentholzigarette betäubt und nach Österreich verschleppt worden sei und nur mühsam den Weg zurück in die DDR geschafft hatte. Später stellte sich heraus: Die Geschichte war von A bis Z erfunden.

»Wir sind das Volk!« – das Wunder von Leipzig

Welche Rolle spielten die »Kampfgruppen der Arbeiterklasse«?
Nach dem 17. Juni 1953 hatte die SED in allen Betrieben bewaffnete Kampfgruppen bilden lassen. Sie sollten gegen erneute Unruhen mit Waffengewalt vorgehen, so auch am 9. Oktober 1989 in Leipzig. Tatsächlich weigerten sich aber viele Angehörige der Kampfgruppen, gegen die Bevölkerung vorzugehen.

Was war das Massaker vom Platz des himmlischen Friedens in Peking?
Seit April 1989 hatten sich auf dem Tienanmen-Platz (Platz des himmlischen Friedens) im Zentrum Pekings rund 4.000 Studenten niedergelassen, um für Demokratie und Menschenrechte im kommunistischen China zu demonstrieren. In den folgenden Wochen kamen immer mehr Demonstranten hinzu. Am 4. Juni 1989 räumte die chinesische Armee den Platz mit Panzergewalt, dabei starben bis zu 5.000 Menschen.

Montagabend, 9. Oktober 1989. Die hohlen Jubelfeiern zum 40. Jahrestag der DDR-Gründung waren vorbei. In Ostberlin hatte es Hunderte von Verhaftungen und Misshandlungen gegen Protestdemonstranten gegeben. Seit Anfang September hatten sich in Leipzig jeden Montag nach einer Andacht des engagierten Pfarrers Christian Führer in der Nikolaikirche mitten im Stadtzentrum Demonstrationen gebildet. Zuerst kamen nur einige Dutzend Teilnehmer, dann einige Hundert, am 25. September schon mehr als 8.000 zu diesen »ungesetzlichen Zusammenrottungen«, wie die Leipziger Volkszeitung sie nannte. Immer wieder hatten Volkspolizei und Staatssicherheit sie brutal auseinandergetrieben.

Jetzt hielt das Land den Atem an. Was würde heute passieren? Gerüchte schwirrten durch Leipzig. In den Krankenhäusern war erhöhte Bereitschaft für Ärzte und Schwestern angeordnet, Blutkonserven wurden bereitgestellt, den Ärzten gesagt, dass sie sich auf Schussverletzungen einzustellen hätten. Drei Tage zuvor hatten die Zeitungen mit der Erklärung einer **Kampfgruppeneinheit** gedroht: »Wir sind bereit und willens, das von unserer Hände Arbeit Geschaffene wirksam zu schützen, um diese konterrevolutionären Aktionen endgültig und wirksam zu unterbinden. Wenn es sein muss mit der Waffe in der Hand.« Polizei, Armee und Staatssicherheit wurden in die Stadt gefahren, in den Nebenstraßen hörte man die Panzer und Mannschaftswagen rollen.

Trotz aller Drohungen: Am späten Nachmittag öffneten sich überall die Türen. Rund 70.000 Menschen strömten auf den Ring um die Innenstadt und stimmten den Ruf der Befreiung an: »Wir sind das Volk! Wir sind das Volk! Wir sind das Volk!« Das waren keine versprengten Häufchen von Unruhestiftern mehr, das war ganz einfach – das Volk. Ein Volk, das genug hatte von der Bevormundung in den Zeitungen, das frei wählen und sein Leben selbst bestimmen wollte.

Diese Menschenmassen waren einer der entscheidenden Gründe dafür, dass es an diesem Montag nicht zu einem furchtbaren **Massaker** wie im Sommer 1989 in Peking kam. Der friedliche Verlauf ging auch auf einen **Aufruf** zurück, den bekannte Leipziger Bürger wie der Kapellmeister Kurt Masur, der Kabarettist Bernd-Lutz Lange und der Pfarrer Peter Zimmermann mit drei führenden Funktionären der

SED-Bezirksleitung verfasst hatten. Das Wunder geschah: Der SED-Chef von Leipzig löste den Einsatzbefehl nicht aus, die Polizisten zogen sich zurück. Damit war der Bann gebrochen. Erich Honecker erwog noch einmal für den kommenden Montag einen harten Einsatz, doch seine Tage als Parteichef waren bereits gezählt.

In den folgenden Wochen brachen sich die Demonstrationen überall Bahn: In großen und kleinen Städten kamen die Leute auf die Straße, die Teilnehmerzahlen stiegen in die Hunderttausende. Zugleich bildeten sich neue Organisationen. Das Neue Forum und die SDP waren schon da, nun konnten auch »Demokratie Jetzt« und der »Demokratische Aufbruch« an die Öffentlichkeit treten.

Die Entwicklung mündete schließlich in einer Demonstration am 4. November 1989 auf dem Ostberliner Alexanderplatz mit bis zu einer Million Teilnehmern. Im Unterschied zu den vergangenen Wochen war sie von einer Künstlerinitiative sogar offiziell angemeldet worden. Die SED wagte nicht mehr, sie zu untersagen. Im Gegenteil: Als Zeichen ihrer Dialogbereitschaft schickte sie den Ostberliner Parteichef Günter Schabowski und den ehemaligen stellvertretenden Stasi-Chef Markus Wolf – beide wurden ausgepfiffen. Dagegen konnten jetzt erstmals auch kritische Schriftsteller wie Christa Wolf und Heiner Müller sowie Oppositionelle wie Jens Reich, Friedrich Schorlemmer und Marianne Birthler öffentlich (und vor laufenden DDR-Fernsehkameras) ungehindert sprechen.

Was beinhaltete der Aufruf der Leipziger Bürger und SED-Funktionäre?

Der Aufruf mahnte zu friedlichem und besonnenem Verhalten, damit es durch Dialog zu Veränderungen kommen könne. Er wurde durch öffentliche Verlesung und über den Rundfunk vor Beginn der Demonstration in der Stadt verbreitet und trug massiv dazu bei, dass die Situation nicht eskalierte. Die drei beteiligten SED-Funktionäre handelten ohne Rücksprache mit ihren Vorgesetzten.

BEMERKENSWERTES

Wie erfuhr die Welt vom »Wunder von Leipzig«?

Die Staatssicherheit hat in den Wochen zuvor systematisch die Anwesenheit von westdeutschen Kamerateams in Leipzig unterbunden. Auch am Mittag des 9. Oktobers wurde der VW Passat des ZDF-Reporters Michael Schmitz und seines Teams vor den Toren der Stadt abgefangen und nach Ostberlin zurückgeschickt. Doch einige Bürgerrechtler hatten sich mit einer Videokamera auf die Lauer gelegt. Von einem Kirchturm und aus einer Aktentasche filmten sie die 70.000 Demonstranten. Auf verschlungenen Wegen gelangte die Kassette aus der Stadt. Schon am folgenden Abend waren in der westdeutschen Nachrichtensendung »Tagesthemen« die spektakulären Bilder vom Leipziger Ring zu sehen.

Der Rücktritt Honeckers und die Entmachtung der SED

Der sowjetische Staats- und Parteichef Michail Gorbatschow hatte Erich Honecker bei seinem Besuch am 6./7. Oktober 1989 mit auf den Weg gegeben: **»Wenn wir zurückbleiben,** bestraft uns das Leben sofort.« Den ganzen Sommer über war die SED-Führung gelähmt gewesen, weil Honecker schwer erkrankt war und sein Stellvertreter Günter Mittag keinen Kurswechsel einleitete. In der Partei wuchs der Unmut, weil es keine Antworten auf die Ungarnkrise, die sowjetische Reformpolitik und den Verfall des Landes gab. Mehr und mehr verbreitete sich das Gefühl: So kann es nicht weitergehen. Bis zum nächsten regulären Parteitag, der im April 1991 stattfinden sollte, war es aber noch ein weiter Weg.

Was sagte Gorbatschow wirklich zu Honecker?
Aus Gorbatschows Satz »Wenn wir zurückbleiben, bestraft uns das Leben sofort« wurde noch am selben Tag die berühmte Formel »Wer zu spät kommt, den bestraft das Leben«. Die stammte aber gar nicht von Gorbatschow selbst, sondern von seinem Sprecher Gennadi Gerassimow. Er hatte diesen Satz auf einer Pressekonferenz am selben Abend auf Englisch gesagt. Später übernahm ihn auch Gorbatschow in seinen Erinnerungen.

Welche Pläne auch immer der geschwächte Honecker für seinen Rückzug aus der Politik haben mochte, jetzt überholten ihn die Ereignisse. Am 10. Oktober 1989 einigte sich das Politbüro das letzte Mal auf eine Kompromisserklärung, in der von Dialog, aber auch von den »Machenschaften des BRD-Imperialismus« die Rede war. Aber im Hintergrund organisierte **Egon Krenz** den Sturz seines langjährigen Förderers. Am 17. Oktober schlug Ministerpräsident Willi Stoph die Ablösung Honeckers als Generalsekretärder SED vor. Krenz sollte zum Nachfolger gewählt werden. Honecker war schockiert, fügte sich aber in sein Schicksal. »Aus gesundheitlichen Gründen« gab er das Parteiamt auf.

Egon Krenz

Wer ist Egon Krenz?
Krenz, geboren 1937, war sein ganzes Berufsleben lang Funktionär. Nach seiner Zeit als FDJ-Chef war er Sekretär für Sicherheitsfragen und Jugend in der Parteiführung und galt lange als Kandidat Honeckers für dessen Nachfolge. Nach seiner Abwahl wurde er am 21. Januar 1990 aus der SED-PDS ausgeschlossen. 1997 wurde er im Schießbefehlprozess wegen Totschlags in vier Fällen zu sechseinhalb Jahren Gefängnis verurteilt. 2000 bis 2003 saß er in Haft in der Strafanstalt Plötzensee. Krenz lebt heute in Dierhagen an der Ostsee.

Krenz hielt am Abend seiner Wahl eine Fernsehansprache, in der er für den friedlichen Dialog und eine »Wende« in der SED-Politik warb. Doch er galt in der Bevölkerung als belastet: Bei den gefälschten Kommunalwahlen vom Mai 1989 war er der Wahlleiter, nur wenige Wochen zuvor hatte er bei einem Chinabesuch die dortige Politik gelobt, außerdem galt er als farbloser Zögling Honeckers.

Letztlich war sein Amtsantritt auch nur eine Episode im unaufhaltsamen Verfall der Staatspartei SED. Unter dem Druck der Demonstrationen trat am 8. November das gesamte Politbüro zurück, nur wenige der alten Mitglieder wurden erneut berufen. Einen Tag später folgte der Ministerrat. Nachfolger des Ministerpräsidenten Willi Stoph wurde der Dresdener Hoffnungsträger Hans Modrow. Damit verschoben sich die Machtverhältnisse: Fortan war nicht mehr der SED-Generalsekretär, sondern der von der (allerdings nicht demokratisch gewählten) Volkskammer bestimmte Ministerpräsident die entscheidende Person als Regierungschef. Es war auch die Volkskammer, die nun am 1. Dezember 1989 das entscheidende Grundprinzip der Parteidiktatur beseitigte: Aus Artikel 1 der DDR-Verfassung strich sie die »führende Rolle« der SED, die unterdessen an massivem **Mitgliederschwund** litt.

Wie viele Mitglieder verlor die SED 1989/90?
Schon das ganze Jahr über hatte es Austritte aus der Partei mit ihren 2,3 Millionen Mitgliedern gegeben, aber seit Oktober 1989 wollten innerhalb weniger Wochen Hunderttausende ihr Parteibuch loswerden. Ein Jahr später, Ende 1990, hatte die Partei nur noch etwa 280.000 Mitglieder.

Hinsichtlich der alten Führung überschlugen sich die Ereignisse: Ein Sonderparteitag am 4. und 5. Dezember schloss die Spitzenfunktionäre Honecker, Stoph, Mielke und einige andere aus der Partei aus; in den folgenden Wochen kamen sie in Untersuchungshaft wegen Amtsmissbrauchs und Korruption. Am 6. Dezember trat Egon Krenz von allen Staatsämtern zurück. Der Parteitag wählte schließlich am 9. Dezember den Rechtsanwalt Gregor Gysi zum Parteivorsitzenden. Das Amt des Generalsekretärs wurde abgeschafft. Nur knapp hielt Gysi die Delegierten davon ab, die **Selbstauflösung** der Partei zu beschließen. Stattdessen benannte sie sich in SED-PDS (Partei des demokratischen Sozialismus) um.

Warum wollte Gysi die Auflösung der SED verhindern?
Der neue Vorsitzende warnte die SED-Mitglieder davor, dass sie ihre politische Heimat verlieren würden und das (nicht unbeträchtliche) Vermögen der SED herrenlos werden würde. Mit diesem Plädoyer legte er die Basis für die Wiederauferstehung der SED als ostdeutsche Regionalpartei PDS.

BEMERKENSWERTES

Wasser predigen, Wein trinken . . .

Aufsehen erregte der erste Blick hinter die Kulissen der Politbürosiedlung in Wandlitz (Brandenburg). Dort war seit 1960 hinter streng bewachten Mauern ein eigenes kleines Städtchen mit Schwimmbad, Restaurant, Einkaufsläden und Tankstelle für die Mitglieder der Parteiführung und ihre Familien errichtet worden. Am 25. November 1989 machte sich ein Reporterteam der Jugendsendung »Elf99« des DDR-Fernsehens auf, hinter diese legendenumwitterten Mauern zu schauen. Sie fanden keinen atemberaubenden Luxus, aber eine Rundumversorgung mit Westwaren, von der gewöhnliche DDR-Bürger nur träumen konnten. Jede Woche hatten Kuriere die Waren aus dem Westberliner KaDeWe (Kaufhaus des Westens) und anderen Läden angeliefert.

»Wahnsinn!« – die Öffnung der Mauer am 9. November 1989

Was geschah an den anderen Grenzübergängen in Berlin?
Der Grenzübergang Bornholmer Straße zwischen den Stadtteilen Prenzlauer Berg (Ost) und Wedding (West) erlebte den stärksten Andrang, weil hier sehr viele Menschen in Grenznähe wohnten. An den anderen zehn Übergängen, die meist an den Bürovierteln in Berlin-Mitte lagen, sammelten sich die DDR-Bürger erst etwas später. Die wichtigsten von ihnen waren in der Invalidenstraße, der Heinrich-Heine-Straße und der Oberbaumbrücke sowie im Bahnhof Friedrichstraße. Am berühmten Checkpoint Charlie an der Ecke Friedrichstraße/Zimmerstraße, an dem sich 1961 die sowjetischen und amerikanischen Panzer gegenübergestanden hatten, sammelten sich zunächst nur Schaulustige auf der Westseite, die den Grenzkontrolleuren zur Feier des Tages Sekt anboten. Als sich rund 3.000 Westberliner versammelt hatten, sperrten die Grenzsoldaten gegen 23 Uhr den Übergang für jeden Verkehr. Da sie Gefahr liefen, dass der Übergang von beiden Seiten gestürmt würde, gaben sie schließlich auf und öffneten alle Tore.

Die Massendemonstrationen und die Aktivitäten der noch immer verbotenen Organisationen wie dem Neuen Forum ließen die Situation an den Grenzen der DDR etwas aus dem Blick geraten, aber noch immer flohen Tausende DDR-Bürger in den Westen. Die SED stand unter starkem Druck, eine gangbare Regelung für Reise und Ausreise zu schaffen. Allerdings blieb ihr dabei kaum mehr als eine Kapitulationserklärung, denn jede Regelung, die die Freizügigkeit weiter beschränkte, hätte nur zu einer weiteren Fluchtwelle über Ungarn geführt.

Am 9. November hatte das Politbüro schließlich den Entwurf für ein Reisegesetz erarbeitet, nach dem in Zukunft Westreisen auch ohne besondere Voraussetzungen, wie Verwandtenbesuche, gestattet werden würden. Die Genehmigungen sollten kurzfristig durch die Volkspolizei erteilt werden. Mit dieser Meldung in der Tasche ging das Politbüro-Mitglied Günter Schabowski in die tägliche Pressekonferenz. Er hatte allerdings übersehen, dass die Regelung erst ab dem nächsten Tag gelten sollte. Um 18:53 Uhr kurz vor Ende der Pressekonferenz, berichtete er beiläufig über die neue Regelung. Auf die Frage, ab wann sie gelten würde, schaute er noch einmal auf seinen Zettel und las vor: »Sofort, unverzüglich . . .«

Was sollte das bedeuten? Bezog es sich nur auf die endgültige Ausreise ohne Rückkehr oder auch auf Besuchsreisen? Konnte das wirklich sein? Die ersten Nachrichtensendungen brachten die Meldung noch etwas unsicher, aber in der Tagesschau um 20 Uhr hieß es schon als Topmeldung: »DDR öffnet Grenze.« Ab da gab es kein Halten mehr. Von Minute zu Minute sammelten sich mehr DDR-Bürger an den Ostberliner Grenzübergängen. Die Kommandanten der Passkontrolleinheiten wussten von nichts, niemand hatte sie vorab informiert.

Kurz nach 21 Uhr versuchten die Befehlshaber am **Übergang Bornholmer Straße** in Berlin eine Ventillösung. Wer besonders renitent war, sollte durchgelassen werden. Das half nichts, sodass schließlich der Leiter der Kontrolleinheit um 22:30 Uhr befahl: »Wir fluten jetzt!« Die Schlagbäume gingen hoch und Tausende strömten begeistert hinüber nach Westberlin. Bis Mitternacht öffneten schließlich alle Übergänge in Berlin. Die vormals streng bewachte Mauer vor dem Brandenburger Tor verwandelte sich in den Schauplatz des größten Freudentanzes der Berliner Geschichte. »Wahnsinn! Wahnsinn!«, riefen die Ostberliner immer wieder in die Kameras der herbeigeeilten Fernsehteams. Nach 28 Jahren war die Mauer gefallen. Die politische und militärische Führung mit Egon Krenz an der Spitze erfuhr erst mit **Verspätung,** was sich zugetragen hatte.

Wie reagierte Krenz auf die verspätete Meldung?
Um 23:05 Uhr gab Krenz die Weisung aus, die Personalausweise aller Bürger an den Grenzübergängen durch einen Stempel zu entwerten. Für sie sollte die Rückkehr versperrt sein. Doch zu dieser Massenausbürgerung kam es nicht mehr. Hinterher wollte sich auch niemand mehr an diesen absurden Befehl erinnern.

In Berlin und den grenznahen Städten der Bundesrepublik war in den folgenden Tagen ein geordnetes Leben kaum noch möglich: Überall zogen sich die endlosen Schlangen der ostdeutschen Autos durch die Städte. Die Grenzzäune zur Bundesrepublik wurden durchschnitten und alte Straßen wieder zum Leben erweckt. In Berlin begannen die »Mauerspechte«, mit Hammer und Meißel den Betonwall quer durch die Stadt abzutragen und als Andenken zu verkaufen. Ein großes Wiedersehen und Kennenlernen setzte ein. Die Bundesregierung zahlte jedem DDR-Bürger ein Begrüßungsgeld von 100 D-Mark, da die DDR-Währung in der Bundesrepublik nichts wert war.

Besiegelt wurde die Maueröffnung schließlich durch die sowjetische Führung. Die war nicht erfreut, erst im Nachhinein informiert zu werden. Aber sie ließ ihre Truppen in den Kasernen und blieb damit ihrer Linie treu: Sie würde den Weg der Ostdeutschen akzeptieren, auch wenn sie damit einen erheblichen Einflussverlust erlebte.

BEMERKENSWERTES

»Sind sie sicher, Ackermann?«

Bundeskanzler Kohl war gerade auf Staatsbesuch in Polen, als ihm sein Mitarbeiter Eduard Ackermann per Telefon von der überraschenden Maueröffnung berichtete: »Herr Dr. Kohl, halten Sie sich fest, die DDR-Leute machen die Mauer auf.« – »Sind Sie sicher, Ackermann?« – »Das Fernsehen überträgt live aus Berlin, ich kann es mit eigenen Augen sehen.« – »Das ist ja unfassbar!« Kohl unterbrach seinen Besuch, durfte aber nicht direkt von Warschau nach Berlin fliegen, sondern musste einen Umweg über die Bundesrepublik machen. Am Abend des 10. November nahm er an einer Kundgebung vor dem Westberliner Rathaus teil, gemeinsam mit Außenminister Hans-Dietrich Genscher, dem Regierenden Bürgermeister Walter Momper und Altbundeskanzler Willy Brandt.

Nach dem Mauerfall – »Wir sind ein Volk!«

Woher stammte die Formel »Deutschland, einig Vaterland«?
Mit diesen Worten endete die erste Zeile der DDR-Nationalhymne, deren Text allerdings seit den 70er-Jahren nicht mehr gesungen wurde. Vollständig lautete die Zeile: »Auferstanden aus Ruinen und der Zukunft zugewandt/lasst uns Dir zum Guten dienen, Deutschland, einig Vaterland.«

Wer waren die Unterzeichner des Appells »Für unser Land«?
Zu den 30 Erstunterzeichnern zählten der Gesellschaftswissenschaftler Dieter Klein, der Regisseur Frank Beyer, die Schriftsteller Volker Braun, Stefan Heym und Christa Wolf, die Rocksängerin Tamara Danz, der Bischof Christoph Demke sowie die Bürgerrechtler Sebastian Pflugbeil, Ulrike Poppe, Friedrich Schorlemmer und Konrad Weiß – also vor allem all jene, die zuvor durch Kritik und Opposition aufgefallen waren. Einen Tag nach der Veröffentlichung schlossen sich die SED-Funktionäre Egon Krenz und Hans Modrow an.

Nach dem Mauerfall war alles anders. Aus der Parole »Wir sind das Volk!« wurde auf den Leipziger Montagsdemonstrationen nun »Wir sind ein Volk!« und **»Deutschland, einig Vaterland«.** Damit trennten sich die Wege der organisierten Opposition und der demonstrierenden Massen. Wie sich zeigen sollte, wollte die Mehrheit der Ostdeutschen keine neuen gesellschaftlichen Experimente, keinen »dritten Weg«, sondern tendierte in Richtung westdeutsches System. Einige Wortführer der Revolution waren zutiefst verstört und dachten darüber nach, die erneute Grenzschließung zu fordern, damit die DDR nicht wirtschaftlich ausblute. Andere betrachteten die Maueröffnung als absichtliche Rache der SED gegen die innere Opposition.

In dieser Situation formulierte eine Reihe von kritischen Schriftstellern, Vertretern der Opposition und Kirchenleute den Appell **»Für unser Land«** und schrieben darin noch einmal ihre Ziele nieder. Sie sahen zwei Alternativen: »Entweder: Wir können auf der Eigenständigkeit der DDR bestehen und versuchen, mit allen unseren Kräften [. . .] eine solidarische Gesellschaft zu entwickeln, in der Frieden und soziale Gerechtigkeit, Freiheit des Einzelnen, Freizügigkeit aller und die Bewahrung der Umwelt gewährleistet sind. Oder: Wir müssen dulden, dass [. . .] ein Ausverkauf unser materiellen und moralischen Werte beginnt und über kurz oder lang die Deutsche Demokratische Republik durch die Bundesrepublik vereinnahmt wird.« Sie wollten den ersten Weg gehen, doch der erwies sich als eine Utopie, der die Masse der Bevölkerung nicht folgen wollte.

Doch in welcher Form könnten die beiden deutschen Staaten in Zukunft enger zusammenarbeiten? Wie würden die Nachbarstaaten und Bündnispartner reagieren, wenn sich wieder ein starkes Deutschland formieren würde? Der westdeutsche Bundeskanzler Kohl stellte am 28. November 1989 sein Zehn-Punkte-Programm vor. Eine weitreichende Kooperation machte er von einem unumkehrbaren Systemwandel in der DDR abhängig. Sein Nahziel war eine Konföderation der beiden Staaten, doch damit gab er sich nicht zufrieden: »Wie ein wiedervereinigtes Deutschland schließlich aussehen wird, das weiß heute niemand. Dass aber die Einheit kommen wird, wenn die Menschen in Deutschland sie wollen, dessen bin ich sicher«, lautete sein Kernsatz. Eine solche Einheit dürfe aber nur friedlich innerhalb der Europäischen Gemeinschaft und bei allseitiger Abrüstung geschehen.

Viele Kritiker hielten Kohls Plan nicht nur für viel zu optimistisch, sondern warnten auch vor der Konfrontation mit den anderen Mächten und vor einem neuen Nationalismus. Doch als er am 19. Dezember zu einer großen Kundgebung nach Dresden reiste und frenetisch gefeiert wurde, zeichnete sich ab, dass selbst seine Pläne noch von der Wirklichkeit überholt werden würden. Mit Ministerpräsident Modrow vereinbarte er einige praktische Schritte wie die Aufhebung der Visumpflicht für Bundesbürger und die Öffnung des Brandenburger Tors.

Die Organisationen der Bürgerrechtler reagierten sehr unterschiedlich auf die neue Entwicklung. Den rasantesten Kurswechsel vollzog der »Demokratische Aufbruch« um Rainer Eppelmann und Wolfgang Schnur. Sie entschlossen sich zum Eintritt in die von der westdeutschen CDU ins Leben gerufene **»Allianz für Deutschland«.** Sie setzten sich für eine möglichst schnelle Vereinigung unter Führung von Bundeskanzler Kohl ein. Die anderen Bürgerrechtsorganisationen legten Wert auf Eigenständigkeit und plädierten für ostdeutsches Selbstbewusstsein.

Was war die »Allianz für Deutschland«?
Die »Allianz für Deutschland« setzte sich zusammen aus dem »Demokratischen Aufbruch«, der früheren SED-treuen Blockpartei CDU und der neu gegründeten Deutsch-Sozialen Union (DSU), die eine Art ostdeutsches Gegenstück zur bayerischen CSU sein wollte.

BEMERKENSWERTES

Ein neues Mitglied beim »Demokratischen Aufbruch«

Im Dezember 1989 tritt auch eine 35-jährige Physikerin in den »Demokratischen Aufbruch« (DA) ein und beginnt damit ihr politisches Leben. Ihr Name: Dr. Angela Merkel. Die in Hamburg geborene Pastorentochter war in Quitzow (Uckermark) aufgewachsen und forschte an der Akademie der Wissenschaften der DDR. Angela Merkel machte eine steile Karriere, zunächst als Pressesprecherin, dann als stellvertretende Regierungssprecherin und Abgeordnete. Nach der Wiedervereinigung setzte sich ihr Aufstieg in der CDU fort. 1991 machte Kohl das »Mädchen«, wie er sie gönnerhaft nannte, zur Bundesministerin für Frauen und Jugend, später für Umwelt. Nach dessen Rücktritt stieg sie zur Generalsekretärin und im April 2000 zur Vorsitzenden der CDU auf. 2005 gewann sie die Bundestagswahlen und wurde als erste Frau Bundeskanzlerin der Bundesrepublik Deutschland.

Der Runde Tisch

Was steht hinter der Idee vom »Runden Tisch«?
Der Runde Tisch steht für gleichberechtigte Teilnehmer und den Willen zum Kompromiss. Die Idee geht zurück auf die Tafelrunde am Hofe des englischen Königs Artus im Mittelalter. Anders als in Polen bestand der »Runde« Tisch in der DDR tatsächlich aus einem Rechteck, was der Idee aber keinen Abbruch tat.

Was bedeutet »paritätisch«?
Das Wort kommt von lat. paritas *= »Gleichheit«. Paritätisch heißt »mit gleich starker Kräfteverteilung«.*

Die Idee eines **»Runden Tischs«** stammte aus Polen und Ungarn. Für einen geordneten Übergang bis zu freien Wahlen und zur Kontrolle der alten Machthaber waren dort solche Gremien geschaffen worden. In der DDR wehrte sich die SED lange gegen die Einrichtung einer solchen Runde. Schließlich setzte die Opposition aber durch, dass unter der Schirmherrschaft der evangelischen und katholischen Kirchen auch hier ein Runder Tisch gebildet wurde. Die SED versuchte, durch die Einbeziehung der Blockparteien und Massenorganisationen zu einer Mehrheit zu kommen, aber letztlich blieb die Grundidee einer **paritätischen Vertretung** mit jeweils 19 Vertretern von Regierungsseite und Opposition erhalten. Außerdem gab es drei von den Kirchen gestellte Moderatoren, die die Sitzungen leiteten, aber kein Stimmrecht hatten. Fast alle Sitzungen des Gremiums fanden öffentlich, meist sogar vor laufenden Fernsehkameras statt.

Am 7. Dezember 1989 trafen sich die Teilnehmer des Zentralen Runden Tisches zum ersten Mal im Kirchsaal des Bonhoeffer-Hauses in Berlin. Später wechselten sie ins Schloss Niederschönhausen, das Gästehaus der DDR-Regierung. Auf der einen Seite saßen die SED, die vier Blockparteien LDPD, DBD, CDU, NDPD sowie der Gewerkschaftsbund FDGB. Die Opposition war vertreten durch das Neue Forum, die SDP, Demokratie Jetzt, den Demokratischen Aufbruch, die Vereinigte Linke, die Grüne Partei, die Initiative Frieden und Menschenrechte und den Unabhängigen Frauenverband. Später kamen noch die Bauernvereinigung VdgB und die Grüne Liga hinzu. Die Fronten verschwammen allerdings bald, weil die Blockparteien sich kräftig von der SED zu distanzieren versuchten.

Durch die starke Orientierung auf die deutsche Einheit verlor der Runde Tisch in der Zeit bis zu den Wahlen im März 1990 zusehends an Bedeutung. Auf einigen wichtigen Feldern hatte er aber eine entscheidende Funktion während des **Interregnums** der Regierung Modrow. Am wichtigsten war seine Rolle als Gremium für einen geordneten Übergang. Damit war der gewaltfreie Weg des Sturzes der SED-Herrschaft gesichert. Zugleich hatte die SED damit endgültig die Berechtigung der Bürgerrechtsgruppen anerkannt.

Außerdem forderte der Runde Tisch von der Regierung eine Fülle von Berichten an, um sich ein Bild vom tatsächlichen Zustand des Landes zu machen. Dies betraf Wirtschaft und Umweltverschmutzung, die Herrschaftspraxis der SED und vor allem den Apparat der Staatssicherheit. An dessen Auflösung hatte der Runde Tisch einen erheblichen Anteil, weil er immer wieder Informationen über dessen Kompetenzen und Machtmittel abforderte und dessen Entmachtung durchsetzte.

Drittens formulierte der Runde Tisch zu erheblichem Teil das Wahlgesetz für die kommende Volkskammerwahl und sicherte damit den Übergang zur Demokratie. Als sich abzeichnete, dass die deutsche Einheit schneller kommen würde als zunächst erwartet, setzte sich das Gremium für die Formulierung eines eigenen Verfassungsentwurfs ein, der viele radikaldemokratische und soziale Elemente enthielt. Die Volkskammer lehnte ihn allerdings nach der Wahl ab und beschritt einen anderen Weg zur deutschen Einheit. Zum letzten Mal tagte der Runde Tisch am 12. März 1990, sechs Tage vor der Volkskammerwahl.

Was ist ein Interregnum?
Wörtlich bedeutet Interregnum »Zwischenherrschaft«. Damit sind hier die letzten Monate der DDR-Regierung unter Führung der SED gemeint, in denen der Übergang zur Demokratie vorbereitet wurde.

Der »Runde Tisch« – Sitzung am 22. Januar 1990 in Ost-Berlin

BEMERKENSWERTES

Der Runde Tisch in Polen

Am 6. Februar 1989 trat in Warschau das erste Mal dieses Gremium zusammen. An ihm waren Politiker der kommunistischen Partei (PVAP – Polnische Vereinigte Arbeiterpartei) sowie deren Partnerparteien und der unabhängigen Gewerkschaft Solidarność mit dem legendären Lech Wałesa an der Spitze zusammengekommen. Mit der Wahl des Solidarność-Vertreters Tadeusz Mazowiecki zum Ministerpräsidenten am 24. August 1989 war die Zeit des Runden Tischs in Polen vorbei. An die Stelle der Volksrepublik Polen trat die demokratische »Dritte Republik«.

Das Ende der Staatssicherheit

Wer war Erich Mielke?
Erich Mielke (1907–2000) stammte aus dem »Roten Wedding«, einem Arbeiterviertel in Berlin, und engagierte sich während der Weimarer Republik in der kommunistischen Partei. 1931 flüchtete er nach einem Polizistenmord nach Moskau. Während des Krieges lebte er in Belgien und Frankreich. 1945 kehrte er nach Berlin zurück und begann mit dem Aufbau der kommunistischen Geheimpolizei. 1957 wurde er Minister für Staatssicherheit. Immer wieder forderte er die scharfe Verfolgung von Andersdenkenden und baute seinen Geheimdienstapparat weiter aus.

Wofür steht Nasi?
Der Volksmund hatte schnell eine Abkürzung für das neue Amt für nationale Sicherheit parat. Mit der Herabstufung – Amt statt Ministerium – sollte der Eindruck erweckt werden, das neue Amt habe mit der alten Stasi nichts mehr zu tun. Tatsächlich sollte aber der größte Teil des Überwachungsapparates erhalten bleiben.

Nach den gewaltsamen Übergriffen gegen Demonstranten am 7. und 8. Oktober 1989 in Berlin, bei denen Hunderte festgenommen und misshandelt worden waren, zog die Staatssicherheit den Kopf ein. Die Offiziere der Geheimpolizei sammelten die Berichte ihrer Informanten aus den Oppositionsgruppen und warteten auf den Befehl zurückzuschlagen. Doch der blieb aus. Stattdessen stieg der Druck. Die Bürgerbewegung forderte, den Geheimapparat endlich aufzulösen und der Spitzelei ein Ende zu bereiten.

Erich Mielke

Die neue SED-Führung gab dem Druck schließlich nach: Am 7. November erklärte der Minister für Staatssicherheit, der 81-jährige **Erich Mielke,** seinen Rücktritt als Minister und am folgenden Tag als Mitglied des Politbüros. Und wenige Tage später, am 17. November 1989, verkündete der neue Ministerpräsident Hans Modrow, dass das Ministerium in ein Amt für nationale Sicherheit (im Volksmund schnell **»Nasi«** genannt) umgewandelt werden und verkleinert werden sollte. Leiter wurde Generalleutnant **Wolfgang Schwanitz**. Doch die Bürger waren misstrauisch: Noch immer hatte die Staatssicherheit ihre Waffen, wann würde sie zurückschlagen und dem Aufruhr ein Ende bereiten? Außerdem verbreiteten sich Gerüchte über Aktenvernichtungen. Verdächtiger Qualm stieg auf über den Gebäudekomplexen im ganzen Land.

Schließlich machten Demonstranten den gewagten Schritt. In Erfurt verlangten sie am 4. Dezember Zutritt zur dortigen Bezirksverwaltung für Staatssicherheit. Sie bildeten ein Bürgerkomitee, besetzten das Gelände und versiegelten mithilfe von Volkspolizei und Staatsanwälten die Räume, um weitere Aktenvernichtungen zu verhindern. Die Nachricht machte schnell die Runde. In allen Bezirksstädten der DDR bildeten sich daraufhin solche Bürgerkomitees, die die Stasi-Zentralen besetzten.

Am 14. Dezember erfüllte Modrow die Forderung des Runden Tisches nach einer Auflösung des Amtes für Nationale Sicherheit. Er wollte allerdings noch nicht ganz aufgeben und verkündete, einen »Verfassungsschutz der DDR« und einen »Nachrichtendienst der DDR« zu bilden. Auch dagegen gab es Proteste: Die Bürger fürchteten, dass der alte Stasi-Apparat noch nicht tot war und einen Putsch gegen die Demokratisierung der DDR vorbereitete. Am 12. Januar gab Modrow schließlich bekannt, dass er bis zur in Kürze stattfindenden Volkskammerwahl keinen neuen Geheimdienst bilden würde.

Anders als die Bezirkszentralen war zu diesem Zeitpunkt das riesige Hauptquartier des Ministeriums für Staatssicherheit in Berlin-Lichtenberg, Normannenstraße, noch nicht besetzt. Deshalb riefen Bürgerrechtler für den 15. Januar 1990 unter der Parole »Mit Fantasie gegen Stasi und Nasi« zu einer Demonstration auf. Rund 50.000 Demonstranten versammelten sich. Am gleichen Tag waren bereits Vertreter der Bürgerkomitees in das Hauptquartier eingelassen worden und einer davon, ein katholischer Pfarrer aus Suhl, ließ nun die Tore öffnen. Tausende von Demonstranten stürmten auf das Gelände, warfen Akten aus den Fenstern und zerstörten das Mobiliar. Davon war allerdings nur ein kleiner, relativ unwichtiger Teil der Gebäude betroffen. Um diesen Tag ranken sich viele Gerüchte: Offenbar waren unter den Demonstranten auch Geheimdienstler anderer Staaten und die nutzten ihre Chance, in die Zentrale ihrer Gegner einzudringen. Abseits des Tumults sollen sie einige Räume mit besonders geheimen Informationen geplündert haben.

Das wichtigste Ergebnis des »Sturms auf die Normannenstraße« war die endgültige Ausschaltung der Staatssicherheit als politischer Gefahr. Bis zum 31. März 1990 wurden alle 91.000 Mitarbeiter entlassen. Ein Teil von ihnen kam zu den Grenztruppen oder in andere staatliche Behörden, andere gründeten eigene Firmen und verdienten sich ihr Brot als Detektive, Versicherungsvertreter oder private Wachschutzleute.

Wer ist Wolfgang Schwanitz?

Generalleutnant Wolfgang Schwanitz (geb. 1930) war 1989 einer der Stellvertreter Mielkes als Minister für Staatssicherheit. Er hatte vorher für viele Jahre die Bezirksverwaltung für Staatssicherheit in Ostberlin geleitet. Schwanitz hat sogar einen Doktortitel für eine Studie über die Verfolgung von unangepassten Jugendlichen erhalten.

Wolfgang Schwanitz

BEMERKENSWERTES

»Ich liebe doch alle«

Nach seinem Rücktritt musste sich Erich Mielke vor der Volkskammer für die Überwachung und Verfolgung der DDR-Bürger rechtfertigen. Als er behauptete: »Wir haben, Genossen, Abgeordnete, einen außerordentlich hohen Kontakt mit allen werktätigen Menschen«, begannen die Abgeordneten, ihn auszulachen. Nach Zwischenrufen geriet er aus dem Konzept und rief in den Saal: »Ich liebe, ich liebe doch alle.« Diese Worte gingen durch die ganze Republik.

18. März 1990: die ersten freien Wahlen der DDR

Warum war der 18. März ein historisches Datum?
1848 kam es am 18. März zu Unruhen und Straßenkämpfen in Berlin. Die Aufständischen forderten unter anderem Pressefreiheit und ein freies Parlament. Die Märzrevolution von 1848/49 gilt als erster Grundstein der modernen Demokratie in Deutschland.

Es war eine merkwürdige Atmosphäre in den Wochen vor der Volkskammerwahl am 18. März 1990 – **ein wahrhaft historisches Datum.** Im Haus der Demokratie, dem Sitz der meisten Bürgerrechtsorganisationen, stießen Welten aufeinander: Da liefen bärtige Aktivisten der Demokratiebewegung schicken, jungen Assistenten aus den Bonner Parteizentralen über den Weg. Überall wurde kopiert und organisiert, an Kampagnen gestrickt und auf die neuesten Winkelzüge des politischen Gegners reagiert. Anders als im Westen, wo in der Routine des Wahlkampfes regelmäßige Meinungsumfragen Auskunft über die neuesten Zehntelprozent-Verschiebungen in der Wählergunst gaben und man die programmatischen Unterschiede gelegentlich mit der Lupe suchen musste, prallten hier die Gegensätze hart aufeinander.

Da formierte sich der »Kanzlerwahlverein«, die Allianz für Deutschland aus Block-CDU, Demokratischem Aufbruch und der Deutsch-Sozialen Union. Ihr Kurs war klar: schneller Beitritt zur Bundesrepublik und eine möglichst zügige Angleichung an das dortige politische und wirtschaftliche System. Die Allianz setzte voll auf die Strahlkraft Helmut Kohls. Auf vier großen Kundgebungen sprach er (der gar nicht zur Wahl stand) zu rund einer Million Wählern. Auch eine liberale Gruppierung in Anlehnung an die bundesrepublikanische FDP hatte sich gebildet und die Block-LDPD ins Schlepptau genommen.

Den schärfsten Kontrast hierzu bildeten die Bürgerrechtsgruppen Demokratie Jetzt, Initiative für Frieden und Menschenrechte sowie das Neue Forum, die es trotz ihrer Zersplitterung geschafft hatten, sich zu einem Bündnis 90 zusammenzuschließen. Sie lehnten die Unterstützung aus dem Westen ab. Sie wollten eine basisdemokratische »Einheit von unten«. Die Grüne Partei stand ihnen nahe, verzichtete aber nicht auf den Beistand der westdeutschen Partnerpartei.

Am mächtigsten im Lager der neuen politischen Kräfte schien die SPD. Sie konnte auf die Beliebtheit Willy Brandts rechnen und hoffte, in den alten Stammlanden der deutschen Arbeiterbewegung einen überragenden Sieg einfahren zu können. Mit 70.000 Mitgliedern und Umfragewerten vom Januar 1990 um die 50 Prozent schien der Sieg zum Greifen nahe. Etwas schwieriger war das Verhältnis zur Bonner Partnerpartei, weil deren Spitzenmann Oskar Lafontaine sich durch Kritik an Kohls Einheitskurs profilierte und vor dessen Kosten und Risiken warnte.

Blieb noch die PDS als Nachfolgerin der SED, von der die meisten annahmen, dass sie früher oder später in der Versenkung verschwinden würde.

Der Wahlabend brachte eine handfeste Überraschung. Entgegen aller Meinungsumfragen lag die Allianz für Deutschland mit 48 Prozent der Stimmen uneinholbar vorn, davon allein 41 Prozent für die Ost-CDU. Die SPD folgte abgeschlagen auf 22 Prozent und die tot geglaubte PDS mobilisierte immerhin 16 Prozent der Wähler für sich. Es folgten die Liberalen mit etwa fünf Prozent. Die Gründermütter und -väter der friedlichen Revolution jedoch, das Bündnis 90, kamen gerade mal auf drei Prozent. Nur knapp ein halbes Jahr, nachdem das Neue Forum, getragen von der überwältigenden Masse der Demonstranten, erfolgreich um seine öffentliche Zulassung gekämpft hatte, war es als politischer Faktor bereits wieder von der Bildfläche verschwunden. Gesiegt hatte Helmut Kohl mit seiner Botschaft: schnelle Einheit auf der Basis des bundesrepublikanischen Systems.

Die Regierungsbildung als künftiger Ministerpräsident übernahm der CDU-Vorsitzende **Lothar de Maizière,** der Wert darauf legte, eine große Koalition mit Zwei-Drittel-Mehrheit zu bilden, was Verfassungsänderungen möglich machen würde. Deshalb holte er nicht nur die Liberalen der FDP ins Boot, sondern auch die SPD. Die CDU stellte elf Minister, die SPD sieben, die FDP drei, die DSU zwei und der Demokratische Aufbruch einen Minister.

Wer ist Lothar de Maizière?
Der Rechtsanwalt aus einer Hugenotten-Familie, geboren 1940, war langjähriges Mitglied der Block-CDU und Angehöriger verschiedener Kirchengremien. Am 10. November 1989 war er überraschend zum Vorsitzenden seiner Partei gewählt worden und vertrat die CDU auch in der Regierung Modrow. Bis zum Beitritt der DDR zur Bundesrepublik am 2. Oktober 1990 führte er die Regierung. Im Kabinett Kohl wurde er danach Minister für besondere Aufgaben. Nachdem im Dezember 1990 bekannt wurde, dass die DDR-Staatssicherheit ihn als Informanten geführt hatte, bestritt er diese Zusammenarbeit. Sie ist bis heute nicht bewiesen, aber er trat im September 1991 von allen Ämtern zurück und arbeitet seitdem wieder als Rechtsanwalt in Berlin.

BEMERKENSWERTES

Stefan Heym: »Fußnote der Weltgeschichte«

Den meistzitierten Ausspruch des Wahlabends machte der Schriftsteller Stefan Heym, der zu DDR-Zeiten als Regimekritiker immer wieder in Konflikt mit der Obrigkeit geraten war. Er sah alle seine Hoffnungen auf eine eigenständige, demokratische DDR oder auch nur eine längere Übergangsregelung enttäuscht und urteilte: »Von der DDR wird nichts bleiben als eine Fußnote in der Weltgeschichte.«

Wirtschaftsunion und Einigungsvertrag

Wie sah die Mischlösung bei der DM-Einführung aus?
Löhne und Renten wurden tatsächlich eins zu eins umgewandelt. Dies galt auch für einen Sockelbetrag an Geldvermögen, der je nach Alter zwischen 2.000 und 6.000 DDR-Mark lag. Alles weitere Barvermögen wurde zwei zu eins umgestellt. Durchschnittlich hoben die DDR-Bürger nach der Umstellung am 2. Juli 1990 833 DM ab, um sich einige kleinere Anschaffungen zu leisten.

Was besagten die Grundgesetzartikel 23 und 146?
Artikel 23 zählte die Bundesländer auf, in denen das Grundgesetz »zunächst« galt, und eröffnete anderen Teilen die Möglichkeit zum Beitritt. Artikel 146 sah die Möglichkeit vor, dass das Grundgesetz durch Verabschiedung einer Verfassung durch das ganze deutsche Volk außer Kraft treten würde.

Das wohl größte Problem der bevorstehenden Wiedervereinigung bestand in der fundamentalen Schwäche der DDR-Wirtschaft. Als die bundesdeutschen Wirtschafts- und Finanzministerien begannen, sich über die richtige Strategie Gedanken zu machen, gingen sie davon aus, dass die Leistungsfähigkeit der DDR-Betriebe bei etwa 40 Prozent derjenigen in der Bundesrepublik lag. Die Lohnhöhe lag in einer ähnlichen Größenordnung. Allen Experten war klar: Es würde Jahre, wenn nicht Jahrzehnte dauern, bis diese Lücke geschlossen ist.

Zur Frage, welches der beste Weg für die Einführung der westdeutschen D-Mark sein würde, gab es zwei Theorien: die »Krönungstheorie« und die »Grundsteintheorie«. Bei der ersten Variante sollte die Planwirtschaft schrittweise zur Marktwirtschaft umgebaut werden und schließlich als »Krönung« die D-Mark eingeführt werden. Im zweiten Fall sollte diese Währungsunion den Grundstein für den wirtschaftlichen Wiederaufbau bilden. Viele Ökonomen warnten vor einem Zusammenbruch der DDR-Betriebe, wenn sie direkt der Konkurrenz mit dem Westen ausgesetzt werden würden. Aber hier ging es nicht um Wirtschaftstheorie. Die Einführung der D-Mark und damit die Möglichkeit für die Menschen, sich ungehindert lange versäumte Wünsche erfüllen zu können, standen ganz oben auf der politischen Tagesordnung.

»Kommt die DM, bleiben wir, kommt sie nicht, gehn wir zu ihr!«, hieß es schon im Februar auf Demonstrationen. Tatsächlich verließen noch immer täglich mehr als 2.000 DDR-Bürger ihre Heimat, um im Westen ihr Glück zu suchen. Im Grunde gab es also kaum eine Alternative: Die D-Mark musste her. Aber zu welchem Umtauschkurs sollte die D-Mark eingeführt werden? Offiziell galt immer eins zu eins, aber mit der realen Kaufkraft hatte das wenig zu tun. Auf dem Schwarzmarkt in der DDR hatte man für vier bis fünf DDR-Mark eine D-Mark bekommen. Nach längeren Verhandlungen einigten sich die beiden Finanzministerien auf eine **Mischlösung.**

Unterdessen hatten auch die Verhandlungen zum Einigungsvertrag begonnen, mit dem der Beitritt der DDR zur Bundesrepublik geregelt werden sollte. Eine wichtige Frage war schon durch die Volkskammerwahl entschieden: Ziel der Koalition unter Lothar de Maizière war ein Beitritt nach **Artikel 23** des Grundgesetzes. Eine Vereinigung auf gleicher Augenhöhe nach **Artikel 146** war nicht mehr beabsichtigt. Die DDR-Vorschläge, anlässlich des Beitritts eine neue Staatsflagge und eine andere **Nationalhymne** zu wählen, fanden bei den Westdeutschen keinen Anklang. Aber Berlin wurde zur Bundeshauptstadt erhoben (wobei die Frage des Regierungssitzes zunächst ausgeklammert wurde).

Neben solchen politischen Symbolfragen mussten auch viele Gesetze ins bundesdeutsche Recht überführt werden, dadurch wurde der Vertrag rund 900 Seiten lang. Am 31. August war der Verhandlungsmarathon vollendet. Bundesinnenminister Wolfgang Schäuble und DDR-Staatssekretär Günther Krause unterzeichneten das umfangreiche Vertragswerk. Am 3. Oktober 1990 sollte der Beitritt der DDR zur Bundesrepublik in Kraft treten.

Zu regeln war auch die Überführung der Volkseigenen Betriebe in die Marktwirtschaft. Zur Privatisierung dieser etwa 8.500 Staatsfirmen wurde am 17. Juni 1990 die Treuhandanstalt gegründet. Sie sollte nach Käufern suchen sowie Betriebe mit Verlusten sanieren oder stilllegen. Der Einigungsvertrag legte auch fest, dass Grundstücke und Gebäude, die nach 1949 enteignet worden waren, nach dem Prinzip »Rückgabe vor Entschädigung« an ihre alten Eigentümer zurückzugeben waren, abgesehen von einigen Ausnahmen.

Schließlich schlossen die beiden Regierungen einen Staatsvertrag über die erste gemeinsame Bundestagswahl am 2. Dezember 1990. Um den ostdeutschen politischen Gruppierungen eine Chance zu geben, wurde eine getrennte Fünfprozentklausel in den beiden Wahlgebieten vereinbart. Dies hatte Folgen: Während die zuvor im Bundestag vertretenen West-Grünen an dieser Hürde scheiterten, schafften es Bündnis 90/Grüne und PDS im Osten.

Welche Nationalhymne schlug de Maizière vor?

De Maizière regte an, die erste Strophe der DDR-Hymne (»Auferstanden aus Ruinen . . .«) und die dritte Strophe des Deutschlandlieds (»Einigkeit und Recht und Freiheit . . .«) zur gewohnten Melodie von Joseph Haydns Kaiser-Quartett *zu kombinieren. Innenminister Schäuble ließ ihn wissen: »Liebe Leute, es handelt sich um einen Beitritt der DDR zur Bundesrepublik, nicht um die umgekehrte Veranstaltung.« Damit war die Idee vom Tisch.*

BEMERKENSWERTES

6.500 Tonnen Geld

In der Nacht zum 2. Juli 1990 war es so weit. Gepanzerte Lastwagen der Bundesbank hatten 28 Milliarden D-Mark Bargeld an die Banken in der DDR ausgeliefert, 6.000 Tonnen Banknoten und 500 Tonnen Münzen. In der neuen Filiale der Deutschen Bank am Berliner Alexanderplatz öffneten sich um Mitternacht die Türen. Der erste Kunde erhielt ein 100-DM-Sparbuch geschenkt und ein Glas Champagner überreicht. Überall in der DDR gab es Feuerwerke und Rockkonzerte zur Feier des Tages.

Das Stasi-Erbe

Wie wurde Schnur enttarnt?
Das Bürgerkomitee fand im Rostocker Stasi-Archiv unter den IM-Decknamen »Torsten« und »Dr. Ralf Schirmer« 31 gefüllte Aktenordner, aus denen zweifelsfrei hervorging, dass es sich bei dem Agenten um Schnur handelte. Vier Tage vor der Wahl gab er auf und trat von allen Ämtern zurück.

Wer ist Joachim Gauck?
Joachim Gauck, geboren 1940, war evangelischer Pfarrer in Rostock. Sein Vater war 1951 von der sowjetischen Geheimpolizei verhaftet worden und musste vier Jahre Zwangsarbeit in Sibirien leisten. 1989 wurde Gauck Mitglied im Neuen Forum Rostock. Als Vorsitzender des Volkskammerausschusses für Stasi-Fragen hat er erfolgreich zwischen den Bürgerkomitees und der Regierung vermittelt. Von 1990 bis 2000 war er der Bundesbeauftragte für die Stasi-Unterlagen. Die Behörde wurde im Volksmund bald »Gauck-Behörde« genannt.

Nach der Besetzung der Stasi-Zentrale in Berlin-Lichtenberg war das Ministerium für Staatssicherheit endgültig ausgeschaltet. Damit stellte sich die Frage: Wie weiter mit der Hinterlassenschaft der Geheimpolizei, mit den Gebäuden und vor allem mit den Akten?

Der Runde Tisch beschloss am 22. Januar, dass in dem Gebäudekomplex Normannenstraße eine Gedenk- und Forschungsstätte eingerichtet werden sollte. Die Stasi-Akten sollten dort aber nicht nur für die historische Forschung benutzt werden. Vielmehr sollten auch Bürger die zu ihnen angelegten Akten einsehen können und Gesetzesverletzungen der Staatssicherheit aufgeklärt werden. Damit waren Grundgedanken der Stasi-Aufarbeitung formuliert.

Dann kam ein weiteres Problem hinzu: Mittlerweile kursierten die ersten Gerüchte über die Verstrickungen von führenden Oppositionellen und Wortführern der demokratischen Revolution als Informanten und Agenten der Staatssicherheit. Der bis dahin geheime Begriff »inoffizieller Mitarbeiter« (IM) machte nun öffentlich die Runde. In anonymen Schreiben an den Runden Tisch und in Informationen von MfS-Offizieren an den westdeutschen Verfassungsschutz wurde unter anderem der Spitzenkandidat des Demokratischen Aufbruchs, Wolfgang Schnur, als ein solcher IM genannt. Als langjähriger Rechtsanwalt der Opposition hatte er Hunderte von höchst vertraulichen Gesprächen geführt. Das **Gerücht bestätigte sich.** Auf den Fall Schnur folgten viele andere: Wenige Tage nach der Wahl wurde auch der Vorsitzende der SPD, Manfred Ibrahim Böhme, enttarnt.

Die ersten IM-Fälle sorgten für Verunsicherung am Runden Tisch: Wollte man diese Enttarnungen? Wer würde in Zukunft Zugriff auf diese brisanten Informationen haben? Wie könnte man Missbrauch verhindern? Der Runde Tisch entschied sich dafür, die elektronische Personenkartei zu zerstören: Alle Magnetbänder wurden vor laufenden Kameras zerschreddert. Die Papierkartei blieb aber erhalten. Die neu gewählte Volkskammer beschloss, alle Abgeordneten auf eine IM-Tätigkeit überprüfen zu lassen, nahm die Ergebnisse aber in nicht öffentlicher Sitzung entgegen, was die Gerüchteküche noch mehr anheizte.

Mittlerweile spielten die Stasi-Akten eine wichtige Rolle in den Verhandlungen über den Einigungsvertrag. DDR-Innenminister Peter-Michael Diestel und sein Westkollege Wolfgang Schäuble waren sich schnell einig: Die Akten sollten unter Verschluss beim Bundesarchiv bleiben und möglichst vernichtet werden. Ministerpräsident de Maizière befürchtete »Mord und Totschlag« für den Fall einer Öffnung. Aber die beiden Regierungen stießen mit ihren Plänen auf entschiedenen Widerstand in der Volkskammer und bei der Mehrheit der Bevölkerung.

Das DDR-Parlament verabschiedete am 24. August 1990 ein Gesetz über die Stasi-Akten, das weitreichende Einsichts- und Überprüfungsmöglichkeiten vorsah. Durch den Einigungsvertrag drohte es allerdings, nach wenigen Tagen wieder außer Kraft zu treten. Aus Protest dagegen besetzten Bürgerrechtler am 4. September 1990 die ehemalige Stasi-Zentrale und drohten mit einem Hungerstreik. Nach zwei Wochen harter Verhandlungen gaben die Regierungen nach: Per Zusatzklausel wurde im (bereits unterzeichneten) Einigungsvertrag der Bundestag beauftragt, ein eigenes Stasi-Unterlagen-Gesetz nach den Grundsätzen der Volkskammer zu schaffen.

Am 3. Oktober 1990 ernannte die Bundesregierung **Joachim Gauck** zum »Sonderbeauftragten für die Unterlagen des Staatssicherheitsdienstes der ehemaligen DDR«, Ende 1991 trat die endgültige gesetzliche Regelung in Kraft. Sie sah persönliche Akteneinsichten und Überprüfungen von Politikern und anderen Personengruppen auf eine IM-Tätigkeit vor. Außerdem standen die Akten für die historische Forschung bereit. Trotz einiger **Vernichtungen** blieb eine gigantische Menge von Stasi-Akten übrig: etwa 180 laufende Kilometer Papier, eine Strecke von München nach Nürnberg.

Joachim Gauck

Wie viele Stasi-Akten wurden 1989/90 vernichtet?

In den letzten Wochen des Jahres 1989 liefen bei der Stasi die Reißwölfe heiß. Die Offiziere zerstörten in letzter Minute viele Akten, um IM zu schützen und Spuren der Überwachung zu vertuschen. Die Bürgerkomitees stoppten diese Vernichtungen, mit zwei Ausnahmen: Die elektronischen Karteien wurden mit offizieller Erlaubnis zerstört. Außerdem konnte die Auslandsspionageabteilung (Hauptverwaltung Aufklärung) ihre Akten weitgehend vernichten, weil ihr gestattet wurde, sich selbst ohne genaue Kontrolle aufzulösen. Insgesamt ging etwa ein Viertel der Stasi-Akten verloren. Noch heute gibt es mehrere Tausend Säcke mit zerrissenen Blättern, deren Inhalt jetzt mit Computerhilfe wieder zusammengesetzt wird.

BEMERKENSWERTES

Freiheit für meine Akte

Mittlerweile hat mehr als eine Million Bürger »ihre« Stasi-Akten bei der Gauck-Behörde gelesen, um zu erfahren, wie sie beobachtet wurden und wer die Spitzel waren. Es gab aber auch gute Nachrichten beim Blick in die Akten – zum Beispiel, wenn man erfuhr, dass ein guter Freund sich geweigert hatte, mit der Stasi zusammenzuarbeiten. Manche Leute fanden in den Akten sogar Briefe, die sie nie erreicht hatten.

Der Zwei-plus-vier-Vertrag

Warum hießen die Verhandlungen »Zwei-plus-vier«-Gespräche?
Die westdeutschen Diplomaten legten bei der Vorbereitung großen Wert darauf, dass an erster Stelle die beiden deutschen Staaten standen und die vier Siegermächte die deutsche Einigung lediglich außenpolitisch bestätigten. Andere Staaten wie zum Beispiel Polen oder die Mitglieder der Konferenz über Sicherheit und Zusammenarbeit in Europa (KSZE) sollten nicht mitreden. Deshalb nicht »Vier-plus-zwei«, sondern »Zwei-plus-vier«.

Die Bedingungen der deutschen Einheit wurden nicht nur zwischen den beiden deutschen Staaten ausgehandelt. Auch die Siegermächte des Zweiten Weltkrieges (USA, Sowjetunion, Großbritannien, Frankreich) beanspruchten, ein Wort mitzureden über die Zukunft eines vereinigten Deutschlands, denn einen Friedensvertrag nach dem Ende des Zweiten Weltkrieges hatte es nie gegeben.

Damit verbanden sich grundsätzliche Fragen der Staatenordnung in Europa. Von den bisher vorhandenen zwei Blöcken, dem Westen mit Europäischer Gemeinschaft und NATO und dem Warschauer Pakt im Osten, fiel die eine Hälfte weg. Was sollte nun kommen? Drohte ein starkes Deutschland mit einem neuen, gefährlichen Nationalismus? Oder eine Ausdehnung von EU und NATO bis an die sowjetische Westgrenze? Wie reagierten die östlichen Nachbarn Polen und die Tschechoslowakei?

Am 5. Mai 1990 begannen in Bonn die sogenannten **»Zwei-plus-vier«**-Verhandlungen zwischen Bundesrepublik, **DDR** und den Siegermächten, um die äußeren Bedingungen der Vereinigung zu klären. Frankreich und vor allem England hatten seit Kohls Zehnpunkteplan vom November 1989 erhebliche Vorbehalte gegen ein vereinigtes Deutschland. Die britische Premierministerin Margaret Thatcher befürchtete, es würde automatisch zur Vormacht in Europa werden und das Gleichgewicht auf dem Kontinent durcheinanderbringen. Dagegen setzten sich die USA unter Präsident George Bush von Anfang an für die deutsche Einheit ein und brachten schließlich auch die anderen Westmächte auf ihre Position. Für die USA war die deutsche Einheit Teil des westlichen Sieges im Kalten Krieg.

Entscheidend war die Haltung der Sowjetunion, denn die machte in dem ganzen Geschehen den größten Verlust. Gorbatschow weigerte sich zunächst, einer NATO-Zugehörigkeit der Bundesrepublik zuzustimmen. Bei einem Besuch Kohls in der Sowjetunion erreichte der Bundeskanzler schließlich die Wende. Gorbatschow sprang über seinen Schatten und stimmte der vollen Souveränität Deutschlands zu. Der Westen musste lediglich auf die Stationierung von Atomwaffen in Ostdeutschland verzichten und die Bundeswehr verkleinern. Zugleich wurden der Abzug der sowjetischen Truppen bis 1994 sowie umfangreiche Kooperationen und Wirtschaftshilfen vereinbart. Helmut Kohl wurde damit endgültig zum »Kanzler der Einheit«.

In den Zwei-plus-vier-Vertrag wurde schließlich auch die Anerkennung der Oder-Neiße-Linie als deutsch-polnischer Grenze aufgenommen. Die beiden deutschen Staaten hatten den Verlust der deutschen Ostgebiete in eigenen Verträgen längst akzeptiert, aber der Bundeskanzler hatte sich in den Monaten vor dem Abschluss des Vertrages geweigert, die Anerkennung dieser Grenze zu wiederholen, und sich auf die freie Entscheidung eines vereinten Deutschland berufen. Dies sorgte für einige Verstimmung bei den Polen, die von einer tiefen Angst vor deutschen Gebietsrückforderungen erfüllt waren.

Welche Rolle spielte die DDR in den Verhandlungen?
Außenminister Markus Meckel aus der Regierung de Maizière saß zwar mit am Verhandlungstisch und hatte ein eigenes Beraterteam zusammengestellt, aber die entscheidenden Verhandlungen liefen zwischen Washington, Bonn und Moskau.

Letztendlich setzte sich bei allen Beteiligten die Überzeugung durch, dass ein starkes Deutschland in der Mitte Europas dann am wenigsten ein Risiko für seine Nachbarn und den Weltfrieden sein würde, wenn es in die militärischen, politischen und wirtschaftlichen Strukturen der NATO und der Europäischen Gemeinschaft eingebunden sein würde. Am 12. September unterzeichneten die sechs Teilnehmerstaaten der Verhandlungen schließlich den »Vertrag über die abschließende Regelung in Bezug auf Deutschland«. Damit war, mehr als 45 Jahre nach der deutschen Kapitulation und der Potsdamer Konferenz der Alliierten, die Nachkriegszeit auch völkerrechtlich beendet.

BEMERKENSWERTES

Margaret Thatcher und der deutsche Nationalcharakter

Im Juli 1990 gab es in Großbritannien eine peinliche Affäre, als ein Geheimprotokoll der Premierministerin in die Öffentlichkeit gelangte. Thatcher hatte auf ihrem Landsitz mit Historikern über den deutschen Nationalcharakter diskutiert. Wie in dem Papier notiert war, hielt sie ihn noch immer für von Aggressivität und Egoismus, Selbstmitleid und Minderwertigkeitsgefühlen erfüllt, deswegen blieben die Deutschen unberechenbar. Bei einem Treffen mit dem französischen Präsidenten François Mitterand hatte sie im Dezember 1989 aus ihrer Tasche eine zerknitterte Karte von Europa vor dem Zweiten Weltkrieg gekramt, mit den eingezeichneten Grenzen der deutschen Ostgebiete wie Schlesien, Pommern, Ostpreußen. Dazu rief sie aus: »Das alles werden sie sich nehmen und die Tschechoslowakei dazu.«

3. Oktober 1990: die Wiedervereinigung

Wie kam es zu dem Datum 3. Oktober als Tag des DDR-Beitritts zur Bundesrepublik?
Angestrebt war ein möglichst früher Termin, aber zunächst sollten die Mitglieder der KSZE (Konferenz über Sicherheit und Zusammenarbeit in Europa) offiziell über das Ergebnis der Zwei-plus-vier-Verhandlungen informiert werden. Dies geschah auf einer Außenministerkonferenz am 2. Oktober.

Welche Minister traten am 4. Oktober ins Bundeskabinett?
Dies waren Sabine Bergmann-Pohl, Lothar de Maizière, Günther Krause (alle CDU), Rainer Ortleb (FDP) und Hansjoachim Walther (DSU).

Mit dem Ablauf des 2. Oktober 1990 hörte die DDR auf zu existieren. In einer Nachtsitzung vom 22. zum 23. August hatten die Abgeordneten der Volkskammer (294 dafür, 62 dagegen, 7 Enthaltungen) den Beitritt der DDR zur Bundesrepublik nach Artikel 23 des Grundgesetzes beschlossen und am 20. September auch den Einigungsvertrag bestätigt. Der **3. Oktober** wurde zum »Tag der deutschen Einheit« erhoben. Wieder gab es große Feiern, die größte vor dem Reichstagsgebäude, gleich neben dem Brandenburger Tor. Glockengeläut und Feuerwerk sollten diesem Tag einen weihevollen Rahmen geben. Bei den Feiern am Brandenburger Tor hatten die Regierungschefs verkündet: »Der Tag der Wiedervereinigung, der 3. Oktober, ist ein Tag der Freude und Dankbarkeit für alle Deutschen.«

Das stimmte wohl. Die meisten Menschen im Osten hatten große Erwartungen an die Zukunft, wollten sich Lebensträume erfüllen und die Welt sehen. Aber es mischten sich auch andere Stimmungen hinzu: Am Anfang der vorangegangenen zwölf Monate hatte die mutige und stolze Entschlossenheit gestanden, gegen das verkrustete SED-System aufzustehen und Nein zu sagen. Diese Euphorie der Befreiung war mittlerweile abgeflaut. Durch den Willen der ostdeutschen Mehrheit, schnell den Weg in die Bundesrepublik zu gehen, hatte plötzlich in vielen Punkten das ferne Bonn das letzte Wort. Die Regeln der Demokratie waren damit nicht mehr nach eigenen Vorstellungen entwickelt, sondern vorgegeben. Zudem forderte der wirtschaftliche Zusammenbruch der DDR seine ersten Opfer. Arbeitslosigkeit und Existenzangst machten sich bei vielen breit. Viele erinnern sich an die Worte von Bundeskanzler Kohl zur Währungsunion im Juli 1990: »Blühende Landschaften« hatte er dem Osten versprochen und verkündet, es werde durch die Einheit »niemandem schlechter gehen als zuvor – dafür vielen besser« – das schien sich nun nicht zu bewahrheiten.

Sofort sichtbar wurden die Veränderungen in Regierung und Parlament. Fünf zusätzliche **Minister ohne Geschäftsbereich** aus dem Osten traten am 4. Oktober 1990 in das Bundeskabinett ein. Der Bundestag musste enger zusammenrücken. Er wurde zunächst um 144 ehemalige Volkskammerabgeordnete erweitert, entsprechend dem Anteil ihrer Fraktionen. Am 2. Dezember 1990 fanden dann die ersten gesamtdeutschen Bundestagswahlen statt. Die CDU/CSU gewann mit 43,8 Prozent der Stimmen und konnte ihre Koalition mit der

FDP (elf Prozent) fortsetzen. Die SPD erhielt 33,5 Prozent. Die Grünen, die die schnelle Vereinigung für gefährlich gehalten hatten, scheiterten im Westen an der Fünfprozenthürde, waren aber durch acht Abgeordnete des Bündnis 90 aus dem Osten (5,9 Prozent) vertreten. Die PDS brachte es im Osten auf elf Prozent.

Zu den sichtbaren Folgen der deutschen Einheit gehörte auch die Verlegung des Bundestages und des Regierungssitzes von Bonn nach Berlin, die am 20. Juni 1991 vom Bundestag beschlossen wurde. Es sollte allerdings einige Jahre dauern, bis die Hauptstadt dafür hergerichtet war. 1999 zog Bundeskanzler Gerhard Schröder vorläufig in das alte Gebäude des Staatsrates der DDR als Bundeskanzleramt ein. Der Bundestag wechselte zum gleichen Zeitpunkt in das Reichstagsgebäude.

Vor dem Berliner Reichstag wird die Einheit gefeiert .

BEMERKENSWERTES

Welche möglichen Daten für den Tag der deutschen Einheit waren noch im Gespräch?

Viele bedauerten die Abschaffung des 17. Juni als sommerlichen Feiertag, der an den Aufstand von 1953 erinnerte. Vorgeschlagen war auch der 9. Oktober zur Erinnerung an den Beginn der demokratischen Revolution in Leipzig. Problematisch war hingegen der 9. November als Tag des Mauerfalls. Auf dasselbe Datum fiel 1938 die Pogromnacht gegen Synagogen und andere jüdische Einrichtungen. Letztlich legte die Bundesregierung Wert darauf, die Vollendung der deutschen Einheit besonders herauszuheben – weswegen man schließlich beim 3. Oktober blieb.

Deutschland seit der Wiedervereinigung 1990

Deutschland seit der Wiedervereinigung 1990

Mit der deutschen Einheit erfüllte sich 1990 nach mehr als 40 Jahren Teilung eine Hoffnung, die die meisten Menschen schon längst aufgegeben hatten. Die friedliche Revolution in der DDR, der Zusammenbruch des SED-Regimes und der Niedergang des sowjetischen Imperiums waren Veränderungen größten historischen Ausmaßes. Sie vollzogen sich in einem atemberaubenden Tempo. Zwischen dem Fall der Mauer im November 1989 und dem Beitritt der DDR zum Geltungsbereich des Grundgesetzes am 3. Oktober 1990 lagen nur elf Monate. In diesem Zeitraum wurden nicht nur die vielen offenen politischen, wirtschaftlichen, rechtlichen und sozialen Fragen auf deutsch-deutscher Ebene geklärt, sondern auch die komplizierten Probleme rund um die Vorbehaltsrechte der vier Siegermächte des Zweiten Weltkrieges.

Vieles veränderte sich im geeinten Deutschland. Nicht nur, dass sich die Bundesrepublik um rund 16 Millionen Menschen und fünf neue Bundesländer vergrößerte. Aus den getrennten Staaten, die am Rand ihrer jeweiligen Machtblöcke gelegen hatten, entstand ein wirtschaftlich und politisch mächtiger Gesamtstaat in der Mitte Europas – das war anfangs mit großen Befürchtungen in den Nachbarländern verbunden. Durch die Wiedererlangung der vollen Souveränität erweiterte sich Deutschlands außenpolitischer Handlungsrahmen. In den 90er-Jahren übernahm die Bundesrepublik zunehmend mehr Verantwortung auf internationaler Ebene. Wurde die deutsche Außenpolitik während des Golfkrieges 1991 noch als »Scheckbuchdiplomatie« belächelt, ist die Bundeswehr heute in verschiedenen NATO- und UN-Missionen auf dem Balkan, in Afrika sowie im Mittleren Osten im Einsatz.

Das vielleicht sichtbarste Zeichen für den Wandel in der Republik war der Wechsel von Parlament und Regierung von Bonn nach Berlin. Der »Hauptstadtumzug« blieb in den 90er-

Jahren ein Dauerthema. Es ging dabei nicht einzig um die Kosten und die neuen Gebäude, sondern vor allem um die Frage, ob die Politik an der Spree eine andere sein werde als zu Bonner Zeiten. Die Befürchtungen von damals haben sich nicht bewahrheitet. Zwar tritt die Politik der »Berliner Republik« selbstbewusster und souveräner auf, sie benennt ihre Interessen klarer und sie wirkt vielleicht entkrampfter. Gleichwohl werden die Grundlinien und Traditionen der alten Bundesrepublik auch im vereinten Deutschland fortgeführt, zumal sie sich als die richtigen erwiesen haben. Das gilt sowohl für die West-bindung und den europäischen Integrationsprozess als auch für die innenpolitischen, wirtschaftlichen und sozialen Leitlinien. Wie zu Bonner Zeiten bleiben die Lehren aus der NS-Zeit und die Erinnerung an den Holocaust weiterhin zentraler Bestandteil des deutschen Selbstverständnisses.

Die Überwindung der Folgen der Teilung gehört immer noch zu den großen Aufgaben, mit denen sich die Bundesrepublik konfrontiert sieht. In der Euphorie der Einigung wurden die eigenen Kräfte überschätzt und allzu große Hoffnungen geweckt. Die vollständige Umgestaltung der maroden Wirtschafts- und Sozialordnung auf dem Gebiet der ehemaligen DDR, die eine hohe Arbeitslosigkeit auslöste, führte zu großen Enttäuschungen und Frustration. Die Deutschen in Ost und West merkten, dass sie sich in den 40 Jahren doch fremder geworden waren als zunächst angenommen. Dennoch suchen die enormen Leistungen des Wiederaufbaus ihresgleichen.

Heute wächst eine gesamtdeutsche Generation heran, die die Teilung nur noch aus Geschichtsbüchern kennt. Diese Generation sieht sich jedoch bereits neuen Herausforderungen gegenüber: Globalisierung, Strukturwandel, Wirtschaftskrisen und internationaler Terrorismus sind nur einige von ihnen. Deutschland kommt im 21. Jahrhundert eine gewichtige Rolle in der Welt zu, die es auszufüllen gilt.

Beitritt oder Wiedervereinigung?

Was ist der Tiergarten?
Bei dem Großen Tiergarten handelt es sich um eine weitläufige Parkanlage im Herzen Berlins. Der Tiergarten wurde bereits im 18. Jahrhundert der Öffentlichkeit zugänglich gemacht. In den Jahren der deutschen Teilung war er ein wichtiges Naherholungsgebiet für die Bürger Westberlins.

Was besagte der Artikel 23 des Grundgesetzes?
Ursprünglich war im Artikel 23 festgehalten, dass das Grundgesetz in den Ländern der Bundesrepublik Geltung habe. Nach einem Beitritt anderer Teile Deutschlands – etwa der DDR – sei es ebenso auf diese auszudehnen. Im Zuge des Einigungsvertrages vom 31. August 1990 wurde der Artikel 23 in seiner ursprünglichen Fassung aufgehoben.

Der 3. Oktober 1990 war ein warmer, sonniger Herbsttag. In Berlin tummelten sich rund um das Reichstagsgebäude und das Brandenburger Tor zahlreiche Spaziergänger und Schaulustige, die das schöne Wetter genossen und einen Blick auf die Überbleibsel der letzten Nacht warfen. Handwerker bauten Absperrungen ab, in den Bäumen und Sträuchern des **Tiergartens** hingen vereinzelt noch schwarz-rot-goldene Fahnen, die Stadtreinigung war damit beschäftigt, die umherliegenden Sektflaschen und Dosen einzusammeln. Mit einem rauschenden Fest hatten hier wenige Stunden zuvor um Mitternacht Hunderttausende Menschen die Vereinigung Deutschlands gefeiert. Angesichts der Geschwindigkeit, mit der sich die staatliche Einigung vollzogen hatte, konnten viele die Bedeutung des Augenblicks noch kaum ermessen. Doch worum genau handelte es sich bei dem, was sich da in den vergangenen Stunden ereignet hatte? War es eine Wiedervereinigung oder »bloß« der Beitritt der DDR zur Bundesrepublik?

Die Antwort auf diese Frage hängt von der Perspektive ab. Betrachtet man die verfassungsrechtliche Seite, dann wurde die deutsche Einheit durch den Beitritt der DDR zum Geltungsbereich des Grundgesetzes ins Werk gesetzt – so, wie es der **Artikel 23** vorsah. Einige Stimmen, vor allem in der SPD, kritisierten diesen Weg. Ihrer Meinung nach hätte vor der Vereinigung gemäß Artikel 146 eine gesamtdeutsche Verfassung ausgearbeitet werden müssen, über die die Bürger dann abgestimmt hätten. Allerdings wären für ein solches Vorgehen mehrere Monate zusätzliche Zeit notwendig gewesen – Zeit, von der die Regierungen in Bonn und Ostberlin annahmen, dass man über sie nicht verfügte. Außerdem schien die Ausarbeitung einer neuen Verfassung überhaupt nicht notwendig zu sein, denn das Grundgesetz hatte sich seit 1949 bestens bewährt. Aus der Sicht vieler verantwortlicher Politiker in Ost und West gab es dringendere Probleme. Ein Großteil der Bevölkerung sah das ähnlich. Die zügige und unkomplizierte Variante des Beitritts wurde von der großen Mehrheit einer Verfassungsdebatte vorgezogen.

Zahlreiche Vertreter der alten Kräfte in der DDR, aber auch einige demokratisch gesinnte Intellektuelle und Bürgerrechtler stellten die Forderung auf, das »positive« Erbe der DDR in die Einheit mit einfließen zu lassen. Ihre Vorstellung war es, dass beide Staaten ihre jeweiligen Vorzüge einbringen sollten, um daraus etwas Neues zu schaffen. Auf die Nachfrage, über welche Vorteile die DDR denn verfügt habe, kamen dann häufig aber nur vage Antworten. Die Mehrheit der DDR-Bevölkerung wollte nicht die Verhältnisse in der Bundesrepublik verändern, sondern ihre eigenen jenen im Westen angleichen. Manches **Argument** für die angeblich guten Eigenschaften der DDR, das im Nachhinein bemüht wurde, war während des Einigungsprozesses schlicht abwegig.

Welche Argumente sollten für die DDR sprechen?
Die angeblich positiven Errungenschaften der DDR, die ins Gespräch gebracht wurden, zielten vor allem auf den sozialen Bereich. So wurden die fast kostenlosen Mieten, die umfassende Kinder- und Jugendbetreuung sowie die staatliche Garantie auf einen Arbeitsplatz als vorbildlich dargestellt. Verschwiegen wurde jedoch, dass solche Leistungen nicht zu finanzieren waren und sich mit den Prinzipien eines freien Marktes kaum vereinbaren ließen.

Während der Begriff »Beitritt« eher die technische Seite der deutschen Einheit bezeichnete, zielte »Wiedervereinigung« auf den größeren nationalen Zusammenhang. Nach 40 Jahren Trennung wurden im Oktober 1990 die Deutschen als ein Volk wieder zusammengeführt. Das galt sowohl für ihre lange gemeinsame Geschichte, ihre Traditionen als auch für ihre Kultur. In den Augen des Bundespräsidenten Richard von Weizsäcker war die Vereinigung deshalb mehr als eine bloße Erweiterung der Bundesrepublik: »Der Tag ist gekommen, an dem zum ersten Mal in der Geschichte das ganze Deutschland seinen dauerhaften Platz im Kreis der westlichen Demokratien findet.« Die Deutschen erhielten in Einheit und Freiheit ihren eigenen Nationalstaat zurück.

Demonstrationsplakat 1989

BEMERKENSWERTES

Die Wiedervereinigung der Kultur

Auch auf kulturellem Gebiet fand eine Wiedervereinigung statt. Im gesamten Land waren während des Zweiten Weltkrieges zahlreiche Sammlungen aus Museen, Gemäldegalerien, Bibliotheken und Archiven ausgelagert worden, um sie vor der Zerstörung zu bewahren. Mit der Teilung verblieben diese Bestände dann entweder in der Bundesrepublik oder in der DDR. Vor allem die ehemals staatlichen preußischen Sammlungen in Berlin, die Weltruf genossen, wurden so auseinandergerissen. Im Zuge der deutschen Einheit begann man, die Bestände wieder zusammenzuführen. Das war ein sehr langwieriger Prozess, der in einzelnen Bereichen immer noch nicht vollständig abgeschlossen ist.

Das Ende der Nachkriegsordnung

Was versteht man unter Zivilbeschäftigten?
Zivilbeschäftigte sind Personen, die als Angestellte oder Arbeiter für das Militär tätig sind, ohne selbst Teil der Streitkräfte zu sein. Häufig sind sie als Techniker, Handwerker, Hausmeister oder im Verpflegungsbereich für die Versorgung der Truppen und für die Instandhaltung von Gebäuden und anderen Einrichtungen verantwortlich.

Wer war Boris Jelzin?
Boris N. Jelzin (1931–2007) stammte aus einfachen bäuerlichen Verhältnissen. Ab den 60er-Jahren machte er innerhalb der KPdSU politische Karriere. 1991 wurde Jelzin zum Präsidenten der sowjetischen Teilrepublik Russland gewählt. Während des Auflösungsprozesses der Sowjetunion gehörte er zu führenden politischen Persönlichkeiten, die sich für demokratische Reformen einsetzten. Am 31. Dezember 1999 erklärte er seinen Rücktritt vom Präsidentenamt.

Der Niedergang der Sowjetunion und der Zusammenbruch der kommunistischen Regime in Osteuropa waren Ereignisse von großer geschichtlicher Tragweite. Sie bedeuteten nichts weniger als das Ende der alten Ordnung auf dem europäischen Kontinent. Die deutsche Vereinigung war zwar nur ein Teil der gewaltigen Veränderungen, die sich vollzogen. Gleichwohl galt sie als eines der symbolträchtigsten und wichtigsten Ereignisse. Völlig zu Recht nannte Helmut Kohl den 3. Oktober 1990 deshalb »ein europäisches, ja weltpolitisches Ereignis von historischem Rang«.

Für Deutschland brachte die Einheit den endgültigen Abschluss der Nachkriegszeit. Damit waren natürlich nicht die Jahre gemeint, die zwischen der Kapitulation 1945 und der Gründung der beiden deutschen Staaten 1949 lagen. Vielmehr ging es um die langfristigen rechtlichen und politischen Konsequenzen des Zweiten Weltkrieges für Deutschland, die erst mit dem Zwei-plus-vier-Vertrag, der den 1945 nicht zustande gekommenen Friedensvertrag ersetzte, ihren Abschluss fanden. Die Bundesrepublik erhielt ihre vollständige Souveränität in inneren und äußeren Angelegenheiten.

Ein sichtbares Zeichen, dass die Nachkriegsordnung nun endgültig vorbei war, war der Abzug der ausländischen Streitkräfte a us Deutschland. Der Zwei-plus-vier-Vertrag bestimmte, dass die Sowjetunion bis Ende 1994 ihre Armee aus Ostdeutschland vollständig abziehen werde. Später wurde dieser Termin um einige Monate vorverlegt. Die Rückführung der ehemals sowjetischen Truppen, die rund 338.000 Soldaten, 208.000 **Zivilbeschäftigte** und Familienangehörige sowie einen umfangreichen Waffen- und Maschinenpark umfassten, erwies sich als eine große organisatorische Herausforderung. Die Bundesregierung war in den Abzug mit eingebunden. Sie stellte Russland zwölf Milliarden DM zur Verfügung und half dabei, den Soldaten in ihrer Heimat neuen Wohnraum zu schaffen und Umschulungsprogramme für Offiziere anzubieten. Am 31. August 1994 verabschiedeten der russische Präsident **Boris Jelzin** und Bundeskanzler Helmut Kohl in Berlin gemeinsam die letzten russischen Truppen.

Auch die westlichen Verbündeten begannen mit einem Abbau ihrer in Deutschland stationierten Einheiten. Bis 1995 zogen Belgier, Franzosen, Niederländer, Kanadier, Briten und Amerikaner den größten Teil ihrer Verbände ab. Erhalten blieben lediglich Stützpunkte, die im Rahmen besonderer Abmachungen und der NATO bestanden.

Der Abzug der russischen und westlichen Streitkräfte, der insgesamt mehr als eine Million Soldaten, Angestellte und deren Familien betraf, hatte auch für die deutsche Bevölkerung Auswirkungen. Kasernen, Stützpunkte und Wohngebiete, die bislang militärisch genutzt worden waren, standen auf einmal leer. Manche Orte verloren mehr als die Hälfte ihrer Einwohner. Auf dem Gebiet der ehemaligen DDR, wo die sowjetischen Truppen in eigenen abgeschirmten Garnisonen gelebt hatten, entstanden regelrechte Geisterstädte, die häufig unter einer **hohen Umweltbelastung** litten. Zehntausende Menschen, die für die Streitkräfte gearbeitet hatten, verloren ihre Arbeit. Vor allem strukturschwache Regionen litten unter den Veränderungen. Mit großem finanziellem Aufwand gelang es zwar, Liegenschaften einer neuen Nutzung zuzuführen – auf diese Weise entstanden ganz neue Stadtviertel mit Wohn- und Gewerbegebieten sowie Sport- und Freizeiteinrichtungen. Allerdings gibt es vor allem in Ostdeutschland bis heute zahlreiche ehemalige Standorte, die leer stehen und verfallen.

Woher rührte die hohe Umweltbelastung?
Über Jahrzehnte hinweg war die sowjetische Armee rücksichtslos mit der Natur umgegangen. Als die Truppen abzogen, hinterließen sie Übungsplätze, Kasernen und Liegenschaften, die durch Munition, Ölreste, Chemikalien, Müllberge und verrostende Fahrzeuge verseucht waren. Es dauerte viele Jahre, bis die Umweltschäden einigermaßen beseitigt waren.

BEMERKENSWERTES

Freunde erster und zweiter Klasse

Obwohl in den offiziellen Reden bei der Verabschiedung der ausländischen Streitkräfte immer von der tiefen Freundschaft gesprochen wurde, die diese mit den Deutschen verbänden, waren die Sympathien unterschiedlich verteilt. Während viele Bundesbürger im Westen den Abzug der Verbündeten, vor allem der Amerikaner und Briten, ehrlich als den Abschied von Freunden empfanden, galt das im Osten mit Blick auf die sowjetischen Streitkräfte nur bedingt. Diese Haltung erklärte sich nicht einzig aus der Geschichte und dem Umstand, dass die sowjetischen Soldaten lange Jahre als Besatzer wahrgenommen worden waren. Sie hatte auch damit zu tun, dass die Sowjets im Gegensatz zu den westlichen Truppen kaum direkte Kontakte mit der deutschen Bevölkerung unterhalten hatten.

Das vereinigte Deutschland – Erfolge

Was ist der Solidaritätszuschlag?
Der Solidaritätszuschlag ist ein Zuschlag, der auf verschiedene Steuern, etwa auf die Einkommensteuer, erhoben wird. Seit seiner Einführung 1991 unterlag er mehreren Veränderungen, zwischenzeitlich wurde er sogar ausgesetzt. Bei seiner Erhebung wurden neben dem Aufbau Ost auch andere Gründe geltend gemacht, unter anderem die Kosten für den Golfkrieg und die Unterstützung der osteuropäischen Nachbarstaaten.

Welche Maßnahmen umfasste der »Solidarpakt I«?
Es handelte sich um ein Zehn-Punkte-Programm, das auf viele Bereiche des wirtschaftlichen, sozialen und finanziellen Lebens und auf den Arbeitsmarkt in den neuen Bundesländern große Auswirkungen hatte. Unter anderem wurden Mittel für ein Wohnungsbauprogramm sowie für Arbeitsbeschaffungsmaßnahmen bereitgestellt. Außerdem bestimmte der Pakt eine Neuverteilung der Finanzbeziehungen zwischen dem Bund und den Ländern, die Förderung des Absatzes von ostdeutschen Produkten,

Wer heute durch die Innenstädte von Erfurt, Stralsund oder Neuruppin bummelt, der wird an ihrem äußeren Erscheinungsbild kaum einen Unterschied zu den Städten in Westdeutschland erkennen. Geschäftige Fußgängerzonen und stolze Bürgerhäuser mit prachtvollem Fassadenschmuck, herausgeputzte Plätze, Parkanlagen und italienische Eiscafés laden den Besucher zum Verweilen ein. Erst auf den zweiten Blick fällt auf, dass diese Pracht noch relativ jung ist. Vor 25 Jahren bot sich ein gänzlich anderes Bild: Langsam verfallende graue Städte von deprimierender Eintönigkeit, über denen in den Herbst- und Wintermonaten der stechende Geruch von Öfen hing, die mit Braunkohle beheizt wurden. Laut Statistik besaßen 1990 mehr als 60 Prozent aller Wohnhäuser in der DDR keine Zentralheizung. Einem Viertel von ihnen fehlte ein Bad, häufig lag die Toilette entweder auf dem Hausflur zwischen zwei Etagen oder im Hinterhof. Zahlreiche Menschen lebten in Wohnungen aus der Kaiserzeit, die seitdem kaum modernisiert worden waren. An vielen Gebäuden konnte man Einschusslöcher und andere Beschädigungen aus dem Zweiten Weltkrieg entdecken. Das SED-Regime hatte mit der sozialistischen Planwirtschaft das ganze Land vollständig ruiniert. Zwischen dem Lebensstandard in Westdeutschland und jenem in den neuen Bundesländern lagen Welten.

In der Absicht, die Lebensverhältnisse im Osten auf das Westniveau anzuheben, sah sich die Politik nach 1990 mit einer Herkulesaufgabe konfrontiert. Es handelte sich um die größte Aufbauleistung seit Kriegsende. Wohnungsbau, öffentliche Einrichtungen, moderne Verkehrswege, Telefonnetze – es gab keinen Bereich, wo es nicht Handlungsbedarf gab. Im März 1991 leitete die Bundesregierung deshalb das erste große Investitionsprogramm ein. Bei dem »Gemeinschaftswerk Aufbau Ost« handelte es sich um ein Maßnahmenprogramm, das sowohl der Wirtschaftskrise, der wachsenden Arbeitslosigkeit als auch den finanziellen Engpässen, unter denen die neuen Länder stark litten, entgegenwirken sollte. Der Anfang Juli 1991 eingeführte **Solidaritätszuschlag** trug zur Finanzierung des Aufbaus Ost bei.

Das war nur ein Tropfen auf den heißen Stein. Nach langen Beratungen einigten sich die Führungsspitzen von CDU, CSU, FDP und SPD sowie die Ministerpräsidenten der 16 Bundesländer am 13. März 1993 auf den **»Solidarpakt I«**, der die Umsetzung der Aufbaumaßnahmen langfristig sichern sollte. Der Pakt war auf zehn Jahre befristet. Allerdings zeichnete sich bald ab, dass die in ihm vorgesehenen Maßnahmen nicht ausreichen würden. Aus diesem Grund brachten Bundestag und Bundesrat 2001 den sogenannten »Solidarpakt II« auf den Weg, der bis 2019 mehr als 156 Milliarden Euro an die neuen Bundesländer leiten soll. Über die Gesamtausgaben des Aufbaus Ost existieren **unterschiedliche Zahlen.** Zwischen 1990 und 2000 sollen, so schätzen manche Institute, etwa 900 Milliarden Euro von West nach Ost geflossen sein. Hinzu kommen noch weitere Gelder, etwa solche, die von den Ostdeutschen als Steuern selbst aufgebracht wurden.

Trotz der wirtschaftlichen und sozialen Probleme, die die Jahre nach der Einheit überschatteten, erwies sich der Aufbau Ost insgesamt als ein sehr großer Erfolg. Er bescherte den Menschen in den neuen Bundesländern einen Wohlstand, der bei Weitem über jenem lag, der in der DDR existiert hatte. In nicht wenigen Bereichen fanden die neuen Bundesländer den wirtschaftlichen Anschluss. Tatsächlich stehen manche ostdeutsche Regionen – etwa in Sachsen oder in Thüringen – heute besser da als viele Gebiete in den alten Ländern.

Einleitung von Abwässern bei Bitterfeld, 1991

eine Bahnreform sowie die Wiedereinführung des Solidaritätszuschlags.

Wieso gibt es unterschiedliche Zahlen?
Bislang wurden keine endgültigen Zahlen zu den Kosten der deutschen Einheit veröffentlicht. Das hängt zunächst damit zusammen, dass der Prozess noch nicht abgeschlossen ist. Außerdem herrscht trotz der getroffenen Abmachungen und Verträge im Detail eine große Unübersichtlichkeit über die Kosten, was mit der Verteilung und der Verwendung der Mittel zu tun hat. Zudem handelt es sich um eine Frage von hoher politischer Brisanz. Je nach Interessenlage fallen die Zahlen daher mal höher, mal niedriger aus.

BEMERKENSWERTES

Die Beseitigung ökologischer Altlasten

Die Beseitigung der enormen Umweltzerstörungen, die ein Erbe der DDR waren, erwies sich als eine der gewaltigsten Aufgaben für den Aufbau Ost. Vor allem in der Umgebung von Industrieanlagen waren große Landflächen durch Schwermetalle, Quecksilber und Öle schwer belastet. Die Verschmutzungen von Böden, Gewässern und der Luft lagen um ein Vielfaches über den gesetzlichen Grenzwerten. Traurige Berühmtheit erlangte der »Silbersee« bei Bitterfeld – ein künstlich entstandenes Gewässer, in das seit den 30er-Jahren ungefiltert chemische Abwässer, Abfälle und Schlämme geleitet worden waren. Es wurde zum Inbegriff für die gewaltigen Naturschäden in der DDR.

Das vereinigte Deutschland – Probleme

Was war ein Volkseigener Betrieb?
Bei einem Volkseigenen Betrieb (VEB) handelte es sich um einen Betrieb in der DDR, der sich im Besitz des Staates befand. Nicht selten waren die VEB aus Unternehmen hervorgegangen, die in den 40er- und 50er-Jahren durch das SED-Regime in Staatseigentum überführt worden waren.

Trotz der außerordentlichen Leistungen des Aufbaus Ost machten sich bereits nach kurzer Zeit die Schattenseiten des Umgestaltungsprozesses bemerkbar. Beinahe über Nacht wurde den Menschen in der ehemaligen DDR eine neue Rechts-, Wirtschafts- und Sozialordnung übergestülpt, die im vollständigen Gegensatz zur alten stand. Dies setzte eine Anpassungsbereitschaft voraus, die größer kaum hätte sein können. An die Stelle der staatlich gelenkten Planwirtschaft trat nun die freie Marktwirtschaft. Die zahlreichen Probleme, die sich mit diesem Wandel ergaben, führten in den 90er-Jahren zu einer zunehmenden Belastung des politischen Klimas in der Republik. Die große Freude über die Einheit, die 1989 und 1990 bei den meisten Ostdeutschen vorgeherrscht hatte, trübte sich.

Der katastrophale Zustand der DDR-Wirtschaft war die wichtigste Ursache für die Probleme der Nachwendejahre. Tatsächlich war die wirtschaftliche Lage im ehemaligen »Arbeiter- und Bauernstaat« viel schlimmer, als dies von den meisten Politikern und Experten zunächst befürchtet worden war. Das ganze Ausmaß der finanziellen und wirtschaftlichen Misere erschloss sich erst langsam. Obwohl es durchaus Industriezweige wie etwa den Schiffsbau gab, die man im Westen vor 1990 als einigermaßen stabil angesehen hatte, erwiesen sich die meisten von ihnen beim Blick in die Rechnungsbücher und die Produktionsstätten als hoffnungslos veraltet und unrentabel. Im freien Wettbewerb mit westlichen Produkten waren die meisten Waren aus DDR-Betrieben nicht konkurrenzfähig. Zudem brachen mit dem Niedergang des Ostblocks die osteuropäischen Staaten und die Sowjetunion als wichtigste Abnehmer weg. Selbst die eigene Bevölkerung hatte nach jahrzehntelangen Einschränkungen zunächst keinerlei Interesse mehr an Ost-Produkten. Wer wollte schon einen Trabant, wenn er auch einen VW oder Opel kaufen konnte?

Als größte Herausforderung stellte sich die Privatisierung der DDR-Wirtschaft heraus. Um die ehemaligen **Volkseigenen Betriebe** in privaten Besitz zu überführen, wurde 1990 die Treuhandanstalt gegründet. Ihre Aufgabe war es, entweder Käufer für die kleinen und großen Firmen, Geschäfte und Fabriken zu finden, sie zu sanieren oder stillzulegen. Zu Beginn ihrer Arbeit verfügte die Treuhand über rund 8.500 Unternehmen. Hinzu kamen weitere Einrichtungen und Liegenschaften. Hatte die Bundesregierung zunächst geglaubt, dass durch den Verkaufserlös der Betriebe über die Treuhand die Kosten der Einheit einigermaßen gedeckt werden könnten, wurde sie bald eines Besseren belehrt. Viele der zum Verkauf stehenden Firmen und Geschäfte konnten nur zu einem Bruchteil des veranschlagten Preises veräußert werden. Die Modernisierung und Abwicklung der Betriebe verschlang Unsummen. Zudem wurden von der Treuhand auch eklatante Fehlentscheidungen bei der Sanierung getroffen.

Die großen Umstrukturierungen in der Wirtschaft führten dazu, dass viele Menschen ihre Arbeit verloren. Von den ehemals 4,1 Millionen Arbeitsplätzen, die 1990 über die Treuhand bestanden, wurden bis Ende 1994 2,6 Millionen Stellen abgebaut. Nur wenige Ostdeutsche konnten sich an der Privatisierung der einstigen DDR-Unternehmen beteiligen, weil ihnen die Geldmittel und die Erfahrung zur Führung eines Betriebes in der Marktwirtschaft fehlten. Hingegen berichtete die Presse immer wieder von westdeutschen Spekulanten, die mit dubiosen Geschäften in den neuen Bundesländern reich wurden. Die hohen Erwartungen, die man in die Vereinigung setzte, wurden in den Augen vieler nicht erfüllt. Sie fühlten sich als **Verlierer der Einheit**.

Bischofferode 1993: Arbeiter streiken, weil ihr Werk geschlossen werden soll.

Kann man wirklich von Verlierern der Einheit sprechen?
Das ist eine sehr schwierige Frage, die man nicht allgemein beantworten kann, weil sie sehr stark von der Sicht der Betroffenen und ihrer Lebenssituation abhängt. Unbestreitbar ist der Lebensstandard in vielen Fällen im Osten niedriger als im Westen, die Arbeitslosigkeit ist höher, die Löhne sind niedriger, die Wirtschaft hat immer noch nicht das Westniveau erreicht. Allerdings ist unstrittig, dass der Wohlstand insgesamt seit 1990 in Ostdeutschland stark zugenommen hat. Außerdem sollte man die Entwicklung in den osteuropäischen Nachbarländern im Auge behalten, wo die Ausgangsbedingungen ungleich schlechter waren als in der ehemaligen DDR, denn dort gab es keinen reichen Westteil, der zur Hilfe kam.

BEMERKENSWERTES

»Blühende Landschaften« – ein gebrochenes Wort?

In der Fernsehansprache anlässlich des Inkrafttretens der Währungs-, Wirtschafts- und Sozialunion am 1. Juli 1990 sprach Bundeskanzler Helmut Kohl (CDU) davon, dass es den Deutschen in einem gemeinsamen Kraftakt gelingen werde, die neuen Bundesländer schon bald wieder »in blühende Landschaften zu verwandeln, in denen es sich zu leben und zu arbeiten lohnt«. Dieses Bild benutzte Kohl in der Folge mehrfach. Obwohl es angesichts der enormen Aufbauleistung im Nachhinein durchaus seine Berechtigung hat, so weckte es bei vielen Menschen die trügerische Hoffnung auf raschen Wohlstand. Später musste das Wort von den »blühenden Landschaften« angesichts der Schließung vieler Betriebe und des Verlustes von Millionen Arbeitsplätzen so manchen Bürger mit Bitterkeit erfüllen.

Was denken eigentlich die Ost- und Westdeutschen voneinander?

Woher kommen die Begriffe »Ossi« und »Wessi«?
Diese Frage lässt sich nicht eindeutig beantworten, weil beide Begriffe ihren Ursprung in der Umgangssprache haben. Ihre Bedeutung konnte regional sehr unterschiedlich sein. Mit »Wessis« bezeichneten die Westberliner ursprünglich die Menschen abfällig, die in Westdeutschland lebten. Andererseits wurden sie selbst von vielen DDR-Bürgern so genannt. »Ossis« bezog sich hingegen häufig auf Ostberliner. Der Schriftsteller Hans Magnus Enzensberger verwendete die beiden Begriffe 1987 in dem Buch »Ach, Europa!« *erstmals gemeinsam.*

Womit beschäftigen sich Soziologen?
Soziologen (von lat. socius *= Gefährte und griech.* logos *= Rede, Wort) untersuchen die Voraussetzungen, Entwicklungen und Folgen des Zusammenlebens von Menschen in Gesellschaften.*

Ost- und Westdeutsche passen nicht zusammen – zu diesem Schluss müsste man kommen, wenn man die unzähligen Umfragen ernst nähme, die seit mehr als 20 Jahren in den Boulevardblättern des Landes veröffentlicht werden. Immer wieder wird auf die angeblichen großen Unterschiede zwischen **»Ossis«** und **»Wessis«** verwiesen, die noch bestünden.

Obwohl man die meisten dieser Meinungsumfragen kaum ernst nehmen kann, verweisen sie gleichwohl auf eine Problematik, mit dem sich sogar wissenschaftliche Untersuchungen beschäftigen. Seit Langem gehen **Soziologen** der Frage nach, inwieweit die 40-jährige Teilung und das Leben in den unterschiedlichen politischen Systemen die Mentalitäten (lat. *mens* = Geist, Vernunft) der Menschen in West und Ost geprägt haben und in welchem Maße auch ihre Vorstellungen voneinander dadurch beeinflusst worden sind. Die Ergebnisse sind erstaunlich: Sie zeigen, dass die **innere Einheit** der Deutschen noch keineswegs erreicht ist.

Eine Langzeitstudie der Universität Bielefeld kam Ende 2008 zu dem Schluss, dass zwischen Ost- und Westdeutschen eine »erhebliche wechselseitige Fremdheit« bestehe. Auch fast zwei Jahrzehnte nach der Wiedervereinigung gebe es immer noch große Vorbehalte gegenüber den Menschen aus dem jeweils anderen Landesteil. Viele Untersuchungen belegen, dass die Vorurteile zwischen »Ossis« und »Wessis« bestimmten Mustern folgen. In Ostdeutschland ist das Klischee vom »Besserwessi« verbreitet – demnach seien Westdeutsche angeblich besserwisserisch, arrogant und rücksichtslos. Sie seien stets auf ihren eigenen Vorteil bedacht. Sie würden, so ein weiterer Vorwurf, den Ostdeutschen ungebetene Ratschläge geben und Urteile fällen, obwohl sie keine Ahnung vom Leben in der ehemaligen DDR hätten. Häufig fühlten sich Ostdeutsche als »Bürger zweiter Klasse«, denn die »Wessis« würden die ehemalige DDR wie eine Kolonie behandeln. Vor allem die älteren Ostdeutschen haben den Eindruck, dass ihre Lebensleistung nicht gewürdigt werde. Alles aus der DDR werde schlechtgeredet.

Demgegenüber nehmen viele Westdeutsche ihre ostdeutschen Landsleute häufig nur als sächselnde »Meckerossis« wahr. Sie seien unselbstständig, rückständig und staatsgläubig. Anstatt an ihrer eigenen

Situation selbst etwas zu verändern, würden sie sich nur bemitleiden. Dem westlichen Leistungsprinzip seien sie nicht gewachsen, da sie im Sozialismus nicht gelernt hätten, ordentlich zu arbeiten. Zudem zeigten sie keine Dankbarkeit für die gewaltigen finanziellen Hilfen, die ihnen die Westdeutschen seit 1990 durch ihre Steuermittel gegeben hätten.

Woher kommen solche Vorstellungen? Viele Forscher verweisen auf die unterschiedlichen Entwicklungen in Ost- und Westdeutschland. Während in der alten Bundesrepublik Demokratie und freie Marktwirtschaft dazu führten, dass die persönliche Freiheit und die Eigenverantwortlichkeit jedes Bürgers hohe Güter waren, zählten unter den Bedingungen der SED-Diktatur Einreihung und Unterordnung in das System. In beiden Gesellschaften gab es unterschiedliche Weltbilder und Erziehungsansätze. Soziologen haben nachgewiesen, dass solche Prägungen oft über mehrere Generationen nachwirken können, weil sie innerhalb der Familien weitergetragen werden. Obwohl nun die erste gesamtdeutsche Generation aufgewachsen ist, die nach der Wiedervereinigung geboren wurden, wird es wohl noch viele Jahre dauern, bis die alten Klischees wirklich überwunden sein werden.

Was versteht man unter »innerer Einheit«?
Der Begriff meint, dass nach der »äußeren« Einigung des Staates auch eine innere Vereinigung der Deutschen in Ost und West erfolgen soll. Die Menschen müssen ihre unterschiedlichen Lebenseinstellungen, Wertvorstellungen und Geisteshaltungen überwinden und zu einer gesamtdeutschen Überzeugung finden.

In Ratzdorf werden Sandsackwälle gegen das Oderhochwasser errichtet.

BEMERKENSWERTES

Ein Volk rückt zusammen – das Oderhochwasser 1997

Wie kleinmütig Vorurteile sind und wie man sie überwinden kann, zeigte das Oderhochwasser im Juli und August 1997. Gewaltige Wassermassen flossen die Oder in Richtung Ostsee hinab. Obwohl mehrere Deiche entlang des Flusses brachen, konnte die ganz große Katastrophe, die Überflutung des Oderbruchs, verhindert werden. Der Kampf gegen die Flut wurde als eine nationale Herausforderung empfunden. In der Not standen die Deutschen zusammen. Bundeswehrsoldaten, Technisches Hilfswerk, Feuerwehren und Tausende andere freiwillige Helfer reisten aus Westdeutschland an, um die Landsleute im Osten zu unterstützen. Gewaltige Spendensummen kamen zusammen. Für diejenigen, die an den Oderdeichen mithalfen, machte es keinen Unterschied, ob jemand ein »Ossi« oder ein »Wessi« war.

Fremdenfeindlichkeit und Rechtsextremismus

Was sind Skinheads?
Bei den Skinheads (aus engl. skin *– Haut und* head *– Kopf) handelt es sich um Mitglieder einer unter jungen Männern verbreiteten Bewegung, die Ende der 60er-Jahre in England entstand. Man erkennt Skinheads an bestimmten äußeren Erscheinungsmerkmalen, etwa am kahl geschorenen Kopf, Bomberjacken und Springerstiefeln. Allerdings sind Skinheads nicht automatisch Rechtsradikale. Die Bewegung ist äußerst vielfältig. Durch Aufmärsche und Kundgebungen bestimmen jedoch die rechtsextremen Skinheads das öffentliche Bild.*

Am 17. September 1991 ereignete sich auf dem Marktplatz der sächsischen Stadt Hoyerswerda ein folgenschwerer Zwischenfall: Eine Gruppe junger angetrunkener **Skinheads** pöbelte mehrere vietnamesische Händler an. Schließlich gingen die Jugendlichen auf die Vietnamesen los. Zwar schritt die Polizei ein, allerdings zogen die Skinheads randalierend weiter und bewarfen ein Wohnheim für »Gastarbeiter« mit Pflastersteinen. In den darauffolgenden Nächten kam es in Hoyerswerda zu schlimmen Ausschreitungen. Ein Mob von einigen Hundert Rechtsradikalen griff Unterkünfte an, in denen Asylbewerber und »Gastarbeiter« untergebracht waren. Molotowcocktails flogen, »Ausländer raus«-Rufe und Nazilieder waren zu vernehmen. Sowohl die Polizei als auch die städtischen Behörden zeigten sich mit der Lage überfordert. Sie beschlossen, die bedrohten Ausländer in andere Orte zu verlegen. Erst danach kehrte wieder Ruhe ein. Die Rechten feierten dies als einen großen Sieg.

Im August 1992 steckten unter dem Beifall zahlreicher Schaulustiger und Anwohner Jugendliche in Rostock-Lichtenhagen einen Wohnblock an, in dem hauptsächlich **Vietnamesen** lebten. In letzter Not konnten sich die Bewohner vor den Flammen und den Randalierern retten. Bei den verheerenden Brandanschlägen von Mölln im November 1992 und Solingen im Mai 1993, die auf Häuser verübt wurden, in denen türkische Familien wohnten, kamen acht Menschen ums Leben. In beiden Fällen kamen die Täter aus der rechtsextremen Szene.

Wieso richteten sich die Gewaltakte gegen Vietnamesen?
Seit Anfang der 80er-Jahre holte die DDR Ausländer ins Land, um dem Arbeitskräftemangel entgegenzuwirken. Die Vertragsarbeiter, die nur für eine begrenzte Zeit in der DDR beschäftigt wurden, stammten aus den »sozialistischen Bruderländern«, so auch aus Vietnam. Offiziellen Zahlen zufolge arbeiteten zwischen 1980 und 1990 rund 70.000 Vietnamesen in der DDR. Sie waren damit eine der größten ausländischen

Hoyerswerda, Rostock, Mölln und Solingen markierten die Höhepunkte einer Welle fremdenfeindlicher und rechtsextremer Gewalt, die Anfang der 90er-Jahre die Bundesrepublik erschütterte. Von 1990 bis 1996 fielen über 80 Menschen **Gewalttaten** zum Opfer, die einen rechtsextremen Hintergrund hatten. Trotz der Sympathiebekundungen vor Ort für die Gewalttäter lösten die Untaten beim größten Teil der Bevölkerung Entsetzen und Fassungslosigkeit aus. An zahlreichen Demonstrationen gegen Fremdenfeindlichkeit beteiligten sich im ganzen Land Hunderttausende Menschen. Die Vorfälle erregten weltweites Aufsehen. Im Ausland wuchs die Angst, dass die Deutschen doch nichts aus ihrer Geschichte gelernt hätten und sie zu den alten Ideen aus der Nazizeit zurückkehren könnten. Das war zwar übertrieben, es drückte aber die große Besorgnis aus, die die Geschehnisse auslösten.

Nach dem ersten Schock über die Gewaltakte wurde die Frage gestellt, was die Ursachen für die Taten gewesen waren. Schließlich wird kein Mensch als Rassist geboren. Die Antworten, die Sozialforscher, Politiker und Verfassungsschützer fanden, waren sehr vielschichtig. Für die jugendlichen Gewalttäter seien hauptsächlich Orientierungslosigkeit, die Angst vor Arbeitslosigkeit sowie fehlende Zukunftsperspektiven ausschlaggebende Gründe. Gerade die ländlichen Gebiete Ostdeutschlands, die nach der Wiedervereinigung mit großen wirtschaftlichen und sozialen Problemen zu kämpfen hatten, boten einen guten Nährboden für rechtsradikales Gedankengut. Weiterhin gab es eine Furcht vor »Überfremdung«, die sich mit Abstiegsängsten und Neid auf die Asylbewerber mischte.

Solche Stimmungen spielten rechtsextremen Parteien und Organisationen in die Hände. Bis heute bemühen sie sich, gerade in den neuen Bundesländern an Stärke zu gewinnen. Dass der Rechtsextremismus auch in Zukunft eine der großen politischen Herausforderungen für die Demokratie bleiben wird, hat nicht zuletzt die Aufdeckung der durch den **NSU** begangenen Morde und Terroranschläge seit dem Jahr 2011 vor Augen geführt.

Minderheiten im »Arbeiter- und Bauernstaat«.

Waren alle Opfer rechtsextremer Gewalt Ausländer?
Nein, die Gewalttaten richteten sich nicht nur gegen Ausländer, sondern ebenso gegen Deutsche, die in das Feindbild der Rechtsradikalen passten: Anhänger der linken Szene, Obdachlose oder auch ganz »normale« Bürger, die aus irgendeinem Grund zu Opfern wurden. Weil nicht immer die Hintergründe von Taten aufgeklärt werden können, liegt die Dunkelziffer der rechtsextremen Gewaltverbrechen noch höher.

BEMERKENSWERTES

Rechtsextreme in den Parlamenten

Zu den erklärten Zielen der Rechtsextremen, die sich durch Ausländerfeindlichkeit und Rassismus auszeichnen, gehört die Abschaffung des demokratischen Rechtsstaats, den sie als »undeutsch« und von außen aufgezwungen empfinden. Gleichwohl bedienen sie sich der Demokratie, um politischen Einfluss zu gewinnen. Ihren Parteien gelingt es immer wieder, in Gemeindevertretungen, Kreistage und sogar in die Landesparlamente einzuziehen. Die Erfolge sind aber gering: Zumeist zerstreiten sich ihre Abgeordneten nach kurzer Zeit heillos. An der Parlamentsarbeit beteiligen sie sich so gut wie nicht, stattdessen zeigen sie, dass sie einer ernsthaften politischen Arbeit nicht im Mindesten gewachsen sind.

Was war der NSU?
Bei dem NSU (Nationalsozialistischer Untergrund) handelte es sich um eine rechtsextreme Terrorvereinigung, die Anfang der 2000er-Jahre für zehn Morde, mehrere Raubüberfälle und Anschläge verantwortlich war. Der Kern der Gruppe bestand zwar nur aus drei Personen, hinzu kam aber ein sehr viel größerer Unterstützerkreis.

Wieder in der Mitte Europas – die Außenpolitik des vereinigten Deutschlands

Was war der zweite Golfkrieg?
Im August 1990 überfiel der irakische Diktator Saddam Hussein (1937–2006) das kleine Nachbarland Kuwait, um es dem Irak einzuverleiben. Nach mehreren Ultimaten, die die Vereinten Nationen (UNO) an Hussein richteten und die erfolglos verstrichen, begann am 17. Januar 1991 mit der »Operation Wüstensturm« der zweite Golfkrieg. Die Truppen der Verbündeten befreiten Kuwait und rückten in den Irak ein. Ende Februar wurden die Kampfhandlungen eingestellt.

Worum ging es im jugoslawischen Bürgerkrieg?
Wenn man vom Bürgerkrieg in Jugoslawien spricht, meint man genau genommen fünf Kriege, die zwischen 1991 und 1999 geführt wurden. In ihnen ging es um die Unabhängigkeit und die Vormachtstellung der ehemaligen jugoslawischen Teilrepubliken Slowenien, Kroatien, Bosnien-Herzegowina, Montenegro, Mazedonien und Serbien sowie um den Kosovo. Während des Bürgerkrieges wurden Massenmorde, ethnische Säuberungen und andere Verbrechen un-

In den Jahren 1989 bis 1991 veränderte sich die politische Landkarte Europas grundlegend. Der Zerfall des Ostblocks brachte das Ende der seit 1945 bestehenden Ordnung. Hiervon war Deutschland in besonderer Weise betroffen. Aus dem geteilten Land wuchs in der Mitte Europas die wirtschaftlich stärkste und nach Russland bevölkerungsreichste Nation auf dem Kontinent empor. Zugleich bescherte die Einheit der Bundesrepublik einen neuen außenpolitischen Handlungsrahmen ohne Beschränkungen durch andere Mächte. Die Frage, wie die Republik diesen Rahmen nutzen würde, stellte sich umso mehr, als mit dem Ende des Kalten Krieges neue Konfliktherde entstanden. Die große Hoffnung, nun werde ein Zeitalter des Friedens beginnen, erfüllte sich nicht. In Afrika und Asien, auf dem Balkan, im Nahen Osten und im Kaukasus brach eine Reihe von Kriegen und Bürgerkriegen aus, die europäische Interessen unmittelbar betrafen. Wie sollte dabei die neue Rolle Deutschlands aussehen?

Die 90er-Jahre standen im Zeichen eines langsamen Wandels der deutschen Außenpolitik. Zunächst galten die bisherigen Leitlinien der Diplomatie fort – die Einbindung in die NATO und die UN, das Engagement in der Europäischen Union, die deutsch-französische Freundschaft sowie das enge Verhältnis mit Washington. Allerdings trat nun eine verstärkte Ausrichtung nach Osteuropa hinzu. Dort leistete die Bundesrepublik einen wichtigen Beitrag zum Aufbau von Stabilität, Demokratie und wirtschaftlicher Entwicklung. Zu weitergehenden sicherheitspolitischen oder gar militärischen Verpflichtungen ließ sich die deutsche Regierung indes nicht bewegen. Dies begründete man in Bonn mit der eigenen Geschichte und mit den vermeintlichen Ängsten bei den Nachbarn vor einem übermächtigen Deutschland.

Der **zweite Golfkrieg** von 1991 zeigte, dass die Verbündeten das ganz anders sahen. Während die USA und Großbritannien von den Deutschen militärische und logistische Unterstützung bei der Befreiung Kuwaits forderten, verhielt sich die Regierung Kohl zurückhaltend. Um nicht Truppen schicken zu müssen, erklärte sich Bonn zur Zahlung einer Beihilfe bereit, die mit 17 Milliarden DM einen erheblichen Teil der Kriegskosten deckte. Diese Form der »Scheckbuchdiplomatie« stieß im westlichen Ausland und in Israel auf großes Befremden, zumal es lange so aussah, als ob die Antikriegsstimmung in der deutschen Öffentlichkeit eher den eigentlichen Aggressor, nämlich Saddam Hussein, und nicht die Alliierten unterstützte.

In den folgenden Jahren bemühte sich die Bundesrepublik um einen allmählichen Abbau der selbst auferlegten Beschränkungen in der Außen- und Sicherheitspolitik. Seit 1992 beteiligten sich deutsche Einheiten an UN-Friedensmissionen in Kambodscha, Somalia und anderen Ländern. Allerdings handelte es sich dabei nicht um Kampftruppen, sondern um kleinere Verbände, die hauptsächlich für Hilfsleistungen, Polizei- und Sanitätsdienste sowie zur Versorgung der einheimischen Bevölkerungen vorgesehen waren. Während des **Bürgerkrieges** im ehemaligen Jugoslawien war die Bundeswehr in mehreren Missionen im Einsatz.

Durch ein **Urteil des Bundesverfassungsgerichts** vom 12. Juli 1994 erweiterten sich die verfassungsrechtlichen Spielräume für solche Auslandseinsätze erheblich. Mit der Entscheidung der rotgrünen Regierung unter Gerhard Schröder (SPD) zum Einsatz der Bundeswehr im Kosovo, die der Bundestag am 16. Oktober 1998 fällte, begann ein neues Kapitel deutscher Außenpolitik. Zum ersten Mal seit 1945 wurden deutsche Soldaten für einen direkten Kampfeinsatz gegen Serbien bereitgestellt.

vorstellbaren Ausmaßes verübt. Er war damit der blutigste Konflikt seit dem Zweiten Weltkrieg in Europa.

Was besagte das Urteil des Bundesverfassungsgerichts vom 12. Juli 1994?

Das Bundesverfassungsgericht traf die Entscheidung, dass die Bundeswehr auch außerhalb des NATO-Gebiets humanitäre und militärische Einsätze durchführen dürfe (Out of area). *Allerdings müsse die Bundesregierung vor einer solchen Mission die Zustimmung des Parlaments einholen. Nur in besonderen Ausnahmefällen könne dies auch nachträglich geschehen.*

BEMERKENSWERTES

Die rot-grüne Regierung und der Kosovokrieg

Es scheint seltsam, dass es gerade eine rot-grüne Bundesregierung war, die deutsche Soldaten erstmals in den Krieg schickte. Viele der Abgeordneten der Grünen und manche der SPD waren in den 80er Jahren in der Friedensbewegung aktiv gewesen und lehnten militärische Gewalt ab. Allerdings wurde keine andere Möglichkeit mehr gesehen, um das von Serbien ausgehende Morden im Kosovo zu stoppen. Außenminister Joschka Fischer (Grüne) erklärte dazu am 26. März 1999, dem Tag des Kriegsausbruchs, vor dem Bundestag: »Wir konnten nicht zulassen, dass sich in Europa eine Politik der Gewalt durchsetzt, eine Politik, [...] die bereit ist, über Leichen zu gehen, auch wenn es Tausende, Zehntausende oder Hunderttausende Tote bedeutet. Das ist keine Theorie, sondern Praxis auf dem Balkan [...].«

Der europäische Einigungsprozess

Welche Schwierigkeiten gab es beim Einigungsprozess?
Der Weg zur europäischen Integration setzte bei allen beteiligten Staaten die Bereitschaft voraus, auf bestimmte nationale Rechte zugunsten der Gemeinschaft zu verzichten. Doch Unabhängigkeit ist ein hohes Gut, das man nicht leichtfertig abtritt. Zudem bestanden zwischen den Ländern, beispielsweise in der Landwirtschafts- oder der Finanzpolitik, teilweise gegensätzliche Interessen. Dies bedeutete dann, dass Kompromisse gefunden werden mussten.

Wer ist Jacques Delors?
Jacques Delors wurde 1925 in Paris geboren. Der Politiker und Ökonom betätigte sich in der Sozialistischen Partei Frankreichs und stieg Ende der 60er-Jahre zum Berater des französischen Premierministers auf. Von 1981 bis 1984 war er Wirtschafts- und Finanzminister. 1985 wurde er Präsident der EG-Kommission. Dieses Amt bekleidete er bis 1995.

Mit der deutschen Einheit und den Veränderungen in Osteuropa gewann eine weitere politische Entwicklung an Gewicht, die das Gesicht des Kontinents veränderte: der Prozess der europäischen Integration. Seit den 50er-Jahren war in mehreren Schritten ein gemeinsames »europäisches Haus« entstanden, das vor allem auf wirtschaftlichem, politischem und kulturellem Gebiet die alten Gräben und Konflikte der Nationalstaaten zu überwinden suchte. Obwohl dieser **langwierige und schwierige Prozess** mit Rückschlägen verbunden war, erfolgte in den 80er-Jahren eine stetige Erweiterung und Vertiefung der europäischen Partnerschaft. Die Bundesregierung unter Helmut Kohl, der französische Staatspräsident François Mitterand und der Präsident der Europäischen Kommission, **Jacques Delors,** hatten daran maßgeblichen Anteil. 1989 bestand die Europäische Gemeinschaft (EG) aus zwölf Mitgliedsstaaten im Westen und Südwesten des Kontinents.

Der historische Umbruch von 1989/90 brachte eine neue Dynamik in den europäischen Einigungsprozess. Das hing eng mit der deutschen Frage zusammen. Für Helmut Kohl und Außenminister Hans-Dietrich Genscher (FDP) war selbstverständlich, dass die deutsche Einheit nur Hand in Hand mit der europäischen Einigung erfolgen könne. Es ging nicht nur darum, den Nachbarstaaten die Ängste vor einem vereinten Deutschland zu nehmen, sondern beide waren überzeugt von der historischen und politischen Notwendigkeit der europäischen Integration.

Mit Frankreich fand sich ein Unterstützer dieser aktiven Europapolitik. Für Paris war es ein zentrales Motiv, die wirtschaftliche und finanzielle Macht der Bundesrepublik dauerhaft an eine europäische Kontrolle zu binden. Somit überschnitten sich die Zielsetzungen der beiden Länder in wesentlichen Punkten, wenngleich teils unterschiedliche Interessen dahinterstanden.

Ende 1991 beschlossen die Staats- und Regierungschefs der EG-Mitglieder, die Europäische Gemeinschaft zur Europäischen Union (EU) weiterzuentwickeln. Am 7. Februar 1992 unterzeichneten die Außen- und Finanzminister der EG-Staaten in Maastricht den Vertrag über die Europäische Union. Dieser trat 1993 in Kraft. Mit dem Vertrag wurde der Rahmen für eine gemeinsame Wirtschafts- und Sozialpolitik, Außen- und Sicherheitspolitik sowie eine polizeiliche und strafrechtliche Zusammenarbeit geschaffen. Außerdem öffnete der Maastrichter Vertrag den Weg zu einer Währungsunion. Die Staaten verzichteten auf eines ihrer wichtigsten Merkmale nationaler Eigenständigkeit – eine eigene Währung. Gerade in Deutschland herrschte in der Bevölkerung zunächst große Skepsis. Gleichwohl trugen verschiedene Bestimmungen dazu bei, dass die Stabilität des Geldes gesichert werden sollte. Am 1. Januar 2002 wurden in zwölf EU-Ländern die neuen **Euro**-Münzen und Scheine ausgegeben.

Die zweite Säule des Einigungsprozesses betraf die Osterweiterung der EU. Bereits in den Jahren 1989 bis 1991 wurde deutlich, dass zukünftig die osteuropäischen Staaten in die Integration mit eingebunden werden mussten. Ein neuer Kalter Krieg könne nur verhindert werden, wenn der wirtschaftliche und soziale Wiederaufbau, die politische Erneuerung und die Aussöhnung auch in den Gebieten zum Tragen kämen, die bislang hinter dem »Eisernen Vorhang« gelegen hatten. Die Staaten Osteuropas waren ihrerseits sehr daran interessiert, die Bindung an den Westen zu finden. Als Erstes schlossen Polen und Ungarn 1991 Abkommen mit der EG ab, die die Perspektive auf einen Beitritt enthielten. Bis Mitte der 90er-Jahre stellten die meisten osteuropäischen Staaten Beitrittsanträge bei der EU. 2004 erweiterte sich die Union um Estland, Lettland, Litauen, Polen, die Slowakei, Slowenien, Ungarn und die Tschechische Republik. 2007 traten Bulgarien und Rumänien bei, 2013 folgte Kroatien. Seither umfasst die EU 28 Mitgliedsstaaten.

Wieso heißt die europäische Währung Euro?

Der Name »Euro« wurde auf der Tagung des Europäischen Rates am 15. und 16. Dezember 1995 in Madrid beschlossen. Der Entscheidung vorausgegangen war ein jahrelanger Streit um die Namensfindung. Viele Ideen wie »ECU«, »Dollar«, »Franken« oder »Krone« waren im Gespräch. Sie wurden aber aus unterschiedlichen Gründen abgelehnt. Letztlich einigte man sich auf die von den Deutschen vorgeschlagene Wortneuschöpfung »Euro«, da sie in allen Sprachen der EU leicht auszusprechen und national »neutral« sei.

BEMERKENSWERTES

Jugendliche heute – eine europäische Generation?

Die meisten Jugendlichen leben heute in einem Europa ohne Grenzen. Es ist kein Problem mehr, nach Prag, Madrid oder Budapest zu gehen, um dort zu studieren oder zu arbeiten. Gut ausgebaute Verkehrswege und günstige Reisemöglichkeiten ermöglichen es, einen Großteil des Kontinents ungehindert zu bereisen und kennenzulernen. Viele Sozialforscher und Politiker sind der Auffassung, dass durch diese eine europäische Generation groß werden kann, die über den Tellerrand des eigenen Heimatlandes hinausblickt und Europa als ein Ganzes versteht. Gleichwohl werde ein nationales Selbstverständnis weiter bestehen bleiben.

Eine Hauptstadt zieht um

Was war das Bonner Wasserwerk?
Bei dem Bonner Wasserwerk handelt es sich um ein ehemaliges Pumpenhaus, das in unmittelbarer Nähe zum Rhein liegt. Als zwischen 1986 und 1992 für das Parlament ein neuer Plenarsaal errichtet wurde, diente das Wasserwerk dem Bundestag als Ausweichquartier.

Was versteht man unter Fraktionsdisziplin?
Um in einem Parlament Mehrheiten zu erlangen, mit denen man Politik gestalten kann, bedarf es der Disziplin der Abgeordneten in einer Fraktion, das heißt, sie müssen geschlossen abstimmen. Nur so ist sichergestellt, dass man für die eigenen Ziele die erforderliche Unterstützung erhält. Das bedeutet, dass sich die Abgeordneten vorab auf eine gemeinsame Linie festlegen und sich ihr gegebenenfalls unterordnen müssen.

Die Erschöpfung war den Anwesenden ins Gesicht geschrieben. Nach einer langen Debatte von elf Stunden verkündete Bundestagspräsidentin Rita Süssmuth (CDU) am Abend des 20. Juni 1991 um 21.49 Uhr das mit Spannung erwartete Ergebnis: Mit 338 Stimmen beschloss der Bundestag den Antrag »zur Vollendung der Einheit Deutschlands«. Die Mehrheit der Abgeordneten sprach sich damit für einen Umzug von Parlament und Regierung von Bonn nach Berlin aus. Das Ergebnis war denkbar knapp, 320 Abgeordnete stimmten dagegen. Mit diesem Beschluss erhielt Berlin nach 46 Jahren seine einstige Hauptstadtfunktion zurück. Während die Volksvertreter entweder erleichtert Beifall spendeten oder müde in ihre Sitze zurücksanken, stürzten die Journalisten von der Pressetribüne im **Bonner Wasserwerk** los, um das historische Abstimmungsergebnis schnellstens weiterzuleiten.

Bereits vor der Wiedervereinigung war im Frühjahr 1990 die Frage aufgeworfen worden, welches die künftige Hauptstadt im vereinten Deutschland sein solle. Hierfür kamen sowohl Bonn als auch Berlin in Betracht. 40 Jahre war Bonn die bundesdeutsche Hauptstadt gewesen. Obwohl die Stadt am Rhein 1948/49 lediglich als eine Übergangslösung betrachtet worden war, machten die Jahrzehnte der Teilung aus dem Provisorium einen Dauerzustand. Das bescheidene, überschaubare und gemütliche Bonn verkörperte auf seine Weise die erfolgreichen und glücklichen Jahre der Bundesrepublik. Andererseits sprachen die Geschichte und der immer aufrecht erhaltene Hauptstadtanspruch für Berlin. Würde ein Umzug an die Spree nicht auch der Wiedervereinigung guttun, fragten manche. Diese und viele weitere Argumente bestimmten die Hauptstadtdebatte, die öffentlich ausgetragen wurde. Weil die Parteien in der Frage sehr gespalten waren, hob man vor der entscheidenden Abstimmung am 20. Juni 1991 die **Fraktionsdisziplin** auf.

Nachdem die Entscheidung zugunsten Berlins gefallen war, standen die 90er-Jahre im Zeichen der Vorbereitungen des Umzugs an die Spree. Zahlreiche rechtliche, organisatorische und finanzielle Fragen galt es, vorab zu klären. Sofern sie sich nicht in Bundesbesitz befanden, mussten Baugrundstücke und andere Liegenschaften erworben, Architekturwettbewerbe ausgeschrieben, die städtische Infrastruktur Berlins modernisiert werden. In der Mitte der Stadt wuchs ein neues Regierungsviertel aus dem Boden. Weil mehrfach Verzögerungen auftraten, musste der **Umzug in mehreren Schritten** erfolgen. Um den alten Regierungssitz Bonn vor einer wirtschaftlichen Katastrophe zu bewahren, hatte man sich statt für einen Totalumzug für ein **Kombinationsmodell** entschieden.

Natürlich brachte der Umzug in eine pulsierende Millionenstadt große Veränderungen mit sich. Während die Politik am Rhein in zurückhaltenden und eher zweckorientierten Gebäuden gemacht worden war, bezogen die Politiker in Berlin nun repräsentative Regierungsbauten, Botschaften, Ländervertretungen und Parteizentralen, die von namhaften Architekten gestaltet wurden. Die Stadt galt als ein Mekka der modernen Architektur. Manche »Bonner« fremdelten anfangs mit ihrem neuen Lebens- und Arbeitsumfeld. Es mehren sich aber die Stimmen, die für einen kompletten Umzug nach Berlin eintreten. Tatsächlich lassen die großen Neubauprojekte für den Bundesnachrichtendienst, das Innenministerium und andere Bundeseinrichtungen erkennen, dass die Tage am Rhein gezählt sind.

Stehender Applaus für die Rede von Wolfgang Schäuble vor der Hauptstadtabstimmung am 20. Juni 1991

BEMERKENSWERTES

Christo und Jeanne-Claude verhüllen den Reichstag

Bevor die Umbaumaßnahmen am Reichstagsgebäude in Berlin begannen, erhielt das Künstlerehepaar Christo und Jeanne-Claude die Möglichkeit, eine schon seit mehr als 20 Jahren geplante künstlerische Großaktion durchzuführen. Unter dem Titel »Verhüllter Reichstag« wurde im Juni und Juli 1995 das Parlamentsgebäude in große silbrig glänzende Stoffbahnen eingehüllt. Mehr als fünf Millionen Menschen aus aller Welt sahen sich dieses Ereignis an. Obwohl die Aktion anfangs belächelt wurde, stand der verpackte Reichstag plötzlich für ein Deutschland, das nicht mehr aggressiv und verbissen erschien, sondern zivil, friedlich und weltoffen.

In welchen Schritten erfolgte der Umzug?

Als Erster zog Bundespräsident Richard von Weizsäcker Anfang 1994 um. Im April 1999 konnte dann der Bundestag seine Tagungsstätte im Reichstagsgebäude übernehmen. Das neue Bundeskanzleramt wurde erst 2001 fertiggestellt.

Was sah das »Kombinationsmodell« vor?

Das »Kombinationsmodell«, das Ende 1991 entstand, sollte dazu beitragen, die wirtschaftlichen und sozialen Belastungen für Bonn abzumildern. Es sah eine »faire Arbeitsteilung« zwischen Berlin und Bonn vor. Zwar sollten Bundespräsidialamt, Bundestag und Bundeskanzleramt vollständig nach Berlin gehen, allerdings würden die Bundesministerien weiterhin mit großen Teilen ihrer Verwaltung am Rhein verbleiben. Dadurch sollten etwa zwei Drittel der Arbeitsplätze in den Ministerien vom Umzug ausgenommen werden.

Die »Berliner Republik« – auf der Suche nach einem neuen Selbstverständnis

Welche drei deutschen Republiken waren gemeint?
Man bezog diese Äußerungen auf die Weimarer Republik (1919–1933), die »Bonner Republik« (1949–1990) und die »Berliner Republik« (seit 1990).

Wer ist Gerhard Schröder?
Gerhard Schröder wurde 1944 im Land Lippe (heute Nordrhein-Westfalen) geboren. Aus bescheidenen Verhältnissen stammend, arbeitete er sich über den zweiten Bildungsweg bis zum Abitur und Jurastudium empor und war ab 1976 als Rechtsanwalt tätig. Nachdem er 1963 in die SPD eingetreten war, vollzog sich sein politischer Aufstieg über die Landespolitik in Niedersachsen. Von 1990 bis 1998 amtierte er dort als Ministerpräsident, bevor er 1998 nach Willy Brandt und Helmut Schmidt zum dritten sozialdemokratischen Bundeskanzler gewählt wurde. Seit seiner Wahlniederlage 2005 ist er wieder als Rechtsanwalt sowie als Berater bei dem russischen Energielieferanten Gazprom tätig.

Mit der Wiedervereinigung veränderte sich mehr als nur der äußere Rahmen der deutschen Politik. Ebenso zeichnete sich ein innerer Wandlungsprozess ab, der das Selbstverständnis der Deutschen betraf. Nicht wenige politische Beobachter sind der Auffassung, dass dieser Wandel viel mit dem »Hauptstadtumzug« vom Rhein an die Spree zu tun hat.

Bereits Anfang der 90er-Jahre tauchte der Begriff der »Berliner Republik« in den politischen Feuilletons der großen Zeitungen auf. Er entstand im Umfeld der Hauptstadtdebatte und war anfangs eher negativ besetzt. Viele Intellektuelle und Beobachter des politischen Geschehens meinten, dass mit der Einheit ein neuer Staat, eine **»dritte deutsche Republik«** entstanden sei. Durch das vermeintliche Ende der alten Bundesrepublik, wie sie von Bonn verkörpert worden war, wären auch deren große Tugenden – innenpolitische Stabilität, außenpolitische Zuverlässigkeit und wirtschaftlicher Erfolg – in Gefahr. Andere betonten hingegen, dass man von einem wirklichen Neuanfang nicht sprechen sollte: Die Grundlinien der Politik seien durch die 40 Jahre Demokratie so stark gefestigt, dass die Republik gar nicht auf Abwege geraten könne. Ganz gleich, welchen Standpunkt man in dieser Frage einnahm – die rege Diskussion darüber bewirkte, dass die Bezeichnung »Berliner Republik« in den allgemeinen Sprachgebrauch einging.

Will man den Wandel des Selbstverständnisses verstehen, der mit dem Übergang von der »Bonner« zur »Berliner Republik« einherging, muss man in erster Linie den Generationenwechsel berücksichtigen, welcher sich in den 90er-Jahren in Politik und Gesellschaft vollzog. Die letzten Zeitzeugen, welche die Schrecken des Zweiten Weltkrieges und die bittere Not der Nachkriegsjahre noch bewusst miterlebt hatten und deren Politikvorstellungen dadurch tief geprägt worden waren, zogen sich aus der aktiven Politik zurück. Sie wurden von der Generation der Nachgeborenen abgelöst.

Der Regierungswechsel von 1998 bot hierfür ein gutes Beispiel. Nach 16 Jahren Kanzlerschaft wurde Helmut Kohl (CDU) abgewählt. An seine Stelle trat die erste rot-grüne Bundesregierung unter **Gerhard Schröder** (SPD). Eine neue Generation von Politikern übernahm jetzt die Verantwortung. Sie waren in den 50er- und 60er-Jahren aufgewachsen und verstanden sich als »Kinder der Bundesrepublik«. Obwohl in ihrem geschichtlichen Bewusstsein das Jahr 1945 immer noch eine wichtige Rolle spielte, fühlten sie sich gleichwohl nicht persönlich betroffen oder belastet. Während für Helmut Kohl und andere Spitzenpolitiker die Vergangenheit immer ein wichtiger Bezugspunkt gewesen war, aus der sich eine besondere moralische Verantwortung ableitete, strebten ihre Nachfolger nach einer »Normalisierung« des Verhältnisses zwischen Geschichtsbewusstsein und ihrem politischen Handeln. Nationale Interessen wurden nun klarer und selbstbewusster benannt und nach außen hin vertreten, als dies in der Vergangenheit häufig der Fall gewesen war. Das bedeutete jedoch keinesfalls, dass man das Erbe der NS-Herrschaft herunterspielte. Aber es wurde nach einem neuen und unverkrampfteren **Umgang** mit den Lehren der Geschichte gesucht.

Wie stellte man sich den neuen Umgang mit der Geschichte vor?
In seiner ersten Regierungserklärung 1998 führte Gerhard Schröder dazu aus: »Es ist das Selbstbewusstsein einer erwachsenen Nation, die sich niemandem über- oder unterlegen fühlen muss, die sich der Geschichte und ihrer Verantwortung stellt, aber dabei nach vorne blickt.«

Nach der Wiedervereinigung waren die Folgen des Zweiten Weltkrieges und der Teilung endgültig überwunden, sodass sich die Erinnerung an den Nationalsozialismus als Teil der Tagespolitik veränderte. Das sich wandelnde Selbstverständnis hatte vielerlei Auswirkungen. Eine war das zunehmende Engagement der Bundeswehr in Friedensmissionen und bei militärischen Einsätzen im Ausland. Aber auch in der Europa- und der Innenpolitik konnte man einen unbefangeneren Ton vernehmen als noch wenige Jahre zuvor. Das verleitete manchen Kommentator, davon zu sprechen, dass die Deutschen eine »normale Nation« geworden seien – was auch immer man unter »normal« genau verstand.

BEMERKENSWERTES

Das Ausland, die Deutschen und die Geschichte

Wie sehr sich ebenfalls der Blick des Auslands auf die Deutschen in Bezug auf ihre NS-Vergangenheit verändert hat, belegen die Gedenkveranstaltungen zur Erinnerung an den Zweiten Weltkrieg. Gerhard Schröder war der erste Bundeskanzler, der zu den offiziellen Gedenkfeiern der einstigen Alliierten USA, Großbritannien und Frankreich anlässlich des 60. Jahrestages der Landung in der Normandie im Juni 2004 eingeladen wurde. Noch zehn Jahre zuvor unter Helmut Kohl wäre dies nur schwer denkbar gewesen.

Das Holocaust-Mahnmal – deutsche Vergangenheit in Denkmälern

Was ist Yad Vashem?
Yad Vashem ist die zentrale Gedenkstätte des Staates Israel an den Holocaust. Sie befindet sich in Jerusalem.

Wieso nennt man das Gelände, auf dem sich das Denkmal heute befindet, »Ministergärten«?
Seit Mitte des 19. Jahrhunderts wurde die Berliner Wilhelmstraße zur Regierungsmeile des preußischen Staates und später des Deutschen Reiches ausgebaut. Auf der Rückseite der hier angesiedelten Ministerien befanden sich zwischen Potsdamer Platz und Brandenburger Tor weitläufige Park- und Gartenanlagen, die als »Ministergärten« bezeichnet wurden. Zu Zeiten der deutschen Teilung verlief auf dem Areal die Berliner Mauer.

Bei jedem Berlinbesucher steht das Holocaust-Mahnmal ganz oben auf der Liste der Orte, die man unbedingt besuchen muss. Längst hat sich das Denkmal für die ermordeten Juden Europas, wie es offiziell heißt, zu einer der bekanntesten Sehenswürdigkeiten der Hauptstadt entwickelt.

Aber die Gedenkstätte ist mehr als nur eine Touristenattraktion oder ein künstlerisch hoch spannendes Bauwerk, das zahlreiche internationale Architekturpreise gewonnen hat. Sein eigentlicher Zweck besteht darin, die Erinnerung an den Völkermord an etwa sechs Millionen Juden während der nationalsozialistischen Gewaltherrschaft wachzuhalten. An der Form, wie dieses unfassbaren Verbrechens gedacht wird, wird ersichtlich, welchen zentralen Stellenwert die Erinnerung an den Holocaust im offiziellen Gedächtnis der Bundesrepublik weiterhin einnimmt.

Das Holocaust-Mahnmal hat eine lange und sehr kontroverse Entstehungsgeschichte. Ende der 80er-Jahre bildete sich im damaligen Westberlin eine Bürgerinitiative, die sich in Anlehnung an **Yad Vashem** für den Bau einer Erinnerungsstätte in Deutschland einsetzte. Mit der deutschen Einigung rückte die Frage eines nationalen Mahnmals für den Judenmord zunehmend in den Blickpunkt des öffentlichen Interesses.

1992 stellte die Bundesregierung unter Helmut Kohl, der sich in die Mahnmal-Frage persönlich einbrachte, dem Förderkreis ein weiträumiges Gelände in den ehemaligen **Ministergärten** zur Verfügung. Als im Sommer 1995 der erste Entwurf für die Stätte auf die Ablehnung Kohls und anderer Verantwortlicher stieß, entfachte eine regelrechte Mahnmal-Debatte. In ihr ging es darum, in welcher Form man im geeinten Deutschland des Holocausts gedenken sollte, ob eine so monumentale Anlage im Herzen Berlins wirklich notwendig sei und ob man das Geld dafür nicht sinnvoller zur Erhaltung der bestehenden Gedenkstätten einsetzen sollte. Kritiker wie der Philosoph Jürgen Habermas befürchteten gar, dass mit dem Bau des Denkmals bei vielen Deutschen das Gefühl eintreten könnte, nun genug für die Vergangenheit gebüßt zu haben. Von einer »Schlussstrich-Mentalität« war die Rede. Dem gegenüber erklärte Bundespräsident Roman Herzog 1995 den **27. Januar** zum nationalen Gedenktag für die Opfer der NS-Herrschaft und des Völkermordes.

Ende der 90er-Jahre wurde das Konzept für das Berliner Mahnmal vollständig umgearbeitet. Am Ende eines langwierigen Entscheidungsprozesses stand der Entwurf des New Yorker Architekten Peter Eisenman sowie des Bildhauers Richard Serra. Trotz mehrerer Eingriffe und baulicher Abänderungen seitens des Bundes wurde ihr Konzept für ein abstraktes Denkmal in Form eines wellenförmigen **Stelenfeldes** umgesetzt. Das Mahnmal wurde am 10. Mai 2005 feierlich eröffnet. Seine zentrale Lage zwischen Potsdamer Platz und Brandenburger Tor, in unmittelbarer Nähe des Reichstagsgebäudes und der neuen Regierungsbauten bringt zum Ausdruck, dass unter das dunkelste Kapitel der deutschen Geschichte nach der Wiedervereinigung keineswegs ein Schlussstrich gezogen wird, sondern dass der Holocaust auch künftig in der »Berliner Republik« eine wesentliche Bezugsgröße für das nationale Selbstverständnis bleiben wird. In den letzten Jahren wurden in der Umgebung des Mahnmals drei **weitere Gedenkstätten** eingeweiht.

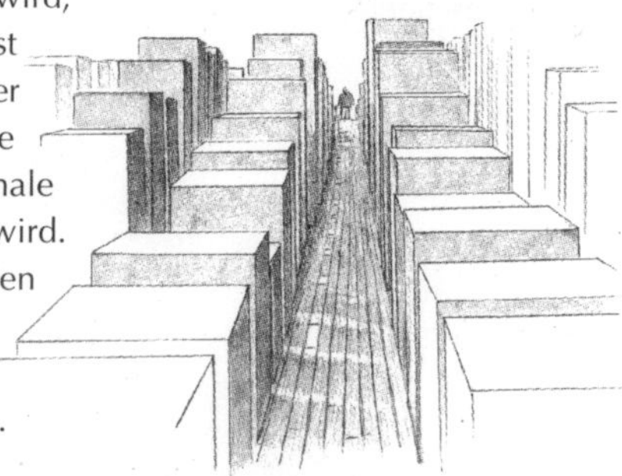

Holocaust-Mahnmal in Berlin

BEMERKENSWERTES

Abstrakt oder bildlich – wie sollte ein Denkmal aussehen?

Im Laufe der Debatte um das Mahnmal war der Vorwurf zu vernehmen, dass das geplante Denkmal von Eisenman viel zu abstrakt sei. Weil die künstlerische Formensprache keine offensichtliche Beziehung zum Holocaust aufweise und Erklärungen am Denkmal fehlten, könne ein Besucher, der nicht über den Ort Bescheid wisse, es auch einfach nur für ein modernes Kunstobjekt halten. Dem hielten die Befürworter des Mahnmals entgegen, dass die gewählte abstrakte Form eine Auseinandersetzung mit dem Denkmal viel besser unterstütze und eher zum Nachdenken über den Holocaust anrege als ein bildlich gehaltenes Monument, das seine Botschaft dem Besucher quasi aufdränge.

Weshalb wurde der Gedenktag auf den 27. Januar gelegt?
Am 27. Januar 1945 befreite die Rote Armee das Vernichtungslager Auschwitz. Weil Auschwitz als Inbegriff des Massenmordes an den Juden und anderer verfolgter ethnischer, religiöser, politischer und sozialer Gruppen gilt, wurde der Gedenktag auf dieses Datum gelegt.

Wie sieht das Stelenfeld aus?
Es wurden auf dem unebenen Gelände insgesamt 2.711 dunkelgraue Betonstelen aufgestellt, die von unterschiedlicher Höhe sind und an Grabsteine erinnern. Zwischen ihnen kann sich der Besucher durch schmale Gänge frei bewegen. Unter dem Gelände befindet sich ein Ort der Information.

Welche weiteren Gedenkstätten gibt es?
Im Umfeld befinden sich die Denkmale für die im Nationalsozialismus verfolgten Homosexuellen (2008) und für die ermordeten Sinti und Roma Europas (2012) sowie der Gedenkort für die Opfer der nationalsozialistischen »Euthanasie«-Morde (2014).

Club-Cola, Sonnenallee und Co. – die »Ostalgie«-Welle

Woher kommt der Begriff Ostalgie?
Die Wortneuschöpfung kam Mitte der 90er-Jahre auf. Sie leitet sich ab aus dem Wort Nostalgie (griech. nostos = *»Rückkehr, Heimkehr, Vergangenheit« und* algos = *»Schmerz«).*

Wie sah die »Ostalgie«-Welle im Fernsehen aus?
Unterhaltungsshows und Dokumentationen beschrieben die DDR häufig als einen Sammelladen von Kuriositäten, in welchem sich die Bürger als gewitzte Bastler und Tüftler mit den Widrigkeiten des Alltags herumschlugen. Filmkomödien wie Sonnenallee *(1999),* Good Bye, Lenin *(2003),* Kleinruppin forever *(2004) und* NVA *(2005) bedienten die nostalgischen Gefühle der Zuschauer. In den vielen Details boten sie einen hohen Wiedererkennungswert. Der Stasi-Mann tauchte zumeist als engstirniger und etwas tumber Zeitgenosse auf.*

Wer als Westdeutscher Ende der 90er-Jahre in einem Supermarkt in den neuen Bundesländern einkaufen ging und genauer auf die dort aushängende Reklame achtete, der konnte manchmal auf Überraschendes stoßen. Nicht selten waren Sätze zu lesen wie »Wir führen auch Ostprodukte«, »Ostmarken hier« und sogar »Kauft Ostprodukte!«. In den Regalen fand sich ein großes Sortiment an Waren, das gezielt mit seiner ostdeutschen Herkunft warb. Reklame für regionale Spezialitäten ist zwar normal, aber für einen ganzen Landesteil erscheint sie schon ungewöhnlich. Wer den Slogans nachging, der fand heraus, dass durch diese Werbeform die Verkaufszahlen stiegen – ganz gleich, ob die Produkte wirklich in Ostdeutschland hergestellt wurden oder nicht. Doch woher kam die offenkundige Vorliebe für Ostprodukte? Steckte dahinter vielleicht mehr als nur die Verbundenheit mit einer bestimmten Region?

Bereits wenige Jahre nach der Wiedervereinigung machte sich in den neuen Bundesländern ein Phänomen bemerkbar, das **»Ostalgie«** genannt wird. Viele Ostdeutsche begannen, ihre eigene Vergangenheit in der DDR, die man nach 1989 zunächst freudig abgestreift hatte, wiederzuentdecken. Die Ursachen dafür waren vielfältig. In den Augen zahlreicher Menschen hatten sich die großen Hoffnungen in die Einheit nicht erfüllt. Die enormen Probleme, die durch den Umbau des wirtschaftlichen und sozialen Lebens entstanden, führten dazu, dass sich viele als »Verlierer« der Einheit sahen. Das Zusammenwachsen von Ost und West dauerte länger und war schwieriger als gedacht. Umso mehr besann man sich auf die eigenen Wurzeln in der DDR. Ein Gefühl der Wehmut und des Verlustes von Heimat verbreitete sich.

Die Suche nach dem alten Lebensgefühl führte dazu, dass DDR-typische Lebensmittel und andere Waren auf den Markt zurückkehrten, nachdem sie zunächst von westlichen Produkten verdrängt worden waren. Club-Cola, Röstfein-Kaffee und Ostschokolade erlebten ihre große Wiederkehr. In den Städten und Dörfern wurden spezielle Ostpartys veranstaltet, auf denen man in DDR-Kleidung zum Ostrock der 70er- und 80er-Jahre tanzte. Beliebter Höhepunkt solcher Abende war der Auftritt eines Erich-Honecker-Imitators. Von der Ostsee bis zum Erzgebirge entstanden Automobilklubs, die sich der liebevollen Traditionspflege des Trabbis widmeten. Auch das **Fernsehen** erlebte eine »Ostalgie«-Welle.

Diese beschwingt-ironische Zeichnung des Lebens in der DDR hatte aber auch Schattenseiten, denn die Nostalgie führte zu einer Verklärung der einstigen Wirklichkeit. Im Nachhinein erschien die DDR als eine »gute alte Zeit«. Der tatsächliche Charakter der SED-Diktatur, die persönliche Unfreiheit und die staatliche Bevormundung, wurden dabei übersehen. Dass viel von dem Erfindungsreichtum der DDR-Bürger schlicht aus der Not geboren war und mit der Mangelwirtschaft zu tun hatte, wurde verschwiegen. Nicht wenige betrauerten die sozialen Segnungen der DDR, ohne wahrzunehmen, dass diese für den wirtschaftlichen Bankrott des Staates mit verantwortlich gewesen waren.

Auch auf politischer Ebene ließ sich eine **Verharmlosung** der DDR feststellen (»So schlimm ist es ja nicht gewesen«). Diese wurde von Anhängern des alten Systems geschürt und spielte vor allem der PDS zu, die sich als die einzige »wahre« Vertreterin ostdeutscher Interessen darstellte. Unter diesen Umständen bleibt die historische Aufklärung über die tatsächlichen Verhältnisse in der DDR auch in Zukunft eine vordringliche Aufgabe.

Filmszene aus Good Bye, Lenin *(2003)*

Welche Formen hatte die Verharmlosung der DDR?

Die Verharmlosung bezog sich auf alle Bereiche des Lebens in der DDR, wobei natürlich jene Aspekte im Mittelpunkt standen, welche den größten Anlass zur Kritik boten. Vor allem ehemalige Stasi-Mitarbeiter und SED-Politiker bemühten sich, ihr Handeln zu rechtfertigen und als völlig normal darzustellen. Der einstige Überwachungsstaat und die Maßnahmen, die gegen politische Gegner unternommen worden waren, wurden weichgezeichnet. Eine wichtige Rolle spielten auch der »Schießbefehl« (die Anweisung an die Grenzsoldaten, auf Flüchtlinge im Grenzbereich scharf zu schießen) und die Zahl der Toten an der Berliner Mauer. Es wurde versucht, sie zu relativieren. Man lasse sich, so war häufig zu hören, die DDR und ihre Leistungen nicht »kaputtreden«.

BEMERKENSWERTES

Eine andere Sicht auf die DDR – *Das Leben der Anderen*

Im März 2006 kam mit *Das Leben der Anderen* ein Streifen in die Kinos, der bewusst mit der Ostalgie-Welle des deutschen Films brach. Er zeigte die dunklen Seiten der SED-Diktatur – die vollständige Überwachung eines Ostberliner Künstlerpaares durch die Stasi, die harten Repressionen, unter denen unangepasste Künstler zu leiden hatten, die fehlende Freiheit, die Intoleranz und Willkür des Systems. Zwar stieß der Film des Regisseurs Florian Henkel von Donnersmarck unter Historikern teilweise auf Kritik, gleichwohl bot er eine andere Sicht auf die DDR als die zahlreichen Komödien. 2007 gewann der Streifen als bester fremdsprachiger Film den Oscar.

Zonenkinder, Superstars und Facebook – Jugendkulturen am Beginn des neuen Jahrhunderts

Wer ist Jana Hensel?
Die Schriftstellerin, Journalistin und Literaturkritikerin Jana Hensel wurde 1976 im sächsischen Borna geboren. Nach einem Studium in Deutschland und Frankreich arbeitete sie als Mitherausgeberin der Literaturzeitschrift EDIT. Zonenkinder *ist ihr bislang größter Bucherfolg.*

***Worum geht es in* Zonenkinder?**
Jana Hensel berichtet darin von den großen Herausforderungen, denen sich die Zwölf- bis 15-Jährigen gegenübersahen, als das System, in das sie eigentlich hineinwachsen sollten, 1989/90 zusammenbrach und durch ein neues ersetzt wurde. Die westdeutschen Kinder und Jugendlichen waren einer solchen dramatischen Umbruchsituation, in der die alten Werte und Helden über Nacht von der Bildfläche verschwanden, nicht ausgesetzt.

In den 90er-Jahren wuchs in der Bundesrepublik eine erste gesamtdeutsche Generation von Jugendlichen heran. Die meisten dieser jungen Menschen waren zwar in den Jahren der Teilung auf die Welt gekommen, allerdings beim Fall der Mauer 1989 noch zu klein, als dass sie vom Leben in einem der beiden deutschen Staaten, vor allem in der DDR, stärker geprägt worden wären. Lediglich diejenigen, die Ende der 70er-Jahre geboren worden waren, hatten die letzten Jahre des »Arbeiter- und Bauernstaates« bewusst miterlebt und verfügten über tiefer gehende Erinnerungen. Sie verstanden sich als eine »Generation des Übergangs«. Die ostdeutsche Schriftstellerin **Jana Hensel** hat sich mit ihnen in dem Buch ***Zonenkinder,*** das 2002 erschien, ausführlich beschäftigt.

In den beiden Jahrzehnten nach dem Ende des Kalten Krieges aufzuwachsen, hieß, in einer Welt groß zu werden, in der sich eine nahezu grenzenlose Freiheit an Möglichkeiten und Lebensperspektiven bot. Die Jugendkulturen gestalten sich heute vielfältiger und weltoffener, zugleich aber widersprüchlicher und schnelllebiger denn je zuvor. Weltweit setzt der westliche Lebensstil die Maßstäbe. Hinsichtlich der Mode, der Musik, der Freizeitaktivitäten und der Filmstars, die man verehrt, macht es kaum einen Unterschied, ob man in Kassel, Leipzig, Kapstadt oder Tel Aviv aufwächst. Viel stärker als bei früheren Generationen verschwimmen die Grenzen zwischen den **Szenen,** in denen man sich bewegt. So kann man ganz selbstverständlich morgens im Hip-Hop-Outfit zur Schule gehen, nachmittags mit Freunden skaten oder chillen und am Wochenende als Mitglied der freiwilligen Feuerwehr auf dem Stadtfest helfen. Das alles schließt sich nicht gegenseitig aus, sondern zeugt davon, dass die Lebens- und Freizeitgestaltung vieler Jugendlicher äußerst flexibel sind.

Ein wichtiges Unterscheidungsmerkmal der Jugendszenen bleibt die Musik. Verschiedene musikalische Richtungen verfügen über einen eigenen Kleidungsstil und äußere Erkennungsmerkmale, Verhaltensweisen und teilweise sogar einen eigenen Sprachjargon. Beispielsweise pflegen die Anhänger des *Gangsta Rap* das Image von gesellschaftlichen Außenseitern, die mit ihren teils gewaltverherrlichenden und aggressiven Liedern bewusst provozieren wollen.

Der weitaus größte Teil des musikalischen Geschmacks bewegt sich aber im Rahmen des Mainstreams, wie er auf den Musiksendern MTV und VIVA oder im Internet zu sehen ist. Obwohl in der Popmusik die englische Sprache vorherrscht, gibt es auch deutschsprachige Künstler und Gruppen wie Udo Lindenberg, Herbert Grönemeyer, *Die Toten Hosen* oder *Die Ärzte,* die sich über Jahrzehnte hinweg auf dem hart umkämpften Markt behaupten können. Um die Jahrhundertwende ist das Phänomen der Casting-Bands und -Sänger aufgetreten. Wegweisend hierfür ist die Sendung *Deutschland sucht den Superstar,* die 2002 erstmals ausgestrahlt worden ist. Über viele Jahre hinweg zog die **Loveparade** als weltgrößtes Technofestival Hunderttausende Raver nach Berlin.

Die musikalischen Stile und Modetrends ändern sich in einem rasanten Tempo, wozu nicht zuletzt das Internet, das sich zum meistgenutzten Medium unter Jugendlichen entwickelt hat, einen wesentlichen Beitrag leistet. Soziale Medien und Netzwerke wie Facebook, Instagram, YouTube und WhatsApp bestimmen ihren Alltag und die Kommunikation.

Loveparade in Berlin

Was versteht man unter einer Szene?
In seiner soziologischen Bedeutung meint der Begriff Szene (von lat. scaena *= Schauplatz, Bühne) ein soziales Netzwerk oder eine Gruppierung, in welcher die Mitglieder bestimmte gemeinsame Interessen, Weltsichten und Vorlieben teilen.*

Was war die Loveparade?
Die erste Loveparade fand am 1. Juli 1989 in Westberlin statt. Damals zogen etwa 150 Techno-Fans zu den wummernden Bässen einer Musikanlage, die auf einem VW-Bus installiert worden war, über den Kurfürstendamm. In den 90er-Jahren nahmen die Teilnehmerzahlen stark zu. Die Loveparade 1999 zählte etwa 1,5 Millionen Besucher. 2007 wurde die Veranstaltung von Berlin ins Ruhrgebiet verlegt. 2010 kam es in Duisburg zu einem schlimmen Unglück, bei dem 21 Besucher starben und mehr als 500 verletzt wurden. Versuche, nach Duisburg die Loveparade wieder zu beleben, sind bislang gescheitert.

BEMERKENSWERTES

Ist die Jugend heute unpolitisch?

Immer wieder wird die Behauptung aufgestellt, dass die Jugend von heute unpolitisch und nur an dem eigenen Wohl interessiert sei. Dies wird unter anderem mit der schwindenden Beteiligung von jungen Erwachsenen bei Wahlen und dem geringen Interesse, sich in Parteien zu engagieren, begründet. Manche sehen dadurch sogar die Demokratie in Gefahr. Dem halten Sozialwissenschaftler entgegen, dass sich das Engagement der Jugend im Vergleich zu früher lediglich verändert habe: Heute wollen sich die wenigsten langfristig an politische Richtungen binden, die Jugendlichen sind kritischer und weltanschaulich weniger festgelegt als noch vor 20 Jahren. Vielmehr gehe es ihnen darum, in ihrem unmittelbaren Lebensumfeld Dinge zu bewirken und zu verändern.

Vom Reformstau zur Agenda 2010 – der Umbau des Sozialstaats

Wer war der Fürst von Hardenberg?
Karl August Freiherr von Hardenberg (1750–1822) war ein preußischer Politiker und Staatsmann. Neben dem Freiherrn vom und zum Stein (1757–1831) zeichnete Hardenberg als Staatskanzler für die großen innenpolitischen Reformen in Preußen zu Beginn des 19. Jahrhunderts verantwortlich. 1814 wurde er in den Fürstenstand erhoben.

Was war die »Hartz-Kommission«?
Im Februar 2002 setzte die Bundesregierung die fünfzehnköpfige »Kommission für moderne Dienstleistungen am Arbeitsmarkt« ein. Sie sollte Vorschläge für eine Umstrukturierung der Bundesanstalt für Arbeit erarbeiten. Rasch wurde es gebräuchlich, die Kommission nach ihrem Vorsitzenden, dem damaligen VW-Personalvorstand Peter Hartz, zu benennen.

In kurzärmeligen, sommerlichen Hemden saßen die Minister im Schatten der alten Parkbäume und diskutierten. Bereits zum zweiten Mal hatte Bundeskanzler Gerhard Schröder (SPD) die Mitglieder seines Kabinetts Anfang Juli 2004 ins Schloss Neuhardenberg eingeladen, um auf einer zweitägigen Klausursitzung über die anstehenden großen Reformen im Sozialwesen zu beraten. Der Ort war nicht zufällig gewählt: Sprach zunächst die idyllische Umgebung für das Schloss, galt es darüber hinaus als ein historisch bedeutsamer Ort. Der preußische König Friedrich Wilhelm III. hatte das Anwesen einst dem **Fürsten von Hardenberg** geschenkt – jenem Mann, der als Staatskanzler mit dazu beigetragen hatte, das am Abgrund stehende Preußen nach der Niederlage gegen Napoleon 1806/7 von Grund auf zu reformieren. Zwar wurde dieser Bezug nicht betont, er war aber für jeden politischen Journalisten naheliegend.

Obwohl man die Situation nur schwer mit den Zuständen von 1806 vergleichen konnte, so bestand für die Bundesrepublik am Beginn des 21. Jahrhunderts trotzdem dringender Reformbedarf. Ein Blick auf die Staatsfinanzen zeigte, dass die Republik seit Jahrzehnten über ihren Verhältnissen lebte. Der Wohlfahrtsstaat, dessen Grundlagen in den 50er-Jahren gelegt worden waren, war immer weiter ausgebaut worden. Das umfassende soziale Absicherungssystem verschlang Unsummen. Allein im Jahr 1998 wurden in den öffentlichen Haushalten von Bund, Ländern und Gemeinden 495 Milliarden Euro für soziale Zwecke aufgewendet – das waren mehr als 53 Prozent der Gesamtausgaben. Die Steuereinnahmen konnten den Bedarf längst nicht mehr decken. Den letzten ausgeglichenen Haushalt hatte die Große Koalition 1969 vorgelegt! Seitdem war der Schuldenberg jedes Jahr gewachsen. Allein für die Zinsen, die durch die Staatsverschuldung entstanden, mussten Milliarden aufgebracht werden. Mit dem Aufbau Ost kamen in den 90er-Jahren weitere Verbindlichkeiten hinzu, von denen niemand genau wusste, wann und wie man sie zurückzahlen sollte.

Lange war die Bundespolitik der Auffassung, dass die enorme Wirtschaftskraft des Landes und die Steuereinnahmen ausreichten, um die Situation unter Kontrolle zu halten. Weil keine Regierung bereit war, der Bevölkerung Einschnitte bei den staatlichen Leistungen zuzumuten und mit harten innenpolitischen Auseinandersetzungen gerechnet wurde, schoben die Verantwortlichen das Thema über 20 Jahre vor sich her. Die von Helmut Kohl (CDU) angekündigten großen Finanz- und Steuerreformen wurden entweder ausgesetzt oder scheiterten am Widerstand der Opposition im Bundesrat. Die finanzielle Neuordnung des Staates blieb Stückwerk. Man sprach vom »Reformstau«.

Erst in ihrer zweiten Amtszeit begann die Regierung Schröder Anfang 2003 damit, eine umfassende Reformpolitik einzuleiten. Diese beruhte auf den Vorschlägen der **»Hartz-Kommission«** und zielte auf den Umbau des Sozialstaates sowie auf eine Verbesserung der Arbeitsmarktstruktur, denn die wachsende Arbeitslosigkeit und der Stillstand der wirtschaftlichen Entwicklung, der Mitte der 90er-Jahre aufkam, gehörten zu den größten Problemen.

Durch die Veränderung der Rahmenbedingungen sollte der Teufelskreis des Schuldenmachens durchbrochen werden und der Sozialstaat erhalten bleiben. Die **»Agenda 2010«** war diesem Ziel verpflichtet. Sie sah eine Modernisierung des Sozialwesens vor, was mit zum Teil **großen Einschnitten** verbunden war. Trotz heftiger Kritik, die zu Nachbesserungen an der Agenda führte, werden die Reformen aus heutiger Sicht überwiegend als ein schmerzhafter, aber überfälliger Schritt in die richtige Richtung bewertet.

Woher kommt die Bezeichnung »Agenda 2010«?

Der Begriff »Agenda 2010« (von lat. agendum = *was zu tun ist) ist dem sogenannten Lissabon-Prozess entlehnt. Im Frühjahr 2000 beschlossen die europäischen Staats- und Regierungschefs auf ihrem Treffen in Lissabon, Europa bis zum Jahr 2010 zum »wettbewerbsfähigsten und dynamischsten wissensbasierten Wirtschaftsraum der Welt« auszubauen.*

In welchen Bereichen kam es durch die »Agenda 2010« zu Einschnitten?

Große Veränderungen erlebte die Arbeitsmarktpolitik. So wurde der Kündigungsschutz gelockert, bestehende Ordnungen für handwerkliche Betriebe reformiert und – die Zahlung des Arbeitslosengeldes zeitlich stark eingeschränkt. Der Druck auf Arbeitslose, sich eine neue Beschäftigung zu suchen, hat sich erhöht. Im Gesundheitswesen wurden die Krankenversicherten stärker als bisher durch Eigenleistungen in die Pflicht genommen.

BEMERKENSWERTES

Roman Herzogs »Ruck-Rede« 1997

Bereits einige Jahre vor der »Agenda 2010« war die Notwendigkeit für Reformen offenkundig. In seiner ersten großen Berliner Rede, die er am 26. April 1997 im Hotel Adlon vor den Spitzen aus Politik, Kultur und Wirtschaft hielt, mahnte Bundespräsident Roman Herzog zu umfassenden Veränderungen. Um die Gesellschaft zu modernisieren, Arbeitsplätze zu erhalten oder neu zu schaffen, die Wirtschaft zu festigen und die lähmende Bürokratie abzubauen, müsse »ein Ruck« durch Deutschland gehen. Obwohl die »Ruck-Rede« großen Beifall fand, änderte sich an den Zuständen zunächst kaum etwas.

Kontinuität und Reform – die Bundesrepublik unter Angela Merkel

Wieso sprach man von Montagsdemonstrationen?
Die Protestkundgebungen fanden jeweils montags statt. Das geschah in Anlehnung an die berühmten Montagsdemonstrationen vom Herbst 1989 in der DDR. Wie auch damals, so betonten die Veranstalter, ginge das Volk nun wieder auf die Straße, um die Regierung zum Einlenken zu bewegen. Ehemalige DDR-Bürgerrechtler kritisierten jedoch die Verwendung dieses Begriffs.

Was ist die Vertrauensfrage?
Der Bundeskanzler bittet die Abgeordneten, ihm in einer Abstimmung zu bestätigen, dass er als Regierungschef noch das Vertrauen genießt. Wenn die Abstimmung für ihn negativ ausfällt, kann er dem Bundespräsidenten die Auflösung des Parlaments vorschlagen. Die Vertrauensfrage ist nicht dasselbe wie das konstruktive Misstrauensvotum: Hier werden die Abgeordneten aktiv, um einen Kanzler aus dem Amt zu befördern.

Der Mut, den die rot-grüne Regierung von Gerhard Schröder (SPD) aufbrachte, als sie mit der »Agenda 2010« das größte Reformvorhaben in der Geschichte der Bundesrepublik startete, wurde von den Wählern nicht belohnt. Die Einführung der Reformen war von großen Widerständen in der Bevölkerung begleitet. Gewerkschaften, Wohlfahrtsverbände und Bürgerinitiativen sahen das Ende des Sozialstaates kommen; an Massenkundgebungen wie den **Montagsdemonstrationen** beteiligten sich Zehntausende Menschen. Als schließlich die Landtagswahl in Nordrhein-Westfalen, dem bevölkerungsreichsten Bundesland und traditionell eine SPD-Hochburg, im Mai 2005 verloren ging, schlug Schröder über die **Vertrauensfrage** im Parlament den Weg zu Neuwahlen ein.

Bei den Wahlen im September 2005 verlor die bisherige Regierung ihre Mehrheit. Gewinnerin war die Union mit ihrer Spitzenkandidatin Angela Merkel. Gleichwohl fiel die Siegesfreude verhalten aus, denn die CDU/CSU lag mit 35,2 Prozent der Stimmen nur einen Prozentpunkt vor der SPD. Weder für eine rot-grüne Koalition noch für eine Regierung aus CDU/CSU und FDP gab es eine Mehrheit. Nach langen Verhandlungen einigten sich die CDU/CSU und die SPD schließlich auf die Bildung einer Großen Koalition.

Die Wahl Angela Merkels zur Bundeskanzlerin am 22. November 2005 war in zweifacher Hinsicht bemerkenswert. Zum ersten Mal in der Geschichte der Bundesrepublik übernahm eine Frau das wichtigste Amt im Staat. Zudem stammte Merkel aus den neuen Bundesländern. Die Pfarrerstochter war in der DDR aufgewachsen und hatte als Physikerin gearbeitet. Im Umbruchjahr 1989 war sie in die Politik gegangen. In den 90er-Jahren gelang ihr in der CDU ein eindrucksvoller politischer Aufstieg: Von Helmut Kohl gefördert, war sie zunächst Bundesministerin und stellvertretende Parteivorsitzende und wurde dann 1998 zur Generalsekretärin gewählt. Nach der **Parteispendenaffäre,** die die CDU in eine tiefe Krise stürzte, übernahm sie 2000 den CDU-Vorsitz.

Angela Merkel

Die Große Koalition, die von 2005 bis 2009

bestand, bedeutete keinen einschneidenden Politikwechsel. Vielmehr wurde sowohl in der Innen- als auch in der Außenpolitik der Kurs von Schröder weitgehend fortgesetzt. Wie ihr Vorgänger hielt Merkel an der Agenda-Politik fest. Ein Schwerpunkt der Regierungsarbeit lag deshalb zunächst auf der Sanierung des Staatshaushaltes, der 2006 und 2007 dank der wachsenden Wirtschaft fast ohne neue Schulden auskam. Nach der Wahl von 2009 konnte Merkel das bereits vier Jahre zuvor angestrebte Bündnis mit der FDP verwirklichen; die Sozialdemokraten gingen in die Opposition. Geprägt war die zweite Amtszeit von der **Wende in der Atompolitik** sowie den Folgen der globalen Wirtschafts- und der Eurokrise. Seit September 2013 steht Merkel als Bundeskanzlerin erneut einer Koalition mit der SPD vor. Nach Helmut Kohl und Konrad Adenauer gehört sie damit zu den Regierungschefs mit der längsten Amtsdauer.

Worum ging es in der Parteispendenaffäre der CDU?
Ende 1999 wurde Helmut Kohl vorgeworfen, in den 90er-Jahren mehrere Millionen D-Mark an Spendengeldern für die CDU entgegengenommen zu haben, ohne sie nach dem Parteispendengesetz ordnungsgemäß auszuweisen. Der Exkanzler weigerte sich, die Namen der Spender preiszugeben. Durch diesen ungeheuerlichen Vorgang wurden der CDU hohe Strafzahlungen auferlegt. Die Affäre erschütterte das Vertrauen vieler Bürger in die Parteiendemokratie.

Weshalb kam es zur Wende in der Atompolitik?
Angela Merkel war lange Zeit eine klare Befürworterin der Atomenergie. Unter ihrer Leitung wurde 2010 von dem bereits beschlossenen Ausstieg aus der Kernkraft Abstand genommen. Kurze Zeit nach der Nuklearkatastrophe im japanischen Fukushima im März 2011 folgte jedoch ein weiterer Richtungswechsel: Die Regierung beschloss nun den endgültigen Atomausstieg bis zum Jahr 2022.

BEMERKENSWERTES

Wie arbeitet eigentlich eine Regierungskoalition?

Eine Regierungskoalition aus zwei oder mehreren Partnern zusammenzuhalten, ist ein schwieriges Geschäft, zumal wenn sie aus so großen Volksparteien wie der CDU/CSU und der SPD besteht. Neben einer gewissen Disziplin und Rücksichtnahme der Beteiligten aufeinander gehört auch der gute persönliche Umgang zu den Voraussetzungen. Ein wichtiger Teil der Arbeit findet nämlich nicht am Kabinettstisch oder im Koalitionsausschuss, sondern hinter den Kulissen bei Gesprächen, Sitzungen und anderen Treffen statt. Wenn die Partner »gut miteinander können«, erleichtert das die Regierungsarbeit erheblich.

Deutschland und die Folgen der Globalisierung

Was ist das Weltwirtschaftsforum?
Bei dem Weltwirtschaftsforum (engl. World Economic Forum – WEF) handelt es sich um eine in der Schweiz ansässige Stiftung, die von 1.000 weltweit tätigen Unternehmen finanziell getragen wird. Das Jahrestreffen des WEF findet jeweils im Februar in Davos statt, zu ihm werden auch führende Politiker, international anerkannte Wirtschaftsexperten, Journalisten und andere Persönlichkeiten eingeladen, um über die drängenden Fragen der Globalisierung und deren Auswirkungen zu diskutieren.

Seit wann gibt es die Globalisierung?
Manche Historiker datieren die Anfänge ins frühe 16. Jahrhundert, als die Europäer nach der Entdeckung Nord- und Südamerikas damit begannen, ihren Einfluss auf sämtliche Erdteile auszuweiten und weltweite Handelsrouten aufzubauen. Im Zeitalter des Imperialismus im späten 19. Jahrhundert erreichte die Globalisierung dann ihren ersten Höhepunkt.

Seit Ende der 90er-Jahre beherrscht ein Begriff die öffentliche Debatte, der stets Anlass zu hitzigen Auseinandersetzungen gibt: die Globalisierung (aus lat. *globus* = »Kugel«, »Ball«, auch »Weltkugel«). Die Verfechter der Globalisierung heben ihre großen Chancen hervor. Sie führe dazu, dass der Wohlstand weltweit rasant wachse. Am Rande der großen internationalen Zusammenkünfte der Regierungschefs und während der Tagungen des **Weltwirtschaftsforums** kommt es dagegen regelmäßig zu Massenprotesten von Globalisierungsgegnern; diese arten nicht selten in Gewalt aus. Doch was genau ist die Globalisierung? Und welche Auswirkungen hat sie auf Deutschland?

Unter dem Begriff »Globalisierung« wird der komplizierte Prozess der internationalen Verflechtung von Wirtschaftsmärkten, Unternehmen und Staaten sowie des weltweiten Zusammenwachsens von Kulturen und Gesellschaften verstanden. Zwar gab es diesen Prozess auch schon **in der Vergangenheit.** Dennoch hat die Globalisierung gerade in den letzten Jahrzehnten einen gewaltigen Entwicklungsschub erlebt. Moderne Kommunikationsmittel wie Telefon, E-Mail und Videoschaltung ermöglichen es, dass wir bequem und schnell mit fast jedem Ort auf der Welt in Verbindung treten können. Die Verbesserung der Transport- und Reisemöglichkeiten erleichtert und verbilligt den Warenaustausch. Ein Apfel aus Neuseeland kann heute günstiger im Supermarkt angeboten werden als einer aus heimischem Anbau. Die Beseitigung nationaler Zollschranken hat zur Ausweitung des freien Welthandels geführt. Mit dem Niedergang des Ostblocks erschlossen sich neue Wirtschaftsräume. Schließlich hat der wirtschaftliche Aufstieg der asiatischen Staaten wie Japan, China oder Indien neue Märkte geschaffen, die für die Weltwirtschaft von enormer Wichtigkeit sind. Durch die Globalisierung ist die Welt im übertragenen Sinne kleiner geworden.

Als Industrienation, deren Wirtschaft wesentlich vom Export abhängt, gehört die Bundesrepublik zu den Gewinnern der Globalisierung. Zwischen 1995 und 2005 haben sich die Ausfuhren mehr als verdoppelt. Deutsche Produkte wie Fahrzeuge, Fahrzeugteile, Maschinen und hochwertige Elektronik sind auf der ganzen Welt begehrt. Neben Frankreich, den USA, den Beneluxstaaten, Großbritannien und Italien gewinnen die Handelspartner in Asien immer mehr an Bedeutung. Der asiatische Raum ist bereits heute die zweitwichtigste Handelsregion für Deutschland. Ohne einen globalen Warenverkehr wären viele ausländische Produkte wie Kleidung, Spielzeug, Lebensmittel und Elektroartikel gar nicht oder nur sehr viel teurer zu kaufen. Der gesellschaftliche Wohlstand ist durch die Globalisierung gewachsen.

Allerdings birgt die weltweite Verflechtung auch große Risiken. So hat der Konkurrenzkampf für deutsche Unternehmen auf dem globalen Markt stark zugenommen. Firmen müssen schließen, weil ihre Produkte in anderen Ländern aufgrund niedrigerer Löhne und günstigerer **Rahmenbedingungen** so billig produziert werden, dass die deutschen Unternehmen nicht mithalten können. In den 90er-Jahren wanderten viele Firmen ab, weil sie durch eine Verlagerung in die osteuropäischen Nachbarländer oder sogar nach Asien höhere Gewinne zu erzielen hofften. So gingen hierzulande Tausende Jobs verloren. Um weiterhin bestehen zu können, wurde damit begonnen, in bestimmten Bereichen die sozialen Standards für die Arbeitnehmer zu senken – was einen Rückschritt in puncto Lebensstandard für diese bedeutet. Letztlich wird die bundesdeutsche Wirtschaft in der Globalisierung nur dann bestehen können, wenn es ihr gelingt, durch hohe Qualität und Innovation der Konkurrenz immer einen Schritt vorauszubleiben. Eine weitere Gefahr besteht in dem weltweiten Fluss an Informationen, der sich nicht mehr von nationalen Gesetzgebungen und der Rechtsprechung kontrollieren lässt. Das ist gerade im Bereich des Schutzes von Personendaten, Ideen und Patenten ein großes Problem. Die Proteste zahlreicher Globalisierungsgegner richten sich auch gegen die **TTIP-Verhandlungen** zwischen der EU und den USA.

BEMERKENSWERTES

Die Weltwirtschaftskrise

Welche enorme Gefahren von der Globalisierung ausgehen können, hat die Weltwirtschaftskrise vor Augen geführt. Die Vernetzung von Banken, Kreditinstituten und Versicherungsunternehmen über Ländergrenzen und Kontinente hinweg sowie die enge Verflechtung der Märkte haben dazu geführt, dass sich aus der Immobilienkrise, die 2005 zunächst nur die USA betraf, bis Ende 2008 eine weltweite Finanz- und Wirtschaftskrise entwickelte. Deren langfristige Folgen in Hinsicht auf die Staatsverschuldung, die deutsche Wirtschaft und den Arbeitsmarkt werden von Wirtschaftsexperten sehr unterschiedlich bewertet.

Was versteht man unter den äußeren Rahmenbedingungen?
Darunter lassen sich etwa die Höhe der Steuerabgaben, die ein Unternehmen entrichten muss, die Kosten für Sozialleistungen wie eine Kranken- oder eine Rentenversicherung, die Bindung an festgelegte Lohntarife sowie staatliche Subventionen fassen.

Was sind die TTIP-Verhandlungen?
Seit dem Sommer 2013 beraten die USA und die EU über eine Transatlantische Handels- und Investitionspartnerschaft (engl. Transatlantic Trade and Investment Partnership – TTIP). Das Ziel besteht darin, ein multinationales Abkommen zum Freihandel und zum Investitionsschutz abzuschließen. Kritiker bemängeln indes die undemokratische und nicht transparente Verhandlungsführung sowie die negativen Konsequenzen für den Arbeitnehmer-, Daten- und Umweltschutz, die sich aus einem solchen Vertrag ergäben. Außerdem würde dadurch die nationale Rechtssicherheit ausgehebelt.

Sterben die Deutschen aus? Der demografische Wandel

Was ist ein Demograf?
Ein Demograf (aus griech. demos = »Volk« und grafé = »Schrift, Beschreibung«) untersucht die Größe und Zusammensetzung menschlicher Bevölkerungen und ihre Veränderungen.

Warum ist es so schwer, in Deutschland gleichzeitig Mutter und berufstätig zu sein?
In Deutschland gibt es nicht ausreichend Kindergarten- und Kinderkrippenplätze, sodass Mütter zur Arbeit gehen können. In anderen Ländern Europas, zum Beispiel in Dänemark oder Frankreich, gibt es bessere Betreuungsmöglichkeiten für Kinder. Das wirkt sich positiv auf die Geburtenrate aus, weil Frauen so beruflich nicht zurückstecken müssen, wenn sie Kinder bekommen. Seit einigen Jahren bemüht sich die Regierung in Berlin darum, diesem Problem durch den Ausbau von Betreuungsangeboten für Kinder und durch finanzielle und steuerliche Anreize entgegenzuwirken. Inwieweit sich daraus Erfolge ergeben können, wird die Zukunft zeigen.

In unregelmäßigen Abständen kann man immer wieder in den Zeitungen die besorgniserregende Nachricht finden, dass die Deutschen aussterben. Man denkt beim Wort »aussterben« gleich an Dinosaurier und an den Neandertaler, von dessen Existenz außer ein paar Knochen und Werkzeugen so gut wie nichts übrig geblieben ist. Soll dieses Schicksal auch die Deutschen treffen? Gibt es in 200 Jahren von uns keinen mehr? Über diese Fragen braucht man sich jedoch nicht ernsthaft Sorgen zu machen, denn in der verkürzten Form der Meldung trifft die Nachricht nicht zu. Die Deutschen sind nicht vom akuten Aussterben bedroht. Trotzdem zeichnen sich in der Bevölkerungsstruktur Veränderungen ab, die weitreichende Auswirkungen haben werden.

Seit den 90er-Jahren beobachten **Demografen,** dass die Bevölkerung in der Bundesrepublik schrumpft. Zwar gab es bereits in den 70er- und 80er-Jahren Hinweise auf diesen Trend, weil mehr Menschen starben als geboren wurden. Damals glich die freizügige Einwanderungspolitik der Bundesregierungen diese Ausfälle jedoch aus. Als die Regelungen Anfang der 90er-Jahre verschärft wurden, fiel der Zuwachs jedoch weg. Derzeit leben **schätzungsweise 81,2 Millionen Menschen** in Deutschland, von denen rund 7,5 Millionen Ausländer sind. Bis zum Jahr 2050 wird die Bevölkerung laut den Berechnungen des Statistischen Bundesamtes auf etwa 69 bis 74 Millionen Menschen sinken. Die Deutschen sind vom baldigen Aussterben also weit entfernt, zumal niemand weiß, ob sich die Entwicklung nicht wieder umkehren lässt. Weiter hat man festgestellt, dass der Rückgang keineswegs überall gleichmäßig erfolgen werde. Betroffen seien vor allem ländliche Regionen, während die Bevölkerung in den städtischen Ballungsgebieten weiter zunehme.

Trotzdem ist klar: Wir Deutschen werden zumindest weniger. Die Gründe für diese Entwicklung sind sehr vielschichtig. Sie haben vor allem mit der Veränderung der Lebensweise der Menschen zu tun. Das traditionelle Modell der Ehe und des Kinderkriegens sind ersetzt worden durch vielfältige Formen des Zusammenlebens und der Lebensplanung. Viele Sozialforscher betonen, dass mit dem wachsenden Wohlstand in einer Gesellschaft der Kinderwunsch abnehme, denn anders als früher sei der Nachwuchs nicht mehr notwendig, um im Alter versorgt zu sein. Durch die Emanzipation der Frau sind die alten Rollenbilder aufgebrochen – viele Frauen stehen heute voll im Berufsleben. Kinder lassen sich da häufig nur **schwer mit der Arbeitswelt in Einklang bringen.** Auch deshalb ist die Geburtenrate in Deutschland die niedrigste Europas. Manche Forscher meinen auch, dass sich die Erfindung empfängnisverhütender Mittel seit den 60er-Jahren negativ auf die Bevölkerungsentwicklung ausgewirkt habe.

Der demografische Wandel ist eine große Herausforderung. Infolge des Geburtenrückgangs gibt es immer weniger junge Menschen, wohingegen der Anteil der älteren beständig zunimmt. Die steigende Lebenserwartung unterstützt diesen Trend: Wurden Männer um 1900 im Durchschnitt 46,4 und Frauen 52,5 Jahre alt, hat sich die Lebenserwartung für einen heute geborenen Jungen auf rund 82 und für ein Mädchen auf fast 88 Jahre **erhöht.** Die klassische Alterspyramide, derzufolge es viele junge Menschen gibt und nur wenige Alte, dreht sich um: Die Gesellschaft überaltert. Zur Mitte des 21. Jahrhunderts, rechnen die Demografen vor, wird fast die Hälfte der Bundesbürger über 65 Jahre alt sein. Das wird gravierende Folgen haben. Das heutige Rentensystem, das darauf baut, dass die Arbeitnehmer durch ihre Abgaben die Rente ihrer Eltern und Großeltern finanzieren, wird sich so nicht weiter aufrechterhalten lassen. Vielmehr wird stärker auf Eigenvorsorge gesetzt werden müssen. Gleichzeitig versucht die Politik, mit dem Ausbau des staatlichen Betreuungsangebots für Kinder und durch eine finanzielle Förderung junge Familien stärker zu entlasten.

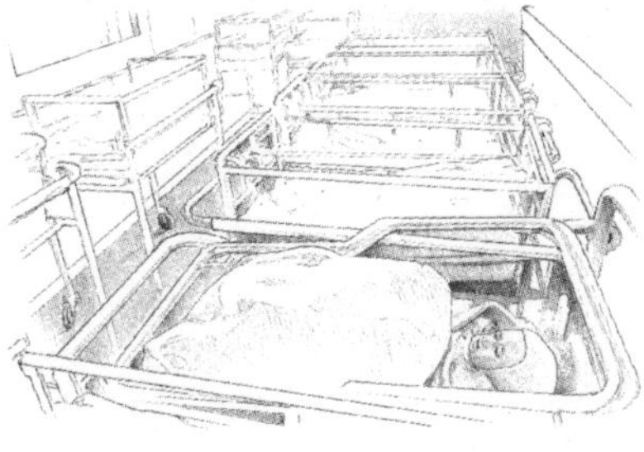

Jedes Jahr werden in Deutschland rund 700.000 Kinder geboren.

Wieso werden die Menschen immer älter?
Im 20. Jahrhundert haben sich die Arbeitsbedingungen und die Versorgung der Bevölkerung sehr stark verbessert. Der gesellschaftliche Wohlstand ist bedeutend vermehrt worden. Seit 1945 herrscht in Mitteleuropa Frieden. Außerdem erhalten die Menschen heute eine bessere medizinische Versorgung, die sich ständig weiterentwickelt.

BEMERKENSWERTES

Der Osten entvölkert

Vom Bevölkerungsrückgang sind im besonderen Maße die neuen Bundesländer betroffen. Das liegt am Wegzug vieler junger Menschen in die großen Städte im Westen und Südwesten der Republik, wo die Berufsaussichten besser sind und höhere Löhne gezahlt werden. Manche Experten gehen davon aus, dass in 150 Jahren ganze Landstriche im Osten unbewohnt sein werden. Schon heute macht sich in diesen Regionen ein Mangel an Fachkräften im Pflegebereich und an Ärzten bemerkbar.

Woher kommt der Begriff »postindustrielle Gesellschaft« und was bedeutet er?
Der Begriff wurde von dem amerikanischen Soziologen Daniel Bell geprägt. In seinem 1973 erschienenen Buch The Coming of Post Industrial Society *(deutscher Titel* Die nachindustrielle Gesellschaft, *1975) beschreibt Bell die Folgen des strukturellen Wandels auf die Gesellschaft. Demnach zeichne sich die »postindustrielle Gesellschaft« (von lat.* post = *»nach, danach«) durch eine Zunahme der Bedeutung des theoretischen Wissens sowie durch die zentrale Rolle der Dienstleistungen für die Gesamtwirtschaft aus.*

Welche Wirtschaftssektoren gibt es?
In der Volkswirtschaft werden drei Wirtschaftssektoren unterschieden. Der primäre (von lat. primus = *»der erste«) Sektor umfasst die Land- und Forstwirtschaft sowie das Fischereiwesen. Unter dem sekundären (von lat.* secundus = *»der zweite«) Sektor wird das warenproduzierende Gewerbe verstanden, also die Industrie, der Bergbau, ebenso die Energiewirtschaft. Dem tertiären (von lat.* tertius = *»der dritte«) Sektor rechnet man die Dienstleistungen, Handel und Verkehr sowie die staatliche Verwaltung zu.*

Die postindustrielle Gesellschaft – wer bekommt Arbeit?

In der zweiten Hälfte des 20. Jahrhunderts vollzog sich in der Arbeitswelt der westlichen Industrienationen ein tief greifender Strukturwandel. Das Industriezeitalter, das im 19. Jahrhundert mit der Industrialisierung Europas eingesetzt hatte, ging zu Ende. An seine Stelle trat die **postindustrielle Gesellschaft.** Die klassischen Wirtschaftsbereiche wie die Kohle- und die Schwerindustrie, die bis dahin die Wirtschaft geprägt hatten, wurden nach und nach von der modernen **Dienstleistungsgesellschaft** verdrängt. Die Arbeitsplätze verlagerten sich aus den Fabriken und Werkshallen in Büros, Geschäfte und Amtsstuben. Um 1980 war schon die Hälfte der deutschen Arbeitnehmer im sogenannten **tertiären Sektor** beschäftigt. 2007 entfielen auf die Dienstleistungsbranchen etwa 70 Prozent des volkswirtschaftlichen Gesamterwerbs. Mehr als 28 Millionen Menschen sind heute im Dienstleistungssektor tätig. Ihnen stehen etwa acht Millionen Arbeiter in den Industriesparten wie dem Fahrzeug- und Maschinenbau sowie der Chemieindustrie gegenüber.

Durch den Strukturwandel sind im Laufe der letzten vier Jahrzehnte mehrere Hunderttausend Arbeitsplätze im sekundären Sektor verloren gegangen. Die zunehmende Automatisierung der Produktion seit den 1960er- und 1970er-Jahren hat den Jobabbau verstärkt: Waren in den 50er-Jahren Dutzende Werksarbeiter damit beschäftigt, eine Maschine von Hand zusammenzubauen, wird diese Aufgabe heutzutage nahezu vollständig automatisch durch Roboter erledigt. Der Mensch ist nicht mehr in den technischen Entstehungsprozess eingebunden, sondern häufig überwacht er nur noch das Geschehen. Dadurch sind große Teile der Arbeiterschaft, vor allem Arbeiter in der Landwirtschaft, dem Bergbau und vielen traditionellen Industrien wie der Textilindustrie und dem Maschinenbau, freigesetzt worden. Die in den 70er- und 80er-Jahren stark anwachsende Arbeitslosigkeit in der Bundesrepublik war in erster Linie eine Folge dieses Wandels.

Er forderte von den Menschen mehr als nur den Wechsel des Arbeitsplatzes. An die Stelle von langfristigen Bindungen an Unternehmen, die manchmal über mehrere Generationen bestanden, ist nun die Flexibilität getreten – verbunden mit der Bereitschaft, für den Arbeitsplatz den Wohnort zu wechseln und in einen anderen Landesteil zu ziehen. Lebenslange Anstellungen bis zur Rente sind heute die Ausnahme. Verfügte man früher nach dem Ende der Ausbildung oft über einen

Kenntnisstand, der das ganze Berufsleben ausreichte, leben wir heute in einer Wissensgesellschaft, in der lebenslanges Lernen und fachliche Weiterbildung unerlässlich sind. Die fließende Beherrschung von mindestens einer Fremdsprache, in der Hauptsache Englisch, wird inzwischen selbst in manchen traditionellen Handwerksberufen erwartet.

Inwieweit das Schulsystem auf diese Veränderungen bereits angemessen ausgerichtet ist, wird seit den Ergebnissen der **PISA-Studien** in der Öffentlichkeit heftig diskutiert. Immer wieder beklagen sich die Betriebe darüber, dass sie unter den zahlreichen Bewerbungen für Ausbildungs- und Arbeitsstellen, die bei ihnen eingehen, kaum Leute fänden, die ausreichend qualifiziert seien. Gerade in den Ingenieursberufen und anderen mathematisch-naturwissenschaftlichen Arbeitsfeldern besteht akuter Nachwuchsmangel. Mit der bundesweiten Einführung des Bachelorabschlusses im Rahmen des **Bologna-Prozesses** unternahm die Politik den Versuch, mehr junge Menschen schneller als bislang aus den Hochschulen in den Beruf zu bringen. Auch im Bereich der Existenzgründungen wurden Förderprogramme und Reformen beschlossen, um den Weg in die Selbstständigkeit zu erleichtern.

Jugendliche beim PISA-Test

BEMERKENSWERTES

Strukturwandel in Deutschland – das Ruhrgebiet

In der Bundesrepublik war besonders das Ruhrgebiet, seit der zweiten Hälfte des 19. Jahrhunderts das Herz der deutschen Kohle- und Stahlindustrie, vom Strukturwandel betroffen. Die alte Industrie erlebte dort zwischen 1960 und 1985 ihren Niedergang. Von den etwa 400 Steinkohlezechen, die zur Hochphase des Ruhrbergbaus existierten, ist heute nur noch eine Handvoll in Betrieb. Mithilfe von groß angelegten Entwicklungsplänen und Programmen, die in den 60er- und 70er-Jahren aufgelegt wurden, konnte ein wirtschaftlicher Zusammenbruch verhindert werden. Heute sieht es so aus, als habe der Strukturwandel an der Ruhr insgesamt funktioniert. Auf vielen ehemaligen Industrie- und Zechengeländen sind Hightech-Parks, Kultur- und Freizeiteinrichtungen entstanden.

Was sind die PISA-Studien?
Seit 2000 führt die Organisation für wirtschaftliche Zusammenarbeit und Entwicklung (engl. Organisation for Economic Co-operation and Development, *OECD) in ihren Mitgliedsstaaten Studien durch, bei denen das Wissen von Schülern in den Bereichen Mathematik, Naturwissenschaften und Lesen geprüft wird. Die Ergebnisse der ersten Studie, die Deutschland im internationalen Vergleich nur einen mittelmäßigen Rang bescherten, lösten in der Bundesrepublik 2001 den sogenannten »PISA-Schock« aus.*

Was ist der Bologna-Prozess?
Das Ziel des Bologna-Prozesses ist es, die Studiengänge und Abschlüsse in Europa viel stärker aufeinander auszurichten als dies in der Vergangenheit der Fall war. Es soll den Studenten erleichtern, ihr Studium auch in einem anderen Land ohne Probleme anerkennen zu lassen. Zudem soll die Wahl ihres Studien- und Arbeitsplatzes sowie ihre internationale Wettbewerbsfähigkeit gefördert werden. Benannt ist der Prozess nach einer 1999 in Bologna unterzeichneten Erklärung.

Die Entstehung des Prekariats

Woher kommt der Begriff Prekariat?
Der Begriff Prekariat (aus lat. precari = »beten, erbitten«) wurde in den 80er-Jahren von französischen Soziologen eingeführt. Er richtete sich zunächst nur auf die Teilzeitarbeit und wurde dann später auf andere Beschäftigungsverhältnisse ausgedehnt.

Was ist Hartz IV?
Hartz IV ist ein Bestandteil der von der Hartzkommission 2002 erarbeiteten Vorschläge zur Umstrukturierung der Arbeitsmarktpolitik. Es handelt sich dabei um ein Gesetz, durch das die Arbeitslosenhilfe und die Sozialhilfe zusammengelegt werden. Zudem werden die Leistungen aus der Arbeitslosenversicherung zeitlich auf maximal 24 Monate begrenzt (Arbeitslosengeld I). Danach wird der Antragsteller auf den Hartz-IV-Satz heruntergestuft. Das Gesetz trat am 1. Januar 2005 in Kraft. Es bedeutete für viele Empfänger von Staatsleistungen massive finanzielle Einschnitte.

Im Dezember 2006 präsentierte die SPD-nahe Friedrich-Ebert-Stiftung eine Studie, die hohe Wellen schlug. Mehr als 3.000 Bundesbürger waren nach ihrer persönlichen Lebenssituation, ihrer politischen Haltung, ihren Werten und Zukunftsplänen befragt worden. Die Auswertung der Antworten zeigte tief greifende gesellschaftliche Probleme auf: Viele der Interviewten zeigten sich mit ihrer finanziellen und beruflichen Lage unzufrieden. Sie waren verunsichert, hatten große Zukunftsängste und fürchteten den sozialen und wirtschaftlichen Abstieg. Ganze 14 Prozent meinten sogar, dass sie auf der Schattenseite der Gesellschaft stünden.

In der Studie zeichnete sich ein neuer Bestandteil der Gesellschaft ab: das **Prekariat.** Dabei handelt es sich nicht um eine bestimmte, in sich geschlossene gesellschaftliche Schicht, sondern um eine Sammelbezeichnung für all jene Gruppen, die am Wohlstand der modernen Arbeitswelt nicht oder nur kaum teilhaben, da sie in ungesicherten, schlecht bezahlten Arbeitsverhältnissen ohne jeden arbeitsrechtlichen oder gewerkschaftlichen Schutz stehen. Insgesamt hat die Studie der Ebert-Stiftung rund 6,5 Millionen Menschen zum Prekariat gezählt – rund acht Prozent der Gesamtbevölkerung.

Die Ergebnisse der Untersuchung lösten die sogenannte Unterschichten-Debatte aus. Sie ist umso heftiger geführt worden, weil die Politik lange Zeit annahm, dass man durch die Segnungen des Sozialstaates, den wirtschaftlichen Erfolg der Bundesrepublik und ihren großen Reichtum das Problem der sozialen Armut überwunden hätte. Prekariat, das klang nach Proletariat, Klassenkampf und einer längst vergangenen Zeit. Nun musste man feststellen, dass sich die prekären Lebens- und Arbeitsbedingungen durch alle gesellschaftliche Schichten zogen.

Zunächst gab es die Gruppe der Langzeitarbeitslosen und Sozialhilfeempfänger. Zwar bemühten sich die meisten von ihnen um eine neue Arbeitsstelle, allerdings hatten viele aufgrund des Alters oder ihrer geringen Qualifikationen in Zeiten des ohnehin schrumpfenden Arbeitsmarktes kaum eine Aussicht auf eine neue Stelle. Der Versuch, durch die **Hartz-IV-Gesetzgebung** mehr Druck auszuüben, hat zumindest bei den Langzeitarbeitslosen kaum etwas bewirkt. Vielmehr haben sich ihre Lebensverhältnisse weiter verschlechtert. Andererseits gehört es zu den Schattenseiten des Sozialstaates, dass sich manche in der Arbeitslosigkeit eingerichtet haben, da ihnen die staatlichen Leistungen zum Leben ausreichen. 2003 sorgte die Geschichte von **»Florida-Rolf«** für große öffentliche Erregung.

Eine zweite Gruppe von Personen, die man dem Prekariat zurechnet, sind jene, die zwar einer Arbeit nachgehen, aber so gering entlohnt werden, dass sie nicht davon leben können. Nach Berechnungen des Deutschen Gewerkschaftsbundes gab es im Jahr 2007 etwa 1,5 Millionen Menschen, die ihr Gehalt in irgendeiner Form mit staatlichen Leistungen aufbessern mussten. Ferner sind die Zeitarbeiter zu nennen, die von einer Agentur auf Zeit an Unternehmen vermittelt werden, ohne dass dadurch feste Arbeitsverhältnisse mit entsprechender Bezahlung und Kündigungsschutz entstehen.

Das Problem der Prekariatisierung betrifft auch gut Ausgebildete. An den Universitäten müssen hoch qualifizierte Nachwuchswissenschaftler aufgrund von Einsparungen und Stellenabbau immer häufiger von unterbezahlten und befristeten Stellen leben, die nicht ausreichen, um davon den Lebensunterhalt für eine Familie zu bestreiten. Diese Entwicklung betrifft in erster Linie Geistes- und Sozialwissenschaftler. Sie führt dazu, dass die jungen Forscher in die USA oder ins europäische Ausland abwandern, weil ihnen dort bessere Arbeitsbedingungen geboten werden – was wiederum bedeuten kann, dass in Deutschland in kommenden Jahren qualifizierter Nachwuchs fehlen wird.

Wer war »Florida-Rolf«?
Im Sommer 2003 berichtete die Bild-Zeitung über einen deutschen Sozialhilfeempfänger, der seit mehreren Jahren in Florida lebte und seine staatlichen Leistungen nach Miami Beach überwiesen bekam. Das Blatt startete eine große Kampagne gegen »Florida-Rolf«, der zum Paradebeispiel für Sozialmissbrauch stilisiert wurde. Die von »Bild« stark vereinfacht dargestellte Geschichte führte letztlich dazu, dass die Bundesregierung die Richtlinien zur Zahlung der Sozialhilfe ins Ausland verschärfte.

BEMERKENSWERTES

Generation Praktikum

Da viele Akademiker nach ihrem Universitätsabschluss nicht sofort einen Arbeitsplatz finden, treten sie zunächst ein Praktikum an. Einerseits wollen sie dadurch Berufserfahrung sammeln, um ihren »Marktwert« zu erhöhen. Andererseits geht es ihnen darum, Kontakte zu knüpfen. Allerdings werden sie nicht selten in den Firmen als billige Arbeitskräfte eingesetzt, ohne dass die Absicht besteht, sich unter den Praktikanten Nachwuchs für die Firma zu suchen. Wenn ihr Praktikum vorbei ist, müssen sie sich auf die Suche nach einer neuen Stelle begeben. So kann es vorkommen, dass man bereits ein Dutzend Praktika oder mehr absolviert hat, bevor sich eine reguläre Anstellung ergibt.

Neue internationale Verpflichtungen – der Kampf gegen den Terrorismus

Wer war Osama bin Laden?
Der Sohn eines reichen Bauunternehmers wurde entweder 1955 oder 1957 in Saudi-Arabien geboren. Nach dem Einmarsch der Sowjetunion in Afghanistan war Osama bin Laden maßgeblich im Widerstand gegen die Besatzer aktiv. In den 80er-Jahren wandte sich der religiöse Fundamentalist dem Terrorismus zu. Er gilt als Verantwortlicher des ersten Anschlags auf das World Trade Center von 1993 und auch der Anschläge vom 11. September. Nach den Anschlägen auf das World Trade Center war er der meistgesuchte Terrorist der Welt. Im Mai 2011 wurde er von amerikanischen Spezialeinheiten getötet.

Was ist die »Operation Enduring Freedom«?
Die »Operation Enduring Freedom« (dt. »Operation dauerhafte Freiheit«) wurde im Oktober 2001 als Reaktion auf die Terroranschläge vom 11. September gestartet. Sie ist wichtiger Bestandteil des Kampfes gegen den internationalen Terrorismus. An der Operation, die sich in mehrere Missionen und Einsatzgebiete gliedert, sind zahlreiche Staaten beteiligt. Der deutsche Beitrag wurde 2010 beendet.

Der 11. September 2001 veränderte die Welt. Die Terroranschläge von New York und Washington, bei denen islamistische Terroristen vier entführte Passagierflugzeuge in das World Trade Center und das Pentagon stürzen ließen und fast 3.500 Menschen töteten, markierten den Beginn eines neuen Kapitels in der Weltpolitik. Der internationale Terrorismus erweist sich heute als die größte sicherheitspolitische Herausforderung. Allein die großen Anschläge in Tunesien und Indonesien (2002), Saudi-Arabien, Marokko und in der Türkei (2003), in Madrid (2004), London und Ägypten (2005) sowie in Mumbai (2006/2008) und Ankara (2015) haben Hunderte Opfer gefordert. Konnte man nach 2001 in vielen Fällen direkte Verbindungen zwischen den Attentätern und dem internationalen Terrornetzwerk Al Kaida um **Osama Bin Laden** nachweisen, so ist die Situation heute sehr viel unübersichtlicher geworden.

Deutschland ist von diesem Konflikt in mehrfacher Hinsicht betroffen. Als eines der wirtschaftlich führenden und politisch einflussreichen Länder des Westens und als enger Verbündeter der USA und Israels wird es immer wieder als mögliches Anschlagsziel genannt. Bei den bisherigen Attentaten kamen häufig auch deutsche Staatsbürger ums Leben. Die versuchten Bombenanschläge auf deutsche Regionalzüge im Juli 2006, die glücklicherweise scheiterten, sind ein Beleg dafür, dass die Bundesrepublik mit im Fadenkreuz des islamistischen Terrorismus steht.

Die neue Rolle, die Deutschland seit 1990 auf der internationalen Bühne zukommt, spiegelt sich in den wachsenden politischen und militärischen Verpflichtungen wider. Nach den Anschlägen vom 11. September rief die NATO zum ersten Mal in ihrer Geschichte den Bündnisfall aus: Die Mitgliedsstaaten wurden aufgefordert, sich militärisch am Krieg gegen den Terror zu beteiligen. Die Bundesrepublik übernahm in der **»Operation Enduring Freedom« (OEF)** militärische Verantwortung. Der Einsatz war innerhalb der rot-grünen Regierung allerdings umstritten. Nur dadurch, dass Gerhard Schröder (SPD) die Abstimmung über die Beteiligung am 16. November 2001 im Bundestag mit der Vertrauensfrage verknüpfte, bekam er eine eigene Mehrheit zusammen.

Im Rahmen der OEF gehört es zu den Aufgaben der Bundesmarine, das Seegebiet am Horn von Afrika, das zu den Versorgungsrouten für den internationalen Terrorismus zählt, zu überwachen und den Handel mit Waffen und Drogen zu unterbinden. Nach dem Sturz des islamistischen Taliban-Regimes in Afghanistan Ende 2001 entsandte Berlin Anfang 2002 ein Bundeswehrkontingent dorthin, das die internationale Sicherheitsunterstützungstruppe ISAF beim Aufbau einer neuen zivilen Ordnung am Hindukusch verstärkte. Der Einsatz wurde im Dezember 2014 offiziell beendet. Insgesamt befinden sich derzeit rund 3.000 deutsche Soldaten auf Auslandseinsätzen. Allerdings stehen nicht alle Missionen im Zusammenhang mit dem Antiterrorkampf. Neben den Verpflichtungen, die sich aus dem NATO-Bündnis ergeben, sind deutsche Auslandseinsätze in erster Linie an Beschlüsse der **Vereinten Nationen** gebunden – in der Regel geht beides Hand in Hand.

Was sind die Vereinten Nationen?
Die Vereinten Nationen (engl. United Nations, UN*) sind ein Zusammenschluss von mittlerweile 193 Staaten. Die Organisation, in denen viele eine Art Weltparlament sehen, wurden 1945 gegründet mit der Absicht, den Weltfrieden künftig zu erhalten und Konflikte zwischen Staaten auf dem Verhandlungsweg zu lösen. Außerdem setzen sich die Vereinten Nationen, die ihren Sitz in New York haben, für den Schutz der Menschenrechte, die Einhaltung des Völkerrechts sowie für die internationale Zusammenarbeit ein.*

Obwohl die westliche Welt im Kampf gegen den islamistischen Terror eng zusammensteht, kam es 2002 und 2003 im Umfeld des Irakkrieges gegen Saddam Hussein zu ernsten Verstimmungen im Bündnis. Während die USA unter Präsident George W. Bush den Krieg damit begründeten, dass der irakische Diktator den Terrorismus unterstütze und über Massenvernichtungswaffen verfüge, teilten die Bundesregierung und einige andere Staaten wie Frankreich und Russland diese Ansicht nicht. Die deutsch-amerikanischen Beziehungen gerieten in eine schwere Krise, die nur langsam überwunden wurde. Im Nachhinein betrachtet scheint die Entscheidung aber eine vernünftige gewesen zu sein, obgleich der undiplomatische Ton einiges Porzellan zerschlagen hat.

BEMERKENSWERTES

Die »Petersberger Konferenzen« 2001 und 2002

Vom 27. November bis zum 5. Dezember 2001 fand in dem Grandhotel auf dem Petersberg bei Bonn eine historische Konferenz statt. Auf Einladung der Bundesregierung und unter Mitwirkung der Vereinten Nationen trafen sich hier die Vertreter der größten ethnischen Gruppen aus Afghanistan, um über die Zukunft und die Neuordnung ihres Landes zu beraten. Am Ende der schwierigen Verhandlungen stand eine Vereinbarung zur Einsetzung einer Übergangsregierung und zum Wiederaufbau staatlicher Strukturen. Auf der zweiten Petersberger Konferenz Ende 2002 wurden diese Ziele bekräftigt.

Eurokrise, Ukrainekonflikt und Flüchtlinge – die Herausforderungen der Gegenwart

Was versteht man unter dem Grexit?
Mit dem Begriff (aus engl. »greek« = griechisch und »exit« = Austritt, Ausstieg) wird ein freiwilliges oder erzwungenes Ausscheiden Griechenlands aus der Eurozone bezeichnet. Die Folge wäre eine Rückkehr des Landes zur alten Währung, der Drachme.

Welche Ziele verfolgen die Separatisten in der Ukraine?
Die Separatisten kämpfen für die Unabhängigkeit der Gebiete um die Industriestädte Donezk und Lugansk von der Ukraine. Im April 2014 haben sie in den von ihnen kontrollierten Gebieten zwei Volksrepubliken ausgerufen. Ihr Ziel besteht in der Schaffung von eigenen Staatsgebilden, die entweder direkt oder indirekt mit Russland verbunden werden sollen.

Am Ende des Buches stellt sich die Frage, wo die Bundesrepublik heute steht? Sicher lässt sich festhalten, dass viele der Aufgaben, die sich in den 70 Jahren seit dem Ende des Zweiten Weltkrieges gestellt haben, trotz mancher gesellschaftlicher und politischer Konflikte gelöst wurden – häufig sogar in weitaus besserer Weise, als es die Deutschen zunächst selbst erwartet hatten. Insgesamt präsentiert sich die Bundesrepublik heute als ein friedliches, politisch stabiles und wirtschaftlich erfolgreiches Land, das in den Kreis der Nachbarn eingebettet ist. Gleichwohl bestehen neue Herausforderungen, auf die es Antworten zu finden gilt.

Die großen Fortschritte in der europäischen Integration der letzten Jahrzehnte täuschen nicht darüber hinweg, dass die EU derzeit in einer tiefen Krise steckt. Die weltweiten finanziellen Erschütterungen seit 2007/08 haben auch Europa getroffen. Die Eurokrise hat viele Staaten in schwere Not gestürzt, wenngleich die Folgen in den Ländern unterschiedlich ausfallen: Während sich Irland, Portugal und Spanien mittels harter Einsparungen, umfangreicher Kredite und wirtschaftlicher Hilfsprogramme inzwischen auf dem Weg der Erholung befinden – gleichwohl bereiten die hohe Arbeitslosigkeit und die sozialen Einschnitte große Sorgen –, steckt Griechenland weiter im Tal der wirtschaftlichen Krise. 2014 und 2015 wurde unter den EU-Partnern deshalb sogar der **Grexit** erwogen. Auf dem Höhepunkt der Geschehnisse war eine starke antideutsche Stimmung spürbar, weil die Bundesrepublik aufgrund ihrer Position zur Einhaltung der Sparauflagen als »Zuchtmeister Europas« kritisiert wurde. Die Krise hat zudem die grundsätzliche Frage aufgeworfen, inwieweit der Staatenbund in einer schwierigen Situation tatsächlich handlungsfähig ist – ob er zu einer gemeinsamen Linie findet oder ob es sich bei dem »Projekt Europa« nur um eine »Schönwetterveranstaltung« handelt.

Eine weitere große Herausforderung besteht in dem angespannten Verhältnis der EU zu Russland. Die seit mehreren Jahren schwelenden Auseinandersetzungen um den politischen Kurs der Ukraine mündeten im Frühjahr 2014 in einen militärischen Konflikt, der durch die russische Annektion der Krim sowie die Unterstützung der ostukraischen **Separatisten** durch Moskau verschärft wurde. Der Kampf um die Zukunft des Landes ist keineswegs entschieden.

Schließlich stellt die gegenwärtige Flüchtlingskrise ein drittes zentrales Problemfeld dar. Als Folge der bewaffneten Konflikte im Nahen Osten, des Bürgerkriegs in Syrien sowie des Vordringens des **Islamischen Staates** befinden sich derzeit Millionen Menschen auf der Flucht. Zwischen 2013 und 2015 erreichten Hunderttausende Flüchtlinge aus Syrien, Afghanistan, Irak und Afrika, aber auch aus einigen Balkanstaaten die Außengrenzen der EU. Die meisten Menschen suchen den Weg nach Deutschland. Im Sommer 2015 gerieten die von dem Ansturm betroffenen Staaten Europas an den Rand ihrer Möglichkeiten.

Für Deutschland bedeutet die Aufnahme einer solch großen Zahl an Flüchtlingen, die seit der Nachkriegszeit ohne Beispiel ist, ihre Unterbringung und Versorgung eine enorme Kraftanstrengung. Die Flüchtlingswelle hat auch Sorgen vor einer unkontrollierten Zuwanderung Auftrieb gegeben, wobei die Grenze zwischen Kritik an der Flüchtlingspolitik, allgemeinen Ängsten, populistischen Parolen und Fremdenfeindlichkeit häufig schwer zu ziehen ist. Die **Pegida**-Demonstrationen sind dafür ein Beleg. Die Zahl der Übergriffe und Brandanschläge auf Asylbewerberheime hat sich im Laufe der Jahre 2014 und 2015 deutlich erhöht. Auf der anderen Seite steht die große Hilfsbereitschaft und Solidarität vieler Bürger mit den Flüchtlingen. Die Frage, wie die Integration von Hunderttausenden Menschen muslimischen Glaubens in die Gesellschaft gelingen kann, hat sich zu einer der drängendsten innenpolitischen Aufgaben entwickelt.

Was ist der Islamische Staat?
Bei dem Islamischen Staat (IS) handelt es sich um eine islamistische Terrororganisation, die seit 2003 für die Errichtung eines Kalifatsstaates kämpft. Der IS ist im Nahen Osten und in Nordafrika aktiv, vor allem in Syrien und im Irak hat er große Landesteile erobert. Die Milizen des IS haben Kriegsverbrechen, Morde und Gewalttaten ungeheuren Ausmaßes begangen, zudem ist die Organisation in zahlreiche Terroranschläge verwickelt.

Was bedeutet Pegida?
Der Begriff ist die Abkürzung für »Patriotische Europäer gegen die Islamisierung des Abendlandes«. Seit Oktober 2014 veranstaltet die als Verein tätige Organisation in Dresden montags Demonstrationen, auf denen gegen die aktuelle Einwanderungspolitik und eine angebliche Islamisierung Deutschlands protestiert wird. Die inhaltliche Nähe vieler Führungspersonen von Pegida und ihrer Redner zu rechtsextremen Positionen gilt als weitgehend unstrittig.

BEMERKENSWERTES

Neue Themen – neue Parteien

In den letzten zehn Jahren hat sich das politische Spektrum der Bundesrepublik um mehrere neue Parteien erweitert. Diese konzentrieren sich auf Themen, die in den Augen ihrer Unterstützer von den anderen Parteien entweder gar nicht oder nur ungenügend abgedeckt werden. Das gilt etwa für die Piratenpartei, die 2006 gegründet wurde. Sie widmet sich vor allem der Netzpolitik und bürgerrechtlichen Themen. 2013 entstand die Alternative für Deutschland (AfD). Richtete sie sich zunächst gegen die Politik der Bundesregierung in der Eurokrise, verlagerte sie als Folge der Flüchtlingswelle ihren Inhalt stärker auf die Kritik an der deutschen Flüchtlingspolitik. Eine Abspaltung der AfD ist die Allianz für Fortschritt und Aufbruch. Inwieweit es den Parteien gelingen wird, sich dauerhaft im politischen System zu behaupten, wird die Zukunft zeigen.

PERSONENREGISTER

Prof. Dr. Christoph Kleßmann (Herausgeber und Autor),

geboren 1938, studierte Geschichte, klassische Philologie und Politik in Göttingen, München und Tübingen. Nach Tätigkeiten am Ostkolleg Köln und der Ruhr-Universität Bochum war er von 1977 bis 1992 Professor für Zeitgeschichte an der Universität Bielefeld, seit 1993 an der Universität Potsdam. Von 1996 bis zur Emeritierung 2004 war er Direktor des Zentrums für Zeithistorische Forschung in Potsdam.

Dr. Jens Gieseke (Herausgeber und Autor),

geboren 1964, studierte Geschichte, Politologie und Rechtswissenschaften in Hannover und Potsdam und wurde 2000 in Potsdam promoviert. Nach langjähriger Tätigkeit in der Abteilung Bildung und Forschung des beziehungsweise der Bundesbeauftragten für die Stasi-Unterlagen (BStU) ist er seit 2008 Projektleiter am Zentrum für Zeithistorische Forschung in Potsdam.

Michael C. Bienert, M. A. (Autor),

geboren 1978, studierte Geschichte und Germanistik/Literaturwissenschaft in Potsdam und an der Freien Universität Berlin. 2006 schloss er sein Studium ab. Er ist Lehrbeauftragter am Historischen Institut der Universität Potsdam und arbeitet an einer Dissertation zu den Landtagen in der SBZ/DDR. Seit Januar 2007 ist er Bundesstipendiat der Stiftung zur Aufarbeitung der SED-Diktatur.

Martin Zimmermann

Allgemeinbildung

Das muss man wissen

Wissen ist ein spannendes und faszinierendes Abenteuer – das zeigen die Beiträge dieses Standardwerks. Frei von Wissenschaftsjargon, dennoch präzise und fundiert werden alle relevanten Wissensbereiche in ihren historischen und kulturellen Zusammenhängen dargestellt.

Arena
360 Seiten
Klappenbroschur
ISBN 978-3-401-50925-9
www.arena-verlag.de